아리랑 연구총서 2

숭실대학교 한국문예연구소 학술총서 46

아리랑 연구총서 2

조규익 · 조용호 엮음

學古房

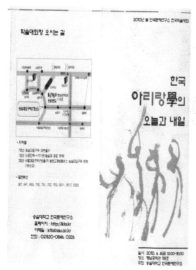

제1회 아리랑 국제 학술대회(2010.6.4)
춘계학술대회
한국 '아리랑學'의 오늘과 내일
(숭실대 한국문예연구소)

제2회 아리랑 국제 학술대회(2010.11.19)
추계학술대회
한국 아리랑學 확립의 길
(숭실대 한국문예연구소)

『매천야록』은 국사편찬위원회에서 간행한 편년체 역사서. 아리랑의 뜻은 여성[阿里娘]이며, 신성염곡(新聲艶曲)의 특성을 가지고 있다고 기록한 매천 황현(黃玹)의 저서(1894년 기록분)

『아리랑 원형연구』는 문광부 우수학술도서. 『매천야록』의 기록에 나오는 아리랑의 뜻과 신성염곡의 특성을 바탕으로 아리랑이 여말선초의 다중의시 참요임을 논증한 조용호의 저서(2011). 숭실대학교 한국문예연구소 학술총서 25.

영화 '아리랑'(1926)에서 사용한 아리랑 노래

전래되던 가사를 편집하여 당시의 상황에 맞게 바꾼 노래로서 현재의 〈아리랑〉과 리듬이 다르며 가사도 동일하지 않다. 〈본조 아리랑〉이라는 별칭으로 부르는 사람들이 있으나 그것은 아리랑에 대한 잘못된 지식의 소산일 뿐이다. 〈本調 아리랑〉이라는 명칭은 경기지역 아리랑을 일컫기 위해 제기된 표현 중의 하나일 뿐이며, 가사도 다르다.

〈SONGS OF KOREA ARIRANG (한국의 노래 아리랑)〉이라는 영어 이름으로 서양에 소개된 아리랑.

서지 사항은 불명하지만 서양에서 발간된 한국 소개서인 『Let's visit KOREA』(1959) 등에 〈ARIRANG〉 이라는 이름으로 재 수록되고 있다. 현재의 〈아리랑〉과 동일하다.

머리말

 2012년 12월, 인류무형문화유산으로 등재되면서 아리랑은 새로운 단계에 접어들었다.

 아리랑의 연고권에 관한 특정 국가와의 갈등을 극복하고 이룩한 쾌거라서 더욱 값진 일이긴 하나, 새롭게 지게 된 부담 또한 만만치 않다. 현재 아리랑이 우리 민족의 자랑스러운 정신적·예술적 유산임을 부인하는 사람은 세계 어디에도 없다. 그럼에도 유관국은 자국 내 조선족의 존재를 내세워 자신들이 아리랑을 선점하려는 의욕을 내보였다. 그 뿐 아니다. 그들이 그런 의욕을 내보인 데는 '아리랑이 우리 것이라는 사실만 믿고 그것을 갈고 다듬는 일에 소홀한 우리의 게으름'도 한몫을 했다는 점이 섬뜩하다. '아리랑에 대한 내력을 제대로 알지 못하는 여타 외국인들로서야 제대로 된 논리나 근거를 먼저 들고 나오는 쪽의 손을 들어줄 것 아닌가?' 라고 생각한 것이 그 나라의 계산이었을 것이다. 그간 아리랑에 대하여 태평하게 세월만 까먹으며 살아온 우리가 화들짝 놀란 건 당연한 일이다.

 과연 아리랑에 대하여 우리가 해놓은 일은 무엇인가? 어느 날 이웃나라가 아리랑을 내놓으라고 달려들 때 그들에게 내세울 수 있는 논리적·사실적 근거를 얼마나 확보하고 있으며, 현재와 미래를 위해 아리랑을 얼마나 활용하고 있는가? 아리랑의 학술적 담론들은 얼마나 창출되었으며, 그것들을 통해 아리랑의 본질은 얼마나 밝혀졌는가? 등등 가장 현실적인 질문들에 딱히 내 놓을 답변이 별로 없다. 이 물음들 대부분이 학계에 던져지는 것들일 텐데, 속 시원하게 보여 줄만한 답지가 없어 안타깝다. 지금

아리랑 연구가 꽉 막혔다고들 하는 것도 그 때문이다. '아리랑이 무엇인가?'에 대하여 대답을 못하니, 연구 활동들 역시 변죽만 울릴 따름이다.

이런 상황인식을 전제로, 아리랑 연구의 주된 결실들을 한 군데로 모으는 것이 난국 타개의 첫 단계라는 판단이 들었다. '아리랑 담론들은 어떻게 생겨났고, 후대 연구자들에게 어떻게 수용되었으며, 향후 연구의 진로는 어떻게 잡아야 하는가'를 알기 위해서라도 아리랑 연구의 업적들을 모으는 일이 중요했다. 아리랑이 인류무형문화유산으로 등재되기 전에 발간한 것이 『아리랑 연구총서 1』인데, 여기에 실린 글들은 다음과 같다.

1. 이광수, 「民謠 小考(一)」
2. 김지연, 「조선민요 아리랑-朝鮮民謠의 研究(二)」
3. 김지연, 「조선민요 아리랑(二)-朝鮮民謠의 研究(三)」
4. 고권삼, 「'아이롱' 主義」
5. 이병도, 「'아리랑' 곡의 유래」
6. 양주동, 「〈도령〉과 〈아리랑〉-古歌研究 二題」
7. 심재덕, 「아리랑 小考」
8. 정익섭, 「珍島의 민요」
9. 임동권, 「아리랑의 기원에 대하여」
10. 최재억, 「한국민요연구-아리랑 민요고」
11. 원훈의, 「아리랑 系語의 造語論的 考察」

이 글들이 바로 초기 학자들의 아리랑 논의들이다. 과연 현재 우리들의 논의는 이들과 비교하여 어떤 진보 혹은 발전을 이룩했는가. 우리 모두 함께 고민해야 할 시점에 이르렀다.

이번에 펴내는 2집에는 반성적 시각을 제공하려는 뜻에서 최근의 논의들을 담았고, 이어 나오게 될 3집에는 일제 강점기 일본학자들의 아리랑 관련 글들을 싣고자 한다. 아리랑이 인류무형문화유산으로 등재되었다하여, 우리의 할 일이 끝난 건 아니다. 치열한 논쟁과 연구를 통한 학자들의 뒷받침은 이제 시작일 뿐이다. 아리랑의 문헌들과 현장에 대한 재 탐사를 바탕으로 그간 선진국에서 배워 온 발전된 학문방법론들을 총동원해서라도 아리랑의 본질 모색에 착수해야 한다. 그 디딤돌 혹은 마중물의 역할을 하려는 뜻에서 '아리랑 연구총서'를 기획했고, 앞으로 계속 발간할 예정이다. 아리랑과 민족 전통예술에 뜻을 갖고 있는 학자들의 서재에 이 책이 연구의 길잡이로 꽂히게 될 것을 기대하며, 강호제현의 질정을 기다린다.

갑오년 겨울

한국문예연구소
소장   조규익

차 례

아리랑 연구의 現況과 課題

조용호*

I. 서 론

한민족에게는 심금(心琴)을 울리는 아름다운 영혼의 노래가 있다. 그 노래는 아리랑이다. 아리랑은 한민족에게 있어서 매우 특별한 노래로 간주되어 왔다. 유구한 5천년의 역사 속에서 조선을 상징하는 노래였고, 근대라는 격동과 시련, 이주와 이민이라는 통곡의 세월 속에서도 전 세계 어디든지 고난을 이겨내고 뿌리를 내리는 곳에는 아리랑이 함께 있었으며, 지금도 한민족을 대표하는 노래이면서 세계인의 노래로 확산을 계속하고 있다. 그러한 이유로 아리랑은 한민족의 혼이며 민족의 노래로 정위(定位)되었다. 〈아리랑〉은 경기민요 또는 전래민요로 구전되고 있는 노래 〈아리랑〉를 말한다.

> 아리랑 아리랑 아라리요
> 아리랑 고개를 넘어간다
> 나를 버리고 가시는 님은
> 십 리도 못 가서 발병난다

* 숭실대 국어국문학과

그러나 한민족 정신세계의 최고위에 위치한 혼(魂)이라는 위상에도 불구하고, 아리랑에 대해서는 별로 알려진 것이 없다.[1]

우선 아리랑과 아라리요는 수많은 설(說)들이 존재하여 뜻을 모르는 후렴구 상태이므로 첫 행 전체가 의미가 없다. 둘째 행, 아리랑 고개는 땅위에 없는 허구의 장소인데, 그곳을 넘어가므로 또한 의미가 없다. 셋째 행, 나를 버리고 '가시는'으로 말을 올리면서 동시에 둘째 행에서는 '넘어간다' 넷째 행에서는 '발병난다' 등으로 말을 내리고 있어,[2] 가시는 님에

1) 문학박사 조용호의 아리랑에 대한 연구는 2002년 이래 지속되어 왔으며, 저작권·단행본·논문 등의 형태로 진행되었다. ① 조용호(趙容晧), 『한글 아리랑 가사의 한자원형창작 및 새로운 해석방법 연구』(저작권, 2002, C-2002-002531). ②『민요 후렴구 해독연구』(저작권, 2002, C-2002-002922). ③ 『아리랑 암호문』(저작권, 2002, C-2002-002921), ④ 『닐리리야 한문 복원연구』(저작권, 2002, C-2002-002924). ⑤『아리랑 한문 복원 연구』(저작권, 2002, C-2002-002923). ⑥『재현 아리랑 2002』(저작권, 2002, C-2002-002925). ⑦『아리랑은 중국어와 고려어로 된 암호문이다!』(신우, 2002). ⑧『아리랑 암호문 해독 연구』(저작권, 2003, C-2003-001615). ⑨『아리랑의 아버지』(저작권, 2005, C-2005-000444). ⑩『아리랑의 비밀화話원』(저작권, 2006, C-2006-001715). ⑪『아리랑의 뜻』(저작권, 2006, C-2006-001716). ⑫ 『아리랑 코드(Arirang Code)』(저작권, 2006, C-2006-003686). ⑬『계림유사(鷄林類事)』해독(저작권, 2006, C-2006-004819). ⑭『아리랑의 비밀話원』(집문당, 2007). ⑮ 『아리코드 문화콘텐츠』(저작권, 2009.2, C-2009-001202). ⑮ 『암호시가 아리랑의 원형 연구』(저작권, 2009, C-2009-007051). ⑰『아리랑 발생설에 숨겨진 식민사관 연구』(저작권, 2009). 더불어 민요 후렴구, 고려가요 후렴구, 『계림유사』所載 미해독 高麗語에 대한 연구들도 진행되었다. 통칭하여 『아리랑 연구 저작권 총서』(저작권, 2002.8~2010.5)라 명명한다. 주요 논문으로는 「아리랑 연구의 現況과 課題」, 『제23차 전국학술대회』(중앙어문학회, 2010.1.28); 「아리랑 후렴구 연구」, 『온지학회 학술발표대회』(온지학회, 2010.3.20); 「아리랑 연구사」, 『2010년 봄 한국문예연구소 전국학술대회 한국 아리랑學의 오늘과 내일』(숭실대학교 한국문예연구소, 2010.6.4) 등이 있다.
2) 〈아리랑〉이 고려 후기나 조선 시대에 만들어진 것이라면, '넘어간다', '발병난다'라는 표현이 서술문이 아니라 의문문으로 해석해야 하는 경우도 있다. 京城帝國大學法文學部編, 『老乞大諺解』, 1944, 1쪽 참조. 큰형아 네 어드러로셔조차 온다(大哥你從那裏來), 내 高麗 王京으로셔조차 오롸(我從高麗王京來), 이제 어드러 가는

대한 존칭이 일치하지 않는다. 또한 발병이 나는 것은 개인의 신체적 특성과 관련된 것이지 십 리라는 거리와는 큰 상관이 없다. 꼭 발병이 나야 한다면 한 발자국도 못 가서 발병난다 정도의 표현이 되어야 한다. 더구나 나를 버리고 간다고 해서 반드시 발병이 나는 것도 이상하다.

그런데 '십 리도'라는 표현을 보면 문제는 더욱 심각해진다. 국문학이나 동양문학에서 십 리(4km)라는 거리는 끝없이 펼쳐지는 명사십리(明沙十里) 해당화 등과 같이 거리가 상당히 멀다는 어감을 갖고 있는데, 아리랑에서는 짧거나 모자라는 경우에 사용되는 조사 '도'와 같이 쓰이고 있어서 십 리도라는 표현 자체가 틀린 용법이 된다.[3] 이렇게 되면 아리랑이라는 겨우 네 줄밖에 안 되는 노래는 어느 한 곳도 제대로 된 곳이 없는 온통 의미 없는 후렴구 상태에 빠지게 된다.

노랫말에 문제점이 생기게 된 이유는 두 가지 측면에서 고려할 수 있다.

첫째, 특정한 사건을 계기로 의미와 성격에 변화가 일어난 경우이다. 전래되던 민요가 참요(讖謠) 등과 같은 다른 성격의 노래로 바뀌게 되어 함부로 부르지 못하는 금지곡의 노래가 된다거나 내용상 비루(鄙陋)하게 보여 기록되지 못하고 민간에서만 숨어서 불리는 경우가 이에 해당한다.[4]

둘째, 아리랑이 조선인의 공통심성과 내면에 흐르는 민족정서의 핵심임

다(如今那裏去) 등에서는 서술문 형식이지만 실제로는 의문문으로 1사용되었다.

3) '십 리도'가 '십리도(를)'이라는 목적격 조사가 생략된 형태인 경우에는 개경이나 한양(漢陽) 등 대도시 남북의 길이를 뜻하여 의미가 통하게 되며, 이때는 아리랑 노랫말이 다른 뜻을 가지게 된다. 任東權, 『韓國民謠集』VI, 集文堂, 1981, 64쪽에 나오는 "만리장공의 흑운은 흐터지고 / 한양 십리 중에 월색도 요조한듸" 등과 같은 경우이다.

4) 王國維, 권용호 역, 『宋元戲曲史』, 學古房, 2001.6, 13쪽 참조. 유독 원인(元人)의 희곡(戲曲)만은 시대가 가깝고, 문체가 다소 비루(鄙陋)한 관계로 원명(元明) 정사의 『예문지(藝文志)』와 『사고전서(四庫全書) 집부(集部)』에 모두 기록되지 않았으며, 후대 대학자들은 비루하다고 여겨 방치하여 다시 거론하지 않았다.

을 간파하여 이를 의도적으로 훼손하려한 경우이다. 즉 일제 강점기에 조선총독부에서 추진한 민요와 속담 조사 등을 통해 아리랑에 나타나는 정서를 식민사관적 입장에서 해석함으로써 조선 민족혼 말살을 통한 사회교화와 내선융화를 이루며, 이를 통해 식민통치를 정당화하려한 경우가 이에 해당한다.

본고는 1930년 조선총독부에서 제기한 아리랑 발생설(發生說)이 어떠한 목적에서 의도되었는지에 대하여 심층적으로 분석하는 것을 목적으로 한다. 이를 통해 지금까지의 아리랑 연구가 가지고 있는 문제점을 알 수 있게 되고, 향후의 나아갈 방향을 모색할 수 있다.

Ⅱ. 아리랑 연구의 왜곡

아리랑에 대해서는 다양한 주장들이 있었다. 춘원 이광수(李光洙)(1924년)는 아리랑이 다른 어떤 민요보다 우위에 있고, 결코 근대에 생긴 것이 아니라 퍽 오랜 옛날에 생긴 것이며, 전해오는 과정에서 지금은 알 수 없는 후렴에만 그 뜻이 남아 있다고 보았으며,5) 낙천적인 조선 민족성을 대표하는 노래가 아리랑이라고 하였다.6) 이를 기점으로 하여 소실(消失)된 것으로 판정된 아리랑의 뜻에 대한 다양한 설들이 제기되기 시작하였다.

김지연(金志淵)(1930년)은 아이롱(我耳聾)설, 아리랑(我離娘)설, 아난리(我難離)설, 아랑(阿娘)설, 아랑위(兒郞偉)설을 소개하면서 어영(於英)7)에서

---

5) 이광수, 「民謠小考」1, 『朝鮮文壇』제3호, 조선문단사, 1924.12, 28~37쪽.
6) ＿＿＿, 「민요에 나타나는 조선 민족성의 한 단면(朝鮮民謠に現はれた朝鮮民族性の一端)」, 市山盛雄編, 『조선민요연구(朝鮮民謠の硏究)』, 東京:坂本書店, 1927.1.1, 70쪽.
7) 김지연이 제기한 설은 모두 6개이며, 5개는 채록한 형태로 기술하고 있는데 반해,

알영(閼英)설 만은 자신이 제기한 것처럼 묘사되어 있다. 그러나 이에 선행하는 주장이 있었다. 편집자, 「아리랑 노래는 누가 지엇나」, 『삼천리』, 1930.2. 및 최철 · 설성경, 『민요의 연구』, 정음사, 1984, 110~111쪽에서 재인용 참조. 아리랑 아리랑 아라리요/ 아리랑 고개를 넘어간다/ 날 버리고 가는 님은/ 십리도 못 가서 발병난다./ 이 노래 속에는 슬푸다가 슬푸다가 슬픈 마음이 그만 원망의 불길로 변하여, 가는 님을 물고 뜻고 십도록 이를 갈고 안젓는 감정이 가득 드러차 보인다. 녯날 버들방축에 서서 참아 말은 못하고 휘느러진 수양버들 가지를 휘여잡고 발을 동동 구르면서 늣겨우는 규중 처자의 모양이 써오르지 않느냐. 실로 마듸마듸 야드라지게 퍼저 나가는 이 哀音! 이것은 어느 한동안 슬픔과 絶望에 잠긴 이 쌍 사람의 대표적 정서가 될 수 잇섯다. 그러나 지금은 '反對物로의 轉化를 하고 잇는 「아리랑」 노래의 갑을 우리는 새로 발견하기에 주저 아니하여도 조케 되엿다. 즉 녯날에는 아리랑이란 저 險한 고개만 넘으면 다시는 다시는 그리운 임이 자태를 보이지 안으리, 서울이 철 리요 쏘 요행 수만 명 수재 중에서 과거에 등제하여 내려온대야 엇더케 그 마음을 밋을손가 하고 절망이 되어서 고개 우으로 점점 사라저 가는 님의 마즈막 자태를 앗기는 감정에 이 고개를 욕하고 원망하고 잇섯지만, 이제 이르런 내 히망과 내 생명을 모다 거더 가지고 가든 그 남편 오기을 안저서 기다릴 것이 아니라 우리도 저 고개를 너머 님이 게신 조흔 곳으로 쨔라가야 한다고 부르는 것이다. 정말 우리는 쨔라갈 수 잇다. 그래서 녯날에는 슬픔의 고개 실망의 고개뿐이든 것이 이제 이르런 깁붐의 고개 히망의 고개로 변하여저 가는 것이다. 님을 쫏든 고개가 님을 맛는 고개로 변하여질 쌔 우리의 감정은 올케 끌을 것이 아니냐. 이제 바라건대 새 시대의 고수(鼓手)가 나서서 이 노래에 조흔 가사와 곡조를 너허 부르게 되는 데서 우리는 「아리랑」의 효용가치(效用價値)를 부정하지 못하리라. 그러면 「아리랑」노래란 대체 엇더케 되어서 생긴 것이든가? 신라의 녯 서울 경주 석굴암(慶州 石窟庵) 근방에 어영정(於英井)이란 움물이 잇고 쏘 불국사(佛國寺) 근방에는 어영천(於英川)이란 냇물이 잇는데 이 어영천과 어영정 사이에, 즉 불국사로부터 석굴암까지 가는 사이에 몹시 험악한 고개가 노여 잇다. 이 고개 일흠이 '아리랑' 고개이라 하야 신라 사람들이 한번 넘나들자면 가진 애를 다 썻다고 한다. 그런데 석굴암의 어영정에서 물 푸는 엇던 처자가 불국사의 어영천 강변에 안저 칼을 가는 무사(武士)를 몹시 사모하나 화조월석에 맛날 길리라고 업다. 그래서 혼자 한숨쉬며 님을 사모하는 나머지 불느게 된 노래가 이 「아리랑」이란 말이다. 아모턴 「아리랑」은 우리의 감정을 잘 대표한 노래다. 아리랑 아리랑 아라리요/ 아리랑 고개를 넘어간다/ 청천 하늘엔 별도 만코/ 이 내 가슴엔 근심도 만타./ 아리랑 아리랑 아라리오/ 아리랑 고개를 너머간다/ 풍년이 온다 풍년이 온다/이 강산 삼천리에 풍년이 온다/ ― 《삼천리》 (1930.

변형된 알영(閼英)설을 주장하였고,[8] 권상로(權相老)의 아이농(啞而聾)설
(1941년),[9] 이병도(李丙燾)의 아라(樂浪)설(1959년),[10] 양주동(梁柱東)의
아리嶺설(1959년),[11] 임동권(任東權)의 의미소실(意味消失)설(1969년),[12]
정익섭의 얄리얄리 전음설(1969년),[13] 최재억의 난랑난랑(卵郞卵娘)설
(1970년),[14] 원훈의(元勳義)의 아리고 쓰리다설(1978년),[15] 박민일(朴民
一)의 아뢰야설(阿賴耶)(1989년),[16] 조용호(趙容晧)의 여말선초 암호문론
(2002년)[17] 등 다양한 주장들이 제기되어 왔다.

그러나 최초로 제기된 김지연의 설에서 나타난 바와 같이 유사한 형태
의 발음과 이에 대한 설화적(說話的) 설명을 곁들이면 아리랑이 된다는 연
구방법의 기원(起源)과 그것이 갖는 사상적 배경 및 추구하는 목적에 대해
서는 결코 단 한 번도 학술적(學術的)인 회의(懷疑)의 대상이 된 바 없으

---

2) 편집자. 따라서 김지연의 알영설은 어영(於英)을 알영(閼英)이라는 이름으로
　바꾼 정도가 되는 것이다.

8) 金志淵, 「朝鮮民謠 아리랑, 朝鮮民謠의 研究(二)」, 『朝鮮』, 1930.6, 41~43쪽.

9) 권상로, 「一日一文 〈啞而聾〉」, 「每日新聞」, 1941.

10) 이병도, 『韓國史』, 震檀學會刊, 1959, 159쪽 ;＿＿, 『한국사』, 을유문화사, 1961,
　74쪽.

11) 양주동, 「아리랑의 고찰」, 〈朝鮮日報〉, 1959.5, 3~4쪽; ＿＿, 「도령과 아리랑 :
　古語研究二題」, 『민족문화』 제4권 2호, 1959, 4~7쪽.

12) 任東權, 「아리랑의 기원에 대하여」, 『韓國民俗學』 창간호, 한국민속학회, 1969.12,
　23~38쪽.

13) 정익섭, 「진도지방의 민요고」, 『어문학 논집』 5, 전남대학교 문리과대학 국어국문
　학회, 1969.2, 1~52쪽.

14) 崔載億, 「한국민요연구 : 〈아리랑〉 민요고」, 『민족문화』, 광운대학교 기초과학연
　구소, 1970, 63~83쪽.

15) 元勳義, 「아리랑 계어의 조어론적 고찰」, 『관동향토문화』1, 춘천교육대학 관동향
　토문화연구소, 1978.2.28, 85~107쪽.

16) 朴民一, 『아리랑의 文學的 연구』, 1989, 경희대학교 박사학위논문.

17) 趙容晧, 『아리랑의 원형 복원에 관한 연구』, 저작권 위원회, 2002; ＿＿, 『아리랑
　은 중국어와 고려어로 된 암호문이다』, 신우, 2002.

며, 그에 대한 근본적인 문제 제기도 없었다. 뜻 모르는 후렴구로 판정한
당대의 아리랑에 대하여 다양한 종류의 의미를 부여한 것은 어떠한 시대
적 상황에서 나타난 것이며 의도하는 목표가 무엇이었느냐에 대한 근본적
인 고찰이 없었던 것이다. 그러한 이유로 이후에 나타난 설들도 최초에
제기된 설의 연장선상에 있는 것이며 이제 근본원인의 실체를 규명해야
할 때이다.

1930년 6월, 조선총독부 기관지 『朝鮮』에는 총독부 촉탁(總督府囑託)
김지연(金志淵)이라는 이름으로 「朝鮮民謠 아리랑」이 기고되었다. 아리랑
의 어원과 더불어 몇 개의 아리랑 가사들을 소개하였는데, 이는 아리랑 연
구에 획을 긋는 커다란 사건이었다. 그 중에 나오는 6개의 아리랑 발생설
(發生說)[18]은 조선총독부에서 추구하는 목표가 무엇인지도 모른 채 아리
랑 연구의 연원이 되고 있다.

　(甲)歌謠大方家 南道山氏說(榮州郡 豊基面 殷豊洞)
　只今으로부터 六十餘年前 歲乙丑에 大院君이 景福宮 復興工事를 始作하얏다.
엇잿든 巨額의 金錢과 多數의 人夫를 要하게 되어 애를 쓰는 中 君의 心服中 一
人인 李鐘夏의 案出한 計策으로 當百錢(戶大當百)을 鑄出하야 常平通寶의 百枚
의 値로 使用하야도 猶以不足 故로 八道 富豪를 調査하야 願納錢을 募集하얏다.
願納錢이란 意味는 國家가 巨創한 治宮室之役을 行하니 民間 富豪들이 臣民
된 義務心의 發露로 衣食하고 남은 餘裕잇는 金錢을 「나라에 봇태여 씁시사」하
고 自願而納金이란 意味이다. 그러나 事實은 그와 正反對이엿다. 卽 强制徵收이
다. 한술 더 쓰느라고 徵收都監된 者들이 前日에 自己와 私嫌잇는 者 中 밥술이
나 먹는 이를 富豪라고 쓸고 들어 徵收簿에 巨額을 얼마 만이라고 짝 적기만 해
노흐면 쌍쌍 두다려 가며 밧는 形勢이엿다. 범강장달이 갓튼 者라도 안이 내고

---

18) 아리랑 발생설(發生說)은 경우에 따라 발생설로 약칭하여 기술한다.

는 姓名三字를 保全할 道裡가 업다. 잇째에 百姓들은 「願納」소리에 귀가 압흘 지境이니 하물며 벼섬이나 폭에 놋코 먹는 所謂 富豪야 말해 무엇하리요 富豪民 中 글짜나 하는 이가 「但願我耳聾하야 不聞願納聲」이란 歌詩를 作한 것이 其時 賦役軍의 입으로 노래를 唱케 되엿다. 아이롱(我耳聾) 漢字音을 無識한 賦役軍이고 또는 音이 轉變하야 「아리랑」이 되여 卽 노래에 「先소리」掛聲이 되엿다 한다.[19]

아이롱(我耳聾)설이라고도 불리는 이 주장은 대원군(大院君)이 경복궁 부흥공사를 위해 백성들로부터 강제로 돈을 징수하게 되자, 원납(願納) 소리에 귀가 아플 지경이 되어 단원아이롱(但願我耳聾)이라는 노래가 나왔고 아이롱(我耳聾)이 전변(轉變)하여 아리랑이 되었다는 설이다.

(乙) 八能堂 金德長氏說(舊 順興郡 西部)

(八能이라 號한 쯧은 善歌, 善舞, 善詩, 善辭令, 善圍碁, 身丈大, 善用錢, 善誤入 八能事를 指稱) 景福宮 復興 工事時에 所要人夫 總數를 八道에 配當식혀 京城으로 召集하야 一個月 以上 或 四五個月式 賦役에 服從케 하고 疲勞를 慰撫하며 怨嗟를 防止키 爲한 一方便으로 舞童(十四, 五歲 美貌의 童男으로 善舞者)를 採用하엿나니 壯丁의 肩上에 舞童이 立하야 黃明紬手巾을 兩手에 들고 舞하면 賦役軍은 歌하얏다. 이 곳 實益主義로 일 만히 식히기 爲한 民衆的 娛樂獎勵인대 其時 役軍들은 各其 地方所長인 노래든가 或은 自己所懷를 述하는 歡聲과 並出하는 노래도 잇섯다. 卽 幾個月을 客地 봉누방에서 새오잠을 자니 離家之懷를 못 익이여 아리랑 「我離娘」曲을 불넛다고 한다.[20]

---

19) 조규익·조용호, 『아리랑 연구총서』1, 학고방, 2010.11, 27~31쪽에서 재인용. 金志淵, 「朝鮮民謠아리랑~朝鮮民謠의硏究(二)」, 『朝鮮』6월호, 朝鮮總督府, 1930.6.1, 42~44쪽 참조.

20) 조규익·조용호, 『아리랑 연구총서』1, 학고방, 2010.11, 27~31쪽에서 재인용. 金志淵, 「朝鮮民謠아리랑~朝鮮民謠의硏究(二)」, 『朝鮮』6월호, 朝鮮總督府, 1930.6.1,

아리랑(我離娘)설이라고도 한다. 경복궁 부흥공사 시기에 강제로 소집
되어 온 역군(役軍)들이 집을 떠난 그리움을 못 잊어 아리랑(我離娘) 곡을
불렀다는 설이다.

(丙) 尙州 姜大鎬氏說

秦始皇이 萬里長城을 築할 쌔에 賦役民이 休息치 못하고 勞勞役役함을 自歎爲
歌曰「魚游河」「我多苦」라 하얏나니 景福宮 工事가 此築城에 比等하며 노래도
此를 模倣하야「魚游河」「我難離」라고 하얏다 한다. 卽 고기는 물에서 自由롭게
놀건만 이놈의 八字는 고기만도 못하야 이 苦痛의 役事에서 몸을 쌧치지 못하
는고? 卽 我難離此役고 하는「아난리」가 音轉으로「아라리」가 되엿다 한다.[21]

아난리(我難離)설이라고도 한다. 경복궁 공사에 동원된 역군들의 고생
이 심해지면서 진시황의 만리장성 축조 때 불렀던 노래를 모방하여 어유
하(魚遊河) 아난리차역(我難離此役)이라는 노래를 불렀으며 아난리가 음전
(音轉)되어 아라리가 되었다는 설이다.

(丁) 密陽居住하든 金載璹氏說

只今으로부터 幾百年 前 密陽郡守 李某의 令嬢은 阿娘이라 稱하얏다.「阿娘豈識
嶺南樓, 千里曾隨大人駕」라는 詩에 據함. 阿娘은 年方 二八에 容貌極美한데 內
衙深閨에서 針工을 힘쓰며 內則篇을 慣讀하니 其聲은 珠玉을 盤에 궁글님과 彷
彿하얏다. 官婢가 吏屬家에 가면 極口稱道하야 遠近傳播함에 一郡男女가 聞風思
慕하야 願一見之하얏고 其中에도 當時 通人으로 잇든 者가 阿娘을 一見에 心醉

42~44쪽 참조.
21) 조규익·조용호, 『아리랑 연구총서』1, 학고방, 2010.11, 27~31쪽에서 재인용. 金
志淵,「朝鮮民謠아리랑-朝鮮民謠의硏究(二)」,『朝鮮』6월호, 朝鮮總督府, 1930.6.1,
42~44쪽 참조.

하야 그 淑德貞烈과 雪膚花容이 欲忘而難忘이요 不思而自思되여 如狂如醉하얏
다. 以此之極에 一計를 案出하니 卽 綾羅錦繡의 옷감과 金玉珊瑚의 佩物로 그
乳母의 歡心을 사서 如此如此히 하야 阿娘을 一逢게 하야 달나고 哀乞하얏다.
其如此如此之計는 곳 時屬晩春에 百花滿發하고 日正三五에 月色이 明朗하니 嶺
南樓로 둘이 달 구경을 가자 함이다. 乳母는 阿娘을 誘引하야 嶺南樓에 달 구경
을 하고 樓下 竹田으로 나려 왓다. 不意에 通人이 와서 阿娘의 玉手를 잡고 대
밧(竹田)으로 드러가 野慾을 채우고저 하얏스나 貞操의 觀念이 强한 阿娘은 通
人을 痛罵하고 終是不應하니 此則 通人 短刀下에 竹田 孤魂이 되든 悲劇이엿다.
愛女를 不識間에 失한 其父는 居未幾에 遞任되고 新倅가 到任하면 非夢似夢之
間에 칼을 목에 꼿고 流血이 狼藉한 處女鬼가 니의 怨讐를 갑하 달나고 出現함
에 등내마다 食劫昏倒하야 其後는 密陽倅 되기를 죄다 忌避하얏다. 맛츰 聰明膽
大한 李上舍가 自願하야 密陽郡守가 되여 其 寃鬼의 哀訴를 詳聽하고 通人과 乳
母를 問초하야 그의 積年之恨을 푸러 復讐를 하야 주엇다고 한다. 이럼으로 密
陽人民이 阿娘의 貞烈을 思慕하야 「아랑」노래를 불넛다고 한다.[22]

아랑(阿娘)설이라고도 한다. 정조관념이 강하여 통인에게 살해당한 아
랑(阿娘)이 한을 품고 원귀로 나타나는 전설을 바탕으로 밀양 사람들이 아
랑 노래를 불렀다는 설이다.

(戊) 尙玄 李先生의 說
家屋을 建築할 時에 上樑文을 지음은 恒例인대 卽 「抛樑上」 「抛樑下」 「抛樑東」
「抛樑西」 「抛樑南」 「抛樑北」의 六句로 作詩하나니 卽 上樑을 祝賀하는 쯧이라.
그리고 「兒郞偉」라 書하나니 兒郞偉는 卽 터主가 이 집을 잘 직히여 世世繁昌하
도록 하야 달나는 祝文이다.

22) 조규익·조용호, 『아리랑 연구총서』1, 학고방, 2010.11, 27~31쪽에서 재인용. 金
志淵, 「朝鮮民謠아리랑-朝鮮民謠의硏究(二)」, 『朝鮮』6월호, 朝鮮總督府, 1930.6.1,
42~44쪽 참조.

「兒郞偉, 築室時頌禱之文也, 起於六朝時 其後宋楊誠 齋, 王介甫集中, 亦見之, 文用騈語, 末附詩 上下東西南北等凡六章」[23]

아랑위(兒郞偉)설이라고도 한다. 가옥을 건축할 때 상량문으로 쓰는 아랑위는 번창을 기원하는 축문이며, 기원이 중국의 육조 시대에서 비롯되었다는(起於六朝時) 설이다.

(己)新羅 舊都인 慶州

石窟庵 附近에 閼英井(알영정)이 잇고 佛國寺 附近에 閼英川이 잇는대 石窟庵에서 佛國寺로 가자면 한 險峻한 고개를 넘나니 그 고개가 卽 至今의 아리랑 노래의 掛聲 아리랑고개라는 고개가 그로부터 起源이 되지 안엇나 生覺되며 三國史記를 按하야 보건대 新羅始祖 朴赫居世의 王妃의 名은 閼英이니 龍이 閼英井에나타나며 오른편 엽구리로 女子를 誕生하얏슴으로 井名을 應하야 名을 閼英이라 하얏다 한다. 자라매 德容과 賢行이 잇서서 時人이 王과 妃를 二聖이라 하얏슬 쑨 안이라 王이 六部를 巡撫할 제 妃가 陪從하야 親히 農桑을 勸獎하얏슴으로 百姓들이 그 惠澤을 노래하노라 閼英(알령) 閼英(알령)한 것이 卽 今日의 아리령이 된 것이 안인가 한다. 又는 아리령을 發音上으로 보아서 音便關係로 알(閼) 영(英)이 變하야 (아령)이 되고 아령이 變하야 (아리령)이 된 듯 하니 그 理由는 (아리령)의 리령의 母音 ㅣ ㅓ가 合하야 ㅕ가 됨으로 리령이 (령)으로 되고 령의 子音 ㄹ이 (아)에 올나가서 (알)이 되야 알영(閼英)의 그 本音대로 된 것이다. 그러면 慶州에 閼英井・閼英川이 잇고 其 中間에 또 고개가 잇스며 아리령의 發音上으로도 以上과 갓튼 關係가 잇스니 일로 미루어 보면 아리령 노래가 或은 新羅 쌔 부터 發生된 것이 안일가 한다.[24]

23) 조규익・조용호, 『아리랑 연구총서』1, 학고방, 2010.11, 27~31쪽에서 재인용. 金志淵, 「朝鮮民謠아리랑-朝鮮民謠의硏究(二)」, 『朝鮮』6월호, 朝鮮總督府, 1930.6.1, 42~44쪽 참조.
24) 조규익・조용호, 『아리랑 연구총서』1, 학고방, 2010.11, 27~31쪽에서 재인용. 金

알영(閼英)설이라고도 한다. 박혁거세의 왕비 알영이 농상(農桑)을 장려
한데 감격한 백성들이 부른 노래이며, 신라 때부터 발생한 것이라는 설이다.

발생설은 경복궁 부흥공사나 신라시대라는 역사적 사실과의 연관성, 밀
양 지역에 기반을 두었다는 확인할 수 없는 설화, 건축과 관련된 민속 등
과 결부되어 있어 쉽사리 무시할 수 없는 설로 자리 잡았고, 지금까지도
아리랑 연구에 기본이 되는 설로 등장하고 있다. 채집된 가사로는 〈신 아
리랑〉·〈별조 아리랑〉·〈아리랑 타령〉 등은 물론 지역 명칭이 붙은 〈원
산 아리랑〉·〈밀양 아리랑〉·〈강원도 아리랑〉·〈서울 아리랑〉·〈정선
아리랑〉 등이 제시되었다.

그러나 문제는 실증적 내용임을 시사하는 두 개의 자료인 발생설과 아
리랑 가사를 하나로 합쳤을 때 실증적이지 못하는 모순이 생긴다. 즉 아
리랑의 뜻을 채집된 노랫말에 대입하면 발생설 내용과 어떠한 연관성도
찾을 수 없다.

이는 당시의 조선총독부와 일정한 학문적 관련성을 가진 학자(學者)들
인 쓰다 소우키치(津田左右吉), 이나바 이와키치(稻葉岩吉), 이마니시 류
(今西龍), 시라토리 쿠라키치(白鳥庫吉), 타카하시 토오루(高橋亨), 아유가
이 후사노신(鮎貝房之進), 오구라 신페이(小倉進平) 등이 추구하던 실증적
성격의 학풍이라든가, 조선총독부가 통치기관의 역할을 수행하기 위한 목
적으로 조선의 역사·언어·문화·풍습·자연·사상·문학·정치·군사
등에 대한 연구도 병행하는 학술적 기능도 갖추고 있었다는 점을 감안하
였을 때 단순히 자료들 간의 결합에서 나온 오류가 아니라 또 다른 의도
가 있음을 뜻한다.

따라서 아리랑 어원 자체만을 보아서는 안 되며 발생설을 만들기 위해

志淵, 「朝鮮民謠아리랑~朝鮮民謠의 硏究(二)」, 『朝鮮』 6월호, 朝鮮總督府, 1930.6.1,
42~44쪽 참조.

참조한 자료, 만들어진 배경이나 추구하는 목표, 그 시대를 지배하고 있던 사상(思想)까지 알아야 진정한 의미에서 발생설이 만들어진 이유와 목적을 파악할 수 있게 된다. "사상은 한 개인의 생각이 아니라 동시대인의 세계사적인 생각의 뭉치이"25)며, "당대 가치관의 집대성"26)이기 때문이다. 그러한 측면에서 발생설이 만들어진 시대적 상황에서 고찰해 보면 숨겨져 있던 문제점들이 나타나며, 이를 통해 조선총독부가 의도하던 바를 알아낼 수 있다.

첫째, 발생설의 원문에는 제보자의 인적사항과 함께 배경설화를 설정하고 있다. 그러나 제시된 배경설화와 아리랑 어원 간의 상관관계를 확인할 방법이 없으며, 또한 확정되지 않은 여러 개의 설을 동시에 제시하고 있는데, 이를 통해 아리랑은 뜻이 없고 유사한 발음을 갖는 설화나 비슷한 뜻이 있으면 그럴듯하게 될 수 있는 노래라는 논리체계이다. 이는 처음부터 아리랑을 뜻 없는 후렴구로 희화화(戱畫化)하기 위한 것이었으며, 조선심(朝鮮心)을 대표하는 노래인 아리랑에 대한 존엄성을 상실케 하는 의도를 숨기고 있다.

둘째, 제기된 내용이 단순히 아리랑 이야기만 하고 있는 것이 아니다. 발생설에 나타나는 다른 화소(話素)들인 대원군, 경복궁 부흥공사, 강제노역, 백성들의 고통, 진시황의 만리장성 축조, 잔인하게 살해된 후 한을 품고 밤에 나타나는 아랑, 아랑위의 기원(起源)이 중국에 있다는 것, 신라시조 박혁거세의 왕비 알영에서 발생되었다는 설 등에는 또 다른 의미가 있는 것이며, 이러한 설들이 하나로 종합되었을 때 공통적으로 추구하는 방향이 무엇이며 의도하는 바가 무엇인지를 알아내야 한다. 형태상으로는 아리랑이라는 모양새를 하고 있지만 실제로는 다른 이야기를 하고 있기

---

25) 한승옥, 『현대 소설과 사상』, 집문당, 1995, 9쪽.
26) 위의 책.

때문이다.

우선 아이롱, 아리랑, 아난리 등은 경복궁 부흥공사에 대한 강제 노역을 통해 대원군(大院君)이 백성으로부터 원성을 사는 이야기가 주류를 이루고 있다. 이것이 제시하는 바는 대원군을 비롯한 조선 집권층이 백성들을 압제한데에 조선망국의 원인이 있다는 논리를 숨기고 있다.

그런데 이와 같은 사상은 1926년 호소이 하지메(細井肇)가 조선이 망한 이유를 대원군과 연결시키려한 점과 같다.[27] 또한 『조선문화사론(朝鮮文化史論)』(1911년), 『붕당·사화의 검토(朋黨·士禍の檢討)』(1921년) 등에서 당쟁의 원인 등을 들어 조선인의 심성을 비난하고 식민지 지배를 정당화하려한 논리는 타카하시 토오루(高橋亨)의 사상과 같다.

타카하시 토오루는 진화론에 입각한 우등과 열등의 이론을 바탕으로『조선 속담집 부록 민담(朝鮮の俚諺集附物語)』(1914년)을 통해 철학과 종교적 입장에서 조선사회 내면에 면면히 흐르고 있는 특성을 "1. 사상(思想)의 고착성 2. 사상(思想)의 무창견(無創見) 3. 무사태평 4. 문약(文弱) 5. 당파심 6. 형식주의"[28] 등으로 규정하고, 『조선인(朝鮮人)』(1921년) 등을 통해 세분화함으로써 식민 지배를 정당화하려 하였다.

또한 무라타 시게마로(村田繁麿)는 『조선생활과 문화(朝鮮の生活と文化)』(1924년)[29]에서 동일한 논리를 보이고 있는데,[30] 이들이 추구하는 방향성

---

27) 타카사키 소지(高崎宗), 「朝鮮民族性槪論-細井肇」『妄言』の原形-日本人の朝鮮觀』, 木犀社, 1996, 216~217쪽 참조. 호소이 하지메(細井肇)는 조선망국의 원인이 대원군의 독단과 폭정에 있는 것으로 보고, 대원군 일대기를 1926년 6월 25일부터 「朝鮮物語」라는 이름으로 『大阪朝日新聞 附錄朝鮮朝日』에 연재하였다.

28) 高橋亨, 박미경 역, 『(다카하시 도루의) 조선 속담집』, 어문학사, 2006, 22쪽에 나오는 한 예로, "사상의 고착성(思想の固着性)이란 한번 받아들여 내 사상으로 삼은 이상은 시간의 흐름을 초월하여 언제까지나 이것을 꼭 움켜쥐고 끄떡도 하지 않는 것을 말한다(思想の固着性とは一度是認して我が思想となしたる以上は時間の流に超逸して 何時迄も之を把持して動くことなきを謂なふり)".

은 조선총독부에서 조선병합 3년을 맞는 시점에서 향후의 통치 방향에 대
하여 논의한『조선 제1집(朝鮮 第1輯)』(1913년)[31]에 나타나 있다. 이들이
사용한 자료 중에는 조선총독부에서 수집한『이요・이언급 통속적 독물
등 조사(俚謠・俚諺及 通俗的 讀物等 調査)』(1912년)[32]와『조선 민담집
부록 속담(朝鮮の物語集附俚諺)』(1910년) 등이 있고, 민요나 속담 등의 변
형을 통한 조선 민족성의 교화(敎化) 방안의 기초가 되는 식민사관은『韓
國倂合紀念史』(1911년)[33] 등에 나타난 식민사관에 뿌리를 두고 있다.[34]

한편, 발생설이 갖고 있는 또 다른 문제점은 당시의 실증적 학술 태도

---

29) 林鍾國 編,『親日論說選集』, 실천문학사, 1987.8.15, 15쪽 참조. 무라타 시게마로
(村田繁磨)가 말한다. "조선민족은 그 지질(地質)이 오래된 것처럼 노쇠했다. 노쇠
한 민족은 그 사명을 젊은 민족에게 물려주고 물러가는 것이 당연한 순서"라고.
30) 무라타 시게마로(村田繁磨)는 조선 민족성을 논의하는 근거로 민요 아리랑을 예로
들었고, 자연환경과 소설, 극, 음악 등 문학과 예술 등을 논의의 근거로 삼았다.
31) 아오야나기 난묘(靑柳南冥),『朝鮮』第1輯, 朝鮮硏究會, 1913. 조선총독부가 주관
이 만든 자료로, 향후 식민 통치에 대한 방향성이 나타나 있으며, 주요 내용으로
는, 조선 초기의 문명을 논한 호소이 하지메(細井肇). 민요를 통해 국민성을 풀어
가는 논리를 전개한 우스다 잔운(薄田斬雲), 조선의 풍습을 논한 하기노 요시유키
(萩野由之), 자연을 닮은 조선인의 성정(性情)을 논한 아유가이 후사노신(鮎貝房
之進), 조선 속담을 논한 타카하시 토오루(高橋亨) 등이 나오며, 이를 통해, 추구
하는 방향성과 역사관을 알 수 있다.
32) 任東權,「朝鮮總督府가 一九一二年에 실시한『俚謠・俚諺及 通俗的 讀物等 調査』
에 對하여」,『韓國民謠集』VI, 集文堂, 1981.10, 505~531쪽.
33) 후쿠다 토오사쿠(福田東作),『韓國倂合紀念史』, 大日本實業協會藏版, 1911 참조.
당시 일본의 식민사관이 그대로 담겨있는 자료로「병합조서(倂合詔書)」를 서두에
실었으며, 강제병합 3주년을 기념하여 만들었다. 제목이 朝鮮병합이 아닌 韓國병
합으로 되어 있는 것은, 식민사관의 논리에 따른 것으로, 일본은 고대로부터 한반
도 남부에 있는 馬韓 辰韓 弁韓 등의 韓國에 식민지를 두었으며, 그것을 합병을
통해 다시 되찾았다는 의미로 韓國倂合이라고 한 것이다. 大韓民國을 뜻하는 韓國
과는 다른 의미이다.
34) 자료 내용과 구성의 측면에서『韓國倂合紀念史』(1911년)은 식민사관에 뿌리를 두
고 훨씬 이전부터 준비된 것임을 알 수 있다.

를 무시한 연구 결과라는데 있다.

즉 아리랑의 어원이 기록에 나타나기 시작한 19세기 말을 기점으로 유사한 형태의 명칭이 이미 있었고, 일제 강점기를 통해서도 지속적으로 논의가 있어왔는데도,[35] 기록에 대한 언급이나 제기된 수많은 논의들은 누락하고, 단순히 몇 개의 설과 아리랑의 종류만을 나열하고 있다.

이는 고의적으로 자료를 누락한 것이며, 동시에 또 다른 의도를 가지고 발생설을 만들었다는 것을 뜻한다. 즉 특정한 역사적 상황(歷史的 狀況)을 만들어 결정적인 내용을 누락하거나 조합하는 논리체계이다. 그러한 논리는「朝鮮民謠 아리랑, 朝鮮民謠의 硏究(二)」의 머리말에서 확인할 수 있다.

第一次로 주은 바둑돌은 이「아리랑」이올시다 맨든 것이 안이고 주은 것이에요 이에 對하야 여러 先輩의 말삼도 들엇습니다만은 아즉 明確치 못한 점이 만코 採譜라든지 謠旨解釋이라든지 相互의 比較調查라든지는 後期를 두고 未完成인 이대로 씀은 퍽 미안합니다. 이것은 死馬骨을 五百金으로 買入하는 格이니 千里馬를 자랑하실분이 만이 기심을 바랍니다.

아리랑 연구를 자신이 한 것이 아니고 주웠으며, 선배의 말을 들었고, 직접 채보를 하지 않았다. 이러한 연장선상에서 자료를 줍는 방식과 말을 전해준 선배 등에 대한 다른 예가 있다. 발생설을 기고하고 나서 6개월 후인 12월호에 쓴 「앙모안회헌[36] 선생(仰慕安晦軒先生)」의 말미에 자료를

---

35) 무라타 시게마로(村田繁麿)는 조선 민족성을 분석하는 근거로 아리랑을 들고 있고(1924), 이광수는 「민요소고」(1924)에서 아리랑을 언급하였으며, 영화 아리랑이 전국적으로 상영되었고(1926), 이치야마 모리오(市山盛雄)를 편자로 한 『조선민요 연구(朝鮮民謠の硏究)』, 東京:坂本書店, 1927.1.1에서도 아리랑에 대한 논의들이 있었다.

36) 안향(安珦,1243~1306.9.12)의 호는 회헌(晦軒), 시호는 문성(文成)이며, 우리나라에 주자성리학을 처음 전한 사람으로 알려져 있다. 회헌이라는 호는 만년에 송나

만든 배경과 방법에 대한 언급이 있다.

此는 恩師 高橋博士께 드른 講義 一部을 土臺삼아 大槪譯함에 不過하니 誤謬
가 잇스면 나의 잘못임을 告함[37]

강의에서 들은 자료를 번역하여 기고하였다는 것은 타카하시 토오루(高橋
亨) 박사의 학문적 내용을 한글로 번역 후 대신하여 기고했다는 의미이다.

그런데 이러한 형태의 기고문이 갖는 문제점은 자료를 강의했거나 설명
해준 사람이 당시의 사상과 역사관에 의해 지배되고 있다거나 강의한 내
용이 개인적 성향에 의해 변형되어 있을 경우 또 다른 형태로 변질되어
진행될 수밖에 없는 구조를 가지고 있다. 당시의 역사적 상황은 현재와는
전혀 다른 식민사관이 지배하는 시대였기 때문이다.

따라서 참조한 자료의 원천적인 내용에 대한 고찰과 당시의 사상적 배
경에 대한 이해가 필요하며, 이를 통해 아리랑의 어원과 관련 설화 간의
상관관계를 파악할 수 있다.

그러한 측면에서 주웠다고 하는 자료가 어떤 것인지 분명치는 않지만
그와 같거나 유사한 화소(話素)가 있는 자료를 통해 변형의 정도를 확인할
수 있다.

발생설에 나오는 화소들과 같거나 유사한 내용인 어유하(魚遊河) · 아이
롱(啞而聾) · 아아이롱(我啞而聾) · 아롱(啞聾) · 아랑(阿郎), '나를 버리고 가
시는 임은 十里도 못가서 발병난다'는 내용이 나오는 자료는 『이요 · 이언
급 통속적 독물 등 조사(俚謠 · 俚諺及 通俗的 讀物等 調査)』(1912년)이다.

조선총독부에서 전국경찰조직과 보통학교를 통해 비밀리에 간접 채보

라의 회암(晦庵) 주자(朱子)를 추모하여 그의 호를 본따 지은 것으로 알려져 있다.
37) 金志淵, 「仰慕安腾軒先生」, 『朝鮮』, 朝鮮總督府, 1930.12, 84쪽.

한 형태로 만든 자료로 민요에 대한 논문집인 『조선민요 연구(朝鮮民謠の
硏究)』(1927년)[38]를 편찬한 이치야마 모리오(市山盛雄) 같은 일본인에게
조차도 보여주지 않았을 정도로 비밀리에 취급한 자료인데,[39] 아직까지도

---

38) 『조선민요 연구(朝鮮民謠の硏究)』는 총독부 관련자들이 관여되기는 하였지만, 민
간 차원에서 이뤄진 연구 로 1927년 1월 1일에 특집호로 출판되었으며, 최남선
(崔南善), 이광수(李光洙), 이은상(李殷相) 등을 포함한 다수의 논문이 실려 있다.
『조선민요연구朝鮮民謠の硏究』, 東京:坂本書店, 1927.1.1의 예언(例言)에 조선민
요에 대한 관심이 잘 나타나 있다. 이치야마 모리오(市山盛雄)는 "민요에 대한 연
구는 지금에 이르러 여러 문명국에서는 자료조차 남아있지 않은 상황이지만, 조
선의 경우는 아직 단 한 번의 쟁기질도 이루어지지 않은 상태라고 할 수 있다. 근
래 들어, 여러 방면에서 점차적으로 조선에 대한 연구열이 고조되고 있지만, 진실
한 의미에서 조선을 알기 위해서는 아무래도 이 나라의 민족성을 알아야만 할 것
이다. 그러한 차원에서, 소박한 민중의 시대적인 심리를 가장 잘 표현하고 있는
민요를 통해 조선인의 민족성을 엿보는 일은 가장 좋은 자료가 될 것이다."라고
기술하였다. 이 책에 실려 있는 주요 내용은 다음과 같다. 나가타 타키오(永田龍
雄), 「조선무용에 대하여(朝鮮舞踊に就て); 최남선(崔南善), 「조선민요 개관(朝鮮
民謠の槪觀)」; 하마구치 료오코(浜口良光), 「조선민요의 맛(朝鮮民謠の味)」; 이노
우에 오사무(井上收), 「서정시 예술로써의 민요(敍情詩藝術としての民謠)」; 아사
카와 노리타카(淺川伯敎), 「조선민예에 대하여(朝鮮民謠に就て); 오카타 미츠구
(岡田貢), 「조선민요에 나타난 제 양상(朝鮮民謠に現はれた諸相)」; 이광수(李光洙),
「민요에 나타나는 조선 민족성의 한 단면(朝鮮民謠に現はれた朝鮮民族性の一端)」;
난파 센타로(難破專太郞), 「조선민요의 특질(朝鮮民謠の特質)」; 이마무라 라엔(今村
螺炎), 「조선민요(朝鮮の民謠)」; 이은상(李殷相), 「청상민요 소고(朝鮮民謠小考)」;
미치히사 요시미(道久良), 「화전민의 생활과 가요(火田民の生活と歌謠)」; 이치야
마 모리오(市山盛雄), 「조선민요에 관한 잡기(朝鮮の民謠に關する雜記)」; 시미즈
헤이조(淸水兵三), 「조선의 향토와 민요(朝鮮の鄕土と民謠)」; 타나카 하츠오(田中
初夫), 「민요의 철학적 고찰을 기반으로 한 조직체계 구성(民謠の哲學的考察に基
づく組織體系の構成)」.

39) 任東權, 「朝鮮總督府가 一九一二年에 실시한 『俚謠・俚諺及 通俗的 讀物等 調査』
에 對하여」, 『韓國民謠集』Ⅵ, 集文堂, 1981.10, 508~509쪽 참조. "總督府 學務局
에 岩佐 編輯課長을 방문하여 자료를 구하였으나, 총독부에서도 근간에 民謠集 刊
行의 계획이 있어 편집 중에 있으므로 외부에 누설되는 것을 꺼려하는 눈치이고,
또 편집의 책임을 맡고 있는 加藤灌覺氏를 만나 연구한 것의 일부를 발표해 달라
고 부탁했으나, 후에 보기 좋게 거절당하여 총독부는 전연 기대가 어긋났다."

그 이유는 알려져 있지 않았다.

자료와 비교해 보면 아이롱(我耳聾)과 관련된 것은 아이롱(啞而聾) 또는 아아이롱(我啞而聾)이라는 형태로 나온다.

啞而聾打詠

394

啞而聾 我啞而聾

啞而聾 얼시고 노다 가소 (綾州郡)

(『韓國民謠集』VI-394)

啞聾歌

476

간다구 간다구

가더니만

十里도 못 가고

발병 났네

汽車는 가자고

쌍고동을 트난데

임을 잡구서

落淚한다 (群山公立普通學校)

(『韓國民謠集』VI-476)

啞利聾打令

679

아리랑 아리랑

아라리러구려

아리랑 어리얼슈

아라리러구려

기차는 가지고
쌍고동 트는데
정든 임잡구서
선앵도 딴다 (楊口郡)

(『韓國民謠集』VI-679)

〈아이롱 타령(啞而聾 打詠)〉[40]에서는 누구의 말에도 귀 기울이지 말고, 말하지 말고, 놀다가는 의미에서의 아이롱(啞而聾)이다. 〈아롱가(啞聾歌)〉,[41] 〈아리롱 타령(啞利聾 打令)〉[42]에서는 기차(汽車) 소리가 시끄러워서 귀를 막고, 떠나는 님을 잡고서 낙루하기 때문에 말을 못한다는[聾] 의미이다. 이를 통해 아이롱(我耳聾)이라는 본래의 의미는 대원군이나 경복궁 부흥공사, 백성들이 원납 소리에 귀가 아픈 것과는 아무런 상관이 없으며, 발생설에 나오는 내용과는 전혀 다른 의미인 것을 알 수 있다.

어유하(魚遊河)와 관련된 것은 〈모내기〉, 〈김매기요(謠)〉와 〈타맥가(打麥歌)〉 등에 나온다.

모내기 김매기 謠
107
어럴널널 상사디
어럴널널 상사이댜
네 다리 빼라
내 다리 박자
어럴널널 상사디야

---

40) 任東權, 『韓國民謠集』VI, 集文堂, 1981.10, 78쪽.
41) 위의 책, 91쪽.
42) 위의 책, 126쪽.

神農氏 본을 받아
하여보세
魚遊河라 防故
驪州利川 자채방아
魚遊河라 防故
金浦通津 밀따리방아
魚遊河라 防故 (安山郡)

(『韓國民謠集』Ⅵ-107)

打麥歌
389
魚遊河 흥
我何苦 흥 (旌義郡)

(『韓國民謠集』Ⅵ-389)

412
萬山에 春氣 둘러
꽃도피고 풀도나니
人生도 때 만나면
花草와 같을 것
魚遊河 上瑞多
우리도 언제야
旱天에 빗발되야
枯苗를 潤滋할꼬
魚遊河 上瑞多 (興陽郡)

(『韓國民謠集』Ⅵ-412)

〈모내기〉, 〈김매기요〉[43) 에서 어유하의 의미는 일을 열심히 하면서 옆에서 노는 물고기를 본다는 뜻이다. 〈타맥가(打麥歌)〉[44)에서는 보리타작 농사를 힘들게 하는데 물고기는 논다는 뜻이며, 또 다른 노래[45)에서는 인생도 때 만나면 좋은 시절이 오니 물고기처럼 놀아 보자는 내용이다. 경복궁 공사에 동원된 역군들이 불렀는지의 여부를 떠나 원래의 의미는 농사를 지으면서 부르는 노래이고, 아난리차역(我難離此役)이라는 내용은 나오지 않는다. 어유하는 대원군과 관련이 없는 농사에서 나온 노래인데 상황을 무리하게 대원군 연결시킨 것임을 알 수 있다.[46) 그런데 대원군과 관련된 이야기는 다른 민요에 나온다. 〈방아 타령(打令)〉이 그것이다.

방아打令
815
乙丑三月 열나흗날
景福宮을 짓느라고
役事로다
景福宮을 役事時에
八道富者가 願納을 한다
正方山城 위좁은 길로
알가진 처자가
상금살작 기누나

---

43) 任東權, 앞의 책, 34쪽.
44) 위의 책, 78쪽.
45) 위의 책, 80쪽.
46) 타카하시 토오루(高橋亨), 『朝鮮民謠總說』, 東方學紀要 別冊 2(1968.2), 日本天理大學, (1932~37년 작성). 최철·설성경 엮음, 『민요의 연구』, 정음사, 1984, 353쪽. 타카하시 토오루(高橋亨)는 민요와 아리랑에 대한 교섭을 대원군 중건시기로 보았다.

그대 맘은 綠水오
이 내 말은 靑山이라
綠水는좇아 흘러가도
靑山조차 변할소냐 (陽德郡)

(『韓國民謠集』Ⅵ-815)

그렇지만 경복궁을 짓는 것이 역사(役事)이며, 팔도 부자가 원납을 한다는 이야기가 전부로 백성들이 원납 소리에 귀 막는다거나 일하던 곳을 떠나기 어렵다는 내용은 나오지 않는다. 자료가 변형된 것이다.

그렇다면 이러한 목표는 무엇일까? 발생설에서 제기되는 방향성은 당시의 집권자인 대원군을 공격함으로써 조선의 통치자들이 백성을 착취하고 압제하는 정치를 하였다는 논리를 통해 조선이 망할 수밖에 없는 것이며, 이를 통해 식민통치의 정당성을 내세우는 것이다. 그러한 연장선상에서 총독부가 추구하던 목표가 무엇인지『이요·이언급 통속적 독물 등 조사』(1912년)와『조선 속담집 부록 민담』(1914년)에 공통적으로 나온다.

371
옛적에는 官廳에서
人民의 것을 빼앗기만 하여
壓制를 하드니
지금은 每年 官廳에서
農産物 鐘子며 外他各種 勸業品을
無代 주며 親切히 하니
堯舜世界인듯
그러나 手續을 몰라 걱정이야 (延豐郡)

(『韓國民謠集』Ⅵ-815)

조선의 통치자들이 압제 정치를 해서 조선이 망했는데, 식민지가 되고
나니 백성들의 삶이 요순시대와 같이 되었다는 내용이다. 이러한 변형이
일어난 것을 통해 민요 조사 시작 전부터 이미 일부의 자료에 대해서는
특정한 의도를 갖고 끼워 넣어진 것임을 알 수 있으며, 일제를 찬양했거나
아부성을 보이는 것은 조작된 것[47]일 수 있으므로 심층적인 분석이 필요
하다고 할 수 있다.

한편 『조선 속담집 부록 민담』(1914년)에는 이와 동일한 내용이 속담이
라는 형태로 나온다. 즉 1910년에 없던 내용이 1914년 자료에 추가된 것
이다.

> 1298
> 옛날에는 빼앗기기 바쁘고 지금은 받기에 바쁘다. 이것은 최
> 근 총독부의 시정 이후에 생겨난 말이다. 실로 총독부의 정
> 치는 백성에게 환원함으로써 백성을 풍요롭게 하는 일을 도
> 모해왔다. 과거의 조선 왕조가 수탈만 일삼고 환원하지 않았
> 던 것과 비교하면 백성들에게 이런 느낌이 생겨나는 것도 당
> 연하다.[48]

이것은 『이요・이언급 통속적 독물 등 조사』에 있는 민요를 속담이라는
형태로 변형(變形)시킨 것이다. 일본이 조선을 식민통치함으로써 요순시

---

47) 任東權, 「朝鮮總督府가 一九一二年에 실시한 『俚謠・俚諺及 通俗的 讀物等 調査』
   에 對하여」, 『韓國民謠集』VI, 集文堂, 1981.10, 512~513쪽 참조
48) 타카하시 토오루(高橋亨), 박미경 역, 『다카하시 도루의 조선 속담집』, 어문학사,
   2006, 247쪽의 원문에는 "昔は取られるに忙しく, 今は貰うに忙しい. 是最近總督府
   施政以後の發生に係る. 實に總督府の政治は民に與へて民を富ましめん事を之れ謀れ
   り前期民に取りて與へざりしと比較すれば民に此の感生するも宜なり"로 되어 있다.

대가 되었고, 이를 통해 총독부 정책에 대한 예찬을 하고 있다. 그렇지만 조선총독부에서 발간한 『조선 속담집(朝鮮俚諺集)』(1926년)에는 이 내용이 나오지 않는다. 총독부를 노골적으로 예찬하는 내용은 개인의 저술에만 한정하고 공식 문서에서는 제외한 것이다. 『이요·이언급 통속적 독물 등 조사』를 일본 민간인에게도 보여주지 않은 이유를 알 수 있다. 처음부터 변형이 가미된 자료였기 때문에 보여줄 수 없었고, 그러한 이유로 비밀 자료 취급을 한 것이다.

아랑(阿娘)과 관련된 것은 〈아랑가(阿郎歌)〉, 〈애아랑가(愛我娘歌)〉 등이 있다.

阿郎歌
70
아르랑아르랑 아라리요
아르랑얼시고 아라리야
아르랑타령을 정잘하면
술이나생기어도 삼잔이라

아르랑아르랑 아라리요
아르랑얼시고 아라리야
세월아봄철아 가지마라
長安의 호걸이 다 늙는다

아르랑아르랑 아라리요
아르랑얼시고 아라리야
저 달은 반달인데
임 계신데를 보련마는

아르랑아르랑 아라리요
아르랑얼시고 아라리야
달아보느냐 임 계신데
明氣를빌려라 나도 보게

아르랑아르랑 아라리요
아르랑얼시고 아라리야
明沙十里 海棠花야
꽃 진다고 설워마라

아르랑아르랑 아라리요
아르랑얼시고 아라리야
明年三月 春節이 되면
너는다시 피려니와

아르랑아르랑 아라리요
아르랑얼시고 아라리야
人生한번 죽어지면
움이날까 싹이날까 (竹山郡)

(『韓國民謠集』VI-70)

阿郞歌
531
에그럭 데그럭 軍刀 소리
노름군 肝腸이 다 녹는구나
아리랑 아리랑 아리랑이요
阿郞 阿郞 阿郞이야 (私立扶安普通學校)

(『韓國民謠集』VI-531)

愛我嫏歌
360
노세 노세 젊어서 노세
늙어 병들면 못 노느니 (槐山群)

(『韓國民謠集』VI-360)

〈아랑가(阿郎歌)〉는 술을 잘 마시는 장안의 호걸이나, 노름꾼에 대한 이야기이다. 〈애아랑가(愛我嫏歌)〉는 젊었을 때 재미있게 놀고 지내자는 내용이다. 아랑(阿郎)과 아랑(阿娘)의 관계가 나타나 있지는 않지만 밀양 전설이라는 확인되지 않은 이야기를 통해 정조를 지키려다 통인에게 잔인하게 살해당하여 꿈속에 나타나는 아랑(阿娘)에 대한 내용은 없으며, 이는 같은 자료에 나오는 〈밀양 아리랑〉에도 나오지 않는다.

그렇다면 아랑 전설은 무엇을 의도하고 있는가? 그것은 젊은 여자를 잔인하게 살해하는 민족성을 부각시키고 또 한편으로는 『조선 속담집 부록 민담(朝鮮の俚諺集附物語)』(1914년)에 나오는 여자가 한을 품으면 오뉴월에 서리 내린다는 속담과 연결시키려 한 것이다.

904(361)
여자가 한을 품으면 오뉴월에도 서리가 내린다.
백성을 두려워해야 함을 말하는 것이다.[49]

속담의 원래 뜻은 여자에게 한 맺힌 일을 하지 말라는 것인데, 이를 『조선 속담집 부록 민담』(1914)에서 임금이 정치를 못하는 것을 두려워해야

---

49) 타카하시 토오루(高橋亨), 박미경 역, 앞의 책, 185쪽 참조. 동일한 내용이 『조선 속담집 부록 민담(朝鮮の俚諺集附物語)』(1914년)에는 904번에 나오며, 『조선 민담집 부록 속담(朝鮮の物語集附俚諺)』(1910년)에는 361번에 나온다.

한다는 뜻으로 해석하고 있다. 속담의 의미를 잘못 알고 있는 것이다. 이 속담이 목표로 하는 것은 조선 위정자의 잘못에 대한 이야기를 통해 일본 의 식민통치를 정당화시키는 논리적 구조를 취하고 있다.

아랑위(兒郎偉)에서는 무엇을 이야기 하고 있을까? 단순해 보이는 내용 이지만 아랑위가 나온 배경에 대해서는 한자로 병기되어 있다.

> 兒郎偉, 築室時頌禱之文也, 起於六朝時, 其後宋楊誠齋, 王介甫集中, 亦 見之, 文用騈語, 末附詩上下東西南北等凡六章[50]

아랑위로 축문을 하는 풍습이 중국의 육조시대[51]에 기원한다는 내용이 핵심이다. 이것이 의미하는 것은 건축할 때 아랑위를 하는 행위는 중국에 서 받아들인 사상을 조선에서 사용한다는 논리이며, 이는 조선인의 민족 성을 분류할 때 지적한 '사상(思想)의 무창견(無創見)'과 연결시키고 있다. 무창견이란 철학 및 종교에 있어서 중국사상 외에 조선에서 독립적으로 창조된 사상이 하나도 없음을 말한다.[52] 이는 진화론에 입각한 우등과 열 등의 논리에 근거를 두며, 그러한 이유로 열등한 민족은 일본의 식민 지배 를 받아야 한다는 논리구조이다. 그러나 식민사관에 의해 편찬한 역사책 에서 조차도[53] 아직기(阿直岐), 왕인(王仁) 등 수많은 고대의 한국인들이 왜국(倭國)에 건너가 문명을 일깨우고, 사상을 불어넣어 주었음을 기록하

---

50) 金志淵, 「朝鮮民謠 아리랑」, 『朝鮮』, 朝鮮總督府, 1930, 43쪽 참조.
51) 중국 역사상 서기 221~589에 해당하는 시기로 후한(後漢)이 멸망한 다음 해부터 수(隋) 문제(文帝)가 진(陳)을 멸망시키기까지의 시대이다. 삼국시대의 오(吳)·동 진(東晉)과 남조(南朝)의 송(宋)·제(齊)·양(梁)·진(陳)의 4국을 합하여 육조(六 朝)라 한다.
52) 타카하시 토오루(高橋亨), 박미경 역, 앞의 책, 22쪽.
53) 후쿠다 토오사쿠(福田東作), 『韓國併合紀念史』, 大日本實業協會藏版, 1911, 55~57쪽.

고 있는 것을 기억해야 할 것이다.

알영(閼英) 이야기는 어디에서 주은 것일까? 발생시기와 관련하여 이광수가 『민요소고』에서 제시한 삼국시대 기원설과[54] 일부 관련이 있을 수 있으나, 삼국시대 중에서 신라에서 발생한 것으로 설정한 것은 다른 의미를 내포하고 있다. 즉 당시의 식민사관(植民史觀)의 입장에서 보는 신라(新羅)와 박혁거세(朴赫居世)라는 측면이다.

식민사관에 의하면,[55] 임나일본부를 비롯하여 신라는 일본민족에 의해서 식민통치를 받았다는 논리체계에 있었고, 더구나 신라의 시조인 박혁거세가 일본 왕족이라는[56] 사관을 갖고 있다. 이렇게 되면 신라의 노래는 결국 고대 일본 식민지의 노래이고, 이는 일본의 노래이며, 일본 왕족 출신으로 신라에 건너와 박혁거세로 이름을 바꾼 일본사람의 아내인 알영을 찬양하는 노래라는 논리를 통해 식민 통치의 정당성을 주장하고 있다. 또한 신라는 시조인 박혁거세부터 일본 왕족에 의해 다스려진 식민지라는 논리도 성립된다.

그러한 연장선상에서 알영(閼英)이라는 이름이 갖고 있는 발음상의 특이성은 당시의 논리와 결합되어 김알지(金閼智)를 연상시키는 작용을 한다. 즉 식민사관에서의 김알지(金閼智)는 일본 호족인 기무오치(金閼智)로,[57] 또 다른 일본지역 호족 출신인 석탈해(昔脫解)가 박혁거세를 몰아내고 왕이 되자 바다를 건너와 신라를 무력으로 정복하여 석탈해를 물리치고 왕이 된 사람이기 때문에, 비슷한 이름의 알영(閼英)을 등장시킴으로써 알지(閼智)를 연상시키는 과정을 통해 아리랑을 일본 왕족을 찬양하는 노

---

54) 이광수, 앞의 글, 1924.11, 28~37쪽.
55) 후쿠다 토오사쿠(福田東作), 앞의 책, 19~20쪽.
56) 위의 책, 17~18쪽.
57) 후쿠다 토오사쿠(福田東作), 앞의 책, 26~27쪽.

래로 유도하는 역할도 겸하고 있다.

이상과 같이, 아리랑 발생설에 나오는 화소들을 총독부 자료와 대비해 보면 실제 민요의 내용과 다르게 되어 있는 것을 알 수 있고, 또한 아리랑 이라는 명칭은 물론 그와 유사한 명칭들인 아르랑, 아리랑가(歌), 아리랑 타령, 아리랑 타령(打令), 아라랑, 아르렁 타령(打令), 아라리 타령 등이 이 미 존재하고 있었는데도 언급하지 않는58) 대신 아이롱, 아난리, 아랑, 아 랑위, 알영 등을 조작하여 발생설의 기원으로 주장한 것임을 알 수 있다. 발생설은 다른 의도를 갖고 만든 것이다.

결국 조선총독부에서는 조선인의 공통 심성인 조선심과 민족성을 파악 하는 과정 속에서 조선인의 핵심이 아리랑인 것을 알게 되었다. 따라서 변형시키는 과정을 통해 희화화하여 뜻을 잃어버리게 함으로써 조선민족 의 혼 아리랑에 대한 존엄성을 박탈하고, 식민통치의 정당성을 부여하려 는 것이 아리랑 연구의 목적이었다. 한민족의 혼이 크게 훼손한 상황이 된 것이다.

그러한 숨겨진 의도를 모르고 지금까지 단순한 아리랑 어원에 대한 기 원 정도로 이해하고 있었던 것인데, 이는 조선총독부가 진정으로 아리랑 의 뜻을 찾으려는 열정과 조선인에 대한 사랑에서 시작된 것이 아니기 때 문이다.

본 연구를 통해 아리랑에 숨겨져 있던 식민사관을 탈피하는 계기가 될 수 있을 것이다.

---

58) 任東權, 『韓國民謠集』 VI, 集文堂, 1981.10. 수집분에는 아리랑打令(#257), 아르렁 타령(#347), 어르렁打令(#364), 啞而聾打詠(#394), 啞利聾打令(#679), 아르렁打令 (#820), 아르랑打令(#1015), 아르랑打令(#1016)으로 나오며, 1933년과 1935년 수 집분에서는 아리랑打令(#1237)으로 나온다. 괄호안의 숫자는 수집된 노래의 일련 번호를 뜻한다.

향후 아리랑에 대한 연구는 식민사관(植民史觀)과 탈식민사관(脫植民史觀)이라는 사상적 구도로 설정될 수 있을 것이며, 탈식민사관적 입장에서 지금까지 진행된 연구를 세분하여 분석하는 형태로의 전환이 가능할 것이다.

이제 아리랑 연구라는 학술적 포장 속에 숨겨져 있던 식민사관을 거둬내고 원래의 아리랑이 갖고 있는 숭고한 의미를 찾아 민족적 자존을 되찾아야 할 때이다.

그렇다면 아리랑은 어떠한 노래일까? 기록에 나타나는 노래의 성격을 고찰해보면 사뭇 이와 다른 것을 알 수 있다.

III. 원형적 본질의 추출

아리랑의 성격이 변형되기는 하였지만 옛날부터 전해지는 이야기나 기록을 통해 아리랑의 원형적인 뜻과 성격들을 파악할 수 있다.

1) 고귀한 신분의 아가씨[阿里娘]

아리랑 원형의 성격을 알 수 있는 대표적인 자료 중의 하나는 지금으로부터 100년 전인 1910년에 일본에 의한 강제합병에 항의하며 순국한 황현(黃玹)의 『매천야록』이다.

> 正月, 上晝寢, 夢光化門倒, 懼然驚悟, 大惡之, 以二月移御昌德宮, 卽繕東宮, 會南警日急, 而土木之巧愈競焉, 每夜燃電燈, 召優伶奏新聲艶曲, 謂之阿里娘打令, 打令演曲之俗稱也, 閔泳柱以原任閣臣, 領衆優, 專管阿里娘, 評其巧拙, 頒尚方金銀賞之, 至大鳥圭介犯闕而止.[59]

---

59) 黃玹, 『梅泉野錄』, 國史編纂委員會, 1955, 134쪽.

정월(正月)에 임금이 낮잠을 자다가 광화문이 무너지는 꿈을 꾸고는 깜짝 놀라 잠에서 깨어났고, 매우 불길한 꿈이라 생각하여 기거할 다른 궁궐을 알아보게 했다. 2월이 되자 창덕궁으로 이사했고, 곧바로 창경궁까지 포함하여 동쪽 궁궐[東宮] 전체를 수선하라고 했다. 여러 가지 정황으로 보아 남쪽에서 일어나는 난리 때문에 나라가 나날이 위급한 상황으로 가고 있는데, 실제로는 공교롭게도 궁궐 내부에서 일어나는 묘한 상황이 그것보다 훨씬 더 국가적으로 위급한 상황을 빠르게 만들어내고 있다. 즉 매일 밤마다 궁궐에 전등불을 대낮같이 밝히고, 광대와 재인[優伶]들을 불러들여 아리랑 타령(阿里娘打令)과 같은 신성염곡(新聲艶曲)을 연주하며 놀고 있다. 타령(打令)한다는 말은 민간에서 가극하고 노래하는 것을 이르는 말인데, 이제는 다름 아닌 궁궐에서도 하는 것이다. 임금은 이것을 전담하는 원임대신으로 하필이면 민영주(閔泳柱)를 임명했고, 그에게 수많은 배우를 거느리고 아리랑을 전문적으로 관리하게 했다. 관람하다가 잘하는 부분과 못하는 부분에 대해 평하기도 하고, 결과에 따라 상방에 명하여 금과 은을 상으로 퍼주라고 지시까지 했다. 이러한 야간 행사는 대조규개(大鳥圭介)가 무력으로 궁궐에 침범하던 시기까지 계속되다가 그 후로 그만두었다.[60]

이는 1894년에 있었던 일을 기록한 내용 중의 하나이지만 아리랑의 뜻과 성격에 대한 많은 내용들이 포함되어 있다. 우선 아리랑 타령(阿里娘打令)이라는 표현을 통해 아리랑(阿里娘)의 뜻이 젊은 여자인 랑(娘)임을 알 수 있다. 그렇다면 어떠한 랑(娘)일까? 랑(娘)과 관련된 표현을 살펴보기로 하자.

첫째, 일반적인 젊은 여자를 뜻하는 경우이다. 보통의 남자가 사랑하는 여자를 뜻하는 애아랑(愛我娘),[61] 나이가 든 여자를 뜻하는 노랑(老娘),[62]

---

60) 조용호, 『아리랑의 비밀화(話)원』, 집문당, 2007, 288~294쪽 참조.

대랑(大娘)[63] 등의 표현이 그것으로 일반적인 부녀자를 뜻한다.

둘째, 고귀한 신분의 젊은 아가씨를 뜻하는 경우로 밀양 전설에 나오는 아랑(阿娘)이 이에 해당한다.

셋째, 랑(娘)과 글자는 다른 형태이지만 같은 의미로 쓰이는 여랑(女郞)은 신성(神聖)한 여신(女神) 아가씨를 뜻한다. 광개토대왕릉비문(廣開土大王陵碑文)에 나오는 하백여랑(河伯女郞)은 고구려 건국의 시조인 주몽(朱蒙)의 어머니이며, 우발수를 지키는 신성(神聖)[64]한 물의 여신이다.

이상과 같이, 아리랑(阿里娘)은 일반적인 여자를 뜻하는 경우에는 사용한 로(老)나 대(大)와 같은 수식어를 사용하지 않는 경우이므로 고귀한 신분의 아가씨를 뜻하게 된다.

또 다른 기록으로서 미국인 헐버트는 「조선의 성악」, 『조선 노래 모음집(The Korea Repository)』(1896, 49~50쪽)에서 '나는 남편을 사랑해요(I love my husband)'라는 뜻의 한자라고 기록하였다.[65]

The first and most conspicuous of this class is that popular ditty of seven hundred and eighty-two verses, more or less, which goes under the euphonious title of A-ra-rŭng. To the average Korean

---

61) 黃玹, 앞의 책, 73쪽.
62) 『重刊老乞大諺解』, 弘文閣 影印, 1984, 96쪽. 又有箇老娘 坐 老娘이 이셔.
63) 위의 책, 141쪽. 大娘 뭊 아자븨 쳐.
64) 윤혜신, 『한국신화의 입사의례적 탄생담 연구』, 한국학술정보, 2006, 192~201쪽.
65) 헐버트는 한성사범학교(漢城師範學校) 교사로 재직하였으며, 아리랑을 영역한 악보를 한글과 더불어 채집하였다. Homer Bezaleel Hulbert, 『The Korea Repository』, 1896.2. 이러한 내용은 비숍(Isabella Bishop)의 『조선과 그 이웃 나라들(Korea and Her Neighbors)』(1897)과 시노부 준페이(信夫淳平)의 『한반도(韓半島)』(1901) 및 알렌의 『조선견문기(THINGS on KOREA)』(1908) 등에 재 수록되었다.

this one song holds the same place in music that rice does in his food—all else is mere appendage. You hear it everywhere and at all times. It stands in the same relation to the Korean of to-day that "Ta-ra-ra boom-di-ay" did to us some five years ago. But the *furore* not being so great, the run is longer. To my personal knowledge this piece has had a run of three thousand five hundred and twenty odd nights and is said to have captured the public fancy about the year 1883. Its "positively last appearance" is apparently as far off as ever. I would not have anyone suppose that the above figures accurately represent the number of verses for they are numberless. In fact, this tune is made to do duty for countless improvisations in which the Korean is an adept. The chorus however in invariable and runs as follows:

아르랑 아르랑 아라[66)
아르랑 얼수 빅 씌어라

License is allowed in substituting, for the last word, 다나간다 or some other equally pregnant phrase. While in America I was asked to translate this chorus and answered that the meaning was the same as is contained in the opening words of that English classic which begins

---

66) 원문에 나오는 가사에는 '아라'로 되어 있지만 악보에는 '아라리요'로 표기되어 있다. 편집 과정에서 일어난 실수로 보인다. H. B. Hulbert, Korean vocal Music, *The Korean Repository*, Volume Ⅲ, The Trilingual Press, Seoul, Korea, 1896, 51쪽 참조.

"Hei diddle diddle."

I have asked many Koreans to give me the exact significance of the words, but have always met with the same incredulous smile. If any response was elicited it was of so vague a character as to be unintelligible. One man came very close to me and whispered that the 아르, being the beginning of the Korean word for Russian, was prophetic of the influence of that empire on the destiny of the nation! Another said that the characters were the Korean transliteration of certain Chinese characters which apparently mean "I love my husband, I love my husband, yes, I love you, I love my husband," and the line finishes with "Good! Let us launch the festive boat." This refers to the Korean custom of feasting in boats on the river, a favorite form of entertainment with them, but dangerous, I should judge, for people of highly convivial tastes. The verses which are sung in connection with this chorus range through the whole field of legend, lullabies, drinking songs, domestic life, travel and love. To the Korean they are lyric, didactic and epic all rolled into one. They are at once Mother Goose and Byron, Uncle Remus and Wordsworth. Here is a very weak attempt to score it. I have left out the trills and quavers, but if you give or two to each note you will not go wrong.

조선의 성악 중에 가장 두드러진 것은 대략 782가지 종류의 단가형식으로 된 대중 애창곡인데, 이들 노래들은 발음이 아주 부드러운 아리랑이라는 이름으로 총칭된다. 일반 조선 대중들에게 이 노래는 조선 음식 중 주식인 밥에 해당한다. 즉 다른 것들은 모두 부수적인 것에 지나지 않는다. 여러분은 언제 어디서든지 아리랑을 쉽게 들을 수 있다. 오늘날 조선 사람들에게는 있어 아리랑은 우리로 치면 약 5년 전 '타라라 붐디아이'(미국의 전통가극단 음악)과 같다. 열기로 치면 그에 미치지 못할지 몰라도 흥행기간은 훨씬 더 길다. 내가 아는 한 이 노래는 3,520여일의 흥행기록을 갖고 있는데, 1883년경 대중 인기몰이가 시작된 것으로 알려지고 있다. 마지막 공연은 확실히 오래전에 있었던 것 같다. 위에 언급한 아리랑의 종류는 정확한 숫자라기보다는 그 종류가 수도 없이 많다는 의미로 이해하면 좋을 것이다. 사실 아리랑 곡조는 수많은 변형이 가능하도록 만들어 졌다. 조선 사람들은 노래를 변형하는데 재주가 있다. 아리랑에 있어서 합창하는 부분에 해당하는 후렴구는 항상 다음과 같은 형태이다.

아리랑 아르랑 아라
아르랑 얼수 빙 씌띠어라.

마지막 어구는 '다나간다' 또는 다른 의미를 지닌 어구로 자유롭게 변형된다. 미국에 있을 때 나는 이 후렴구를 번역해 달라는 부탁을 받았고, 이에 대해 그 뜻은

"헤이 디들 디들"

로 시작되는 영미 전래동요의 시작부분과 같은 뜻을 갖는다고 설명했다. 나는 많은 조선 사람들에게 후렴구 노랫말의 정확한 뜻을 물어봤지만, 그들은 매번 알 수 없는 웃음으로 대답을 대신했다. 답변을 하더라도 너무 모호해서 그 뜻을 헤아리기가 어려웠다. 어떤 사람은 나에게 가까이 다가와서 귓속말로 '아르'는 조선말로 러시아를 뜻하는 '러'로서 조선에 대한 러시아제국의 영향력을 예언한 것이라고 속삭였다. 또 다른 사람은 그 노랫말이 "여보 사랑해, 여보 사랑해, 그래, 당신을 사랑해, 여보 사랑해"라는 뜻을 지닌 한문을 한글로 옮긴 것이라고 말했다. 또한

アリラン 연구의 現況과 課題 • 47

이 후렴구 노랫말은 강에서 뱃놀이를 즐기는 조선 사람들의 풍습을 보여준다. 물론 개인적으로는 함께 떠들고, 먹고 마시기를 좋아하는 조선 사람들에게 있어 뱃놀이는 위험한 놀이라고 생각하지만 말이다. 이 후렴구와 함께 불리어지는 노랫말의 범위는 전설, 자장가, 음주가, 가정생활, 여행, 사랑 등 그 주제가 다양하다. 조선인들에게 있어 아리랑은 서정적이고, 교육적이며, 시사적인 측면들이 다 들어있는 노래이다. 아리랑은 머더 구스(Mother Goose, 영미 동요)와 바이런의 시, 엉클 리무스(Uncle Remus, 흑인 동요집 주인공)과 워즈워드의 시를 다 합쳐 놓은 것이다. 이상은 많이 부족하긴 하지만 아리랑에 대한 나의 견해이다. 자세하고 미묘한 사항들은 생략했지만, 대충 이 정도로 이해하면 크게 틀리지는 않을 것이다.[67] (文學博士 趙容晧 譯)

조선의 성악에서 아리랑이 차지하는 비중은 음식중 주식인 밥에 해당한다고 보았다. 조선의 성악 중에서 가장 두드러진 대중 애창곡인데, 단가 형식으로 되어 있다. 오랜 기간 불리어 왔으며, 언제 어디서나 쉽게 들을 수 있고, 수많은 변형이 가능한 곡조로 되어 있다. 후렴구는 뱃놀이와 관련된 내용이 담겨 있는 것이 많다. 아리랑의 뜻을 정확히 아는 사람은 없어 보이며, 주제는 다양하다.

시노부 준페이(信夫淳平)는 여성의 이름인 아랜阿蘭曲)[68]이라는 형태로 기록하였다.

---

67) H. B. Hulbert, Korean vocal Music, *The Korean Repository*, Volume Ⅲ, 49~50쪽.
68) 시노부 준페이(信夫淳平), 『韓半島』, 東京堂書店, 1901, 106~107쪽 참조. "「アララン」の哀歌", "君不聞悠悠掠耳阿蘭曲" 등과 같이 아리랑을 「아라란(アララン)」歌로 기록하였고, 한역(漢譯)하여 아란곡(阿蘭曲)이라고도 표기했다.

然れとも中流以下の韓人間に行はるる俗謠に至りては却つて往往興味あ
るものあり，殊に予は最も「アララン」歌なるものを愛す，之れを愛するや
唯音調のみにして，其何を意味するやは知らず，又二三の韓人に質せしも
遂に要領を得さりき.
左に漢城師範學校のハルバート氏の手に成れる其一節の譜を揭く，讀者試み
に唱し給へ，但其音調如何にも亡國歌的に出てされは妙ならさるなり. 若
し夫れ夜半月を踐んで南山の麓，倭將臺の 邊を逍遙するあらんか，無邪氣
なる少年か意味なく謠ふ「アララン」の哀歌は，東西相聞ゆる擊杵の音と相
和し，歷史の興廢と人事の悲哀とを語るものに似て無量の感慨を生せしむ，
詞藻を解せさる予まで之れを聞ひて一句湧くを止むる能はさるなり.

繫絃已歇仙風生. 殘雲搖曳木覓城 天暗夜深人將睡. 何處沈沈砧杵聲. 韓
家婦女何黽勉. 獨伴孤燈坐三更. 君不聞悠悠掉耳阿蘭曲. 悲調自具無限情.

성급한 판단일지는 모르지만 일본인의 입장에서 한인(韓人)의 음악을 보
면 특별해 보이는 것이 없을 수도 있겠지만, 그렇다고는 하더라도, 중류
층 이하 신분의 한인들 사이에서 불리어 지는 대중가요에 이르러서는 도
리어 왕왕 흥미로운 것이 있다. 나는 그 중에서도 특히 「아리랑」이라는
노래를 좋아한다. 그렇지만 좋아하는 것은 그저 음조뿐이며, 그것이 무
엇을 의미하는지는 알지 못한다. 그래서 또 두 세 명의 한인에게 물어
보았지만 결국 내용을 모르기는 마찬가지였다.
좌측에 있는 악보는 한성사범학교 교사로 계시는 헐버트씨의 손으로
직접 이루어진 채보된 악보 중의 하나를 게재한 것이다. 이글을 읽고
있는 독자들께서는 시험 삼아 수록한 곡조에 맞춰 한번 따라 불러보기
바란다. 그 음조(音調)가 슬픈 가락으로 되어 있어 여하(如何)히도 망국
가적(亡國歌的)인 느낌이 들긴 하지만, 말로써는 표현할 수 없는 묘한
느낌을 주는 노래인지 알게 될 것이다.
그리고 혹시라도 한밤중에 달빛을 밟으며 남산 기슭 왜장대 주변을 산

책하는 일이 있다면 그 곳에서 순진무구한 소년들이 따라 부르는 「아리랑」 노래는 동서(東西)로 여기저기서 들려오는 다듬이 소리와 잘 어우러져, 역사의 흥폐(興廢)와 세상살이의 비애를 이야기하는 듯하여 무량한 감개를 느끼게 된다. 문학적인 시문(詩文)으로 표현하는 것은 잘 못하지만, 이것을 듣고 있노라면 가슴 깊은 곳에서 용솟음치는 한시 한 수 쓰는 것조차 막기는 어려워 보인다. 이내 심정을 한시로 표현하고자 한다.

거문고 타는 소리 이미 그쳤고 시원한 바람 부네
하늘에 떠있는 조각구름 목멱성 남산 위를 오가네
날 저물고 밤 깊어져 사람들 잠자리에 들 시각
어디선가 희미하게 들려오는 다듬이질 소리
한국의 부녀자들은 그 얼마나 부지런한가?
홀로 외로운 등불 앞에 삼경이 되네
그대는 들어보지 못했는가 멀리서 들려오는 아리랑을
구슬픈 곡조 속에 저절로 무한한 정 담겨있네
(文學博士 趙容晧 譯)

중류층 이하의 사람들 사이에서 유행하고 있으며, 슬픈 음조의 노래라는 것은 헐버트의 기록과 동일하다. 아리랑은 깊은 감동을 주는 노래로, 이미 조선을 대표하는 노래로 자리매김 되어 있다.

나아가 1912년의 총독부 자료에서도 아랑(阿郞), 애아랑가(愛我娘歌) 등으로 표현하고 있다. 이를 통해, 기록에서의 아리랑은 젊은 여자를 뜻하며, 랑(郞)이라는 글자와도 어떤 관련이 있는 것임을 알 수 있다. 그 이후에 나타난 자료들도 비슷한 성격을 보이고 있다.

1921년, 와다 텐민和田天民, 久保田天南 畵, 『조선의 향기(朝鮮の匂ひ)』,

京城: ウツボや書籍店, 1921]은 아리랑의 후정화적 성격에 대하여 기록하였다.

> 〈一. アララン〉
> 溫突の煙低く靉さ, 藥酒の香鼻をつく薄暗の酒家を前をぐる者は往往淸く
> 細く節長さ, アラランの歌を聞くなるべし. 哀音低迷, 餘韻嫋嫋, 何とな
> く人を悲凄の感に堪えざらしむ. 傳ふる者曰く, アララン歌は曾て閔妃
> の最も愛好せられしものにして, 當時盛に宮女の間 に流行し, 延
> いて廣く坊間に唱へられたるものならと, 人之を「後庭花」に比す.
> 後庭花は陣の 亡びしとき歌はれたる哀調の曲なり.[69]

---

69) 和田天民, 久保田天南 畵, 『朝鮮の匂ひ』, 京城: ウツボや書籍店, 1920, 1~4쪽 참조.
한국에 건너와 생활하던 와다텐민은 일본에 있던 아내의 죽음을 맞아 커다란 슬
픔에 빠진다. 그리움을 담아 아내의 영전에 바치기 위해 그간 써 두었던 글을 모
은 것이 『조선의 향기(朝鮮の匂ひ)』이다. 한국에 대한 주제는 매우 다양하지만 그
첫 번째 내용은 바로 아리랑이다. 자신의 감회를 밝히었으며, 채집한 가사도 함께
수록하였다. 저서의 관련 내용은 이후 市山盛雄 編, 『朝鮮風土歌集』(眞人社, 1935)
등 다른 서적에서도 인용되고 있다. 〈一. アララン〉 溫突の煙低く靉さ, 藥酒の香
鼻をつく薄暗の酒家を前をぐる者は往往淸く細く節長さ, アララン歌を聞くなるべ
し. 哀音低迷, 餘韻嫋嫋, 何となく人を悲凄の感に堪えざらしむ. 傳ふる者曰く,
アララン歌は曾て閔妃の最も愛好せられしものにして, 當時盛に宮女の間に流行し,
延いて廣く坊間に唱へられたるものなりと. 人之を「後庭花」に比す. 後庭花は陳の
亡びしとき歌はれたる哀調の曲なり. 杜牧の 句に曰く「煙籠寒水月籠沙, 夜泊秦准近
酒家 常女不知亡國恨 隔江猶唱後庭花」余薄暮巷間を散策してアララン歌を聞く每
に凄然として此の句を懷ふ, 之れ歌旨の必しも然るに非らず, 音調と境遇と之をして
然なしむるに因る也. 哀號哀號と泣くなかれ, 死したる郎君は歸り來まさじ, アララ
ン アララン アラリ—ヨ, アララン歌つて遊びませう. 月日の流れは早いもの, 去年
の春また廻り來ぬ, アララン アララン アラリ—ヨ, アラランてりやくてりやく ア
ラリ—ヨ. 人間一度死んだなら, 又と花實か咲くものか, アララン アララン アラリ
—ヨ, アララン歌つて遊びませう.

〈一. 아리랑〉

　　온돌(溫突) 지피는 연기 온 동네 가득하고, 조선 약주(藥酒)의 짙은 내
음 코를 찌르는 초저녁 무렵의 주막집[酒家] 앞을 지나는 사람은 종종
맑고 가는 음절의 장단으로 들려오는 아리랑의 노래를 듣게 된다. 슬픈
가락이 노래 속에 가득하고 여운은 끊어질듯 말듯 길게 늘어져, 어쩐지
사람을 비참하고 처량한 느낌에 빠뜨려 견디지 못하게 한다. 전하는 바
에 의하면, 아리랑 노래는 이전에 민비(閔妃)가 무척이나 좋아했던 것
으로 당시 宮女들 사이에 한창 유행(流行)하다가 이윽고 전국 방방곡곡
으로 퍼져나가 널리 불리어졌다. 사람들은 이 노래를 「후정화(後庭花)」
에 비유하기도 했다. 후정화란 진(陳)나라가 망할 시기에 불리어진 애
조(哀調)를 띤 곡조의 노래를 말한다.

(文學博士 趙容晧 譯)

　　아리랑은 그 발생시기가 언제인지는 모르나 조선 말기에 궁궐에서 한창
유행하다가 이윽고 전국 방방곡곡으로 퍼져나가 널리 불리어졌다. 노래는
〈후정화〉에 비유될 정도로 애조를 띤 곡조이다.

　　1927년 1월, 『조선민요 연구(朝鮮民謠の研究)』가 발표되었다. 총독부
관련자들이 관여되기는 하였지만, 민간 차원에서 이뤄진 연구로 1927년 1
월 1일에 특집호로 출판되었다. 최남선(崔南善), 이광수(李光洙), 이은상
(李殷相) 등을 포함한 다수의 논문이 실려 있다. 서문에 해당하는 예언(例
言)에 조선민요에 대한 관심이 잘 나타나 있다.

　　이치야마 모리오(市山盛雄)는 "민요에 대한 연구는 지금에 이르러 여러
문명국에서는 자료조차 남아있지 않은 상황이지만, 조선의 경우는 아직
단 한 번의 쟁기질도 이루어지지 않은 상태라고 할 수 있다. 근래 들어,
여러 방면에서 점차적으로 조선에 대한 연구열이 고조되고 있지만, 진실

한 의미에서 조선을 알기 위해서는 아무래도 이 나라의 민족성을 알아야
만 할 것이다. 그러한 차원에서, 소박한 민중의 시대적인 심리를 가장 잘
표현하고 있는 민요를 통해 조선인의 민족성을 엿보는 일은 가장 좋은 자
료가 될 것이다."라고 기술하였다.

　최남선(崔南善)은 「조선민요 개관(朝鮮民謠の槪觀)」에서 아리랑에 대한
견해를 피력하였다.

　　　　然し一方には朝鮮民謠の硏究者に取つて, 特殊な便宜が無のでもない. 先
　　　　づ京城丈て朝鮮全民謠の, 半分以上の調査も硏究も爲し得ることである.
　　　　こは單に京城が文化の中心であるといふ漠然たる理由のみでなく, 必然的
　　　　の他のいはれがあるのである.

　　　　一つは一寸六十年程前のことであるが, 例の大院君の景福宮復興工事の
　　　　際, 八道の物資と共に, 賦役の人夫が大いに徵集された. この際四方の人
　　　　夫共は, 隊を組み舞樂を列ねて, 京城に參集したのであるが, 宛も帝國の
　　　　文物羅馬に輻輳したるが如く半島の民謠一時に京城に集注するの盛觀を
　　　　呈した. それは疲勞を慰め, 怨嗟を宥むる一方便として「舞童」其他の民衆
　　　　的娛樂を奬勵せしめた爲めであるが, それによつて, 旣に地方に滅びたる
　　　　もので, 今尙は京城に殘れるあり, 且つその酷使苛役に對する怨情が, 綿
　　　　に包んだ針の樣な, 新民謠ともなつて露はれて, 民謠發生論の好い例證も
　　　　多く見られる樣に成つた. 後年高宗帝(李太王)が, 殊の外俚謠民話を好み,
　　　　宮中を擧げて民謠の享樂場たらしめ, 「アララン」の外多くの新曲を産出す
　　　　る機運を啓かしめたる因緣, 或ひは幼耳に聞き慣れし, 景福宮復興の勞作
　　　　民謠にありしやも知れざるを思へば, これ丈にても盡きぬ興味を唆らるる
　　　　であらう.

　　　　今一つの理由は, 京城における花柳界の新局面である. 例へば古風では,
　　　　妓生等が「品」を第一にして, かりそめにも俚謠俗曲を口にしたが最後で,

胎んど妓生としての格を失はなければならなかつたものが、 今は萬曲平
等、 否寧ろ、 俗曲第一と衍を易へたが爲めに、 古き民謠丈で需要逼迫し、
新しき間に合はせものが續續出來る樣になつたとである[70]

민요 연구에 현실적인 어려움이 있는 것은 사실이지만, 다른 한편으로
조선민요의 연구자에게 주어지는 아주 특별한 편의(便宜) 같은 것이 없
는 것도 아니다. 우선 경성(京城)이라는 제한된 지역 안에서만도 조선
전체 민요의 반 이상에 대하여 조사와 연구를 할 수 있는 것이다. 이것
은 단순히 경성이 문화의 중심이라는 막연한 이유 때문이 아니며 필연
적인 다른 원인이 있다.

첫째는 60년 전의 일이지만 대원군이 경복궁 부흥공사를 벌일 때에 팔
도의 물자와 더불어 부역할 인부를 크게 징발하였다. 사방에서 인부들
이 무리[隊]를 짓고 무악(舞樂)을 벌이며 경성으로 모여들었는데 마치
서양 제국의 문물이 로마로 폭주한 것과 같이 조선 반도의 민요도 일시
에 경성으로 몰려드는 대성황을 이루었다. 그것은 피로를 위로하고 원
맹(怨嘲)를 달래기 위한 한 방편으로써 무동(舞童) 등과 같은 민중적 오
락을 장려한 때문이었는데, 그것으로 인해 지방에서는 이미 없어졌지만
지금 경성에는 남아 있는 것이 있고, 또 그 혹사(酷使)와 가역(苛役)에
대한 원정(怨情)이 솜에 싼 바늘 모양처럼 새 민요로 만들어져 나타남
으로써 민요 발생론의 좋은 예증으로도 제시하게 되었다. 후년(後年)에
고종제(高宗帝, 李太王)가 의외로 이요(俚謠)와 민화(民話)를 즐기어 궁
중이 온통 민요의 향락장이 되었고, 「아리랑」 외에 많은 신곡(新曲)을
산출할 기운(機運)을 열게 된 인연은 혹시라도 어렸을 적에 귀에 익었

70) 崔南善, 「조선민요 개관(朝鮮民謠の槪觀)」, 이치야마 모리오(市山盛雄) 編, 「조선
민요 개관(朝鮮民謠の槪觀)」, 『조선민요 연구(朝鮮民謠の硏究)』, 東京: 坂本書店,
1927.1.1, 10~11쪽 참조.

던 경복궁 부흥시의 노작민요(勞作民謠)에 있지 않았나 하고 생각하게 되는 것을 보면 이것만으로도 무한한 흥미를 돋우게 되는 것이다.

또 하나의 이유는 경성에서의 화류계(花柳界)의 새 국면이다. 예를 들어, 예전에는 기생들이 「품격[品]」을 제일로 삼았기 때문에 조금이라도 이요(俚謠)라든가 속곡(俗曲)을 입에 담는다면 벌써 기생으로서의 격을 잃게 되었던 것인데, 지금에 와서는 만곡평등(萬曲平等) 정도가 아니라 속곡 제일(俗曲第一)로 순위가 달라졌기 때문에 옛날 민요만으로는 수요가 딸려서 새로운 임기응변의 것이 속출하게 되었다. (文學博士 趙容晧 譯)

궁중이 온통 민요의 향락장이 되면서 새로운 노래들이 수없이 만들어 졌다. 고종 임금이 어렸을 적에 들었던 경복궁 부흥시의 노작민요(勞作民謠)는 물론이고, 기존에 전래되던 아리랑 등의 민요가 새로운 형태로도 만들어졌다는 측면을 이야기하고 있다.

이러한 논지를 이어 받은 김소운은 「아리랑의 율조에 대한 고찰」을 통해 동일한 논리를 전개하고 있다.

> 碩學崔南善氏は曾て, 某誌に寄せて, 「民謠は朝鮮民衆文學の最大分野であり, 朝鮮は民謠を通じて文學國である」と論ぜられた.[71]

> 석학 최남선씨는 일찍이 모(某) 지(誌)에 기고하여 "민요는 조선민중문학의 최대 분야이며 조선은 민요를 통하여 문학국이다"라고 논하였다. (文學博士 趙容晧 譯)

---

71) 김소운(金素雲), 〈아리랑의 율조(アリラングの律調)에 대한 고찰〉, 『朝鮮民謠集』, 泰文館, 1929, 266~267쪽 참조.

모(某) 지(誌)라는 것은 『조선민요 연구(朝鮮民謠の硏究)』(1927)을 말함
이다. [72] 이를 통해 김소운은 당대 지식인의 입장에서 느끼는 조선 민요
의 위상, 아리랑의 발생 시기, 조선 문학의 해외 소개 방안 등 많은 고민
을 하고 있음을 알 수 있다. 「아리랑의 율조에 대한 고찰」은 그러한 생각
을 담아 일본어로 정리한 것이다.

> アリラングの名は日本に於いても既に新らしくない. 景福宮修築の砌り,
> 全國より徵集された 賦役人によつて始めて廣められらといふから決して
> 古い民謠ではないが, 歌詞に見る近代的なデカタンスと, 所謂亡國的と乎
> ばれる哀調とが遠く日本にまで知られた主因のやうである. とまれ 現在
> の朝鮮民謠中, 量的に最も豊かなは事實で, 京城を中心に胎とんど及ばぬ
> は 無いので廣く歌はれてゐる. しかも地方每に律調を異にし, それぞれ
> 明瞭な特徵を支へてゐて, 同一種の民謠とは思へぬほどである. [73]

아리랑이라는 이름은 이제 일본에서도 새로운 것이 아니다. 경복궁 수
축 시기에 전국에서 징집된 부역인들에 의해 비로소 널리 퍼지게 되었
다고도 알려져 있으므로 결코 오랜 기간 동안 불린 민요는 아니라고 생
각할 수 있지만, 가사에 보이는 근대적인 데카당스와 소위 망국적이라
고 불리는 애조 등의 영향으로 인해 멀리 일본에 까지 알려진 주된 요
인으로 보인다. 현재의 조선민요 중에서 양적으로 가장 풍부한 것은 사
실이며, 경성을 중심으로 미치지 않는 곳은 거의 없기 때문에 널리 불
리어지고 있다. 그 외에도 지방마다 율조(律調)를 달리하면서 저마다
명료한 특징을 유지하고 있어서 동일한 민요라고는 생각할 수 없을 정

---

72) 이치야마 모리오(市山盛雄), 「조선민요 개관(朝鮮民謠の槪觀)」, 『조선민요 연구(朝
鮮民謠の硏究)』, 東京:坂本書店, 1927.1.1, 10~11쪽.
73) 金素雲, 『朝鮮民謠集』, 泰文館, 1929, 266~280쪽.

도이다. (文學博士 趙容晧 譯)

아리랑이 언제 발생한 것인지는 알려져 있지 않지만 경복궁 수축시기에
널리 퍼졌다고 인식하고 있다. 노랫말 속에 애조(哀調)를 띠고 있고, 채보
된 악보를 통해 지역마다 다른 율조를 가지고 있는 것으로 파악하고 있다.

역사적 기록이 이와 같음에도 불구하고 조선총독부의 김지연은 1930년
6월호에 타카하시 토오루(高橋亨) 박사로부터 들은 내용을 번역하여 기고
하였다. 기록과 무관하며, 객관성을 잃은 주장인데도 지금까지 지속되고
있는 것이 학계의 아리랑 연구의 현실이다.

2) 아리랑[阿里娘]은 중의적 표현

아랑(我娘), 아랑(阿娘), 여랑(女郞) 등과는 달리 아리(阿里)의 뜻을 모
르기 때문에 아리랑(阿里娘)이 어떠한 아가씨를 뜻하는지 알 수 없다. 따
라서 아리랑(阿里娘)은 특정한 아가씨를 뜻하는 것이 아니고, 기존에 있던
아리랑의 의미를 아가씨라는 뜻으로 변경하여 재정의 할 때, 두 개의 뜻을
동시에 표현하면서 생긴 현상이 된다.

즉 이전에 阿里랑이라는 뜻이 있었는데, 특정한 시점에서 낭(娘)이라는
뜻으로 바꾸게 되어 그러한 의미를 포함시킨 것이다. 한문구조로 표현하
면 아리랑 시랑(阿里랑 是娘)[74] 형태인데, 세음절로 줄여 표현하면서 아리
랑(阿里娘)이 된 것이다. 이상에서 열거한 랑(娘)의 다른 형태를 대입하면
다음과 같은 문장형태가 된다.

---

74) 시(是)는 용법과 의미가 다양하다. 그 중에서 '~이다'라는 뜻으로 널리 쓰이며, 구
어체에서는 '그렇다!'는 뜻을 갖는 경우도 있다.

아리 랑(阿里 娘)

아리랑 시랑(阿里郎 是娘)

아리랑 시아랑(阿里郎 是阿娘)

아리랑 시여랑(阿里郎 是女郎)

아리랑 시아랑(阿里郎 是我娘)

원래에 있던 阿里郎의 뜻이 낭(娘)으로 바뀌게 되면서 새롭게 정의하는 문장으로 아리랑 시랑(阿里郎 是娘)이 되었는데, 세음절로 줄여 표현하면 아리랑(阿里娘)이 된다. 이를 통해 아리랑은 2개 이상의 뜻을 동시에 가지고 있는 표현임을 알 수 있다.

3) 물을 건너는 내용의 또 다른 아리랑이 존재

두 개의 뜻을 가진다는 의미는 이전에 다른 형태의 아리랑이 있었다는 개념과 일치한다. 즉 〈아리랑〉이 있기 전에 불리던 아리랑은 가락이 늘어진다는 측면에서 〈긴아리랑〉이라든가, 오래되었다는 의미에서 〈구(舊)아리랑〉 또는 〈구조(舊調)아리랑〉으로 불리기도 한다.[75] 본고에서는 〈구아리랑〉으로 표현한다.

아리랑 아리랑 아라리로구려

만경창파 거기 둥둥 뜬 배

---

75) 이보형, 「아리랑소리의 근원(根源)과 그 변천(變遷)에 관한 음악적 연구(硏究)」, 김시업 외, 『근대의 노래와 아리랑』, 소명출판, 2009.5, 392~393쪽. "경기지역에서 처음 생긴 것이 긴아리랑으로 보인다. 처음 발생시에는 그냥 〈아리랑〉이라 하였을 것이고, 새로 빠른 아리랑이 생기면 이것과 변별하기 위하여 긴 아리랑이라는 이름이 붙게 된 것으로 보인다."

〈구아리랑〉은 2행을 기본으로 구성되어 있고, 가사에 만경창파(萬頃蒼波)나 배[舶] 등과 같이 물[水]과 관련된 내용이 나온다.

4) 2행의 노래가 4행으로 재편

〈아리랑〉의 구조는 4행으로 되어 있지만, 2행과 4행은 음이 같고, 3행은 1행의 첫 소절을 한 옥타브 올려준 형태이기 때문에 실제 구조는 독립된 2행으로 된 두 개의 노래가 하나로 합쳐지면서 만들어진 것이다.

비교문학적으로 13세기 이후에 원곡에서 성행하던 중두(重頭)[76] 기법과 닮아 있다. 이는 〈아리랑〉이 〈구아리랑〉을 바탕으로 재편되었다는 의미와 상통하며, 〈아리랑〉과 〈구아리랑〉을 비교해서 들어보면 아리랑이라는 발음에 미묘한 차이가 생기는 것과도 관련이 있다.

5) 가극에서 불린 노래

타령(打令), 주(奏) 신성염곡(新聲艶曲) 등의 표현을 통해 노래로 불린 것을 알 수 있는데, 단순히 노래로만 불린 것이 아니라 가극으로도 상연되었다.

연곡(演曲), 우령(優伶), 궁중의 곡연음희(曲宴淫戱)[77]라는 표현은 가극으로도 상연되었음을 의미하며, 이는 아리랑이 가극 속에서 불린 노래라는 뜻이다.

---

76) 산곡의 형식은 소령(小令)과 산투(散套)로 구분할 수 있다. 산곡은 민간에 유행하던 소곡(小曲)에서 나온 것이며, 이 짧은 곡을 한 곡을 소령(小令)이라고 한다. 그러나 한 곡의 소령만으로는 많은 시상을 다 표현할 수 없기 때문에 2~3개의 소령을 묶어서 한 곡의 노래로 만든 대과곡(帶過曲)과, 같은 한 조의 곡을 중복시켜 연속되거나 동류에 속하는 경색이나 고사를 표현 서술하는 중두(重頭) 등이 생겨나게 되었다.
77) 黃玹, 앞의 책. 40쪽.

6) 애조(哀調)

신성염곡은 신성과 염곡이라는 의미를 포함하고 있다. 신성(新聲)이란 신성백리(新聲百里)에서 유래한 것으로 기원전 11세기인 은나라 망국의 시기에 나온 애조를 띤 음가(淫歌)라는 개념이며, 염곡(艷曲)이란 담정설애(談情說愛)를 뜻한다. 신성염곡의 노래가 가극에서 불리는 특성을 갖는 것은 시기적으로 13세기 이후 금나라가 몽고에게 망하는 시기에 출현한 원곡(元曲)78)이라는 문학 장르 중에서 잡극(雜劇)79)에 나오는 노래라는 역사적 의미를 갖고 있다. 이는 시노부 준페이80)나 최영년81)이 거론하는 바와도 일치한다. 아리랑은 망국적 음조가 있었던 시기와 관련이 있는 애가적(哀歌的) 음조를 띤 노래인 것이다. 그렇지만 단순히 망국적 정조만을 갖고 있지는 않으며 노랫말 속에 다른 의미를 동시에 가지고 있다.

---

78) 원곡(元曲)이란 중국 원나라 시대에 만들어진 극과 노래를 같이 하는 문학 장르를 말한다. 이와 관련하여 "문학사가들은 중국 각 시대의 문학적 특성을 요약하여, 한부(漢賦)・당시(唐詩)・송사(宋詞)・원곡(元曲)이란 말을 쓰기도 한다." 김학주, 『원잡극선』, 명문당, 2001, 13쪽.

79) 왕국유(王國維, 1877~1921)는 『송원희곡사(宋元戲曲史)』에서 원 잡극의 시대를 몽고시대(약 1234~1279), 일통시대(一統時代) (1280~1340), 지정시대(至正時代) (1341~1367) 등 세 시기로 나누고 있다.

80) 시노부 준페이(信夫淳平), 『韓半島』, 東京堂書店, 1901, 106~107쪽 참조. 독자들이여 시험 삼아 여기에 수록한 곡조에 맞춰 한번 따라 불러보라. 그 음조(音調)가 여하(如何)히도 망국가적(亡國歌的)이긴 하지만, 말로써는 표현할 수 없는 묘한 느낌을 주는 노래인지 알게 될 것이다. […] 「아라란(アララン)」의 애가(哀歌)는 […] 역사의 흥폐(興廢)와 세상살이의 비애를 이야기하는 듯하여 무량한 감개가 솟아나는 것을 느끼게 된다.

81) 최영년, 『海東竹枝』, 1925, 82쪽 참조. 哦囉哩 距今三十餘年前 所謂此曲未知從何而來 遍于全土無人不唱 其音哀怨其意淫圭 其操瞧殺短促 蓋季世之音 至今有之名之曰아라리타령 喉舌無端自發生. 不知哀怨觸人情. 可憐朝暮新羅世. 已有伽倻旦旦聲

7) 충신불사이군(忠臣不事二君)

〈정선 아리랑〉에서는 아리랑을 충신불사이군의 노래로 이해하고 있다.[82] 그러나 아리랑 노랫말에는 그러한 내용이 보이지 않는다. 이는 망국적 음조 속에 다른 내용이 숨겨져 있다는 뜻이다. 하나의 노랫말 속에 여러 개의 의미를 동시에 담고 있다는 사상적 측면에서, 세계적으로도 그 유례를 찾아볼 수 없는 뛰어난 노래라는 뜻이기도 하다.

8) 비밀결사(秘密結社)

님 웨일즈(Nym Wales)가 김산(본명 장지락)과의 인터뷰를 통해 쓴 『아리랑(Song of Ariran)』(1941년)[83]에 의하면, 아리랑이 만들어진 시기는 "몇 백 년 전인 이조시대(Li Dynasty)"[84]이다.

또한 노랫말에 아리랑 고개라는 구절이 새롭게 만들어지면서 비밀결사의 노래(secret revolutionary version)로 바뀌었다고[85] 한다. 이는 아리랑이 단순한 민요가 아니라 참요 성격을 띤 비밀결사의 노래로 외면에 보이

---

82) 旌善郡誌編纂委員會, 『旌善郡誌』, 旌善郡誌編纂委員會, 1978.2.20, 313쪽 참조. 旌善아리랑의 由來, 旌善아리랑이 이 고장에 불리어지기 始作한 것은 至今으로부터 五百餘年前인 李朝初期라 傳해진다. 當時 高麗王祖를 섬기던 선비들 가운데 七名이 不事二君의 忠誠을 다짐하면서 松都에서 隱身하다가 旌善(지금 南面 居七賢洞)으로 隱居地를 옮기어 일생동안 산나물을 캐어먹고 살면서 지난날에 섬기던 임금님을 思慕하고 忠節을 맹서하며 또 立志시절의 회상과 멀리 두고 온 家族들을 그리워하며 부른 것이 「旌善아리랑」의 始原이라 하겠다. 그때 선비들이 비통한 心情을 漢詩로 율창으로 부르던 것을 이 지방의 선비들이 풀이하여 감정을 살려 부른 것이 至今의 「정선아리랑」가락이다.

83) Nym Wales(Helen Foster Snow) & Kim San, *Song of Ariran : A Korean Communist in the Chinese Revolution*, Ramparts Press, 1941.

84) Nym Wales(Helen Foster Snow) & Kim San, 위의 책, 58~59쪽.

85) 위의 책, 60쪽.

는 것 외에 다른 내용을 포함하고 있다는 뜻이다.

그러한 측면에서 〈아리랑〉이 만들어진 시기는 여말선초에 해당하는 조
선 초기까지 소급될 수 있다. 〈아리랑〉은 외면에 보이는 내용 외에 다른
뜻을 가지고 있으며, 아리랑 고개라는 구절이 없는 노래가 원초적 아리랑
의 모습에 가깝다는 의미가 된다. 이는 앞에서 언급한 〈구아리랑〉에서
〈아리랑〉으로 재편되었다는 구조상의 개념과도 같다.

9) 실제의 이야기를 표현

가극에서 신성염곡의 노래가 불리는 문학 장르인 원곡(元曲)의 특징은
노래와 춤을 이용하여 실제로 있었던 고사(故事)를 연출하고,[86] 민간에서
자연스럽게 형성된 가극의 특성으로 인하여 지방 사투리와 같은 속어를
많이 사용한다.[87] 이와 같은 특성은 고정옥(高晶玉)이 주장한 "생활의 만
화경(萬華鏡)"[88]이라든가, 〈정선 아리랑〉이나 〈진도 아리랑〉, 〈밀양 아리
랑〉 등에 다양한 형태의 설화들이 나타나는 것과도 관련이 있다. 아리랑
이 갖고 있는 문학 장르적 특성에 기인하는 것이다.

10) 남녀상열지사(男女相悅之詞)의 변풍

신성염곡이라는 의미 속에는 남녀 간의 짙은 사랑의 이야기가 등장하

---

86) 김학주, 『원잡극선』, 명문당, 2001, 19쪽.
87) 김학주, 위의 책, 25쪽.
88) 고정옥, 『조선민요연구』, 수선사, 1949, 168쪽 참조. 〈아리랑〉(또는 〈아라랑〉)의
성립이 경복궁 수축공사에 있는지 여부는 고사할지라도 〈아리랑〉의 내용이 근대
시민계급과 노동자・농민의 생활상의 여실한 반영인 것은 사실이다. 도회지로 팔
려 나오는 시골 처녀, 일본으로 노령露領으로 품팔이 가는 농민, 동학란, 왜란, 호
란, 기차 개통, 전등, 시어머니에게 대한 대담한 반항, 황금만능사상, 세기말적 에
로티시즘 등등, 바야흐로 근대 생활의 만화경萬華鏡이다.

며, 그러한 이유로 음가염곡(淫歌艶曲)이라고도 한다. 이는 최영년 등이 언급한 아리랑의 성격을 음사인 변풍으로 표현한 것과 같으며, 아리랑이 갖고 있는 장르적 특성에 기인한다.

11) 전국적으로 산재

1912년에 채집된 자료를 통해 전국에 걸쳐 아리랑이 있는 것을 알 수 있다. 또한 최남선(崔南善),[89] 김소운(金素雲)[90] 등도 특정한 지역별 아리랑이라는 명칭을 사용하기 시작하였다. 아리랑은 다른 민요들과 달리 조선의 어디에서도 들을 수 있는 노래이다. 그러면서 아리랑 고개가 있는 노래와 없는 노래로 구분된다. 이는 특정한 시기에 일어난 변화 때문에 생긴 현상으로 비밀결사와 관련된 내용이지만, 그에 상관없이 계속적으로 불리고 있다.

12) 조선시대에 재편

아리랑이 만들어진 시기와 관련하여, 이광수는 삼국시대, 이병도는 낙랑시대,[91] 양주동과 임동권은 고대(古代)에 발생했다는 관점을 가지고 있다. 고정옥은 "최초는 한 개의 멜로디에서 출발"이라든가 "호란·왜란 때 채집한 가사" 등의 언급을 통해[92] 오래전에 만들어졌을 가능성을 시사하

---

89) 이치야마 모리오(市山盛雄), 「조선민요 개관(朝鮮民謠の槪觀)」, 『조선민요 연구(朝鮮民謠の硏究)』, 東京: 坂本書店, 1927.1.1, 10~11쪽.

90) 金素雲, 『朝鮮民謠集』, 泰文館, 1929, 266~280쪽.

91) 李丙燾, 「〈아리랑〉曲의 由來」, 『李丙燾 隨筆集: 斗溪雜筆』, 一潮閣, 1956, 310~313쪽; 李丙燾, 耕文社編輯部 編, 「李丙燾 敎授」, 『書齋餘滴 大學敎授 隨筆集』, 耕文社, 1958.6.10, 99~102쪽; 李丙燾, 『韓國史』, 震檀學會刊, 1959, 154~158쪽 참조.

92) 고정옥, 앞의 책, 168쪽 참조. 〈아리랑〉이 최초 단 한 개의 멜로디에서 출발한 것은 사실인 듯하다. 그것이 시일의 경과에 따라 각 지방의 음악적 사상적 언어적

고 있다.

이와 같이 초기 연구자들은 아리랑이 상당히 오래전부터 전해온 노래라는 인식도 가지고 있다.

황현은 신성염곡이라는 표현을 통해 13세기 이후에 나타난 형식으로 가극 속에서 노래로 불린 것으로 기록하였고, 님 웨일즈는 몇 백 년 전 이조시대에 불리기 시작한 노래로 기록하고 있다. 아리랑은 오랜 옛날부터 전해오다가 조선시대에 특정한 변화를 거쳐 지금에 이르고 있는 것이다.

13) 한(恨)의 노래

〈아리랑〉에 대한 일반적인 정서는 사랑하는 남자가 어느 날 아리랑 고개를 넘어 떠나가 버리자, 버림받은 여인은 나를 버리고 가시는 님이 십리를 가기 전에 발병이 나서 돌아와 주기를 기대하는 한(恨)의 노래이다. 기록에서도 아가씨로 나타나고 있으며, 아리랑이 아가씨[娘]라는 뜻이 되어야 한의 노래라는 개념과도 통하게 된다. 아리랑은 조선의 산천과 더불어 살아온 조선인의 심성을 닮은 노래이고, 조선의 산천에 동화된 노래이다. 아리랑은 한을 표현하는 노래이다.

이와 같이, 아리랑은 '아가씨'라는 뜻을 가지고 있다. 오랜 옛날부터 전해진 노래로 조선시대라는 특정한 시점에서 지금과 같은 형태로 바뀌었다. 비밀결사를 위해 만들어졌고, 가극에서 불리는 신성염곡과 남녀상열지사의 내용이면서, 동시에 충신불사이군의 내용을 숨기고 있고, 전국에 걸쳐 산재해 있는 한(恨)의 노래 등 다양한 성격들을 하나의 노랫말 속에 모두 포함하고 있다.

특질에 물들어, 경기 서도 강원 영남 등의 각종 〈아리랑〉이 생긴 것이겠다.

이러한 이유로 조선총독부에서도 정확히 알 수 없었다. 그들이 할 수
있었던 것은 조선의 풍토와 사상을 그대로 간직한 아리랑을 일본에 동화
시키는 식민논리로 변형하게 되었던 것이다.

나아가 실제로 존재했던 과거의 사실은 〈아리랑〉 해독에만 국한되는
것이 아니며, 고건축 장자문의 비례 등과 같은 분야에서도 지속적인 연구
와 실측을 통해 점차적으로 그 신비한 이야기가 규명되고 있기도 하다.[93]

---

93) 金采和, 『韓國 古建築 窓戶에 나타난 障子紋의 造形的 比例 硏究』, 釜山大學校 敎
育大學院, 1994. 2. 81~82쪽 참조. 한국 고건축에 나타나는 장자문의 비례 규칙을
장기간에 걸친 현장 조사, 실측 및 고증을 통해 해독해 내었다. 그러한 결과 "韓
國 古建築에 나타난 障子紋은 等分割, 1:1, 黃金比, $\sqrt{}$ ($\sqrt{2}$, $\sqrt{3}$, $\sqrt{4}$, $\sqrt{5}$)比
의 비례로 이루어져 있다고 볼 수 있다. 그것은 障子紋이 시각적으로 매우 쾌적하
고 아름답다는 것을 의미한다. 고대 이집트에서 발생된 황금비의 원리가 어떻게
한국인의 미의식 속에 스며들어 한국미술에 영향을 미쳤는가는 그렇게 중요한 문
제가 아니다. 왜냐하면 훌륭한 예술가라면 의식적으로 황금비나 $\sqrt{}$ 비를 적용하
든가 아니면 단련된 조형 감각에 의해 필연적으로 황금분할에 도달하기 때문이다.
무한히 확산되는 듯 하면서도 평정되어 보이고 생동하면서도 고요하게 멈춘 듯한
자연의 질서 가운데서 발견한 황금비와 $\sqrt{}$ 비로 이루어진 장자문에서 자연과 더
불어 생활하면서 자연과 융합하고 일치하고자 했고, 자연의 질서를 밝혀보고자
했던 한국인의 美意識을 찾을 수 있다." 또한 金采和, 같은 논문, 21쪽에서 황금분
할비와 관련하여, 지금까지 왜곡된 사항에 대해 "일제 때 일본인 학자가, 우리나
라에는 황금분할비로 이루어진 고건축이 없다고 말한 것을 지금까지 많은 지식인
들이 그렇게 믿고 있었다. 그러나 국보 제18호로서 경북 영주군 부석리에 위치하
고 있는 부석사 무량수전은 완벽한 황금분할비로 이루어진 사찰인 것이다"라는
실측의 결과를 통해 비평하였다. 이와 같이 과거에는 존재하였지만 전통의 단절
을 통해 인지되지 못하였던 사실들이 〈아리랑〉 속에도 존재하고 있게 된다.

IV. 후렴구 암호문의 해독

1) 후렴구의 유형

지금까지의 아리랑 연구는 아리랑이라는 문자화 된 발음에 초점을 맞추어 뜻을 풀이하는 형태로 진행되어왔다. 그러나 아리랑은 구전되는 노래이다. 구전가요의 특성상 노랫말 속에서 실제로 나타나는 발음상의 의미를 알아야 한다. 그러한 측면에서 다양한 형태의 아리랑 노래를 잘 들어보면 단순히 아리랑이라는 세 음절로 발음되는 것이 아니라 아아 리랑94)과 아리 이랑95)이라는 네 음절 형태로 발음되고 있다.

아리 이랑은 2행 형태로 된 〈구아리랑〉에 주로 나타나며, 물을 건너는 내용이 노랫말에 나온다. 〈아리랑〉에서는 아아 리랑이라는 형태로 발음되며 아리랑 고개와 더불어 넘어간다 또는 넘겨주소라는 내용이 나온다. 이러한 발음상의 차이는 단순히 창자(唱者)의 개인차에 의해 발생되는 변화가 아니며, 서로 다른 뜻을 가지는 두 개의 어휘들로 인하여 나타나는 현상이다. 아리 이랑은 〈구아리랑〉에서 나타나는 물과 관련이 있으며, 아아 리랑은 이를 바탕으로 새롭게 재편되었다는 의미이다. 본고에서는 아아 리랑으로 발음되는 부분에 대해 고찰하며, 아리 이랑은 추후 제시하는 것

---

94) 신나라 뮤직(2006), 〈아리랑 합창〉, 〈영천 아리랑〉, 〈경상도 아리랑〉, 〈경상도 아리랑〉, 〈아리랑〉, 〈진도 아리랑〉, 〈밀양 아리랑〉, 『북한 아리랑』CD-1, 신나라 뮤직, 1999. 8. 16; 〈본조아리랑〉, 〈본조 아리랑〉, 〈본조 아리랑〉, 〈구조 아리랑〉, 〈아리랑〉, 〈경상도 아리랑〉, 〈경상도 아리랑〉, 『북한 아리랑 명창전집』CD-1, 신나라 뮤직, 2006; 〈구 아리랑〉, 〈신 아리랑〉, 『북한 아리랑 명창전집』CD-2. 신나라 뮤직, 2006. 〈본조 아리랑〉이라는 명칭은 잘못된 것이지만 인용문이므로 그냥 두기로 한다.

95) 신나라 뮤직, 〈강원도 아리랑〉, 〈긴 아리랑〉, 2006. 『북한 아리랑』CD-1, 1999. 8. 16; 〈경기 긴 아리랑〉, 〈경기 긴 아리랑〉, 〈강원도 아리랑〉, 『북한 아리랑 명창전집』CD-2. 1999.8.16.

으로 한다.96)

2) 아아 리랑

〈아리랑〉에서는 아리랑이 아아 리랑이라는 네 음절로 발음된다. 이렇게 발음되는 형태에 나타나는 후렴구는 일정한 구성적 패턴이 있다. 아리랑 쓰리랑이라는 형태가 단순한 후렴구가 아니라 완전한 하나의 문장을 구성하고 있다.

〈아리랑〉	아리랑	아리랑 아라리요
〈밀양 아리랑〉	아리 아리랑 쓰리 쓰리랑 아라리가났네	
〈진도 아리랑〉	아리 아리랑 스리 스리랑 아라리가났네	
〈아리랑타령4〉	아리 아리랑 시리 시리랑 아라리가났네97)	
〈아리랑 쓰리랑〉	아리랑	쓰리랑
〈본조 아리랑〉98)	아리랑	대리랑99)

후렴구는 다섯 가지 형태로 분류되며, 쓰, 스, 시, 대 를 중심으로 문장 형태를 이루고 있다. 그런데 이는 앞에서 논의한 아리랑 타령(阿里娘 打

---

96) 조용호, 「아리랑 후렴구 연구」, 『온지학회 학술발표대회』, 온지학회, 2010.3.20. 에서 아리 이랑에 대한 부분을 발표하였다.

97) 任東權, 〈아리랑타령 4〉, 『韓國民謠集』, 集文堂, 1961.6.30, 610쪽.

98) 조용호, 『아리랑의 비밀話원』, 집문당, 2007, 77~78쪽 참조. 〈아리랑〉이라는 기본 구조를 바탕으로 지역별 변형이 생겨났다는 측면에서 지역 아리랑을 〈별조 아리랑〉이라고 한다거나, 지역 아리랑이 별조이기 때문에 〈아리랑〉은 본조라고 하는 주장은 틀렸다. 〈본조 아리랑〉이나 〈별조 아리랑〉은 따로 없다. 조용호, 『아리랑의 원형연구』, 학고방, 2011, 45~46쪽. 〈本調 아리랑〉이라는 명칭까지 사용되면서 〈아리랑〉이 〈본조 아리랑〉인 것으로 혼동을 주고 있다.

99) 신나라 뮤직, 〈본조아리랑〉, 『북한 아리랑 명창전집』CD-1, 신나라 뮤직, 2006. 〈본조 아리랑〉이라는 명칭은 잘못된 것이지만 인용문이므로 그냥 두기로 한다.

令)에 나타나는 형태와 유사하다.

아리랑 시아랑 (阿里郎 是阿娘)

아리랑 시여랑 (阿里郎 是女郎)

아리랑 시아랑 (阿里郎 是我娘)

아리랑(阿里娘)을 한문구조로 변형하면, 시(是)라는 서술형 동사를 중심으로 문장이 구성되어 있다. 형태상의 차이는 시(是)라는 동사가 아리랑 후렴구에서는 쓰, 스, 대 라는 형태로도 나타나고, 아랑, 여랑, 리랑에 나타나는 발음상의 차이가 있을 뿐이다. 따라서 두 종류 간에는 어떤 상관관계가 있는 것을 알 수 있다. 비교의 대상이 되는 것은 아리랑 후렴구와 아리랑 시여랑(阿里郎 是女郎)이다. 아리랑(阿里娘)은 의미적으로 아랑(阿娘)이나 아랑(我娘)과 다른 뜻이기 때문에 제외하게 된다.

아리랑 시여랑 (阿里郎 是女郎)

우선 시(是)라는 동사를 고려하면, 후렴구에 동일한 '시'가 있고, 그 외에는 쓰, 스, 대 가 있다. 이는 모두 동일한 뜻을 갖는다는 의미이며, 아리랑 후렴구에 나오는 동사는 쓰(是), 스(是), 시(是), 대(對)가 되어 '~이다' 또는 '그렇다!'는 뜻을 갖게 된다. 문장 형태는 동사를 중심으로 당시의 중국음과 우리음을 조합한 한문 구어체 문장을 이루고 있다. 음운상의 변화와 관련하여, 시(是)는 구어체 문장 속에서 대(對)와 같은 뜻이다. 쓰와 스를 중국음운으로 발음할 경우, 쓰(是)는 스(是)의 원래 발음에 해당하는 강세형이다. 음운 변화가 일어난 동일한 시대에 나타난 변형된 발음이다. 이는 『中原音韻』[100]을 통해 확인할 수 있다.

去聲
是氏市柿侍士仕使示諡時恃事施嗜試弑笶視螫[101]

是를 비롯한 氏市柿侍士 등이 모두 'ㅅ'로 발음되었다. 그러나 『中原音韻』이후에 나타난 중국 음운상의 변화는 우리나라에 영향을 미쳐 발음상의 변화가 일어나기 시작한다. 즉 스(是)가 시(是)라는 발음형태로도 바뀌어 들리기 시작한 것이다. 이러한 변화는 역사적으로 14세기 중반이후에 해당하는 중국 원대(元代), 즉 우리나라의 고려후기에 해당하며, 이는 원의 대도(大都) 지방을 중심으로 하는 중국 통일의 영향으로 북방민족의 언어가 전통적인 중국어와 섞이면서 일어난 얼화운(兒化韻) 현상에서 기인한다. 그 전에는 'ㅅ'라는 발음으로 정확히 들리었지만, "『中原音韻』이후 독특한 성질을 지닌 얼화운의 발생"[102]에 따른 영향으로 '시얼', 즉 '시ㄹ'라는 형태로 권설음화 되면서 '시'라는 발음으로도 들리기 시작한 것이고, 'ㅅ'와 '시'가 혼용되는 과정 속에서 우리나라의 중세음운에도 영향을 주게 되어,[103] 서서히 시(是)라는 발음으로 정착되게 된다.

　　　　是 시　　『六祖法寶壇經諺解 中』(1946) 18a: 着·탹호미 이 妄:망이오
　　　　　　　　　淨:졍이 얼구리 업거늘 도르혀 조흔 相:샹을 셰여 이 工공夫
　　　　　　　　　부ㅣ라 니ᄅᆞᄂᆞ니 이 見:견 짓ᄂᆞ닌 제 本·본性:셩을 ᄀᆞ리와

---

100) 『中原音韻』은 원대 주덕청(周德淸)이 당시 대도(大都. 지금의 北京)에서 활약하던 저명한 희곡작가들의 작품을 근거로 하여 그 운각을 귀납하여 편찬한 北曲운서로서 원(元) 태정(泰正) 원년(元年)(1324)에 완성되었다. 이재돈, 『中國語 音韻學』, 학고방, 2007, 225쪽.
101) 周德淸, 『中原音韻』, 藝文印書館 영인, 1997, 31쪽.
102) 이재돈, 앞의 책, 2007, 263쪽.
103) 이러한 음운의 변화는 『老乞大諺解』·『重刊老乞大諺解』·『朴通事諺解』등을 통해 확인할 수 있다.

　　　도르혀 조호미 미요믈 닙느니라 善：션知디識・식아 ㅎ다가
　　　不블動·동을 닷느닌 오직 一・일切체 사름 볼 ㅵ 사르미 是：
　　　시非비와 善：션惡・악괏 허므를 보디 아니호미 곧 이 自：ㅈ
　　　性：셩블動·동이니라
　　是 시　　『眞言勸供』(1496) 20a : 弘홍法・법是：시家가務：무避피

　음운의 발전과정에서 확인해 보면, 구간(舊刊)『노걸대 언해(老乞大 諺
解)』104)에서는 중국음 스(是)가 '시'보다 우세하게 들리었으며, 등장인물로
고려인(高麗人)이란 명칭이 나온다.

　　　[한　문]　是我爺娘敎我學來 (諺解：올ㅎ니 우리 어버이 날로ㅎ여 비호
　　　　　　　　라 ㅎ느니)105)
　　　[중국음]　스오여냥걋오효레
　　　[한　문]　你是高麗人 (諺解：너는 高麗人 사름이어니)106)
　　　[중국음]　니스갸리인

　그러나『중간 노걸대언해(重刊 老乞大諺解)』107)에서는 시(是)로 정착되
었으며, 조선인(朝鮮人)으로 나온다. 조선으로 바뀐 이후의『노걸대(老乞
大)』를 언해한데서 나온 결과이다.

　　　[한　문]　是你自心裏要學來啊 (諺解：이 네 ㅁ음으로 비호려 흔 것가)
　　　[중국음]　시니즈신리얏효레아

104)『老乞大諺解』, 京城帝國大學法文學部, 1944.
105)『老乞大諺解』, 앞의 책, 1944, 10쪽.
106) 위의 책, 3쪽.
107)『重刊老乞大諺解』, 弘文閣, 1984.

[한　문]　還是你的父母教你去學的麼 (諺解:도로혀 네 부모ㅣ 너로
　　　　　 ᄒ여 가 ᄇᆡ호라 ᄒᆞᆫ 것가)108)
[중국음]　환시니디부무쟈니취효적마

[한　문]　你是朝鮮人 (諺解:너는 이 朝鮮人 사ᄅᆞᆷ이라109)
[중국음]　니시챤션인

　중국에서 발생한 발음의 변화가 고려에서 조선으로 왕조가 바뀐 시점 이
후에 이루어진 것을 알 수 있다. 즉 훈민정음이 창제되어 구간(舊刊)『노걸
대』가 언해될 시점까지는 'ᄉᆞ'와 '시'라는 음으로 혼용되기는 하였으나 'ᄉᆞ'
가 우세하였고, 『중간 노걸대언해』이후에는 '시'라는 음으로 정착된 것이다.
　또 하나 고려사항은 시여랑과 스리랑과의 관련성이다. 상호 대비를 통
해, 이들 사이에 특정한 관계가 존재하고 있는 것을 확인할 수 있다.

아리랑 스리랑
아리랑 시여랑

　'ᄉᆞ'와 '시'는 혼용된 발음으로 같은 뜻이며, 랑(郎)은 14세기 이후 중국
음과 우리음이 동일한 발음이다. 아리랑 후렴구는 중국음운과 중세음운을
조합하여 만드는 문장규칙이 있으므로 여(女)를 중국음운인 뉘(女)110)로
발음하면, 시'뉘(女)'랑이 되며, 이를 통해 후렴구 전체에 일반화하여 적용
할 수 있는 규칙이 존재하고 있는 것을 알 수 있다.

---

108) 위의 책, 12쪽.
109) 위의 책, 10쪽.
110)『中原音韻』,『老乞大諺解』등에서 '여(女)'는 중국음운으로 '뉘(뉘)', '랑(郎)'은 '랑'
　　으로 발음된다.

[암호문 강세형]   아리랑 쓰리랑
[암호문 표준음]   아리랑 스리랑
['ㄹ'=〉'ㄴ'변환]   아리랑 스니랑
['니'=〉'뉘'변환]   아리랑 스뉘랑
[암호문의 의미]   아리랑 是女郞

우선 '쓰'는 강세형이므로 '스'와 같은 발음으로 표기된다. 후렴구에 나타나는 규칙은 둘째 음절의 리을(ㄹ) 음소를 니은(ㄴ) 음소로 바꾼 후, 세 음절인 경우 '니'를 '뉘'로 바꿔주면 아리랑의 뜻이 여랑(女郞)으로 바뀐다.

이를 통해 원초적인 아리랑(阿里郞)은 아리이랑으로 발음되는 형태였으며, 여랑(女郞)이라는 뜻으로 변형이 일어난 시기에 아아 리랑이라는 형태로 바뀐 것을 알 수 있다. 그러한 측면에서 리랑이 여랑(女郞)이라는 뜻이고 가극에서 불린 노래인 점을 감안하면 아아 리랑은 구어체인 아여랑(啊, 女郞)이 되며, 나아가 아아 리랑으로 발음되는 문장에서 아리랑 스리랑(啊女郞[111] 是女郞[112])이 되는 것을 알 수 있다.

[암호문의 정의]   아리랑 是女郞
[구어체의 의미]   啊女郞 是女郞

---

111) "啊女郞"은 "아가씨!"라는 뜻으로 구어체를 사용하는 가극에서 높은 신분의 젊은 여자를 부르는 호칭이며, 경극(京劇) 등의 대사에 나타난다. 『京劇曲譜集成 第十集』, 上海文藝出版社, 2003.
112) 是女郞은 '아가씨이다'라는 뜻이며, 〈목란시(木蘭詩)〉 등에 용례가 있다. 郭茂倩, 『樂府詩集, 橫吹曲辭, 梁鼓角橫吹曲』, 허룡구·심성종 역, 『고대민요백수』, 한국문화사, 1996.12, 122쪽 참조. 同行十二年 不知木蘭是女郞.

그런데 동일한 문장 속에서 스(是)와 시(是)로 동시에 발음하는 것은 단순한 음운상의 변화만을 뜻하는 것이 아니며, 또 다른 형태의 중세어를 표현하려는 시도인데, 이를 통해, 하나의 후렴구 속에 동시에 몇 개의 추가적인 의미를 갖는 중의시 구조를 만들 수 있게 된다. 이때, 후렴구 문장 속에 존재하는 일반화된 규칙에 의해 기존에 있던 내용을 또 다른 의미로 바꿔줄 수 있게 되므로 노랫말의 외형은 같아 보이지만 전혀 다른 뜻을 갖는 문장이 된다. 후렴구는 그러한 문장으로 전환해 주기 위한 암호문 해독 열쇠인 것이다.

3) 아리랑의 뜻

아리랑 후렴구에 존재하는 규칙은 둘째 음절의 리을(ㄹ) 음소를 니은(ㄴ) 음소로 바꾼 후, 세 음절인 경우 '니'를 '뉘'로 바꿔주는 것이다. 이를 〈밀양 아리랑〉에 나오는 '아리 아리랑 쓰리 쓰리랑'과 〈진도 아리랑〉에 '아리 아리랑 스리 스리랑'에 대입하면 아리랑 후렴구의 의미를 알 수 있다. 『中原音韻』, 『노걸대』, 구간(舊刊)『노걸대 언해』, 『중간 노걸대언해』, 『노걸대 박통사언해』, 『역주 석보상절』등을 참조하면 당대에 사용된 발음이나 언해된 용례가 있다. '아리 아리랑 쓰리 쓰리랑'을 한문으로 읽으면 '아니 아여랑 시니 시여랑(啊你 啊女郞 是你 是女郞)' 형태가 된다.

> [강 세 형] 아리 아리랑 쓰리 쓰리랑 (밀양 아리랑)
> [암 호 문] 아리 아리랑 스리 스리랑 (진도 아리랑)
> [음절조작] 아니 아니랑 스니 시니랑
> [스 =〉시] 아니 아니랑 시니 시니랑
> 　　　　　 아니 아니랑께 신(臣)이 신(臣)이랑께
> [한어발음] 아니 아뉘랑 스니 스뉘랑
> [한　　문] 啊你 啊女郞 是你 是女郞

[중 세 에] 아 네! 아 女郞! 올흐니, 이 네, 이 女郞!
[현 대 에] 그대! 아리랑! 그래, 그대! 아가씨! 이다.

　뜻 없는 후렴구로 알려져 있던 '아리 아리랑 쓰리 쓰리랑'은 '아리랑은 여랑(女郞)'이라는 의미를 가지고 있다. 아리랑이 신성(神聖)한 아가씨(女郞)임을 정의하는 암호문의 성격을 가지고 있다. 여랑이라는 표현은 광개토대왕릉비문에서 고구려 건국 시조인 주몽의 어머니이며, 신성한 물의 여신인 여랑(女郞)으로 묘사되고 있다. 그러한 측면에서 〈구아리랑〉에 물과 관련된 이야기가 나오고, 실제 있었던 고사를 이야기하는 장르의 특성상, 노래 속의 주인공을 고구려 건국 시조인 주몽의 어머니 이야기로 묘사한 것이다. 아리랑은 오래된 한민족의 노래이므로, 고구려 건국에 대한 이야기를 통해, 고구려는 부여에서 왔으며, 부여는 고조선에서 온 나라이고, 고려는 고구려를 이어받은 나라라는 역사적 사실을 〈아리랑〉 노랫말 속에서 이야기하고 있다.

　한편 암호화 과정 속에서 '스'가 '시'로 바뀌고 '리'가 '니'로 바뀌는 규칙에서 나타나는 '아니 아니랑 시니 시니랑 아라리가났네'는 지방 사투리를 쓰는 규칙에 의해 전라도 사투리로 풀이하면 '아니 아니랑께 신이 신이랑께 아난리가 났네'라는 뜻임을 알 수 있다. 이는 임금이 아니고 신하인데, 임금이 되었으니 난리가 났다는 뜻이다. 비밀결사의 내용을 나타내는 문장이다.

　또한 '아리 아리랑 쓰리 쓰리랑'을 줄인 형태인 '아리랑 쓰리랑'에도 두 번째 음절의 리을(ㄹ)이 니은(ㄴ)으로 바뀌고, 다시 '니'를 '뉘'로 바꾸는 의사향찰 체계의 동일한 규칙을 적용하면 후렴구 해독이 가능하게 된다.

[강 세 형]　아리랑 쓰리랑
[암 호 문]　아리랑 스리랑

[음절조작]   아니랑 스니랑
[한어발음]   아뉘랑 스뉘랑
[한   문]   啊女郎 是女郎[113]
[중 세 어]   아리랑은 이 女郎이라
[현 대 어]   아리랑은 아가씨! 이다

아리랑 쓰리랑의 뜻은 '아리랑은 신성한 아가씨(女郎)'임을 알 수 있다. 이를 통해, 아리 아리랑 쓰리 쓰리랑이나 아리랑 쓰리랑은 아리랑 후렴구를 푸는 열쇠이며, 일반화 된 규칙이 적용되고 있음을 알 수 있다.

4. 암호화 과정

암호해독의 측면에서, 아리랑을 암호화시킨 과정을 역으로 풀 수 있다. 즉 아리랑이 의사향찰의 한문 구조를 이용해 만들어졌고, 아여랑이라는 뜻으로 정의하였으므로 '아리랑은 아여랑이다'라는 문장을 만들 수 있다.

아리랑은 아여랑이다

이 문장을 한문으로 만들면, '아리랑 쓰 아여랑'이 된다. 한문에서 '~은 ~이다'를 뜻하는 동사는 '쓰(是)'이다.

---

113) 현대한어를 중세한어로 표현할 경우 발음은 같지만 글자가 달라지는 경우가 있다. 현대 한어인 아리랑(啊, 女郎)을 중세 한어로 표현할 경우 아(啊)는 아(阿)로 바뀐다. 리랑을 뜻하는 여랑(女郎)은 변하지 않는다. 중세 한어 표기는 『說文解字』를 기준으로 글자의 전후관계를 살피며, 동시에 여말선초를 기점으로 만들어진 『舊本老乞大』・『老乞大諺解』・『朴通事諺解』・『重刊老乞大諺解』・『蒙語老乞大』・『淸語老乞大』 등과 비교하여 정하였다. 본고에서는 현대 한어로 표기하되 필요한 경우 각주에서 설명하는 것으로 한다.

아리랑 쓰 아여랑
啊女郞 是 啊女郞

  그렇지만 이 한문은 내용이 너무 평범해서 누구나 이해할 수 있다. 누구나 이해할 수 있는 평범한 문장은 의미가 없다. 평범한 문장을 특정한 사람들만이 이해할 수 있는 특수한 문장으로 만들려면 문장 일부를 변형하면 가능하다. '쓰 아여랑'을 '쓰아 여랑'으로, 다시 '쓰 여랑'으로 만들면 된다.

아리랑 쓰 아여랑 (啊女郞 是 啊女郞)
아리랑 쓰아 여랑 (啊女郞 是啊 女郞)
아리랑 쓰　여랑　(啊女郞 是 女郞)

  쓰아(是啊)는 구어체 문장으로 "그래요, 맞아요!"라는 뜻이 되지만, 이와 같은 문장에서는 '~은 ~이다'라는 의미도 동시에 갖게 되어 쓰(是)와 같은 뜻이 된다. 여기서 두 번째 음절 '여'를 '리'로 바꾸면, 아리랑 쓰리랑이 되며, 이러한 방법으로 아리랑이라는 특수 문장을 만든 것을 알 수 있다.

아리랑 쓰 리랑
啊女郞 是 女郞
아리랑은 그래요 아가씨! 이다

  그런데 아리랑 쓰리랑과 같은 형식의 문장에서는 한문 용법상 쓰(是)를 우리말로 대(對)라는 글자와 바꾸어도 같은 뜻이 된다. 즉 아리랑 대리랑을 만들 수 있다.

아리랑 쓰 리랑
아리랑 대 리랑114)
啊女郞 對 女郞
아리랑은 아가씨! 이다

중세어에서 대(對)는 '딕'로 발음되었으며,115) '아리랑 대리랑'도 '아리랑
은 신성한 아가씨(女郞)'라는 뜻이므로 '아리랑 쓰리랑'과 같은 뜻이 된다.
이를 바탕으로 아리랑과 함께 나오는 '아라리요'를 풀이할 수 있다. 암호문
에서는 동일한 규칙이 예외 없이 적용 되어야 하므로 두 번째 음절의 리
을(ㄹ) 음소를 니은(ㄴ) 음소로 바꾼 후, 세 음절인 경우 '니'를 '뉘'로 바꿔
주면 아라리요는 아나리요(啊那裏喲?)116)가 된다. 현대문의 의미는 "어디
계십니까?"라는 뜻이다. '아리랑 아리랑 아라리요'라는 노랫말은 '아여랑
아여랑 아나리요(啊女郞! 啊女郞! 啊那裏喲?)'라는 뜻으로 바뀌어 '아가씨
아가씨 어디 계십니까?' 로 풀이된다.

　　　[한문의 뜻]　啊女郞 啊女郞 啊那裏喲
　　　[중세 諺解]　아, 女郞! 아, 女郞! 아, 어딕 잇ᄂᆞ뇨?

---

114) 신나라뮤직, 〈본조 아리랑〉, 『북한 아리랑 명창 전집』 CD-1, 신나라 뮤직, 2006.
　　 계속적으로 제기해 왔지만 〈본조 아리랑〉이라는 표현은 잘못된 것이다. 〈경기
　　 아리랑〉이 맞다. 다만, 원문 인용의 차원에서 그냥 두기로 한다.
115) 對 딕 『六祖法寶壇經諺解 上』(1946) 56a:或·혹이 무러든 對:딕答호딕 『飜譯小學
　　 三』:24b 不·블問:문이어든 不·블敢:감對:딕니라
116) 현대 한어에서는 '아 나리 요(啊 哪裡 喲 또는 啊 哪里 喲)'로 표현한다. 그러나
　　 아리랑이 만들어진 시기가 중세(14세기)이기 때문에, 『老乞大諺解』·『朴通事諺
　　 解』·『重刊老乞大諺解』등에서 나리(哪裡 또는 哪里)라는 형태는 나타나지 않으
　　 며, 그 대신에 나리(那裏)라는 형태를 사용하여 '어딕'와 '거긔'와 라는 두 개의
　　 뜻으로 사용하고 있다. 당시의 표기는 아나리요(阿那裏呦)이지만 독자의 편의를
　　 위해 현대 한어인 아나리요(啊那裏喲)로 표기한다.

[노래의 뜻] 아리랑 아리랑 아라리요
[우리말 뜻] 아女郎 아女郎 아亂離요

그런데 '아나리요'를 구어체로 발음하면 '아날리요'가 되어, 형태는 중국어이지만 실제로는 또 다른 우리말을 표현하고 있음을 알 수 있다. 즉 뭔가 난리가 난 것을 표현하는 '아난리(亂離)요'이다.

이를 통해 〈아리랑〉은 하나의 문장이 기본적으로 여러 개의 뜻을 동시에 갖는 구조임을 알 수 있다. 첫째, '아리랑 아리랑 아라리요'라는 후렴구 본래의 뜻,[117] 둘째, "아여랑 아여랑 아나리요(啊女郎 啊女郎 啊那裏喲)" 즉, "아, 女郎! 아, 女郎! 아, 어딕 잇느뇨?"라는 한문의 뜻, 셋째, 중국 발음이지만 실제로는 우리말을 표현하는 "아 여랑, 아 여랑, 아 난리요"라는 뜻 등이 그것이다.

이는 아리랑(阿里娘) 타령에 나타난 阿里랑과 아리娘이라는 두 개의 뜻 외에 다른 뜻이 더 있다는 것이며, 이것이 가능한 이유는 아리娘 형태의 한문을 중국음와 우리음으로 조합하여 우리말의 뜻을 갖게 할 수 있기 때문이다.

그런데 여러 개의 뜻을 갖는 문장을 만들기 위해서는 중국음과 우리음으로 동시에 뜻이 통하는 문장을 만들면서[118] 노랫말까지 같이 만들 경우

---

117) 이러한 후렴구는 아리랑의 또 다른 형태인 '아리 이랑'이며, '푸른 물결'이라는 원 시언어의 뜻을 가지고 있다.

118) 〈아리랑〉은 기본구조가 동시에 5개의 뜻을 가지는 오중의시(五重義詩) 형태이다. 김삿갓의 「天長去無執」 등과 같은 이중의시(二重義詩)의 연원도 정선과 인접한 영월이라는 측면에서 〈아리랑〉의 암호화 전통으로 생긴 것으로 생각되나, 그 구성에 있어서 〈아리랑〉 암호시는 김삿갓의 시 보다 훨씬 많은 복잡성을 가지고 있는 것으로 생각된다. 이중의시는 한문과 토씨 없는 우리말로 된 2개의 뜻을 생각하며 지으면 되지만, 〈아리랑〉은 동시에 3개 이상의 뜻을 생각하고 지어야 하기 때문이다.

에 가능하게 된다.

이러한 방법을 활용하면 4행으로 된 〈아리랑〉 가사 전체를 처음부터 여러 개의 의미를 갖는 특수한 문장으로 만들 수 있고, 이를 통해 아리랑의 성격에 나타나는 형태를 표현할 수 있게 된다. 이러한 암호문 제작은 오직 자국의 언어와 한자에 대한 발음을 갖고 있으면서 가극 속에서 불린 노래인 〈아리랑〉을 통해서 가능할 것이고, 세계적으로도 그 유례를 찾아보기 어렵다.

V. 결론 및 향후 과제

〈아리랑〉은 온갖 어려움 속에서도 고난을 물리치고 이겨내는 한민족의 불굴의 기상이 담긴 노래이다. 역사의 힘든 과정 속에서도 우리민족에게 힘과 용기를 주는 노래였으며, 그러한 이유로 민족의 노래로 자리매김 되었다. 그러나 일제 강점기에 조선총독부에 의해 의도적으로 만들어진 아리랑 발생설은 아리랑을 뜻 모르는 노래로 희화화하는 근원이 되었고, 일제 식민통치를 정당화하고 찬양하는 식민사관을 감추고 있었다.

아이롱(我耳聾)설·아리랑(我離娘)설·아난리(我難離)설·아랑(阿娘)설은 조선 망국의 책임을 위정자들의 압제에 돌림으로써, 식민통치의 정당성을 전개하려는 식민사관의 논리를 숨기고 있다. 아랑위(兒郎偉)설은 자체적으로 만든 사상이 없는 무창견의 민족이므로 일제의 지배를 받아야 한다는 잘못된 논리이다. 알영(閼英)설은 신라시조 박혁거세가 일본 왕족이고 신라는 고대로부터 식민지였기 때문에 지배를 받는 것은 당연하다는 왜곡된 논리 구조이다. 이와 같이 아리랑 발생설은 조선총독부에 의해 식민통치를 정당화하기 위한 논리 구조로 만들어진 식민사관의 결정체였던 것이다.

그러나 더욱 큰 문제는 강제로 국권을 빼앗겼던 1910년으로부터 100년이 흐른 지금까지도 민족의 노래 〈아리랑〉은 식민사관의 틀에 갇힌 채 뜻을 모르는 노래로 희화화되고 있다는 것이다. 이제 〈아리랑〉을 제대로 알아야 할 때이다.

향후의 과제는 〈아리랑〉에 담겨있는 실제의 이야기를 널리 알림으로써 자긍심과 희망으로 가득한 새로운 한민족의 시대를 만들어 가는 것이다. 그러한 측면에서, 지금까지 연구한 내용을 먼저 공개하며, 세부적인 내용들은 지속적으로 발표할 것이다. 이상을 바탕으로 아리랑의 원형을 다음과 같이 재구하였다.

[한문의 뜻] 啊女郎 啊女郎 啊那裏約 (諺解:아, 女郎! 아, 女郎! 아, 어듸 잇는가?)

[노래의 뜻] 아리랑 아리랑 아라리요

[우리말 뜻] 아, 女郎 아, 女郎 아, 亂離요

[한문의 뜻] 啊女郎 勾勾兒着南無, 我感戴 (諺解:아, 女郎! 유여히 몸 구부려 南無, 내 感戴흐느라)

[노래의 뜻] 아리랑 고개를 넘어간다

[우리말 뜻] 아, 女郎 것구라져 나마 간다

[한문의 뜻] 那兒 把我立刻告訴你們 (諺解:뎌 내룰 다가 즉금 너희의게 니르느이는)

[노래의 뜻] 나를 버리고 가시는 님은

[우리말 뜻] 날 ᄇ아리고 가오 스님은

[한문의 뜻] 是你麼 告訴我 把話柄亂道 (諺解:올흐니, 이 네가? 내의게 니르라, 話柄을 다가 어러이 니르라)

[노래의 뜻]   십리도 못가서 발병난다
[우리말 뜻]   스님아 가오 쑤아발 화병난다

〈아리랑〉은 태고에 푸른 물결을 건너는 노래인 〈구아리랑〉 형태의 아리도하가(阿利渡河歌)에서 출발하여 전국에 걸쳐 산재하게 되었는데, 여말선초에 이르러 후렴구를 사용한 가극 형태에서 불리는 비밀결사의 노래로 바뀌게 되었다. 내면에 (1)충신불사이군의 내용을 가지면서, 외부적으로는 그러한 뜻을 알지 못하도록 (2)남녀상열지사의 고사를 반영하고, 노래 가사는 (3)실제로 있었던 비정한 역사적 사실에 대한 이야기를 표현함으로써 하나의 문장이 동시에 세 개의 뜻을 갖게 된다. 또한 고사를 바탕으로 만들어진 가극에서 불리는 노래는 (4)동일한 발음의 단어가 다른 뜻을 가질 수 있는 장르적 특성과 (5)사투리를 사용하여 또 다른 의미를 표현하는 상황적 특성을 활용하기 때문에 2개의 뜻이 추가되어 5개의 뜻이 된다. 덧붙여, 비밀결사의 노래는 그 내용이 외부에서 알 수 있으면 안 되므로 암호문이 해독되는 것을 방지하기 위하여 '십리도'와 같은 형태로 일부 단어에 변형을 줌으로써 다른 뜻의 노래로 바뀌게 되는데, 이를 통해 (6)고려시대의 한 맺힌 공녀(貢女) 이야기 (7)종교적 설화에 대한 이야기를 통해 7개의 뜻을 가지며, 여기에 (8)아리이랑 '곡애(谷涯)'와 '고개'가 갖는 발음상의 특성과 〈구아리랑〉이 초기에 2행으로 된 노래라는 측면을 이용하면 (8) 비밀결사에 참여하였으나 도중에 탈퇴하여 백성을 위한 정치를 하려는 인류애(人類愛)를 표현하는 내용과 (9)마지막까지 나라를 위해 싸우다 죽어가던 충신들의 모습이 묘사되고, (10) 암호문을 만든 자신의 이야기를 표현함으로써 최종적으로는 하나의 문장이 동시에 10개의 뜻을 갖는 십중의시(十重義詩)가 되는 것으로 생각된다. 이를 통해 〈아리랑〉의 성격 분석에 나타난 모든 특성들을 만족함은 물론 지금까지 알지 못하던 고대에서 여말선초에 이르는 시기에 있었던 역사적 사실들까지 노랫말 속에서 찾을 수 있게 되어 〈아리랑〉 노래 속에 잠재되어 있던 조상의 위대한 사상(思想)을 알 수 있게 된다.

〈아리랑〉은 여말선초에 고려에 대한 충신불사이군의 정신과 기개로 반역성혁명을 주진하던 반역(反逆)의 노래였으나 조선은 고려를 위해 충절을 다하다 죽어간 정몽주나 단종 복위를 도모했던 사육신을 충신으로 인정해 준 것처럼 〈아리랑〉을 조선의 노래로 인정함으로써 민족의 노래가 될 수 있었다.

참│고│문│헌

1. 기본자료

『廣開土大王陵碑拓本圖錄(國內所藏本)』, 1996.8.30, 國立文化財硏究所

『三國史記』「高句麗 本紀」

『東國李相國集』「東明王篇」

『老乞大』, 서울大學校 奎章閣編, 2003.

『老乞大諺解』, 京城帝國大學法文學部, 1944.

『重刊老乞大諺解』, 서울大學校 奎章閣編, 2003.

『老乞大 朴通事 諺解』, 亞細亞文化史 影印, 1973.

『蒙語類解』, 서울大學校出版部, 1971.11.20.

『蒙語老乞大』, 西江大學校 人文科學硏究所, 1983.10.

『元代漢語本 《老乞大》』, 慶北大學校出版部, 2000.

『역주 석보상절』제 6・9・11, 세종대왕기념사업회, 1991.11.8.

2. 논저

高權三, 『近代 朝鮮政治史』, 鋼鐵書院, 1930.9.15.

高橋亨, 박미경 역, 『다카하시 도루의 조선 속담집』, 어문학사, 2006.

高晶玉, 『조선민요연구』, 수선사, 1949.

金素雲, 『朝鮮民謠集』, 태문관, 1929.

金志淵, 「朝鮮民謠 아리랑, 朝鮮民謠의 硏究(二)」, 『朝鮮』, 조선총독부, 1930.6.

金采和, 『韓國 古建築 窓戶에 나타난 障子紋의 造形的 比例 硏究』, 부산대학교 교육대학원 석사학위 논문, 1994.2.

南廣祐, 『古語辭典』, 一潮閣, 1971.

朴民一, 『아리랑의 文學的 연구』, 경희대학교 박사학위논문, 1989.

양주동, 「도령과 아리랑:古語硏究二題」, 『민족문화』 제4권 2호, 1959.

元勳義, 「아리랑계어의 조어론적 고찰」, 『관동향토문화』1, 춘천교육대학 관동향토문화연구소, 1978.

유창순, 『李朝語辭典』, 연세대학교 출판부, 1964.

윤혜신, 『한국신화의 입사의례적 탄생담 연구』, 박사학위논문, 연세대학원 한국학협동과정, 2002.

이광수, 「民謠小考(1)」, 『朝鮮文壇』 제3호, 조선문단사, 1924.12.

이병도, 『韓國史』, 을유문화사, 1961.

이재돈, 『中國語 音韻學』, 학고방, 2007.

任東權, 「아리랑의 기원에 대하여」, 『韓國民俗學』 창간호, 한국민속학회, 1969.12.

_____, 『韓國民謠集』 I~Ⅶ, 集文堂, 1979~1981.

정익섭, 「진도지방의 민요고」, 『어문학 논집』 5, 전남대학교 문리과대학 국어국문학회, 1969.2.

曺圭益, 『고전시가의 변이와 지속』, 학고방, 2006.

趙容晧, 『아리랑의 원형 복원에 관한 연구』, 저작권 위원회2002.

_____, 『아리랑의 비밀話원』, 집문당, 2007.

_____, 『아리랑 연구총서』1, 학고방, 2011.

_____, 『아리랑 원형학』, 학고방, 2011.

_____, 『아리랑 원형연구』, 학고방, 2011.

_____, 『아리랑 영웅』, 인터북스, 2012.

崔載億, 「한국민요연구 : 〈아리랑〉 민요고」, 『민족문화』, 광운대학교 기초과학연구소, 1970.

한승옥, 『한국 현대소설과 사상』, 집문당, 1995.

黃玹, 『梅泉野錄』, 國史編纂委員會, 1955.

小倉進平, 『朝鮮方言の硏究』上-下卷, 岩波書店, 1944.

市山盛雄 編, 『朝鮮民謠の硏究』, 東京:坂本書店, 1927.1.1.

信夫淳平, 『韓半島』, 東京堂書店, 1901.

藤田友治, 『好太王碑論爭の解明』, J&C, 2004.1.8.

福田東作, 『韓國併合紀念史』, 大日本實業協會藏版, 1911.

曹雪芹, 『紅樓夢 (揷圖本) 』, 長江文藝出版社, 2000.3.

陳夏華, 『古漢語常用字字典』, 商務印書館, 2003.

陳崎, 『中國秘密語 大辭典』, 漢語大詞典出版社, 2002.

成語大辭典編委會, 『成語大詞典』, 商務印書館 國際有限公司, 2004.

古代漢語大字典編委會, 『古代漢語大字典』, 商務印書館, 2005.

蔣星煜 等, 『元曲鑒賞辭典』, 上海辭書出版社, 1990.

金文達, 『中國古代音樂史』, 人民音樂出版社, 1994.4.

李强·柯林, 『民族戲劇學』, 民族出版社, 2003.

劉亮, 『紅樓夢詩詞賞析』, 吉林攝影出版, 2004.3.

馬大正 等, 『古代高句麗歷史續論』, 中國社會科學出版社, 2003.10.

王國維, 『宋元戲曲史疏正』, 夏旦大學, 2004.

王力, 『古漢語常用字字典』, 商務印書館, 1979.

___, 『漢語史稿』, 中華書局, 2003.

王實甫, 『西廂記』, 中國靑年出版社, 2003.

謝佩媛 等, 『曲』, 北京出版社, 2004.

新華漢語辭典編委會, 『新漢語詞典』, 商務印書館 國際有限公司, 2004.

新蒙漢詞典編委會編, 『新蒙漢詞典』, 商務印書館, 1999.9.

周德淸, 『中原音韻』, 藝文印書館 影印, 1997.

Nym Wales(Helen Foster Snow) & Kim San, *Song of Ariran : A Korean Communist in the Chinese Revolution*, Ramparts Press, 1941.

〈음악 CD〉

『북한 아리랑』, 신나라 뮤직, 1999.

『남북 아리랑의 전설』, 신나라 뮤직, 2003.

『북한 아리랑 명창 전집』, 신나라, 2006.

『한반도의 아리랑』(1~4), (주)킹 레코드.

『아리랑의 수수께끼』, 신나라, 2005.

『아리랑 모음곡집』, (주)한양음반, 1997.6.

〈『語文論集』, 中央語文學會, 2010.3.〉 增補

음악학적 관점에서 본
아리랑의 가치와 연구의 지향

김혜정*

I. 서론

흔히 아리랑을 민족의 노래라 부른다. 그만큼 우리 민족에게는 상징성
이 있는 노래라 할 수 있다. 하지만 그동안 아리랑은 실증적인 논의의 대
상으로서 많이 다루어지지 못했다. 조동일은 이에 대해 '느낌과 감격에 머
물러 객관화나 논리화에 필요한 거리를 충분히 확보하지 못했다[1]'고 표현
하고 있다. 아리랑의 중요성을 강조하거나 전승과 활성화의 당위성을 주
장하는 수 많은 글들이 난무하지만 정작 기초적인 정의도 마땅치 않은 것
이 현실이다.

즉 아리랑 연구의 현실은 아리랑의 위상에 못 미치고 있는 형편이다.
아리랑과 관련하여 문학적, 사회학적, 역사적, 교육적, 음악적 논의들이
있어왔으나 의외로 그 수는 많지 않다. 2012년 아리랑이 유네스코 무형문
화유산으로 등록되었고 이후로 더 많은 아리랑 관련 학회와 전시회가 이
어졌지만 아직도 연구의 질적·양적 성과는 미흡하다.

---

* 경인교대
1) 조동일, 「아리랑을 어떻게 연구할 것인가」, 『아리랑국제학술대회 자료집』, 한국학
   중앙연구원, 2011, 23~48쪽.

특히 음악학에서의 아리랑 연구는 아직 갈 길이 멀어 보인다. 이보형[2], 김영운[3], 이용식[4]의 생성과정에 대한 논의와 최헌[5], 김혜정[6], 서정매[7], 이상규[8] 등의 지역 아리랑에 대한 논의 몇 가지가 아리랑에 대한 궁금증을 학술적으로 다루어준 논문이라 생각된다. 하지만 위의 논의에서 다루어지지 못한 많은 아리랑의 연구 주제와 지향해야 할 연구의 방향을 점검해 볼 필요가 있다고 본다.

그동안 문학을 비롯한 인접 학문에서는 아리랑 연구에 대한 성과를 분석하거나 앞으로의 지향을 정리한 글을 발표한 바[9] 있다. 그런데 음악학에서는 이러한 연구 성과 검토나 연구 방법에 대한 고민, 앞으로 지향해야

2) 이보형, 「아리랑소리의 根源과 그 變遷에 관한 音樂的 研究」, 『한국민요학』5, 한국민요학회, 1997, 81-120쪽; 이보형, 「아리랑소리의 생성문화 유형과 변동」, 『한국민요학』26, 한국민요학회, 2009, 95-128쪽.

3) 김영운, 「〈아리랑〉 형성과정에 대한 음악적 연구」, 『한국문학과 예술』, 숭실대학교 한국문예연구소, 2011, 5-55쪽.

4) 이용식, 「강원도 〈아라리〉의 음악적 특징과 원형적 특질」, 『한국민요학』25, 한국민요학회, 2009, 225-251쪽.

5) 최헌, 「아리랑의 선율구조 비교 분석」, 『한국민요학』6, 한국민요학회, 1999, 293-321쪽.

6) 김혜정, 「정선아리랑의 음악적 구조와 특성」, 『한국민요학』29, 한국민요학회, 2010, 93-114쪽; 김혜정, 「진도아리랑 형성의 음악적 배경」, 『한국음악연구』35, 한국국악학회, 2004, 269-284쪽.

7) 서정매, 「밀양아리랑의 변용과 전승에 관한 연구」, 『한국민요학』35, 한국민요학회, 2012, 131-166쪽; 서정매, 「선율과 음정으로 살펴본 밀양아리랑」, 『한국민요학』21, 한국민요학회, 2007, 79-110쪽.

8) 이상규, 「아리랑을 활용한 초등국악가창 장단 지도법」, 『국악과교육』34, 한국국악교육학회, 2012, 73-96쪽.

9) 박경수, 「아리랑학의 토대 구축과 과제」, 『한국민족문화』40, 부산대학교 한국민족문화연구소, 2011, 459-469쪽; 이창식, 「아리랑, 아리랑학, 아리랑콘텐츠」, 『한국민요학』21, 한국민요학회, 2007, 181-213쪽; 조용호, 「아리랑 연구의 現況과 課題」, 『어문론집』43, 중앙어문학회, 2010, 267-312쪽; 조용호, 「아리랑 연구사」, 『한국문학과 예술』, 숭실대학교 한국문예연구소, 2010, 5-67쪽.

할 바에 대해 논의한 바 없다. 따라서 이 글에서는 선행연구의 검토를 통해 아리랑 관련 음악학의 연구 성과를 살펴보고, 아리랑의 특질과 가치를 따져 앞으로 어떤 방향으로 연구를 해나가야 할 것인지 연구 과제와 지향을 정리해 보려 한다. 앞으로 지속적으로, 그리고 반복적으로 일어나게 될 아리랑 관련 연구들에서는 좀 더 날카로운 문제의식과 의미 있는 연구 결과들이 축적되기 위해서 한 번쯤 짚어봐야 할 문제이기 때문이다.

Ⅱ. 음악학적 아리랑 연구의 주제와 방법

이 장에서는 그동안 이루어졌던 아리랑의 음악학적 연구 성과를 살펴보고자 한다. 음악학에서의 아리랑 연구는 그 양이 많지 않고, 주제도 다양하지 않다. 크게 나누어 본다면 형성과 파생에 대한 역사적(縱) 논의와 음악분석적(橫) 논의, 활용 측면에서의 음악교육적 논의로 나눌 수 있다. 따라서 여기에서는 논의의 주제보다는 각 주제별 논의의 쟁점이나 분석 방법 등 좀 더 세밀한 부분을 다루어보려 한다. 이를 통해 문학이나 인접 학문 분야의 연구사와 달리 음악학적으로 해야 할 연구의 지향과 방법을 구체화시킬 수 있을 것으로 본다.

1. 형성과 변화에 대한 역사적 논의

아리랑의 형성 과정에 대한 논의로 가장 대표적인 것은 이보형, 김영운, 이용식의 글이다. 이보형이 가장 먼저 아리랑소리의 근원과 변천에 대한 논의를 펼쳤고, 이 가운데 강원도와 경기도의 아리랑에 대해 이용식이 약간 다른 입장을 표명하였다. 그리고 이를 김영운이 다시 정리하고 있다. 특히 아리랑의 전체 형성 과정을 보여준 논의로서 이보형과 김영운의 주장을 비교하여 살펴볼 필요가 있다.

이들의 논의에서 가장 논쟁이 될 수 있는 부분은 강원도의 두 아라리와 경기도 아리랑 계열의 연결, 그리고 경기도 긴아리랑과 자진아리랑(구조 아리랑)의 선후관계이다. 이보형은 강원도의 긴아라리(정선아리랑)에서 경기도의 긴아리랑이 나오고, 여기에서 다시 경기도 자진아리랑이 나온 것으로 보고 있다. 그에 비해 이용식은 강원도 자진아라리에서 경기도의 자진아리랑이, 강원도의 긴아라리에서 경기도의 긴아리랑이 나온 것으로 보았다. 이들의 논의가 일치하지 않은 점에 대해 김영운은 보다 음악적인 비교를 통해 정리하였다. 그는 강원도의 긴아라리에서 경기 구조아리랑이 나오고, 이것에서 다시 긴아리랑이 만들어진 것으로 보았다.

우리가 널리 아는 본조아리랑의 경우 이보형은 경기도 자진아리랑에서 파생된 것으로 보았으나 김영운은 경기도 자진아리랑에서 파생되는 과정에서 강원도 자진아라리(강원도 아리랑)을 상당부분 참조하였을 것으로 보았다. 이보형, 김영운, 그리고 이용식의 논점을 비교하여 정리하면 다음의 표와 같다.

〈표 1〉 아리랑 파생 관계에 대한 주장 비교

이보형	강원도 긴아라라-경기도 긴아리랑-경기도 자진아리랑-경기도 본조아리랑
이용식	강원도 자진아라라-경기도 자진아리랑 강원도 긴아라리 - 경기도 긴아리랑
김영운	강원도 긴아라라-경기 자진아리랑-경기 긴아리랑 ├──────────────경기도 본조아리랑 강원도 자진아라리(강원도 아리랑)

 강원도와 경기도를 중심으로 하는 아리랑의 형성과 파생에 대한 논의10)
이외에 다른 지역의 아리랑에 대한 형성 논의를 한 경우로는 진도아리랑
의 형성 배경 논의11)가 유일하다. 이 글에서는 진도아리랑의 형성에 대한
논의를 하면서 산아지타령과 남도아리랑, 남도아리랑에 영향을 미쳤던 밀
양아리랑과의 관계 등을 음악적으로 살펴보았다. 산아지타령과 진도아리
랑의 관련성에 대해서는 나경수12)에 의해 이미 언급이 있었던 내용이지
만, 음악학적인 분석과 함께 남도아리랑의 여러 실체를 살펴보았다는 점
에서 의의가 있다고 본다.

 아리랑의 형성과 관련하여 최근 강등학이 〈한양오백년가〉, 〈경복궁영
건가〉, 『매천야록』, 1912년의 조선총독부 민요조사 자료 등 새로운 자료
를 제시하면서 실질적인 파생의 시기에 대한 논의를 구체화13)시키고 있
다. 그는 다양한 자료를 통해 아리랑의 변화에 대해 논의하고 있는데, 그
의 파생 구도는 김영운의 것을 따르고 있다. 문학적이고 민속학적인 입장
에서의 논의이지만 근대의 자료를 바탕으로 하는 실증적 논의이므로 주의
깊게 살펴야 할 일이다.

 역사에 대한 논의를 할 때, 항상 있을 수 있는 변인은 자료이다. 우리에
게 필요한 것은 언제나 새로운 자료에 대해 유연한 태도를 가지고 언제든

---

10) 최상일은 향토민요의 수집가로서 입장에서 아리랑의 분포와 특질을 논의한 바 있
 다. 그는 여러 아리랑의 파생과 함께 각 지역의 존재양상을 구체적으로 정리하였
 다. 그러나 그의 논의는 음악학적인 논의라기 보다는 민속학적 논의에 가깝다고
 보아 이 글에서는 본격적으로 다루지 않았다(최상일, 「아리랑의 뿌리와 갈래」,
 『내일을 여는 역사』50, 내일을 여는 역사, 2013, 230-248쪽).
11) 김혜정, 「진도아리랑 형성의 음악적 배경」, 『한국음악연구』35, 한국국악학회,
 2004, 269-284쪽.
12) 나경수, 「진도아리랑형성고」, 『전남의 민속연구』, 민속원, 1994.
13) 강등학, 「아리랑의 국면 전개에 관한 거시적 조망」, 『남도민속연구』26집, 남도민
 속학회, 2013.

자신의 이론을 수정하거나 보완해 나갈 수 있는 자세일 것이다. 그러한 이유로 역사적 논의는 끝이 있을 수 없다. 새로운 자료가 나오면 그것이 기존의 학설과 어떻게 부합하는지, 부합하지 않는다면 어떤 이유인지 검증이 필요한 것이다.

아울러 밀양아리랑[14]이나 해주아리랑, 이외의 기타 여러 아리랑에 대해서는 본격적인 파생 과정 논의가 없었다. 물론 짐작들은 하고 있는 듯하다. 하지만 실제 자료를 뒤져서 그에 대해 따져본 일은 없다. 특히 일부 악곡에서는 강원도의 아라리 계열이나 진도아리랑의 경우처럼 통속민요의 생성에 향토민요의 영향이 있을 수 있으므로 더 주의 깊은 관찰이 필요해 보인다.

2. 음악분석적 논의

아리랑의 형성과 파생 연구도 역시 음악 분석을 바탕으로 하지만 음악 분석을 통한 음악적 특질 연구에 초점을 맞춘 연구들이 있다. 이들 연구에서는 선율 분석이나 형식, 또는 여러 각편들의 비교를 통한 차이점을 드러내는 방법들이 주로 사용되고 있다.

최헌은 아리랑을 대상으로 선율 분석을 시도[15]한 바 있다. 최헌은 선율 분석을 다양한 장르의 악곡을 대상으로 실시한 바 있으며, 아리랑도 그 일환의 하나이다. 아리랑의 선율을 분석하여 그 본질적 특성이 다른 한국의 전통음악과 일맥상통하는 점이 있음을 밝혔다.

서정매는 밀양아리랑을 대상으로 한 두 개의 논문[16]에서 여러 유성기

14) 국문학자 김기현과 음악학의 서정매에 의해서 밀양아리랑 논의가 있었지만 음악적 형성과정에 대한 천착이 미흡하다고 본다.
15) 최헌, 「아리랑의 선율구조 비교 분석」, 『한국민요학』6, 한국민요학회, 1999, 293-321쪽.

음반과 실제 현지조사를 통해 찾아낸 밀양아리랑을 분석하고 비교하였다. 또 김혜정은 정선아리랑을 대상으로 음악적 구조와 특성을 찾는 논의17)를 하였다. 이외에도 조순현이나 김보희와 같은 여러 학자들이 국외에 전승되는 아리랑에 대해 음악적 논의18)를 한 바 있으나 이는 또 다른 논의의 대상이 되어 할 것으로 본다.

음악분석 연구에서 주목해야 할 점은 논의 자체가 극히 드물었다는 점이다. 그 결과 대상이 되었던 아리랑의 장르적 성격이나 소재별 다양성도 부족한 형편이다. 향토민요와 통속민요, 현지조사와 녹음자료(유성기음반부터 CD에 이르기 까지) 등 다양한 선택이 가능하지만 대부분 연구 대상조차 되지 못하는 것이 현실이다.

이를 해결하기 위해서는 자료의 축적과 관리가 필요하다. 향토민요 아리랑의 자료구축도 필요하고, 통속민요의 음반 자료에 대한 아카이브 작업도 필요하다. 개인 연구자들이 이것을 모두 하고, 그 이후에 연구를 축적하기란 너무 어려운 일이다. 국가적 차원의 아카이브 운영이 필요하다.

16) 서정매, 「선율과 음정으로 살펴본 밀양아리랑」, 『한국민요학』21, 한국민요학회, 2007, 79-110쪽; _____, 「밀양아리랑의 변용과 전승에 관한 연구」, 『한국민요학』35, 한국민요학회, 2012, 131-166쪽.
17) 김혜정, 「정선아리랑의 음악적 구조와 특성」, 『한국민요학』29, 한국민요학회, 2010, 93-114쪽.
18) 김보희, 「한인 디아스포라 〈아리랑〉의 음악학적 연구」, 『한국문학과 예술』, 숭실대학교 한국문예연구소, 2010, 191-225쪽; 김보희, 「한인 디아스포라 아리랑의 원형과 파생관계 연구」, 『한국음악연구』51, 한국국악학회, 2012, 5-34쪽; 박은옥, 「민족의 민요 아리랑과 모리화」, 『한국음악연구』53, 한국국악학회, 2013, 29-48쪽; 이준희, 「'대중가요' 아리랑의 1945년 이전 동아시아 전파 양상」, 『한국문학과 예술』, 숭실대학교 한국문예연구소, 2010, 227-253쪽; 장익선, 「中國 朝鮮族의 "아리랑"에 대한 研究」, 『남북문화예술연구』10, 남북문화예술학회, 2012, 135-172쪽; 조순현, 「연변지역 〈청주아리랑〉의 음악적 연구」, 『한국민요학』13, 한국민요학회, 2003, 241-266쪽.

자료에 대한 음악 분석의 방법도 계속된 연구가 필요하다. 민요의 연구에 있어서 분석이 쉽다고 여기는 경향이 있어 자칫 소홀히 넘기기 쉬운 문제가 있다. 그저 인상적으로 유사하다거나 같은 계통이라는 결론을 쉽게 내리는 것은 아닌지 돌아볼 필요가 있다. 유사성이 강할수록 작은 부분에서의 차이점에 주목해야 하는 것이 비교 분석의 기본일 것이다. 분석 방법은 해당 자료의 특성에서 찾는 것이 정답이다. 따라서 아리랑을 위한 분석 방법과 비교의 기준들을 찾고 새로운 방법론으로 접근하는 태도가 필요하다고 본다.

3. 음악 교육적 논의

현재 가장 활발하게 아리랑을 다루는 곳은 학교 현장이다. 아리랑은 끊임없이 교과서에 등장하고 있는 악곡이며, 유네스코 등재 이후에는 거의 모든 아리랑이 가창곡과 감상곡으로 다루어지고 있다. 그런데 음악 교육적 입장에서의 논의는 거의 이루어지지 않은 형편이다. 이전의 아리랑 관련 음악교육학적 논의로는 이상규[19]와 김혜정[20]의 것을 들 수 있다.

이상규는 아리랑 한 곡이 얼마나 다양한 장단이 적용될 수 있는지를 통해 장단 교육의 좋은 소재가 될 수 있음을 논의하였다. 김혜정은 진도아리랑의 교과서의 내용을 분석하여 문제점을 드러내고 어떻게 개선되어야 할 것인지 정리하였다. 두 가지 논의는 접근 방식에 있어서 상당히 다르다. 그러나 아리랑의 교육이 현재보다는 훨씬 다양한 것을 담아내거나 개선될 수 있는 것임을 논의하였다는 점은 같다.

모든 국민을 대상으로 하는 초등과 중등의 음악과에서 아리랑교육을 어

---

19) 이상규, 앞의 논문.
20) 김혜정, 「진도아리랑 교육의 문제와 개선방안」, 『진도아리랑국제학술대회 자료집』, 2013.

뗗게 시키는가는 앞으로의 아리랑의 미래를 좌지우지할 수 있는 매우 중
요한 내용이다. 그런데 그 내용이 적절하지 않다면 효과는 감소될 수밖에
없다. 아리랑의 전승과 생명력 있는 미래를 위해 아리랑 교육에 대한 고
민들이 계속되어야 할 것이다.

　교육과 관련하여 두 가지가 필요하다. 하나는 교육용 자료[21])의 개발이
며, 다른 하나는 잘 정리된 교육 내용이다. 교과서의 아리랑을 분석해 보
면 수 십 년째 같은 악보와 가사의 아리랑 한 가지를 고수하고 있으며 교
수 활동 역시 변화가 없다. 답습이 계속되고 있는 것이다. 교과서 개발진
들이 활용할 교육용 자료는 턱없이 부족하거나 없고, 교육 내용에 대한 신
선한 아이디어 개발이 되어 있지 않다. 또 아리랑을 설명할 수 있는 잘 정
리된 자료도 없다. 앞으로 해야 할 과제들이다.

III. 아리랑의 음악적 특질과 연구의 지향

　이 장에서는 아리랑에서 찾을 수 있는 음악적 특질과 가치를 찾아 정리
하고자 한다. 그리고 이를 바탕으로 앞으로의 아리랑의 음악학적 연구에
서 수행해야 할 과제와 지향점을 정리하고자 한다.

1. 장르의 다양성

　아리랑에서 가장 중요한 특질은 장르의 다양성이라 생각한다. 아리랑은
향토민요에서 출발하였고, 통속민요로 거듭났으며, 이제는 찬송가나 대중
가요로도 노래되고 있다. 장르적 다양성은 두 가지 입장에서 접근 가능하

---

21) 정선에서는 정선아리랑교육을 위해 〈정선아리랑 표준악보 연구〉를 실시한 바 있
　　다.(『정선아리랑 표준악보 연구 보고서』, 재단법인 정선아리랑문화재단, 2009).

다. 하나는 각 장르의 특성에 맞는 음악적 연구 방법과 논의가 있어야 한다는 것이며, 다른 하나는 장르간 차이점과 변화 내용에 대한 천착이 있어야 한다는 것이다.

향토민요는 현장조사를 통한 자료의 집적부터 시작되어야 한다. 현지의 가창자들에게 많은 정보들을 모아야 한다. 수많은 각편에 대한 분석을 통한 보편성과 특수성 논의, 지역별 분포와 차이점 논의, 기능적 특성과의 연계성 등 다양한 연구들이 필요하다. 대표적으로 강원도의 긴아라리나 자진아라리, 엮음아라리에 대해서 문학적 연구는 매우 활발하게 이루어져 있으나 음악학적인 논의는 거의 없다.

또한 향토민요의 특성상 아라리나 아리랑이 독립적으로 존재하지 않는다는 점에 유의해야 한다. 아라리는 강원도의 대표적인 민요이다. 따라서 그 변종은 물론이고 인접 지역에 퍼진 접변형 아라리들의 수는 이루 헤아릴 수 없이 많다. 또 미나리와 아라리의 관계, 아라리와 아라성의 관계, 아라리와 정자소리와의 관계, 아라리와 경상도 시집살이 노래와의 관계 등 풀어야 할 과제가 많다. 그리고 이들의 문제는 전국적인 민요의 음악 지도와 연계되어 있으므로 결국은 민요 전체의 문제와 맞닿아 있다. 이러한 모든 연구들이 아리랑과 관련되어 해야할 과제로 떠오를 수 있다.

통속민요 역시 유성기음반부터 현재의 CD 자료에 이르기까지 수많은 각편이 존재한다. 따라서 이에 대한 분석을 하고 변화를 살펴봐야 할 것이다. 또한 가창자인 전문음악가들의 개인적 성향과 특질에 대해 따져야 한다. 이후 다른 장르로 전환된 사례들 역시 마찬가지이다. 어떤 이유로 장르가 바뀌었으며, 각 장르적 성격을 음악이 어떻게 담아내고 있는지에 초점을 맞추어 논의할 수 있을 것이다.

한편 향토민요와 통속민요를 비롯한 여러 장르의 아리랑은 서로 융합되어 논의될 필요가 있다. 향토민요에서 출발하였으나 통속민요로 바뀐 여

러 아리랑의 사례를 알고 있다. 강원도의 긴아라리가 한오백년으로, 엮음
아라리가 정선아리랑으로, 자진아라리가 강원도 아리랑으로, 산아지타령
을 바탕으로 한 진도아리랑의 탄생 등이 그러한 사례이다. 그러나 그 변
화가 실제로 어떤 것이었는지 하나하나 분석하고 따져본 일은 거의 없
다[22].

또 반대로 통속민요가 다시 향토민요가 된 사례들도 있다. 전라북도의
민요 자료들을 살펴보면 본조아리랑을 흥글소리처럼 부르는 사례[23]가 무
수히 발견된다. 또 전라남도의 민요 자료에서는 진도아리랑과 산아지타령,
남도아리랑의 변종들이 발견[24]된다. 그런데 많은 학자들은 '누구나 알고
있을 것이다', 또는 '너무 쉬워서 그런 논의가 필요한가?'와 같은 게으른
자세로 누구 하나 마땅히 정리한 일이 없다.

2. 열린 변화 가능성

아리랑의 변화는 놀랍다. 아리랑은 처음부터 기존의 것을 변화시키는
것에서 출발한 음악이다. 그리고 그 변화의 여정은 끝없이 계속되고 있다.
특히 음악적으로 그렇다. 기존의 것을 부정하지 않으면서도 새로운 모습
을 지향하고 있는 아리랑의 특성은 전통음악의 가장 중요한 '열림'의 원리
를 갖고 있다는 점에서 매우 중요하다. 따라서 이러한 열린 변화의 가능
성에 대해 천착하고, 그것을 정리할 필요가 있다.

우리는 아리랑의 변화에 대해 쉽게 단정하고 만다. '장단을 바꾸었다',
'토리를 바꾸었다', '가사를 바꾸었다', '선율을 좀 바꾸었다', '시김새를 좀

---

22) 김영운의 글에서 이들의 연관성에 대해 다룬 바 있다.
23) 〈한국민요대관〉 전라북도편 참조.
24) 김혜정의 논의에서 일차 다루어진 바 있으나, 산아지타령과 진도아리랑의 여러
　　변종에 대해서 더 자세히 살펴볼 수 있을 것이다.

더 넣었다', 또는 '가사의 길이 때문에 형식이 좀 바뀌었다' 등의 간단한
설명으로 모든 변화를 규정하고 만다. 하지만 아리랑의 변화에서 찾을 수
있는 원리는 민요의 변화원리, 또는 전통음악의 창작원리를 대변할 만한
것이기도 하다.

'아리랑이 이렇게 변화하였다', '그래서 어떤 곡이 새로 만들어졌다'와
같은 결과론적 관점보다는 어떻게 하면 새롭게 만들 수 있는가?에 대한
물음을 정리할 때이다. 과거에는 이런 방법으로 새로운 것을 만들었다면
앞으로는 어떤 방법이 있을 수 있는가의 여러 아이디어를 창출할 수 있는
기폭제로서의 연구들도 필요하다. 아리랑을 통해 한국의 전통음악에서 중
요하게 여겼던 '협률'의 원리를 정리하여 국악 작곡의 기초로 삼을 수 있
다. 나아가 이러한 연구가 앞으로 끊임없이 변화해 나가야 하는 아리랑에
활력소를 불어넣는 자극제가 될 수 있도록 해야 할 것이다.

3. 역사적 적층성과 역동성

아리랑은 근대의 역사를 담은 노래이다. 우리 민족의 아픈 역사를 담고
있으며 복잡한 상황들을 함께 한 노래이다. 아리랑연구에서는 이를 무시
할 수 없다. 음악학일지라도 말이다. 아리랑의 존재양상을 이해하기 위해
이러한 배경을 충분히 음악과 연결지을 수 있어야 한다. 아리랑의 역사적
적층성과 의미를 음악학에서도 함께 가져가야 한다는 것이다.

여러 나라로 뻗어 나가 있는 아리랑에 대한 디아스포라적 접근, 민요에
서 출발하여 통속민요가 되었다가 다시 민요가 되어 있는 여러 상황에 대
한 음악 사회학적 접근, 근대의 아픔을 담은 여러 아리랑에 대한 범 학문
적 접근 등 다양하고 신선한 연구 방법과 시도가 필요하다. 아울러 이러
한 연구에서 반드시 실증적인 음악학적 연구 방법이 빠져서는 안된다. 왜
냐하면 아리랑을 감성적으로만 접근하면 음악학적 논의로서 의미가 없기

때문이다.

한편 아리랑의 활용에 대한 논의도 다양하게 이루어져야 한다. 앞 장에서 살펴본 음악교육적 논의도 활용의 논의이다. 그러나 교육으로만 이룰 수 없는 것이 생활화이다. 음악이 생활화되지 못하고 학교 교육에서 머문다면 곧 사장될 수밖에 없는 것이 현실이다. 따라서 어떻게 생활화를 이룰 수 있을 것인지 실질적인 전승의 문제도 풀어야 할 과제이다.

IV. 결 론

이상에서 아리랑의 연구 성과, 아리랑의 음악적 특질과 가치, 앞으로의 연구 과제와 지향을 살펴보았다. 정리하면 다음과 같다.

첫째, 역사적 논의에서는 끊임없이 새로운 자료를 구하고 그것이 기존의 학설과 어떻게 부합하는지, 부합하지 않는다면 어떤 이유인지 검증을 계속해 나가야 한다. 또 밀양아리랑, 해주아리랑 등 여러 아리랑에 대한 본격적인 형성 및 파생 과정 논의가 이루어져야 한다. 특히 통속민요의 생성에 향토민요의 영향이 있을 수 있으므로 더 주의 깊은 관찰이 필요하다.

둘째, 국가적 차원의 아카이브 운영이 필요하다. 음악학연구는 자료의 구축에서 출발해야 한다. 연구자 스스로 현장을 찾는 연구방법이 물론 필수적으로 필요하다. 그러나 아리랑의 경우에는 현장조사뿐 아니라 유성기 음반과 과거의 음원들도 매우 중요하다. 따라서 이들 자료를 모으고 활용할 수 있도록 1차적인 가공을 하는 대규모의 작업이 필요하다.

셋째, 음악 분석 방법에 대한 연구가 필요하다. 민요의 음악 연구에 있어서 분석을 쉽게 처리하는 경향이 있다. 그러나 아리랑을 위한 분석 방법과 비교의 기준들을 찾고 새로운 방법론으로 접근하는 태도가 필요하다고 본다.

넷째, 교육과 관련하여 교육용 자료의 개발이 있어야 하며 교육 내용을 다양하게 마련해야 한다. 먼저 난이도가 조절된 표준 악보의 정리가 필요하다. 그리고 천편일률적으로 답습되는 교과서가 아니라 현대적 감각으로 개선된 교수 활동 내용의 개발이 필요하다.

다섯째, 각 장르의 특성에 맞는 음악적 연구 방법과 논의가 있어야 한다. 향토민요는 현장조사와 각편의 채보와 분석, 보편성과 특수성 논의, 지역별 분포와 차이점 논의, 기능적 특성과의 연계성 등 다양한 연구들이 필요하다. 아울러 아리랑의 연구에 그치지 않고 여러 지역의 민요들과의 연관성 등 민요 전체의 문제로 연구 영역을 확대해 나가야 한다.

여섯째, 통속민요 역시 유성기음반부터 현재의 CD 자료에 이르기까지 수많은 각편을 분석하고 변화를 살펴봐야 한다. 또 여러 장르의 아리랑은 서로 융합되어 논의될 필요가 있다. 향토민요에서 출발하였으나 통속민요로 바뀐 아리랑, 통속민요가 다시 향토민요가 된 아리랑 등 다양한 사례들을 논의해야 한다.

일곱째, 아리랑의 변화에서 찾을 수 있는 민요의 변화원리를 찾아 작곡 기법의 이론으로 정리해야 한다. 이러한 연구가 앞으로 끊임없이 변화해 나가야 하는 아리랑에 활력소를 불어넣는 자극제가 될 수 있을 것이다.

여덟째, 아리랑의 역사적 적층성과 의미를 음악학에서도 함께 가져가야 한다. 디아스포라적 접근, 음악 사회학적 접근, 범 학문적 접근 등 다양하고 신선한 연구 방법과 시도가 필요하다. 또 아리랑의 활용에 대한 논의도 다양하게 이루어져야 한다. 어떻게 아리랑의 생활화를 이룰 수 있을 것인지 실질적인 전승의 문제도 풀어야 할 과제이다.

마지막으로 앞으로의 아리랑 연구에서 꼭 염두에 두어야 명제는 이러한 것들이다. 첫째, 당연한 결과는 없다. 누구나 아는 것은 아무도 모르는 것일 수 있다. 그러니 평범하고 보편적인 주제와 논의를 먼저 해야 한다. 그것이 가장 중요한 주제일 수 있기 때문이다. 둘째, 느낌에 머물지 말고 실증적으로 증명해야 한다. 느낌이 느낌에 머문다면 객관성을 확보할 수 없다. 왜 그런 느낌이 드는 것인지를 음악학적으로 증명해야 한다. 그래야만 논리를 세울 수 있고, 객관적인 논증으로서 가치가 있을 것이다.

참ㅣ고ㅣ문ㅣ헌

강등학, 「아리랑의 국면 전개에 관한 거시적 조망」, 『남도민속연구』26집, 남도민속학회, 2013.

김보희, 「한인 디아스포라 〈아리랑〉의 음악학적 연구」, 『한국문학과 예술』, 숭실대학교 한국문예연구소, 2010, 191-225쪽.

김보희, 「한인 디아스포라 아리랑의 원형과 파생관계 연구」, 『한국음악연구』 51, 한국국악학회, 2012, 5-34쪽.

김영운, 「〈아리랑〉 형성과정에 대한 음악적 연구」, 『한국문학과 예술』, 숭실대학교 한국문예연구소, 2011, 5-55쪽.

김혜정, 「정선아리랑의 음악적 구조와 특성」, 『한국민요학』29, 한국민요학회, 2010, 93-114쪽.

김혜정, 「진도아리랑 교육의 문제와 개선방안」, 『진도아리랑국제학술대회 자료집』, 2013.

김혜정, 「진도아리랑 형성의 음악적 배경」, 『한국음악연구』35, 한국국악학회, 2004, 269-284쪽.

나경수, 「진도아리랑형성고」, 『전남의 민속연구』, 민속원, 1994.

박경수, 「아리랑학의 토대 구축과 과제」, 『한국민족문화』40, 부산대학교 한국민족문화연구소, 2011, 459-469쪽.

박은옥, 「민족의 민요 아리랑과 모리화」, 『한국음악연구』53, 한국국악학회, 2013, 29-48쪽.

서정매, 「밀양아리랑의 변용과 전승에 관한 연구」, 『한국민요학』35, 한국민요학회, 2012, 131-166쪽.

서정매, 「선율과 음정으로 살펴본 밀양아리랑」, 『한국민요학』21, 한국민요학회, 2007, 79-110쪽.

이보형, 「아리랑소리의 根源과 그 變遷에 관한 音樂的 硏究」, 『한국민요학』 5, 한국민요학회, 1997, 81-120쪽.

이보형, 「아리랑소리의 생성문화 유형과 변동」, 『한국민요학』26, 한국민요
　　학회, 2009, 95-128쪽.

이상규, 「아리랑을 활용한 초등국악가창 장단 지도법」, 『국악과교육』34, 한
　　국국악교육학회, 2012, 73-96쪽.

이용식, 「강원도 〈아라리〉의 음악적 특징과 원형적 특질」, 『한국민요학』25,
　　한국민요학회, 2009, 225-251쪽.

이준희, 「'대중가요' 아리랑의 1945년 이전 동아시아 전파 양상」, 『한국문학
　　과 예술』, 숭실대학교 한국문예연구소, 2010, 227-253쪽.

이창식, 「아리랑, 아리랑학, 아리랑콘텐츠」, 『한국민요학』21, 한국민요학회,
　　2007, 181-213쪽.

장익선, 「中國 朝鮮族의 "아리랑"에 대한 硏究」, 『남북문화예술연구』10, 남
　　북문화예술학회, 2012, 135-172쪽.

『정선아리랑 표준악보 연구 보고서』, 재단법인 정선아리랑문화재단, 2009.

조동일, 「아리랑을 어떻게 연구할 것인가」, 『아리랑국제학술대회 자료집』,
　　한국학중앙연구원, 2011, 23-48쪽.

조순현, 「연변지역 〈청주아리랑〉의 음악적 연구」, 『한국민요학』13, 한국민
　　요학회, 2003, 241-266쪽.

조용호, 「아리랑 연구사」, 『한국문학과 예술』, 숭실대학교 한국문예연구소,
　　2010, 5-67쪽.

조용호, 「아리랑 연구의 現況과 課題」, 『어문론집』43, 중앙어문학회, 2010,
　　267-312쪽.

최상일, 「아리랑의 뿌리와 갈래」, 『내일을 여는 역사』50, 내일을 여는 역사,
　　2013, 230-248쪽.

최헌, 「아리랑의 선율구조 비교 분석」, 『한국민요학』6, 한국민요학회, 1999,
　　293-321쪽.

아리랑의 기호학

송효섭*

Ⅰ. 아리랑의 발생기호학

한국인에게 '아리랑'이란 무엇인가? 우리가 민요라는 장르의 범주에 아리랑을 국한시킬 때, 아리랑이 갖는 수많은 함의는 포착되지 않는다. 아리랑은 오랜 시간을 통해 다양한 장르적 스펙트럼에 그 존재를 위치지어 왔다. 이때 아리랑은 단지 구전민요뿐만 아니라, 잡가, 창작민요, 대중가요의 형식을 통해 그 스스로를 변화시켜 왔으며, 앞으로도 다양하게 변화될 가능성을 내포하고 있다. 아리랑은 또한 노래의 범주뿐만 아니라, 소설이나 연극, 영화 등과 같은 서사의 범주에서도 그것이 갖는 의미를 확장시켜 왔다. 그러한 과정은 필연적으로 아리랑 텍스트의 생성이라는 역동적인 기호작용으로 이루어지며, 이러한 것을 기술해내는 것은 아리랑의 발생이라는 개별적인 사건들을 지배하는 법칙을 밝혀내는 일이다. 아리랑은 지금도 수없이 다양한 형태로 새롭게 발생되는 파롤과 같은 것이지만, 기호학적 관점은 그러한 파롤을 지배하는 랑그의 법칙이 존재함을 가정한다. 그러한 법칙은 반드시 소쉬르가 제시한 구조주의의 공리에 따르는 것은 아니지만, 그렇다고 해서 그것으로부터 완전히 자유로울 수도 없다.

아리랑이 다양한 장르를 통해 개별적이고 구체적으로 실현되는 것은 모두 그 자체로 발생의 사건들이라 할 수 있다. 발생에 관한 한, 아리랑만큼

---

* 서강대 국어국문학과

수많은 논란을 불러일으킨 텍스트는 없을 것이다. 특히 발생에 대한 관심
은 자연스럽게 그 기원이 무엇인지에 대한 탐색으로 이어지는데, 아리랑
의 기원에 관한 연구 역시 지금까지 한국학에서 통념적으로 받아들여진
두 가지의 기원, 즉 역사적 기원과 심리적 기원에 집중되어 왔다.[1]

아리랑의 어원에 대한 탐색이나 아리랑의 발생에서 전파 그리고 변이에
이르는 모든 과정을 재구성하려는 시도는 모두 역사적 기원에 대한 탐색
에 해당된다. 시간과 공간적 차원 모두에서의 변화는 실제로 매우 포착하
기 힘들고, 하나의 텍스트가 만들어지는 구체적인 상황과 유리된 상태에
서 텍스트들 간의 영향관계를 구축해내는 것은 거의 불가능에 가까운 일
이다. '아리랑'의 어원에 대한 논의에서 보듯이, 어원에 대한 탐색은 신뢰
할만한 증거를 찾기 어려운 상황에서 언제나 미결정적인 상태로 남아있
다. 또한 아리랑의 공간적인 전파와 시간적인 변화에 대한 가설 역시 한
정된 자료를 통해 구축된 것으로서 어떤 경우도 그러한 전파와 변화의 실
제를 포착할 수 없다는 한계를 갖고 있다. 20세기 초반 핀란드 학파 등에
의해 주도된 설화의 전파론이 오늘날 그 명맥을 유지하지 못하는 것도 그
런 까닭이다.

아리랑에 관한 또다른 기원론은 그것이 인간의 어떤 심리적 특성으로부
터 비롯되었다고 가정하는 데서 비롯된다. 이러한 심리적 기원론은 프로
이트나 융과 같은 무의식의 심리학뿐만 아니라, 국가나 민족 혹은 종족의
집단적 트라우마와도 같은 특수한 자질로 텍스트를 바라보는 낭만적 가설
과 같은 것으로 이루어지기도 한다. 아리랑의 경우는 특히 후자의 지배를
받는 경향이 크다. 아리랑을 한민족의 집단적 심성과 연관시켜 해석함으
로써, 한국인의 특수한 정조나 감성에서 아리랑이 발생한 것으로 보는 것
이다. 그러나 이러한 견해 역시 수없이 다양하게 실현된 아리랑의 텍스트

---

1) 송효섭, 『탈신화 시대의 신화들』, 서울: 기파랑, 2005, pp.68-79 참조.

를 몇 가지 관념으로 환원시킬 위험성을 안고 있다.

필자는 신화의 발생에 대한 논의에서 이러한 기원론과는 다른 기호학적인 기원론의 방법론을 제안한 바 있다.[2] 이를 필자는 발생기호학이라 명명한 바 있는데, 이 글에서 아리랑의 발생에 대한 분석 역시 이를 토대로 할 것이다.

발생기호학이란 발생이라는 사건이 텍스트가 읽혀지는 순간 생겨나는 것으로 가정한다. 이에 따라 발생은 텍스트가 읽혀지는 기호학적 사건으로부터 추론된다. 아리랑이 텍스트로 실현되는 과정에서 존재하는 세계는 아리랑이라는 텍스트의 세계, 가능세계 그리고 현실세계이다. 이러한 세 가지 세계들을 넘나드는 인식주체는 이들 세계에 대한 인식을 통해 텍스트를 만들어내는 코드화를 실현한다. 그런 점에서 이러한 기호작용은 단지 소쉬르의 구조주의적인 법칙에만 의존하는 것이 아니라, 구체적인 현실 상황의 여러 지표적인 요소들이 작용하는 화용론적이고 해석학적인 법칙에 따르게 된다. 필자가 이미 신화세계의 발생을 기술하기 위해 제시한 모형을 아리랑의 텍스트에 적용하여 그려보면 다음과 같다.

[표1] 아리랑의 발생기호학 모형

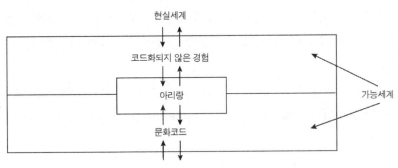

---

2) Ibid., pp.80~97.

아리랑의 발생은 현실세계에서 일어나는 사건이다. 따라서 자연스럽게 아리랑의 텍스트를 둘러싼 현실세계가 설정된다. 이러한 현실세계는 또한 자연스럽게 이러한 아리랑의 발생에 영향을 미친다. 그러나 이러한 현실세계가 구체적으로 무엇인지를 파악하기는 쉽지 않다. 그것은 텍스트를 통해 가정되는 가능세계를 형성시키는 데 영향을 미친다. 노동의 현장에서 불리어진 아리랑이 있다 할 때, 그 노동현장이 현실세계이지만, 그것이 텍스트에 미치는 영향을 추론하기는 쉽지 않다. 오히려 텍스트로부터 추론된 가능세계가 더 접근 가능한 세계라 할 수 있다.

가능세계는 텍스트를 통해 해석되는 세계 전반을 말한다. 아리랑은 바로 이 가능세계에서 발생한 것으로 간주된다. 가능세계에는 아직 코드화되지 않은 경험의 세계가 있다. 이것은 아리랑의 형성에 기여하는 전반적인 상황을 말하는 것이지만, 이를 파악하기 위해서는 구체적인 텍스트로부터의 추론이 필요하다. '아리랑 고개로 넘어간다'라는 가사에서 아리랑 고개라는 경험적 세계가 있음을 추론할 수 있으며, 그 고개는 무언가 슬픔과 좌절을 안고 가야할 것 같은 느낌이 있다면 그것 역시 가능세계에서 아직 코드화되지 않은 경험에 해당된다. 이러한 것은 구조화되기 이전에 존재하는 것이기 때문에 해석학의 생산물이기는 하지만, 코드화의 과정을 구조적으로 기술하기는 어려운 것이다. 그레마스와 퐁타니유가 제안한 정념의 기호학에서 말하는 선조건적 층위[3]와 같은 것이 이에 해당할 것으로 보인다.

가능세계에는 아직 코드화되지 않은 경험의 세계 말고도 이미 코드화가 이루어진 문화코드의 세계가 있다. 아리랑이라는 하나의 개별 텍스트는

---

[3] Algirdas Julien Greimas & Jacques Fontanille, The Semiotics of Passion: From States of Affairs to States of Feeling, (trans.)Paul Perron & Frank Collins, Minneapolis & London: University of Minnesota Press, p.4.

아리랑 노래를 일반적으로 지배하는 일정한 코드에 의해 생성된 것이다. 아리랑 노래에서의 후렴구나 음보와 같은 소리적인 요소뿐만 아니라, 아리랑에서 찾아지는 관습적인 의미구들 역시 이러한 코드에 해당될 수 있다. 그러나 실제로 이러한 코드는 훨씬 폭넓게 찾아질 수 있는 것이어서, 한국 민요의 일반적인 코드 혹은 한국 문화의 일반적인 코드와 같이 거시적이면서 추상적인 것이 될 수도 있다. 아리랑의 코드를 이와 같이 폭넓은 코드의 하위코드로 설정하는 작업은 보다 구조적인 성격을 띨 것으로 보인다.

가능세계에서 아리랑이라는 텍스트를 발생시키는 이러한 두 가지의 통로는 에코가 말한 과소코드화와 과대코드화에 해당되는 것이다.[4] 이때 전자가 화용론적이고 해석학적인 작업을 통해 코드를 추론하는 것이라면 후자는 구조주의적인 원칙에 의해 코드를 추론하는 것이다. 따라서 아리랑의 발생을 기술하기 위해서는 이 두 회로에서 이들 두 가지 작업이 어떤 방식으로 결합될 수 있는지를 모색하는 것이 필요하다. 이 글은 아리랑에 대한 일반적인 논의라는 점에서 후자에 초점이 맞추어질 것이지만, 아리랑이 다양한 맥락에서 수많은 변이를 통해 생성되고 수용된다는 점을 감안한다면 전자 역시 후자를 기술하는 토대로 충분히 작용할 수 있을 것이다.

II. 후렴부의 시학적 장치와 의미효과

아리랑은 시대와 지역, 그리고 매체에 따라 다양한 형태의 담론의 생산해냈다. 이를 아리랑의 '탈장르성'이라 할 수 있다. 오늘날 담론의 모든 분

---

4) Umberto Eco, A Theory of Semiotics, Bloomington: Indiana University Press, 1979, p.136.

야에서 이러한 탈장르적인 경향이 두드러지는 것은 이 시대를 지배하는 포스트모던적인 흐름에 의한 것이지만, 아리랑은 그 이전부터 이러한 탈장르적인 경향을 보여왔다. 아리랑의 탈장르성은 아리랑이 장르적 본질로부터 이탈하려는 특성을 갖고 있음을 보여준다. 다시 말해, 기존의 장르적 코드를 갱신하고 상황에 맞는 새로운 코드를 스스로 만들어가는 잠재성을 갖고 있는 것이다. 그것을 앞서 제시한 모형을 통해 설명하면, 아리랑은 문화코드의 지배를 받지만, 이러한 코드로부터 벗어나 코드화되지 않은 경험을 적극적으로 코드화시키는 역량을 스스로 갖추고 있는 것이다. 이는 아리랑이 현실세계에 적극적으로 대응함으로써, 그것이 갖는 지표성을 보다 강화시키는 과정을 보여주는 것이다. 그렇다면 아리랑이 갖는 이러한 특성은 어디에서 오는 것일까? 이에 대한 해답은 역설적으로 아리랑이 갖는 구조적인 특성에서 찾을 수 있을 것이다. 이것을 아리랑이 갖는 아리랑다운 특성이라 한다면, 우리는 그것을 감히 아리랑의 시학이라 이름 붙일 수 있을 것이다.

이 글에서 아리랑의 범주는 단지 아리랑 노래 그 중에서도 어느 특정 장르, 가령 구전민요, 창작민요, 잡가 등과 같은 것에 한정되지 않는다. 오히려 아리랑이라는 모체를 통해 생성되는 모든 담론을 아리랑의 범주에 넣을 것이다. 구조적 관점에서 본다면, 장르를 넘어서 생성되는 모든 아리랑 담론은 일정한 구조적인 체계에 편입될 수 있다. 이는 아리랑이 어떤 본질을 체현하는 것이 아니라, 상황에 맞게 스스로를 관계 속에 위치 짓는 담론임을 말하는 것이다. 여기에서 문제는 바로 이러한 관계가 만들어낸 구조적인 체계이다. 이러한 체계를 가동시키는 것이 바로 코드인데, 이 글에서 먼저 살필 것은 바로 아리랑 담론의 시학을 구성하는 이러한 코드들이다. 코드가 구조적 개념임을 감안할 때, 우리는 먼저 아리랑의 시학을 밝히기 위해 아리랑의 보편적 담론이 갖는 분절의 법칙을 살펴볼 필요가 있다.

야콥슨은 언어의 분절의 가장 작은 단위인 변별적 자질로부터 음소, 형

태소, 낱말, 구, 문, 발화 혹은 텍스트에 이르는 결합의 단계를 제시하면
서, 이들의 결합이 앞 단계에서 뒤 단계로 갈수록, 구속력이 약해지면서
선택의 폭이 넓어짐을 지적한 바 있다.[5] 다시 말해 구조적인 법칙이 가장
잘 적용되는 것은 음소와 같은 작은 단위이며, 단위가 확대될수록 이러한
구조적 법칙이 적용될 가능성은 점점 적어진다. 음운론에서부터 비롯된
구조주의의 방법이 전반적인 담화 분석으로 확대되는 과정은 바로 이러한
적어진 가능성을 보충하기 위한 이론의 개발과정이라 할 수 있다. 아리랑
이라는 가장 작은 단위는 아마도 '아리' 혹은 '아리랑'과 같은 소리 단위일
터인데, 아리랑 담론이 갖는 탈장르성은 이러한 작은 단위에 적용되는 엄
격한 구조적 법칙으로부터 얼만큼 해방될 수 있는지를 단적으로 보여준
다. 아리랑 담론이 갖는 특징은 이러한 가장 작은 단위로부터 가장 큰 단
위에 이르는 단계 모두에 적용될 수 있는 아리랑의 시학이 존재할 수 있
다는 점이다.

그렇다면 아리랑의 가장 작은 단위는 무엇일까?

대개 지금까지의 논의는 아리랑의 기원에 관한 논의와 함께 아리랑의
원형적인 단위를 설정하려는 시도에 집중해 왔다. 아직 결론나지 않은 이
러한 논의와는 별도로 이 글에서는 원형이라는 본질적 단위를 설정하기보
다는 소박하게 텍스트에서 드러나는 여러 기본적 단위들을 점검하면서,
이로부터 확대되어 이루어지는 결합의 구조적 법칙을 찾아보고자 한다.
그럼에도 불구하고, 이 글 역시 아리랑 담론이라는 말에서 보듯 '아리랑'
중심성을 전제하고 있으며, 따라서 논의도 이러한 '아리랑'이라는 의미를
알 수 없는 소리 단위에서 출발한다.

아리랑이 어떤 의미론적 가치를 갖는지는 아직 밝혀지지 않았다. 그럼

---

5) Roman Jakobson, Selected Writings Ⅱ, The Hague: Mouton, 1971, pp.280-
    281.

에도 불구하고 이와 같은 아리랑 담론이 설정되는 것은 매우 역설적인 상황이다. 의미가 무엇인지도 모르면서, 그것에 모든 본질적인 의미를 부여하는 데 바로 아리랑이 갖는 기호학적 특성이 있다.

아리랑 노래를 일반적으로 분절하면, 사설부와 후렴부로 나눌 수 있다. 사설이 의미론적 부분이라면 후렴부는 음운론적 부분이다. 그러나 후렴이라 하더라도, 그것이 의미가를 갖지 않은 소리로만 이루어진 것은 아니다. 가령 본조아리랑의 '아리랑 아리랑 아리리요 아리랑 고개를 넘어간다'와 같은 후렴의 경우 '아리랑 고개를 넘어간다'는 후렴에 속해 있으면서도 일정한 의미가를 갖고 있다. 그렇다면 후렴도 의미가를 갖는 부분과 갖지 않은 부분으로 분절될 수 있다. '아리랑'이 의미가를 갖지 않은 후렴부에 속해 있는 것이라고 한다면, 이러한 기본적인 단위가 차츰 다른 의미가를 갖는 단위와 결합해서 의미를 확충해나가는 것이 바로 아리랑 담론이 생성되는 과정이라 할 수 있다. 그럼으로써 의미가를 갖지 않던 '아리랑'이 담화 전체 안에서 일정한 위치를 차지하면서, 의미를 생성하는 모체로서의 역량을 드러내게 되는데, 이는 단지 의미론만이 아닌 화용론이나 해석학의 차원에서 새로운 의미가가 부여되는 과정이라 할 수 있다.

가장 먼저 '아리랑'이라는 소리 단위를 살펴보기로 하자.

후렴에 등장하는 아리랑은 실제로는 '아르랑' '아렁' '아리렁' '아라리' '아르' '스리랑' '아리아리랑' '스리스리랑' 등과 같은 변이된 형태로 나타나기도 한다. 이러한 변형은 의미의 변형으로 보기 어렵다. 앞서 말했듯 그 자체로 의미가를 갖지 않는 것이기 때문에, 이러한 변형은 소리의 변형이라 할 수 있다. 담화에서 의미가를 갖지 않는다는 것은 무엇일까? 이것을 샤논-위버의 소통이론[6]의 용어를 빌어 말하면, 일종의 리던던시에 해당하는

---

6) 샤논-위버의 소통이론에 대해서는 John Fiske, An Introduction to Communication Studies, London & New York: Routledge, 1982, pp.10-17 참조.

것이다. 후렴은 분명히 정보가를 갖지 않은 리던던시임에 분명하고, 게다
가 그것은 늘 관습화된 것이어서 새로운 의미를 만들어내지 못함으로써
엔트로피를 구현하지 못하는 것이다. 그렇지만 앞서 말했듯, 의미가를 갖
지 않는다고 해서, 의미생성의 역량 자체가 없는 것은 아니다. 이들 변이
각각은 텍스트가 실현되는 과정에서 그들 나름의 의미생성을 실천한다. 이
는 앞서 발생기호학 모형에서의 '코드화되지 않은 경험'의 영역에서 이루어
지는 것이므로, 아리랑이 텍스트로 실현되는 현장에서 맥락에 따라 다양하
게 드러난다. 그러나 이 글은 아리랑의 보편적 시학을 다루고자 하므로, 이
러한 의미생성의 일반적 법칙을 기술하는 데 초점을 맞추고자 한다.

　의미가를 갖지 않은 이러한 기본 단위로서의 '아리랑'은 의미가를 갖지
않은 채 다른 의미가를 갖지 않은 단위와 결합되고, 그것이 다시 의미가를
가진 단위와 결합된다. 이는 결합의 단계적 중첩이라고 할 수 있는 것으
로, 다음과 같은 도식으로 나타난다.

　　　　　([-의미가]　+　[-의미가])　+　[+의미가]

다음 후렴구를 살펴보자.

　　A) 아르랑 아르랑 아라리요
　　　 아르랑 속에서 노다가오
　　　　　────아라리 타령[7]

　먼저 '아르랑 아르랑'은 '아르랑'이 반복된 것이다. 이는 말할 것도 없이
리듬에 맞추어 부르는 노래가 갖는 의장의 하나라 할 수 있다. 병행은 야

---

7)　김연갑, 『아리랑』, 서울: 집문당, 1998, p.210.

콥슨의 시학에서 가장 중요한 자질로 간주되는데, 이는 단지 소리의 차원
뿐만 아니라 형태, 구문, 의미의 차원과도 관계를 맺는다.[8] 다시 말해 의
미가를 갖지 않는 '아르랑'이라 하더라도, 그것이 병행을 통해 다른 의미가
를 갖지 않는 단위와 결합되고, 그것이 또한 의미가를 갖는 어떤 단위와
결합되면서, 이들 간에는 일종의 병행적 관계가 이루어지는 것이다.

여기에서 먼저 '아르랑'이 두 번 반복되는 소리의 병행이 이루어진다.
그 다음 '아르랑 아르랑'이 '아라리요'와 결합되는 과정은 동일한 어구의
반복은 아니라 하더라도, '아르랑'의 소리적 요소가 변이를 통해 반복되는
일종의 병행이라 할 수 있다. 다시 말해, '아르랑'과 '아라리요'는 모두 [-의
미개로서 이들의 병행은 오로지 청각적인 쾌감을 불러일으키는 역할만을
할 뿐이다.

그러나 '아라리요'는 그 자체로 [-의미개인 것처럼 보이지만, 그것이 [+
의미개로 전환될 가능성을 안고 있는 것처럼 보인다. 가령 다음 후렴구들
에서 이에 대한 단서를 찾을 수 있다.

>   B) 아리랑 아리랑 아리랑이요
>   아리랑 고개로 나를 넘겨 주시오
>   ————안주 아리랑[9]
>
>   C) 아리아리랑 아리아리랑 아라리가 낫네
>   아리아리랑 얼씨구 님하고 놀자
>   ————밀양 아리랑[10]

---

8) Roman Jakobson, Language in Literature, (eds.)Krystyna Pomorska & Stephen Rudy, Cambridge & London: Harvard Univesity Press, 1987, p.81.
9) 김연갑, op.cit., p.213.
10) Ibid., p.215.

B)에서 '아리랑이요'는 앞서 A)의 '아라리요'와는 약간 다른 의미론적 가치를 갖는다. '아라리요'에서는 그것이 구문인지가 분명하지 않지만, 안주 아리랑에서의 '아리랑이요'는 분명히 의미론적 가치를 갖는 구문으로 드러난다. 이들은 전체적인 아리랑 담론에서 일종의 병행관계를 형성하는 것으로, 이에 따라 '아리랑'과 결합된 [-의미개의 '아라리요'도 '아리랑이요'의 사례에 비추어 [+의미개의 역할을 할 가능성이 생겨나는 것이다. 그렇다면, '아리랑 아리랑 아라리요'는 '이것은 아리랑이다'라는 뜻을 나타내며, 이를 더욱 강조하기 위해 [-의미개의 '아리랑'을 반복한 것으로 해석할 수 있다.

이러한 양상은 C)에서도 나타난다. '아라리가 낫네'에서 '낫네'는 분명한 의미가를 갖는다. '아라리'가 무엇인지는 분명하지 않지만, '낫네'를 통해 무엇인가가 '생겨나는' 작용이 이루어지고 있음을 짐작할 수 있다. 그렇다면, '아리아리랑'의 반복도 이렇게 무엇인가 '생겨나는' 역동적인 작용을 강조하기 위한 의장으로 간주될 수 있다.

이러한 점은 일종의 기호학적 추론에 의한 것으로, 맥락에 근거하여 코드를 찾아내는 과정이라 할 수 있다. 이러한 가설을 받아들인다면, 앞서의 후렴구에 대한 도식은 다음과 같이 확장되어 기술될 수 있다.

([-의미가]   +   [±의미가])   +   [+의미가]

'아라리요'가 [+의미개의 가능성을 갖는 것은 다른 텍스트에 대한 참조를 통해서뿐만 아니라, 그 다음에 결합이 이루어지는 [+의미가]와의 관계를 통해서도 추론된다.

A)에서 그 다음에 이어지는 구문 '아리랑 속에서 노다가오'는 앞서의 '아라리요'에 비해 확실한 [+의미가]의 기능을 갖춘 것이다. '아리랑 속에서 노다가오'는 '아리랑'이라는 공간에서 놀다가 가라는 청유의 의미를 담고 있다. 그렇다면, 이러한 청유의 의미를 강화시키기 위해서 '아리랑'이

갖는 장소성을 강조할 필요가 있고, '아리랑이다'라는 뜻을 갖는 '아리랑 아리랑 아라리요'가 그 기능을 하고 있는 셈이다.

이는 B)에서도 마찬가지다.

보다 분명한 의미가를 갖는 '아리랑이요'는 그 다음에 이어지는 '아리랑 고개로 나를 넘겨주시요'라는 청유에서 특히 '아리랑 고개'라는 장소성을 강조한다. 다시 말해 '아리랑'의 반복은 '아리랑이요'를 강조하기 위한 장치이고, '아리랑 아리랑 아리랑이요'는 그 다음 이어지는 구문에서 아리랑 고개를 강조하기 위한 장치로 작용한다.

C)에서 '아리아리랑 아리아리랑 아라리가 낫네'에서 무엇인가 막 시작되고 있다는 느낌을 갖지만, 그것이 무엇인지는 정확히 알 수 없다. 그러나 그 다음 '아리아리랑 얼씨구 님하고 놀자'에서 비로소 그 시작이 흥겨운 님과의 놀이의 시작이라는 것을 짐작할 수 있다. 그렇다면 앞서 흥겨운 반복과 리듬이 단지 소리적인 장치뿐만 아니라, 그 뒤에 이어지는 구문에서의 의미를 강조하기 위한 장치로서의 기능이기도 함을 알게 된다.

이는 하나의 단위가 시학적 장치를 통해 다른 단위와 순차적으로 결합되면서 순전한 [-의미개의 기능으로부터 차츰 [+의미개의 기능으로 전환되는 과정을 보여준다. 그 과정에서 모호한 성격을 갖는 [±의미개가 일종의 중재적 역할을 한다. 이와 함께, [-의미개로 간주되었던 '아리랑'은 이러한 결합을 통해 단지 소리로서의 역할이 아닌, 어떤 의미를 갖는 해석소로 새롭게 창출된다.

앞서 살핀 아라리 타령이나 안주 아리랑의 후렴구의 이러한 구조는 일반적으로 노래되는 아리랑에 보편적으로 드러난다. 그러나 이러한 후렴구 가운데서도 확실한 [+의미개를 갖는 부분은 매우 다양한 변이를 나타낸다. 이는 가장 작은 단위인 '아리랑'에서 보다 큰 단위인 구문으로 결합되는 과정에서 차츰 그것을 제약하는 구속력이 약해짐을 보여주는 것이다.

이에 따라, '아르랑 속에서 노다가오'나 '아리랑 고개로 나를 넘겨 주시요'
는 후렴구에 속해 있으면서도 후렴구가 갖는 다양한 변이적 양상을 드러
내는 부분이다. 이 부분이 갖는 의미론적인 특성을 밝히기 위해 몇 가지
사례를 들어보기로 한다.

> D) 아리랑 띠어라 노다가게
> ———강원도 아리랑[11]

> E) 아리랑 속에서 넹겨넹겨 주소
> ———서울 아리랑[12]

> F) 아리랑 숫고개 원수로세
> ———숫장사의 노래[13]

위에 든 사례는 아리랑 노래의 후렴구에서 분명한 [+의미]를 갖는 구
문의 전형성을 보여준다. 대개 이 부분에서는 앞서 제시한 아리랑이 단지
소리로서의 가치를 갖는 것이 아니라, 특정한 장소성의 의미를 갖는다는
것이 분명해진다. '아리랑'은 대개 고개의 이름인데, 모든 지역에서 이러한
고개에 대해 노래한다는 것은 이 고개가 실제로 존재하는 고개일 가능성
이 희박함을 말한다. 만일 아리랑 고개가 실제로 존재하고, 그러한 노래가
그 고개와 지표적 관계를 갖는다면, 이와 같이 지역이나 시대를 넘어 똑같
은 이름으로 불리어지지 않았을 것이다. 가령 F)에서처럼 아리랑 고개가
'숫고개'로 대체되어, 숫장사가 고생스럽게 다니던 고개로 구체화되지만,

---

11) Ibid., p.211.
12) Ibid., p.212.
13) Ibid., p.215.

그렇다고 해서 그것이 실제로 존재하는 지명으로 간주되지는 않는다. 그렇다면, 아리랑 고개는 특정한 지명을 가리키기보다는 그것의 맥락에서 다양한 의미를 부여받을 수 있는 '모호한' 고개임을 말한다. 이는 아리랑이 [-의미개의 속성을 갖고 있음과 무관하지 않다.

아리랑이 고개로 구체화되지 않는다 하더라도, 그것이 장소성을 갖는 공간으로 나타나는 예를 D)와 E)에서 찾을 수 있다.

D)에서 '띄어라'가 무엇을 띄운다는 것인지 모호하지만, 그것이 이루어지는 장소를 아리랑을 통해 나타낸 것임을 추정해볼 수 있다. E)에서 '아리랑 속'이라 한 것 역시 그것이 구체적인 고개인지는 알 수 없지만, 안과 밖이 있는 공간성을 갖고 있음은 분명하다.

이러한 장소성을 갖는 아리랑은 바로 그 장소에서 행해지는 다양한 행위들의 배경이 된다. 지표성이란 현실 속에 존재하는 인접관계에 의해 생성되는 것인데, 이러한 장소성은 담화적 사건과 인접 관계를 갖는 일종의 '담화적 지표성'을 실현한다. 가령 아리랑의 장소를 배경으로 어떤 행위가 이루어진다면, 그 행위가 무엇이든 그것은 아리랑과 관련된 것이다. 다시 말해 후렴구에서 드러나는 이러한 담화적 지표성은 아리랑 노래의 후렴구에서 단위들 간의 결합이 아직도 일정한 구속력을 가지고 있음을 말해준다. 비록 다양한 의미가를 갖는 후렴구들이 나타난다 하더라도, 아직은 후렴구가 이러한 구속력의 지배를 벗어나지 못한다는 점에서, 후렴구가 갖는 리던던시의 성격을 읽어낼 수 있다.

III. 후렴부와 가사부의 시학적 관련과 그 의미효과

아리랑 노래에서 후렴부는 가사부와 연결되어 있다. 후렴부는 반복적인 리던던시의 성격을 갖는 반면, 가사부는 상대적으로 이러한 리던던시에서

벗어나 엔트로피를 구현한다. 가사부는 그 자체로 가장 확실한 [+의미개
를 실현하는 것이다. 이에 따라 가사부와 후렴부의 결합은 후렴부 안에서
의 단위들 간의 결합보다 훨씬 느슨한 결합관계를 갖는다. 다시 말해 후
렴에 어떤 가사든 결합될 가능성을 갖는 것이다. 이것은 아리랑 노래가
불리어지는 상황에서 그때그때 즉흥적으로 새로운 가사가 만들어질 수 있
음을 말하는 것이다.

앞서 후렴부에 대한 분석에서 후렴부가 기본적으로 리던던시의 특성을
가짐에도 불구하고, [+의미개를 실현하는 양상을 밝혔다. 그렇다면 이러
한 후렴부의 의미론적 가치가 가사부의 의미론적 가치와 연결되는 과정에
서 이를 지배하는 어떤 코드가 작용할 수 있을 것이다. 가령 본조 아리랑
에서 '아리랑 아리랑 아라리요 아리랑 고개로 넘어간다'와 같은 후렴부가
'나를 버리고 가시는 님은 십리도 못가서 발병난다'와 같은 가사부와 갖는
어떤 의미론적 연관성을 추론할 수 있는 것이다. 이러한 연관에 작용하는
코드는 이른바 에코가 말하는 "약한 코드"14)가 될 가능성이 크다. 이러한
약한 코드를 추론하기 위해서는 더 많은 해석학적 작업이 필요하다. 그러
한 연관이 실현되는 여러 상황과 맥락을 살피고 거기에서 이들 간의 결합
법칙을 추론해내는데, 이때 독자의 역할은 더욱 커진다. 아리랑 노래에서
아리랑이 갖는 의미는 그것이 노래되는 여러 상황에 따라 달리 해석될 수
있다. 다음의 예를 통해 이러한 의미론적 연관성이 어떻게 기술될 수 있
을지를 살펴보기로 하자.

G) a. 한치뒷산에 곤드레딱주기 나즈미 맛만같다면
병자년 숭년에도 봄살어나지/

---

14) Umberto Eco, Semiotics and the Philosophy of Language, Bloomington:
Indiana University Press, 1984, pp.36-39.

b. 아리랑 아리랑 아라리요
   아리랑 고개고개로 나를 넘겨주게/

c. 민둥산 고비고사리 다늙었이나마
   이집에 정든님그대는 더늙지는마서요/

d. 나어리고 철모르는가장은 장래나보지
   나많고 빙든가장 뭘바래고사나/

———정선 아라리15)

　여기에서 가사부에 해당하는 부분은 여럿이서 돌아가면서 부르는데, 이는 연행의 현장에서 의미가 일관성을 띠기보다는 여러 가지 지표적인 요소들에 의해 다양하게 분산될 가능성을 보여준다. 각각의 창자는 각기 다른 가사를 노래하면서 각기 다른 정서를 투여한다. 이는 말할 것도 없이, 그것을 듣는 청자에게 이러한 각기 다른 정서를 통한 각기 다른 공감을 불러일으킨다. 그러나 이는 연행현장이 전제된 화용론적인 상황에서의 문제이다. 적어도 가사부와 후렴부, 그리고 가사부 안에서 각각의 청자에 의해 불리어진 병행적인 두절들 간에는 일정한 의미론적 일관성이 존재한다. 위의 자료는 아라리가 불리어지는 상황의 첫머리만을 제시한 것이고, 그 다음에 이 노래는 일정한 형태로 계속 이어지고 있다.16)

　이 노래의 의미론적 연관성은 먼저 가사부에서 찾아지는데, 두절씩 불리어지는 가사들 간에 존재하는 병행성이 그것이다. 주로 남녀관계에서 생겨나는 욕망이 두절로 분절된 각각의 가사에 투영되어 있다. a에서는 애인(나즈미)과의 사랑이 그 무엇보다도 달콤하다는 것을 나물맛에 비유해서 말하고 있다. 이때의 애인은 흉년에도 살아날 수 있는 힘을 가진 젊

15) 강등학, 『정선아라리의 연구』, 서울: 집문당, 1988, pp.231~232.
16) Ibid., p.232.

음을 표상한다. 이는 더 이상 그러한 젊음이 없는 현재의 결핍상황을 암시한다. c에서는 정든 님이 더 이상 늙지 않기를 바라는 마음을 민둥산의 고사리에 비유해서 나타내고 있다. d에서는 나이 많은 늙은 남편에 대한 아쉬움을 철모르는 어린 남편과 대조시켜 나타내고 있다. 이들 역시 현재 이루어지지 않은 젊음과 애정에 대한 욕망을 나타낸 것이다.

이때 이들 간의 관계는 일단의 의미론적인 병행성을 보여주는 것으로 간주된다. 모두 잃어버린 젊음에 대한 아쉬움과 욕정을 나타낸 것이다. 그런데 이러한 병행성은 대개 '어느 정도'의 병행성일 뿐이다. 그것은 보다 명시적으로 나타나기도 하고 보다 암시적으로 나타나기도 한다. 암시적이란 이러한 병행성이 여러 가지 맥락을 통해 추론되는 '약한 코드'로 드러나는 경우를 말한다. 앞서 G)의 경우는 비교적 명시적으로 찾아낼 수 있지만, 아리랑 노래에서 후렴부와 함께 반복되는 가사부는 반드시 일정한 의미론적 고정성에 얽매이지 않는다. 다음이 그러한 사례를 보여준다.

H) a. 슬슬동풍 재 너머 바람에
　　홍갑사 댕기가 팔팔 날린다
　b. 내가야 널 언제 오라 했더냐
　　내 길에 바빠서 활개질했지
　c. 뒷문 밖에 함박꽃송이
　　소구동하고도 님만 살핀다
　d. 떴다 감은 눈치는 날 가라는 눈치요
　　감았다 뜨는 눈치는 놀다 가란 말일세
　　　　　　　　　　———원주 아리랑[17]

17) 김열규, 『아리랑—역사여, 겨레여, 소리여』, 서울: 조선일보사, 1987, pp.333-334.

여기에서 a,b,c,d 간의 의미론적 병행성은 분명하지 않다. a에서의 '홍갑사 댕기가 팔팔 날리는' 것과 b에서의 '활개질'이 갖는 역동적인 이미지가 동질적임을 추론할 수 있고, 이에 따라 a와 b 간에 은유적인 연대가 존재함을 알 수 있다. c와 d에서도 눈치를 살피는 함박꽃과 나는 은유적으로 연대한다. 그렇다면, a,b와 c,d 간에도 어떤 의미론적 연대가 존재할 수 있을 터인데, 그것을 찾아내기 위해서는 보다 복잡한 추론의 과정이 필요할 것으로 보인다.

아리랑 후렴부와 결합된 가사부는 그것이 후렴구와 같이 불리어진다는 사실만으로도 일정한 의미론적 연대를 갖는다. 비록 그것이 거의 아무런 의미론적 연관성을 추론하기 어려울 정도로 미미하다 하더라도, 후렴구와 갖는 지표적 관련성으로 인해 동질적인 의미가 부여될 수 있는 것이다. 이러한 점은 앞서 말했듯, [-의미개를 갖는 '아리랑'이 오히려 [+의미개를 갖는 가사부에 일정한 의미가를 부여하는 역설적 현상을 보여주는 것이다. 이와 같은 후렴부와 가사부 간의 결합 관계를 도식화하면 다음과 같다.

(([-의미가] + [± 의미가]) + [+ 의미가]) + [+의미개

논의를 확대하면, 아리랑 노래를 넘어서 다양한 형태의 아리랑 담론에서, '아리랑'이 비록 [-의미개를 갖는다 하더라도, 그것이 그러한 담론에 일정한 의미가를 부여하여 아리랑적인 정서를 촉발시키는 모든 현상들에 대해서도 언급할 수 있을 것이다. 이 글에서는 다루지 않지만, 나운규의 영화 '아리랑'에서 '아리랑'이 스토리 안에서 지표적인 기능만을 하는 것처럼 보이지만, 결국은 영화 전체의 주제에 의미론적 영향을 끼치는 것과도 같은 것이다. 이 경우, 아리랑 담론은 앞서의 도식에 또다른 의미가를 가진 단위가 덧붙여진 도식으로 표현될 수 있을 것이다.

((([-의미가] + [± 의미가]) +   [+ 의미가]) + [+의미개)
+ [+의미개

이와 같이, 아리랑 담론의 형성은 [-의미개의 '아리랑'이 [+의미개의 단위와 결합하는 순차적 과정으로 이루어지며, 그 과정에서 다양한 의미가들이 중첩적으로 투사됨으로써, 역설적으로 리던던시로서의 아리랑이 강력한 엔트로피를 가진 '아리랑'으로 전환되어가는 것을 볼 수 있다.

IV. 아리랑의 기호학을 위하여

지금까지의 논의를 요약하면 다음과 같다.

1) 아리랑의 기호학은 지금까지의 아리랑의 기원론 내지는 발생론과는 다른 시각에서의 발생론을 제시한다. 이는 아리랑 담론이 실행되는 현장에서 이루어지는 일종의 담화적 발생론이다.

2) 아리랑의 발생기호학은 아리랑의 텍스트를 가능세계에서의 코드화되지 않은 경험과 이미 코드화된 문화체계로부터 비롯된 것으로 간주한다. 이 글에서 다루는 아리랑의 기호학은 코드화된 문화체계에서 비롯된 발생을 주로 기술하였다. 코드화되지 않은 경험에서 비롯된 발생론은 아리랑이 실행되는 상황을 포착해야만 기술할 수 있는 것으로 텍스트에 대한 치밀한 화용론적 해석을 통해 이루어질 것으로 보이지만, 우리가 그간 경험한 아리랑을 통해서도 어느 정도 드러날 수 있는 것이기에, 이 글의 논지에 직간접의 영향을 행사한 것으로 보인다.

3) 아리랑의 문화체계에는 아리랑 담론을 지배하는 시학적 요소가 포함되는데, 이를 위해서는 먼저 아리랑 담론에 대한 분절이 필요하다. 가장

작은 단위인 [-의미개의 '아리랑'이 보다 큰 담화적 단위와 결합되고 확충되면서, 중첩된 [+의미개들이 투사된다.

4) 단위의 결합이 진행될수록, 결합을 지배하는 법칙의 구속력은 약해지고, 이에 따라 '약한 코드'를 갖게 된다. 아리랑은 이러한 약한 코드로 인해 수많은 변이와 새로운 창조가 가능한 시학적 장치를 갖게 된다.

5) 이러한 진행은 음운론에서 의미론 그리고 화용론으로 방법론적 시각을 확대해야만 포착될 수 있으며, 그 과정에서 [-의미개의 '아리랑'이 매우 강력한 [+의미개의 '아리랑'으로 전환되는 역설적 사태가 생겨난다. 그러한 '아리랑'은 약한 코드로 결합된 [+의미개를 갖는 아리랑 담론의 여러 요소들을 하나로 결합시키는 강한 코드의 역할을 하기도 한다. 기호학적으로 이것은 퍼스가 말한 해석소처럼 무한한 생성가능성을 가지면서도 한편으로는 최종적 해석소를 지향하는 목적론적 기호작용으로 해석될 수도 있다.

참 고 문 헌

강등학, 『정선 아라리의 연구』, 서울: 집문당, 1988.

김연갑, 『아리랑』, 서울: 집문당, 1998.

김열규, 『아리랑—역사여, 겨레여, 소리여』, 서울: 조선일보사, 1987.

송효섭, 『탈신화 시대의 신화들』, 서울: 기파랑, 2005.

Eco, Umberto. A Theory of Semiotics, Bloomington: Indiana University Press, 1979.

_____. Semiotics and the Philosophy of Language, Bloomington: Indiana University Press, 1984.

Fiske, John. An Introduction to Communication Studies, London & New York: Routledge, 1982.

Greimas, Algirdas Julien & Fontanille, Jacques. The Semiotics of Passion: From States of Affairs to States of Feeling, (trans.) Paul Perron & Frank Collins, Minneapolis & London: University of Minnesota Press, 1993.

Jakobson, Roman. Selected Writings II, The Hague: Mouton, 1971.

_____. Language in Literature. (eds.) Krystyna Pomorska & Stephen Rudy, Cambridge & London: Harvard University Press, 1987.

〈『비교한국학』vol. 20, 2012.〉

'아리랑'의 정신분석:

상실에 맞서는 애도, 우울증, 주이쌍스(jouissance)*의 언어

김승희**

I. 상실, 혹은 상실의 트라우마에 맞선 치유의 노래

아리랑은 그 주요 노랫말이 보여주듯이 상실과 박탈의 트라우마에 대한 애도의 노래이다. 고려 왕조의 멸망이라든가 대원군 건축 공사장에서 고향 떠나온 설움과 가족에 대한 그리움을 잊기 위해 불리워지기 시작했다는 여러 기원설에서도 볼 수 있듯 개인에게 도저히 극복될 수 없는 트라우마가 되는 상실, 즉 '님의 상실'이나 '고향 상실', 가족이나 조국 상실과 같은 자기 존재의 근거가 되는 '중심의 상실'과 박탈에 연관되는 애원성(哀怨聲)이기도 하다. 타자의 상실에 관한 노래 같지만 그러나 결국 타자의 상실을 통해 자기 자아의 윤곽이 해체되는 자기-상실의 두려움에 관한 노래이기도 하다. 크리스테바의 말처럼 무엇이 상실되었는지 그 상실의 대상은 각 개별 노래에 따라서 다르고 애매모호하고 다양하기도 하지만 단적으로 말하자면 하나의 기표로 표상할 수 없는 큰사물(Chose)1)의 상

---

* 극단적 쾌락이라는 불어 용어. 향락, 열락, 넘치는 잉여를 누리다. 주/객의 분화가 있기 이전의 미분화 상태의 희열. 각주 14)를 참조할 것.

** 서강대 국어국문학과

1) 큰사물(Chose), '쇼즈'란 대상이란 말로 간단히 요약할 수 없는 그런 성질을 가진 것으로서 '쇼즈'를 '어떤 것'이라는 의미로 이해하며 이야기한다고 크리스테바는

실이라고 할 수 있다. 개인이 도저히 받아들일 수 없는, 쉽게 극복할 수 없는 '트라우마적 상실'의 노래요, 그 상실이 생성하는 깊은 상처와 멜랑콜리를 노래하면서 동시에 그것을 치유하는 '자기 치유'의 노래이다. "눈이 올라나 비가 올라나 억수장마가 질라나/ 만수산 먹구름이 막 모여든다", "국화나 매화꽃은 몽중에도 피잖나/ 사람의 이내 신세가 요렇게 되기는 천만의외로다", "죽엄에 이별이야 저마다 하건만/ 살아생전 생이별은 산천초목이 불이타아", "울어서 될일이라면 울어나보지/ 울어서 안될 일을 어떻게 하나"와 같은 노랫말2)을 볼 때 님과 같은 존재의 중심을 상실, 박탈당하고 결코 완전히 회복될 수 없는 탄식의 마음으로 땅을 마주한, 상실에 고착되어 있는 멜랑콜리와 그 독백을 통한 자기치유의 몸짓이 느껴진다.

　"아리랑의 노랫말은 '엮음 아라리'를 빼고 '두 줄 한짝', 두 줄 대구의 양식으로 안정된, 비교적 단순한 형식을 가지고 있는데 그것이 아리랑 노랫말에 커다란 융통성 내지 가변성을 붙여준 것이다. 단순하고도 안정된 2행 대구가 지닌 정형성이 오히려 즉흥성을 높여준다"3)라고 김열규 교수가 지적한 것처럼 아리랑의 단순한 형식은 정형성이 즉흥성을 높여주는 효과를 지닌다.4) 즉흥성은 두 줄 한 짝의 가변부에 나타나고 후렴이나 전렴과

<hr/>

쓴다. "'어떤 것'은 이미 구성된 주체에 의하여 거꾸로 보여져서, '성(性)적인 그 무엇'이라는 그 결정 자체 속에서도 결정되지 않은 것, 분리되지 않은 것, 포착할 수 없는 것처럼 나타난다." 인간의 주체 형성 과정에서 상실해야만 했던 모성적인 것, 성적인 것으로 이해할 수 있다. 크리스테바, 『검은 태양-우울증과 멜랑콜리』, 동문선, 2004, 25면. '쇼즈'는 헤겔의 'Ding An Sich'와 같은 상징화되지 않은, '물(物) 그 자체'로, 미분화된 원초적 힘 같은 것으로 이해된다. 크리스테바, 앞의 책, 22~23면.
2)　이 논문에 나오는 아리랑 노랫말은 김연갑 선생의 채록으로 이루어진 『아리랑, 민족의 숨결, 그리고 발자국 소리』(현대문예사, 1986)에서 인용된다.
3)　김열규, 『아리랑….역사여, 겨레여, 소리여』, 조선일보사, 1987, 36면.
4)　김기현 교수도 아리랑의 두 줄 양식에 대해 다음과 같이 기술한다. 『어문론총』 제34호, 경북어문학회 2000.8. 7면. "「아리랑」의 사설은 기본적으로 '두 줄 양식'

같은 고정부는 정형성을 담보한다. 그리하여 아리랑은 가장 사적인 노래
이면서 동시에 높은 집단성을 지니게 되고, 산과 들에서, 밭에서, 부엌에
서, 산기슭에서, 뗏목을 타고 떠나는 혼자만의 노정에서, 강원도에서 경상
도에서 전라도에서 서울 경기에서 해주 원산 청진 함흥 등에서, 정선에서,
밀양에서, 진도에서, 만주에 간도에 연해주에서, 독립군 진영에서, 러시아
고려인 속에서, 카자흐스탄 등 중앙아시아에서, 하와이에서, 일본에서 아
리랑은 시공의 맥락을 달리하여 '버전(version)을 생성하는 무한생성의 힘
으로 한국인이 있는 곳이면 언제든지 어디서든지' 지역적 버전을 생성해왔
다. 즉 아리랑의 매트릭스는 '주로 상실의 감정을 노래한 두 줄 한짝의 단
순한 양식'의 변화부와 후렴, 전렴과 같은 고정부를 지닌 것이라 할 수 있
다. 아리랑이 노동요이든 애정요이든 유희요(謠)이든 무요(巫謠)이든 의식
(儀式)謠이든지 간에 회복할 수 없는 상실을 회복하고자 하는, 치유할 수
없는 것을 치유하고자 하는 내적 독백 같은, 개인적 talking cure의 효과
를 가진 언어가 아니라면 아리랑이 그렇게 시공을 달리하여 언제 어디서
든 끈질긴 생명력을 가지고 계속 불리워졌으리라고 생각할 수가 없다. 아
무리 민족적 민요라고 해도 '나의 노래'가 될 수 없는 것이 시공을 달리하
여 계속 생성될 수는 없기 때문이다. 언제 어디서든지 그 버전을 생성할
수 있는 그러한 무한생성의 힘은 아리랑이 가진 개인성이자 집단성이다.

으로 되어 있다. 이 '두 줄' 노래는 한 줄 노래에 비하면 양식의 안정도가 크다.
그런가 하면, 석 줄 노래나 넉 줄 노래에 비해서 양식이 기억하기 좋고 즉흥적 창
작하기가 쉽다는 장점을 지니고 있다. 「아리랑」의 이 두 줄 구성은 노래말에 본질
적으로 "있음/없음, 위/아래, 밝음/어둠, 얻음/놓침, 삶/죽음, 만남/헤어짐, 찾아옴/
떠나감, 일어남/꺾임" 등 각종 인생 자체의 대극적 양면성을 보이기에 적합하다.
그러므로 「아리랑」은 '두 줄 노래'임으로 해서, 삶이 지닌 양면적 대중성을 가장
간결하게 노래할 수 있었던 것이다. 이것이 「아리랑」이 지닌 최대의 매력의 하나
다… 즉 '고쳐 노래하기'가 가능하다는 것이다.

그런 시각에서 아리랑은 나의 노래이자 집단의 노래요 내가 상실한 것에 대한 상실의 노래이자 우리가 상실한 것에 대한 집단의 노래이며 죽음의 욕동에 대항하는 방어로서의 '자기 치유'의 노래요 나/ 우리의 talking cure의 기능을 가진 것이라고 필자는 생각한다. 애도로서의 아리랑을 이야기할 때도 자기애도(automourning)이기도 하고 님, 조국, 고향과도 같은 타자의 애도(heteromourning)일 수도 있는 다양한 것들이 아리랑에는 나타난다.

프로이트는 '애도'와 '우울증'이 사랑하는 대상의 상실이라는 비슷한 경험에서 출발하지만 애도는 그 상실의 대상으로 향하던 리비도를 다 철회해야 한다는 요구가 제기될 때 그 현실의 명령을 즉각 따르지는 않더라도 사랑하던 대상에 대한 어떤 기억과 기대가 각기 되살아날 때마다 리비도가 과잉 집중되기도 하지만 현실을 존중하는 가운데 리비도의 이탈이 이루어져 상실감이 승화된다5)고 말한다. 즉 애도는 현실 원칙(reality principle) 을 따른다. 그러나 우울증의 경우 사랑하는 대상의 상실이나 좀 더 이상적인 대상의 상실일 수도 있고 대상이 실제로 죽은 것이 아니라 다만 이제는 더 이상 사랑의 대상이 될 수 없는 경우도 있는데 어떤 경우 환자가 자신이 상실한 것이 무엇인지를 의식적으로 인식하지 못하고 있을 때가 많다. 그러기에 우울증의 경우엔 그 상실감을 극복, 초월하기가 매우 어렵고 자아는 타나토스를 향하며 부정적 나르시시즘과 바다와도 같은 공허에 침잠하게 된다. 우울증에서는 상실의 슬픔 그 자체가 물신화(fetisch)되어 자아가 황폐화되고 공허해진다. 따라서 애도의 경우에는 빈곤해지고 공허해지는 것이 세상이지만 우울증의 경우는 바로 자아가 빈곤해지는 것이다. 그리하여 우울증의 경우 자기 비하, 자기 비난, 자기 폭로

---

5) 프로이트, 『무의식에 관하여- 프로이드 전집 13』, 열린책들, 1997, 248면.

와 연관된 만족감이 나타난다. 애도의 경우엔 상실된 대상에 대한 리비도
가 새로운 대상에게 전위되는 것이 보통이지만 우울증 환자의 경우 저항
할 힘을 지니지 못한 대상 카텍시스는 다른 대상을 찾는 대신 자아 속으
로 들어가 버리고 만다. 그리하여 리비도는 자아를 포기된 대상과 동일시
하는 데에만 기여할 뿐이다. 따라서 우울증의 경우 대상에로 향하던 리비
도가 자아에게로 향하게 되어 죽음 충동이 일어나고 자애심의 추락으로 인
한 자기 학대, 자기 살해, 양면감정, 파괴적 욕망, 죄의식, 나르시시즘과 연
관된다. 이러한 프로이드의 애도/멜랑콜리 이론은 아리랑 연구에 매우 유
용하게 활용될 수 있다. 아리랑을 한(恨)의 노래이자 님에 대한 양면감정의
노래로 볼 때는 상실에 대한 태도 중 우울증의 국면을 더 초점화한 것이고
아리랑을 힘의 노래라고 볼 때는 상실에 대한 태도 중 애도의 초월적, 치유
적 국면을 더 초점화하여 읽은 것이 되며, 아리랑을 여성 섹슈얼리티가 과
감하게 드러나는 젠더 해체의 노래라고 볼 때는 이드의 명령을 따라 당대
상징 질서의 이전으로 가고자 하는 리비도적 열락의 노래가 된다. 이러한
세 가지 방향에서 아리랑의 현대적 독해를 시도해보고자 한다.

Ⅱ. '아리랑'의 천의 얼굴을 만드는 언어의
6가지 기능과 다층성

앞서 말한 것처럼 아리랑은 단순한 매트릭스로 시공의 맥락을 달리하여
무수한 버전을 낳는 무한생성의 힘을 보여주었다. '천의 얼굴을 가진 아리
랑'이라는 말이 있을 정도로 아리랑은 주제와 소재에 있어서 무궁무진하고
그리하여 애도 등 한 가지 주제에 국한시키기에는 너무도 다양하고 풍부
한, 이질적인 것들의 모음인 잡종적 성격(hybridity)을 보여준다. 아리랑은
하이브리드다. 어떤 이종, 이질적인 것들을 가져다가 결합해도 새로운 것

이 창조되는 통합 코드이다. 그리하여 '천의 얼굴의 아리랑'을 생성할 수
있는 아리랑의 언어적 성격을 분석해 보기로 하겠다. 야콥슨의 '커뮤니케
이션에 있어서의 언어의 6가지 기능'의 도표에 따라 아리랑의 내용과 소재
의 다양성, 언어적 기능의 풍부함, 시공간을 초월하여 계속 생성, 유포될
수 있는 언어적 특성을 분석해 보겠다. 야콥슨에 의하면 "언어 행위는 어
떤 발신자(發信者, addresser)가 수신자(受信者, addressee)에게 원하는 전
언(傳言, message)을 보내는 것이다. 메시지가 이루어지려면 그 언술(言
述)되는 것과 관련되는 맥락(context) 또는 지시 대상이 있어야 하는데,
수신자가 포착할 수 있는 것이어야 하며, 언어라는 형식을 취하든지 또는
언어화할 수 있는 것이어야 한다. 다음으로는 약호 체계(code)라 할 요소
가 필요하며, 이는 발신자, 수신자 양자에게 공통된 것이어야 한다. 마지
막으로 필요한 것은 발신자와 수신자 간의 물리적 회로 및 심리적 연결이
되는 접촉(contact)으로서 양자가 의사 전달을 시작하여 이를 지속할 수
있게 하는 요소가 된다."[6] 커뮤니케이션에 있어서의 6가지 요소들(과 그
것을 초점화했을 때 발생하는 언어적 기능)을 도해하면 다음과 같다.

   c. 맥락 context(지시적 기능)
   a. 발화자_____
   f. 메시지 message(시적 기능)_____
   b. 수신자 adressee(능동적 기능)
            adresser(감정표시적 기능)
   d. 접촉 contact(친교적 기능)
   e. 신호 체계 code(메타언어적 기능)

---

6) 로만 야콥슨, 「언어학과 시학」, 이정민 외 편, 『언어과학이란 무엇인가』, 문학과
   지성사, 1977. 149면.

먼저 a, 발신자의 감정 표시 기능이 초점화된 경우 아리랑은 한의 표현이나 가슴 속 응어리를 풀어내는 해한의 노래가 된다. 발화자의 감정을 표시하는 언어가 지배적으로 작동하는 경우이기에 정서적, 감정적, 주관적 표현의 노래가 된다. 많은 아리랑은 감정표시적 기능을 최대한으로 활용하고 있으며 그래서 거개의 아리랑이 사랑을 상실한 여성의 독백의 노래, 통곡과 절규의 노래, 눈물의 신세한탄의 애원성이라고 일컬어지게 된다.[7] 그러나 b, 언어의 능동적 기능에 초점을 맞추는, 수신자를 움직여서 무언가를 수행하게 하려는 기능에 초점을 맞춘 역동적인 아리랑도 많이 있다. "저 건너 뱃사공 배나 건너주오/ 저건너 검은에 동박이 다 떨어지네"(횡성아리랑 타령)이나 "오라버니 래년춘삼월누 장게가드라두/ 올금년엔 날보내주게", "아주까리 동백아 여지마라/ 누구를 괴자고 머리에 기름"(강원도아리랑), "날좀보소 날좀보소 날좀보소/ 동지섣달 꽃본 듯이 날좀보소"(밀양아리랑), "세월아 봄철아 오고가지를 말어라/ 장안의 호걸이 다늙는다"

----

7) 김기현, 앞의 논문, 9면. "「아리랑」은 주관성 높은 감정을 자연스럽게 토로하는 서정시이면서 원한과 아픔을 풀이하는 넋두리나 푸념이기도 하였다. 유사 대화체나 독백체가 이 속성을 강하게 뒷받침할 수 있었다. 그러므로 「아리랑」은 '무리소리'이면서도 '혼자소리'이기도 하다. 절로 한숨짓듯이, 더운 숨결을 토하듯이, 혹은 매인 중치를 터놓듯이 혼자소리로 부르는 것이 아리랑이다. 이런 혼자소리 아리랑은 삭임의 소리, 푸는 소리 구실을 한 것이다. 집단성과 개인성은 아리랑이 지닌 또 다른 원심력과 구심력이지만, 그 양면성을 구유하고 있는 데에서, 아리랑이 지닌 복합성을 읽게 되는 단서의 하나를 얻게 된다. 남들과 어울려서 '우리'로서 부를 수 있는 게 「아리랑」인가 하면, 혼자서 고독하게 '나'로서만 부를 수 있는 노래가 또한 「아리랑」이다. 이것은 일종의 '모순의 통합'이라고 불러도 좋을 것이다. 이런 데서도 「아리랑」이 지닌 '천의 얼굴'이 쉽게 드러나는 것이다. 주제며 연행형식의 집단성을 생각할 때 「아리랑」은 '열린 노래'라고 불러도 좋을 것이다. 하지만 혼잣소리임을 앞세워 거듭 생각하게 된다면 「아리랑」은 거꾸로 '닫힌 소리'가 되고 만다. 요컨대, 「아리랑」은 '열리고서 닫힌 노래'요 '닫히고서 열린 소리'다. 「아리랑」의 이중성은 매우 돋보이는 그 값진 속성이다. 「아리랑」은 지극히 공적인 노래이면서도 지극히 사적인 노래이기도 한 것이다."

와 같이 수신자(청자와 독자)에게 무엇인가를 요구하여 특정행위를 수행하게 하는 능동적 기능을 많이 보여준다. 수신자를 초점화하는 능동적 기능은 타자에게 수행을 명령하는 마술적, 주술적 기능까지 가진다.

c. 맥락에 초점을 맞추면 언어의 지시적 기능이 활발해지는데 아리랑은 그것이 태어난 역사, 사회, 공간적 맥락과 배경을 지시하는 지시적 기능을 많이 활용한다. 예를 들어 "아우라지 지장구 아저씨 배좀 건너주오/ 싸리골 올동백이 다떨어진다/ 떨어진 동백은 낙엽에나 쌓이지/ 사시장철 님 그리워 나는 못살겠네"에서는 맥락, 관련상황으로서의 여량리에 사는 처녀와 유천리 총각의 연애담을 지시하며 '밀양 아리랑'에는 조선조 명종 때의 아랑전설이 명시적이 아니더라도 지시적으로 드러난다. "문경새재는 웬고갠가"하는 진도 아리랑 대목에선 한 당골 총각이 문경새재를 넘어 가서 사랑하는 여인을 구해와 당골이 되어 잘 살았다는 아리랑 전설이 맥락으로 지시적으로 연관된다. 배경 설화나 전설도 맥락, 관련상황이지만 또한 아리랑은 그 변화부의 노랫말을 통해 역사적 상황이나 시대의 흐름, 문물, 당대 풍속, 일본 제국주의로 인한 피해, 농민과 노동자들의 비참한 생활상, 비판의식 등을 잘 보여준다. "글깨나 하는놈 가막소가고/ 얼굴깨나 이쁜년은 갈보짓한다", "신고산이 우르르 화물차(함흥차) 떠나는 소리에/ 고무공장 큰애기는 담봇짐만 싸누나/ 어랑어랑 어허야 어리럼마 둥둥 내 사랑이로구나"(어랑타령), "목포야 유달산 새장구소리/ 고무공장 큰애기 발맞춰 간다" 와 같은 아리랑은 식민지 상황에서 민중들의 비참상과 당대 어린 여성들이 생활고에 못이겨 당시 개통된 기차를 타고 집을 떠나 고무공장으로 취직을 나가는 시대 상황을 지시적으로 가리킨다.

f. 는 언어의 시적 기능에 초점을 맞출 때 발생한다. 시적 기능이란 언어 그 자체에 초점이 맞추어진 기능으로 지시적 의미와는 상관이 없지만 언어의 그 자체의 쾌감과 미적 기능을 활용하는 것이다. 아리랑의 경우

전렴이나 후렴에 들어있는 의미 모를 여음들의 반복, 변화부에 드러나는 두운이나 각운들의 어울림, 또한 대구가 주는 형식의 안정감과 아름다움, 음악성 등에서 언어 그 자체의 쾌감을 느낄 수 있다. "아리아리랑 쓰리쓰리랑 아라리가 났네/ 아리랑 응응응 아라리가 났네" 등과 같은 음의 반복들과 미적 사용이나 "아침에 우는 새는 배가 고파서 울고요/ 저녁에 우는 새는 님이 그리워 운다", "산중의 귀물은 머루나 다래/ 인간의 귀물은 나 하나라", "아리랑 아들나서 나라에 바치고/ 서시랑 딸을나서 남의집에 주어라"와 같은 대구를 통해 자기중심적 나르시시즘이나, 시대의 불운 속에서 자식을 길러 빼앗겨야 하는 상실에 대한 탄식이 전경화되어 나타난다. 아리랑이 가진 대해와도 같은 풍부한 음악성을 볼 때 아리랑은 언어 그 자체의 물질적 쾌감과 즐거움을 최대한으로 활용한 최고의 시적 기능의 텍스트라고 하겠다. 또한 미적 기능은 메시지의 성격을 바꾸기도 하는데 예를 들어 아리랑이 발화자의 일인칭 내면에 침잠하는 정적인 노래인 것 같으면서도 매우 역동적인 운동성을 가진 것으로 작용하는 것은 후렴의 "아리아리랑 쓰리쓰리랑"하는 '랑'자의 반복에 의한 바퀴를 타고 굴러나가는 것 같은 음의 운동성에 의해 생성되는 효과이다. (김승희의 시 중 "아리랑…쓰리랑…이란 말은 그런 말이다/마음에 바퀴를 달고 있다는 것이다/….(중략)……/ 영혼을 맞이해봐라/이별의 슬픔을 참아봐라/ 아리랑 쓰리랑 두 개의 바퀴를 타고 가서, 나아가서/ 찬 새벽 사막에서 우물 ㅇ을 만나봐라// 마음을 ㅇ…, ㅇ….. ㅇ……ㅇ…. ㅇ….에 올려두고/ 일평생 미끌어져봐라/ 앉아있는 사람에서 ㅁ을 깎아 ㅁ이 ㅇ이 될 때까지/ 둥글게 둥글게 모서리 뼈를 깎아봐라" ('사랑은 ㅇ을 타고' 중)라는 시구가 보여주는 것도 ㅇ이라는 음의 운동성으로 '사랑'이라는 의미의 운동성을 강화시키는 언어의 시적 기능을 보여준다.)

  d. 접촉은 언어의 친교적 기능을 초점화할 때 드러나는 것으로 아리랑

은 수신자에게 매우 친근하게 다가가는 구어체 사용이라든가 별 의미 없
는 전렴과 후렴의 반복 등으로 마을 공동체나 민족 공동체 안의 친교적
기능을 매우 활성화시키고 있는 텍스트이다. e. 신호 체계는 발신자 수신
자 양자가 서로 통할 수 있는 회로를 말하는데 아리랑은 발신자와 수신자
사이에서 가장 잘 통할 수 있는 '민요 코드'이기에 '민족의 노래'라든가 '민
족의 숨결'과 같은 평가를 받고 시공간을 초월하여 면면히 계승, 생성, 유
포되어 올 수 있는 것이면서 동시에 아리랑 코드 내부에도 시루떡처럼 여
러 하위 코드들이 다층성을 이루고 있다. 예를 들어 사랑의 코드, 실연의
코드, 정(情)의 코드, 모든 것을 박탈당하는 민중 수난의 코드, 나라의 권
세가나 일본 제국, 식민지 근대성에 대한 저항의 코드, 나라 잃은 민족의
코드, 풍자의 코드, 자아의 코드, 섹슈얼리티의 코드 등 다층적인 하위 코
드들을 가지고 있어서 이러한 다층적 하위 코드들의 다양성과 풍부함이
'아리랑=민족의 노래'라는 상위 코드를 떠받치고 있다. 그래서 아리랑은
외부인들이 보기에 '아리랑은 조선인의 어머니, 조선인의 밥'(헐버트) 이라
는 느낌을 주며 한국인 내부적으로는 아무리 이질적인 계층의 사람들일지
라도 언제라도 공동체로 묶을 수 있는 '심리적 만유인력의 구심점'이 된다
고 하겠다.

III. 애도와 치유, 초월의 전략:
대자연의 법칙과 합일의 방향에서 자기 승화, 자기 무화

본고는 위에 분석한 언어전달의 6가지 요소 중 일인칭 발화자에 초점을
맞춘 감정표시적 기능을 가진 아리랑을 중심으로 그것을 '상실에 관한 노
래'로 보면서 1) 애도 2) 우울증 3) 상실의 예감, 삶의 유한성의 공포에 맞
서는 섹슈얼리티의 열락의 언어라는 세 가지 입장에서 노랫말들을 분석해

보겠다.

스테이튼은 애도란 상실에 대한 반응이자 프로이드가 말했듯 상실로부터 치유되는 과정이면서 동시에 대상관계들의 형성 안의 모든 움직임을 구조화하는 변증법으로 이해한다. 더하여 애도의 변증법의 핵심에는 리비도적 접근의 순간들과 집착, 상실 뿐만이 아니라 지연, 회피, 상실의 위협에 대한 반응 안에서 일어나는 초월의 전략들에 수반되는 것들이 있다. 그 전략들에 의해 자아는 애도에 내포된 리비도적 지출을 절약할 수 있게 된다.[8]

애도의 변증법이란 앞서 말한 바와 같이 상실한 대상에 대한 슬픔의 눈물을 사랑의 리비도로 치환하고 이를 생의 에너지로 전환시키는 것을 말한다. 아리랑에는 이러한 적극적 치환이 나타난다. 애도는 상실을 통해 다시 다른 대상을 향하고 병적인 우울이나 애절한 절망이 아니라 리비도의 과잉 지출을 막고 절망과 희망의 변증법을 노래하게 된다.

자기 치유의 기능으로서의 애도의 아리랑을 논할 때 나타나는 아리랑의 두 가지 수사학적 전략을 찾아본다. 하나는 초월의 전략이다. 아리랑은 상실로 무너지는 화자의 심리를 자연이나 우주의 법칙을 내세움으로써 상실을 부정하고 비통한 슬픔을 우주적 법칙으로 승화시키기도 한다. 예를 들어 "앞남산의 청송아리가 변하면 변했지/ 당신하고 나 하고는 변할 수가 있나", "태산이 무너져서 평지되기는 쉽지만/ 우리들의 깊은 정이야 변할 수가 있나", "바닷물이야 꽈광꽝 쪼여서 소금물이 되면 되었지/ 우리들의 정분이야 변할 수가 있나"와 같이 대자연의 불변의 법칙에 빗대어 위기에 처한 자신의 사랑을 불변성을 가진 영원한 것으로 승화시킨다. 상록수인 청송아리가 변할 수 없듯이, 태산이 무너져 평지가 될 리가 없듯이, 바닷물이 일시에 쪼여 소금이 될 리가 없듯이 대자연의 이치에 자기의 상실된,

8) Nouri Gana, Eros in Mourning by Henry Staten, MUSE, Cultural Critique 61-2005-Regents of the University of Minnesota, pp.224-225.

불완전한 사랑이 불변적인 것으로 되도록 의탁한다. 이 때 님이 상실되었다는, 혹은 님을 상실할지도 모른다는 사실과 공포는 절대적으로 부정된다. 대자연의 이치로 인해 자신의 영원한 사랑은 보증되기에 상실로 인한 비통한 슬픔은 승화되며 자기 치유를 향하게 된다. 그것이 스테이튼이 말한 애도 속에서 나타나는 초월의 전략이라고 할 수 있다. 그것은 상실과 박탈에 대항하는 자기 방어의 전략이다. 애도의 아리랑은 그렇듯 쓰라린 상실을 이겨내고 죽음충동에 대항하여 자신의 상처를 치유하고자 하는 나르시스적 자기방어의 욕망을 보여준다.

또 하나는 부정적인 것을 긍정하려 애쓰는 자기 무화, 체념의 전략이다. 떠난 님의 사정과 자기에게 닥쳐온 님의 상실을 대자연의 이치에 의탁하여 자아의 집착의 욕망을 부정하고 대자연의 이치에 순응하는 것으로 자아무화, 자기삭제를 통하여 이해하려고 애쓰기도 한다. 첫 번째 초월의 전략처럼 대자연과의 동일시를 통한 전략이라는 점에서는 동일하지만 상실을 부정한다기보다는 상실을 합리화하고자 애쓴다. 대자연의 우주적 법칙 안에서 나의 집착을 극복하기 위한 자기무화의 전략이다. "해와 달도 삼재가 들면은 일식월식을 하는데/ 정든 님에 마음절인들 안변할 수가 있나", "일락서산에 지는 해는 지고 싶어지나/ 나를 버리고 가시는 임은 가고싶어 가나"와 같이 님의 사랑을 믿고, 님이 나를 버렸다는 사실을 인정하지 않으며, 대자연의 이치를 수긍하면서 체념과 상실의 긍정, 즉 자기-무화로 향한다. 이 역시 자기 초월과 자기 치유의 기능을 가지게 된다. 앞의 것과 동일하게 이 역시 죽음 충동에 대항하는 자기 방어의 욕망을 보여준다.

Ⅳ. 우울증과 상처, 부정적 나르시즘의 자기비하, 공격충동

위와 같이 초월의 방향으로, 대자연의 이치에 빗대어 자기 상처를 치유

하고자 하는 애도의 변증법의 방향이 있는가 하면 자연의 이치와 엇갈려서 가는 엇갈림과 단절, 황폐한 우울 속으로의 침잠의 방향이 있다. 대자연의 이치와 어긋날 때 그 엇갈리는 것을 극명하게 대립시키는 대조법을 통하여 화자의 비통함은 더 커지며 그 단절감으로 인한 고통은 더욱 강화된다.

"녹음방초는 년년(年年)이나 오건만/ 한번가신 그대임은 왜 아니오시나", "허공중천에 뜬 달은 임 계신 곳을 알건만/ 나는야 어이해서 임계신 곳을 모르니", "울타리 밑에 조는 닭은 모이나 주면 오지요/ 저건너 큰애기는 무엇을 주면 오시나", "앞뒤산의 딱따구리는 생구멍도 뚫는데/ 우리집의 저 멍텅구리는 뚫어진 구멍도 못뚫네", "정선읍내 물레방아는 남창북창 동창 서창물을 안고/ 돌고 도는데 우리집의 나갔던 손님 돌아올 줄 왜 몰라", "산천에 뭇새도 벗들이나 있는데/ 임이 가고서 내가 살면은 무엇을 하나", "바다는 마르며는 밑이나 볼 수 잇지만/ 사람의 마음은 죽어도 모른다네"와 같이 자신, 혹은 님의 운명이 대자연의 이치와 엇갈려 갈 때 그 단절 속에서는 운명의 수락이나 승화가 일어나지 않고 한탄과 우울 속으로의 자기 침잠이 깊어진다. 우울증적 방향으로 자기침잠이 일어날 때 시적 화자의 멜랑콜리는 두 가지 증상을 보인다.

첫째 고정부인 후렴 중 누구나 잘 아는 "아리랑 아리랑 아라리요 아리랑 고개를 넘어간다/ 나를 버리고 가시는 님은 십리도 못가서 발병난다"라고 할 때 그것은 상실된 대상에 대한 우울증적 공격 심리이다. 이 때 아리랑 고개를 넘어가는 이는 내가 아니라 '그'인 것 같은데 '그'가 아리랑 고개를 넘어간다는 것은 나와의 별리요 단절이다. 단절의 고개인 것이다. 이 때 시적 화자의 마음속엔 님에 대한 양면감정과 새디즘과 파괴의 욕동이 일어난다. 나를 버리고 아리랑 고개를 넘어 떠나는 대상에게 시적 화자는 사랑의 어두운 이면, 폭력적인 공격성을 보이게 된다. '신아리랑' 혹은 '경기 아리랑'의 유명한 노랫말로 널리 알려진 "…….십리도 못가서 발병난다"
에서 보이는 시적 화자의 내면이 우울증적 공격심리라는 것은 아리랑이
풀림의 노래라기보다는 맺힘의 노래라는 것을 보여주는 증거라고 하겠
다.9) 둘째 "국화나 매화꽃은 몽중에도 피잖나/ 사람의 이내 신세가 요렇
게 되기는 천만의외로다"와 같은 부정적 나르시시즘은 아리랑이 신세한탄
가이며 애원성이며 자기 맺힘의 노래라는 것을 확인시켜 준다.10) "눈이
오려나 비가 오려나 억수장마가 지려나/ 만수산 먹구름이 다 몰려온다",
"국화나 매화꽃은 몽중에도 피잖나/ 사람의 이내 신세가 요렇게 되기는
천만의외로다" 라고 할 때 시적 자아는 무언가를 상실했으나 구체적으로
무엇인지 적시(摘示)할 수 없는 무의식적 상실감에 빠져있고 그러한 큰사
물 쇼즈의 상실이 막막한 자기비하, 어두운 마조히즘, 부정적 나르시스의
멜랑콜리에 빠지게도 한다. 이런 경우 상실한 대상의 자리에 자아를 치환
하고 그리하여 자아는 텅빈 것이 되어 마조히즘적 자기 비하와 자아의 황
폐화가 일어난다. 흔한 말로 팔자 타령, 애원성, 자기 상처의 노래 같은
것이 되는 것이다.

이렇듯 우울증의 아리랑은 대상에 대한 공격성, 파괴적 자기 비하, 부정
적 나르시시즘, 마조히즘, 자아의 황폐화 등 멜랑콜리의 특성을 강하게 보
여준다.

9) 김열규 교수는 "이것은 오히려 간절한 애소다. 그것은 저주가 아니다." 십리도 못
가서 발병이 나서라도 가시지 말라'고 절규하고 있는 것이다'라고 해석한다. 김열
규 저, 앞의 책, 191면.
10) 김열규 저, 위의 책, 30-37면 참조.

V. 섹슈얼리티의 열락의 향유와 이드의 명령

사랑과 마찬가지로 모든 관계는 애도 안에서 태어난다. "욕망이 가사성의 존재를 위한 가사성의 존재에 의해 느껴지는 무엇인 이상 에로스(일반적인 욕망)가 어느 정도까지는 상실의 예감에 의해 요동칠 것이다"[11]라고 스테이튼은 지적한다. 이러한 애도와 같은 구조 아래서 그는 자기 애도 혹은 자기 상실의 예감으로, 타자의 애도, 혹은 타자 상실의 예감에 병치되는 것들의 윤곽을 포착하고자 한다. 그렇게 아리랑은 상실을 매우 민감하게 감지하고 이미 이루어진 상실과 더불어 앞으로 다가올 상실에 대한 예감 안에서 작동하는 뜨거운 에로스를 표현하는 노래이기도 하다. "오늘 갈지 내일 갈지 모르는 세상/ 내가심은 호박넌출 담장을 넘내"에서처럼 아리랑은 인간의 가사성, 그리하여 언젠가 다가올 죽음이나 이별, 상실에 대한 예감을 매우 민감하게 포착한다.

그러한 가사성의 한계 안에서 곧 죽어야할 육체의 쾌락과 '담을 넘는 호박넌출' 같은 금기 위반을 내보이기도 한다. 가사성의 운명 안에서 발현되는 뜨거운 욕망의 암시다. 따라서 아리랑 속에는 남녀의 성에 대한 개방적인 언술이 많이 드러나며 젠더의 개념을 전복하는 능동적인 여성 섹슈얼리티가 발현된다. 특히 진도 아리랑에서 여성적 섹슈얼리티는 노골적으로 유희화되어 나타난다. 정신분석학적 페미니즘적 관점에서 강렬한 신체 언어나 섹슈얼리티의 표출은 신체를 거부하는 대가로 오는 거짓 초월을 배격하는 것으로 주장한다.[12] 따라서 이러한 욕망의 아리랑은 초월, 자기 승화로 가는 애도의 방향과는 달리 예전에 주체가 구성되기 이전에 상실

---

11) Nouri Gana, 앞의 논문, p.225.
12) 엘레인 쇼왈터, 「황무지에 있는 페미니스트 비평」, 김열규 편, 『페미니즘과 문학』, 문예출판사, 1988, 32면.

했던 '모성적 큰 사물', 쇼즈, 성적인 그 무엇의 귀환으로 인한 생명의 도
약을 강렬하게 보여준다. 초자아를 형성하는 유교적 가부장 질서의 이면
에 있는 무의식을 소환하여 전(前) 오이디푸스 계(界)로 돌아가 '열락'
(jouissance)13)을 향유하고자 한다. 이드의 명령법, "즐겨라"를 실현한다.
상실의 대상이 님이라는 하나의 기표로 고정되어 있다기 보다 무어라 명
명할 수 없는 쇼즈(chose)라는 것을 보여준다.

  "아침에 우는 새는 배가 고파서 울고요/ 저녁에 우는새는 님이 그리워
운다", "산천에 머루는 응고래망고래 하는데/ 언제 나는 님을 만나 흥고래
망고래 할이거나", "춥냐 더웁냐 내품에 들어라/ 비게가 높거든 내팔을 비
여라", "바람은 불수록 점점 추워져 가고/ 정든님은 볼수록 정만 더드네"
,"울터리 넘어서 깔비는 총각/ 눈치만 빠르면 날따라 오게", "오다가 가다
가 만나는 님아/ 손목이 끊어져도 못놓겠네", "뒷동산 딱따구리는 아침저
녁으로 딱딱 울리는데/ 우리집의 쥔양반은 왜 요다지도 저런가", "갈보라
하는 것이 씨가종자 있는가/ 놈사정 볼라다 내가떼갈보 되았네", "빨래독
좋아서 빨래하러 갔더니/ 못된 놈 만나서 돌비게를 비였네", "본서방 김치
는 둥개둥개로 썰고/ 샛서방 김치는 입구자로 썰어라", "바람이 불라면 봄

---

13) jouissance는 극단적 쾌락에 대한 불어 용어다. jouir는 누리다, 향락한다는 뜻이
  다. '열락'이란 단어 자체는 사용권, 혹은 물건이나 자산의 잉여 가치를 뜻한다.
  넘치는 잉여라고 할 수 있다. 이리가레이는 프로이드 모델에서 여성을 거세, 결
  핍, 부재로 기호화하는 가부장제적 틀을 뛰어넘어, 전(前) 오이디푸스적인 다형적
  성욕의 세계에서 흘러넘치는 쾌락으로 본다. 알렌 식수는 양성적으로, 혹은 역
  (逆)으로 여성 열락의 생생한 심상들을 모든 차원에서 만들어내려고 한다. 크리스
  테바는 여성의 열락에 대해 암시적으로 '어머니 쪽에서 받은 것'으로 이야기하는
  데 오이디푸스적 법칙들, 특히 언어 법칙의 제한을 능가하는 여성의 그 일정 부분
  에 열락을 배당하고 있다. 그 열락은 그녀의 비전과 경험의 영역 안에 남아 있지
  만, 여성이 감금된 상태인 오이디푸스 계(界) 안에서는 분명하게 얘기될 수 없다.
  엘리자베스 라이트 편, 『페미니즘과 정신분석학 사전』, 한신문화사, 1997, 298-
  300면 참조.

바람이 불고/ 낭군임이 오실라면은 총각낭군이 오세요", "고기 잘 무는 꼬내기는 납작돌 밑에 있고요/ 정든 님 꼬내기는 나 여기 있소", "꽃본 나 비야 물본 기러기 탐화봉접 아니냐/ 나비가 꽃을 보고서 그냥 갈 수 있나" 등등과 같이 보편적 젠더의 개념을 해체하며 여성 섹슈얼리티의 능동적 유인과 극단적 쾌락을 노래한다. "울터리 넘어서 깔비는 총각/ 눈치만 빠르면 날따라 오게"나 "씨엄씨 잡년아 잠 깊이 들어라/ 문 밖에 썼는 낭기 밤이실 맞는다"나 "씨엄씨 잡년아 잔소리를 말아라/ 네 아들이 건강함사 내가 밤마실을 돌이거나" 와 같은 노랫말이 보여주는 것은 사회를 구성하는 유교적 상징 체계에 대한 공격이자 팰러스 숭배적인 환상을 초월하는, 능동적 여성 섹슈얼리티의 발현이다.

가부장제 사회에서 금기시 되어온 시어머님에 대한 비하, 욕설이나 능동적 여성적 섹슈얼리티를 원초적으로 드러냄으로써 상징체계가 여성에게 부여하는 금기를 위반하고 비(非) 팔루스적 향유, '다른 향유'를 누리는 것을 보여준다. 다른 향유는 이미 상실한 모성적 큰 사물(쇼즈), 즉 전(前) 오이디푸스적 모성성이 가진 성적 어머니, '노는 어머니'[14], 혹은 '누리는 어머니'의 부활이다. 그러한 성적인 어머니, 노는 어머니, 누리는 어머니와 더불어 가부장적 서사의 구성을 위해 억압된 여성의 섹슈얼리티가 가부장제의 상징 질서를 물리치고 신분사회 속에서의 젠더의 금기들을 넘어 과감하게 발현된다. 그것은 가부장적 위계질서에 대한 '근대'적 도전일 뿐만

14) '노는 어머니'란 식수의 용어로 그동안 억업받아 왔고 그래서 반드시 소생되어야 할 존재는 '성적인 어머니'(sexual mother), '노는 어머니'(la mere qui jouit)라고 말한다. 프랑스 페미니스트들은, 에로틱한 전 오이디푸스 계의 어머니를, 그 자체가 억압받지 않는 여성 상상력의 원천으로 간주한다. 식수는 "여성에 대해 쓰는 것은 상징에 의해 참수되어 나간 어머니의 목소리로 나아가는 것이며 가장 오래된 것으로 나아가는 것이다"라고 주장한다. 조세핀 도노번 지음, 김익두, 이월영 옮김, 『페미니즘 이론』,문예출판사, 213-214면 참조.

이 아니라 동시에 유교적 상징체계 안에 형성된 여성의 억압된 자아와 성의식을 전복시키는 근대성을 가지고 있기도 하다.

위에 열거한 진도 아리랑들의 후렴은 "아리아리랑 쓰리쓰리랑 아라리가 났네/ 아아리랑 응응응 아라리가 났네" 이다. '응응응'은 고흥 지방의 아리랑에서는 '꿍꿍꿍'으로 바꾸어 나타난다. "응 응 응…"을 통상적으로 성적 쾌락의 소리로 보고 있다는 점에서도 진도 아리랑의 원초적 여성 섹슈얼리티의 거침없는 발현을 읽을 수가 있다.

이러한 점에서 아리랑이 상실과 죽음의 예감에 맞선 열락, 즉 극단적 쾌락의 노래라는 것, 가부장적 상징체계가 부여한 젠더의 상징체계를 뛰어넘어 전(前) 오이디푸스 기(期)의 주이쌍스를 과감하게 발설한다는 점, 전 오이디푸스 기의 '노는 어머니'를 부활시켜 상징화 이전의 여성 섹슈얼리티를 과감하게 노출함으로써 유교적 가부장 체계를 위반하며 동시에 새로운 여성 자아, 성적 자아를 생성한다는 점 등이 열락의 아리랑이 보여주는 근대적 여성 의식과 섹슈얼리티의 정치성이라고 하겠다.

VI. 결

일인칭 발화자의 감정표시적 기능에 초점을 맞춘 '아리랑'의 노랫말에 나타난 '상실'에 대한 시적 화자의 태도와 언어를 세 가지 관점으로 살펴보았다. 시적 화자의 세 가지 태도는 상실한 대상에 대한 애도, 우울증, 상실의 예감 안에서의 적극적 향락주의의 태도를 보여주고 있는 것으로 정리할 수 있다. 그것을 애도의 아리랑, 우울증의 아리랑, 열락의 아리랑의 언어라고 부를 수 있겠다. 아리랑의 시적 화자는 금방이라도 상실해 버릴 것만 같은(상실한) 대상에 대한 애도/ 우울증의 언어가 혼합되는 혼종적 주체의 심리를 보여주거나 주체 형성 과정에서 이미 상실한 모성적 큰 사물, 즉 성적인 어머니, '노는 어머니'를 호출하여 생생한 섹슈얼리티를 발설하고 주체 형성 이전 단계로 돌아감으로써 사회적 상징체계에 대한 금기 위반과 리비도의 전복성을 통해 애도/ 우울증 너머의 새로운 여성 의식을 보여준다. 특히 앞서 분석한대로 진도아리랑 등에서 나타나는 성적 쾌락의 직설적 표현 등의 섹슈얼리티의 언어는 유교 사회에서 사회적 금기와 위반의 언어인 바 아리랑은 당대의 성 담론을 전복하는 정치성과 더불어 무의식을 드러내는 새로운 여성 자아 담론을 창출하는 모더니티와도 연관된다고 하겠다. 또한 그것은 제국주의적 외세나 당대의 지배층을 공격, 풍자하는 민중 의식의 각성과도 연관된다. (이 논문은 발화자의 감정표시적 기능을 초점화한 아리랑을 대상으로 하고 있기에 식민지 현실 비판이나 문명 비판, 탈식민주의적 염원을 드러낸 아리랑을 다루지 못한 아쉬움이 남는다. 국가 상실로 인한 외세에 대한 자아(민족)의 확립 염원이나 탈식민주의적 저항 의식 등을 다루지 못하였다.)

한 노래의 양식이 시공간을 달리하여 계속 새로운 버전을 생산하면서도 자신의 아이덴티티를 지속해 올 수 있었다는 것은 자신의 내부에 어떤 종류의 모더니티를 내재하고 있다는 것이 된다. 그런 시각에서 아리랑이 보여준 모더니티를 간략히 정리한다면 a. 개인(자아)의 발견 b. 역사의 주변부에서 고통받는 타자의 발견 c. 무의식의 발견(나르시시즘/ 반 나르시시즘, 새디즘/ 마조히즘이 공존하는 이율배반적 모순 심리 표출) d. 육체, 섹슈얼리티의 발견 e. 당대의 초자아와 상징체계를 위반하는, 금기의 횡단에의 욕망 등을 지적할 수 있겠다.

기본 텍스트:

김연갑, 『아리랑, 민족의 숨결, 그리고 발자국 소리』, 현대문예사, 1986.
김열규, 『아리랑… 역사여, 겨레여, 소리여』, 조선일보사, 1987.

참|고|문|헌

김열규 편,『페미니즘과 문학』, 문예출판사, 1988. 1993.

김시업 외 지음,『근대의 노래와 아리랑』, 소명출판, 2009.

박민일,『한국 아리랑문학 연구』, 강원대학교 출판부, 1989.

로만 야콥슨,「언어학과 시학」, 이정민 외 편,『언어과학이란 무엇인가』, 문
    학과 지성사, 1977.1988.

엘리자베스 라이트 편,『페미니즘과 정신분석학 사전』, 한신문화사, 1997.

조세핀 도노번 지음, 김익두, 이월영 옮김,『페미니즘 이론』,문예출판사.

프로이드,『무의식에 관하여- 프로이드 전집 13』, 열린책들, 1997.

크리스테바 저, 김인환 역,『검은 태양-우울증과 멜랑콜리』, 동문선, 2004.

Nouri Gana, Eros in Mourning by Henry Staten, MUSE, Cultural
    Critique 61-Fall 2005-Regents of the University of Minnesota.

Henry Staten, Eros in Mourning, The Johns Hopkins University Press,
    1995.

〈『비교한국학』vol. 20, 2012.〉

북한에 전승되는 민요 아리랑 연구
-음원·악보자료에 의한 악곡유형 분류-

김영운*

Ⅰ. 머리말

2013년 12월 5일, 아리랑이 유네스코 인류무형문화유산에 등재되면서 민요 아리랑[1]에 대한 관심이 더욱 높아졌다. 당시 유네스코 등재작업이 남한 문화재 당국의 주도로 이루어지면서 남한에 전승되거나 남한 연구자들의 인식범위 내에 존재하는 아리랑이 유네스코 등재의 주된 내용이 되었음은 물론이다.

그럼에도 불구하고 당시 신청과정에서는 아리랑이 대한민국뿐만 아니라 한반도와 해외 동포사회 등 전 세계 한민족 공동체에서 광범위하게 불리는 노래임을 분명히 하였다. 따라서 북한지역 또한 아리랑 전승의 중요한 터전임은 말할 나위가 없으며, 장기적으로는 대한민국의 문화유산으로 유네스코에 등재된 아리랑 속에 북한지역의 아리랑도 포함되어야 함은 물론이다.

그러나 그간의 아리랑 관련 연구에서 북한지역의 아리랑은 크게 주목받지 못하였다. 그 이유는 북한 사회의 아리랑에 대한 정보와 자료가 많지

---

*   한양대 국악과
** 이 글에서 '아리랑'이라 하는 것은 아리랑계 악곡의 범칭으로 사용하는 것이며, 아리랑이 특정 악곡명 등 고유명사로 사용될 경우는 〈   〉 안에 표기될 것이다.

않았기 때문이다. 이는 남북한 사이의 문화적인 교류가 활발하지 않았기 때문이다. 북한의 문헌자료나 음향자료가 남한 사회에 알려지기 시작은 것은 1990년에 있었던 남북 사이의 스포츠와 음악교류가 물꼬를 트면서부터로 보인다. 남한 음악인의 평양 연주와, 북한 공연단의 서울 송년음악회 연주가 그것인데, 이를 계기로 남북간에 어느 정도 화해의 분위기가 조성되었고, 이 무렵 북한의 일부 자료들이 남한에 알려지기 시작하였다. 이후 북한 음악학자 리차윤의『조선음악사』, 한영애의『조선장단연구』, 리창구의『조선민요의 조식체계』등의 연구서가 남한 연구자들 사이에 알려지기도 하였고, 1999년 신나라뮤직에서 북한 음원에 의한「북한아리랑」CD를 발매한 것을 필두로 2004년 MBC와 서울음반은 북한지역에서 채록된 향토민요 자료집인「북녘 땅 우리 소리」(7CD)를 출반하였으며, 2006년 신나라는「북한아리랑명창전집」(3CD)을 출반하였다. 이 무렵 중국 동포사회를 거쳐 북한의 악보자료가 국내에 소개되기도 하였는데, 아리랑과 관련하여 주목되는 것으로는 1999년 예술교육출판사 발행의『조선민족음악전집』(민요편)과 2000년 문학예술교육출판사 발행의『조선민요 1,000 곡집』등이 있다.

이 같은 북한 자료의 소개에 힘입어 21세기에 접어들면서 남한의 아리랑 연구자들에 의한 '북한 아리랑'[2] 연구가 시작되었다. 대표적인 단행본으로는 김연갑의『북한아리랑연구』(2002)가 있으며, 문학적 연구로는 이창식의「북한 아리랑의 문학적 현상과 인식」(2001)[3], 음악적 연구로는 김보희의「한인 디아스포라 아리랑의 음악학적 연구-북한 독립국가연합(구

2) 이 글에서 '북한 아리랑'이라 하는 것은 북한의 문헌이나 음향자료에 수록되는 등 북한지역에서 불려졌을 것으로 보이는 아리랑계 악곡 모두를 포괄적으로 지칭하는 것이다.
3) 이창식,「북한 아리랑의 문학적 현상과 인식」,『한국민요학』(한국민요학회, 2001), 제9집, 215-230쪽.

소련)을 중심으로」(2010)[4] 등이 발표된 바 있다. 이 밖에도 북한사회의
'아리랑'에 대한 학위논문이나 연구논문은 그 수가 적지 않으나, 대부분은
북한의 집단공연물 '아리랑'에 관한 것이다. 필자도 최근 북한 사회의 '민
요 아리랑'에 대한 인식 태도를 파악하기 위하여 북한에서 간행된 신문·
잡지의 기사를 분석한 바 있으나, 그 글은 음악적인 논의의 토대로 삼기
위한 것이었기 때문에 음악적인 내용에 대한 분석은 전혀 이루어지지 않
았다.[5] 이렇게 본다면 북한의 민요 아리랑에 대한 음악적인 접근은 김보
희의 연구가 유일하다 할 수 있다.

그러나 김보희의 글에서는 "〈본조아리랑〉으로 불리는 나운규의 아리랑
이 〈평양아리랑〉 또는 〈아리랑 타령〉에서 파생된 곡으로 경기민요가 아
니라고 본다"고 하여 〈본조아리랑〉이 강원도 아리랑계[6] 악곡이 경기지방
에 전해져 파생된 것으로 보는 이보형·김영운·이용식 등의 견해와 차이
가 있으며, 역시 김보희가 "경상도의 대표적인 〈밀양아리랑〉은 〈단천아리
랑〉과 〈함경도아리랑〉의 영향을 받아 〈밀양아리랑〉이 생겨났음을 본 연
구를 통해 추정할 수 있었다"고 한 점은 〈단천아리랑〉을 "본조아리랑을
편곡한 신민요"로 보는 이보형의 견해와 다르다. 북한 아리랑에 대하여 그
간 유일하게 음악적 접근을 시도했던 김보희의 연구에서는 해외동포 아리
랑과 복합적으로 논의하는 바람에 북한 아리랑에 대한 체계적인 논의와
그 결과를 선명하게 드러내는데 아쉬움이 있었다.

---

4) 김보희, 「한인 디아스포라 〈아리랑〉의 음악학적 연구」, 『한국문학과 예술』(숭실
   대학교 한국문예연구소, 2010), 제6집, 195-229쪽.
5) 김영운, 「민요 아리랑에 대한 북한의 인식 태도」, 『제1회 대한민국 아리랑 학자대
   회 결산보고서』(강원일보사, 2013), 73-94쪽.
6) 이 글에서 '아리랑계'란 다양한 아리랑계통의 악곡이나 그 변주곡 등을 가리키는
   의미로 사용하고자 한다. 반면에 '아리랑류'는 아리랑계 악곡과 유사한 악곡을 포
   함하는 보다 넓은 의미로 사용하고자 한다.

이에 이 글에서는 북한의 악보자료와 음향자료에 수록된 아리랑계 악곡을 대상으로 음악적인 분석을 시도하여 각 악곡이 지니는 음악적인 특성을 찾아보고, 이를 비교·종합하여 서로 다른 곡명으로 불리고 있는 악곡을 계통별로 묶어 봄으로써 북한 사회에 전승되는 아리랑계 악곡의 종류를 알아보고, 이를 남한의 그것과 비교하여 남북한 아리랑 이해의 토대로 삼고자 한다. 이를 위한 자료는 북한의 악보집과 남한에서 CD음반으로 출반된 북한 음원자료에 한정하고자 하며, 향토민요와 통속민요로 보이는 악곡을 주된 연구대상으로 하되, 통속민요와 창작가요의 구분이 애매한 경우는 검토를 거쳐 논의를 진행하고자 한다.

II. 북한의 아리랑 관련 자료

이 글은 북한지역에 전승되는 아리랑계 악곡의 음악적인 면모를 포괄적으로 살펴보고자 하는 글이다. 따라서 이 글에서 중요하게 활용될 자료는 음악의 실체에 가까운 기록물인 악보와 음향 자료가 될 것이다.

1. 북한 아리랑의 악보 자료

북한의 악보자료 중 다양한 아리랑계 악곡을 수록하고 있는 중요한 악보집으로는 다음의 세 가지를 꼽을 수 있다.

『조선민족음악전집-민요편 3』(예술교육출판사, 1999.10.10.)
『조선민요 1,000 곡집』(문학예술교육출판사, 2000.5.20.)
『조선민요 아리랑(윤수동 지음)』(문학예술출판사, 2011.9.25.)

위의 세 자료는 비교적 많은 수의 아리랑 악보를 수록하고 있는데, 각 자료별 수록 악곡의 수록 면과 곡명은 〈표 1〉과 같다.

〈표 1〉 북한의 중요 악보자료 수록 아리랑계 악곡 정리표

번호	『조선민족음악전집-민요편3』(1999) 수록면, 곡명		『조선민요 1,000 곡집』(2000) 수록면, 곡명		윤수동, 『조선민요 아리랑』(2011) 수록면, 곡명	
①	224	아리랑	333	아리랑	198	아리랑
②	225	아리랑	334상	아리랑	196	아리랑
③	227	서도아리랑	336하	서도아리랑	199	서도아리랑
④	228	아리랑	334하	아리랑	-	
⑤	229상	아리랑	335	아리랑	200	평안도아리랑
⑥	229하	아리랑	-		201	평안도아리랑
⑦	230	신아르래기	-		-	
⑧	231	아리랑	336상	아리랑	202	진천아리랑
⑨	232	해주아리랑	337	해주아리랑	204	해주아리랑
⑩	233상	아리랑	-		203	해주아리랑
⑪	233하	긴아르래기	-		-	
⑫	234	아르롱	-		-	
⑬	235상	단천아리랑	338	단천아리랑	205	단천아리랑
⑭	235하	아일령랑	-		-	
⑮	236상	아리랑	339하	무산아리랑	206	무산아리랑
⑯	236하	온성아리랑	339상	온성아리랑	207	온성아리랑
⑰	237	구아리랑	-		208	회령구아리랑
⑱	238	아리랑동	-		-	
⑲	239	강원도아리랑	340	강원도아리랑	209	강원도아리랑
⑳	240	통천아리랑	341	통천아리랑	214	통천아리랑
㉑	241	고성아리랑	342	고성아리랑	215	고성아리랑
㉒	242	엮음아리랑	-		217	고산엮음아리랑
㉓	243	아리랑	-		211	평강엮음아리랑
㉔	244	엮음아리랑	-		212	평강엮음아리랑
㉕	246상	삼일포아리랑	344상	삼일포아리랑	218상	삼일포아리랑
㉖	246하	아리랑	-		216	고성아리랑
㉗	247상	긴아리랑	-		218하	강원도긴아리랑
㉘	247하	아리령동	-		-	
㉙	248	강원도아르래기	-		-	
㉚	249	아리랑	-		-	
㉛	250	정선아리랑	343	정선아리랑	219	정선아리랑
㉜	251	정선아리롱	-		-	
㉝	252	아리랑	-		-	
㉞	254상	아리랑	-		220	정선아리랑
㉟	254하	아리랑	-		221	양양아리랑
㊱	255	긴아리랑	344하	긴아리랑	222	경기도긴아리랑
㊲	256	진도아리랑	346	진도아리랑	224	진도아리랑(1)
㊳	257	진도아리랑	347	진도아리랑	226	진도아리랑(2)
㊴	258	긴아리랑	345	긴아리랑	-	
㊵	259	경상도아리랑	348	경상도아리랑	228	경상도아리랑
㊶	260상	밀양아리랑	351	밀양아리랑	231	밀양아리랑(1)
㊷	260하	밀양아리랑	352상	밀양아리랑	232	밀양아리랑(2)
㊸	262상	아리랑	-		234	경주아리랑
㊹	262하	아리랑	-		235	청도아리랑
㊺	263	긴아리랑	-		236	영천긴아리랑
㊻	264	영천아리랑	350상	영천아리랑	237	영천아리랑
㊼	265	영천아리랑	350하	영천아리랑	238	영천아리랑
㊽	266	아리랑	-		230	경상도아리랑
㊾	267상	초동아리랑	349	초동아리랑	240	초동아리랑
㊿	267하	초동아리랑	-		241	초동아리랑
	총 50곡		총 25곡		총 38곡	

1999년에 발행된 『조선민족음악전집』은 전34권으로 이루어진 방대한 악보자료집인데, 이 중 『민요편 3』에는 〈표 1〉에 보이는 바와 같이 50곡의 아리랑계 악곡이 수록되었다. 이 글 말미에 제시된 〈참고자료 2〉에 보이는 바와 같이 이 중 대부분 악곡에 전승지역 또는 채록지역으로 보이는 지역명과, 제보자·채보자의 이름이 제시된 것으로 보아 이들 자료는 북한지역에서 실제로 채록된 자료를 정리·채보한 것으로 보인다. 제보자 중에는 우리에게도 익숙한 이름인 김진명·김관보와 같은 서도명창과 최옥삼·안기옥 등 남도명인도 포함된 점으로 보아 이들 자료에 소개된 악보의 음원 제보자에는 전문음악인들도 다수 포함된 것으로 보인다. 북한의 『조선민족음악전집』의 민요편 수록 악곡들은 북한에서 진행된 "민요발굴정리사업의 성과중에서…(중략)…주제내용별로 묶어져있다"[7]고 하는 만큼, 위 세 가지 악보자료 중 가장 많은 악곡을 수록하고 있다.

2000년에 발행된 『조선민요 1,000 곡집』의 서문에서는 이 책의 발행목적을 다음과 같이 분명하게 밝히고 있다.

"이 책에 수록된 노래들가운데는 가사표현들과 음조들에서 일정한 시대적제한성을 가지고 있는것들도 있으므로 어디까지나 연구자료로서 리용하여야 할 것이다. 《조선민요 1,000 곡집》(연구자료)은 담겨 져 있는 풍부한 사료적가치로 하여 민요를 전문으로 연구하는 연구사들과 창작가, 예술인들 그리고 문학, 력사학, 민속학을 연구하는 사람들에게 귀중한 자료로 될 것이다."[8]

이러한 발행목적에 따라 이 자료집에는 25곡의 아리랑계 악곡이 실렸는데, 『조선민족음악전집-민요편 3』에 실렸던 노래 중 아르래기·아르릉·

---

7) 『조선민족음악전집-민요편3-』(평양: 예술교육출판사, 1999), 1쪽.
8) 『조선민요 1,000 곡집』(평양: 문학예술교육출판사, 2000), 2쪽.

아일렁랑·아리랑동·아리령동 등 성격이 불분명한 악곡이 제외 되었다. 이러한 점으로 보아 이 책 수록악곡의 선정과정에는 이 책의 편집과정을 주도한 문학예술종합출판사의 음악편집집단과 평양음악무용대학 음악무용연구소 연구진의 학술적인 관점이 어느 정도 반영된 듯하다. 〈무산아리랑〉은 앞의 자료에서 단순히 〈아리랑〉으로만 표기 되었던 곡명을 새로 부여한 점이 주목된다.

2011년에 발행된 『조선민요 아리랑』은 앞의 두 자료집 편찬 작업에 주도적으로 참여한 바 있는 윤수동의 저서이다. 윤수동은 『조선민족음악전집 -민요편 3』의 편찬자 6인 중 제일 처음에 이름이 올라 있으며, 『조선민요 1,000 곡집』에는 '편찬 및 해설'에 '학사 윤수동'이란 이름으로 단독으로 소개된 인물이다. 윤수동은 디지털 북한인명사전[9]에 의하면 현재 평양음악무용대학 음악무용연구소 실장으로 있는 인물이다. 김연갑은 『조선민요 아리랑』의 국내 영인본 해제에서 저자 윤수동을 아래와 같이 소개하고 있다.

"윤수동박사는 1991년 『조선민요선곡집』(평양 문예출판사) 공편자로 알려지면서 2000년대 들어 대표적인 민요집 『조선민족음악집』, 『조선민요1,000곡집』, 『계몽기 가요선곡집』 등을 저술하고, 2004년 중국 심양에서 한국·중국 공동으로 개최된 〈동방민족전통민요의 현대 전형연구〉 국제학술회의에서 논문 〈조선민요 아리랑에 대하여〉를 발표, 우리에게도 알려진 인물이다. 공식적인 직함은 〈조선민족음악무용연구소〉 교수이다"[10]

윤수동의 저서 『조선민요 아리랑』에는 총38곡의 아리랑계 악곡이 수록되었다. 북한 음악학계에서 아리랑이나 민요와 관련하여 주목되는 업적을

---

9) http://www.kppeople.com/
10) 윤수동, 『조선민요 아리랑(국내 영인본)』(국학자료원, 2012), 해제 제6면.

내고 있는 윤수동의 비교적 최근 저서인『조선민요 아리랑』에서는 이전의
북한 사회에서 좀처럼 찾아보기 어려운 정밀한 분석과 논의를 전개하고
있는바, 그의 정치(精緻)한 작업을 통하여 선별되었을 38곡의 수록 악곡은
북한 음악학계가 그 중요성을 인정하고 있는 아리랑계 악곡으로 주목할
필요가 있을 듯하다.『조선민족음악전집-민요편 3』(*이하『민요편3』으로
약칭함) 수록 악곡 중 아르래기・아르릉・아일렁랑・아리랑동・아리령동
등『조선민요 1,000 곡집』(*이하『천곡집』으로 약칭함)에서 제외되었던 악
곡은 역시 윤수동의 이 책에서도 제외되었다.

　세 자료집의 악곡 수록양상을 살펴보면『민요편3』에 실렸던 50곡 중
『천곡집』에는 25곡만 실렸다.『천곡집』에서 제외되었던 25곡 중『조선민
요 아리랑』에 다시 실린 곡이 15곡인데, 추가된 곡은 아리랑(9곡)・구아리
랑・엮음아리랑(2곡)・긴아리랑(2곡)・초동아리랑이다. 이 악곡은 그 제
목만 본다면 우리에게 매우 친숙한 곡명이다. 〈아리랑〉・〈긴아리랑〉・
〈엮음아리랑〉・〈구아리랑〉 등의 곡명은 남한 학계에서 아리랑계 악곡의
전개과정에서 비교적 이른 시기의 노래이자 중요한 악곡으로 보는 곡이며,
〈초동아리랑〉은 남한 출신의 전통음악계 원로명인인 안기옥으로부터 채
록된 노래이다.

　그러나 윤수동에 의하여 다시 채택된 15곡은 윤수동의 저서에서 새로운
곡명을 부여한 경우가 많다. 〈표 1〉에서 보는바와 같이『민요편3』에서 단
순히 〈아리랑〉이라는 곡명으로 실렸던 노래 9곡은 윤수동의 저서에서
〈평안도아리랑(*윤수동 201쪽)〉・〈해주아리랑(윤203)〉・〈평강엮음아리랑
(윤211)〉・〈고성아리랑(윤216)〉・〈정선아리랑(윤220)〉・〈양양아리랑(윤
221)〉・〈경주아리랑(윤234)〉・〈청도아리랑(윤235)〉・〈경상도아리랑(윤
230)〉 등으로 제목에 지역명을 붙여 소개되었으며, 〈구아리랑〉은 〈회령
구아리랑(윤208)〉으로, 〈엮음아리랑〉은 〈고산엮음아리랑(윤217)〉과 〈평

강엮음아리랑(윤212)〉으로, 〈긴아리랑〉은 〈강원도긴아리랑(윤218하)〉·
〈영천긴아리랑(윤236)〉으로 제목이 수정되었다. 이런 점으로 미루어 본다
면 윤수동은 전승·채록지역이 분명하여 지역적 연고가 드러나거나 지역
적 특성을 담고 있을 것으로 보이는 악곡에 비중을 두어 선별·추가한 것
으로 짐작된다. 이는 윤수동이 북한학계에서 향토민요의 수집과 정리에
중심적인 역할을 하였던 인물이라는 점에서 그의 민요에 대한 인식태도의
한 단면을 보여주는 점이라 하겠다.

2. 북한 아리랑의 음향 자료

북한지역 아리랑계 악곡의 북한 음원자료로 현재 남한에서 발매된 음반
은 다음과 같다.

① 「민족의 노래 아리랑 시리즈 〈북한 아리랑〉」(NSSRCD-011, 1CD), 신나
라뮤직(1999) 16곡.
② 「한국의 소리 시리즈 5, 〈남북 아리랑의 전설〉」(NSC-065, 1CD), 신나라
뮤직(2003) 15곡
③ 「북한민요전집 1, 〈북녘 땅, 우리 소리〉(10CD), 서울음반/MBC(2004) 아
리랑류 악곡 9곡
④ 「북한아리랑명창전집」(NSC-154-1/3 , 3CD), 신나라(2006) 46곡

위의 자료 중 〈북녘 땅 우리 소리〉 음반은 북한 여러 지역에서 채록된
향토민요와 통속민요를 지역별로 나누어 10장의 CD음반에 수록하고 있
다. 이 중 아리랑류 악곡은 아래와 같은 9곡인데, 이 곡을 채록지역과 함
께 정리하면 〈지도 1〉과 같다.

① 아리랑(4'28)　　　전동욱(67세, 함경북도 회령시 궁심동, 1981년 녹음)
② 아라리(4'59)　　　리용서(62세, 량강도 삼지연군 신무성로동자구, 1979년
　　　　　　　　　　　녹음)
③ 아라리(1'51)　　　주두환(63세, 강원도 김화군 김화읍, 1974년 녹음)
④ 아르래기3(2'03)　최용주(69세, 평안남도 대흥군 덕흥리, 1973년 녹음)
⑤ 아리랑(2'48)　　　배홍(67세, 황해남도 룡연군 몽금포리, 1975년 녹음)
⑥ 아르래기1(1'15)　정기승(58세, 평안남도 맹산군 기양리, 1972년 녹음)
⑦ 아르래기2(1'48)　현필삼(63세, 평안남도 맹산군 주포리, 1978년 녹음)
⑧ 자진아라리(0'38)　리윤녀(58세, 함경남도 함주군 신덕리, 1979년 녹음)
⑨ 아리랑타령(2'04)　리명길(71세, 황해남도 삼천군 수교리, 1974년 녹음)

<지도 1> 〈북녘 땅 우리 소리〉 소재 아리랑류 향토민요 채록지역

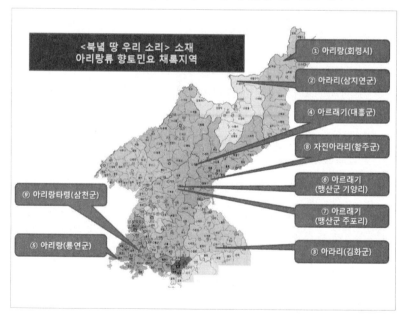

〈지도 1〉에서 보는바와 같이 주로 1970년대에 채록된 향토민요계 악곡들 중 황해도의 〈아리랑타령〉과 〈아리랑〉을 제외한 7곡은 대부분 북한의 동부지역에서 채록되었다. 평안도지역인 대흥군과 맹산군 역시 동부 산악지역에 해당한다. 결국 북한에서도 〈아라리〉·〈아르래기〉 등 향토민요 아리랑이 주로 전승되는 지역은 동부 산악지대임을 짐작할 수 있다. 위 9곡의 향토민요계 아리랑 악곡은 남한의 강원도지역에 전승되는 향토민요 아리랑과 큰 차이가 없다. 다만 남한에서 불리는 가락에 비하여 개인적인 변주가 심하고, 대부분의 제보자가 음정이 불안하거나 박자나 리듬을 지나칠 정도로 자유롭게 구사하고 있는 점이 다를 뿐이다.

위의 9곡을 남한지역 강원도의 아리랑계 악곡과 비교한다면, ①〈아리랑〉은 강원도 〈긴아라리(정선아리랑)〉와 같으며, ②〈아라리〉는 강원도 〈긴아라리〉로 시작하여 뒷부분에서는 〈엮음아라리〉를 이어 불렀다. 반면에 ③〈아라리〉, ④〈아르래기3〉, ⑤〈아리랑〉은 모두 강원도 〈엮음아라리〉이다. 그리고 ⑥〈아르래기1〉 ⑦〈아르래기2〉, ⑧〈자진아라리〉는 강원도 〈자진아라리〉 즉 통속민요 〈강원도아리랑〉과 같은 곡이다. 다만 ⑨〈아리랑타령〉은 〈자진아라리〉를 혼소박이 아닌 3소박 계통으로 부르는 점이 다르다. 이상에서 살펴본바와 같이 북한지역에서 채록된 향토민요계통 아리랑 악곡은 남한 강원도지역에 전승되는 향토민요 아리랑들과 별다른 차이점을 발견할 수 없을 정도로 같음을 알 수 있다.

〈북녘 땅 우리 소리〉를 제외한 나머지 3종의 음반은 주로 통속민요를 수록하고 있는데,[11] 16곡이 실린 〈북한아리랑〉(1999)에는 김희조 편곡,

---

11) 이들 음향자료는 북한에서 직접 전해진 것이 아니라 일본의 신세계레코드사가 보유하고 있던 북한 음원을 토대로 제작된 것이다. 이들 음원이 전해지는 과정에서 녹음일시와 장소, 녹음 목적이나 배경 등의 보다 상세한 정보가 알려지지 않은 점이 아쉬운 점이다. 그러나 녹음에 참여한 연주자를 고려하면 대부분 1950~60년대

금난새 지휘, KBS교향악단 연주의 〈아리랑〉을 비롯하여 한재숙 지휘의
도쿄필하모닉 교향악단과 재일 민족연구회 등의 합창으로 녹음된 〈아리랑
합창〉 등이 수록되었으며, 그 밖에도 피아노독주로 연주하는 아리랑과 김
홍재 지휘의 교토교향악단이 연주한 김영규 작곡 〈아리랑 환상곡〉 등이
포함되어 있다. 이 같은 편곡작품의 주제선율은 '본조아리랑'으로 알려진
영화주제곡 〈아리랑〉 선율이다. 이 음반에 실린 악곡 중 편곡 작품이나
창작음악을 제외한 아리랑계 악곡은 아래와 같은 8곡이다.12)

　　 4.　영천아리랑(1:50)　　　노래: 김종덕
　　 6.　경상도아리랑(3:34)　　노래: 태영숙
　　 7.　경상도아리랑(2:25)　　노래: 김종덕
　　 8.　아리랑(2:31)　　　　　노래: 최청자
　　 9.　강원도아리랑(5:08)　　노래: 강운자
　　10.　긴아리랑(5:10)　　　　노래: 전인옥
　　11.　진도아리랑(2:35)　　　노래: 김설희
　　12.　밀양아리랑(2:44)　　　노래: 고종숙

　〈남북 아리랑의 전설〉(2003)은 남북한 연주자들의 아리랑계 악곡을 수
록하고 있는데, 남한에서는 전문음악인으로 김소희·이춘희가 참여하고
있으며, 정선아리랑 명창 김남기를 비롯하여 진도아리랑보존회와 밀양아
리랑보존회가 녹음에 참여하였다. 이 음반에 수록된 북한 음원자료 중 창
작곡인 〈랭산모판아리랑〉, 일제강점기 신민요인 〈삼아리랑〉13)과 '본조아

　　　의 녹음으로 보이며, 1970년생인 가수 전인옥의 녹음은 1990년대의 것으로 추측
　　　된다.
　12)　이들 음반의 전체 수록악곡은 이 글 말미의 〈참고자료 1〉에서 볼 수 있다.
　13)　이 곡은 『조선민요 1,000 곡집』 574쪽에 〈삼아리랑〉이라는 곡명으로 신민요의

리랑'의 편곡작품 등을 제외하고 아래의 4곡을 본 연구의 자료로 활용하고
자 한다.

하나로 악보가 수록되었고, 작곡자를 리면상으로 밝히고 있으며, 그 노랫말은 다
음과 같다.

아리랑 아리랑 아리아리아리랑 아리아 고개로 날 넘겨주소
아리랑 강남은 천리나원정 정든님 올때만 기다린다네
아리아리아리 넘어넘어서 구월단풍 좋은시절에
두견아 음- 음- 음 우지를 말아라 우지를 말아

그런데 이 곡은 1943년에 발매된 것으로 보이는 Columbia 40906-B에 신민요
〈제3아리랑〉으로 수록되었으며, 이가실(李嘉實)작사·이운정(李雲亭)작곡·김준
영(金駿泳)편곡으로 소개되었고, 옥잠화(玉簪花)의 노래와 콜럼비아관현악단의 반
주로 녹음되었다. 작곡자 이운정은 리면상의 예명이다. 그 노랫말은 다음과 같은
데, 위의 〈삼아리랑〉과 거의 같다.(한국음반아카이브연구소, 「한국 유성기음반」,
http://sparchive.dgu.edu/v2/ 참조)

1절: 아리랑 아리랑 아리아리 아리랑 아리랑 고개는 웬고갠고
    아리랑 江南은 千里나遠程 정든님 올때만 기다린다네
    아리아리로 넘어넘어서 夜月三更 고요한밤에 杜鵑아 울지를마러라 울지를마라
2절: 아리랑 아리랑 아리아리 아리랑 아리랑 고개는 웬고갠고
    꽃가지 어서 단장을말고 미나리 江邊에 일하러가세
    아리아리로 넘어넘어서 五月南風 실바람불제 桃花야 지지를마러라 지지를마라
3절: 아리랑 아리랑 아리아리 아리랑 아리랑 고개는 웬고갠고
    이왕에 이고개 넘을바에는 님에게 한목숨 바처를보세
    아리아리로 넘어넘어서 二人靑春 좋은時節에 歲月아 가지를마러라 가지를마라

이 곡의 제목과 관련하여 음반 「南北아리랑의 傳說」 해설서에서는 "삼(蔘)이란 고
려인삼을 말함"이라 하였으나, 1943년 콜롬비아음반에는 〈第三아리랑〉이라 표기
되었다.

2. 아리랑(2:37)   노래: 최청자(공훈배우)
4. 긴아리랑(5:14)   노래: 강응경(공훈배우)
6. 영천아리랑(1:57)   노래: 김종덕(인민배우)
8. 초동아리랑(1:43)   노래: 김옥성(인민배우)

〈북한아리랑명창전집〉(2006)은 북한지역에서 녹음된 음원을 3장의 CD
에 담아 발매한 것으로, 총 46곡이 수록되었으나, 이 중 창작곡이나 합창
·중창 또는 기악곡으로 편곡된 작품을 제외하고, 주로 독창으로 불린 아
리랑계 악곡을 정리하면 〈표 2〉와 같다.

〈표 2〉〈북한아리랑명창전집〉수록 악곡 중 본고의 자료로 활용될 악곡 정리표

CD1	CD2	CD3
1. 본조아리랑(2:34) 최청자	1. 진도아리랑(2:32) 김종덕	1. 경상도아리랑(3:35) 전인옥
2. 본조아리랑(2:46) 왕수복	2. 영천아리랑(1:53) 김종덕	2. 서도아리랑(2:25) 전인옥
3. 경기긴아리랑(4:42) 왕수복	3. 밀양아리랑(2:12) 신우선	3. 경기긴아리랑(5:10) 전인옥
4. 본조아리랑(5:03) 태영숙	7. 단천아리랑(1:52) 계춘이	6. 영천아리랑(3:26) 렴직미
5. 구조아리랑(2:25) 태영숙	9. 경상도긴아리랑(3:28) 계춘이	7. 서도아리랑(2:21) 렴직미
6. 아리랑(4:16) 김순영	10.구아리랑(헐버트채보, 1:03) 배윤희	8. 초동아리랑(1:41) 김옥선
7. 아리랑(0:50) 석룡진	13.통천아리랑(2:12) 고명희	9. 영천아리랑(2:02) 김옥선
8. 경상도아리랑(2:29) 김정화	14.진도아리랑(2:40) 김설희	10.단천아리랑(2:04) 김성일
9. 경기긴아리랑(2:44) 강응경	15.밀양아리랑(2:44) 고정숙	11.온성아리랑(1:32) 홍인국
10.강원도아리랑(5:06) 강응경		12.영천아리랑(2:28) 리성훈
11.경상도아리랑(3:15) 김관보		13.경상도아리랑(3:06) 리복희
12.밀양아리랑(2:01) 김연옥		14.해주아리랑(2:11) 장애란
14.아리랑(2:19) 석란희		
13곡	9곡	12곡

〈표 2〉에 보이는 〈북한아리랑명창전집〉 수록 악곡의 곡명은 북한사회
에서 통용되거나 북한 자료에 의한 명칭으로 보기 어려운 것도 눈에 띈다.
〈본조아리랑〉은 북한에서는 〈아리랑〉으로, 〈구조아리랑〉은 북한에서 〈서
도아리랑〉이라는 이름으로 통용되는 곡이다. 아마도 이 음반의 곡명 일부
는 남한 사회에서 통용되는 명칭으로 손을 본 듯하다.

앞서 살펴본바와 같이 향토민요계통 아리랑에서는 남북한 사이에 별다른 차이점을 찾기 어렵다. 따라서 이 글은 통속민요계통 아리랑 악곡을 주된 대상으로 살펴보고자 하는바, 이 글에서 자료로 활용될 북한 음원자료에 의한 남한 발매 CD음반의 악곡을 제목별로 정리하면 〈표 3〉과 같다.

〈표 3〉 북한의 중요 음원자료 수록 아리랑계 악곡 정리표

제목	북한아리랑명창전집	남북아리랑전설	북한아리랑
구아리랑	2-10(배윤희)		
아리랑	*1-01(최청자)*, 1-02(왕수복), 1-04(태영숙), 1-06(김순영), 1-07(석룡진), 1-14(석란희)	*02(최청자)*	*08(최청자)*
서도아리랑	3-07(렴직미), 3-02(전인옥)		
아리랑	1-05(태영숙)		
해주아리랑	3-14(장애란)		
단천아리랑	2-07(계춘이), 3-10(김성일)		
온성아리랑	3-11(홍인국)		
강원도아리랑	1-10(강응경)		09(강운자)
통천아리랑	2-13(고명희)		
긴아리랑(경기)	1-03(왕수복), *1-09(강응경)*, *3-03(전인옥)*	*04(강응경)*	*10(전인옥)*
진도아리랑	2-01(김종덕), *2-14(김설희)*		*11(김설희)*
긴아리랑	2-09(계춘이)*		
경상도아리랑	1-11(김관보), 1-08(김정화), 3-01(전인옥) 3-13(리복희)		06(태영숙) 07(김종덕)
밀양아리랑	1-12(김연옥), *2-15(고정숙)*		*12(고정숙)*
밀양아리랑	2-03(신우선)		
영천아리랑	3-09(김옥선)		
영천아리랑	*2-02(김종덕)*, 3-06(렴직미), 3-12(리성훈)	*06(김종덕)*	*04(김종덕)*
초동아리랑	*3-08(김옥선)*	*08(김옥성)*	

〈표 3〉에 제시된 악곡들 중 이탤릭체로 표기된 곡은 하나의 음원자료를 중복 활용한 것으로 보인다. 이는 북측의 다양한 음원을 구득하기 어려운 사정 때문에 음반을 편집하는 과정에서 같은 음원을 재활용하였기 때문으로 짐작된다. 이 표에서 주목되는 점의 하나는 음반에 따른 악곡명 표기가 통일되어 있다는 점이다. 앞서 〈표 1〉에서 살펴 본 바와 같이 『민요편3』(1999)과 『조선민요 아리랑』(2011)에서는 같은 곡을 서로 다른 제

목으로 수록한 경우가 있었으나, 〈표 3〉의 음향자료 정리표에서는 악곡명 표기가 모두 같다. 특히 〈표 1〉에서 서로 다르게 표기되었던 향토민요류 의 아리랑계 악곡들은 이들 음원자료에 전혀 수록되지 않았다. 북한측 음 원자료를 남한 음반사에서 편집하는 과정에서 누락되었는지 여부는 알 수 없으나, 〈표 1〉에 정리된 악보자료는 학술적인 연구 자료의 성격이 강하 고, 〈표 3〉의 음원자료는 대중적 감상음악의 성격이 강한 것으로 보고자 한다. 즉 〈표 3〉의 악곡들은 그 녹음과정에 높은 기량을 지닌 음악인이 참여하였고, 잘 다듬어진 반주를 수반하고 있으며, 악보자료와 대동소이한 선율을 지녔고, 가사도 악보와 일치하거나 거의 같은 점으로 보아 치밀한 기획을 거쳐 녹음된 것으로 짐작된다. 따라서 이들 음원자료에 실린 아리 랑계 악곡은 북한 사회나 음악계에서 중요하게 인식하는 아리랑계 악곡으 로 보아도 무방할 듯하다.

이 글의 목적은 북한에 전승되는 각종 아리랑계 악곡에 대한 음악적인 접근을 통하여 북한 사회에서 연행되는 아리랑계 악곡에 대한 이해를 높 이고자 하는 것이다. 이를 위하여 앞에서 살펴본 악보자료와 음원자료를 바탕으로 다음과 같은 점을 고찰하고자 한다.

우선 앞에서 살펴 본 북한 자료에 실린 아리랑계 악곡 중 악보·음원자 료에서 중요하게 취급되는 악곡들을 대상으로, 각 악곡간의 같고 다름을 분별하고, 이를 종류별로 나누어보고자 한다. 그리고 북한 사회에 전승되 는 아리랑계 악곡이 남한의 그것과는 어떤 차이가 있으며, 남한의 어떤 악 곡과 같은 곡인지를 살펴보고자 한다.

III. 북한 아리랑계 악곡의 유형 검토

이 장에서는 북한에서 연행되는 아리랑계 악곡에는 어떤 곡이 있으며, 이들 악곡은 남한사회에서 연행되는 것과 어떻게 같고 다른지를 살펴보고 자 한다. 이를 위한 북한 측 아리랑계 악곡은 앞서 살펴본 악보자료와 음 원자료에 의존하고자 하며, 남한 아리랑계 악곡에 대한 이해는 학계의 선 행연구와 연구자의 음악적인 경험 등이 토대가 될 것이다.

특히 이 장에서 남북한 아리랑의 비교를 위한 주된 관점은 노래 선율이 나 리듬 등 음악적인 문제에 집중하고자 하며, 필요한 경우 노랫말 등을 부분적으로 참고하고자 한다. 그리고 이 장의 소항목들은 남한사회에서 아리랑계 악곡 중 중요한 곡목으로 인정하고 있는 강원도 향토민요 계통 인 〈아라리와 엮음아라리〉(통속민요 〈정선아리랑〉), 〈자진아라리〉(통속 민요 〈강원도아리랑〉), 경기 통속민요 〈구조아리랑〉, 〈본조아리랑〉, 〈긴 아리랑〉, 그 밖의 악곡으로 〈밀양아리랑〉, 〈진도아리랑〉, 〈해주아리랑〉 를 중심으로 유사한 악곡들을 묶어 비교하고자 한다. 그리고 본고의 주된 목적은 아니지만, 신민요에 속하는 아리랑 또는 남북 분단 이후 북한에서 창작되거나 크게 편곡·변주되어 이들 악곡과 비교가 쉽지 않은 몇몇 노 래는 '창작아리랑'이라는 항목에서 간단히 언급하고자 한다.

1. 강원도 아라리계 악곡

강원도에서 〈아라리〉 또는 〈얼레지〉·〈어러리〉 등으로 불리는 이 곡 은 정선지방의 노래가 외지에까지 널리 알려졌기 때문에 흔히 〈정선아리 랑〉이라고도 불린다. 보통은 느리게 부르는 3소박 3박자(9/8박자) 메나리 토리의 노래이나, 종지음이 음계의 최저음인 mi인 점이 특징이다.[14)

북한 악보에 보이는 〈강원도아리랑〉 3종은 기보 내용이 동일하며, 음원

2종은 강응경(1934-1974)과 강운자의 노래로 소개되었는데, 음색이나 가창방법이 매우 유사하여 동일음원이 아닐까 추측된다. 반주는 단소 또는 대금으로 보이는 관악기의 전주와 수성에 가까운 반주선율로 구성되었다. 악보는 비록 9/8박자로 기보되었으나, '자유롭게 애조적으로'라는 표기와 같이 비교적 자유롭게 리듬을 처리하고 있다.

전렴15)은 남한의 〈긴아라리〉와 크게 다르지 않은데, 부분적으로 선율의 일부가 다르게 표현되는 것은 편곡자나 가창자의 개성적 표현이 드러난 것으로 해석될 수 있다. 본절은 '엮음'과 유사하지만 처음의 '강원도 금강산 일반이천봉 팔만구암자'부분은 '엮어 노래 부르는 방식'이 아니라 마치 '글을 읽는 듯 하는 낭송조'로 부르는 점이 남한의 〈엮음아라리〉와 다르다. 그리고 남한의 〈엮음아라리〉는 비교적 길게 엮다가 마지막 부분을 가창조로 마친 다음 후렴을 붙이는데 비하여 북한 〈강원도아리랑〉에서는 본절의 '강원도 금강산 일만이천봉 팔만구암자 법당 뒤에다가'까지만 엮고, 그 이후의 대부분을 가창조로 느리게 부른다. 그럼에도 불구하고 노래의 선율은 전형적인 메나리토리의 구조를 따르고 있으며, 남한의 〈아라리〉처럼 mi로 종지한다.

따라서 북한의 〈강원도아리랑〉은 남한의 강원도지방 향토민요인 〈아라리〉에 해당하는 곡임을 알 수 있다. 이 점은 북한의 악보자료에 보이는 〈정선아리랑〉(〈표1〉 및 말미 〈참고자료 2〉의 ㉛번16))과 이들 악곡이 매

---

14) 한상일, 「북한아리랑의 음악적 분석」, 음반 〈북한 아리랑〉 해설서 중 '5, 강원도 아리랑'에서 "정선아라리는 느린 3박자와 4박자를 혼합하여 사용하는 혼합 박자로 되어 있고……"라 하였으나, 3소박 3박자가 일반적이다.
15) 우리 민요의 연행에서 선창자가 처음 받는 소리(후렴) 한 마디를 먼저 내는 관행이 있는데, 북한에서는 이를 '전렴'이라 한다. 본고에서는 후렴과 전렴을 필요에 따라 혼용하고자 한다.
16) 앞으로 〈표1〉 및 말미 〈참고자료 2〉의 악곡을 가리키기 위한 번호는 원문자로

우 유사한 점을 보아도 알 수 있다. 다만 북한의 악보나 음원에 보이는
〈강원도아리랑〉은 〈긴아라리〉가 아니라 〈엮음아라리〉이다. 이는 전·후
렴과 본절이 모두 느린 3소박 3박자로 다소 자유롭게 부르는 〈긴아라리〉
에 비하여 중간에 엮는 가락이 들어가는 등 변화가 다채로운 〈엮음아라
리〉를 북한의 음악계가 선호하였기 때문으로 보인다. 북한 가수들의 노래
는 극히 부분적으로 개성적인 표현이 달라지는 부분이 있지만, 대부분 악
보를 엄격하게 따르고 있다.

〈악보 1〉 〈강원도아리랑⑲〉과 〈통천아리랑⑳〉

그 번호만 표기하기로 한다.

북한 음원자료에는 〈통천아리랑〉이 보인다.[17] 전통악기[18]의 반주에 맞추어 고명희가 노래한 이 곡(⑳)은 3종의 악보자료에도 모두 실려 있는데, 통천은 강원도 북부지방의 이름이다. 따라서 〈통천아리랑〉은 〈강원도아리랑〉과 유사할 것이라는 가정이 가능하다.

〈악보 1〉에서 보는 바와 같이 두 곡은 박자와 음조직이 같지만, 노래 선율이 부분적으로 다르게 진행된다. 특히 두 노래의 차이는 빠르기에서 찾을 수 있는데, 〈통천아리랑〉은 '구성지게(양산도 중모리 혼합장단)'라는 악보의 표기와 같이 비교적 빠르게 노래하는 점이 특징이라 할 수 있다.[19] 두 노래의 노랫말은 아래와 같이 대동소이하다.

[강원도아리랑] 아리랑 아리랑   아라리요   아리아리랑 고개로   나를
           넘겨나 주소
[통 천 아리랑] 아리랑 아리아리랑 아라리로구나 아리아리랑 고개고개로 나
           를 넘겨나 주소

           강원도   금강산 일만이천봉 팔만구암자 법당 뒤에다가
           강원도라 금강산 일만이천봉 팔만구암자 대대불공 들여
           아들딸 나라구

           산재불공을 말구 아닌 밤중에 오신 손님 네가 괄세를 말아
           산제불공을 말구 야밤삼경에 오신 손님을 괄세두나 말아

---

17) 『북한아리랑명창전집』 CD2-13.
18) 북한에서는 이를 '민족악기'라 부른다.
19) 북한 음원의 〈강원도아리랑〉은 "아리랑 아리랑 아라리요"를 매우 자유로운 리듬으로 노래하는데 50초 정도가 소요된다. 그리도 남한의 강원도 〈긴아라리〉는 M.M. ♩.=50정도로 불리는데 비하여, 음원자료의 〈통천아리랑〉은 M.M. ♩.=80정도로 불린다.

이 같은 점으로 보아 〈통천아리랑〉은 강원도 향토민요인 〈긴아라리〉를 조금 빠르고 규칙적인 리듬으로 노래하는 지역적 변종의 하나라 하겠다. 그리고 음원자료가 없어 확인하기는 어렵지만, 악보자료에 의하면 강원도 평강의 〈아리랑㉓〉과 〈엮음아리랑㉔〉, 강원도 정선 〈정선아리랑㉛〉과 〈정선아리롱㉜〉은 엮음아라리 계통의 노래라 할 수 있다.

2. 강원도 자진아라리계 악곡

강원도 향토민요 〈자진아라리〉는 논농사소리의 하나인 〈모심는소리〉로 부르기도 한다. 이 노래를 통속민요로 다듬은 것이 경기명창 공연종목의 하나인 〈강원도아리랑〉이다. 이 노래의 특징은 혼소박 5박자의 리듬구조에서 찾을 수 있으며, 후렴구에서 '아리아리'나 '스리스리'처럼 같은 말을 반복하는 것도 이 노래의 특징이라 할 수 있다.

음원자료를 통하여 쉽게 이 유형의 것으로 확인되는 노래로는 북한의 〈경상도아리랑〉이 있다.[20] 6인의 서로 다른 창자의 노래[21]가 음반에 수록될 만큼 활발하게 녹음된 것을 보면 이 노래는 북한 사회에서 매우 중요한 연주곡목의 하나인 것으로 짐작된다.

『민요편3』259쪽에 실린 악보(㊵)와 비교하면, 김관보의 노래는 후렴을 제외한 가사만 다르고, 선율은 같다. 김정화의 노래는 가사까지 악보와 같아서 6인의 가창자 중 악보에 가장 가깝게 노래를 한다. 반면에 리복희·전인옥(1970-)·태영숙·김종덕(1923-1994)은 선율은 같으나, 가사를 조

---

20) 한상일, 「북한아리랑의 음악적 분석」, 음반『북한 아리랑』해설서 중 '3. 경상도아리랑'에서 "정선아리리와 거의 같고……"는 "자진아라리와 거의 같고……"로 수정되어야 할 듯하다.

21) 〈경상도아리랑〉김관보(여)「북한아리랑명창전집」CD1-11, 김정화(남)「북한아리랑명창전집」CD1-08, 김종덕「북한아리랑(1999)」07, 리복희「북한아리랑명창전집」CD3-13, 전인옥「북한아리랑명창전집」CD3-01, 태영숙「북한아리랑(1999)」06.

금씩 다르게 부르고 있다. 특히 김관보를 제외한 나머지 가창자들의 노래
에서는 노래의 후반부에 악보에 없는 '느린 고음의 카덴차'를 삽입하고 있
다. 김종덕의 노래가 전통악기 반주와 민요창법에 가까운 발성이고, 나머
지는 전통악기와 양악기의 배합반주에 북한식 발성으로 노래한다.

〈경상도아리랑〉과 거의 같은 노래로 〈초동아리랑〉이 있다. 음반에 실
린 〈초동아리랑〉 두 곡은 동일인의 가창인 듯한데, 음반의 가창자명은 김
옥성(1941- , 「남북아리랑의전설(2003)」 08)과 김옥선(「북한아리랑명창전
집」 CD3-08)으로 차이를 보인다.

〈악보 2〉에서 보는 바와 같이 〈경상도아리랑⑩〉과 〈초동아리랑㊿〉은
리듬구조가 혼소박 5/8이고, 장단표기도 '엇모리장단'으로 같다. 다만 〈경
상도아리랑〉은 서정적으로 노래하고, 〈초동아리랑〉은 흥겹게 노래한다는
점만 다를 뿐이다. 선율에 있어서도 〈경상도아리랑〉이 장식음이나 간음을
많이 사용하지만, 이를 제거하면 두 곡 선율의 골격음이 거의 같다. 다만
두 곡은 노랫말이 조금 다르게 되어 있다.

이상과 같은 점으로 미루어 필자는 이 두 곡이 같은 계통의 노래이며,
두 곡에서 드러나는 차이점은 제보자, 채보자, 편곡자, 가창자 등의 음악
적인 해석과 개성적 표현에서 기인한 문제로 보고 이 두 곡을 남한의 강
원도 〈자진아라리〉와 같은 곡으로 분류하고자 한다.

〈악보 2〉 〈경상도아리랑⑩〉과 〈초동아리랑㊿〉

〈자진아라리〉계 악곡과 유사한 성격을 지닌 노래로 〈영천아리랑〉이 있
다. 제목으로 보아 이 곡이 경상북도 영천지방의 노래인 듯하지만, 그렇게
볼 수 없다는 주장도 제시된 바 있다.[22]

〈악보 3〉에 제시된 〈영천아리랑〉의 악보는 두 가지가 서로 다르다. 선
우일선이 부른 곡은 9/8박자 la-선법이며, 윤봉식이 부른 노래는 5/8박자
do-선법이다. 그러나 두 노래의 선율선은 비슷하다. 즉 la-선법과 do-선법
의 상호 탁곡(度曲)에 의한 악곡으로 볼 수 있다.[23]

〈악보 3〉 두 가지의 〈영천아리랑㊻, ㊼〉

la-선법인 선우일선 창의 〈영천아리랑〉은 「북한아리랑명창전집」 CD3-
09에 김옥선의 노래로 실려있는데, 그 악보는 『민요편3』 264쪽(㊻)에 실
려 있으며, 녹음된 김옥선의 노래의 가사도 악보와 동일하다. 이 곡은 배
합편성의 반주에 북한식 발성으로 녹음되었다.

---

22) 김보희, 「한인 디아스포라 〈아리랑〉의 음악학적 연구」, 『한국문학과 예술』(숭실
대학교 한국문예연구소, 2010), 제6집, 195-229쪽.
23) 이와 같은 경우는 〈천안삼거리〉와 〈밀양아리랑〉의 경우에도 볼 수 있다.

do-선법인 윤봉식 창의 〈영천아리랑〉은 여러 연주자에 의하여 녹음되었다. 인민배우인 김종덕의 노래24)는 『민요편3』 265쪽(⑰)에 실려 있는 악보와 선율과 가사가 비슷하다. 김종덕의 노래는 양악기 반주에 민요풍의 발성으로 노래한다. 악보와 차이를 보이는 부분은 노래의 종지 직전에 카덴차풍의 가락이 삽입되는 점이다.

그 밖의 음원자료 중 렴직미의 노래는 양악반주에 북한식 발성으로 부르며, 『민요편3』의 264~5의 악보(⑯, ⑰)와 선율과 가사가 비슷하지만, 편곡이나 개사를 많이 한 작품이다. 악곡은 do-선법으로 되어 있지만, 종지음은 sol로 되어 있는 점이 특이하다. 반면에 북한의 국립민속예술단합창으로 녹음된 음악은 『민요편3』 265쪽의 악보(⑰)와 거의 같은데, 가사는 조금 추가되었으며, 악곡은 양악식 밴드의 반주와 혼성합창으로 편곡한 작품이다. 그리고 리성훈의 노래는 『민요편3』 265쪽의 악보(⑰)와 같고, 가사는 조금 다르다. 반주는 배합편성이며, 북한식 발성에 종지부분에 카덴차풍의 가락이 있다.25)

앞서 선우일선이 부른 la-선법 9/8박자의 노래와 윤봉식 제보의 do-선법 혼소박 10/8박자의 노래는 탁곡(度曲)26)의 관계에 있음을 확인하였다. 이 두 노래에서 la-선법과 혼소박 10/8박자를 채택하여 하나의 노래를 만든다면 〈자진아라리〉와 거의 비슷한 노래가 만들어 진다. 결국 〈영천아리랑〉은 〈경상도아리랑〉 및 〈초동아리랑〉과 더불어 〈자진아라리〉 계통 악곡임을 알 수 있다. 음원자료가 없어 확인은 어려우나 악보자료에 의하면 〈삼일포아리랑㉕〉도 〈자진아라리〉 계통 악곡임을 알 수 있다.

---

24) 〈영천아리랑〉 김종덕 「남북아리랑의전설(2003)」 06, 「북한아리랑(1999)」 04, 「북한아리랑명창전집」 CD2-02.
25) 〈영천아리랑〉 렴직미 「북한아리랑명창전집」 CD3-06, 국립민속예술단합창 「북한아리랑명창전집」 CD3-15, 리성훈 「북한아리랑명창전집」 CD3-12.
26) 어느 특정 음조직의 악곡에서 구성음의 일부만 바꾸어 다른 음조직의 악곡을 만드는 것.

3. 경기 구조아리랑계 악곡

경기 〈구조아리랑〉은 선행연구에서 메나리토리의 강원도 향토민요 〈긴 아라리〉가 경기지역에 전래되어 경토리로 변화된 것이라는 주장이 있었 다.[27] 그런 점에서 서울·경기지방 음악어법으로 된 아리랑계 악곡 중에 서는 비교적 이른 시기인 19세기 말에 그 존재가 확인된다. 헐버트에 의 한 채보가 그것인데, 북한지역에서는 이 악보의 노래를 재연하여 녹음하 고 있다. 「북한아리랑명창전집」에 〈구. 아리랑〉이라는 곡명으로 실린 배윤 희의 노래는 북한식 발성에 개량된 전통악기의 반주로 녹음되었다.[28] 이 곡의 악보는 『민요편3』 224쪽에 〈아리랑〉이란 곡명으로 〈악보 4〉와 같이 실려 있다.

〈악보 4〉 아리랑(①, 헐버트 채보)

---

27) 김영운, 「아리랑 형성과정에 대한 음악적 연구」, 『한국문학과 예술』(숭실대학교 한국문예연구소, 2011), 제7집, 47쪽.
28) 〈구, 아리랑(헐버트채보)〉 배윤희 「북한아리랑명창전집」 CD2-10.

이 곡의 특징은 3박자 계통의 리듬구조에 sol-선법으로 되어 있다는 점이다. 이 같은 특징을 지닌 북한의 아리랑계 악곡으로는 〈서도아리랑〉이 있다. 평양지역에서 채록되었다고 하는 〈서도아리랑〉은 〈악보 5〉에서 보는바와 같이 3박자 리듬구조이며, sol-선법으로 구성되었다. 이 곡의 선율선은 남한의 〈구조아리랑〉과 같다.

〈악보 5〉 〈서도아리랑③〉과 〈단천아리랑⑬〉

북한 음원에 보이는 〈구조아리랑〉계 악곡 중 〈구조아리랑〉이라는 곡명으로 「북한아리랑명창전집」에 실린 태영숙의 노래[29]는 『민요편3』 228쪽의 〈아리랑(평양)④〉과 선율 및 가사가 같다. 이 곡은 전통악기를 위하여 편곡된 반주에 맞추어 노래하는데, 그 곡명을 '구조아리랑'이라 한 것이 북한 자체의 표기였는지, 남한 음반회사의 편집과정에서 표기된 제명인지 확인하기 어렵다. 이 곡을 북한에서는 1983년 이후 〈서도아리랑〉이라 부르기로 하였다는 점[30]에 비추어 주로 남한에서 사용되던 〈구조아리랑〉이

---

29) 〈구조아리랑〉 태영숙 「북한아리랑명창전집」 CD1-05.
30) 엄하진, 「〈노래 따라 삼천리〉-조선민요 〈서도아리랑〉」, 『예술교육』 2호(평양: 문

라는 곡명으로 표기된 점은 의아하다.

〈서도아리랑〉이란 곡명의 음원자료는 렴직미의 노래와 전인옥의 노래가 있다.31) 렴직미의 노래는『민요편2』227쪽의 악보(③)와 거의 같지만 종지부분에서 변조하여 do로 종지하는 점이 다르며, 전인옥의 노래는 가사가 조금 다르다. 두 곡 모두 양악기 반주에 북한식 발성으로 녹음되었다. 이들 노래는 모두 3박자 리듬구조와 sol-선법으로 되었으며, 선율선이 남한의 〈구조아리랑〉과 같다. 또한 계춘이의 노래32)로 녹음된 〈아리랑타령〉은 비록 그 제목은 다르지만『민요편3』227쪽의 〈서도아리랑〉악보(③)와 선율이 같고, 가사도 거의 같으며, 반주형태만 배합편성으로 구성되었다.

북한의 아리랑계 악곡 중 〈구조아리랑〉계 악곡으로는 〈단천아리랑〉도 있다. 계춘이와 김성일의 노래는 배합편성 반주에 북한식 발성으로 녹음되었는데,『민요편3』235쪽의 악보(⑬)와 선율은 같고, 가사는 조금 차이가 있다. 김성일의 노래에서는 종지부분에 카덴차풍의 가락이 있다. 〈구조아리랑〉계 악곡은 본절과 후렴(전렴)이 비슷하다는 특징이 있다. 이를 문자식으로 표기하면 전렴(후렴) A(a+b), 본절 A'(c+b)로 볼 수 있는데, a와 c는 그 시작음이 완전5도~장6도의 차이가 있다. 〈악보 5〉에 보이는 바와 같이 〈서도아리랑〉에서는 a(Sol)와 c(mi)가 장6도, 〈단천아리랑〉에서는 a(mi)와 c(La)가 완전5도의 차이를 보인다. 즉 〈단천아리랑〉은 〈서도아리랑〉의 후렴(전렴)과 본절의 선율을 서로 바꾸고, 일부의 선율을 편곡하여 만든 곡임을 알 수 있다.33)

예출판사, 2002), 43쪽.
31) 〈서도아리랑〉렴직미「북한아리랑명창전집」CD3-07, 전인옥「북한아리랑명창전집」CD3-02.
32) 〈아리랑타령〉계춘이「북한아리랑명창전집」CD2-08.

이상의 검토를 통하여 북한 아리랑 중 〈구조아리랑〉계 악곡으로는 〈구
아리랑〉과 〈서도아리랑〉, 〈단천아리랑〉이 있음을 알게 되었다. 그 밖에
도 음원자료는 없지만『민요편3』의 229쪽에 실린 〈아리랑〉두 곡(⑤, ⑥)
도 〈구조아리랑〉계통의 곡이다. 이 두 곡은 윤수동의 저서인『조선민요
아리랑』에서는 〈평안도아리랑〉이라는 곡명으로 실려 있다. 이 곡을 〈평
안도아리랑〉이라 한 점은 두 곡의 채록지역에 따른 것으로 보이는데, 이
점은 〈구조아리랑〉을 북한에서 〈서도아리랑〉으로 명명한 사실[34]과도 관
련이 있어 보인다.

4. 경기 본조아리랑계 악곡

남한의 국악인들 사이에서 〈본조아리랑〉이라 불리는 곡은 일반인들에
게는 단순히 〈아리랑〉으로 알려져 있으며, 한민족의 다양한 아리랑 중 가
장 널리 알려졌고, 아리랑계 악곡을 대표하는 노래로 해외에까지 널리 알
려진 곡이다. 특정 지역의 이름이나 특별한 명칭을 갖지 않고 단순히 〈아
리랑〉이라고만 지칭할 때는 일반적으로 이 곡을 가리킨다. 주지하다시피
이 곡은 1926년 10월 1일에 개봉된 나운규 감독의 영화 〈아리랑〉의 주제
곡으로 만들어진 곡이며, 영화의 유행과 함께 전국적으로 알려졌고, 해외
동포사회에도 전파된 곡이다. 이 곡은 전래의 민요도 아니고, 전통음악의
어법을 충실히 따른 곡도 아니었지만, 대중적인 지명도를 업고 20세기 중
반을 거치면서 경기명창들의 연주곡목에 포함되어 지금은 누구나 한국민

---

33) 이보형은 "〈단천아리랑〉은 음악적으로 봐서 본조아리랑을 편곡한 신민요"라 한
바 있다. 이보형,「아리랑소리의 根源과 그 變遷에 관한 音樂的 硏究」,『한국민요
학』제5집(한국민요학회, 1997), 101쪽. 이보형이 지칭한 '본조아리랑'은 〈구조아
리랑〉을 가리킨 것으로 보인다.
34) 엄하진, 앞의 글, 43쪽.

요를 대표하는 노래의 하나로 인식하게 되었다.[35] 이 곡의 명칭이 〈본조
아리랑〉으로 된 것은 이 곡과 여타의 아리랑계 악곡을 구분하기 위한 것
일 뿐, 모든 아리랑의 '본조(本調)'라는 의미는 아니다.

　남한 사회에서도 전문 국악인들이 특별히 다른 곡과 구별하기 위하여
'본조아리랑'이라는 곡명을 사용할 뿐, 일반적으로는 〈아리랑〉이라고만 하
는 것과 같이 북한의 자료에서도 이 곡은 흔히 〈아리랑〉이라 기록되었다.
북한의 악보자료에서는 '본조아리랑'이라는 표기를 전혀 찾을 수 없으며,
음원자료도 대부분 〈아리랑〉이라고만 표기되었는데, 「북한아리랑명창전
집」에 수록된 최청자(1938- , CD1-01), 왕수복(1917-2003, CD1-02), 태영
숙(CD1-04)의 노래는 〈본조아리랑〉이라 곡명이 표기되었다. 이 곡과 선
율 및 가사가 동일한 악보가 『민요편3』 225쪽에 〈아리랑〉이라는 제목으
로 실려 있으며, 같은 최청자의 음원으로 편집된 「북한아리랑(1999)」 08
과 「남북아리랑의전설(2003)」 02가 모두 〈아리랑〉으로만 표기된 점으로
보아 〈본조아리랑〉이라는 제목은 남한 음반회사의 편집과정에서 붙여진
것으로 짐작된다.

---

35) 김영운, 「전통음악 입장에서 바라본 아리랑」, 『한국문화와 그 너머의 아리랑』(한
　　국학중앙연구원출판부, 2013), 90쪽.

〈악보 6〉〈아리랑(본조아리랑, ②)〉

북한 음원의 〈본조아리랑〉 중 왕수복의 노래는 양악반주에 창가풍의
발성을 사용하고, 마지막 절에서 고음의 카덴차풍 가락을 삽입하였으며,
태영숙의 노래는 양악반주에 북한식 발성을 쓴다. 반면에 최청자의 노래
는 전통악기의 반주에 북한식 발성을 구사하는데, 『민요편3』 225쪽 악보
(②)와 선율은 비슷하지만, 노랫말은 다르게 부르고 있다. 그 밖에도 김순
영의 노래는 양악반주, 석란희는 피아노반주에 북한식 발성을 구사하고,
석룡진의 노래는 극 중 삽입곡처럼 배경음향이 있는데, 바리톤 음역의 벨
칸토 발성을 구사하고 있다.

북한 음원에 〈본조아리랑〉 또는 〈아리랑〉으로 표기된 악곡은 남한의
〈본조아리랑〉과 같은 곡이다.

5. 경기 긴아리랑계 악곡

경기 〈긴아리랑〉은 남한에서도 전문국악인들의 공연종목에 포함된 곡
으로, 일반인들에게는 널리 알려지지 않은 곡이다. 전문가들의 음악인만

큰 고음역에서 매우 느리게 부르며 화려한 장식음 등의 음악적인 기교를
구사하는 노래이며, 박자도 매우 자유롭게 처리한다.

　북한의 악보자료 중 『민요편3』 255쪽에 〈긴아리랑〉이라 실린 곡(㊱)은
윤수동의 『조선민요 아리랑』에서는 〈경기도 긴아리랑〉으로 제목이 수정
되었다. 이 곡의 악보에는 지역을 경기도, 창 김관보, 채보 차승진으로 소
개하였는데, 이 악보 채보 당시 제보자는 서도명창으로 유명했던 공훈배
우 김관보였던 것으로 보인다.

〈악보 7〉 〈경기도 긴아리랑㊱〉

북한 음원의 〈긴아리랑〉은 3인의 가창자가 부른 것이 소개되었다. 이 중 왕수복의 노래는 『민요편3』의 악보(㉚)와 선율은 대동소이하지만, 노래 가사가 차이를 보인다. 왕수복의 노래는 전통적인 민요발성에 가깝고, 반주형태도 전통 관악기에 의한 수성가락을 구사하고 있어서 남한의 경기 〈긴아리랑〉과 가장 많이 닮아 있다. 강응경의 노래는 『민요편3』의 악보와 선율과 가사가 같으며, 반주형태도 왕수복의 노래와 같지만, 창법은 북한식 발성에 가깝다. 그리고 전인옥(1970-)의 노래는 선율과 가사가 악보(㉚)와 같지만 반주형태는 개량악기 합주에 의한 반주이며, 전문작곡가에 의하여 창작·편곡된 반주를 구사하고 있는 점이 다르다.36)

북한에서 경기도의 〈긴아리랑〉으로 통용되는 곡은 남한 경기명창의 공연종목인 경기 〈긴아리랑〉과 같은 곡이다.

6. 기타 아리랑계 악곡

이 절에서는 경기명창의 공연종목인 〈밀양아리랑〉과 〈해주아리랑〉, 남도명창의 공연종목에 포함되어 있는 〈진도아리랑〉, 그리고 남한 사회에는 알려지지 않았던 〈온성아리랑〉의 면모를 살펴보고자 한다.

1) 밀양아리랑계 악곡

〈밀양아리랑〉은 흔히 경상도지방의 민요로 취급되고, 밀양지방의 영남루와 아랑의 전설과 관련하여 이해되고 있지만, 통속민요에 속하며 주된 연행담당층은 경기명창들이다.

---

36) 〈경기긴아리랑〉 왕수복 「북한아리랑명창전집」 CD1-03, 강응경 「북한아리랑명창전집」 CD1-09, 〈긴아리랑(北)〉 강응경(공훈배우) 「남북아리랑의전설(2003)」 04, 〈경기긴아리랑〉 전인옥 「북한아리랑명창전집」 CD3-03, 〈긴아리랑〉 전인옥 「북한아리랑(1999)」 10.

비교적 이른 시기인 1920년대의 자료에 〈밀양아리랑〉의 존재가 엿보이지만, 이 노래의 발생과 관련하여 밀양 현지에서도 박남포 창작설[37]이 확인되며, 선율 일부가 〈해주아리랑〉과 유사하다는 점이 지적된 바 있다.[38]

북한의 악보자료에 보이는 〈밀양아리랑〉은 두 가지이다. 〈악보 8〉의 〈밀양아리랑(1)〉(㊶)은 『민요편3』 260쪽 상단에 실렸으며 mi-선법이고, 〈밀양아리랑(2)〉(㊷)는 하단에 실려 있으며 la-선법이다. 현재 남한지역에서 불리는 〈밀양아리랑〉은 주로 la-선법으로 된 곡이다.

〈악보 8〉 〈밀양아리랑㊶, ㊷〉

북한 음원의 〈밀양아리랑〉은 3종이 있다. 이 중 신우선의 노래는 la-선법이며, 전통악기의 반주와 민요식 발성으로 연주하였다. 반면에 고종숙과 김연옥의 노래는 배합편성의 반주를 사용하고, 북한식 발성을 구사하며, mi-선법으로 노래하였다. 비록 mi-선법으로 부르는 변화는 확인되지만 북한의 〈밀양아리랑〉은 남한의 것과 별 차이가 발견되지 않는다. 그리

---

37) 밀양의 옛 노인들은 대중가요 작곡가 박시춘의 부친인 박남포는 권번을 운영한 바 있는데, 그가 〈밀양아리랑〉을 지었다고 하였다. 1988년 가을, 밀양지역 현지 조사 때 밀양백중놀이보존회 사무실에서 필자가 들은바 있다.

38) 김영운, 「아리랑 형성과정에 대한 음악적 연구」, 『한국문학과 예술』(숭실대학교 한국문예연구소, 2011), 제7집, 14쪽.

고 동일 악곡을 mi-선법과 la-선법으로 다르게 이해하는 경우는 우리음악에서 더러 발견되는 현상이다.

2) 해주아리랑계 악곡

〈해주아리랑〉은 이창배가 『한국가창대계』에서 "근간 없어져 가는 것을 필자가 다시 찾아 재현하였다"[39]고 한 만큼 최근에 불리게 된 노래이며, 경기명창들의 공연 종목에 포함되어 있다.

북한 악보자료에는 『민요편3』 232쪽에 〈악보 9〉의 악보(⑨)가 실려 있다. 이미 알려진 바와 같이 이 곡은 〈밀양아리랑〉과 유사한 점이 있다. 〈악보 9〉의 제2행은 전렴(후렴)의 후반부이며, 제4행은 본절의 후반부이다. 이 부분은 〈밀양아리랑〉 후렴 후반부, 본절 후반부와 매우 유사하다.

〈악보 9〉 〈해주아리랑〉

---

39) 이창배, 『한국가창대계』(홍인문화사, 1976), 838쪽.

〈해주아리랑〉의 북한 음원자료는 장애란이 부른 하나뿐이다. 「북한아리랑명창전집」 CD3-14에 실린 이 곡은 『민요편3』 232쪽의 악보(⑨)와 선율·가사가 동일하다. 양악기의 반주에 북한식 발성으로 녹음되었는데, 특이한 것은 이 노래의 후렴과 본절의 가사가 뒤바뀌어 불리는 점이다. 즉 〈악보 9〉에서 보듯이 "1. 아리아리 얼싸 아라리요 아리랑 얼씨구 넘어가세"가 1절이고, 이어지는 "아리랑 고개는 웬고갠가 넘어갈 듯 넘어올 듯 근심이로다"가 후렴으로 불린다. 『민요편3』에는 이어서 2~4절의 가사가 제시되어 있다. 그러나 남한에서는 "아리아리 얼쑤 아라리요 아리랑 얼씨구 노다 가세"가 후렴이고, "아리랑 고개는 웬 고갠가 넘어갈 적 넘어올 적 눈물이 난다"가 1절이다. 이창배의 『한국가창대계』에는 총 10절의 가사가 제시되어 있다.[40]

〈악보 9〉에서 보는바와 같이 이 곡은 후렴과 본절의 가락이 동일하기 때문에 본절과 후렴을 어느 선율에 얹어 부르던 그 결과는 마찬가지이다. 그러나 매 절이 반복되면서 동일한 가사를 반복하여 부르는 후렴의 가사가 남북한에서 서로 바뀌어 불린다는 점은 특이하다.

3) 진도아리랑계 악곡

〈진도아리랑〉은 1930년대 초반, 박종기·김소희 등에 의하여 만들어진 노래이다.[41] 최근의 연구결과에 의하면 전라도지방의 향토민요 〈산아지타령〉에 아리랑계통 노랫말을 갖는 후렴을 붙여 만든 것이라 한다.[42]

---

40) 앞의 책, 837쪽.
41) 이보형, 「아리랑소리의 根源과 그 變遷에 관한 音樂的 硏究」, 『한국민요학』(한국민요학회, 1997), 제5집, 114쪽.
42) 김혜정, 「진도아리랑 형성의 음악적 배경」, 『한국음악연구』(한국국악학회, 2004), 제35집, 269-284쪽.

〈악보 10〉〈진도아리랑㊲〉

진도아리랑(1)

『민요편3』 256쪽에 실린 악보(㊲)는 최옥삼의 노래를 한시형이 채보한 것이다. 북한 음원의 〈진도아리랑〉의 선율은 이 악보와 동일하고, 가사는 조금 다르지만 대체로 같은 내용을 엮어 부른다. 김설희는 여창이고, 김종 덕은 남창이라는 차이만 있을 뿐, 모두 양악기반주에 북한식 민요발성으 로 노래한다.[43]

---

43) 〈진도아리랑〉 김설희 「북한아리랑(1999)」 11, 「북한아리랑명창전집」 CD2-14, 김 종덕 「북한아리랑명창전집」 CD2-01.

북한의 악보자료집에는 또 하나의 〈진도아리랑〉 악보가 보이는데,『민
요편3』257쪽에 실린 이 악보(㊳)는 윤수동의『조선민요 아리랑』에서 〈진
도아리랑(2)〉로 명명된 곡이다. 최옥삼 제보의 〈진도아리랑〉이 12/8박자
중모리장단에 '애조를 띠고' 노래하도록 하는데 비하여, 〈진도아리랑(2)〉
는 9/8박자 양산도장단이며, '흥취있게' 노래하도록 표기되었다. 이 두 곡
의 선율선과 후렴 가사는 같지만, 본절에 올려 부르는 가사는 아주 다르
다. 두 노래의 가사를 비교하면 〈표 4〉와 같다.

〈표 4〉 〈진도아리랑〉 두 곡의 노랫말 비교

최옥삼 제보 〈진도아리랑(1)〉㊲	윤수동 채보 〈진도아리랑(2)〉㊳
1. 저놈의 가시내 눈매를 보소 　 속눈만 감고서 방긋 웃네 2. 저건너 앞산에 봉화가 떳네 　 우리 님 오시는가 마중가세 3. 달밝네 백사전에 달이 떳네 　 배띄여라 저 건너로 굴따러 가자 4. 천리로구나 만리로구나 정든 고향 　 돌아갈 길이 막연하구나 5. 무정한 백마는 유정한 님 실어다 놓고 　 동서각분이 웬 말인가	1. 문경 새재는 웬 고갠가 　 구부야 구부구부 눈물이 난다 2. 만경 창파 둥둥둥 떳네 　 어기여차 어야디여라 노를 저라 3. 노다 가소 노다나 가소 　 저달이 떳다지록 노다 가소 4. 청청 하늘엔 잔별도 많고 　 이내 가슴속엔 희망도 많다.

〈표 4〉에 정리된 〈진도아리랑〉 가사 중 최옥삼 제보의 노랫말은 요즈
음 남한 사회에서는 자주 듣기 어려운 것인데 비하여 윤수동 채보의 노랫
말은 남한의 〈진도아리랑〉 연주에서 흔히 들을 수 있는 노랫말이다. 제보
자 소개가 없이 단순히 '전라남도 진도'라고만 소개된 이 곡이 어떠한 경
위를 거쳐 확보된 음원을 채보한 것인지 확인할 수 없다.

4) 온성아리랑

남한에서는 전혀 불리지 않으며, 그 곡명조차도 생소한 〈온성아리랑〉이 북한의 악보자료와 음원자료에 보인다. 〈악보 11〉에 제시된 악보는 『민요편3』 236쪽 하단에 실린 것(⑯)인데, 지역을 함경북도 온성으로, 제보자를 김용삼으로 분명하게 밝혔으며, 한시형이 채보하였다고 소개되었다. 「북한아리랑명창전집」 CD3-11에 흥인국의 노래로 수록된 〈온성아리랑〉은 이 악보와 선율 및 가사가 거의 같다. 양악반주에 북한식 발성을 구사하는 이 곡은 북한 사회에서 중시되는 아리랑계 악곡의 하나로 보이는데, 음원자료가 있을 뿐만 아니라, 그 악보도 『천곡집』과 『조선민요 아리랑』에 지속적으로 실리고 있다.

〈악보 11〉 〈온성아리랑⑯〉

그러나 이 곡을 함경북도 온성지방의 향토민요로 보기는 어려울 듯하다. 〈악보 11〉에 보이는바와 같이 이 곡은 Sol-선법의 노래이며, 대부분의 선율이 순차진행을 하고 있어 전형적인 진경토리의 악곡으로 보인다. 따라서 이 곡은 진경토리로 된 경기 구조아리랑 즉 북한에서는 〈서도아리랑〉이라 부르는 곡과 음계구조가 같으므로, 함경북도의 향토적인 노래라기보다는 〈구조아리랑〉계 악곡의 변주곡이나 새롭게 창작된 악곡의 하나가 아닐까 추측된다.

이 밖의 아리랑계 악곡으로 북한 음원자료에 소개된 곡으로는 배윤희가 노래한 〈아리랑세상(한오백년)〉과 국립민족예술극장여성중창의 〈원산아리랑〉이 있다.[44] 주지하다시피 〈아리랑세상〉은 통속민요 〈한오백년〉과 같은 곡이며, 〈원산아리랑〉은 통속민요 〈어랑타령〉이다. 이 두 곡은 아리랑계 악곡으로 보기 어렵다.

7. 창작아리랑

북한 음원자료에 보이는 아리랑계 악곡 중에는 〈아리랑(본조아리랑)〉을 다양한 악기편성이나 중창·합창 등으로 편곡한 작품이 많다. 본고에서는 이 같은 작품은 논의의 대상으로 삼지 않았다.

그 밖에 음원자료가 있는 노래로「북한아리랑명창전집」CD2-09에 계춘이의 노래로 실린 〈경상도긴아리랑〉이 있다. 이 곡은『민요편3』258쪽과『천곡집』345쪽에 〈긴아리랑〉이라는 곡명으로 악보(㉟)가 실렸는데, 두 악보는 같으며, 음원자료와 선율 및 가사가 동일하다. 이 악보에는 지역이 전라도로, 제보자는 한경심으로, 채보자는 김선일로 소개되었다.

---

44) 〈아리랑세상(한오백년)〉배윤희「북한아리랑명창전집」CD2-11, 〈원산아리랑〉국립민족예술극장여성중창「북한아리랑명창전집」CD2-05.

계춘이의 노래는 양악기 반주에 do'-si의 하행 반음을 '꺾는 음'으로 처리하여 부르고 있어서 이 노래의 지역을 전라도라 한 것과는 맞지만, 제목을 〈경상도긴아리랑〉이라 한 점과는 맞지 않는다. 이 노래에는 '아리랑'이나 '아리아리' 등의 아리랑계 후렴이 전혀 나타나지 않는다. 따라서 이 곡을 아리랑계 악곡으로 보기는 어려울 듯하다.

북한의 음원자료가 존재하지만, 지금까지 이 글에서 논의하지 않은 곡으로 〈본조아리랑〉계통의 변주곡이 아닌 것은 〈표 5〉에 정리하였다.

〈표 5〉 창작 아리랑계 악곡 정리표

곡명	연주자	음반정보
랭산모판아리랑(北) 랭산모판아리랑 랭산모판큰애기아리랑	국립민족예술단가야금병창단 국립민족예술극장가야금병창단 가야금병창단+김옥선	남북아리랑의전설(2003) - 10 북한아리랑명창전집CD2 - 06 북한아리랑(1999) - 05
강원도엮음아리랑(北) 강원도엮음아리랑	국립민족예술단남성중창단 국립민족예술극장남성중창	남북아리랑의전설(2003) - 12 북한아리랑명창전집CD2 - 04
삼아리랑(北) 삼아리랑	전인옥(공훈배우) 전인옥	남북아리랑의전설(2003) - 14 북한아리랑명창전집CD3 - 05
신아리랑 신아리랑	고명희 전인옥	북한아리랑명창전집CD2 - 12 북한아리랑명창전집CD3 - 04

〈표 5〉에 정리된 악곡 중 〈랭산모판(큰애기)아리랑〉의 '랭산모판'은 '랭상모판(보온못자리)'이 와전된 것인데, 주로 가야금병창으로 불리는 이 곡은 9/8박자의 경쾌한 느낌의 곡인데, 그 선율은 9/8박자 la-선법의 〈영천아리랑〉(『민요편3』 264쪽, ㊻)과 같다. 다만 〈영천아리랑〉의 후렴 "아라린가 스라린가 영천인가 아리랑 고개로 날 넘겨주소"를 "아라린가 스라린가 염려를 마오 큰애기 가슴도 노래로 찼소"로 바꾸고, 본절의 가사를 새로 지은 노래이다. 앞서 자진아라리계 악곡에서 살펴 본 바와 같이 〈영천아리랑〉은 리듬구조와 음계가 서로 다른 두 곡이 있었는데, 〈랭상모판(큰애기)아리

랑〉은 그 중 9/8박자 la-선법 노래를 바탕으로 편·작곡한 노래이다.

〈강원도엮음아리랑〉 역시 새롭게 만든 노래인데, 처음부터 '장타령'처럼 엮어서 시작하는 점이 특이하다. 뿐만 아니라 후렴에 "아무렴 그렇지 그러하구 말구 ~"가 들어 있고, 아리랑계 후렴은 부르지 않는다. 따라서 이 곡역시 전통적인 아리랑계 악곡은 아니고, 민요풍으로 창작된 노래로 보아야 한다. 〈삼아리랑〉[45]과 〈신아리랑〉[46]은 일제강점기에 작곡된 음악[47]이다.

이 밖에도 북한에서는 〈강성부흥아리랑〉이나 〈군민아리랑〉처럼 정치적인 내용을 담은 다양한 아리랑들이 만들어져 불리고 있으나, 이 글에서는 다루지 않았다.

IV. 맺는말: 북한 아리랑계 악곡의 종류

필자는 우리나라의 아리랑계 악곡과 그 전승과정을 이해하기 위하여 남한지역에 전승되는 각종 아리랑 악곡을 분석한 바 있다.[48] 이 같은 선행연구를 통하여 아리랑계 악곡은 강원도지역의 향토민요 〈긴아라리〉·〈엮

---

45) 각주 13) 참조.
46) 이 곡은 『천곡집』 574쪽에 김영환 작곡으로 소개되었는데, 〈표 5〉에서 고명희·전인옥이 부른 〈신아리랑〉과 선율과 노랫말이 같다. 그런데 김영환 작곡이라면 신민요 〈최신아리랑〉일 가능성이 높은데, 동아일보 1933년 11월 20일자 광고에 의하면 이 곡은 Polydor19095-B에 신민요 〈最新아리랑〉으로 수록되었으며, 연주 金龍煥·王壽福, 반주 포리돌재즈밴드로 소개되었다. 그러나 이 음반은 아직 발견되지 않았다.(한국음반아카이브연구소, 「한국 유성기음반」, http://sparchive.dgu.edu/v2/ 참조)
47) 〈삼아리랑〉과 〈신아리랑〉은 『천곡집』에서는 「신민요편」에 분류되었다.
48) 김영운, 「아리랑 형성과정에 대한 음악적 연구」, 『한국문학과 예술』(숭실대학교 한국문예연구소, 2011), 제7집, 5-55쪽.

음아라리〉·〈자진아라리〉가 모곡이며, 이들 음악의 영향으로 경기지역에
서 〈구조아리랑〉·〈긴아리랑〉 등이 만들어졌고, 이를 바탕으로 영화 주
제가인 〈본조아리랑〉이 탄생하였으며, 〈밀양아리랑〉·〈진도아리랑〉·
〈해주아리랑〉등이 발생하여 오늘에 이르고 있다고 하였다.

지난 2012년 12월 5일, 아리랑의 유네스코 인류무형유산목록 등재를 계
기로 아리랑에 대한 관심이 높아졌을 뿐만 아니라, 한민족이 공유하고 있
는 아리랑계 악곡 전반에 대한 바른 이해가 필요하게 되었다.

본고에서는 이를 위하여 북한지역에 전승되는 다양한 아리랑을 분석하
고, 이를 남한의 아리랑계 악곡과 비교하여 보았다. 그 결과 북한에서 다
양한 곡명으로 불리는 아리랑계 악곡이 남한의 어느 곡과 같은 곡인지를
살펴보았다. 이를 정리하면 다음과 같다.

〈표 6〉 북한 음원자료의 아리랑과 남한 아리랑의 곡명 비교

북한자료의 곡명	남한의 곡명	비고
아리랑(북녘땅⑤) *아라리(북녘땅㉓)* *아르래기(북녘땅④)* 강원도아리랑⑲ 통천아리랑⑳	*강원도 엮음아라리* (서울제)정선아리랑	
아르래기(북녘땅⑥, ⑦) *자진아라리(북녘땅⑧)* *아리랑타령(북녘땅⑨)* 경상도아리랑㊵ 초동아리랑㊾, ㊿ 영천아리랑(5/8박자)㊻, ㊼ 삼일포아리랑㉕	*자진아라리* 강원도아리랑	
아리랑(구아리랑,구조아리랑)① 서도아리랑③ 단천아리랑⑬ 평안도아리랑⑤, ⑥	구조아리랑	
아리랑②	본조아리랑	
경기도긴아리랑㊱	(경기)긴아리랑	
밀양아리랑(la-선법)㊷ 밀양아리랑(mi-선법)㊶	밀양아리랑	
해주아리랑⑨	해주아리랑	
진도아리랑㊲, ⑧	진도아리랑	
온성아리랑⑯	–	남한에서는 불리지 않음
경상도긴아리랑	–	
아리랑세상	한오백년	아리랑계 악곡이 아님
원산아리랑	어랑타령(신고산타령)	
랭상모판(큰애기)아리랑	–	영천아리랑㊻의 변주곡
강원도엮음아리랑	–	1960년대 창작된 민요풍 악곡
삼아리랑	–	일제강점기의 신민요
신아리랑	–	

* 표의 원문자는 악보자료 번호이며, 이탤릭체로 표기된 곡은 향토민요임.

　본고를 통하여 향토민요에 해당하는 〈아라리(긴+엮음)〉와 〈자진아라리〉는 남북 사이에 별다른 차이점을 발견하기 어려웠으며, 북한지역에서도 동부 산악지역에 주로 분포하고 있음을 알게 되었다. 또한 남한에서는 주로 경기명창들에 의하여 통속민요로 불리는 노래들이 북한에서는 북한

식의 독특한 발성에 양악기나 개량 전통악기의 반주 또는 배합편성의 반주로 편곡되어 연주되는 경우가 많았다.

이 연구에 활용된 악보자료와 음원자료는 많은 한계를 지니고 있었다. 현재의 남북관계에서 북한 측의 자료를 충분히 구득하기 어려울 뿐만 아니라, 음원자료는 남한에서 편집된 자료만을 활용할 수밖에 없었다. 이 연구는 이 같은 자료 활용의 한계를 가지고 있으므로, 향후 충분한 자료가 확보된 연후에 보완이 필요하다. 또한 정치적 내용을 지니고 있거나 최근에 창작된 아리랑계 악곡들은 대부분 이 연구에서 제외되었으며, 악보자료는 있으나, 음원자료가 구비되지 않은 곡들 중 다수의 악곡은 논의과정에서 깊이 있게 다룰 수 없었다. 북한에서 채보된 악보만으로는 그 악곡의 본 모습을 충분히 살펴보기 어려웠기 때문이다.[49] 이 역시 향후 자료가 갖추어지는 대로 보완되어야 할 부분이다.

---

49) 이들 악곡은 말미 〈참고자료 2〉의 맨 마지막 '남한의 곡명'란에 필자의 견해를 참고로 제시하였다. 즉 현재의 자료만으로는 판별이 곤란한 경우는 '?'표만 표시하였고, 남한의 악곡과 유사한 점이 다소라도 발견되는 경우는 '○○○○ 似'로 표기하였다. 필자는 이들 악곡이 북한의 민요채록 과정에서 매우 드물게 채록된 자료일 것으로 추측한다. 그 이유는 이들 악곡의 대부분이 『조선민요 1,000 곡집』에서 제외된 곡이기 때문이다. '연구자료'임을 표방하며 "가창성이 좋고 유산적가치가 있는 대표적인 작품들을 선곡하고 편집하여" 편찬한 『조선민요 1,000 곡집』에서 이들 노래가 제외되었다는 점은 이 노래들이 북한지역 아리랑계 악곡에서 주목할 만한 노래가 아니었기 때문으로 보인다.

참|고|문|헌

『조선민족음악전집-민요편3-』(평양: 예술교육출판사, 1999)

『조선민요 1,000 곡집』(평양: 문학예술교육출판사, 2000)

김보희, 「한인 디아스포라 〈아리랑〉의 음악학적 연구」, 『한국문학과 예술』
　　　(숭실대학교 한국문예연구소, 2010), 제6집, 195-229쪽.

김영운, 「민요 아리랑에 대한 북한의 인식 태도」, 『제1회 대한민국 아리랑
　　　학자대회 결산보고서』(강원일보사, 2013), 73-94쪽.

김영운, 「아리랑 형성과정에 대한 음악적 연구」, 『한국문학과 예술』(숭실대
　　　학교 한국문예연구소, 2011), 제7집, 5-55쪽.

김영운, 「전통음악 입장에서 바라본 아리랑」, 『한국문화와 그 너머의 아리
　　　랑』(한국학중앙연구원출판부, 2013), 73-95쪽.

김혜정, 「진도아리랑 형성의 음악적 배경」, 『한국음악연구』(한국국악학회,
　　　2004), 제35집, 269-284쪽.

엄하진, 「〈노래 따라 삼천리〉 - 조선민요 〈서도아리랑〉」, 『예술교육』(평양:
　　　문예출판사, 2002), 2호, 43쪽.

윤수동, 『조선민요 아리랑(국내 영인본)』(국학자료원, 2012)

이보형, 「아리랑소리의 根源과 그 變遷에 관한 音樂的 研究」, 『한국민요학』
　　　(한국민요학회, 1997), 제5집, 81-120쪽.

이창배, 『한국가창대계』(서울: 홍인문화사, 1976)

이창식, 「북한 아리랑의 문학적 현상과 인식」, 『한국민요학』(한국민요학회,
　　　2001), 제9집, 215-230쪽.

한상일, 「북한아리랑의 음악적 분석」, 음반 〈북한 아리랑〉 해설서(신나라뮤
　　　직, 1999)

한국음반아카이브연구소, 「한국 유성기음반」, http://sparchive.dgu.edu/v2/

디지털북한인명사전, http://www.kppeople.com/

〈참고자료 1〉

북한 음원자료에 의한 남한 발매 음반 수록곡 정리자료

「민족의 노래 아리랑 시리즈 〈북한 아리랑〉」(NSSRCD-011, 1CD) 신나라뮤직(1999)
* 이 음반 중 제목에 밑 줄 친 악곡이 북한 음원으로 보인다.

1. 아리랑(남북한 단일팀 단가)	1:18	*연주:KBS교향악단 *편곡:김희조 *지휘:금난새
2. 아리랑 합창	4:09	*연주:TOKYO필하모닉 교향악단 *지휘:한재숙 *합창:재일민족연구회, 도쿄T.C.F 합창단, 동경T.C.F 합창단
3. 아리랑(이태리 제끼도루 가요제 1등 입상)	3:01	*노래:홍희진
4. 영천아리랑	1:50	*노래:김종덕
5. 랭산모판 큰애기 아리랑	2:45	*노래:김옥선
6. 경상도아리랑	3:34	*노래:태영숙
7. 경상도아리랑	2:25	*노래:김종덕
8. 아리랑	2:31	*노래:최청자
9. 강원도아리랑	5:08	*노래:강운자
10. 긴아리랑	5:10	*노래:전인옥
11. 진도아리랑	2:35	*노래:김설희
12. 밀양아리랑	2:44	*노래:고종숙
13. 나의 아리랑	2:39	*작사:남훈 *작곡:이철우 *노래:남훈
14. 아리랑(독창과 합창)	4:53	*독창:리경숙
15. 아리랑을 주제로 한 변주곡	5:18	*편곡:김연희 *피아노독주:김연희
16. 아리랑 환상곡(관현악곡)	8:26	*작곡:김영규 *연주:교토교향악단 *지휘:김홍재

총: 59:23

「한국의 소리 시리즈 5 〈남북 아리랑의 전설〉」(NSC-065 , 1CD), 신나라뮤직(2003)

1. 본조아리랑(南)	3:58	이춘희 (인간 문화재)
2. 아리랑(北)	2:37	최정자(공훈배우)
3. 정선아리랑(南)	7:27	김남기 외 토속명창들
4. 긴아리랑(北)	5:14	강응경(공훈배우)
5. 구조아리랑(南)	3:31	이춘희(인간 문화재)
6. 영천아리랑(北)	1:57	김종덕(인민 배우)
7. 어랑타령(南)	3:10	이춘희(인간 문화재)
8. 초동아리랑(北)	1:43	김옥송 (인민 배우)
9. 진도아리랑(南)	4:47	진도 아리랑 보존회
10. 랭산모판아리랑(北)	2:53	국립민족예술단 가야금창단
11. 밀양아리랑(南)	2:59	밀양아리랑 보존회
12. 강원도 엮음아리랑(北)	2:19	국립민족예술단 남성중창단
13. 봉화아리랑_상주아리랑 또는 통일아리랑(南)	4:32	김소희 (인간문화재)
14. 삼아리랑(北)	3:05	전인옥(공훈배우)
15. 영화 아리랑 해설(南)	12:57	유성기음반 Regal / 1930년 대 녹음 /노래·강석연

총 63:32

「북한민요전집 1 〈북녘 땅, 우리소리〉(10CD), 서울음반/MBC(2004)

-평안남도(2)/평양시/남포시판-

4. 아르래기(1)	1'15	평안남도 맹산군 기양리 / 정기승(58세) / 1972년 녹음
5. 아르래기(2)	1'48	평안남도 맹산군 주포리 / 현필삼(63세) / 1978년 녹음
6. 아르래기(3)	2'03	평안남도 대흥군 덕흥리 / 최용주(69세) / 1973년 녹음

-황해남도(2)판-

27. 아리랑	2'48	황해남도 룡연군 몽금포리 / 배흥(67세) / 1975년 녹음
28. 아리랑타령	2'04	황해남도 삼천군 수교리 / 리명길(71세) / 1974년 녹음

-함경북도/함경남도판-

24. 아리랑	4'28	함경북도 회령시 궁심동 / 전동욱(67세) / 1981년 녹음
36. 자진아라리	0'38	함경남도 함주군 신덕리 / 리윤녀(58세) / 1979년 녹음

-자강도/량강도/강원도/경기도판-

8. 아라리	4'59	량강도 삼지연군 신무성로동자구 / 리용서(62세) / 1979년 녹음
17. 아라리	1'51	강원도 김화군 김화읍 / 주두환(63세) / 1974년 녹음

[북한아리랑명창전집](NSC-154-1/3 , 3CD), 신나라(2006)

CD 1 :

01 최청자 - 본조아리랑 2:34
02 왕수복 - 본조아리랑 2:46
03 왕수복 - 경기긴아리랑 4:42
04 태영숙- 본조아리랑 5:03
05 태영숙 - 구조아리랑 2:25
06 김순영- 아리랑 4:16
07 석룡진 - 아리랑 0:50
08 김정화 - 경상도아리랑 2:29

09 강응경 - 경기긴아리랑 2:44
10 강응경 - 강원도아리랑 5:06
11 김관보 - 경상도아리랑 3:15
12 김연옥 - 밀양아리랑 2:01
13 국립민족예술단 혼성중창
 - 아리랑 2:20
14 석란희 - 아리랑 2:19
15 전통악기반주 - 아리랑Ⅰ 2:17 총 45:13

CD 2 :

01 김종덕 - 진도아리랑 2:32
02 김종덕 - 영천아리랑 1:53
03 신우선 - 밀양아리랑 2:12
04 국립민족예술극장 남성중창
 - 강원도엮음아리랑 2:19
05 국립민족예술극장 여성중창
 - 원산아리랑 2:15
06 국립민족예술극장 가야금병창단
 - 랭산모판아리랑 2:44

07 계춘이 - 단천아리랑 1:52
08 계춘이 - 아리랑타령 2:34
09 계춘이 - 경상도긴아리랑 3:28
10 배윤희 - 구.아리랑(헐버트 채보) 1:03
11 배윤희 - 아리랑세상(한오백년) 2:15
12 고명희 - 신아리랑 1:40
13 고명희 - 통천아리랑 2:12
14 김설희 - 진도아리랑 2:40
15 고정숙 - 밀양아리랑 2:44 총 34:32

CD 3 :

01 전인옥 - 경상도아리랑 3:35
02 전인옥 - 서도아리랑 2:25
03 전인옥 - 경기긴아리랑 5:10
04 전인옥 - 신아리랑 3:07
05 전인옥 - 삼아리랑 2:57
06 렴직미 - 영천아리랑 3:26
07 렴직미 - 서도아리랑 2:21
08 김옥선 - 초동아리랑 1:41
09 김옥선 - 영천아리랑 2:02
10 김성일 - 단천아리랑 2:04
11 홍인국 - 온성아리랑 1:32

12 리성훈 - 영천아리랑 2:28
13 리복희 - 경상도아리랑 3:06
14 장애란 - 해주아리랑 2:11
15 국립민속예술단 선창과 합창
 - 영천아리랑 5:34
16 전통악기반주 - 아리랑Ⅱ 2:26 총 46:11
* 일본 신세계레코드 보유 북한음악 음원.

〈참고자료 2〉

북한지역 아리랑 음악요소 분석정리표

번호	『민요편3』(1999), 『천곡집』(2000)			윤수동, 『조선민요 아리랑』(2011)		음반자료			박자	종지음	지역	창자	채보자	남한의 곡명
	『민요편3』수록면	『천곡집』수록면	곡명	수록면	곡명	북한아리랑	남북아리랑전설	명창전집						
①	224	333	아리랑	198	아리랑			2 10(배윤희)	3/4	솔			엄버트	구조아리랑
②	225	334 상	아리랑	196	아리랑	08(최정자)	02(최정자)	1-01(최정자)/1-02(왕수복)/1-04(태영숙)/1-06(김광숙)/1-07(석룡진)/1-14(석란하)	3/4	도		김관보	한시형	본조아리랑
③	227	336 하	서도아리랑	199	서도아리랑			3-07(렬파비)/3-02(전인옥)	9/8	솔	평양	계춘이	윤수동	구조아리랑
④	228	334 하	아리랑	-				1 05(태영숙)	3/4	솔	평양	김옥선	차승진	구조아리랑
⑤	229 상	335	아리랑	200	평안도아리랑				9/8	솔	평남	리시분	최기정	구조아리랑
⑥	229 하	-	아리랑	201	평안도아리랑				9/8	솔	평남	리대성	연구실	구조아리랑
⑦	230	-	신아르레기	-					9/8	도	평남 대용	조란규	자승진	?(해주아리랑 ㈜)
⑧	231	336 상	아리랑	202	전천아리랑				9/8	솔	자강도 전천	리보월	최기정	?(구조아리랑 ㈜)
⑨	232	337	해주아리랑	204	해주아리랑			3-14(장애란)	9/8	라	황남 해주	김옥순	윤수동	해주아리랑
⑩	233 상	-	해주아리랑	203	해주아리랑				9/8	도	황남 해주		김현태	?
⑪	233 하	-	긴아르레기	-					10/8	솔	황남 안악	강학신	최기정	?
⑫	234	-	아르룽	-					12/8	솔	황북 곡산	허시익	차승진	?
⑬	235 상	338	단천아리랑	205	단천아리랑			2-07(계춘이)/3-10(김성길)	9/8	라	함남 단천	신우선	박승긴	구조아리랑
⑭	235 하	-	아릴렁랑	-					6/8	솔	함북 화대		김기녕	?
⑮	236 상	339 하	아리랑	206	무산아리랑				9/8	라	함북 무산	유영물	김기녕	해주아리랑
⑯	236 하	339 상	온성아리랑	207	온성아리랑			3-11(홍인국)	9/8	솔	함북 온성	김용삼	한시형	※ 남한 부친 민요
⑰	237	-	구아리랑	208	회령구아리랑				9/8	솔	함북 회령	강상근	김경수	?
⑱	238	-	아리랑동	-					6/8		함북 온터	허 용	강수산	?
⑲	239	340	강원도아리랑	209	강원도아리랑	09(강운자)		1-01(강응 걸)	9/8	솔	강원도	김관보	차승진	엮음아리랑
⑳	240	341	물천아리랑	214	물천아리랑			2-13(고명화)	9/8	미	강원도 물천		김기녕	구조아리랑
㉑	241	342	고성아리랑	215	고성아리랑				5/8	라	강원도 고성	최현봉	한시형	자진아리랑
㉒	242	-	엮음아리랑	217	간성엮음아리랑				자유	라	강원도 고산	김엽날	리보월	?(엮음아리랑 ㈜)
㉓	243	-	아리랑	211	평강엮음아리랑				9/8	미	강원도 평강	김창이	최기정	엮음아리랑
㉔	244	-	엮음아리랑	212	평강엮음아리랑				9/8	미	강원도 평강	김관이	최기정	엮음아리랑
㉕	246 상	344 상	삼일포아리랑	218 상	삼일포아리랑				5/8	라	강원도 금강	-	김현태	자진아리랑
㉖	246 하	-	아리랑	216	고성아리랑				9/8	도	강원도 고성	최동일	최기정	?
㉗	247 상	-	긴아리랑	218 하	강원도긴아리랑				9/8	라	강원도	최의순	최기정	?
㉘	247 하	-	아리랑동	-					6/8		강원도 법동	김승하	홍혜식	?
㉙	248	-	강원도아르레기	-					15/8	솔	강원도 판교	정기순	김광조	?
㉚	249	-	아리랑	-					9/8	라	강원도 강릉	박재봉	최기정	?
㉛	250	343	정선아리랑	219	정선아리랑				9/8	미	강원도 정선	최현봉	한시형	엮음아리랑
㉜	251	-	정선아리룽	-					9/8	미	강원도 정선	김봉수	최기정	?(간아리리 ㈜)
㉝	252	-	아리랑	-					9/8	미	강원도	리유서	최기정	?(엮음아리리 ㈜)
㉞	254 상	-	아리랑	220	정선아리랑				9/8	미	강원도 정선	김화여	최기정	?(간아리리 ㈜)
㉟	254 하	-	아리랑	221	양이아리랑				9/8	미	강원도 양강	김옥순	한시형	?(간아리리 ㈜)
㊱	255	344 하	긴아리랑	222	경기도긴아리랑	10(전인옥)	04(강을죽)	1-03(왕수복)/1-09(강을죽)/3-03(전인옥)	9/8	솔		김란보	차승진	긴아리랑
㊲	256	346	진도아리랑	224	진도아리랑(1)	11(김설희)		2-01(김종덕)/2-14(김설희)	12/8	라	전남 진도	최옥삼	한시형	진도아리랑
㊳	257	347	진도아리랑	225	진도아리랑(2)				9/8	라	전남 진도		윤수동	진도아리랑
㊴	258	345	긴아리랑					2-09(계춘이)	9/8	라	전라도	리수영	심선일	※ 非아리랑계 악곡
㊵	259	348	경상도아리랑	228	경상도아리랑	06(태영숙)/07(김관보)		1-11(김관보)/1-09(김정화)/3-01(전인옥)/3-13(전인옥)	5/8	라	경상도	한정심	차승진	?(자진아리랑 ㈜)
㊶	260 상	351	밀양아리랑	231	밀양아리랑(1)	12(고경숙)		1-12(김연옥)/2-15(고경숙)	9/8	미	경남 밀양		한시형	밀양아리랑
㊷	260 하	352 상	밀양아리랑	232	밀양아리랑(2)			2-03(신우선)	9/8	라	경남 밀양	홍단실	차승진	밀양아리랑
㊸	262 상	-	아리랑	234	경주아리랑				5/8	라	경북 경주	최영선	차승진	?(자진아리랑 ㈜)
㊹	262 하	-	아리랑	233	경북 청도				9/8	라	경북 청도	홍씨기	탕지달	?
㊺	263	-	긴아리랑	236	영천 긴아리랑				9/8	미	경북 영천	정치봉	김현태	?
㊻	264	350 상	영천아리랑	237	영천아리랑			3-09(김옥선)	9/8	라	경북 영천	선우일선	차승진	자진아리리
㊼	265	350 하	영천아리랑	238	영천아리랑	04(김춘덕)	08(김춘덕)	2-02(김춘덕)/3-06(왕석아)/3-12(리성화)/3-15(예술단)	5/8	도	경북 영천	윤통식	한시형	자진아리리 ㈜
㊽	266	-	아리랑	230	경상도아리랑				5/8	미	경상도	전명선	최기정	?(자진아리리 ㈜)
㊾	267 상	349	초동아리랑	240	초동아리랑				5/8	라	경상도	김리월	윤수동	자진아리리
㊿	267 하	-	초동아리랑	241	초동아리랑	08(김옥심)	3 08(김옥심)		5/8	라	경상도	안기숙	안성현	자진아리리(?)

어러리 전승의 문화적 분석

박관수*

Ⅰ. 머리말

아리랑이나 정선아리랑이라는 노래명은 현재 정선 지역에서 사용되고 있음은 물론 전국적인 인지도를 확보하고 있다. 이 노래명들은 과거에 정선 지역에서 사용되었는지 여부조차 의심되지만, 이제는 정선 지역에서 유통되는 아라리라는 노래명 마저 대체하고 있는 중이다.

그런데 1937년 동아일보 강릉지국장이었던 염근수가 보도한 기사[1])에 의하면, 정선에서는 아리랑, 정선아리랑, 아라리라는 노래명 대신에 '어러리'가 보편적으로 사용되었음을 알 수 있다. 이 기사를 신뢰한다면, 불과 70여 년 만에 어러리라는 노래명은 가창 현장에서 전혀 사용되지 않게 되고 가창자들의 기억에서마저도 사라진 셈이다.

70여 년 전의 민요는 자족적으로 전승이 이루어졌을 것이라 추단할 수 있다. 그 당시 비록 축음기나 라디오 등과 같은 문명기기가 정선 지방에 일부 유입되기도 했겠지만, 그러한 기기가 소리판의 전승을 변화시키는 결정적인 외부 요인은 아니었으리라 생각한다. 그런 상황에서 가창 집단

의 자연스런 동의를 얻은 어러리라는 노래명이 반 세기 정도 만에 전승 현장에서 탈락된 현상은 단순히 구비전승의 측면에서는 해명이 되지 않는 다. 모든 가창자들의 동의를 얻어 입에서 입으로 전달되는 노래명이 구전 현장에서 일시에 사라지는 데에는 반 세기라는 기간은 너무 짧다고 생각 되기 때문이다.

이와 같은 전승 단절의 현상을 구명하기 위해 전승 현장을 현재적이고 공시적인 측면에서만 바라보는 데에는 한계가 따른다. 과거의 전승 현장 을 정확히 파악하고 이를 현재의 전승 현장과 비교하는 통시적 접근이 필 요하다. 그리고 전승 현장의 내부적 모습은 물론 전승 현장에 미친 외부 적 요인에 관심을 기울여야 한다. 본고에서는 전승 현장에 영향을 미친 외부적 요인에 논의의 초점을 맞추겠다.

본고에서는 어러리라는 노래명이 어느 시기에 존재했었는지를 논의하 고, 그 노래명이 어떠한 문화적 환경에서 소멸되었는지에 대해서 논의하 겠다. 이런 논의는 소리의 변화에 대한 논의를 수반한다. 또한, 변화의 근 저에는 가창자의 향유의식의 변화가 자리잡고 있음도 논의하고자 한다.

II. 노래명의 변화

어러리는 요즈음에는 아라리, 정선아라리, 아리랑, 아리랑타령, 정선아 리랑이라고 부른다. 정선 지역은 물론 강원도 여타 지역에서도 그렇게 부 른다.

이처럼 하나의 민요가 다양한 종류의 노래명을 획득하는 것은 그리 흔 한 편은 아니다. 대개 노래 초두의 어구를 편의상 노래명으로 삼거나 한 가지 정도의 노래명이 있는 상황임을 고려하면, 어러리의 다양한 노래명 은 그 정체성 구명에도 하나의 역할을 담당할 수 있다. 그래서 통시적 입

장에서 노래명이 변하는 과정을 밝히는 작업을 통해 어러리의 정체성을
밝히는 작업이 이루어지기도 했다.[2]

작명은 문화적 행위다. 노래에 대한 작명도 노래하는 행위 못지 않은
문화적 행위다. 하나의 노래에 대해 다양한 방식으로 노래하는 것에서 다
양한 의미를 추출해 낼 수 있듯이, 하나의 노래에 대해 다양한 작명이 이
루어짐에도 다양한 문화적 의미가 담겨 있음은 물론이다. 특정 시대에 이
루어진 작명은 가창자 집단의 문화적 행위다. 나아가 그 작명들이 시대를
달리하고 있을 경우에는 각 작명들은 당대의 문화적 상황과 연결되어 있
음도 물론이다.

어러리는 아라리, 정선아라리, 아리랑, 아리랑타령, 정선아리랑이라는
노래명 이외에 어러리, 어리랑타령, 정선어러리 등으로도 불렸다. 나아가
삼척어러리, 평창어러리, 횡성어러리 등으로 어러리라는 노래명 앞에 각
지역의 지역명을 붙여 부르기도 했다.[3] 어러리에 다양한 노래명이 부여된
것은 어러리 자체에 대한 다양한 해석의 결과일 수도 있고, 문화의 통시적
변화에 따른 결과일 수도 있다. 본고에서는 후자에 논의의 초점을 맞추고
자 한다. 즉, 노래명의 변화를 당대의 문화적 상황과 연결지어 논의하고자

2) 이보형, 「아리랑소리의 근원과 그 변천에 관한 음악적 연구」, 『한국민요학』제5집
    (한국민요학회, 1997).
3) 본고에서는 삼척어러리, 정선어러리, 평창어러리, 횡성어러리 등과 같이 어러리
    앞에 여러 지역명이 붙은 현상에 대해서는 논의하지 않겠다. 여타의 논의들에서
    는 이러한 현상을 하나의 범주에 속할 수 있는 어러리에 단순히 지역명만을 덧붙
    인 것이라고 해석을 하는데, 필자는 그렇지 않다고 생각한다. 이러한 현상은 사설
    적으로 또는 문화적으로 변별적 자질을 지녔다는 입장에서 설명이 가능하다고 생
    각하고, 음악적으로도 구별하여 설명하는 것이 가능하다고 생각한다. 채록 현장에
    서 "저 사람은 정선 사람이라 저렇게 불러."라는 식의 언급을 많이 접했고, 창자에
    따라서는 여러 지역의 어러리를 변별적으로 부르는 것을 접하기도 했다. 하나의
    개체요가 지역에 따라 사설이 달라질 수 있음은 박관수, 「풀써는소리에 대한 향유
    론적 접근」, 『민속학연구』제19호(국립민속박물관, 2006.10)에서 논의하였다.

한다. 이러한 논의는 시대의 변화에 따른 어러리의 정체성을 문화적으로
구명하는 데 발판을 마련할 수 있게 한다.

    1.1 노다ㄱ세 세월도 덧업도다 도라간봄이 다시온다
        아르랑 아르랑 아라리오 아르랑 얼시고 어러리야[4]

    1.2 강원도는 아리랑인데 특히 일강릉 이춘천 삼원주로 둘재 셋재 되는
        춘천 원주는 무슨 소리가 잇는지 모르지만 강릉은 본바닥인 정선
        (程善)을 제처 노흔 「정선어러리」 고장이라 할 수 잇소. 어러리라
        는 말은 아리랑이라는 말과 같이 안흔가 하는데 아리랑은 아ㅅ자에
        다 리ㅅ자를 부치고 거기다 라ㅅ자에다 행을 해서 『아』『리』『랑』 이
        러케 혓바닥이 또라지게 굴러지지마는 어러리는 슬기잇슬 뿐 아니
        라 사랑에도 진정한 즉 참맛을 아는 사랑 같애서 얼마쯤 부드럽고
        은근한지 모르겟소 즉 정선서 생겨나온 어러리라고 해서 속칭 『정
        선어러리』라 하는가 보오[5]

    1.3 시방 시채 얼얼이 구정산 얼얼이
        신정산 조로 잘 넘겨 주게[6]
        내 얼얼이 아니도 받고 어디로 가나[7]

    1.4 정선어러리 첩첩접어서 걸빵에다 해지고
        영월읍에 식전제자에 어러리팔러 갑시다[8]

---

4) 정재호 편, 『한국잡가전집』2(계명문화사, 1984), 485쪽.
5) 주석 1)과 같음.
6) 『평창읍지』(평창문화원, 1986), 276쪽.
7) 위의 책, 279쪽.
8) 이창식, 「영월군」, 『강원의 민요』I (강원도, 2001), 2009쪽.

어러리 전승의 문화적 분석 • 201

1.5 요게 꼽고 조게 꼽고 삼백출 자리로 꼽아주게
   아라리야 어러리여이 어리렁 얼쑹 아라리야
   앞집에 처녀는 시집을 가는데
   뒷집에 총각은 목매러 간다
   아라리야 어러리여이 어리렁 얼쑹 아라리야
   아라리야 어러이여 어리랑 얼쑹 어러리야9)

1.6 어러리 어러리 어리리요
   어러리 고개고개로 나를 넘겨주게10)

1.7 지금은 아라리, 정선아라리, 정선아리랑이라고 하지만, 과거에는
   어러리, 아라리, 어리랑타령이라고 했다.11)

1.1은 20세기 초반에 발행된 『시행잡가』라는 잡가집에 수록된 아리랑이
다. 1.2는 동아일보 강릉지국장인 염근수가 쓴 동아일보 기사 중 일부이
다. 1.3은 평창읍지에 수록된 어러리인데, '얼얼이'라는 노래명을 달고 있
다. 1.4는 제천시에서 영월로 시집온 할머니가 제보한 어러리이다. 1.5는

9) 이상현, 『문경의 민요와 아리랑을 찾아서』(문경시, 2008), 25쪽.
10) 박관수, 『어러리의 이해』(민속원, 204), 171쪽.
11) 김한옥(여), 정선군 동면 몰운리 재랭이굽, 65살, 2008.8.5. 자신이 20살 쯤에는
   상노인들이 "어리랑 어리랑"이라고 소리를 하는 것을 들었다고 했다. 자신의 연배
   들은 "아리랑 아리랑"이라고 소리를 했었다고 말했다. 최상배(남), 정선군 북면 여
   량리, 토박이, 78살, 2009.6.26. 자신의 큰어머니가 소리를 잘 했는데, 그 분이
   '어러리'라고 부르는 소리를 들었다고 말했다. 신경우(남), 정선군 정선읍 북실리,
   토박이, 88살, 2009.7.19. 정선 이외의 지역에서 '어러리'라고 부르는 소리를 들었
   다고 했다. 이상에서와 같이, 정선 지역에 사는 대부분의 노인네들은 '어러리'라는
   단어를 기억해 내는데, 그 기억은 또렷하지 못하고 대개 자신들보다는 자신들의
   선대들이 불렀다고 기억해 낸다.

경상북도 문경에 사는, 87살 되는 할아버지가 제보한 문경아리랑이다. 1.6
은 횡성지방에서 전승되는 어러리이다.

　위의 인용 중에서 특히 주목을 요하는 것은 1.2이다. 염근수는 강릉 현
지에서 살면서 주루먹, 경포대 달맞이, 장날, 어러리 등 현지의 민속을 4
차례에 걸쳐 장문으로 기사화했는데, 그 기사 내용은 1930년대의 민속을
상당히 구체적으로 드러내고 있다. 1.2는 어러리에 대해 기사화한 그 중
하나다. 이 자료는, 1930년대 어러리의 전승 현황에 대한 구체적인 설명
자료가 없는 상황에서 기왕의 논의를 새롭게 하는 데 유효하게 사용될 수
있다.

　염근수는 서울에서 활동하다가 강릉 주재 기자로 8년여 활동을 하면서
현지에서 목격한 바로는 어러리가 서울에서와는 달리 '아리랑'도 아니고
'정선아리랑'도 아닌 '어러리'라는 명칭으로 불리고 있음을 분명히 밝히고
있다. 이처럼 그가 대조의 기법을 사용하면서까지 어러리라는 노래명의
존재를 부각시키는 것으로 보아, 그 당시 정선 지역에서 그러한 노래명을
사용했다고 하는 진술은 틀림없는 사실로 보인다. 지금은 정선에서 어러
리라는 노래명이 전혀 사용되지 않음을 볼 때, 그 자료가 갖는 의미는 주
목을 요한다.

　이처럼 사실에 바탕을 둔 언급을 하면서도, 그는 어러리의 본고장이 정
선이라고 한정하는 오류를 범하고 있기도 한다. 그렇지만 이러한 오류는
당대에 이미 그러한 인식이 보편화되어 있음을 보여주는 기술이라는 점에
서 가치를 지닌다. 다시 말하면, 당시 서울 사람들은 어러리의 전승 지역
이 강원도 전체라기보다는 정선 지역으로 한정하거나 아니면 적어도 정선
을 강원도의 대표 전승 지역으로 고착화하였음을 보여준다.[12]

---

12) 필자는 이보형이 다음과 같이 말하는 바를 들었다. "임석재 선생님이 오래 전에
　　정선에 민요 채록을 가서 어러리를 채록하려고 했는데, 정선 사람들은 어러리는

지금까지 아라리나 정선아리랑이 어러리로도 불렸다는 사실을 대상으로 한 논의는 없었다. 1.2의 기록에는 아라리라는 노래명은 전혀 언급되지 않고 어러리라는 노래명으로 언급되고 있다는 사실은 그 당시 아라리라는 노래명의 부재를 입증하는 근거는 되지 못하지만, 어러리가 적어도 아라리와는 대등한 빈도로 사용되었거나 아니면 그보다는 더 빈번하게 사용되었을 것이라는 추정을 가능하게 한다. 사정이 이와 같다면, 어러리라는 명칭에 대한 논의가 없이 아라리나 아리랑이라는 명칭만을 대상으로 그 정체성에 대한 논의를 한다면, 그 논의는 무의미하거나 일부만이 타당한 논의가 될 수밖에 없을 것이다. 아니면, 특정 지역이나 특정 시대와 연계하여 아리랑에 대해 논의를 할 때만 그 논의는 타당성을 확보할 수 있을 것이다.[13]

그런데 이 어러리라는 명칭은 정선에서만 불린 것이 아니라, 1.2에서처럼 강릉에서도 불렸고 1.3에서처럼 평창에서도 불렸다. 그리고 1.4에서처럼 영월에서도 불렸고, 1.6에서처럼 횡성에서도 불렸다. 이러한 결과를 보면, 어러리는 과거 강원도 전역에서 불렸던 노래명이라고 일반화해도 무리가 따르지 않는다. 이러한 일반화와 함께 정선 이외의 다른 지역에서는

정선보다는 평창 사람들이 더 잘 부른다고 말했다는 것을 나에게 말했다."
13) 김연갑, 『아리랑』(집문당, 1988), 101쪽. 그는 아리랑 기원설에는 알영설, 아랑성, 아리랑설, 아이농설, 아난리설, 아이농설, 아미일영설, 아랑쉬설, 아리령설, 낙랑설, 뫼아리설, 알랑설, 후렴설, 아리다설 등이 있다고 정리했다. 이러한 기원설은 모두 '아리랑' 또는 '아라리'라는 노래명과 연결되어 있지 '어러리'와는 연결되어 있지 않은 것 같다. 이런 점에서 그러한 기원설들은 모두 어러리보다는 아리랑이라는 노래명이 전국적인 인지도를 확보했을 때 만들어진 것이라고 생각할 수 있다. 그리고 그러한 기원설이 대개 특정 현상을 그 연원으로 견강부회하고 있지만, 어러리가 구전된다는 측면을 고려하면, 특정 현상과 연계하려는 논의는 합당성을 상실한다. 이러한 방향의 논의보다는 차라리 '어러리'는 '얼'이 '어려' 있는 노래라고 해석하는 것이 더 합당해 보인다.

어러리라는 노래명이 일부에서 얼마 전까지 전승됨을 알 수 있는데, 정선 지역에서만 그 이름이 전승되지 않음도 이 논문에서 해결해야 할 하나의 과제라고 할 수 있다.

1.1을 보면, 20세기 초반 잡가집에는 분명히 '어러리'라는 구절이 등장한다. 그런데 이 『시형잡가』라는 잡가집의 문구들과 동일한 '아리랑'을 싣고 있는 다른 잡가집들[14]에는 "아르랑 얼시고 어러리야"라는 구절 전후의 사설은 동일함에도 불구하고, 그 구절 대신에 "아리랑 얼시고 아라리야"라는 구절을 사용하고 있는 점을 고려하면, 그 당시 잡가집 편찬자들은 '어러리'를 '아라리'로 의도적으로 바꾸어 사용하고 있다고 추정할 수 있다. 다시 말하면, 그 이후 서울 지방에서 불리는 아리랑에는 '어러리'라는 구절이 사용되지 않는 점으로 보아, '어러리'라는 구절은 '아라리'라는 구절로 통합되기 전에는 분명히 사용되고 있었음을 확인시켜 준다. 이와 같은 변화 양상은, 서울의 아리랑이 강원도의 어러리를 기반으로 탄생했다는 견해[15]를 따르면, 20세기 초반에 강원도에서 전승되는 어러리에는 '어러리'라는 구절이 분명히 존재했음을 보여주는 증거라 할 수 있다. 그리고 20여 년 전에 편찬된 평창읍지에 채록된 1.3처럼 정선의 접경 지역인 평창에서 어러리를 '얼얼이'라고 부르고, 1.4처럼 정선을 생활 근거지로 삼지 않는 촌노의 노래 사설에 '정선어러리', '어러리'라는 명칭이 있는 것으로 보아서도, 강원도 대부분 지역에 어러리라는 노래명이 존재했었음이 확실하다.

이처럼 강원도 전역에서 사용되었던 '어러리'라는 노래명과 노래 구절은 현재에는 거의 사용되지 않는다. 강원도의 대부분의 가창자들은 '어러리'

라는 노래명 대신에 '아라리', '아리랑', '정선아리랑'이라는 노래명을 사용
하고, "어러리 어러리 어러리요"라는 구절 대신에 오로지 "아리랑 아리랑
아라리요"라는 구절로 노래를 한다. 다시 말하면, 이러한 변화는 불과 5
여 년 만에 일어난 것으로 어러리가 구비 전승된다는 측면만을 고려하면,
쉽게 해명이 되지 않는다. 구비전승은 집단적 소통을 전제로 하는데 그러
한 전제 하에서는 강원도 전역에서 불과 50여 년 만에 어러리라는 노래명
이 가창 집단의 기억 속에서 쉽게 사라지는 않을 것이기 때문이다. 그
러므로 이러한 현상을 해명하기 위해서는 구비전승이라는 측면 이외에 또
다른 측면에서 검토할 필요성이 제기된다고 할 수 있다.

　1.5의 인용문은, 어러리를 구비전승 이외의 또 다른 측면에서 검토할
수 있는 발판을 마련해 준다. 1.5는 문경 지역에 사는 87살의 할아버지가
제보한 문경아리랑으로 이에는 "아라리야 어러이여 아리랑 쓰쓸 어러리야"
라는 구절이 있다. 이 구절은 어러리가 노래 구절의 로 사용되면서
이 지역에 전승되었음을 보여준다. 이는, 문경이라는 지역이 어러리의 일
반적인 전승 지역인 강원도와 멀리 떨어져 있는 적인 전승권이라는
점을 고려하면, 현재의 강원도 지역의 전 상 는 고립되어 과거에 전
승된 모습을 보여주는 것이라고 할 수 이 지역에서는 강원도 지
역의 전승 상황과는 무관하게 전승 이루 기 때문에 강원도에서는 원
모습이 변했더라도, 과거에 전승 모습의 원형을 유지한 채 남아 있을 가
능성이 충분하기 때문이다.

　이상에서와 같이, 과거 어 노래명과 어러리라는 구절이 사용되
었음은 분명하다. 나아가 아라리라는 단어보다는 어러리라는 단어가 더
널리 사용되었을 것이라는 추정이 가능하다.

　이제는 어러리라는 단어는 거의 사용되지 않고 아라리나 아리랑이라는
단어가 더 많이 사용됨을 설명할 차례다. 그리고 강원도 여타 지역이나

강원도 외 지역에서는 어러리라는 단어가 아직도 일부 전승되는데, 정선
지역에서는 전혀 채록되지 않는지16)에 대한 해명이 있어야 한다. 이는,
앞에서 설명한 바와 같이, 구비전승이라는 측면보다는 전승의 문화적 환
경의 변화에서 찾아야 한다.

　19세기 말부터 20세기 초 경에 서울에 유입된 어러리는 잡가의 한 레파
토리로 정착한다.17) 민요인 어러리가 전문 가창 집단의 잡가인 '아리랑',
'아리랑타령'의 콘텐츠로 활용되면서 여러 면에서 변화가 생겼다. 아리랑
또는 아리랑타령이라는 가요명의 사용도 그 중의 하나다. 이후 축음기 음
반이나 신문 기사에서는 아리랑이라는 가요명 이외에도 정선아리랑, 강원
도아리랑이라는 노래명이 등장한다. 이와 같은 아리랑이라는 노래명이 일
제 시대 때 정선에서도 사용되었을 가능성도 있지만, 1.2의 인용문을 보면
그렇지 않거나 그리 활발하게 사용되지는 않았을 가능성이 훨씬 높다. 1.2
에는 아리랑이라는 노래명은 서울에서 사용됨에 반해, 정선이나 강릉에서
는 어러리라는 노래명이 사용됨을 밝히고 있다. 다시 말하면, 그 글을 쓸
당시인 1937년이나 그 이전에 서울에 전승된 어러리는 아리랑이라고 불렸
고, 강원도에서는 어리리라고 불렸음을 확인할 수 있다.

　그렇지만 그 당시 아리랑이라는 노래명이 정선등 강원도에 침투했을 가
능성은 있다. 왜냐하면, 이미 그 당시 축음기나 신문 등에서 그러한 노래
명이 사용되고 있고, 그러한 매체를 정선 사람들 일부도 접했을 가능성은
충분하기 때문이다.

16) 강등학, 『정선 아라리의 연구』(집문당, 1988), 진용선, 『정선아라리』(집문당,
　　1993), 김시업, 『정선의 아라리』(성대 출판부, 2003) 참조.
17) 강등학, 앞의 논문, 이보형, 앞의 논문.

2 그것은 이 귀중한 문헌인 제주도 민요의 소멸될 운명이 머지 않엇다는 현상니다. 년전에 필자가 제주도에 갔을 때 민요와 전설을 채취함에 있어 당지 읍내의 C신문 지국장 P씨와 악기점주 K씨와 의사 C씨 등 외에 심수인의 유지 청년들이 모다 필자에게 지극한 편의를 도와주신 분들이거니와 씨등이 필자에게 편의를 도와주엇다는 것은 볏 노래를 아는 나히 늙은 어부와 송장이 다된 노파 등을 소개해 주엇다는 것이요. 씨등은 모다 제주도 태생임에도 불구하고 섬의 민요라는 것은 한 가지도 기억하는 것이 없었습니다.

거리의 술집 비바리가 아리랑, 도라지 타령을 목맷쳐 부르며 가게의 레코-드 가 양상도 가락을 넘기고 있습니다. 씨등도 역시 이 같은 육지의 노래는 몃 조각식 알고 잇는 것은 물론입니다.

생각컨대 섬과 육지와 교통이 편해짐에 따라 다시 레코-드 라듸오가 이 섬에 들어옴을 기하야 섬의 노래는 자연 정복이 되는 모양입니다.

그리고 주민들도 항상 육지를 그리고 높이는 나머지 육지의 노래를 부름을 자랑으로 녁이고 섬의 고유 민요를 부름을 붓그러 하는 모양입니다.

더욱 신청년들은 레코-드 라디오에서 소개하는 유행가를 외여 둘지언정 섬의 재래 민요인 이 고귀한 문헌에 대하야서는 도모지 도라볼 생각을 안 두는 모양입니다.[18]

위의 인용문은 1930년대의 제주도는 이미 기왕에 전승되던 민요가 그 세를 잃고, 라디오나 축음기를 통해 서울의 노래가 침투하고 있는 상황이 었음을 보여 준다. 아리랑의 경우도 제주도에서 불리는데, 이는 강원도의 어러리가 아니고 이미 서울화된 아리랑임에 틀림없다. 왜냐하면, 그 아리랑은 축음기나 라디오를 통해 배웠을 것이기 때문이다.

---

18) 김릉인, 「제 고장서 듯는 민요 정조, 제주도 멜로디」, 『삼천리』제8권 제8호, 1936.6.1.

아리랑이 제주도민들의 애창곡이 되었다는 사실은 강원도에도 그 아리랑이 전파되었으리라는 것을 보여주는 방증이다. 그러니까 강원도 본래의 어러리가 서울에서 변형되어, 그 변형된 아리랑이 다시 강원도에 회귀되었을 가능성이 충분하다는 것이다. 가창자들이 『시행잡가』라는 잡가집을 사서 그 가사들을 외웠다는 증언[19]이나 축음기를 들고 다니면서 소리를 배웠다는 증언[20]을 고려할 때 변형된 아리랑이 강원도에 회귀되었을 것임이 틀림없다.

이와 같은 과정 중에서 소리 자체의 변화도 있었겠지만, 서울에서 형성된 노래명도 유입되었을 것이다. 즉, 어러리, 아라리, 어리랑타령이라는 노래명이 존재하는 곳에 아리랑, 정선아리랑이라는 노래명이 들어왔다. 그렇게 하여 어러리, 아라리, 어리랑타령, 아리랑, 정선아리랑 등의 노래명은 일정 기간 공존하게 되었음을 상정할 수 있다. 즉, 하나의 노래에 여러 노래명이 경합을 하게 된 것이다. 그러다가 어러리나 어리랑타령은 비교적 이른 시기에 소멸하였음을 추정할 수 있다. 요즈음 만나는 80살 이상 되는 강원도 가창자들도 어러리를 아리랑이나 정선아리랑이라고는 부르지만, 어러리나 어러리타령이라고 부르는 사람은 드물다. 그리고 그렇게 기억하는 사람도 흔하지 않음은 어러리나 어러리타령이라는 노래명이 비교적 오래 전에 소멸의 길을 걸었음을 말해 준다.

19) 박관수, 「청일면」, 『횡성의 구비문학』Ⅱ(횡성문화원, 2002), 1876쪽.
20) 필자가 『횡성의 구비문학』을 집필하기 위해 2001년도에 현장 답사를 다니는 중 만난 횡성군 청일면 유동2리에 사는 심운택이나, 『어러리의 이해』를 집필하기 위해 2003년도에 현장 답사를 다니는 중 만난 청일면 춘당1리에 사는 임규철 등에 의하면, 청일면 춘당리에 살았던 권영복은 일제 시대 때 복술을 했는데 소리를 좋아해 소동에게 유성기를 들고 다니게 하면서 한가한 시간에 소리를 들었다고 말했다.

3.1 우리는 요 근래에 아리랑이라고 했지, 예전에는 모두 '아라리 한마디 하세요' 그랬지요.[21]

3.2 1970년 당시 정선군 공보실장인 연규한은 전국민속대회에 나가면서 이름을 어떻게 정할까를 생각하다가 정선아리랑이라고 정했다. 이는 아마도 전국적으로 그렇게 부르니까 그렇게 정한 거 같다. 공보계장인 나는 이를 따를 수밖에 없었는데, 아라리라고 하는 것도 좋았었겠다고 생각했다.[22]

전술한 바와 같이, 아리랑이나 정선아리랑은 오랜 기간 동안 서울에서 사용되면서 전국적인 인지도를 확보한 노래명이다. 축음기, 라디오 등을 통해 그 인지도를 확립했고, 여러 가사집이나 신문 등을 통해서도 그 지명도를 넓혔다. 그러한 노래명이 정선에 유입된 후 토착화된 노래명과 충돌하며 공존 관계를 유지하다 외부에서 유입된 노래명이 득세하여 토착화된 노래명을 억압하여 내쫓았다. 3.1의 경우는 이미 아리랑이라는 노래명이 대세를 장악했음을 보여준다.

1950년대에 들어서서는 지역의 유관기관에서도 어러리, 아라리라는 이름 대신에 아리랑이나 정선아리랑과 같은 전국적으로 인지도가 있는 노래명을 선택하게 된다.[23] 1955년에는 정선군에서 『정선민요집-정선아리랑』이라는 가사집이 발간되었고, 1968년에는 당시 공보실장이었던 연규한이 주도적으로 『정선아리랑』이라는 가사집을 발간하였다.[24] 그리고 3.2에서처럼 전국민속대회에 출전하여 상을 받게 되면 여러 가지 혜택을 받게 되

21) 김시업, 앞의 책, 505쪽.
22) 배선기(남), 정선군 정선읍 봉양4리, 토박이, 73살, 2009.6.26.
23) 『정선아리랑 전승실태 조사보고서』(정선군, 2007), 27-39쪽.
24) 『정선아리랑』(문화인쇄사, 1968).

는 상황에서 지역의 노래명 대신에 전국적으로 보편화된 노래명을 내세웠다. 이렇게 선택된 노래명은 정선이라는 지역에서 새로운 힘을 얻게 됨은 물론이다. 그리고 그 이름으로 대통령상을 수상했기 때문에 그 노래명은 행정적으로 더 자주 거명될 수밖에 없고, 토착화된 노래명은 사용 빈도수가 현저하게 떨어지고 나중에는 소멸의 길을 걷게 되는 것이다.

이처럼 정선에서는 어러리라는 노래명은 서울에서 회귀한 아리랑이나 정선아리랑의 힘에 눌려 소멸하지만, 정선 이외의 지역인 영월, 횡성, 문경 등지에서는 아직도 그 모습이 일부 남아 있음을 확인할 수 있었다. 이와 같은 현상은 정선아리랑이라는 노래명과, 어러리나 아라리라는 노래명이 충돌하는 강도 정도와 관련지어 이해할 수 있다. 정선 지역에서는 어러리가 정선아리랑이라는 노래명을 획득하면서 강원도 전역을 대표하는 소리로 인정받을 수 있었고 전국적인 지명도를 획득할 수 있었다. 이러는 과정에서 정선아리랑이라는 노래명은 어러리나 아라리에 비해 상대적으로 압도적으로 우월한 지위에 오를 수 있었고, 어러리나 아라리의 노래명은 소멸되었다. 반면에 정선 이외의 지역에서는 정선아리랑이라는 노래명이 정선에 비해 그리 큰 힘을 얻지 못했고, 그 결과 어러리나 아리리 등의 노래명이 잔존하게 된 것이다.

III. 소리의 통일화 지향

과거 어러리는 뗏꾼, 장사꾼 등을 통해 서울 등지에 전파되었으나, 그 전파 장소는 포구, 주막집 등으로 제한적이었고, 그 방식도 대면 접촉에 의해서였을 것이었다. 20세기 들어 어러리가 잡가의 레파토리 중의 하나가 될 때 잡가를 생산하는 전문예능인들은 원 어러리를 직접 접했거나 대면접촉등에 의한 1차 전승물에 접했을 것이라고 판단할 수 있다.

잡가를 모은 잡가집은 다양한 출판사에서 출판되었다. 이는 잡가가 상
품으로서 가치가 있음을 보여준다. 즉, 잡가는 이미 20세기 초반에 흥행을
기반으로 하는 상업성이 확보된 셈이다. 민요 어러리가 잡가 아리랑으로
변한다는 것은 아래 인용문의 4.1의 지적과 같이 '생활로서의 민요'가 아
니라 '음악으로서의 민요'가 된다는 의미다. 즉, 어러리는 일을 하면서 부
르고 삶의 애환을 대신하여 부르는 것이 아니라 여흥 공간에서만 부르는
음악이 된다. 이와 같은 재탄생은 어러리의 1차적 변화라고 부를 수 있다.
이러한 변화는 어러리나 아리랑이 신민요, 연극, 영화 등의 콘텐츠로 활용
되면서 발생하는 변화와는 구별될 것이다.

잡가 이후 1920년대, 30년대의 아리랑은 어러리를 바탕으로 해서 생산
될 수도 있지만, 잡가 아리랑등의 1차적 전승물을 바탕으로 생산될 수도
있다. 이러한 재생산 과정에는 그 당시 전문예능인이나 음반 제작자들은
물론 민요 연구가들의 민요에 대한 평가가 반영될 가능성이 많다. 그들이
도시의 노래 수요자들과 상호 소통하면서 민요를 개작했다기보다는 오히
려 도시 사람들의 유흥적 감각에 적합하도록 그들의 의도대로 민요의 개
작을 시도했다고 할 수 있다. 잡가집이나 유성기음반에 각 지역의 수많은
민요들이 레파토리로 등장하는 것도 도시민들과 상호 소통 하에 이루어진
것이라기보다는 그들의 기호에 맞추려고 노력하는 노래 생산자들의 시도
에 의한 것이라고 판단하는 것이 합당하다. 수요자와 생산자가 수많은 레
파토리를 매개로 상호 의사소통을 하여 그러한 곡들을 선정했을 가능성은
희박하기 때문이다. 그리고 아리랑이 노래, 영화, 연극, 무용, 댄스곡 등
다양한 장르에 활용되었다[25]는 사실도 수요자들과의 소통보다는 생산자
들의 일방적 시도에 의한 것임을 확인해 준다. 짧은 기간에 다양한 장르

---

25) 이서구, 「조선의 유행가」, 『삼천리』 제4권 제10호, 1932.10.1.

로 재생산되는 것이 수요자와 생산자 간의 상호소통을 전제로 이루어지기
는 불가능하기 때문이다.

  4.1 과거의 조선에 잇어서는 개인적으로나 단체적으로나 실생활과 민
      요의 교섭은 밀접하엿다. 옛날 사람들은 민요를 부르고 무용을 행
      하면 반다시 풍년이 된다든지 비가 온다고 깊이 믿고 의심치 아니
      하엿다. 이러케 옛날 사람은 「생활으로의 민요」를 구하엿으나 물질
      문명에 신경이 피로된 현대인은 「오락으로의 민요」 내지 「음악으
      로의 민요」를 구한다.[26]

  4.2 「아리랑 아리랑 아라리오」 이 이쯤은 어찌함인지 조선쌍의 모든 것
      과 빈틈을 발견할 수 업시 쏙 들어맞는 늣김을 준다 가장 조선 조
      정을 대표한 것이다. 이것이 물론 애조이오 망X조인 것인 만큼이
      듯는 우리에게 민요로서 실감을 주는 것도 사실이다.[27]

  4.3 그러면 도대체 어떠케 하길래 그러케 유명한가 즉 처량하고 서른가
      요 얼마 전에 유성괴판에 "강원도아리랑"이라는 것이 잇길래 반색
      을 해서 트러보앗소 웬 당초에 형편이나 잇소 첫재 하는 기생인지
      류행가 가수인지가 강원도강ㅅ자도 모르는 사람같소 적어도 강원
      도 아리랑 그 중에도 정선어러리 소리를 들을랴면 그야말로 아주
      토백이로서 어러리에 저저 자란 「어러리친구」가 아니면 정작 소리
      를 들어볼 수가 없소
      각 레코-드 회사에서 취급한 아리랑은 모두 가짜 아리랑으로 우리
      가 들을 때에 콧살이 찌프러진다 그리구 소리에서 순박하지 안흔
      도회지 거름내가 난다 곡조도 물론 되엇슬리 만무하다[28]

26) 최영한, 「조선민요론」, 『동광』 33호, 1932.5.1.
27) SH생, 「토월회 공연의 『아리랑고개』를 보고(-)」, 동아일보, 1929.11.26.

4.4 내 고장의 향토색 – 지리, 역사, 인정, 풍속, 생활 등 – 이 혹은 한
숨에 석긴 애조로, 혹은 허구푼 우슴으로 구전되여 내려오는 온갖
민요는, 시대의 거울이였고 농촌생활의 반영이엿다. 북국(함경도)
의 민요는 넘우나 눈물에 저저있고 비극을 품고 잇다. 이루 미루워
보아 북국의 방방곡곡에는 녜로부터 얼마나 눈물과 비극이 많어
왔나함을 짐작하게 된다. – 중략 – 어느 민요 치고 그러치 않은 것
이 업지마는, 이「신고산타령」은 북국의 산촌 비탈밭에서 밭이랑을
타고 앉은 마을 총각의 입 속으로 흘너 나오는 그 정취는 다른 지
방의 사람들로는 도저히 맛보지 못할 것이다.[29]

4.5 생활을 떠난 음악이 업다. 한 종족의 생활이 잇기 시작할 때 그 종
족의 음악이 잇기 시작한다. 아리랑 타령, 방아타령, 수심가, 단가
는 우리들의 선조의 생활우에 피여 나려온 모노토노우스한 에레자-
엿섯다. 이것들의 메로듸는 직접 우리 종족 아세아 동편에 돌출한
3면은 물에 잠긴 콩껍데기만한 반도 그 반도에 붉은 흙과 푸른 한
울과 벌거버슨 산들은 유장한 스카이라인을 그리고 다란난 산투성
이로 된 조선이라는 땅안에 사는 장죽 물고 뒷짐 지은 상투 잇는
백성들의 기질과 성격과 모든 내부 살림을 말하고 잇는 것이다. 엇
던 다른 나라를 다른 종족을 차저가 보아도 조선의 아리랑 타령이
나 수심가나 방아타령가튼 것은 볼 수 업는 것이다.[30]

4.2, 4.4, 4.5 등을 보면, 민요는 조선 사람들의 정조를 대표하는 것인
데, 그 정조는 '애처로움'이라고 말하는 데 일치한다. 즉, 1920년대, 30년

---

28) 염근수, 「일천간장 녹여내는 강원도아리랑」, 동아일보, 1939.6.17.
29) 박상희, 「제고장서 듯는 민요 정조, 구곡에 사모치는 단장곡」, 『삼천리』제8권 제8
호, 1936.8.1.
30) 팔봉산인, 「너희의 양심에 고발한다」, 『개벽』 50호, 1924.8.1.

대 지면을 통해 활동하는 민요 연구자들 대부분이 민요의 정조를 한이라고 평하고 있음을 알 수 있다. 그런데 이러한 평가는 사실에 대한 판단에 근거한 것이 아니라, 연구자들의 선입견적 판단에 근거하고 있다. 4.3이나 4.4가 이러한 판단에 대한 비판적 작업의 일환으로 민요 전승 현장을 직접 체험한 후에 이루어진 보고들이지만, 이들도 역시 민요의 정조를 '애처로움'으로 진단하고 있다. 그러나 현장에서 전승되는 어러리, 신고산타령, 방아타령을 접하면, 이들의 정조를 '애처로움'이라고만 생각할 수는 없다. 상황에 따라 애처롭게도 불리기도 하지만, 흥겹게 불리는 상황도 있게 마련이다. 여인네들이 모여서 물바가지 장단을 치거나 남정네들이 주막집에서 놀 때 어러리나 신고산타령을 애처롭게만 부를 수는 없는 것이다.

이처럼 연구자들이 민요의 정조를 한이라고 하는 평가는 사실에 기초하지 않음으로써 발생하는 오류이다. 마찬가지로 4의 모든 인용문에서처럼 민요를 생활의 소산이라고 하는 설명도 사실을 정확히 분석하는 논의를 바탕으로 산출된 결과라고 판단할 수 없다. 이러한 설명이 설득력을 갖기 위해서는 4에서 말하고 있는 신고산타령, 아리랑타령, 방아타령, 수심가, 단가 등의 노래에 대한 개별적 논의가 바탕이 되어 일반화가 되어야 하는데, 그러한 작업이 없이 민요를 생활의 노래라고 진단하고 나아가 민족의 노래라고 의미를 확대하는 태도는 당대 지식들의 민요관의 소산이었음을 여실히 보여준다.

이러한 민요관을 바탕으로 하여 재생산된 민요는 전승 현장의 원 민요와는 다른 모습을 띨 수밖에 없다. 4.3을 보면, 축음기 음반의 아리랑과 어러리의 소리가 서로 다름을 확인할 수 있다. 서울에서는 아리랑을 '강원도 강 자도 모르는' 사람이 불렀기 때문에 어러리의 소리와 여러 가지 면에서 달라졌음도 드러낸다.

5.1 더욱이 현재 2,3년 전부터 향토문학에 뜻을 둔 동지들 사이에서 각
　　지에 산재한 민요를 수집하며 민요 연구에 종사하는 사람이 차차
　　만허가는 현상이다. - 중략 - 이러한 민요○[31]에 유의한 동지들은
　　금전에 여유가 업스면 무전여행이라도 하여 조선 13도에 산재한
　　민요를 수집하며 풍속상 불미한 종류의 민요는 제거하여 버리고 불
　　완전한 민요는 완전하도록 수정을 가하야 민요 황금시대를 짓도록
　　노력하기를 바라며 필자도 업을 맛치고 그것을 단행하려고 결심하
　　고 잇는 바다.[32]

5.2 이화의 양산도나 방아타령은 재래의 것과 다르니 웬일이냐? 함에
　　대하야 나는 다시 반문하는 것을 「어떤 가수를 표준하고 하는 말
　　이냐?」 하리라. 이모의 소리와 다르단 말인지, 김모의 것과 다르단
　　말인지, 가수마다 같은 양산도나 방아타령을 다 다르게 하는 데다
　　가 또한, 한 가수라도 작년의 래코-드와 금년의 레코-드 소리가 또
　　다르니 무엇을 표준하고 재래의 것과 다르다고 틀럿다는 말이냐?

　거기에는 반드시 한 음악가가 상식적 악리로 판단하야서, 첫째로 그 노
래의 독특한 정조를 잃지 안토록 하고, 또한 그 음계와 박자를 주의하야서
악보에 올리는 방도 외에 또 다른 도리가 없다. 어느 나라를 물론하고 민
요는 입에서 입으로 전하게 된 것임애 음악적으로 불완전한 점이 다소 잇
어서 악보에 올려 영구히 보존하려 할 때는 그리하는 수밖에는 없다. 그
보다 더 완전한 것이 악보화되기 전에는 몇 백년 후에는 그것이 전하여지
게 된다. 그리하야 어떤 가수가 부르던지 동일하게 된다. 민요는 몇 백 몇
천 사람이라도 꼭 같이 함께 부르게 됨이야말로 의미 깊은 것이 아닌

---

31) '○'는 원문이 잘 보이지 않는다는 표시다. 이하 같음.
32) 우이동인, 「민요연구(6)」, 중외일보, 1928.8.12.

가?33)

> 5.3 도리켜 생각하니 진실로 조선 민요는 우수한 로켈 칼나를 가진 위
> 대한 예술품이에요. 그것을 인제야 저는 발견했서요. 다만 이것을
> 재래 것대로 그양두어야 소용 없지요. 이것을 양악조로 편곡도 고
> 처 하고 서양음악의 발성법으로 불너야 세계적 레벨에 오를 한 독
> 특한 음악이 될 것으로 아러요. 그러기에 민요를 살니자면 뛰여난
> 편곡자와 그리고 새 발성법으로 부르는 가인이 있어야 하겠어요.34)

5.1에서와 같이, 1920년대, 30년대 지식인들은 서울에서 재생산된 민요
에 대응하는 개념으로 '향토민요'를 설정했다. 이러한 용어는 '서울'의 입장
에서 설정된 것이지 '향토'의 입장에서 설정된 것은 아니다. 다시 말하면,
향토민요 그 자체를 연구하겠다는 자세에서 '향토민요'가 설정된 것이라기
보다는 향토민요의 수집35)과 연구가 서울에서 재생산되는 민요에 어떻게
활용되느냐가 관심의 초점이다. 그래서 위의 인용문들처럼 향토민요가
완전하냐 불완전하냐라는 평가를 위한 개념을 설정할 수 있었고, 그들의
관점으로 불완전하다고 판단하면 민요를 개작하여 재생산에 활용하게 되
는 것이다. 이러한 개작 의식은 민요가 서울에서 재창작 과정을 거칠 때

---

33) 안기영, 「음악·연예·미술-조선의 민요와 그 악보화」, 『동광』 제21호, 1931.5.1.
34) 「이태리 가려는 왕수복 가희」, 『삼천리』 제11권 제7호, 1939.6.1.
35) 「이딸의 민요와 동요」, 『개벽』 42호, 1923.12.1. 여기에서는 춘천 지방의 '밀매노
래', '장사타령', '베틀가', '동요', '진득이', '춘천아리랑' 등을 채록했다. 거상찬, 「관
동민요」, 『별건곤』 63호, 1933.5.1. 여기에서는 '원주아리랑', '정선구아리랑'이 여
러 편 채록되어 있다. 거상찬, 「충청도민요」, 『별건곤』 64호, 1933.6.1. 여기에는
'묘파러가세'가 채록되어 있다. 김릉인, 앞의 글. '이어도 타령', '둥그레 당실' 등을
현지 채록하고 있다. 박상희, 앞의 글. 여기서는 '애원성', '신고산타령'을 현지 채
록하고 있다.

사설을 변화하게 하고36) 선율이나 리듬 등도 변화하게 한다.

5.2에서도 민요는 구전되므로 불완전한 면이 있다고 한다. 그리고 그렇기 때문에 하나의 악보로 통일해야 한다고 한다. 다시 말하면, 필자는, 창자에 따라, 상황상황에 따라 다양한 소리로 불리는 것이 민요의 고유한 특성임에도 불구하고, 그 특성을 불완전하다고 폄하함으로써 자신의 악보 제작 행위를 합리화하고 있다. 5.3에서는 민요를 양악조로 편곡을 하고 양악의 발성법으로 노래를 해야 한다고까지 강변하고 있다.

이와 같은 민요관의 지배 하에 놓인, 서울에 유입된 어러리는 사설은 물론 악곡마저 변화하게 되고, 그 변화된 아리랑은 축음기에 얹히거나 라디오를 타고 지역의 소리판에 회귀한다. 이렇게 회귀한 자(子)민요는 기왕에 지역에서 전승되는 모(母)민요와 충돌하게 된다. 앞 장에서 설명한 바처럼, 기왕의 어러리라는 명칭이 정선아리랑이라는 명칭과 경쟁을 하다 힘을 잃고 소멸의 길을 걸은 것과 같이, 모민요인 어러리의 소리도 자민요인 정선아리랑의 소리에 밀리게 된다. 4.3에서는 정선에서 확인하는 어러리 소리에 도회지 냄새가 나고, 어러리만을 부르고 자란 토박이의 소리에서만 본래의 어러리 소리를 확인할 수 있다고 하는 것은 이미 1937년에 자민요인 아리랑이 모민요인 어러리와의 경쟁에서 이기고 있음을 확인시켜 주고 있다. 이와 같이 아리랑이 지역에 침투하여 지역의 민요와 경쟁에서 우위를 확보함은 2에서도 드러난다. 2에서 필자는 1936년 제주도를 답사했는데, 민요가 거의 소멸될 상황에 처해 있음을 보고하고 있다. 그러면서 아리랑이나 도라지타령이 레코드나 라디오를 타고 침투하여 민요를 소멸시키고 있음을 구체적으로 설명한다.

---

36) 강등학, 앞의 논문.

6.1 그런데 웬 연고인지 십년이 흘너간 뒤 「무산자 누구냐 / 한탄을 말어라 / 부귀와 빈천은 돌고 돈단다./ 청천 하날엔 / 잔별도 많고 / 우리네 살님사리 / 말성도 많구나 / 아리랑 아리랑 아라리요 / 아리랑 고개로 넘어나가세」 지금의 내 고향엔 이러한 노래 곡조만이 마을의 철부지 초동들의 핏끼 업는 입까에서 흘너나올 뿐이다. 내 고장에서 듯든 민요의 정조조차 지금엔 차저 볼 수 업구나![37]

6.2 다만 라디오의 보급에 의하여 음악에 친할 기회가 잇는 동시에 축음기의 보급에 의하여 도회문명의 말기를 상징하는 퇴폐적 속요가 농촌을 망치기 시작하엿다. 지금 신진민요시인은 각지에서 배출되엇으나 현대인의 취미성을 만족시킬 만한 향토적 깊은 견해를 가진 민요창작도 없거니와 그것을 음악화시킬 민요작곡가는 더욱 없으니 조선농촌이 신민요에 의하여 생활에 윤택을 가지게 되는 날은 언제일런지 모르겟다.[38]

6.1은 1936년 함경도 지방의 소리를 현장 보고하는 내용이다. 이를 보면, 함경도도 서울의 아리랑으로부터 지배를 받고 있음을 알 수 있다. 필자는 자신의 고장에서 과거 들던 곡조는 사라졌다고 기록하고 있다.

이상에서와 같이, 함경도, 강원도, 제주도 등 전국이 서울에서 생산된 아리랑의 지배 하에 들어갔음을 보여준다. 6.2에서는 1932년에도 축음기나 라디오 등의 문명 기기를 통해 전파되는, 서울에서 생산된 민요들에 의해 지역의 민요들이 소멸의 길을 걷고 있다는 진술하고 있는 것으로 보아, 양자의 충돌은 그 이전부터 시작되었음을 짐작할 수 있다.

---

37) 박상희, 앞의 글.
38) 최영한, 앞의 글.

7.1 어느 곳에서는 '아우라지 뱃사공아' 할 것 같으면, '아'에서 길게 빼
　　는 데가 있는가 하면 고 다음에 이 쪽 동네에 가서는 '우'에서 길게
　　빼드라구요. '아'는 짧게 하고 '우'에서 길게 빼요. 그건 왜 그러냐
　　할 것 같으면 그 동네에서 아라리 잘 부른다 하는 사람을, 그 사람
　　의 창곡을 따르는 거예요. 그러니까 이거다 저거다 다 할 수가 없는
　　거예요.[39]

7.2 아라리는 일하면서 놀면서 혼자서 다양하게 불리워지는 것이지만
　　상황에 맞추어진 특별한 가사가 정해져 있지는 않아요. 그때 그때
　　에 따라 어떤 가사도 불릴 수 있습니다. 하지만 약간의 차이도 있
　　어요. 산에 오를 때는 소리가 높고 마지막을 흔들어 부르지요. 혼
　　자 앉아서 부를 때는 소리가 느려집니다. 여럿이 춤추고 놀 때는
　　소리가 빨라집니다. 호미질을 할 때나 삼을 삼을 때에는 손동작에
　　맞추어 부릅니다.[40]

7.3 또 내가 그걸 강조하는 것은 아라리를 악보화시켜서 그 한가락에
　　의존하면 생명력이 없는 소리가 됩니다. 제가 정선아라리로 인생
　　을 망쳤다 해도 과언이 아닙니다. 내가 10년 이상을 이렇게 생활해
　　오면서 깨달은 것은 아라리는 어떤 가락에다가 맞춰서는 안 되겠
　　다는 것입니다. 자연의 변화처럼 사람의 심리 변화에 따라 아라리
　　는 자꾸 소리로 변화가 되는 거구, 같은 사람이라도 다른 데 가서
　　소리를 하게 되면 조금 맛이 달라집니다.[41]

---

39) 김시업, 앞의 책, 503-504쪽.
40) 위의 책, 516쪽.
41) 위의 책, 514쪽.

7.4 우리 어머니들이 부른 소리를 보면은 사실은 그 소리가 좀 빠르면
서 꼭 그렇게 슬프지는 않아요. 예전에 부르던 소리인 빠른 3박자
의 노래를, 부녀자들이 모여 춤추고 놀고 청년들이 모여서 놀고 하
던 노래를 요즘에는 잘 부르지 않아요. 어디 가서 무대에 올라서서
는 느린 3박자에만 맞추어 불렀고 또 그렇게 하다보니까 그런 소리
만 불려지고 일상생활에 가장 밀접했던 소리(예를 들어 빠른 3박자
의 소리)는 밀려가고 없어져요.[42]

7.5 덩더쿵에 장단을 맞춰 가면서 춤을 추구 놀구 돌아가면서 춤을 추
면서 소리를 서로 주구 받구 밤중을 넘어 새벽까지라도 계속 정선
아라리 가락에 무르익어 돌아갔는데 스무살쯤 돼서 라디오와 녹음
기가 들어오다 보니까 인제 유행가 가락을 알게 되더라구요. 그러
다 보니 유행가를 부르니까 정선아라리를 부르면 아주 촌놈 소리
를 듣겠구 유행가를 불러야 세련된 사람, 개화된 사람인 것 같구
그러다 보니 아라리가 밀려나는 거예요.[43]

7.1은 연규한의 증언이다. 그는 어러리 가사집을 만들고,[44] 어러리로
전국민속경연대회에 나가 1등을 하게 했고, 정선아리랑제를 개최하게 하
는 데에 핵심적인 역할을 한 인물이다. 그는 어러리가 하나의 악보로 통
일할 수 없는, 다양성을 지닌 소리라는 것을 밝히고 있다. 그는 이러한 견
해를 가졌음에도 불구하고, 어러리의 다양성을 살리는 데 공헌했다기보다
는 어러리를 하나로 통일하는 데 일정 역할을 담당했다고 볼 수 있다. 그

---

42) 위의 책, 519쪽.
43) 위의 책, 521쪽.
44) 배선기의 증언에 의하면, 가사집을 만들 때 연규한은 공보실장이었고 자신은 공
보계장이었는데, 연규한은 지시만 하고 자신이 어러리 가사를 직접 채록했다고
했다.

가 공보실장, 부군수 등으로 있는 동안 군청에서는 어러리를 악보화했고, 어러리나 아라리보다는 아리랑이라는 노래명을 선택했다. 이러한 것은 그의 개인 행위의 소산이라기보다는 유관기관의 조직적인 힘은 어러리의 다양성을 살리는 방향보다는 하나로 통일하는 방향으로 기울었기 때문이라고 보인다.

이와 같은 유관기관의 힘의 작용을 전승 현장에서 어러리의 정체성 확보에 관심을 기울이는 사람은 부정적으로 생각한다. 어러리 기능보유자였던 김병하는 7.2, 7.3에서와 같이 상황상황에 따라 다른 소리를 하는 것이 어러리의 고유한 특성이라고 말하고 있다. 그는 7.3과 7.4에서와 같이 유관기관은 그러한 다양성을 도외시하고 하나의 악보로 통일하여 일정한 장단과 선율로 소리할 것을 지역민들에게 강요하고 있다고 말한다. 이러한 강요는 서울에서 생산된 아리랑이 축음기나 라디오를 타고 흘러와 지역의 어러리를 압박하는 것과 다를 바 없다.

7.5를 보면, 정선에서 외부의 소리가 지역의 소리를 압박하는 것은 1960년대 초반부터라고 말한다. 그렇지만 정선의 시골 지역에 축음기나 라디오가 일제 직후에 들어왔다는 증언[45]을 고려하면, 외지의 소리는 이미 50여 년 전에 지역의 소리판에 심대한 영향을 미치고 있었을 것임을 알 수 있다.[46] 시골 마을이 이러할진대, 정선 읍내 같은 경우에는 이미 그 전부터 도회문명의 영향 속에 들어갔을 것이다. 이런 정황을 고려하면, 어러리의 변화는 훨씬 전부터 이미 시작되었고, 4.3의 기록을 보더라도, 1930년대에 이미 외지 소리가 지역의 어러리 소리를 변화시키고 있음을 알 수 있다.

---

45) 신경우(남), 정선군 정선읍 북실리, 토박이, 88살, 2009.7.19.
46) 김영운, 「경기소리의 갈래와 음악적 특징」, 『경기잡가』(경기도 국악당, 2006), 25-57쪽.

이처럼 외지의 소리가 들어오기 전까지는 지역민들은 소리를 매개로 자신의 마음을 전달하고 상대의 마음을 전달받는, 상호소통을 전제로 하는 문화적 환경 속에서 소리를 즐겼다. 사람들이 자족적인 삶을 살면서 소리를 하던 문화적 환경은 1930년대에 이미 많은 변화가 시작되었다. 라디오와 축음기라는 문명기계가 소리의 문화적 환경을 바꾸는 데 결정적인 공헌을 한 것이다.

20세기 초에 일어난 교통의 발달, 라디오 및 신문 등의 대중매체의 발달은 자족적인 문화적 삶을 누리던 환경에 큰 충격을 주었다. 지역 주민들은 교통의 발달로 낯선 사람들과 대면 접촉이 더 활발해짐에 따라 새로운 소리에 접할 기회가 많아지고, 유성기나 라디오를 통해 낯선 소리와 접촉할 수 있는 기회가 빈번해지는 문화적 상황에 놓이게 된다. 정선에서 자족적으로 전승되던 모민요인 어러리도 서울에서 생산된 자민요인 아리랑과 만나 두 민요가 낯선 공존을 하게 된다.

이러한 두 소리는 공존하지 못하고 충돌하게 마련이다. 양자의 소리가 전혀 다른 소리라면 두 소리는 공존할 수는 있지만, 유사한 소리인 경우에는 창자들은 둘 중 하나는 선택하게 마련이다. 그럴 경우 어느 하나가 다른 하나에 비해 선택받을 수 있는 동인이 강할 경우, 그 소리는 선택을 당하게 된다.

구비전승하는 상황에서는 외부 문화가 지역 문화에 침투하여 정착하기는 쉽지가 않다. 구비전승하기 위해서는 전승 주체자들의 집단적 용인이 있어야 하는데, 그러한 일은 쉽지 않기 때문이다. 외지에서 유입된 소리는 소통의 장에서 생존하기가 어렵다.

그런데 자민요인 아리랑은 모민요인 어러리와 경쟁 속에서 득세를 하고 모민요인 어러리를 추출하기까지 한다. 이러한 현상은 민요는 구비전승한다는 개념만으로 설명하기에 부족하다. 구비전승하는 시대의 문화적 환경에서 외지의 민요가 단시간에 쉽게 용인될 수 없고 나아가 기왕의 민요를 밀어내기까지 하기는 쉽지가 않기 때문이다. 이는 양자를 둘러싸고 있는 문화적 환경이 다름을 이해함으로써 설명이 가능하다.

두 민요는 모자 관계이기는 하지만, 서로 다른 문화적 환경 속에서 생육되었다. 어러리는 장기간에 걸쳐 집단적으로 상호 소통하는 가운데 전승된다. 그러나 기본적으로 아리랑은 청취자에게 일방통행적으로 전달될 뿐이다. 그러니까 어러리는 인간끼리의 대면접촉에 의해 서로 즐기는 문화 장르이지만, 아리랑은 축음기나 라디오를 듣고 홀로 즐기는 문화 장르라고 할 수 있다.

20세기 초반 이후 오랜 동안 축음기나 라디오를 소지할 정도를 경제적 사정이 넉넉한 집안은 그리 흔하지 않았다. 가난한 시골 마을의 경우 1940, 50년대에 이르러서야 한 마을에 한 대 정도밖에 없었다. 그럴 경우 그 동네 사람 대부분이 그 집에 모여 라디오를 들었다.[47] 그 당시 모든 사람들이 그렇듯이 정선 사람들도 대부분 기계문명을 선망했다. 선망의 대상이었던 라디오나 축음기를 통해 흘러나오는 소리도 관심의 대상일 수밖에 없었음을 물론이다. 7.5에서와 같이 1960년대 초임에도 불구하고 라디오나 녹음기를 통해 알게 된 유행가가 선망의 대상이었고, 그 유행가를 부르는 사람은 개화된 사람으로 생각했고, 어러리를 부르는 사람은 촌놈이라는 소리를 듣는 분위기였음을 생각하면, 그 전 시기에는 그러한 경향이 더 심했을 것이다.

그러한 문화적 상황에서는 어러리보다는 축음기나 라디오에서 흘러나오는 아리랑을 더 선호할 수밖에 없었기 때문에 어러리는 아리랑의 소리를 닮아갈 수밖에 없었을 것이다. 그 결과 어러리 소리의 다양성이 사라

---

47) 신경우, 앞과 같음., 주경섭(남), 횡성군 안흥면 소사리, 토박이, 83살, 2009.7.19.

지고 외지의 아리랑 소리는 세력을 확보하게 된다. 이처럼 외지의 소리를 동경하는 경향은 주막집의 소리판에서도 목격된다. 주막집에서는 어러리를 주고받기도 하지만, 청춘가나 노랫가락 등도 주고받는다. 이때 청춘가나 노랫가락은 어러리와 달리 다른 사람이 부르는 대로 부른다. 사설은 물론 선율이나 리듬도 동일하게 부르려고 노력한다. 이러한 소리 경향은 외지 소리를 동경하고 그대로 닮고자 하는 문화적 상황과 맥을 같이한다. 요즈음에도 어러리는 다양하게 불리지만, 청춘가나 노랫가락 등은 어느 지역이거나 어느 연배의 사람들이건 사설과 선율이 원래의 배합대로 거의 비슷하게 부르는 경향은 어러리에는 아직도 서로 즐기는 문화적 생태가 남아있지만, 청춘가나 노랫가락에는 그러한 문화적 생태가 전혀 없었기 때문에 가능한 것으로 보인다.

당시 소리의 문화적 환경이 변화한 것도 외부 소리를 선망하게 만든 요인 중 하나다. 해방 전에는 어러리를 점잖은 사람들은 부르지 않는 편이었다. 세칭 양반이라고 칭해지는 사람들은 아이들이 어러리를 부르면 쌍놈이라고 하면서 못 부르게 했다.///// 그래서 어러리는 꼴 베러 가서나 나물 뜯으러 가서 부를 수 있는 노래다. 아니면 잔치집등 일시적으로 허용된 공간에서 부르는 소리다.[48] 그러니까 한 마을에서 양반소리를 듣는 사람들이 2,30% 정도였음을 고려하면, 어러리는 모든 계층의 소리가 아니라 일부 계층의 소리로 그 소리 계층이 제한적이었다. 이러한 소리 계층의 제한은 해방 이후 반상의 구별이 사라짐에 따라 소멸되지만, 그 이전까지는 소리의 문화적 환경으로 존재했다.

그런데 축음기나 라디오를 통해 전달되는 소리는 반상을 구별하지 않는다. 게다가 반상의 구별이 사라지는 과정에 있었던 시기에 아리랑 소리는

---

48) 신경우, 위와 같음.

가창자들에게 또다른 매력으로 다가갈 수 있다. 라디오등의 문명기기를 통해 소리를 듣고 즐기더라도 질타의 대상이 될 수는 없다. 소리를 하는 사람들을 쌍놈들이라고 부르던 계층들도 라디오에서 소리를 하는 사람들을 질타할 수는 없는 것이다. 나아가 소리를 하느냐는 것이 하나의 계층 구분의 기준으로 작용하던 문화는 사회적 분위기가 사라지며, 양 계층이 소리를 공유하는 계기가 마련되기도 하였다.

이상에서처럼 과거 어러리가 전승되는 가창 여건은 크게 변했다. 그 결과 어러리라는 범주를 유지할 수 있는 범위 안에서 상황상황별로, 가창자별로 달리 부를 수 있었던 유연성이 사라졌다. 가창자들에게는 유관기관에서 정해준 악보대로, 방송 매체나 테이프에서 불리는 곡조대로, 무형문화재로 선정된 사람들이 부르는 바대로 따라 부르게 되는 경향이 생겼다. 다시 말하면, 자신의 감정을 상황상황에 따라 드러내고 소리판의 분위기에 맞게 조정하는 자율성이 제거되고 누군가가 정해준 기준에 자신의 소리를 맞추게 되었다.

IV. 향유의 적극성 상실

어러리 연구자들이 어러리를 '애처로운' 소리라고 규정했다고 했다. 어러리가 듣기에 따라서는 애처롭게 들릴 수도 있으나, 현장의 가창자들이라면 그렇게 생각할 가능성은 없다. 물바가지 장단을 치면서 흥겹게 소리를 하기도 하고, 남녀가 모여 어깨춤을 들썩이며 부르는 어러리를 애처롭다고 할 수는 없다. 게다가 자진어러리나 엮음어러리도 애처로운 소리의 부류는 아니다.

가창자들은 어러리가 애처롭게도 불리기도 하고 구성지거나 흥겹게도 불린다는 사실을 안다. 그러면서도 그들은 어러리를 한의 소리라고 말한다. 일부의 가창자들만이 그와 같이 말을 하면, 그것은 개인 또는 일부의 오류라고 할 수 있다. 그러나 현장의 가창자들 대부분이 그렇게 말하기 때문에 이를 일부의 오류라고만 한정할 수는 없다. 이와 같은 이중성은 어떻게 설명해야 할까? 이는 일부의 소리판만을 조명하는 것만으로는 해결이 되지 않는다. 그보다는 전승의 전반적인 문화적 상황을 조명할 때 그 해명이 가능하다.

어러리가 서울에서 아리랑으로 재생산되어 정선으로 회귀할 때는 소리만이 유입되는 것이 아니라, 아리랑을 생산하던 사람들의 아리랑에 대한 향유의식도 유입되게 마련이다. 아리랑을 생산하던 사람들은 어러리를 한의 소리라고 평가했다고 말했다. 아리랑을 한의 소리라고 규정하는 그들의 향유의식은 어러리 가창자들의 향유의식을 변화시킨다. 앞에서 설명한 바처럼, 그들의 침투는 강력한 힘을 가지고 일방적으로 진행되기 때문에 그 영향력은 강했었다. 어러리 가창자들이 한스럽게만 소리를 하지 않으면서도 어러리를 한의 소리를 규정한다는 것도 의식의 변화가 실제 소리의 변화보다 먼저 일어났기 때문에 가능한 것이다.

이처럼 어러리를 한의 소리로만 규정하는 것이 외부에서 형성된 의식의 침투에 의해서 가능했다고 말할 수 있는 것은 현장 답사를 통해서 확인할 수 있다. 전승 현장에서 지식인층이라고 할 수 있는 사람들은 어러리를 한의 소리라고 강하게 주장하지만, 산골에 살면서 외지에 덜 노출된 사람들은 어러리를 한의 소리라고만 규정하는 데 덜 동조한다. 필자가 그들에게 어러리는 즐겁게 불리기도 하고 슬프지 않은 사설도 많지 않느냐고 말하면, 전자들은 그래도 어러리는 한의 소리라고 강변하고 후자들은 필자의 말에 동조하기도 한다. 이와 같은 응대 방향은 외부 사람들에 의해 형성된 의식에 어느 정도 노출되었느냐와 밀접하게 관련이 있다고 할 수 있다.

서울에 거주하는 연구자들은 어러리 소리에 대한 향유의식이 올바르지 못함은 물론 사설에 대한 향유의식도 올바르지 못했다.

8.1 우리 민족이 소유한 전래 민요중의 어느 것이던지 을프지는 한 소
요를 들을 때에 우리는 그 순박한 가사와 단순한 조자속에서도 때
때로 우리 선조의 생활 상태를 엿보게 디는 것도 잇고 그 때의 자
연을 상상할 수 잇는 동시에 역사를 사랑하는 마음, 국토를 향하는
경건한 마음, 미족을 위하는 뜨거운 생각을 가지게 되는 일이 적지
아니한 것이다.[49]

8.2 모숭기노래(이앙가), ○○가, 왈만가, 타작가, 만가 등을 보라. 그
곳에는 아모런 기교도 없고 소박하나 대○하며 조곰도 한문의 냄
새가 나지 안코 혹 싱거울는지 모르나 다정한 조선미가 풍부하여
참으로 「마음의 고향」을 그 속에서 찾을 수 잇다.[50]

8.3 상당히 천시했어요. 아라리 부르는 분들을. 천시를 해 가지고 그
때 쯤만 해도 행세를 하는 사람들, 지역세서 유지니 하는 뭐 이런
사람들, 그 자녀들이 서당 같은 데서 공부하는 사람들은 전혀 못
부르게 했어요. 심지어는 부른다 할 것 같으면 매를 때리고 그랬어
요. 남의 일꾼들이나 부르는 소리지…… 그렇게 하다가 보니 요사
이 나이 많은 노인들이 자녀들 앞에서 부르지 못하는 것은 그 때
그런   때문인 것 같아요. 요새는 많이 개선이 됐습니다. 요새는
아리랑제 때도 많이 참가하고 그러는데 그 대신 부르는 사람이 많
이 줄어 들었어요. 부르는 사람들이 많이 줄어들었는데 어떤 사람
들은 심지어 장송곡 같다고도 하고 이러니 말이죠.

49) 이은상, 「청상민요소고」, 『동광』 제7호, 1926.11.1.
50) 김사엽, 「조선민요의 연구」2, 동아일보 1937.9.3.

> 8.4 울럼어갈 제는 큰 맘 먹고 문고리 잡고서 발발발 썬다 … 짜위의
> 색주가에서 흘러나오는 「아리랑」의 데-마나 십오야 밝는 달은 저
> 구름 속에서 놀고 널과 날과는 … 에서 논다 … 종류의 불건강한
> 퇴폐한 「아리랑」에 시종하여야만 될까하는 곳에 작자의 고심이 잇
> 슬 것은 물론이다[51)]

8.1과 8.2를 보면, 서울의 연구자들은 민요를 소박하고 기교가 없다고
한다. 그러면서 민요에는 선조들의 생활 모습이 담겨 있다고 일반화한다.
주지하다시피 민요라고 해서 기교가 없는 것은 아니다. 그리고 8.3을 보
면, 어러리는 모든 시골 사람들의 소리는 아니다. 정선에서도 양반 행세를
하는 사람들은 어러리를 부르지 않았고 부르는 것을 용인하지도 않았
다.[52)] 8.1, 8.2에서와 같이 민요를 뭉뚱그려 조선 사람들 전체의 소리라고
할 수는 없다.

8에서와 같은 민요에 대한 평가는 전승 현장에 대한 이해의 부족에서
발생한다. 이러한 인식은 사설을 자의적으로 해석하기도 한다. 여기서 자
의적이라고 한 것은 사설을 문면적으로 잘못 해석한다는 의미라기보다는
현장의 가창자들이 사설에 대해 생각하는 의미를 전혀 반영하지 않고 일
방적으로 연구자들이 재단한다는 의미가 담겨 있다.

8.4에 등장하는 어러리 두 편은 현장 전승된다. 시골 사람들이 꼴을 베
거나 나물을 뜯으면서 부른 소리다. 그런데 이들 소리를 위에서처럼 색주
가에서나 흘러나오는 소리라고 하거나 퇴폐적인 사설이라고 단정짓는 것
은 윗글의 필자 입장이거나 당대에 어러리의 많은 각편을 음란한 사설로

---

51) 윤갑용, 「토월회의 「아리랑고개」를 중심 삼고」, 동아일보 1929.11.29.
52) 점잖은 사람들은 어러리를 부르지 않았다는 측면을 논의에 포함해서 논의를 할
  때 어러리의 정체성이 보다 명확하게 드러나리라 생각한다. 지금까지는 이러한
  관점에서 논의를 한 논문은 없는 듯하다.

몰아가는, 향유의미에 대한 집단적 오류의 소산일 수 있다. 설령 그들이 음란하다고 생각할지언정, 정선 사람들에게는 그리 크게 문제 삼을, 음란성을 지닌 사설은 아닌 듯하다.[53] 왜냐하면, 그런 소리들은 어러리 판에서 쉽게 들을 수 있기 때문이다. 다시 말하면, 어러리 연구자들은 특정 사설을 음란하다고 평가를 하지만, 어러리 가창자들은 그들의 견해처럼 그리 음란하다고 생각하지 않는다는 것이다.

> 9.1 비가올라나 눈이올라나 억수장마 질라나
>   만수산 검은구름이 막모여 드네

> 9.2 아우라지 뱃사공아 배좀건너 주서요
>   싸릿골 올동박이 다떨어 진다[54]

정선 사람들에게 9.1의 주제가 무엇이냐고 물으면, 그 대답은 선명하게 갈린다. 어떤 사람들은 고려 왕조의 멸망을 상징하는 노래라 하고, 어떤 사람들은 비가 몰려드는 형상을 노래한 것이라고 말한다. 양자의 향유주제가 다른 것이다. 그런데 전자는 주로 글을 읽을 줄 아는 지식층이 대답한 것이고, 후자의 경우는 시골 촌노들이 대답한 것이다. 이러한 대답들은 틀렸다거나 옳다라고 할 수 없다. 각자가 처한 환경에서 산출된 대답일 뿐이다. 그렇지만 필자는 후자의 향유주제가 원래 전승 과정에서 확보되었던 주제라고 생각한다. 왜냐하면, 전자라고 대답하는 대부분의 사람들은 만수산은 개성에 있는 산이고, 검은 구름이 고려 왕조를 망하게 하는

---

53) 어러리에 등장하는 사설 중 음란하다고 평가하는 각편들에 대해서 가창자들의 향유의식 측면에서 접근할 필요가 있다. 나아가 음란성에 대한 당대의 사회의식을 검토하여 사설에 대한 음란성 평가를 다시 할 필요가 있다고 생각한다.

54) 박관수, 앞의 책, 284쪽.

사람들이라고 해석하는데55), 그러한 답변은 누군가 자의적으로 해석한 것을 그대로 답습했기 때문에 발생한 것이 아닌가 생각한다. 이와 같은 해석은 『정선군지』56)를 필두로 정선군에서 발행하는 여러 인쇄물에 등장하는데, 그러한 인쇄물들에 후자처럼 해석하는 사람들도 많다는 언급은 없다. 이러한 것은, 양자의 향유주제 중 어느 것이 옳으냐를 떠나, 지식인들이라고 할 수 있는 사람들의 향유주제는 전자에만 경도되어 있음을 확인해 준다.

9.1 못지않게 9.2도 정선에서 가장 많이 불리는 어러리이다. 그런데 아우라지가 있는 여량리에 가면, 과거에는 '뱃사공아'라는 단어 대신에 '지장구 아저씨'라고 불렀다는 증언을 쉽게 듣는다. 나아가 원래는 지장구 아저씨라고 했는데, 유관기관에서 그렇게 부르지 못하게 하고 '뱃사공아'라고 부르라고 하는데, 그렇게 부르면 맛이 제대로 안 난다는 증언57)도 확보할 수 있다. 맛이 안 난다는 것은 그와 같이 일부 구절을 고칠 경우 향유의식에 변화가 발생한다는 가창자들의 생각이 담겨 있다. 즉, '지장구 아저씨'라고 부르지 않고 9.2처럼 '뱃사공'이라고 부르면, 그 지역에서만 느낄 수 있는 맛을 느낄 수 없다는 것이다. 지장구 아저씨라고 불러야 실제로 아우라지에서 배를 건네주던 실존 인물이 연상되며, 그 지역에서만 느낄 수 있는 고유의 정서가 확보된다는 것이다.

정선의 여타 지역이나 강원도 다른 지역에서는 지장구 아저씨를 뱃사공이라고 할 수 있다. 설령 모든 지역에서 오랜 기간 뱃사공이라고 했더라

---

55) 김시업, 앞의 책, 577쪽. 김시업도 만수산을 개성이 있는 산 이름이라고 주석을 달고 있으나, 대부분의 가창자들은 수많은 산, 사방의 산 등으로 해석한다고 부기하고 있다.
56) 『정선군지』(정선군지 편찬위원회, 1978), 548쪽-549쪽.
57) 유대균(남), 정선군 북면 유천리, 토박이, 66살, 2005.2.5.

도, 여량 지역에서는 일정 기간 동안 지장구 아저씨라고 했다면, 그러한 사설 전승은 존중되어야 한다. 그러한 존중은 무엇보다도 향유 주체들의 향유를 존중하는 것이다. 사람마다 지역마다 시대마다 사설이 달라지는 것이 민요의 고유성이다. 이러한 고유성을 즐기면서 가창자들은 가창에 참여한다.

각자가 즐기는 이러한 고유성은 특수성이다. 이에 대한 고려 없이 연구자 관점에서만 사설을 재단하는 것은 민요 고유의 특수성을 인정하지 않는 것이다. 논의를 확대하면, 문학의 특수성을 인정하지 않는다는 의미다. 나아가 그들이 해석하는 방식대로 가창자들도 따라 해석하도록 언어적, 비언어적으로 압박을 가하는 것은 지나친 개입이라고 할 수 있다. 사설에 대한 향유자들의 의미 해석을 존중하면서 민요를 대할 때 민요의 정체성은 온전히 드러날 수 있다.

그리고 창자마다 지역마다 서로 다른 소리로의 구성을 존중하는 것도 민요의 특수성을 인정하는 행위이다. 하나의 악보로 어러리 소리를 통일하고 그 소리대로 부르기를 강요해서도 안 된다. 그러한 방식에 따른 가창은 민요를 가창하는 것이 아니라 유행가를 가창하는 것이 된다.

민요의 이와 같은 향유 방식은 본래의 가창자들이 민요를 향유하는 것과는 다르다. 과거 가창자들이 민요를 향유하는 자세는 능동적이었다. 상황에 따라 사설을 달리 만들고 소리를 달리했다. 이러한 달리함을 통제하는 가창자들도 존재하지 않았다. 상대의 가창을 그대로 받아들이면서 향유에 참여했다. 이와 같은 방식으로 소리판에 참여하는 것이 적극적인 향유라고 할 수 있다.

그런데 이러한 적극적인 향유는 앞에서 논의한 바와 같은 다양한 요인들에 의해 점점 소극적인 향유로 변해 갔다. 가창자들은 어러리를 '되는 대로 찍어붙이면 되는' 대상으로 생각하지 않고 '따라 부르기'의 대상으로 생각한다. 이러한 경향은 어러리를 둘러싸고 있는 문화적 환경의 변화와 맥을 같이한다. 가창자들은 자족적인 즐김의 가창 문화에서 벗어나 일방 통행적인 가창 문화에 수용되고 있다.

V. 결 론

어러리는 급격하게 변모했다. 불과 70여 년 전에는 어러리라는 노래명이 정선은 물론 강원도 전 지역에서 보편적으로 사용되었는데, 이제는 그 흔적조차 발견하기 어렵다. 노래명은 물론 소리 자체도 변모했고, 어러리에 대한 가창자들의 향유의식마저 변화했다. 이러한 변화는, 민요는 구전된다는 측면만으로는 부분적으로 해명할 수밖에 없다. 그래서 본고에서는 문화적 측면에서 그 해명을 시도했다.

모민요인 어러리는 서울에 유입되어 자민요인 '정선아리랑'을 생산했다. 그 자민요는 사람들의 활발한 왕래, 축음기나 라디오 등의 문명기기의 도움을 받아 모민요인 어러리를 축출하는 데에 큰 역할을 한다.

이러한 근저에는 무엇보다도 음반 생산업자, 민요 연구자, 유관기관들의 민요에 대한 오해가 자리하고 있다. 음반 생산업자들은 민요를 삶을 구성하는 한 요소를 보지 않고 단순히 오락의 대상으로 활용했다. 그들은 결과적으로 민요를 올바르게 바라보지 못했다. 민요 연구자들도 전승 현장을 구체적으로 파악하지 않고, 그들의 고정된 민요관에 따라 민요를 재단을 할 뿐이었다. 민요의 정조를 '애처로움' 내지는 '한'으로 파악하는 태도가 이를 보여준다. 또한, 정선군청과 같은 유관기관은 민요 자체가 지닌 다양성을 무시하고 노래명이나 악보를 통일화하는 등 편의를 좇을 뿐이었다.

이와 같은 민요에 대한 오해를 바탕으로 한 행위들은 전파력을 지닌다. 음반업자들은 문명기기에 의지해, 민요연구자들은 권위에 의지해, 정선군

청은 조직에 의지해 상대적으로 힘이 약한 가창자들에게 그들이 만든 소리, 생각을 따르도록 압박한다. 이러한 과정에서 가창자들은 적극적으로 어러리를 향유하지 못하고 소극적으로 향유하게 되었다. 다시 말하면, 스스로 즐기는 힘이 소멸되어 간 것이다.字

〈『한국민요학』vol. 29, 2010.〉

밀양아리랑의 변용과 전승에 관한 연구

서정매*

I. 서 론

한국의 대표 아리랑이라고 하면, 흔히 정선아리랑·진도아리랑·밀양아리랑을 손꼽는다. 이 중 밀양아리랑은 일제강점기에 다양한 창자에 의해 음반으로 발매되어 통속화 된 민요이지만, 무엇보다 항일운동의 노래로 불러진 특징을 지닌다. 즉 항일 운동의 거점지이던 만주에서는 독립군아리랑으로, 임시정부 수립 후 1940년에는 광복군아리랑으로 개사하여 군가로 불렀다. 뿐만 아니라 1953년 중공군 발행 군가집 〈朝鮮之歌〉에서는 파르티잔아리랑으로 수록되어 있을 정도이니, 밀양아리랑의 전파력은 상당히 크다.

그러나 이러한 밀양아리랑이 해방 이후 경기민요 예능보유자인 묵계월의 음반 〈경기소리 95〉[1]에서 밀양아리랑이 경기민요로 수록되면서 그 정체성이 모호해졌다. 뿐만 아니라 〈북한아리랑〉(1999)·〈북한아리랑 명창전집〉(2005) 등의 음반에서는 북한가수에 의해 북한식 창법으로 노래되어 있다. 이처럼 밀양아리랑은 독립군아리랑·광복군아리랑·빨치산유격대아리랑·북한아리랑, 그리고 경기민요식의 밀양아리랑 등 다양한 변용 특

---

* 부산대 국악과
1) 〈묵계월 경기소리 95〉(서울 : 오아시스레코드사, 1995).

징을 지니고 있다.

밀양아리랑의 단독 선행연구로는 국문학적 연구인 김기현의 "밀양아리랑의 형성과정과 구조"(1991)²⁾와 음악학적 연구인 서정매의 "선율과 음정으로 살펴본 밀양아리랑(2007)"³⁾, 곽동현의 석사논문 "밀양아리랑의 유형과 시대적 변천연구(2012)"⁴⁾ 등이 있다. 서정매는 후렴구의 사설이 시대의 흐름에 따라 변이된 점을 밝히고, 선율분석을 통해 토속적인 밀양아리랑이 통속화된 밀양아리랑과는 분명한 차이가 있음을 밝혔다. 이후 곽동현은 시대별로 가창자를 검토하고 선율을 분석하여 밀양아리랑은 고정된 것이 아니라 계속 변용되어 왔음을 밝히고 있다.

이와 같이 두 편의 선행연구에서는 밀양아리랑이 지역성을 지닌 것과 통속화 된 두 개의 버전으로 전승이 되고 있음을 밝히고 있지만, 밀양에서의 밀양아리랑 활동 현황은 매우 미비하다. 밀양의 지역민이 주축이 되어 밀양지역에서 자주 부를 수 있는 여건이 마련되어야 하는데 현재의 밀양에서는 그렇지 않기 때문이다.

따라서 본문에서는 일제강점기 및 해방 이후, 그리고 1980년대 이후에 나타난 기록물을 통해 밀양아리랑의 시대별 전승에 따른 변용과 음악적 특징을 비교하고, 특히 1980년대 이후 현지에서의 밀양아리랑 전승현황 및 문제점과 방안을 제시하여 밀양아리랑의 올바른 전승과 활성화에 도움이 되고자 한다.

---

2) 김기현, 「밀양아리랑의 형성과정과 구조」, 『문학과 언어』 제12집(문학과 언어연구회, 1991), 121~146쪽.
3) 서정매, 「선율과 음정으로 살펴본 밀양아리랑」, 『한국민요학』 제21집(서울 : 한국민요학회, 2007), 79~110쪽.
4) 곽동현, 「밀양아리랑의 유형과 시대적 변천연구」(한국예술종합학교 석사학위논문, 2012).

II. 일제강점기 및 해방 이후의 밀양아리랑

1. 일제 강점기의 밀양아리랑 음반 및 관련기록물

밀양아리랑의 생성 시기는 1900년대 전후5) 또는 그 이후 등의 설6)이 있으나 분명한 것은 신민요의 하나로 추정하고 있다는 것이다. 먼저 밀양 아리랑 음반 및 기록물을 표로 정리하여 구체적으로 살펴보도록 하겠다.

〈표 1〉 일제강점기의 음반 및 관련기록물

연도	음반 및 기록물	내용
1926	〈일축조선소리판〉	밀양아리랑타령(卵卵打令)7) 大邱 金錦花/長鼓 朴春載
1929	〈別乾坤〉22호	차상찬의 글 밀양의 7대 명물 중 '구슬픈 密陽아리랑'
1930년대	VICTOR ORTHOPHONIC RECORD 49093 - B	'流行小曲 密陽아리랑' 독창 전경희/반주 빅타 - 관현악단8)
1931	〈콜롬비아레코드〉	박월정과 김인숙의 밀양아리랑9)
1934	〈오케음반사〉	박부용의 신밀양아리랑
1936	유성기음반가사집	장경순의 밀양아리랑
1938	JODK 조선방송협회 제2방송용『歌謠集』	가요순위 두 번째로 밀양아리랑 수록
1932	김구의『도왜실기(屠倭實記)』	중국에서 단행본으로 간행. 광복군아리랑 수록
1930년대	독립군아리랑	장호강 장군10)의 증언 항일 독립열사들의 군가로 사용
1941	'광복군아리랑' 필사본	광복군 제2지대 소속 장호강의 유품11)

---

5) 김기현,「밀양아리랑의 형성과정과 구조」,『문학과 언어』제12집, 144쪽.
6) 서정매,「선율과 음정으로 살펴본 밀양아리랑」,『한국민요학』제21집, 104쪽.
7) 卵卵打令은 밀양아리랑을 일컫는 것으로, 서울아리랑인 京卵卵打令과 구별되는 표기이다.
8) 미국음반 빅타는 한국 최초 상업용 음반을 만들었지만, 민간의 다양한 음악적 취향을 수용하지 못하고 결국 1911년 이후에는 일본의 음반계가 주도하게 되면서

1926년 〈일축조션소리판〉의 김금화는 대구출신의 한성권번기생으로 일제 강점기의 대중스타이며,[12] 김인숙은 평양출신 기생, 특히 박월정은 서도 사리원출생의 기생으로 경서도소리 뿐 아니라 남도판소리까지 섭렵한 명창으로 1931년 김초향과 박녹주와 함께 여류명창대회에 출연할 정도로 심화된 역량을 보이는 소리꾼이기도 하다.[13] 또한 박부용은 창원출생의 한성권번 출신으로 가곡 우계면·경서잡가·각종 정재무·춘앵무·무산향·검무·가야금 등을 섭렵한 예술가로, Okeh 음반사의 첫 음반 〈영변가〉의 녹음자이기도 하다. 선양합주(鮮洋合奏)의 반주로 밀양아리랑을 녹음하여 '신밀양아리랑'이라 이름하고 있다. 장경순의 경우는 출신은 알 수 없으나 유성기음반목록과 유성기음반가사집에서 이름을 찾을 수 있으며 콜롬비아 선양악합주단(鮮洋樂合奏團)의 반주로 밀양아리랑이 녹음되었다.

이처럼 일제강점기에 방송과 음반 등으로 확산된 밀양아리랑은 토박이가 부른 것이 아니라 서도 및 평양·서울지역에서 활동한 기생들로 전문소리꾼이다. 김금화·박부용·장경순의 밀양아리랑을 악보로 채보하여 분석하면 다음과 같다.

현재 확인할 수 있는 음반은 매우 적다. 권도희, 『한국 근대음악 사회사』(서울: 민속원, 2005), 120~121쪽 참조.
9) 『매일신보』(1931년 9월 28일)·『조선일보』(1931년 12월 22일자)에 소개.
10) 장호강은 광복군에 입대하여 제3지대 본부 부관실에서 활동하며 〈제3지대가〉를 작곡·작사하여 보급하였다. 음원은 한민족아리랑연합회에서 제공.
11) 현재는 한민족아리랑연합회에서 소장하고 있다.
12) 신현구, 『기생이야기 : 일제 강점기의 대중스타』(서울 : 살림출판사, 2007), 23쪽.
13) 권도희, 「서도음악인의 남진 한계」, 『한국음악연구』 제28집(서울 : 한국국악학회, 2000), 223쪽.

김금화의 밀양아리랑(1926)

채보/서정매[14]

박부용의 밀양아리랑(1934)

_____

14) 이하 본문에서 채보된 악보는 모두 필자채보이다.

김금화의 음원(1926, 일축)에서는 la로 시작하여 la로 종지하며 선법적 주음은 la이다. 다만 메나리조의 구성음인 〈la ↘sol ↘mi〉의 하행선율이 〈la ↘sol ↘fa〉로 축소되어 나타나는데 특히 음고 mi는 저음에서는 mi로 나타나지만 고음에서는 거의 fa에 가까운 음고로 부른다. 또한 후렴구 '아리아리랑 아리아리랑'에서는 〈la↗do↘la〉가 아닌 〈la↗si↘la〉로 음정이 축소되었다.

박부용(1934)은 mi를 fa로 완전히 올려서 소리 내는데 la가 아닌 mi로 시작하고 mi로 종지하며 선법적 주음은 mi이다. 따라서 '날좀보소'의 〈la ↘sol ↘fa〉는 완전5도 위인 〈mi ↘re ↘do〉로 변형하여 나타난다. 이러한 경우는 연변에서 출간된 신호의 『조선민요조식』(2003)의 밀양아리랑 악보[15]와 동일하며, 이는 선법적 주음이 'la'인 밀양아리랑이 완전5도 위인 'mi'로 변형되어 부른 경우라 하겠다.

장경순(1936)의 밀양아리랑은 la로 시작하여 la로 종지하며 선법적 주음은 la이다. 요성이 강하게 나타나는데 do・re・mi・sol 등 여러 음에서 요

---

15) 신호, 『조선민요조식』(연변 : 연변대학출판사, 2003), 89~90쪽.

성이 사용된다. mi는 '아라리가 났네'의 '네'에서만 약간 높은 음고로 나타날 뿐 대부분 mi는 특별한 음고의 변화 없이 노래된다. 다만 반주에서는 후렴구가 〈la↗si↘la〉로 음정축소로 연주되는데 실제 노래에서는 〈la↗do↘la〉로 부른다. 특히 '날좀보소'에서 〈la↘sol↗la↘mi↘re↗mi〉와 같이 하행선율에서 re가 강조되어 나타나는데 이는 기존의 아리랑에서 발견되지 않는 특징으로 메나리토리의 변형으로 볼 수 있다. 또한 간주에서는 양악기로 연주되는데 갑자기 3/4박자의 완전 다른 곡이 연주되었다가 본 노래가 시작되면 9/8박자의 세마치장단으로 반주된다. 세 창자의 특징을 표로 정리해보면 다음과 같다.

〈표 2〉 김금화·박부용·장경순의 밀양아리랑 비교

	김금화(1926)	박부용(1934)	장경순(1936)
반주	장구	- 오케선양악합주단 - 전주 후주에는 양악기 사용 - 노래 반주는 국악기 사용	- 선양악합주단 - 양악기과 국악기 혼용사용 - 간주는 양악기로 3/4박 - 노래반주는 국악기로 9/8박
템포	♩=92	♩=112	♩=96
장단	3소박 세마치(9/8박)	3소박 세마치(9/8박)	3소박 세마치(9/8박) 간주에서만 3/4박으로 바뀜
시김새	특별히 없음		끌어올리는 소리, 강한요성
음정 특징	la↘sol↘fa 하행, 음정축소. 후렴: la↗do↘la가 아닌 la↗si↘la로 음정축소. 메나리토리의 변형	la↘sol↘fa의 하행선율을 완전5도 위인 〈mi↘re↘do〉로 변형하여 부름. 메나리토리의 변형된 음계	반주에서 mi는 fa로 연주되며, 〈la↗si↘la〉로 음정 축소되지만 노래에서는 〈la↗do↘la〉로 연주. 간주에서 양악기로 3/4박자로 전혀 다른 곡이 삽입. 이내 본 곡에서는 국악기로 8/9박 세마치장단으로 반주. 날좀보소에서 〈la↘sol↗la↘mi↘re↗mi〉로 하행선율에서 re 강조. 메나리토리의 변형
시작음	라(낮은 후렴구로 시작)	미(날좀보소로 시작)	라(날좀보소로 시작)
종지음	라	미	라
선법적 주음	라	미	라

이 외 유행소곡 밀양아리랑을 부른 전경희(全京希)는 남(男) 창자로 1914년 〈매일신보〉의 시리즈 예단일백인(禮壇一百人)에 소개된 일류예술가이며, 〈일축조선소리반〉에서 장고반주를 맡은 박춘재(朴春載) 역시 음반사와 음반 레이블의 변화와 관계없이 꾸준히 녹음을 남긴 창부(倡夫) 중 하나이다.[16)]

그리고 재단법인 경성방송국 JODK 조선어 방송인 제2방송용 가요집에는 밀양아리랑이 가요순위 두 번째로 소개되고 있고, 1930년대에는 독립열사들이 밀양아리랑을 독립군아리랑으로 불렀고 1941년에는 광복군인들에 의해 광복군아리랑으로 불려졌다.

그러나 이 중 무엇보다 주목되는 기록물로 1929년 〈別乾坤〉 통권22호 차상만의 글을 꼽을 수 있다. 그는 밀양의 7대 명물 중 하나로 '밀양아리랑'을 소개하였고 밀양아리랑이 경상도 뿐 만이 아니라 전국으로 퍼져있지만 밀양에서 불러야 제대로 된 멋을 알 수 있다고 하여, 밀양아리랑의 토속성을 최초로 주장하였다.

어느 지방이든지 아리랑타령이 없는 곳이 없지만은 이 밀양의 아리랑타령은 특별히 정조가 구슬프고 남국의 정조를 잘 나타낸 것으로서 경상도 내에서 유명 할 뿐 아니라 지금은 전국에 유행이 되다시피 한 것이다. 그러나 수심가는 평안도에 가서 들어야 그 지방의 향토미가 있고, 개성난봉가는 개성에 가서 들어야 개성의 멋을 알고, 신고산 아리랑타령은 함경도에 가서 들어야 더욱 멋이 있는 것과 같이 이 밀양아리랑타령도 서울이나 대구에서 듣는 것보다 밀양에 가서 들어야 더욱 멋을 알게 된다. …(중략)… 특히 화악산(華岳山) 밑에 해가 떨어지고 유천역에 저녁연기가 실낟같이 피어오를 때에 낙동평야 갈수통 속으로 삼삼오오의 목동의 무리가 소를 몰고 돌아오며 구슬픈 정조로 서로 받아가

---

16) 권도희, 『한국 근대음악 사회사』, 87쪽.

며 부른다. 이렇게 하는 소리를 들으면 참으로 구슬프고도 멋이 있고 운치가
있다. 아무리 급행열차를 타고 가는 사람이라도 그 누가 길을 멈추고 듣고 싶
지 않으랴.[17]

일제강점기 음반인 일축·빅터·콜롬비아·오케 음반 등에서 녹음된 창
자는 거의가 기생출신의 예인들로 이들의 노래는 대부분 메나리조의 변형
으로 이루어져있다. 그런데 차상찬은 밀양아리랑이 이미 통속화가 되어
불리고 있지만, 밀양(장소)에서 밀양토박이(창자)에 의해 부르는 밀양아리
랑이야말로 제대로 된 밀양아리랑이라고 주장한 점을 통해 당시에도 밀양
아리랑의 통속성과 토속성에 대한 두 가지의 고민이 있었음을 엿볼 수 있
다.[18]

그러나 통속민요화된 장점으로 인해 밀양아리랑은 1930년대 중국 및
로령(老嶺, 현 블라디보스톡) 지역에서는 독립군아리랑으로 불렀고, 1941
년에는 임시정부 광복군들의 군가로 사용되었다.[19] 한반도를 넘어서서 중
국 만주에서는 항일의 노래·민족성을 지닌 노래로 기능이 확대된 것인데,
해방직후의 기록물에서 좀 더 자세히 살펴보도록 하겠다.

17) 1929년 8월 『別乾坤』 통권22호(1929), 112~113쪽; 김연갑, 「밀양아리랑, 그 역사
와 변용」, 『제1회 밀양아리랑 학술강연회 밀양아리랑 이야기』(밀양 : 밀양청년회의
소, 2011), 4쪽.
18) 다만 1920년대의 사회에서는 지역성을 주장하여 민요를 지역화시키는 경향을 안
고 있어서 차상만의 밀양아리랑 견해를 완전히 지지하기는 어려운 점이 있다.
19) 김연갑·기미양, 「嶺南名物 密陽아리랑」, 『嶺南名物 密陽아리랑』(서울 : 신나라레
코드, 2011), 17쪽.

2. 해방 이후의 밀양아리랑 기록물

밀양아리랑은 일제강점기에 잡가 및 가요와 같은 유행가처럼 통속화되어 전국적으로 많이 불렸지만 독립운동을 위한 군가로서도 사용되었으며 해방 이후 1950년 6·25 발발 후에는 중공군의 군가집에서까지 밀양아리랑이 채택되었다. 이는 밀양아리랑의 파급력을 단적으로 보여주는 사례이다. 해방 직후에 나타난 밀양아리랑의 기록물을 표로 정리하면 다음과 같다.

〈표 3〉 해방이후의 밀양아리랑 기록물

연도	밀양아리랑 기록물	내용
1946	엄항섭의 『(屠倭實記)』[20]	국내본으로 간행. 광복군아리랑 수록
1946	밀양지역 동인지 〈華岳〉	아랑과 아리랑의 무관하다는 글 수록[21]
1947	祖國光復情神 『光復軍歌集』[22]	광복군아리랑 수록
1953	중공군 발행군가집 『朝鮮之歌』	파르티잔아리랑이 숫자악보로 수록
1957	밀양학생회 잡지 〈鄕〉	아리랑논문 수록
1967	영화 錄音臺本 〈密陽아리랑〉	常綠映畫社 作品

1946년에 엄항섭에 의해 김구의 『도왜실기(屠倭實記)』[23]가 국내본으로 발간되었고, 1947년 최초의 광복군 군가집이라 할 수 있는 『光復軍歌集』 에는 밀양아리랑을 개사하여 군가로 만든 '광복군아리랑'이 악보로 수록되어 있다.[24] 독립군아리랑이 비공식으로 불린 군가라면, 광복군아리랑은

---

20) 위키백과(http://ko.wikipedia.org/wiki).
21) 밀양동인회 〈華岳〉 창간호(1946)에서 아리랑 관한 글 수록.
22) 韓孝顯(한효현) 編纂, 祖國光復情神 『光復軍歌集』(全國靑年大同團結 統合記念, 1948).
23) 엄항섭의 『도왜실기(屠倭實記)』는 1932년에 중국에서 간행된 김구의 『도왜실기』 를 1946년에 이승만의 서문을 실어 국내본으로 간행한 것이다.
24) 『광복군가집』은 해방 2주년을 맞은 단기(檀紀) 4280년(1947)에 제1~2권이 나왔고 두 권의 합권인 제3권은 다음 해인 단기 4281년(1948) 3월 1일 출간된 것으로 표

임시정부 국군인 광복군의 3대 군가[25] 중 하나로서 공식화된 군가이다. 특히 독립군아리랑과 광복군아리랑은 일본총독부에서 우리의 아리랑을 훼손시키기 위해 친일적 내용의 아리랑을 만들었을 때 이에 굴하지 않고 오히려 민족성을 보여준 아리랑이라는 점에서 높이 평가된다. 왜냐하면 1935년 조선총독부에서는 『조선아리랑』을 발행하여 〈非常時아리랑〉, 1941년의 유행가 〈滿洲아리랑〉, 1942년 국민가요 〈愛國아리랑〉 등의 친일적 내용의 아리랑을 유포했기 때문이다. 그러나 이에 굴하지 않고 중국과 로령지역에서는 〈독립군아리랑〉과 〈광복군아리랑〉을 부르게 됨으로서 우리민족의 긍지를 되살려 주었다.[26] 결국 밀양아리랑은 경상남도 민요라는 지역성을 넘어서서 해외에서 항일 민족운동가(民族運動歌)와 광복군 군가로 채택됨으로서 기능이 확대되었다. 특히 일제강점기 애국계몽가는 주로 외국 곡을 빌어와 개사한 것이 많은 반면[27] 〈독립군아리랑〉과 독립군아리랑을 그대로 이어 개사한 〈광복군아리랑〉은 우리나라 민요인 아리랑을 군가로 채택하였다는 점에서 의미가 크다.

기되어 있다.

25) 광복군가의 3대 공식 군가로는 〈용진가〉·〈압록강행진가〉·〈광복군아리랑〉 등으로 광복군 제2지대장 장호강 장군의 증언과 1946년 엄항섭이 지은 『백범 김구』에서 확인된다. 기미양의 사이트 〈문화공정대응시민연대〉에서 발췌(http://cafe.daum.net/UNESCO21).

26) 김연갑·기미양, 「嶺南名物 密陽아리랑」, 『嶺南名物 密陽아리랑』, 16쪽 참조. 당시 항일민족운동가로 쓰였던 곡은 밀양아리랑 외에도 본조아리랑이 있으며, 영천아리랑 또한 독립군아리랑으로 사용되었다고 전해진다. 독립군아리랑으로 개사되어 불러진 영천아리랑은 신나라레코드사에 의해 1995년 음반 〈해외동포 아리랑〉에서 차병걸 옹에 의해 녹음되었다.

27) 1910년대부터 불렸던 〈독립군가〉는 찬송가에서 따온 것이고, 〈봉기가〉는 일본군가를 개사한 것이며, 이청천 장군 작사 〈광야의 독립군〉은 루마니아 이바노비치 작곡의 〈도나우 강의 잔물결〉이며, 〈혁명군행진곡〉은 프랑스의 〈라 마르세유〉의 선율에 가사를 붙인 것이다.

밀양아리랑이 군가로 채택된 이유는 군가를 새로 작사·작곡할 인적자원도 없었을 뿐더러 작품이 있다 해도 교육을 통해 보급시킬만한 시간적 여유가 없었으므로 대원들 모두가 이미 알고 있는 곡조를 찾는 것이 급선무였다.[28] 이런 의미에서 밀양아리랑은 이미 토속민요를 넘어선 통속민요여서 널리 알려진 노래이기도 했지만, 일자일음의 구성으로 가사전달이 쉬워서 누구나 쉽게 따라 부를 수 있는 장점을 지니고 있었다. 이 외에도 약산(若山) 김원봉(金元鳳, 1898~1958)장군을 비롯한 밀양출신의 많은 독립투사들이 중국에서 항일운동을 하였으므로, 그들에 의해 밀양아리랑이 채택되었을 가능성 또한 배재할 수 없다고 추정된다.

그러데 이러한 장점으로 인해 밀양아리랑은 1950년 6. 25 발발 후에는 중공군[29]까지도 밀양아리랑을 '빨치산아리랑'이라 이름하여 빨치산유격대의 군가로까지 사용되었다. 즉 1953년 중공군 발행군가집인 『朝鮮之歌』에 '파르티잔 아리랑'의 악보가 수록되어 있으며[30] 유격대소창용이라는 부제가 적혀 있다. 또한 제목의 오른편에는 '남조선경상남도민요곡 밀양아리랑' 등의 노래의 출처 및 '李激壽(이격수) 繹配(역배)' 등 작사자까지 정확히 명시되어 있다. 제목 왼편에는 F3/4, 즉 F장조로 된 3/4박자임을 표시하고 있으며, 숫자악보로 되어 있다. 가사는 모두 한자(漢字)로 표기되어 있으며 악보 아래에 1~9절까지 적혀있으며, 5절은 男, 6절은 女, 7절은 男으로 구분된 것이 특징이다.

28) 곽동현, 「〈밀양아리랑의 유형〉과 시대적 변천 연구」, 15쪽 참조.

29) 군가집의 제목이 『朝鮮之歌』인 것과 편집인으로 李激壽(이격수)로 표기되어 있는 점을 미루어 중공군의 부대 구성원은 중국한족 또는 조선족 이외의 민족이 아닌 조선족 또는 조선족이 포함된 부대로 추정된다.

30) 『朝鮮之歌』(1953), 18쪽.

이 외 1946년 밀양지역 동인지 〈華岳〉 창간호에서는 '아랑과 아리랑은 무관'하다는 글이 수록되어 있다. 즉 아랑설화와 아리랑은 관련이 없음을 주장하고 있는데 이는 밀양아리랑 역시 아랑설화와는 무관하다는 설명이며 무엇보다 밀양의 지식인이 직접 적은 글이므로 주목되는 부분이다.

아리랑을 密陽사람들은 흔히 阿娘祠에서 아리랑이 생겼다는 얼토당토 않은 말을 하는 사람도 있으며, 또는 아리랑은 〈아리랑〉이 아니라 〈我耳聲〉이다. 이 世上은 萬事가 識者爲患이다. 무선일이든지 차라리 내 귀가 먹어 듣지 못하는 것이 낫겠다는 뜻이라 하고 고개는 世上險한 고개라고 말하는 故고 漢字에다가 못지랴고 하는 漢字病에 걸린 사람도 있으나 〈아리랑〉의 뜻을 그렇게 쉽게 判斷할 수는 없는 것이다. (이하 생략)…31)

또한 1957년에는 밀양학생회 잡지 〈鄕〉에서 아리랑 논문이 수록되었으며, 1967년에는 상록영화사 작품 영화 밀양아리랑 녹음대본32) 등이 있다. 독립군아리랑 · 광복군아리랑 · 파르티잔아리랑 등의 가사는 다음과 같다.

〈표 4〉 독립군아리랑 · 광복군아리랑

독립군아리랑
(후렴) 아리아리랑 쓰리쓰리랑 아라리요 독립군 아리랑 불러나보세
1. 이조왕 말년에 왜난리나서 이천만 동포들 살길이없네
2. 일어나 싸우자 총칼을메고 일제놈 처부서 조국을찾자
3. 내고향 산천아 너잘있거라 이내몸 독립군 따라가노라
4. 부모님 처자를 리별하고 왜놈을 짓부서 승리한후에
5. 태극기 휘날려 만세 만만세 승전고 울리며 돌아오리라

---

31) 『華岳』 創刊號(밀양 : 華岳同人會, 1946), 21쪽.
32) 각본 이태엽(李泰燁)/감독 양주남(梁柱南), 녹음대본 『密陽아리랑』(상록영화사 작품, 1976).

〈표 5〉 광복군아리랑

광복군아리랑[33]
(후렴) 아리아리랑 쓰리쓰리랑 아라리요 광복군 아리랑 불러나보세
1. 이조왕 말년에 왜난리나서 이천만 동포들 살길이 없네
2. 일어나 싸우자 총칼을 메고 일제놈 쳐부셔 조국을 찾자
3. 내고향 산천아 너 잘 있거라 이내몸 독립군을 따라가노라
4. 부모님 처자를 리별하고서 왜놈을 짓부셔 승리한 후에
5. 태극기 휘날려 만세만만세 승전고 울리며 돌아오리라
6. 우리네 부모가 날 찾으시거든 광복군 갔다고 말 전해주소
7. 광풍이 불어요 광풍이 불어요 삼천만 가심에 광풍이 불어요
8. 바다에 두둥실 떠오는 배는 광복군 싣고서 오시는 배래요
9. 동실령 고개서 북소리 둥둥나더니 한양성 복판에 태극기 펄펄 날려요

〈표 6〉 파르티잔아리랑

파르티잔아리랑[34]
1. 남조선 바라보니 가슴아프나 북조선 백성은 행복하다네
2. 이승만 머리는 뾰족하고 김성주 머리는 표주박같네
3. 백두산 공화국 깃발날리고 제주도 한라산 유격대가섰네
4. (男)아가씨 날좀보소 자세히보소 겨울에 핀꽃같이 사랑해주오
5. (女)그런마음 가진당신 나는좋아 꽃가마 오며는 당신을따를께
6. (男)나는야군인 그대 사랑할수없네 그대위한 꽃가마 없어 결혼은 못하네
7. 유격대 고사리 맛있는데 미국의 서양요리 나는싫어
8. 오이농장 고슴도치 휘젓는게싫고 조선 인민은 이승만이싫어요
9. 금강산을 탐내는 미국이여 침략만 해봐라 다리를자르리

---

33) 광복군아리랑의 사설은 〈99한민족아리랑연합회 학술심포지움〉에서 연변대학 박 창묵 교수의 논문 「중국 조선족과 아리랑」에서 발췌한 것이다.

34) 파르티잔아리랑의 원본에는 가사가 漢字로 되어 있다.

3. 〈광복군아리랑〉과 〈파르티잔아리랑〉의 선율비교

1999년에 개최된 〈99 한민족아리랑 연합회 학술 심포지움(정선)〉[35]에 서 연변대학 박창묵 교수에 의해 연변에서 녹음한 조선족 차병걸 옹의 독 립군아리랑과 광복군아리랑이 소개된 바 있으며, 2004년 음반 〈겨레의 노 래 아리랑〉[36]에서는 장호광 장군[37]의 설명과 함께 음원이 수록되어 있다. 장호강 장군의 〈광복군아리랑〉과 숫자악보로 간행된 〈파르티잔아리랑〉을 오선보로 채보하여 분석하면 다음과 같다.

〈악보 1〉 광복군아리랑[38]

노래/장호강, 채보/서정매

---

35) 박창묵, 「중국조선족과 아리랑」, 『99한민족아리랑대전』(주최 : 한민족아리랑연합 회, 주관 : 벤처아리랑, 1999).

36) CD 〈겨레의 노래 아리랑〉(서울: 중앙대학교 산학협력단(국악교육연구소), 2004).

37) 광복군 제2지대 지대가를 작사한 장호강 장군에 의하면 독립군아리랑은 조회 시 간 및 저녁 행군 때에 많이 불렀고, 당시 어느 군가보다도 친근감이 있어 모임에 서 특히 많이 불렀다고 한다.

38) 광복군아리랑은 독립군아리랑을 그대로 이은 것이므로 악보분석은 광복군아리랑 만 다루었다.

악보는 실음채보이며, 9/8박자의 3소박 세마치장단이다. 다만 '불러나보
세'·'날찾으시거든'·'말전해주소' 부분에서는 양산도와 같이 (♩+♩ ♪+♪
♪♪)의 분할된 리듬이 거의 나타나지 않고 (♩ +♩ +♩)와 같이 길게 빼
어주는 등 단조롭고 꾸밈이 적다.

후렴구의 시작인 1~4마디는 액센트 없이 부드럽게 불렀지만, 후렴구 뒷
부분인 5~8마디인 '광복군 아리랑 불러나보세'의 부분에서는 각 마디 첫
부분마다 악센트를 주고 각 마디 끝부분은 짧게 끊어 줌으로 해서 군가와
같은 절도감이 있다. 이는 '날찾으시거든'과 '말전해주소'와 같은 맺음부분
을 제외하고는 각 마디 모두 액센트를 주고 있어서 군가의 느낌이 분명히
드러난다. 다만 후렴구 첫 시작부분인 1~4마디에서는 액센트가 제외되었
지만, 이는 상황에 따라 후렴 첫 부분도 충분히 액센트가 들어갈 수 있는
부분으로 보인다.

출현음은 (b♭)·d'·f'·g'·a'·b'♭·c"·(d")로[39], 일반적인 밀양아리
랑에서 단3도(la↘mi↗la↗do↘la)로 부르는 후렴구 '아리아리랑'은 ⟨la↘
mi↗la↗si↘la⟩의 장2도로 불렀다. 다만 최고음인 '아라리요'의 음정이 d"
인 것으로 보아 첫째마디인 후렴구 '아리아리랑 쓰리쓰리랑'의 음고를 완
전4도 높게 불렀음을 알 수 있다. 음원에서는 1절만 노래로 불렀는데 만
약 2절도 이어서 불렀다면 ⟨la↘mi↗la↗si↘la⟩가 아니라 ⟨mi↘re↗mi↗
fa#(또는 sol)↘mi⟩로 불렀을 것이다. 즉 장호강은 시작음인 후렴구의 음
고를 너무 높게 불렀기 때문에 세 번째 마디의 최고음인 '아라리요'를 원
래 음고보다 완전4도 낮게 부른 것으로 보인다.

또한 '아라리요'·'불러나보세' 등에서는 ⟨d"·c"·b'♭⟩(⟨mi↘re↘do⟩)
로 하행 선율이 장3도로 축소되어 나타나는데 이는 1934년 박부용의 음원

---

39) 셋째마디부터 조가 바뀌어 나타나므로 첫째마디와 둘째마디의 출현음인 a는 분석
에서 제외하겠다.

에서도 발견되는 공통점이다. 그런데 연변대학에서 출판된『조선민요조식』
에 소개된 밀양아리랑의 악보에서는 시작부분 '날좀보소'를 〈mi＼re↗mi
＼do〉로 부르고 있고 후렴구 '아리아리랑'은 〈mi＼re↗mi↗ sol＼mi〉로
부르고 있어 선법적 주음이 mi로 되어 있다.[40] 즉 연변에서 부르고 있는
밀양아리랑은 선법적 주음이 la가 아닌 mi로 변형하여 부르고 있으며 장
호광 장군이 부른 밀양아리랑 역시 연변지역에서 부르는 것과 일치한다.

다음은 중공군가집에 수록된 숫자악보 〈파르티잔아리랑〉을 오선보로
역보한 것으로, 한자(漢字) 가사는 한글로 바꾸어 표기하였다.

〈악보 2〉 중공군의 파르티잔아리랑

파르티잔아리랑 악보는 숫자악보지만 비교적 자세하게 표기되어 있다.
F장조 3/4박자로 명시되어있으며, 전주는 후렴구를 저음으로 연주하지만,
실제 노래의 시작은 높게 불러달라는 표기가 명시되어 있다. 특히 첫째마

---

40) 신호,『조선민요조식』(연변 : 연변대학출판사, 2003), 89~90쪽.

디에서는 짧은꾸밈음이 나오는데 비해 반복가락인 둘째마디에는 나오지 않은 점에서 음악적 차이를 두었다. 그리고 악보상으로는 3/4박자로 표시가 되어 있지만, 음원이 확인되지 않기 때문에 9/8박자로 불렀으나 3/4박자로 표기했을 가능성도 있다.

첫째마디 첫 음은 최고음(最高音) la이며 la↘sol↘mi로 하행진행하여 〈장2+단3도〉 하행의 메나리토리의 특징을 지니고 있다. 또한 광복군아리랑에서처럼 mi의 음고를 fa로 올려서 부르는 경우는 나타나지 않지만, 후렴구 '아리아리랑 쓰리쓰리랑' 부분에서 la↗do↘la가 아닌 la↗si↘la로 음정이 축소되었다. 이는 김금화(1926)의 노래에서도 공통적으로 나타나는 부분이다. 광복군아리랑과 파르티잔아리랑을 표로 비교해보면 다음과 같다.

〈광복군아리랑〉과 〈파르티잔아리랑〉의 선율비교

	광복군아리랑	파르티잔아리랑
반주	무반주	전주는 저음으로 연주, 노래는 최고음으로 시작
장단(박자)	3소박 세마치장단(9/8)	악보상으로는 3/4으로 표기 3소박 세마치를 3/4박자로의 표기 가능성
시김새	첫박마다 악센트. 군가와 같은 절도감	숫자악보여서 시김새는 알 수 없음
음정 및 선율	후렴구 '아리아리랑'은 〈la↘mi↗la↗si↘la〉로 음정 축소. 김금화와 동일. 〈mi↗re↘do〉의 하행 선율은 장3도의 선율로 축소 메나리토리의 변형된 음계 연변에서 불리는 밀양아리랑의 선율과 일치	'날좀보소'는 la↘sol↘mi의 장2+단3의 하행선율. 후렴구 '아리아리랑'은 〈la↘mi↗la↗si↘la〉로 음정 축소. 김금화와 동일. 변형된 메나리토리
시작음	라	라
종지음	미	라
선법적 주음	미	라
가사	독립군아리랑을 그대로 전승	가사는 모두 한자(漢字)로 표기 총9절 중 5절은 男, 6절은 女, 7절은 男으로 구분

III. 1980년대 이후의 밀양아리랑

1. '신밀양아리랑'과 '통일아리랑'

밀양아리랑은 일제강점기인 1920년대에는 밀양지역에서는 토속성을 지닌 민요로, 전국적으로는 대중가요화된 통속민요이면서 중국 및 일본 등지의 해외에서는 항일운동가로 활용되었다. 그리고 1980년대에 민주화운동이 시작되면서 밀양아리랑은 노동가(勞動歌)[41]로서의 기능으로 확대되었다. 여기서 말하는 노동가(勞動歌)는 1980년대에 노동자들의 삶을 담아낸 투쟁가요를 말한다. 일명 '노가바(노래가사 바꿔 부르기)'의 선두가 되어 밀양아리랑의 가사를 노동가로 바꾸어 '신밀양아리랑'으로 불렀고 이러한 민주화 열기는 이내 통일의 열기로 진화되어 '통일아리랑'으로 개사하여 부르게 되었다.[42] 즉 2행 1연의 짧은 가사에 후렴으로 주고 받을 수 있는 형식이 노가바의 전형이 되게 한 것인데, 일자일음의 구성으로 가사 전달이 쉬워서 누구나 쉽게 따라 부를 수 있는 장점을 지니고 있기 때문으로 보이며, 이는 일제강점기에 군가로 불리게 된 이유와도 비슷하리라 본다.

신밀양아리랑과 통일아리랑은 2011년 음반 〈嶺南名物 密陽아리랑〉에 김종엽의 소리로 수록되어 있으며 가사는 다음과 같다.

---

41) 노동가와 노동요는 다르다. 노동요(勞動謠)는 일의 진행을 도와 능률을 높이거나 공동체 의식을 강화하기 위하여 부르는 민요로, 노동의 종류에 따라 농업·어업·운반·토목·채취·길쌈·제분(製粉)·수공업·가내(家內) 노동요 등으로 나뉜다. 이에 비해 노동가(勞動歌)는 1980년대 이후에 노동자들의 삶을 담아내어 누구나 쉽게 따라 부를 수 있는 대중적인 곡을 추구한 것으로, 투쟁가요의 성격이 강하다. 그러나 시간이 지나면서 투쟁적 요소는 서정적 요소로 바뀌면서 대중성과 전문성을 겸비한 음악으로 변모하였다.

42) 김연갑·기미양, 「嶺南名物 密陽아리랑」, 『嶺南名物 密陽아리랑』, 21쪽 참고.

<표 7> 신밀양아리랑과 통일아리랑

신밀양아리랑	통일아리랑
후렴) 아리아리랑 쓰리쓰리랑 아라리가 났네 아리랑 고개로 넘어간다	후렴) 아리덩덕쿵 쓰리덩덕쿵 아라리가 났네 아리랑 어절씨구 아라리가 났네
1. 이불이들썩 천장이들썩 지붕이들썩 혼자자다 둘이자니 동네가들썩 2. 공장이들썩 공단이들썩 인천이들썩 우리노동자 단결하니 전국이들썩 3. 과장이벌렁 상무가벌렁 사장이벌렁 민주노조 결성되니 회장이벌렁 4. 학생도단결 농민도단결 시민도함께 우리노동자 앞장서니 온나라가불끈	1. 갔던이 돌아오니 동네가들썩 나도좋아 너도좋아 모두가좋아 2. 모였네 모였네 여기다모였네 우리는 한나라 이웃사촌이라네 3. 오는소식 가는소식 웃음꽃소식 어깨동무 허리동무 아우러나보세 4. 이바람 저바람 통일의바람 이나라 하나되는 통일의바람 5. 들풍년 산풍년 만풍년들어라 우리동네 온나라 풍년잔치얼씨구

2. 경기민요로서의 밀양아리랑

해방 전부터 통속화되어 기생들에 의해 다양하게 음반화 작업이 이루어진 밀양아리랑은 1980년대 이후 경기민요 예능보유자 묵계월에 의해 LP로 음반화작업이 이루어지면서 경기민요로 확립되기에 이르렀다. 이는 밀양아리랑이 신민요로 만들어지면서 메나리토리와 경토리가 결합되어져 있기 때문에 어떻게·누가 부르는가에 따라서 충분히 변화 가능한 특징을 지니고 있기 때문이다.

특히 경기민요화 된 밀양아리랑은 '날좀보소'의 〈la↘sol↘mi〉의 하행선율이 〈la↘sol↘fa〉의 하행진행으로 mi의 음고가 fa로 올려져서 〈장2+장2〉로 노래된다. 변형된 메나리토리로 이는 김금화·박부용·장호강의 음원에서도 발견된다. 〈경기민요 95〉에 수록된 안비취·묵계월·이은주의 밀양아리랑의 악보는 다음과 같다.

경기민요조로 부르는 밀양아리랑[43]

3. 북한의 밀양아리랑

'북한아리랑'이라고 할 때에는 북한에서만 불려지는 것만을 말하고, '북한의 아리랑'이라고 말할 때는 현재 북한에서 북한식 창법과 북한식 노랫말화한 모든 아리랑을 말하게 된다.[44] 광복 후 북한에서는 '반제·반봉건 민주주의 혁명'시책과 함께 음악에서도 '민족음악 건설 방침'을 내놓았다. 즉 일제의 '민족문화 말살정책'으로 인한 민족음악의 유실과 일제 문화의 잔재가 많이 남아 있는 상황이었지만 민요를 중심으로 우리의 민족음악 유산을 발굴하는데 힘쓰게 되었고 전문 음악인들을 포함한 전국 범위의 예술단체에서 '민요발굴조'를 만들어 수집작업을 시작하였다. 또한 수집된 민요의 보존과 계승·발전을 위해 민요곡집을 발간하고 연구사업을 통해

---

43) 노래/안비취·묵계월·이은주, 채보/서정매.
44) 기미양의 사이트 〈벤처아리랑~since 1997〉(http://blog.naver.com/kibada) 참고.

남쪽에는 알려지지 않았던 단천아리랑(함경북도) · 해주아리랑(황해도) · 온성아리랑(강원도) · 통천아리랑(강원도) 등이 수집되어 1990년에는 『조선민요곡집』 · 『조선민요선집』 · 『민요연구사료』등의 책자가 편집 · 출판 · 보급되었고, 1994년에는 『조선가요이천곡집』이 발간되었다.[45)

1999년 신나라레코드에서는 북한가수들이 부른 북한아리랑을 '민족의 노래 아리랑시리즈'로 음반 〈북한아리랑〉(1999)[46)을 발매하였고, 이후 〈북한아리랑 명창전집〉[47)(2005)을 발매하여 한국에서도 북한의 아리랑을 들을 수 있게 되었다. 두 음반에 소개된 북한가수가 부른 밀양아리랑은 고정숙 · 김연옥 · 신우선이 부른 세 곡이며, 악보로 채보하여 분석하면 다음과 같다.

밀양아리랑(고정숙)

45) 1990년 11월 23일 미디어다음 연합뉴스내용.
   media.daum.net/news/19901123160100647.

46) 〈北韓 아리랑〉(서울 : 신나라뮤직, 1999).

47) 〈북한아리랑 名唱全集〉 CD1~3(서울 : 신나라레코드, 2006). 북한의 유명 소리꾼들이 부른 북한지역 아리랑을 한데 모은 것으로 25명의 북한 명창들과 6개의 단체가 부른 총 46곡의 아리랑으로 CD 3장으로 구성된다.

밀양아리랑(김연옥 창)

밀양아리랑(신우선 창)

위의 악보에서와 같이 국악관현악 반주로 부른 신우선은 첫 박마다 강박을 주어 세마치장단을 잘 살린 전형적인 민요형태를 띠고 있지만, 고정숙과 김연옥은 서양관현악으로 편곡·반주되면서 북한쪽 특유의 부드럽게 소리 내는 창법으로 노래한다. 특히 고정숙·김연옥의 밀양아리랑은 la↘sol↘fa가 아니라 mi↘re↘do로 나타나서 선법적 주음은 la가 아니라 mi로 완전 다른 악조처럼 노래되는데 이는 박부용(1934)의 노래와 공통되는 점이다. 다만 김연옥의 노래에서는 선법적 주음이 mi이던 노래를 마무리에서는 C major로 의도적으로 완전종지로 편곡하였는데 이는 종지를 강

〈표 8〉 북한 가수가 부른 밀양아리랑 비교

	고정숙	김연옥	신우선
반주	서양관현악 반주		국악관현악 반주
창법	북한식 창법		민요창법
전주 및 후주	• 느리고 장중한 서주 • 노래시작 2마디 전부터 3소박 세마치장단으로 바뀜 • 후주 있음	후주 없음	후주 없음
박자, 장단	9/8(3소박 세마치장단)		
템포	♩.=112	♩.=108	♩.=100
가사	낮은후렴구로 시작 '정든님이'가 1절 '날좀보소'가 2절	'날좀보소'로 질러서 시작 '날좀보소'가 1절 '정든님이'가 2절	낮은후렴구로 시작 '정든님이'가 1절 '날좀보소'가 2절
끝부분	관현악과 의도적인 rit.	갑자기 다장조로 종지	반주보다 창자가 우선
시작음	미	미	라
종지음	미	미(종지 변형은 제외)	라
선법적 주음	미	미	라
음정특징	날좀보소의 선율이 la↘sol↘mi가 아닌 mi↘re↘do로 음정축소 및 음고가 변화됨 • 메나리토리의 변형된 음계		• mi는 약간 높은 음정 • 변형된 메나리토리
시김새	• 끌어내리는 소리 • 앞짧은꾸밈음	요성	• la↘mi하행 때 mi 요성 • 첫 박마다 강박 • 끌어올리는 소리
특징	서양식으로 편곡	서양식으로 편곡	민요 본래적 성격

하게 표현하는 서양음악의 어법에 맞춘 편곡으로, 종지에서만 변화를 준 것이므로 분석에서는 제외되는 부분이다. 결국 북한에서의 밀양아리랑은 비교적 원형으로 유지한 형태와 서양관현악으로 편곡하여 북한식 창법으로 부르는 두 종류로 분류된다.

또한 밀양아리랑 가사는 일반적으로 1절은 '날좀보소'이고 2절은 '정든 님이'로 부르는데 비해 북한 가수 고정숙 · 신우선은 '정든님이'를 1절로 부르고 '날좀보소'를 2절로 불러서 '날좀보소'보다는 '정든님이'를 더 강조하고 있어 기존의 밀양아리랑과는 차이를 보인다.

4. 현지에서의 밀양아리랑 전승과 현황

1) 현지에서의 밀양아리랑 조사 현황

밀양아리랑의 고장이라 할 수 있는 밀양지역에서의 전승현황은 많이 미흡하다. 왜냐하면 전문성이 필요한 노래가 아니라 서민층에서 유희요로서 주로 농사일을 하고난 뒤 쉴 때 부르거나 환갑잔치와 같은 여러 사람들이 모인 장소에서 분위기를 돋울 때 불러왔으므로[48] 전승에 관한 필요성을 전혀 인식하지 않았기 때문이다.

1983년에 간행된 『密陽志』에서도 당시 밀양지역에서는 밀양아리랑이 많이 불리지 않았고, 다만 중장년층의 경우에는 경쾌한 밀양아리랑을 자주 부르지만 노년층의 경우에는 긴아리랑류(본조아리랑)을 주로 불렀다[49]고 기록되어 있다. 즉 밀양아리랑에서만 나오는 '날좀보소' · '정든님이' 등의 가사에서처럼 활기찬 성격과 유희성을 지니고 있어 노년층보다는 중

---

48) 밀양아리랑을 부르기 시작하면 모여 있던 사람들이 함께 후렴구를 받아 부르기 때문에 주거니 받거니 하며 밤새도록 부르면서 놀았다고 한다. 신영무의 인터뷰 내용(남, 75세, 2012.2.22).

49) 密陽志編纂委員會編, 『密陽志』(密陽 : 密陽文化院, 1883), 293~294쪽.

년층에서 주로 불렀음을 알 수 있다.

이후 2009년 밀양토박이를 대상으로 1년 2개월간의 현지조사[50]로 발간된 『밀양민요집』(2010)[51]에서는 밀양아리랑 조사부분이 첫 부분에 수록되어 있으나, 현지조사 외 『조선의 민요』(1949) · 『한국민요집』(1961) · 『경상남도지』(1963) · 『밀양지』(1983) · 『민요집성』(1981) · 『민요곡집』(1982) 등에 기록된 노래 등을 모두 편집하여 집필되었다. 이는 당시 현지조사에서 이미 많은 창자들이 작고하였거나 부르는 사람이 현저히 줄어 조사내용이 빈약했기 때문이다. 다행히 박윤희(교동, 78, 여)와 신영무(무안, 73, 남)씨는 조사에서 탁월하게 다양한 가사의 밀양아리랑을 제보해주었으나 그 외에는 특별한 가사를 찾아보기 힘들고 짧게 부른 것이 대부분이다.

또한 조사과정에 나타난 특징으로 노래는 어렵지 않기 때문에 누구나 쉽게 부를 수 있지만, 그동안 밀양아리랑을 부를 수 있는 여건과 환경이 조성되지 않아서인지 익히 알고 있던 가사를 잊어버려서 기억하지 못해 부르지 못하는 경우가 대부분이었다. 또한 가사가 기억나지 않더라도 분위기에 따라 새롭게 가사를 만들어내는 즉흥성이 결여되어있음이 발견되었다. 이러한 점은 기관 및 단체에서 자주 부르고 들을 수 있는 환경 및 여건을 마련하지 못한 점도 한 몫을 하고 있다.

이러한 열악한 환경 속에 1980년에 밀양백중놀이 · 감내게줄당기기의 회원들로 이루어진 밀양민속예술보존협회[52]가 발족하면서 〈감내게줄당기기〉(1983)의 앞놀이 부분[53]에서 사기를 돋우기 위해 나무구시[54]와 지게

---

50) 2009.6.20~2010.8.31.

51) 한태문 · 이순욱 · 정훈식 · 류경자, 『密陽民謠集』 1~2(밀양 : 밀양시, 2010).

52) 밀양민속예술보존협회는 1980년도에 밀양백중놀이 회원들로 발족이 되었으나 밀양백중놀이가 중요무형문화재 제68호로 지정되면서 따로 빠져나가고, 이후 경남무형문화재 제7호인 감내게줄당기기가 1983년에 지정되면서 그 회원들이 소속된 단체로 지금까지 이어져오고 있다.

목발로 장단을 맞추며 〈밀양아리랑〉을 부르는 대목이 들어있어 미약하게 밀양아리랑의 명맥이 유지되고 있는 상황이다.

2) 최초의 단독음반 〈영남명물 밀양아리랑〉

밀양아리랑은 타 지역의 아리랑에 비해 지역 내에서 많이 불러지지도 않았고, 음반작업 역시 제대로 이루어지지 않았다. 즉 아리랑이라는 큰 타이틀 속에 밀양아리랑이 삽입된 경우는 많았지만, 밀양아리랑의 단독 음반은 한 번도 이루어지지 않았다. 이는 3대 아리랑의 하나로 알려진 밀양아리랑이 밀양지역에서는 시민들과 지자체에서도 전승에 대한 인식을 제대로 하지 못했기 때문이다.

결국 2011년에 이르러서야 밀양아리랑의 단독음반이 최초로 만들어졌다. 음반에서는 토박이가 부른 밀양아리랑을 비롯하여 독립군 아리랑·광복군 아리랑·빨치산 아리랑·신밀양아리랑·통일아리랑 등이 모두 수록되었고, 특히 창자가 밀양토박이로 구성되었다[55]는 점이 높게 평가된다. 즉 경기민요화되어 통속민요로 불리던 밀양아리랑이 현지인에 의해 무반주로 녹음되어 지역성을 담은 음원이 녹음되었기 때문이다.

음반 프롤로그에 소개된 밀양토박이 고(故) 김수야의 밀양아리랑은 무반주로 녹음되었으며, 질러내는 소리로 전렴을 시작하는데, 이는 진도아리랑과 정선아리랑처럼 저음의 후렴구로 시작하는 것과는 대조된다. 또한 〈지게목발소리〉라 불리우는 '아리당다꿍 쓰리당다꿍'[56]의 후렴구로 노래

---

53) 감내게줄당기기는 앞놀이·게줄당기기·뒷놀이로 구성된다.

54) 소 여물통.

55) 네 명의 창자 중 김종엽을 제외한 김수야·김경호·신인자는 토박이로 구성된다.

56) 후렴구 '아리당다꿍·쓰리당다꿍'은 故 하보경 옹을 비롯한 밀양예술보존협회의 회원들에 의해 1970년~1980년 초에 다른 아리랑과의 차별성 및 밀양지역의 특징을 살리기 위해 만든 후렴가사로 일명 '지게목발소리'라고 한다.

된다. 특히 1~2마디에 반복된 '날좀보소'의 la ＼sol ＼mi의 하행선율은 메
나리토리의 선율로서 반복을 통해 더욱 강조되어 경상도민요임을 분명히
보여주는 부분이다.[57) 다만 전형적인 메나리토리에서는 la⁻sol⁻mi의 하행
선율에서 la와 mi가 중요음이고 sol은 경과음 역할로 활용되기 때문에 sol
에는 가사가 잘 붙여지지 않지만 밀양아리랑의 '날좀보소'는 경과음 sol에
가사가 붙여지므로 전형적인 메나리토리라기 보다는 변형된 메나리토리로
보아야 하겠다. 또한 11마디의 '날쪼곰'에서 '쪼'를 강조하여 최고음으로
부른 부분은 일자일음 구조인 밀양아리랑 가사의 윤색이 잘 표현된 부분
으로 선율보다 가사전달 위주로 노래된다.

김수야의 밀양아리랑

3) 밀양아리랑의 전승활동 현황 및 문제점과 방안

밀양아리랑의 근원지인 밀양지역에서는 전승과 보존을 위한 사명감이
나 의무감이 인식되지 않고 오늘에 이르렀다. 그런데 2011년 6월 중국이

---

57) 서정매, 「선율과 음정으로 살펴본 밀양아리랑」, 『한국민요학』 제21집, 92쪽 참조.

아리랑을 중국의 국가중요무형문화유산으로 지정한 일이 벌어졌다. 이로 인해 국내에서는 아리랑의 보존에 비상이 걸리게 되었고 특히 밀양지역은 타 지역과 달리 무형문화재도 아니고, 진도에서처럼 향토문화유산으로도 지정되어있지 않기 때문에 전승에 관한 고민이 더욱 본격화되었다.

그런데 이와 비슷한 시기에 매년 개최되는 밀양아리랑대축제[58]에서는 명분에 맞는 내용으로 변화가 이루어지기 시작했다. 즉 2011년 4월 밀양 아리랑대축제의 일환으로 밀양아리랑학술강연회가 최초로 개최되었고, 2002년에 결성된 밀양아리랑 최초의 단체인 (사)밀양아리랑보존발전연구회[59]에서는 밀양의 예술인들이 대거 결합하여 이를 더욱 활성화해야한다는 움직임이 일어났고, 같은 해 8월 사단법인 밀양아리랑 문화포럼이 창립되었다. 동시에 지자체에서도 긍정적인 움직임이 일어나게 되면서 밀양 시티투어(city tour)의 프로그램 속에 〈밀양아리랑 배우기〉가 처음으로 만들어지게 되었고, 2011년 12월 27일 남산국악당에서 개최된 〈전국아리랑 한마당〉에서는 밀양아리랑의 공식적인 공연이 최초로 이루어졌다. 즉 밀양아리랑은 그동안 〈감내게줄당기기〉의 앞놀이 부분에서 노래로 불러지기는 했지만, 단독 공연은 한 번도 이루어진 바가 없었기 때문이다.

또한 2012년 4월 국립민속박물관에서 개최된 아리랑 특별전시에서는 밀양토박이가 부르는 밀양아리랑의 현지조사 및 인터뷰가 영상으로 소개되었고 토박이에 의해 무반주로 이루어진 공연이 성황리에 이루어져 지역

---

58) 밀양아리랑대축제의 연혁은 1957년 11월 제1회 밀양문화제로 시작하여, 1963년 5월(제1회) 아랑제 및 10월(제7회) 밀양문화제가 개최되었다. 1968년 5월(제11회) 밀양문화제와 아랑제가 통합되어 밀양아랑제로 개최되었고 2000년 5월(제43회) 밀양문화제로 개칭, 2004년 5월(제47회) 밀양아리랑대축제로 개칭되어 오늘에 이르고 있다.

59) 2002년에 발족된 시민단체로 이충열·최호진 외 24명으로 발족되었으나 현재는 밀양아리랑의 전승·보존·발전을 위해 밀양의 예술인들이 대거 참석하여 회원수가 100명이 넘는다.

성을 갖춘 밀양아리랑이 공식적으로 보여지기 시작했다.

그러나 문제는 2011년 공식적인 공연이 이루어지면서 새로운 창자의 발굴을 미처 하지 못하고 민속놀이인 감내게줄당기기의 회원들이 주축이 되어 이루어졌다는 점이다. 또한 타 지역의 아리랑처럼 소리가 빼어난 창자로 이루어진 것이 아니라, 민속놀이의 하나처럼 민속춤을 곁들여서 지게를 지고 장단을 치면서 소리하는 감내게줄당기기의 한 부분을 그대로 떼어와 공연화한 것이어서[60] 밀양아리랑이 민요로서가 아니라 민속놀이의 일부분으로 자리 잡고 있는 상황이 되었다.

이렇게 공연화가 된 이후 2012년 5월 밀양아리랑대축제의 밀양아리랑 공연도 감내게줄당기기(밀양백중놀이 회원들도 포함)의 회원들로 이루어지고 있으며, 2012 문화체육관광부 상설문화관광프로그램의 일환으로 이루어진 밀양아리랑 상설공연[61]에서도 감내게줄당기기 회원들로 구성되는 등 이들이 현재 밀양지역에서의 밀양아리랑 공연을 대표하고 있는 실정이다.

밀양아리랑은 1980년부터 민속놀이인 감내게줄당기기에 삽입되어 명맥을 이어왔다. 그러나 밀양민속예술보존협회·감내게줄당기기·밀양백중놀이는 모두 한 팀으로 구성되어 전승에 있어 분리되어야 할 문제를 안고 있는 상황에서 밀양아리랑의 공연까지 도맡게 되었다는 점에서 문제를 안고 있다.

뿐만 아니라 공연내용에서도 우려되는 점이 몇 가지 있다. 현재 이루어지고 있는 밀양아리랑의 공연에서는 사물반주에 의해 밀양아리랑을 부르고 있는데다 특히 상쇠의 가락에 시작인사와 마무리까지 지휘되고 있어

---

60) 공연인원이 15명이며 그 중 창자는 4명이며 나머지 2/3이상이 반주 및 지게목발춤을 담당하고 있다.

61) 밀양아리랑 상설공연은 (사)한국예총밀양지회·밀양민속예술보존협회·김금희무용단이 주관하여 5월 19일~8월 25일까지 15주에 걸쳐 매주 주말마다 이루어진다.

창자가 맘껏 기량을 발휘하기 힘든 상황이다. 즉 그동안 감내게줄당기기 및 밀양백중놀이 회원들에 의해 밀양아리랑이 공연·전승되어 온 것은 사실이지만, 공연형태가 민속놀이의 형식에서 벗어나지 못하고 있어 민속놀이와 차별된 밀양아리랑의 공연방식이 요구되는 것이다. 아울러 새로운 창자의 발굴이 시급하며 밀양아리랑 단독 가사집의 발간 및 노래를 부를 수 있는 환경과 여건 만들기, 그리고 밀양아리랑 상설공연이 지속적으로 이루어져서 밀양아리랑이 온전히 전승되고 발전할 수 있는 환경이 조성되어져야 할 것이다.

또한 밀양아리랑은 유희요의 기능을 넘어 군가 및 운동가로서의 기능까지 겸비하고 있지만, 경기민요 명창들 뿐 아니라 현지인 밀양지역에서조차 유희요로만 전승하고 있어서 밀양아리랑이 지니고 있는 역사적·문화적 의미와 특징을 제대로 살리지 못하고 있다. 따라서 독립군아리랑·광복군아리랑·신밀양아리랑·통일아리랑 등과 같은 민족성을 지닌 밀양아리랑의 가치와 의미를 재조명하고 이를 강조할 수 있는 공연방식의 개발하는 등 올바른 전승과 계승을 위한 노력이 필요하다.

IV. 결 론

이상으로 일제강점기와 해방 이후, 그리고 1980년대 이후에 나타난 기록물을 통해 밀양아리랑의 시대별 전승에 따른 변용과 음악적 특징을 비교하였고 특히 1980년대 이후 현지에서의 밀양아리랑 전승현황과 문제점을 고찰해 보았다. 이를 정리해보면 다음과 같다.

첫째, 1929년 〈別乾坤〉 통권22호에서 차상만은 밀양의 7대 명물 중 하나인 '밀양아리랑'이 경상도 뿐 만이 아니라 전국으로 퍼져있지만 밀양에서 불러야 제대로 된 멋을 알 수 있다며 밀양아리랑의 토속성을 주장한 바 있으니, 이미 1920년대에서부터 밀양아리랑은 토속성과 통속성의 두 가지 성격으로 전승되었음을 알 수 있다.

둘째, 1935년 일본총독부에서 우리의 아리랑을 훼손시키기 위해 친일적 내용의 〈非常時아리랑〉·〈滿洲아리랑〉·〈愛國아리랑〉 등을 만들어 유포시켰을 때 1930년대 중국과 로령지역에서는 밀양아리랑을 개사하여 〈독립군아리랑〉, 1941년 임시정부 광복군들은 〈광복군아리랑〉으로 부르게 되었으니, 밀양아리랑은 경상남도 민요라는 지역성을 넘어서서 항일 민족운동가(民族運動歌) 및 군가로 기능이 확대되었을 뿐 아니라 아리랑이 가진 민족적 자긍심을 살려준 노래이기도 하다.

셋째, 1953년 중공군발행 군가집인 『朝鮮之歌』에 '밀양아리랑'이 파르티잔 유격대아리랑으로 수록되어 중공군인들까지 밀양아리랑을 개사하여 군가로 불렀다. 즉 밀양아리랑이 통속화되어 있다는 점과 일자일음(一字一音) 구성으로 가사전달이 용이하고 누구나 쉽게 따라 부를 수 있는 장점을 지녔기 때문에 군가로 채택되어 파급력을 지닌 것으로 일제강점기를 비롯하여 6·25 한국전쟁의 역사와도 함께하는 민족성을 지닌다.

넷째, 1920년대~1930년대에 발매된 밀양아리랑음반은 서도 및 평양·서울지역에서 활동한 기생들에 의해 부른 것으로 창자에 따라 음정·음고의 차이가 있다. 즉 박부용(1934)은 mi를 fa로 올려서 부르고 있어 〈la↘sol↘mi〉가 아닌 〈la↘sol↘fa〉, 즉 〈장2+장2〉로 음정이 축소되어 나타나는데, 이는 김금화·박부용·장호강, 북한의 고정숙·김연옥이 부른 밀양아리랑에서도 공통적으로 나타나는 부분으로 변형된 메나리토리로 볼 수 있다. 특히 박부용과 장호강, 그리고 북한가수인 고정숙·김연옥은 메나리토리의 완전5도 위의 음계로 변형되어 나타나는데 이는 현재 연변에서 부르는 밀양아리랑과 같은 음계의 성질을 지닌다.

그러나 토박이가 부르는 밀양아리랑에서는 mi의 음고를 fa로 올려서 부르지 않으며 〈la↘sol↘mi〉의 하행선율이 분명이 드러나 있어 〈장2도+단3도〉의 메나리토리이지만 경과음인 sol에 가사가 붙어 강조되므로 변형된 메나리토리이다. 또한 파르티잔(빨치산)아리랑은 '아리아리랑 쓰리쓰리랑' 부분에서 〈la↗do↘la〉가 아닌 〈la↗si↘la〉로 음정이 축소되어 나타나며 mi가 약간 높은 음으로 이루어져 있는데 이는 북한가수 신우선과 묵계월의 밀양아리랑에서 나타나는 특징이다. 이처럼 밀양아리랑은 창자에 따라 구성음간의 음정 및 음고의 차이를 보이며, 변형된 메나리토리・메나리토리의 변형된 음계 등의 특징을 지닌다.

다섯째, 1983년 간행된 『密陽志』에 의하면 당시 밀양지역의 노년층은 주로 긴아리랑류(본조아리랑)를 불렀고, 중장년층의 경우에는 경쾌한 밀양아리랑을 불렀다고 기록되어 있다. 그러나 2009년 밀양토박이를 대상으로 1년 2개월간의 현지조사로 발간된 『밀양민요집』(2010)에서는 창자들이 작고하였거나 부르는 사람이 현저히 줄어든 이유로 조사내용이 매우 빈약하다. 이는 그동안 밀양지역에서 밀양아리랑을 부를 수 있는 여건과 환경이 조성되지 않아서 익히 알고 있던 가사조차 잊어버려서 기억하지 못하고, 가사가 기억나지 않더라도 분위기에 따라 새롭게 가사를 만들어내는 즉흥성이 결여되어있기 때문이다. 그러나 이는 기관 및 단체에서 자주 듣거나 부를 수 있는 환경과 배움터를 마련하여 자주 부를 수 있는 기회가 마련된다면 충분히 보완될 수 있는 여지가 있다.

여섯째, 2011년 토속민요로서의 밀양아리랑의 공식적인 공연이 이루어졌으나 새로운 창자의 발굴을 미처 하지 못하고 민속놀이인 감내게줄당기기의 회원들이 주축이 되어 공연이 이루어지고 있고, 민속춤을 곁들여서 지게를 지고 장단을 치면서 소리하는 감내게줄당기기의 한 부분을 그대로 떼어와 공연화한 것이어서 밀양아리랑이 민요로서가 아닌 민속놀이의 일부분으로서 자리 잡고 있는 상황이어서 민속놀이와 분리된 독립된 밀양아리랑 공연 프로그램의 개발 및 새로운 창자의 발굴이 요구된다. 아울러 밀양아리랑 단독 가사집의 발간 및 노래를 부를 수 있는 환경과 여건 만들기, 그리고 밀양아리랑 상설공연이 지속적으로 이루어져서 밀양아리랑이 온전히 전승되고 발전할 수 있는 환경이 조성되어져야 할 것이다.

밀양아리랑은 유희요의 기능을 넘어 군가 및 운동가로서의 기능까지 겸비하고 있지만, 경기민요 명창들 뿐 아니라 현지인 밀양지역에서조차 유희요로만 전승하고 있어서 밀양아리랑이 지니고 있는 역사적·문화적 의미와 특징을 제대로 살리지 못하고 있다. 따라서 독립군아리랑·광복군아리랑·신밀양아리랑·통일아리랑 등과 같은 민족성을 지닌 밀양아리랑의 가치와 의미를 재조명하고 이를 강조할 수 있는 공연방식의 개발하는 등 올바른 전승과 계승을 위한 노력이 필요하다.

참|고|문|헌

1. 단행본

『유성기음반가사집』, 1936.

김구, 『屠倭實記』, 1932.

신호, 『조선민요조식』, 연변 : 연변대학출판사, 2003.

엄항섭, 『屠倭實記』, 1846.

祖國光復情神『光復軍歌集』, 1946.

중공군 발행군가집『朝鮮之歌』, 1946.

『華岳』 創刊號. 밀양 : 華岳同人會, 1946.

密陽志編纂委員會編, 『密陽志』, 密陽 : 密陽文化院, 1883.

한태문·이순욱·정훈식·류경자, 『密陽民謠集』 1~2, 밀양 : 밀양시, 2010.

2. 논문

김연갑, 「밀양아리랑, 그 역사와 변용」, 『제1회 밀양아리랑 학술강연회 밀양아리랑 이야기』, 밀양 : 밀양청년회의소, 2011, 4~17쪽.

권도희, 「서도음악인의 남진 한계」, 『한국음악연구』 제28집, 서울 : 한국국악학회, 2000, 215~ 229쪽.

_____, 『한국 근대음악 사회사』, 서울 : 민속원, 2005.

김기현, 「밀양아리랑의 형성과정과 구조」, 『문학과 언어』 제12집 문학과 언어연구회, 1991, 121~146쪽.

_____, 「아리랑노래의 형성과 전개」, 『퇴계학과 한국문화』 제35집, 대구 : 경북대학교 퇴계학연구소, 2004, 139~177쪽.

곽동현, 「밀양아리랑의 유형과 시대적 변천연구」, 한국예술종합학교 석사학위논문, 2012.

박창묵, 「중국조선족과 아리랑」, 『99한민족아리랑대전』, 주최 : 한민족아리
랑연합회, 주관 : 벤처아리랑, 1999.

서정매, 「밀양민요의 선율구조」, 영남대학교 일반대학원 석사학위논문,
2004.

_____, 「선율과 음정으로 살펴본 밀양아리랑」, 『한국민요학』 제21집, 서
울 : 한국민요학회, 2007, 79~110쪽.

신현구, 『기생이야기 : 일제 강점기의 대중스타』, 서울 : 살림출판사, 2007.

3. 음반 및 인터뷰

1926년 일축조선소리반 음반.

1930년 VICTOR ORTHOPHONIC RECORD 49093-B '流行小曲 密陽아리
랑' 獨昌 全景希/伴奏 빅타管絃樂團.

1931년 콜롬비아 레코드 음반.

1934년 오케음반사 음반.

〈묵계월 경기소리 95〉, 서울 : 오아시스레코드사, 1995.

〈해외동포 아리랑〉, 서울 : 신나라레코드사, 1995.

〈北韓 아리랑〉, 서울 : 신나라뮤직, 1999.

〈겨레의 노래 아리랑〉, 서울 : 중앙대학교 산학협력단(국악교육연구소),
2004.

〈북한아리랑 名唱全集〉 CD1~3, 서울 : 신나라레코드, 2006.

〈嶺南名物 密陽아리랑〉, 서울 : 신나라레코드, 2011.

신영무의 인터뷰(남, 75세, 2012. 2. 22).

4. 신문 및 잡지

『매일신보』, 1926년 10월 1일자.

『別乾坤』 통권 22호, 1929.

『밀양동인회 〈華岳〉』 창간호, 1946.

『밀양학생회 잡지 〈鄕〉』, 1957.

각본 이태엽(李泰燁)/감독 양주남(梁柱南), 영화 錄音臺本 〈密陽아리랑〉, 상록영화사, 1967.

5. 사이트

기미양의 daum 카페 〈문화공정대응시민연대〉. http://cafe.daum.net/UNESCO21

기미양의 네이버 블로그 〈벤처아리랑-since 1997〉. http://blog.naver.com/kibada.

〈『한국민요학』vol. 35, 2012〉

<진도아리랑>의 대중화 과정에
끼친 대중매체의 영향에 관한 연구

이용식*

Ⅰ. 머리말

〈진도아리랑〉은 호남음악, 아니 한국음악을 대표하는 민요이다. 강원도
의 〈정선아리랑〉, 경상도의 〈밀양아리랑〉과 더불어 전라도의 〈진도아리
랑〉은 우리나라의 '3대 아리랑'으로 꼽힌다. 2012년 〈아리랑〉이 유네스코
의 인류무형문화유산으로 지정되면서 각 지방을 대표하는 '아리랑소리'는[1]
더욱 각광받으면서 '3대 아리랑'을 보유한 지방자치단체는 '아리랑'을 콘텐
츠로 하는 각종 문화산업을 기획하는 등의 행보를 활발히 전개하고 있다.

우리나라의 '아리랑소리'는 실제로는 그 연원이 그리 오래 된 것은 아니
다. 향토민요인 '아리랑소리'는 그 연원을 밝히기 어렵지만, 우리에게 익숙
한 〈(본조)아리랑〉, 〈밀양아리랑〉, 〈진도아리랑〉, 그리고 이들 노래로부
터 파생한 각지의 '아리랑소리'는[2] 일제강점기에 형성·발전된 것들이 대

---

*   전남대학교 국악과
1)   '아리랑소리'는 수많은 아리랑군(群)을 총칭하는 용어이다(이보형, 「아리랑소리의
      근원과 그 변천에 관한 음악적 연구」, 『한국민요학』 제5집, 한국민요학회, 1997,
      85쪽).
2)   예를 들어 〈밀양아리랑〉에서 파생된 〈영천아리랑〉, 〈독립군아리랑〉 등을 들 수
      있다.

부분이다. 특히 전라도를 대표하는 〈진도아리랑〉은 일제강점기에 박종기
(朴鍾基, 1880-1947)라는 걸출한 명인에 의해 만들어져서 전국적인 민요
로 발돋움했다는 것이 정설이다.

1926년에 만들어진 나운규(羅雲奎, 1902-1937)의 영화 〈아리랑〉의 흥
행에 힘입어 전국적으로 '아리랑소리'가 만들어지고 〈아리랑〉은 우리나라
를 대표하는 노래가 되었다. 일제강점기 동안 '아리랑소리'의 대중화 과정
이나 '민족의 노래'로서의 위상을 정립하는 과정 등에 대해서는 그동안 많
은 선행연구가 있었다. 그러나 〈진도아리랑〉은 우리나라 문화에서 차지하
는 위상에 비추어 대중화 과정에 대한 연구가 거의 전무한 실정이다. 특
히 〈진도아리랑〉은 다른 '근대아리랑'3)에 비해 늦게 만들어졌고, 상대적으
로 전국적인 노래로 발돋움을 늦게 시작했다. 그러나 지금은 다른 어떤
'근대아리랑'보다도 더 사랑받는 대중적인 노래로 급성장했다.

이 글은 〈진도아리랑〉의 형성 및 대중화 과정에서 음악외적인 사회문
화적 조건이 미친 영향을 밝히고자 한다. 특히 근대 이후 급격하게 확대
된 대중매체의 영향에 의한 〈진도아리랑〉의 대중화 과정을 통해 〈진도아
리랑〉이라는 '향토민요'가 우리나라를 대표하는 민요로 자리매김하는 과정
을 밝히고자 한다.

---

3) 이글에서 일컫는 '근대아리랑'은 나운규의 영화 〈아리랑〉의 성공에 힘입어 일제강
점기에 형성된 '아리랑소리'를 가리킨다. 구체적으로는 영화 〈아리랑〉의 주제음악
이었던 《(영화)아리랑》, 〈밀양아리랑〉과 파생곡, 그리고 〈진도아리랑〉 등을 가리
킨다.

Ⅱ. 진도아리랑의 형성기

〈진도아리랑〉의 음악적 형성과정에 대해서는 이미 선행연구에서 밝혀진 바 있다. 지춘상·나경수는 〈진도아리랑〉의 근원을 전라도 향토민요인 〈산아지타령〉으로 간주하고 음악적 문제 및 문화적 관련성을 밝혔다.[4] 이보형은 〈진도아리랑〉은 1920년대 〈아리랑〉 열풍에 힘입어 〈경기 아리랑〉과 유사한 〈남도아리랑〉을 소재로 하여 박종기가 편곡한 노래라고 주장했다.[5] 김혜정은 〈진도아리랑〉은 향토민요인 〈산아지타령〉과 〈밀양아리랑〉의 영향을 받은 〈남도아리랑〉의 두 가지 악곡이 응집되어 20세기에 만들어진 민요라고 주장했다.[6] 이렇듯이 〈진도아리랑〉은 일제강점기에 향토민요인 〈산아지타령〉과 〈아리랑〉의 열기에 힘입은 '아리랑소리'에 근거해 창작된 노래라는 것을 알 수 있다. 그리고 그 음악적 창작자는 박종기로 꼽힌다.[7]

민요가 기층민중에 의해 집충적으로 형성된 것이기 때문에 〈진도아리랑〉이 일개인에 의해 '창작'되었다는 사실에 대해 의문을 제기하기도 한다. 그러나 〈진도아리랑〉과 같은 '근대민요'는 많은 경우 걸출한 음악가에 의해 '창작(creation)'[8]되기도 한다. 예를 들어 나운규의 영화음악이었던

4) 지춘상·나경수, 「진도아리랑형성고」, 『호남문화연구』 제18집, 전남대학교 호남문화연구소, 1988. 이런 논지는 나경수, 「진도아리랑형성고」(『전남의 민속연구』, 민속원, 1994)에서도 거듭 된다.
5) 이보형, 앞의 글.
6) 김혜정 「진도아리랑 형성의 음악적 배경」, 『한국음악연구』 제35집, 한국국악학회, 2004.
7) 이외에도 〈진도아리랑〉의 음악적 창시자로 '텔링(telling)'되는 인물로 정승환, 허 감찰로 불리는 허충의, 허석 등이 있지만 그다지 신빙성은 떨어진다(이윤선, 「진도아리랑의 기원 스토리텔링과 문화 마케팅」, 『도서문화』 제25집, 목포대학교 도서문화연구소, 2005, 258쪽).
8) 이는 서양식의 '작곡(composition)'과는 다른 개념이다. '음악만들기(music-

〈(영화)아리랑〉은 "단성사의 음악인"이 만들었다고 한다(김열규 1987:76). 또한 경상도의 대표적 '아리랑소리'인 〈밀양아리랑〉은 작곡가 박시춘(朴時春, 1913-1996)의 아버지인 박남포(朴南浦, 1894-1933)가 '창작'했다(이용식 2005:143).9) 이렇듯이 대부분의 '근대아리랑'은 한 명의 음악인에 의해 음악적으로 '창작'된다.10) 이런 경우 '창작'되는 부분은 뒷소리이고, 기층민중에 의해 다양한 앞소리가 더해지면서11) 전승집단에 의해 집층적으로 형성되는 것이다.

특히 20세기 전반기에 〈아리랑〉이 '국가(國歌)'를 대체하면서 수많은 각편(version)의 〈애국가〉가 만들어지고 수많은 각편의 지방 아리랑소리가 급속도로 파생한다. 이 시기에 각 지방 민요의 특성을 반영한 지방 아리랑소리가 만들어지면서 '아리랑'은 하나의 민족을 대표하는 국가로서 기능하면서도 각 지방마다 독특한 '토리'에 의해 지방의 아리랑을 만드는 향토

---

making)'는 여러 방식으로 가능하다. 근대민요가 한 명의 음악가에 의해 '창작(creation)'되는 경우는 비일비재하다. 그리고 이 '창작'의 바탕에는 기존의 민요가 존재하며, 이를 바탕으로 '재창조(re-creation)'되는 경우도 있고 이를 '변주(variation)'하여 새로운 가락이 만들어지는 '창작'도 가능하다.

9) 밀양역 앞에 세워진 '밀양아리랑 노래비'에는 〈밀양아리랑〉을 박남포가 "간추려서 오늘날에 이어지고 있다"는 기록이 있다(졸고, 「만들어진 전통: 일제강점기 기간 〈아리랑〉의 근대화, 민족화, 유행화 과정」, 『동양음악』 제27집, 서울대학교 동양음악연구소, 2005, 143-144쪽).

10) '근대아리랑' 외에도 일제강점기에 만들어진 민요인 함경도 북청의 〈돈돌날이〉도 개인 창작에 의한 창가풍의 노래가 '달래놀이'라는 민속놀이와 결합하면서 '민요화'한 노래이다(졸고, 「창가에서 민요로: 함경도 북청민요 「돈돌날이」의 형성에 관한 연구」, 『한국민요학』 제7집, 한국민요학회, 1999).

11) 실제로는 앞소리도 누구나 만들 수 있는 '창작사설인 경우가 많다'(한양명, 「진도 아리랑타령의 전승에 대한 접근」, 『한국민속학』 제22집, 한국민속학회, 1989, 124쪽). 창작사설은 전승을 지향하지만 모두가 전승되는 것은 아니고 그 가운데 일부만 전승되고 나머지는 버려진다. 〈진도아리랑〉 창작사설의 전승 요건과 실제에 대해서는 한양명 위의글 참조.

민요화 과정을 거치는 것이다. 이런 지방아리랑소리는 각 지방의 공동체를 대표하는 노래로 어느 지방이나 아리랑소리가 없는 곳은 마치 근대화 과정 혹은 민족국가화 과정에서 뒤처지는 것으로 여겨지듯이 각 지방 아리랑소리를 만들어 가는 것이다. 이제 아리랑소리는 피식민지 언어로 된 피식민지 민족국가라는 '상상의 공동체'(imagined community)를[12] 대표하는 의사소통어(linga franca)로서의 노래가 되는 것이다. 그리고 이런 과정에서 〈진도아리랑〉은 탄생한다.[13]

그렇다면 박종기가 언제 〈진도아리랑〉을 '창작'했는지가 의문이다. 이에 대해 박병훈은 조선총독부가 1925년 서울 남산에 조선신궁(朝鮮神宮)을 건립했을 때 박종기가 젓대로 〈진도아리랑〉을 불렀고, 그 후 〈진도아리랑〉이 당시 서울 방송의 전파를 타고 전국적으로 널리 퍼졌다고 소개한다.

〈사료 1〉

어찌되었건 珍島아리랑打令이 세상에 널리 알려지기 까지에는 日帝가 우리 民族精神을 말살하려고 서울 南山에 朝鮮神宮을 建立하여 그 낙성을 보게 될때 (1925년 10월) 십상도의 名唱, 악공들을 모아 예술잔치를 가졌다. 이때 朴鍾基先生이 출전하여 젓대로 珍島아리랑(현재 부르는 曲)을 불렀는데 당시 총독이였던 「재등」은 어찌나 노래가락에 심취하였던지 춤을 추며 "그 노래는 어느 地方에서 부르는 노래냐"고 물었다 한다.

---

12) 민족은 구성원들이 대부분 서로 알지도 못하지만 구성원 각자의 마음에 서로 친교의 이미지가 살아있기 때문에 상상된 것이다. 즉 민족은 본래 "제한되고 주권을 가진 것으로 상상되는 정치공동체"이다 (베네딕트 앤더슨, 윤형숙 역, 『상상의 공동체: 민족주의의 기원과 전파에 대한 성찰』, 나남, 2002, 25쪽).

13) 이와 똑같은 과정에서 탄생한 경상도의 대표적 아리랑이 〈밀양아리랑〉이다(졸고, 앞의 글(2005), 141-158쪽).

이때 박종기선생은 "珍島地方의 珍島아리랑이요"라고 대답했다고 하며 당시 서울방송국의 전파를 타고 珍島아리랑이 전국에 널리 퍼지게 되었으며 그후 珍島出身名唱들에 의하여 唱으로 부르게 되면서 全國에 珍島아리랑이 알려지게 되었다고 한다.[14]

그러나 경성방송국은 1927년에 정식으로 개국했고, 1926년부터 시험방송을 실시했다. 그렇기 때문에 1925년에 박종기가 불렀던 〈진도아리랑〉이 방송의 전파를 탔다는 위의 〈사료 1〉의 이야기는 전설일뿐이다.

한편 〈진도아리랑〉 소리꾼인 이근녀[15]는 그녀가 15살 무렵 박종기가 〈진도아리랑〉을 처음 만들어 지역 사람들에게 가르쳤다는 증언을 했다.

〈사료 2〉
이번 녹음을 하면서 이근녀 명창은 기억을 더듬으며 "15살 무렵 진도 출신의 대금산조 명인인 박종기(1879~1939) 선생이 진도아리랑을 처음 만들어 지역 사람들에게 가르쳤으며, 이 아리랑을 배운 사람들이 당시 경연대회에 나가서 1등을 했다"는, 진도아리랑의 기원에 대한 중요한 증언도 들려줬다. 국악 전문가들은 이 증언이 그동안 많은 논란이 되어왔던 진도아리랑의 근원을 밝히는 중요한 근거가 될 것이라고 보고 있다.[16]

---

14) 박병훈, 『진도아리랑타령가사집 (민요제2집)』, 진도문화원, 1986, 23쪽.
15) 이근녀는 진도 무가(巫家) 출신이다. 그녀의 어머니는 진도의 당골이었던 박선내인데, 박선내는 박종기의 형인 박종현의 장녀이자 박병천의 친고모이다. 그리고 박선내의 남편이었던 이명수는 진도의 유명한 이씨 무가 집안이었다(박미경, 「진도 세습무 박씨 계보와 인물 연구」, 『한국음악연구』 제41집, 한국국악학회, 2007, 61~62쪽).
16) 『한겨레 21』 2003.12.17. 제489호. 「사람이야기」 「이근녀·강송대·강은주」 소리꾼 3대의 진도아리랑」

이근녀가 이 인터뷰를 했을 때의 나이가 90살이었기 때문에 그녀가 15살 되던 해는 1927년 무렵이다. 이를 토대로 이진원은 1927년 무렵 박종기가 경성방송국에서 대금독주 방송을 시작하는 등 본격적으로 음악활동을 시작할 무렵에 〈진도아리랑〉을 만들어 진도에 보급했고, 그 뒤 박종기가 음반을 통해 발표한 것이라고 추정했다.[17]

한편 이보형은 중요무형문화재 제5호 판소리 예능보유자였던 김소희(金素姬, 1917-1995)와 중요무형문화재 제59호 판소리고법 예능보유자였던 김득수(金得洙, 1917-1990)와의 대담자료에 근거하여 박종기가 유성기 음반을 취입하기 위해 일본으로 가는 배에서 만들었다고 한다.

〈사료 3〉

유성기판을 취입하러 일본에 가는 배에 金素姬명창이 大笒名人 朴鍾基와 동행하여 탔는데 이 배에서 박종기가 남도아리랑을 소재로 하여 편곡한 것이 진도아리랑의 시초이고 이것이 일본에서 최초로 취입된 것이 오케1728 진도아리랑이라고 김소희는 증언하는 것을 필자는 여러 차례 들은 바 있다. 이것은 김득수도 증언하고 있다. 그렇다면 박종기는 남도아리랑을 토대로 하여 진도아리랑과 곡조가 비슷한 전라도민요 물레타령이나 산아지타령을 본으로 하였을 것으로 보인다.[18]

〈진도아리랑〉이 오케1728의 음반으로 처음 만들어진 것은 1936년이고 경성방송국에서 처음 방송된 것이 1937년이다. 그러므로 이보형의 주장에 의하면 박종기가 〈진도아리랑〉을 창작한 것은 1936년일 것이다. 이진원의 주장처럼 박종기가 1927년 무렵 〈진도아리랑〉을 만들었다면[19] 음반으

---

17) 이진원, 『대금산조 창시자 박종기 평전』, 민속원, 2007, 147, 151쪽.
18) 이보형, 앞의 글, 114쪽.
19) 이진원, 위의글, 147쪽.

로 제작한 연대가 10년이나 늦어지기 때문에 그 가능성이 낮아진다. 그렇기 때문에 앞서 〈사료 2〉에 소개된 이근녀의 진술은 "〈진도아리랑〉이 박종기에 의해 만들어졌다"는 '항간의 소문'을 그녀가 재구성한 것으로 여겨진다. 이는 그녀가 "과거와의 연속성을 인위적으로 내세우려"는 의도로 제 나름의 과거를 구성하는 과정에서 비롯된 것일 가능성이 많다.[20]

결국 〈진도아리랑〉은 1930년대 중반(구체적으로는 1935년 무렵)에 박종기에 의해서 음악적으로 창작되었을 가능성이 많다. 이는 1936년 이후 〈진도아리랑〉이 음반과 방송을 통해 보급되는 것으로 증명할 수 있는데, 이는 다음의 〈표 1〉과 같다.

〈표 1〉 일제강점기 유성기 음반에 취입된 진도아리랑

Okeh K.1728-B(K1414)	南道民謠合唱 珍島아리랑 主唱金素姬 助唱吳太石・吳翡翠 / 伴奏오케-鮮洋樂團
Victor KJ-1138(KRE259)	南道民謠 珍島아리랑 愼淑 吳翡翠 / 玄琴申快童・大笒朴鐘基 奚琴・杖鼓
Regal C-2011(1 22841)	湖南民謠 珍島아리랑 金素姬・愼淑 / 伴奏라-갈占樂團(伽倻琴丁南希・大琴朴宗基)

<hr>

20) 대부분의 '만들어진 전통(invented tradition)'은 "과거와의 연속성을 인위적으로 내세우려는" 의도로 제 나름의 과거를 구성하기 마련이다(에릭 홉스봄 외, 박지향・장문석 옮김. 『만들어진 전통』, 휴머니스트, 2004, 12쪽). 이런 점에서 〈사료 〉의 조선신궁 건립과 관련된 박종기 창작설도 마찬가지이다. 결국 〈사료 1〉과 〈사료 2〉와 같은 내부인의 '민속적 평가(folk evaluation)'는 주관적이기 때문에 그 신빙성이 의문시되는 경우가 많다. 그렇지만 〈사료 3〉과 같은 학자의 '분석적 평가(analytical evaluation)'은 객관적이기 때문에 자료적 가치가 많다(앨런 메리엄, 박미경 역. 「종족음악학」, 『탈脫 서양중심의 음악학』, 동아시아, 2000, 53-54쪽).

일제강점기 〈진도아리랑〉을 수록한 음반 중에서 가장 오래된 것은 Okeh K.1728이다. 이 음반은 이보형이 〈사료 3〉에서 언급한 김소희가 일본에서 취입한 음반으로서,21) 1936년 1월『2月新報 No34』에 처음 소개되었다.22) 이 음반에 박종기가 참여했는지는 알 수 없으나 나머지 음반의 반주자 명단에 박종기가 포함되는 것으로 미루어 이 음반의 반주단에도 박종기가 참여했을 가능성이 많다. 더구나 대부분의 남도잡가는 기본적으로 대금 반주를 수반하는 경우가 많고 예외없이 박종기가 반주를 맡았기 때문에23) 이 음반에도 박종기가 대금으로 참여했을 것이다. 이 음반이 1936년에 소개된 것으로 미루어 1935년 무렵에 일본에서 제작된 것으로 추정할 수 있다. 그러므로 박종기가 음반을 취입하기 위해 일본으로 가는 배에서 〈진도아리랑〉을 창작했다면 그 연대는 1935년 무렵으로 추정할 수 있는 것이다. Victor KJ-1138 음반은 1938년 4월 신보에 소개되었고, Regal C-2011은 1940년 2월신보에 처음 소개된 것으로 미루어 Okeh K.1728 음반보다 이후에 제작된 것을 알 수 있다. 이런 음반 제작연대로 미루어 〈진도아리랑〉은 1936년 발매된 신보가 제작되기 이전인 1935년 무렵 박종기가 만들었을 가능성이 높다.

한편 〈진도아리랑〉이 경성방송을 통해 라디오로 방송된 것은 1937년이 최초이다.

---

21) 이보형, 앞의 글, 114쪽.
22) 이진원, 앞의 책, 139쪽.
23) 졸고, 「일제강점기 대중매체에 의한 남도잡가의 공연양상」, 『공연문화연구』 제26집, 한국공연문화학회, 2012, 211쪽.

<표 2> 경성방송국에서 방송된 진도아리랑

날짜	분류	곡목	출연자
1937.2.13(토)	南道民謠	報念 六字백이 캐지나칭칭나네 방아타령 보리 打作소리 珍島아리랑	鄭柳色 金煉守 吳翡翠 朴鍾基(大笒)
1937.5.10(월)	南道民謠	六字백이 흥打令 珍島아리랑 캐지나칭夕 방아타령 보리타작소리	金煉守 鄭柳色 吳翡翠 朴鍾基(大笒)
1937.6.25(금)	俗謠	花草띠巨里 珍島아리랑 캐지나칭칭나네	鄭粉伊 趙音全 吳善伊 朴順伊
1937.8.1(일)	南道民謠	보리타작소리 방아打令 모심는소리 珍島아리랑 캐지나칭夕나네	鄭柳色 吳翡翠 趙弄仙 朴鍾基(大笒)
1938.6.30(목)		報念 六字백이 개고리打令 珍島아리랑	朴小香 高柱仙
1938.7.17(일)		農夫歌 둥가打鈴 梅花打鈴 짜투리打鈴 聞慶새재 珍島아리랑	丁南希 吳太石 趙相鮮 申快東 朴鍾基 成美香 金月仙
1938.11.5(토)	南道歌謠	報念 六字백이 興打鈴 개고리打鈴 珍島아리랑	朴小香 成秋月
1939.2.17(금)	鄕土民謠(褌)	濟州道둥게打鈴 배노래 珍島아리랑	趙彩蘭 朴玉花 全蘭珠 金柳仙 全應煥(楊琴) 伽倻琴 長鼓伴奏
1940.5.29(월)	南道歌謠(褌)	木浦배노리 珍島아리랑 濟州道둥게打鈴	趙彩蘭 朴玉花 金明仙 柳東初(洞簫) 趙彩蘭(伽倻琴)
1941.3.22(토)	南道歌謠	새打鈴 짜투리打鈴 둥게打鈴 진도아리랑 강강수월래	趙蓮玉 趙錦玉 金德鎭(奚琴) 鄭蒔昡(大笒) 鄭順(伽倻琴)
1941.3.30(일)	民謠	聞聲아리랑 둥게打鈴 짜투리打鈴 珍島아리랑 강강술래 梅花 打鈴	판독불가
1941.4.17(목)	南道歌謠	報念 짜토리打鈴 珍島아리랑	金珠 金逸仙
1941.8.10(일)	民謠	聞慶새재 둥게打鈴 짜투리打鈴 珍島아리랑 새打鈴	趙錦玉 李素姬 趙○玉

경성방송의 〈진도아리랑〉 목록에서는 한 가지 흥미로운 점이 나타난다. 1936년 처음 〈진도아리랑〉을 음반에 취입한 김소희가 방송에서는 단 한

차례도 출연하지 않은 것이다.[24] 이는 방송과 음반의 산업생리가 다르기 때문에 빚어진 현상이다. 당시의 방송은 청취율에 민감하게 반응할 필요가 없기 때문에 음악적으로 듣기 좋은 목소리를 갖고 (주로 경성에 거주하면서) 섭외하기 쉬운 예기(藝妓)를 출연자로 선정하는 경우가 많다. 그러나 음반은 시장반응에 민감하게 대응해야 하기 때문에 당대 최고의 명창이 참여하는 경우가 많다. 이런 현상은 경성방송에서 남도잡가를 주로 부른 가창자는 여성 예기들이 대부분이지만 남도잡가로 음반을 취입한 가창자는 김창환, 임방울, 정남희, 오태석 등 당대 최고의 남성 명창이었던 사실에서도 입증된다.[25]

한편 〈진도아리랑〉이 1937년부터 1941년까지 꾸준히 방송을 타지만, 이는 다른 '근대아리랑'에 비해서는 매우 낮은 횟수이다.

〈표 3〉 1932–1941　경성방송국 아리랑소리 방송횟수[26]

제목	1932	1933	1934	1935	1936	1937	1938	1939	1940	1941	1943	총
아리랑 舊調	13	2										15
아리랑	7	14	16	10	2	3	8		2	1	2	65
密陽아리랑	1	8	14	8	17	20	8	2	13	2	3	96
嶺南아리랑	1											1
永東아리랑	1											1
긴 아리랑		8	11	3	3	3	4	7	2	6		43
京아리랑		3	8	1								12
新아리랑		1	3	1	1							6
江原道아리랑		1	1	1	3	2	3				1	12
자진아리랑			1									1
南道아리랑			1									1
咸鏡道아리랑				1	3	1		1	1			7
珍島아리랑						4	2	1	1		6	14

24) 이에 비해 음반을 취입한 오비취는 방송활동도 활발히 했다.
25) 졸고, 앞의 글(2012).
26) 졸고, 앞의 글(2005), 153쪽.

〈진도아리랑〉은 1937년 이후 경성방송을 통해 총14회 방송되었다. 이에 비해 〈아리랑〉은 65회, 〈밀양아리랑〉은 96회[27) 방송되어 〈진도아리랑〉보다 훨씬 많이 방송을 탔다. 이렇듯이 〈진도아리랑〉은 일제강점기에는 〈아리랑〉이나 〈밀양아리랑〉에 비해 덜 알려진 노래였다. 또한 경성방송을 통해 〈아리랑〉과 〈밀양아리랑〉을 부른 가창자는 대부분 당시 최고의 인기를 구가하던 경성 기생 출신의 '가수'였으나,[28) 〈진도아리랑〉 가창자는 무명의 소리꾼이나 심지어는 지역의 비전문가를[29) 포함한다. 이는 이 시기의 〈밀양아리랑〉은 경성에서 활동하던 민요가수의 중요한 레퍼토리가 되어 '영남'이라는 지역을 탈피한 '전국적 노래'였던데 비하여 〈진도아리랑〉은 주로 호남 출신의 판소리 소리꾼에 의해 불리는 '호남'이라는 지역을 탈피하지 못한 '지역의 노래'였다는 것을 의미한다.[30)

Ⅲ. 진도아리랑의 도약기

〈진도아리랑〉이 '진도'를 대표하는 노래로 자리매김한 것은 1950년대 이후의 현상이다. 1950년대부터 전라도 출신의 판소리 소리꾼들이 〈진도아리랑〉을 음반에 취입하면서 이 노래는 전국적으로 널리 보급된다. 이런

---

27) 〈밀양아리랑〉은 일제강점기에 가장 인기가 많았던 '근대아리랑'이었다. 그래서 〈밀양아리랑〉의 노랫말에 얹은 〈독립군아리랑〉과 〈광복군아리랑〉까지 만들어졌다(졸고, 앞의 글(2005), 154쪽).
28) 졸고, 앞의 글(2005), 153쪽.
29) 1937년 6월 25일 가창자 이름은 정분이, 최음전, 오선이, 박순이인데, 이렇게 '순박한' 이름은 세련된 예기의 이름이 아니다. 즉 이들은 지역의 비전문가로 추정된다.
30) 이런 사실은 1915년 이후 폭발적으로 발간되기 시작해서 1950년대까지 간행된 각종 잡가집에도 〈진도아리랑〉이 전혀 수록되지 않았다는 사실에서도 확인할 수 있다.

과정을 거치면서 〈진도아리랑〉은 〈강원도아리랑〉, 〈밀양아리랑〉과 더불어 '3대 아리랑'으로 자리매김하게 되는데, 이는 1958년 신문에서 〈진도아리랑〉을 언급한 기사에서 확인된다.

〈사료 4〉

○ 司會 = 그아리랑의노래가各地方에 따라서다르지않아요?

○ 高義東 = 그달라졌다는것은 우리가아는近來입니다. 아리랑이라는것은 事實은百年以前부터있어온 소리입니다. 그러나 그때는 언제나 한번무엇이 시작되면 固定했지 자꾸變化되는그런법이없었고, 또 시골에있었다고해도 交通關係로해서 서울까지오지않고말았던것이事實입니다. 시방은 그런것이없어졌읍니다. 그때서울에서 한참하던 아리랑타령은 없어지고 珍島니 密陽이니 江原道니해서 各處것이었었지요.[31]

〈사료 5〉

○ … 『진도명산「구기자」拘杞子(補陽草)와 여정실(補陰果)도 유명하지만「진도」에서도「제주도」못지않게「여자」가일을 많이하고있다는것도특색이지요 들에서일하던부인네들은 남자가지나가면「노래」를 합창하여「수작」을 거는데(?)이에응수못하면 크게핀잔을받게마련입니다 이때 유명한「진도아리랑」을 부르기도합니다
아리아리랑 쓰리쓰리랑 아라리가났네― 아리랑 으흥…으흥…으흥…아라리 가났네 저누무 머시마 누매좀보수―겉눈만감고서 바리발발 떤다―아리아리랑…』[32]

31) 『동아일보』 1958.1.1, 7면.
32) 『동아일보』 1958.11.25. 3면.

〈사료 4〉는 1958년 1월 1일 『동아일보』(7면)에 「예와 오늘에서 새것으로: 이땅文化의 今昔이야기」라는 제목으로 화가인 고희동(高羲東, 1886-1965) 등이 예전과 당대의 문화계 전반의 세태를 이야기한 대담기사이다.[33] 당대의 화가가 〈(영화)아리랑〉은 인기를 잃고 〈진도아리랑〉, 〈밀양아리랑〉, 〈강원도아리랑〉 등이 인기를 얻고 있다는 것을 회고한 대목이다. 〈사료 5〉는 1958년 11월 25일 『동아일보』(3면)에 신동준(申東峻)이 삽화와 더불어 「진도의 명물 진도아리랑」을 소개하면서 진도의 명물인 〈진도아리랑〉을 언급한 내용이다. 진도 부녀자가 지나가는 남성에게 〈진도아리랑〉을 부르면서 '수작'을 부릴 정도로 이 노래는 진도에서 널리 불렸다는 것을 알려준다. 이렇듯이 1950년대에 〈진도아리랑〉은 진도를 대표하는 명물로서의 위상을 확보했다.

1960년대에 〈진도아리랑〉은 서양음악 전공자들에 의해서도 널리 애호받는 명곡이 되었다. 1962년에 작곡가 정회갑(鄭回甲, 1923~2013)은 〈진도아리랑〉을 관현악곡으로 편곡해서 KBS관현악단의 연주로 공연했다. 또한 소프라노 마금희(馬金熙)는 1962년 독창회에서 〈진도아리랑〉을 노래했고, 서울합창단은 1963년 공연에서 〈진도아리랑〉을 노래했다. 이렇듯이 〈진도아리랑〉은 지역의 민요로서의 위상을 넘어서 서양음악으로 편곡 또는 연주될 정도로 이 노래는 우리나라의 대표민요로 자리매김한다.

〈진도아리랑〉은 대중음악가들에게도 좋은 음악적 소재였다. 이미 일제강점기에 대중음악가들은 〈진도아리랑〉을 편곡해 공연했는데, 1937년 8월 21일 『동아일보』(7면)에는 아베크라는 대중음악집단이 〈하누님맙쇼〉, 〈사랑이千萬斤〉과 더불어 〈진도아리랑〉을 노래했다. 1960년대 이후에는

---

33) 이글에서 분석대상으로 삼은 신문은 『동아일보』, 『경향신문』, 『매일경제신문』, 『한겨레』 등 4종이다. 이는 NAVER OLD NEWS에서 검색할 수 있는 신문이 4종이기 때문에 4종의 신문으로 분석대상을 제한했다.

많은 대중음악가들이 〈진도아리랑〉을 대표적인 민요로 노래했다. 1966년 에는 박춘석이 그의 대표적 음반인 『박춘석의 골든멜러디』에 〈진도아리랑〉을 수록했고, 1971년에는 하춘화는 민요만을 선곡해 발간한 음반 『하춘화의 민요전집』에 〈진도아리랑〉을 포함시키기도 한다.

대중음악 가수 중에서 〈진도아리랑〉의 확산에 가장 큰 공헌을 한 이는 아마도 이미자(李美子, 1941년생)일 것이다. 이미자는 1965년 방송된 KBS 라디오 연속극 〈진도아리랑〉의 주제가를 불렀다. 이 노래는 이서구 작사, 박춘석 작곡으로서 이미자는 이를 계기로 작곡가 박춘석(朴春石, 1930-2010)과의 40여 년의 긴 '명콤비' 관계를 갖게 된다. 이미자는 1964년 〈동백아가씨〉로 당대 최고의 스타 반열에 올랐다.[34] 그리고 이미자가 주제가를 부른 라디오 드라마 〈진도아리랑〉도 매우 인기가 있는 프로그램이었을 것이고,[35] 이 드라마의 인기는 민요 〈진도아리랑〉의 위상을 높이는데 큰 기여를 했을 것이다. 이 노래가 담긴 이미자의 음반인 『진도아리랑』(지구레코드, 1971년 발매)은 지금도 이미자의 음반 가운데 가장 희귀하고 중요한 음반으로 손꼽힌다. 그리고 이후에도 이미자는 그녀의 음반에 〈진도아리랑〉을 수차례 취입했다.

34) 이미자의 〈동백아가씨〉는 출시 보름만에 3,000장이 팔려 나갔고, 1960년대 중반에 100만장이 팔려 나갔으며, 무려 35주 동안 1위를 차지할 정도의 대히트곡이었다(「추억의 LP여행」, 『주간한국』 2003. 7. 24).
35) 1950년대 중반 이후 라디오 연속극은 '라디오시대'를 견인할 정도로 매우 큰 인기를 끌었다(최미진, 「1950년대 후반 라디오연속극의 영화화 경향 연구」, 『한국문학이론과 비평』 제49집, 2010, 122-127쪽).

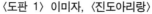

〈도판 1〉 이미자, 〈진도아리랑〉

1. 붉은 댕기 다홍치마 동백꽃 따서
   머리에 꽂고 쌍고동 소리만 기다린다네
   아리랑 쓰리랑 아라리요
   진도나 아가씨 생 성화 났네

2. 일엽편주 달빛 싣고 정처도 없이
   떠나는 배야 이제나 가면 어느 때 오나
   아리랑 쓰리랑 아라리요
   진도나 아가씨 몸부림 치네

이 시기에 〈진도아리랑〉이 전라남도의 '상징'으로 자리매김한 것은 1969년 전국체전에서 이 노래가 전라남도의 입장행진곡으로 선정된 사실에서도 확인할 수 있다. 그 해에 각 도의 선수단은 해당 지방의 대표적인 민요를 입장행진곡으로 선정했다.

〈사료 6〉

○ 오는 10월28일서울서개최될제50회전국체전개회식의 각시·도별선수단입장때 연주될 행진곡이 11일확정됐다.

○ 금년에는 처음으로 시도된 각선수단별 행진연주는 陸軍, 海軍, 空軍및 海兵隊군악대가 3개지부씩맡아 향토색이짙은 가요1곡씩을행진곡풍등으로

편곡, 연주케되는데체육회는각시·도별행진곡편곡이완료되는 오는13일
KBS스튜디오에서이를녹음, 해당 시·도로 보낼 방침이다.

◇ 각시·도별행진곡명

▲서울=서울의 찬가 ▲釜山=부산시민의노래 ▲京畿=京畿道民의노래 ▲충
북=天安삼거리(독수리부대) ▲忠南=天安삼거리 ▲慶北=옹혜야 ▲慶南=쾌
지나칭칭 ▲全北=全北의노래 ▲全南=珍島아리랑 ▲江原=旌善아리랑 ▲濟
州=오돌똑이 ▲在日支部=도라지아리랑 ▲以北5道=고향의봄36)

1969년에 개최된 제50회 전국체전 개회식에 각 도를 대표하는 민요를
입장곡으로 선택한 대표단은 충북, 충남, 경북, 경남, 전남, 강원, 제주 등
이다. 전라남도 대표단은 〈진도아리랑〉을 대표곡으로 선정했는데, 이는
〈진도아리랑〉이 전라남도를 대표하는 상징으로서의 위상을 갖기 때문이
다. 강원도 대표단은 〈정선아리랑〉을 대표곡으로 선정했는데, '3대 아리
랑'으로 꼽히는 〈밀양아리랑〉은 경상도 대표곡으로 꼽히지 않은 점이 눈
에 띈다.

이 시기에 〈진도아리랑〉의 '신화화'가 시작된 것으로 여겨진다. 이는
〈진도아리랑〉의 소위 '기원설화'가 만들어지는 것과 궤를 함께 한다. 〈진
도아리랑〉의 기원설은 30여 개가 넘는데, 그중에서도 〈대가집 외동딸〉설
과 〈설낭자〉설이 대표적이다.37)

〈대가집 외동딸〉설은 진도 총각이 경상도 대구 지방에서 머슴살이를
하다가 대가집 외동딸과 눈이 맞아 진도로 도망쳐 와 살게 되었는데, 그만
총각이 병이 들어 죽게 되어 그 애환을 노래로 부른 것이 〈진도아리랑〉이
라는 이야기이다.38) 이 기원설을 만들어낸 노랫말로 드는 것이 "문경새재

---

36) 『경향신문』, 1969.9.12. 4면.
37) 이윤선, 앞의 글, 246쪽.
38) 박병훈, 앞의 책, 28-29쪽.

는 왠고갠가 구부야 구부구부가 눈물이로구나"라는 노랫말이다.[39] 이 노
랫말은 경상도 처녀가 진도 총각을 따라 문경새재를 넘다가 집을 떠나는
설움을 노래한 것이라는 설이다.

　그러나 '문경새재'라는 서사적 상징은 '아리랑소리'에서는 이미 오래 전
부터 존재했다. 예를 들어 지금까지 전해지는 가장 오래된 〈아리랑〉 악보
인 미국인 선교사 호머 헐버트(Homer Hulbert, 1863~1949)가 1896년 채
보한 악보의 노랫말도 '문경새재'를 담고 있다.

〈도판 2〉 호머 헐버트의 〈아리랑〉

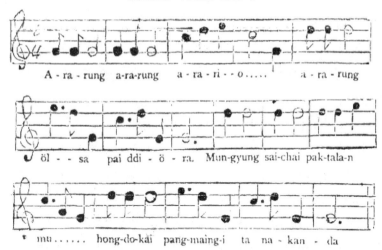

---

39) 이 노랫말에 대해 경상도의 문경이 〈진도아리랑〉의 가사에 포함된 것은 옳지 않
　　고, 이는 '문경'이 아니라 '문전'이 되어야 한다는 주장도 있다(이윤선, 앞의 글,
　　247쪽).

아라릉 아라릉 아리리오 아라릉 얼싸 배띄워라
문경새재 박달나무 홍두깨 방망이 다나간다

이 악보는 호머 헐버트가 *Korean Repository* (1896)에 수록한 악보로서
우리 민요를 서양 오선보에 채보한 최초의 악보이다.[40] 이 노래의 노랫말
은 "문경새재 박달나무 홍두깨 방망이 다나간다"인데, 문경새재(Sai Jai's
slope in Mun-gyung town)가 포함되는 이 노랫말은 이후 1910년대에 출
간된 잡가집에도 많이 출현하는 노랫말이다.

〈사료 7〉
◎ ᄋ리렁타령 (진아리렁타령도곡조만조곰느리고말은거반긑트니라)
一, 문경ᄉ지(聞慶鳥嶺)박달나무 홍두ᄭᅵ방망이로 다나잔다
   아리렁아리렁아라리오 아리렁ᄉ듸여라노다가게[41]

〈사료 8〉
○ 아리랑(我의郞)
   아르랑고기다 뎡거샹(停車場)짓고 뎐긔차(汽車)ᄂ오기를 기다린다
   ᄋ르랑ᄋ르랑 아리라오 아르랑쐬여라노다가세

   아이고지고 통곡(痛哭)을마라 죽엇든랑군(郞君)이 ᄉ라올ᄭ
   ᄋ르랑ᄋ르랑 아리라오 아르랑쐬여라노다가세

   ᄂ는가네ᄂ는가네 셜써리고ᄂ는가네

---

40) 졸고, 「음악인류학에서의 채보・기보 방법론」, 『음악과 문화』 제12호, 세계음악학
   회, 2005, 34쪽.
41) 정재호, 『한국속가전집』 3, 다운샘, 2002, 407쪽.

ㅇ르랑ㅇ르랑 아리라오 아르랑씌여라노다가세

인제가면언데오ㄴ 오만흔이ㄴ 일너주오
ㅇ르랑ㅇ르랑 아리라오 아르랑씌여라노다가세

만경창파(萬頃蒼波)거긔 둥둥써가는쳑야 거긔좀닷주어라 말무러보자
ㅇ르랑ㅇ르랑 아리라오 아르랑씌여라노다가세[42]

〈사료 7〉은 이상준(李尚俊)이 1916년에 편찬한 『조선잡가집』으로 이
노래집에도 "문경새재 박달나무 홍두깨 방망이로 다나잔다"라는 노랫말이
수록되었다. '문경새재'가 포함된 노랫말은 1890년대부터 불려지기 시작해
서 1910년대 〈아리랑타령〉에서는 무척 많이 불린 노랫말이다.[43] 물론 이
노랫말이 '문경새재'를 포함했지만 "구부야 구부구부가 눈물이로구나"라는
노랫말과는 다르다고 강변할 수 있지만, 1910년대에 이미 〈아리랑타령〉에
서 '고개'와 '눈물'이 섞인 노랫말은 수도 없이 나온다(〈사료 8〉). 그렇기
때문에 '문경새재'와 '눈물'이라는 모티프로 인해 〈진도아리랑〉의 기원설을
언급하는 것은 무리가 따른다.

실제로 〈진도아리랑〉은 1930년대에 '창작'된 노래이기 때문에 이 노래
의 '기원'을 왈가왈부하는 것은 무의미한 일이다. 이 노래의 '기원설'은 '노
래의 기원'이 아니라 기원설화를 노랫말에 덧입혀서 이 노래의 기원이 오
래 되었다는 것을 포장하는 작업이다. 문서로 역사를 기록하지 않는 민속
문화에서는 신화(또는 설화)를 통해 역사를 재구성할 수도 있고, 신화의
연속으로서 역사를 규명할 때 신화와 역사의 간극이 극복될 수 있다.[44]

---

42) 정재호, 위의 책, 407쪽.
43) 이와 더불어 오늘날 〈진도아리랑〉에서 가장 많이 노래되는 노랫말인 "만경창파"나
"노다가세"도 이미 1910년대부터 〈아리랑타령〉에서 많이 애창되는 노랫말이다.
44) 클로드 레비스트로스, 임옥희 옮김. 『신화와 의미』. 이끌리오, 2000, 87쪽.

그렇기 때문에 민속문화에서 만들어진 전통(invented tradition)은 "과거와의 연속성을 인위적으로 내세우려" 들면서 제 나름의 과거를 구성하기 마련인데,[45] 이런 '전통화'의 과정에는 '신화의 외투'를 입혀서 '오래된 노래'라는 역사적 정통성을 부여하기 마련이다. 특히 이 당시에 아리랑소리는 1960년대 상상(imagined)된 민족국가의 국가(國歌)로 자리매김하면서 오래 된 노래라는 인식이 광범위하게 퍼진다. 이 과정에서 각 지방의 아리랑소리의 노랫말에는 설화가 입혀진다. 〈정선아리랑〉의 죽림칠현(竹林七賢)이나 〈밀양아리랑〉의 아랑설화나 영남루와 관련된 노랫말이 이런 사례이다.[46] 그리고 〈진도아리랑〉의 '문경새재'를 매개로 하는 〈대감집 외동딸〉 기원설화도 같은 맥락인 것이다. 이는 〈진도아리랑〉의 "전승요건으로서의 〈대가집 외동딸〉 설화와 관련된 노랫말이 재창조되어 왔다"고[47] 할 수 있는 것이다.

IV. 진도아리랑의 전성기

1960년대 이후 〈진도아리랑〉은 '3대 아리랑'뿐만 아니라 우리나라를 대표하는 민요로 자리매김한다. 아리랑과 관련된 각종 공연이나 행사에서 〈진도아리랑〉이 빠지는 경우가 드물고, 특히 〈진도아리랑〉은 공연이나 행사의 피날레(finale)를 장식하면서 참여자 모두가 (심지어는 관객과 더불어) 합창으로 부르는 경우가 많다. 이렇게 〈진도아리랑〉이 널리 보급되면서 이 노래는 우리나라 국민이 가장 좋아하는 국악곡의 하나가 된다.

---

45) 에릭 홉스봄 외, 앞의 책, 12쪽.
46) 졸고, 앞의 글(2005), 145-148쪽.
47) 이윤선, 앞의 글, 248쪽.

〈사료 9〉
  우리나라 사람들이 제일 좋아하는 국악은 「한오백년」, 가고은 「그리운 금강산」, 클래식은 「비발디」의 「4계」, 가요는 「담다디」. 팝송은 「예스터데이」로 밝혀졌다.
  이같은 사실은 MBC가 창사 27주년기념으로 지난10월10일부터 11월10일까지 한달간 전국청취자들이 보내온 11만통의 엽서를 분석한 「MBC FM 음악선호도조사」에서 밝혀졌다.
  국악은 「한오백년」「성주풀이」「정선아리랑」「진도아리랑」「심청가」「춘향가」「사랑가」「가야금산조」「강원도아리랑」「미궁」등의 순으로 나타났다.[48]

  위의 〈사료 9〉는 1988년 10월-11월에 MBC에서 청취자들이 보내온 엽서를 토대로 국민이 좋아하는 음악을 분석한 조사결과이다. 물론 한 달간 방송국에 엽서를 보낸 청취자들의 선호도가 반영된 것이기는 하지만, 이듬해인 1989년 9월의 조사에서도 〈진도아리랑〉은 국악곡 중 9번째로 좋아하는 곡으로 꼽히는 것을 보면[49] 〈진도아리랑〉의 인기도를 가늠할 수 있다.
  이렇게 절정기를 구사하는 〈진도아리랑〉의 인기에 기름을 부은 것이 1993년에 개봉된 영화 〈서편제〉이다. 임권택 감독의 영화 〈서편제〉는 당시 100만 이상의 관객을 모으면서 우리나라 영화사의 한 획을 그은 영화로 여겨진다. 특히 유봉(김명곤), 송화(오정해), 동호(김규철)이 〈진도아리랑〉을 부르면서 내려오는 장면은 이 영화 최고의 장면으로 꼽힌다. 이 영화를 계기로 오정해는 가장 인기많은 국악인으로 자리매김하고, 오정해는 방송출연을 하거나 초청공연을 하는 경우에 거의 예외없이 〈진도아리랑〉

---

48) 『동아일보』, 1988.12.2. 16면.
49) 『동아일보』, 1989.9.28. 17면.

을 부른다. 심지어 연극인었던 김명곤도 이 영화의 인기에 힘입어 1994년
에 〈진도아리랑〉 등을 포함하는 음반인 〈김명곤의 별따라 가자〉를 출간
한다.[50] 또한 이 노래의 배경이었던 청산도는 가장 인기있는 관광지 중의
하나로 알려진다.[51]

〈사료 10〉

▲ 『서편제』의 청산도

청산도는 아직까지도 오천의 옛풍광을 그대로 간직한 곳이다. 『서편제』(임권택 감독)의 주인
공 오정해와 김명곤이 흥에겨워 진도아리랑을 부르는 대목의 배경이 된 곳. 멀리 바다가 보
이고 굽이굽이 논길을 따라 북을 치며 떠나는 장면은 무려 5분이 넘게 편집됐다.
3km에 이르는 백사장과 조송이 어우러진 해수욕장도 아름답다. 바다낚시의 명소로도 잘 알
려져 낚시를 즐기려는 꾼들이 몰려들기도 한다. 청산도에 가려면 완도에서 배를 타야한다.[52]

50) 『경향신문』, 1994.12.17. 15면. 『한겨레신문』, 1994.12.17, 9면
51) 사실 영화 〈서편제〉의 〈진도아리랑〉을 계기로 알려진 청산도는 진도군이 아니라
    완도군에 속한다. 결국 곰은 재주가 부리고 돈은 왕서방이 번 꼴이 되었다.
52) 『경향신문』, 1996.6.13. 29면.

  이렇듯이 대중매체를 통해 〈진도아리랑〉이 전국적으로 널리 알려지게
되지만, 〈진도아리랑〉의 전승은 결국 진도 사람들에 의해 이루어지게 마
련이다. 특히 진도의 부녀자들이 주축이 된 〈진도아리랑타령보존회〉는 오
래전부터 구전으로 전승되는 노랫말을 모으고 전국에서 〈진도아리랑〉을
널리 알리기 위한 공연을 펼치는 등의 활동이 대중매체를 통해 소개되기
도 했다.

〈사료 11〉[53]

53) 『동아일보』, 1990.12.18. 23면.

V. 맺는말

〈진도아리랑〉은 1930년대에 박종기라는 걸출한 음악 명인에 의해 '창작'된 노래이다. 1926년 나운규의 영화 〈아리랑〉이 발표되면서 〈아리랑〉은 우리 민족의 애환을 상징하는 일종의 국가(國歌)로서의 상징을 갖게 된다. 이와 더불어 각 지방에서는 지방의 음악적 어법을 담은 지방 아리랑 소리들이 급속도로 만들어지고 이런 시대적 배경에서 〈진도아리랑〉이 탄생한다. 물론 민요는 '작곡(composition)'되는 것이 아니라 기존에 전승되던 노래를 바탕으로 재구성되는 것이고, 〈진도아리랑〉도 〈산아지타령〉 등 전라도에서 전승되는 향토민요를 바탕으로 만들어졌다.

〈진도아리랑〉은 일제강점기에는 〈밀양아리랑〉이나 〈강원도아리랑〉에 비해 그다지 널리 알려지지 않은 '지방의 소리'였다. 그러나 해방 이후 〈진도아리랑〉은 대중매체 등의 보급에 힘입어 '3대 아리랑'의 하나로 자리매김한다. 특히 〈진도아리랑〉이 대중화하는 과정에는 이미자, 박춘석, 하춘화 등과 같은 대중가수들이 취입한 음반의 성공과 한국영화사에 한 획을 그은 영화 〈서편제〉의 성공과 같은 대중매체에 의한 영향으로 인해 〈진도아리랑〉은 '전라도의 소리'에서 우리나라를 대표하는 민요로 위상이 상승된다.

그러나 〈진도아리랑〉이 오늘날에도 여전히 '향토민요'로서의 생명력을 유지하면서 전승될 수 있었던 배경은 진도 주민들이 자발적으로 보존회를 조직하고 전승하기 때문이다. 문화는 그 문화가 발생하고 전승되던 배경을 떠나면 생명력을 잃고 박제화되기 마련이다. '3대 아리랑'의 하나로 꼽히고 일제강점기에는 최고의 인기를 구가했던 〈밀양아리랑〉은 이 노래의 발생지인 밀양에서 더 이상 노래 불려지지 않기 때문에 '교과서의 민요'로 전락했다. 〈진도아리랑〉이 앞으로도 생명력을 갖기 위해서는 진도와 전라남도의 적극적인 보호 및 전승 정책과 활동이 필요하다. 이는 단순히 남들에게 보여주기 위한 행사로 그치는 것이 아니라 실제적으로 〈진도아리랑〉이 활성화될 수 있는 문화적 자양분을 축적해야 가능한 것이다.

참ㅣ고ㅣ문ㅣ헌

김열규, 『아리랑 … 역사여 겨레여 소리여』, 조선일보사, 1987.

김혜정 「진도아리랑 형성의 음악적 배경」, 『한국음악연구』 제35집, 한국국악학회, 2004.

나경수, 「진도아리랑형성고」, 『전남의 민속연구』, 민속원, 1994.

박미경, 「진도 세습무 박씨 계보와 인물 연구」, 『한국음악연구』 제41집, 한국국악학회, 2007.

박병훈, 『진도아리랑타령가사집 (민요제2집)』, 진도문화원, 1986.

베네딕트 앤더슨, 윤형숙 역, 『상상의 공동체: 민족주의의 기원과 전파에 대한 성찰』, 나남, 2002.

앨런 메리엄, 박미경 역. 「종족음악학」, 『탈脫 서양중심의 음악학』, 동아시아, 2000.

에릭 홉스봄 외, 박지향·장문석 옮김. 『만들어진 전통』, 휴머니스트, 2004.

이보형, 「아리랑소리의 근원과 그 변천에 관한 음악적 연구」, 『한국민요학』 제5집, 한국민요학회, 1997.

이용식, 「창가에서 민요로: 함경도 북청민요 「돈돌날이」의 형성에 관한 연구」, 『한국민요학』 제7집, 한국민요학회, 1999.

이용식, 「만들어진 전통: 일제강점기 기간 〈아리랑〉의 근대화, 민족화, 유행화 과정」, 『동양음악』 제27집, 서울대학교 동양음악연구소, 2005. 단국대학교 동양학연구소 편, 『한국근대민속의 이해 I』, 민속원 (2008) 재수록.

이용식, 「음악인류학에서의 채보·기보 방법론」, 『음악과 문화』 제12호, 세계음악학회, 2005.

이용식, 「일제강점기 대중매체에 의한 남도잡가의 공연양상」, 『공연문화연구』 제26집, 한국공연문화학회, 2012.

이윤선, 「진도아리랑의 기원 스토리텔링과 문화 마케팅」, 『도서문화』 제25

집, 목포대학교 도서문화연구소, 2005.

이진원, 『대금산조 창시자 박종기 평전』, 민속원, 2007.

정재호, 『한국속가전집』 3, 다운샘, 2002.

지춘상·나경수, 「진도아리랑형성고」, 『호남문화연구』 제18집, 전남대학교 호남문화연구소, 1988.

최미진, 「1950년대 후반 라디오연속극의 영화화 경향 연구」, 『한국문학이론과 비평』 제49집, 2010.

클로드 레비스트로스, 임옥희 옮김. 『신화와 의미』. 이끌리오, 2000.

한양명, 「진도아리랑타령의 전승에 대한 접근」, 『한국민속학』 제22집, 한국민속학회, 1989.

『경향신문』, 1969. 9. 12.

『경향신문』, 1994. 12. 17.

『경향신문』, 1996. 6. 13.

『동아일보』1958.1.1,

『동아일보』 1958.11.25.

『동아일보』, 1988. 12. 2.

『동아일보』, 1989. 9. 28.

『동아일보』, 1990. 12. 18.

『주간한국』 2003년 7월 24일

『한겨레신문』, 1994. 12. 17,

『한겨레 21』 2003.12.17. 제489호. 「사람이야기」 「이근녀·강송대·강은주」 소리꾼 3대의 진도아리랑」

호머 헐버트(Homer B. Hulbert)의 〈아리랑〉 논의에 대한 분석적 고찰

김승우*

Ⅰ. 들어가며

본고에서는 호머 B. 헐버트(Homer Bezaleel Hulbert, 흘법(訖法), 할보(轄甫))[1863~1949]가 〈아리랑〉에 관해 남긴 기록을 정교하게 분석하는 데 목적을 둔다.

헐버트는 100여 년 전의 격동기에 국내에서 활동했던 미국인 교육자이자 선교사로서 한국에 대단히 우호적인 태도를 보였던 서구인으로 널리 알려져 있다. 때문에 기존 연구들에서 주로 부각되었던 헐버트의 위상 역시 헤이그(Hague) 밀사 활동[1907]을 비롯한 그의 정치적 행적이나 선교 및 교육 사업과 관계된 것이었다. 그러나 근래 들어 한국문화, 특히 한국문학 및 가악(歌樂)에 관한 헐버트의 글들이 여럿 발굴·소개되고 깊이 있게 분석되기 시작하면서 종래 1920, 30년대 일본인 학자들이 경성제국대학(京城帝國大學)을 중심으로 저작 활동을 펼치던 시기를 한국문학연구의 근대적 기점으로 잡아 왔던 통념에 의문이 제기되고 있는 상황이다.

당시 서구인들 가운데 한국문화와 역사 연구를 이끌었던 두 선교사 호

---

* 전주대 국어교육과

머 헐버트와 제임스 S. 게일(James Scarth Gale, 기일(奇一))[1863~1937]
은 비록 선교 활동의 기반을 구축한다는 제한적 목적으로 선교 대상국의
제반 문물을 고찰하기는 하였지만, 그들이 섭렵했던 자료의 영역이나 논
의를 구성하는 방식 등은 결코 아마추어적인 수준에 머물지 않았으며, 매
우 중요한 시각과 논점을 포함하는 저술들이 적지 않다. 특히 본고에서
중점을 두는 헐버트의 〈아리랑〉 관련 기록은 〈아리랑〉의 역사, 당대적 향
유 양상, 선율, 어원, 특질 등에 이르기까지 다단한 고찰을 담고 있기에
더욱 주목된다.

호머 B. 헐버트
(1863~1949)

이에, 아래에서는 우선 예비적 검토 단계
로 한국문학, 특히 한국의 시가와 가악에
대한 헐버트의 견해를 여러 자료들로부터
정리하여 논의한 후, 이를 바탕으로 〈아리
랑〉에 관해 그가 증언 또는 논평한 내역들
을 분석적으로 검토해 나가고자 한다.[1] 이
러한 시도는 종래 국악계의 연구로부터 크
게 힘을 입은 것이면서 또 한편으로 국악계
의 연구를 보완하는 성격도 띠게 되리라 기
대한다.

---

1) 〈아리랑〉에 관한 헐버트의 글은 Homer B. Hulbert, "Korean Vocal Music," *The Korean Repository*, vol.3, Seoul: Trilingual Press, Feb. 1896, pp.49~52에 실려
전한다. 이 글은 김연갑에 의해 「가장 오래된 아리랑 樂譜 발견」, 『조선일보』
1985.10.30, 7면에 처음 소개된 이래 여러 저술에서 인용되어 왔지만, 문면 전체
를 상세히 분석하거나 헐버트의 다른 글과 연계 지어 검토하는 작업은 뚜렷이 이
루어지지 못했던 것이 사실이다.

II. 예비적 검토: 헐버트의 한국시가관(韓國詩歌觀)

1886년 육영공원(育英公院)의 영어 교사 자격으로 한국에 온 헐버트가 한국의 어문학 분야에서 처음으로 두드러진 활동을 나타낸 것은 『한영ᄌ뎐(韓英字典)』(A Concise Dictionary of the Korean Language)[1890]을 편수하는 일에 참여한 행적으로부터 발견된다. 학습서의 성격을 띤 존 로스(John Ross, 나약한(羅約翰))[1842~1915]의 『한국어 입문』(Corean Primer)[1877][2] 이래 본격적인 한영, 영한사전으로서는 최초의 것이라 할 만한 이 사전을 편수하는 과정에서 헐버트는 한국어 단어의 어의(語義)와 어감(語感)을 보다 깊이 있게 분석해 낼 수 있는 능력을 키워 나갔던 것으로 보인다.[3]

이처럼 미국에서 성장하고 수학하던 동안에는 접해 보지 못했던 한국어를 헐버트가 익숙히 구사하게 되기까지, 그리고 한국문화의 면모를 이런 저런 기회를 통해 관찰하면서 그 본체를 어느 정도 파악하게 되기까지에는 수년의 시간이 필요했던 듯하다. 실제로 한국에 체류한 지 약 10년이

---

2) John Ross, *Corean Primer*, Shanghai: American Presbyterian Mission Press, 1877.

3) 헐버트의 생애는 Clarence N. Weems, "Editor's Profile of Hulbert," *Hulbert's History of Korea*, vol.1, Ed. Clarence N. Weems, London: Routledge & Kegan Paul, 1962, pp.ED23-ED62에서 자세히 정리된 바 있다. 아울러 헐버트, 호러스 N. 알렌(Horace Newton Allen, 안연(安連))[1858~1932], 호러스 G. 언더우드(Horace Grant Underwood, 원두우(元杜尤))[1859~1916], 헨리 G. 아펜젤러(Henry Gerhard Appenzeller, 아편설라(亞扁薛羅))[1858~1902] 등 초기 미국인 선교사들의 전반적인 활동에 관해서는 류대영, 『초기 미국 선교사 연구 1884~1910: 선교사들의 중산층적 성격을 중심으로』, 한국기독교역사연구소, 2001; 『개화기 조선과 미국 선교사』, 한국기독교역사연구소, 2004에서 종합적인 연구가 이루어졌다. 본고에서도 헐버트의 생애와 활동에 대해서는 이들 글에서 많은 부분을 참고하였다.

경과한 시점인 1890년대 중반부터 그는 한국의 문화와 역사, 생활 환경 등에 관한 글들을 차후 약 10년에 걸쳐 꾸준히 발표하는데, 이 무렵은 마침 한국에 체류하는 서구인들을 위한 영문 잡지 『한국휘보(韓國彙報)』(The Korean Repository)[1892.1~1892.12, 1895.1~1898.12]가 발간되던 시기였던 데다가, 뒤이어 헐버트가 직접 편집을 맡아 발행했던 『코리아 리뷰』(The Korea Review)[1901.1~1906.12]나 1900년에 설립된 영국 왕립 아시아학회 한국지부(the Royal Asiatic Society of Korean Branch)[1900~현재]의 학회지 『왕립 아시아학회 한국지부 회보』(Transactions of the Korea Branch of the Royal Asiatic Society)[1900~현재]도 나오고 있던 때여서 그가 평소 지니고 있던 소견을 기고하기가 용이한 상황이기도 했다.[4]

이들 잡지에 수록된 헐버트의 저술 중에서 『코리아 리뷰』에 연재했던 한국사 관련 에세이들을 일단 논외로 하고,[5] 한국어, 한국문학 및 가악에 관한 글들, 통칭하여 한국문화에 대한 글들 가운데 중요한 것만을 가려 뽑아 보아도, 「한국의 성악」(Korean Vocal Music)[1896], 「한국의 시」(Korean Poetry)[1896], 「이두(吏讀)」(The Itu)[1898], 「한국의 소설」(Korean Fiction)[1902], 「한국의 민간설화」(Korean Folk-Tales)[1902] 등 수종을 헤아리며, 여기에 한국문화 전반에 대한 논평을 담은 「한국의 유풍(遺風)」(Korean Survivals)[1901] 같은 저술을 더하면 그 수는 더욱 늘어난다.

---

4) 본고에서 서양 잡지나 논저를 다룰 때 기존 번역서 내지 일반화된 번역명이 있는 경우에는 이를 차용하여 제목으로 적고, 번역서나 번역명이 없는 경우에는 본래 어의에 의거하여 제목을 만들어 적는다. 다만, '코리아 리뷰'와 같이 번역이 과히 필요하지 않은 제목인 경우에는 본래 서명을 그대로 한글로 옮겨 적은 후 원제목을 부기한다.

5) 여기에 연재된 글들은 후일 '한국의 역사(The History of Korea)'라는 제목의 단행본으로 묶여 출간된다: Ed. Weems, Op. cit.

「이두」(The Itu)
[*The Korea Repository*, Feb. 1898]

「한국의 민간설화」
(Korean Folk-Tales) [*Transactions of the Korea Branch of the Royal Asiatic Society*, 1902]

　이 글들을 따로 모으면 '한국의 어문학(語文學)'이라는 정도의 표제를 붙인 한 편의 단행본으로 엮을 수 있을 만큼의 분량을 족히 넘어서는데, 실상 해당 에세이들 가운데 상당 부분은 헐버트가 헤이그 밀사 사건 이후 미국에 돌아가 펴낸 『대한제국멸망사』(*The Passing of Korea*)[1906]의 제 21~25장에 개고된 형태로 수록되기도 하였다.6) 논의의 주제나 방식, 수위 는 제각각이지만, 위 에세이들에서 헐버트가 논급한 한국문학의 특징을 집약한다면 '고유성'과 '보편성'이라는 두 지표로 모아들일 수 있을 듯하다.

---

6) Homer B. Hulbert, *The Passing of Korea*, New York: Doubleday, 1906, pp.288 -334.

중국으로부터 이야기(story)가 차용되면, 어떠한 것이든 한국의 토착적 소재(source)와 속담(proverb)이라는 두 가지 요소와 경쟁을 벌이게 되는데, 이들 두 가지는 놀라울 만큼 한국적인 것들이다. 이야기가 차용되더라도 그것은 이내 한국적인 것으로 바뀌어 버린다. 마치 저 위대한 영국 시인이 자신의 비역사극(非歷史劇)의 플롯을 대부분 유럽대륙의 원형에서 차용해 왔던 것과도 같다. 한국에서와 같이 읽고 쓰는 것을 배우는 일이 복잡한 나라에서는 민간전승(folk-lore)이 사람들에게 큰 영향을 끼친다. 한국의 민간전승이 피상적인 규준 이외에는 중국의 것과 닮은 구석이 없다는 점은 중국문학이 한국인을 그다지 사로잡지 못했다는 사실을 보여주는 것이다.[7]

소설의 창작을 필생의 직업으로 삼고 또 그 위에 자신의 문학적 평가의 기초를 둔 사람만을 소설가라고 지칭한다면, 한국에는 위대한 소설가가 없다고 말하는 것이 옳다. 그러나 만약 중요한 문학 생활을 하는 가운데에서 훌륭한 소설의 창작으로 전향한 사람들도 소설가라고 지칭한다면 한국에는 소설가의 수가 엄청나게도 많다. 만약 '소설(novel)'이라는 어휘를 극히 세분화된 분야에서 발전된 창작물에만 국한시켜서 최소한 몇 페이지 이상의 것들만을 뜻하도록 규정한다면 한국에는 소설이 많지 않다. 그러나 예컨대 디킨스(Charles Dickens)의 〈크리스마스 캐럴〉(*Christmas Carol*)을 소설(novel)이라고 부를 수 있다면 한국에는 수천 권의 소설이 있다고 말할 수 있다.[8]

앞의 글은 한국의 문학 자산, 특히 민간전승이 중국의 자장권으로부터 빗겨나 있다는 점을 밝히면서 한국문학의 고유성을 논증하는 내용이고,

7) Homer B. Hulbert, "Korean Survivals," *Transactions of the Korea Branch of the Royal Asiatic Society*, vol.1, Seoul: Royal Asiatic Society Korea Branch, 1901, p.25.
8) Homer B. Hulbert, "Korean Fiction," *The Korea Review*, vol.2, Seoul: Methodist Publishing House, Jul. 1902, pp.289-290.

뒤의 글은 한국문학이 서구의 '소설(novel; fiction)'에 상응하는 서사 장르를 일찍부터 발달시켜 왔을 뿐만 아니라 시, 소설, 극으로 삼분된 '보편적' 장르 체계를 갖추고 있기까지 하다는 점을 강조하는 문맥의 일부이다.

이전까지 한국문학에 대한 서구인들의 기록은 대개 부정적인 측면으로 경사되어 있었다.[9] 한국만의 독자적 문학이란 발견되지 않는다거나 거개가 중국문학의 잔영 또는 모방이라는 정도의 폄하적(貶下的) 시선이 앞세워진 것을 여러 글들에서 확인할 수 있다. 특히 한국문학에 관하여 당대 서구인들 중 가장 많은 저작을 발표했던 제임스 게일조차도 1900년 무렵부터는 대부분 한국의 한문학(漢文學) 자산을 중심으로 검토를 수행하면서 한문학 작품 가운데 중국적 특질이 내재되어 있는 부면을 오히려 한국문학의 특장으로 논의하기도 하였다. 때문에 헐버트의 위와 같은 한국문학관은 동시기 서구인들의 시각 가운데에는 거의 유일하게 한국문학의 고유성이나 보편성을 지적한 사례로 평가된다.

물론, 헐버트가 한국문학을 이처럼 우호적 견지에서 평가하였던 기반은 그가 다루었던 자료의 특성과도 깊이 연계되어 있다. 가령 게일이 사대부들의 양식인 한시나 한문단편, 한문소설 등 문헌 자료를 바탕으로 한국문학을 논의한 결과 한국이 중국의 영향권에 깊숙이 종속되어 있었다는 결론에 도달하였던 반면, 헐버트가 관심을 가지고 접근했던 자료는 당시 시정(市井)에서 흔히 들을 수 있었던 시조(時調), 잡가(雜歌), 민요(民謠) 등의 가창 텍스트였고, 한성(漢城)의 '대출도서관(circulating libraries)', 즉 세책

---

9)   1860년대에 한국을 수차 내왕했던 에른스트 J. 오페르트(Ernest Jacob Oppert) [1832~1903]가 대표적 사례이며, 일본 동경제국대학 교수로 재직하면서 한국을 간접적으로 관찰했던 윌리엄 E. 그리피스(William Elliot Griffis)[1843~1928] 역시 폄하적 시각을 표출하였다. 이들의 한국문학관은 김승우, 「한국시가에 대한 구한말 서양인들의 고찰과 인식: James Scarth Gale을 중심으로」, 『어문논집』 64호, 민족어문학회, 2011a, 9~16면에서 검토된 바 있다.

가(貰冊家)가 유통시키던 다수의 한글소설이었으며, 주변의 여느 한국인들로부터도 쉽게 채록할 수 있었던 전설과 민담 등 설화 자료였다. 요컨대, 헐버트는 구비적 성격이 강한 자료들을 다루는 과정에서 구비문학의 두 가지 주요 특징인 민중성과 고유성을 자연스레 포착해낼 수 있었으며, 나아가 그 같은 한국적 자질들이 서구는 물론 세계 어느 곳에서도 폭넓게 발견·공유될 수 있다는 보편성으로까지 논의를 확장하였던 것이다.10)

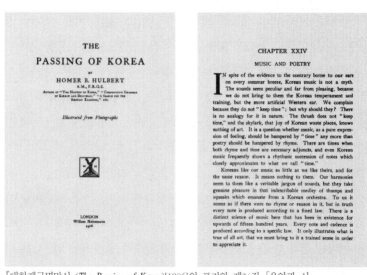

『대한제국멸망사』(*The Passing of Korea*)[1906]의 표지와 제24장 「음악과 시」

10) 이처럼 구비 자료와 한글문헌 위주의 자료 편향에 대해 헐버트의 한문 해독력이 게일에 비해 크게 뒤떨어졌기 때문이라거나[Richard Rutt, "A Biography of James Scarth Gale," *James Scarth Gale and his History of the Korean People*, 2nd ed., Ed. Richard Rutt, Seoul: the Royal Asiatic Society Korea Branch, 1983, p.84.], 한문의 무용함과 한글 문헌의 우수성을 강조하고자 했던 헐버트의 의도가 반영된 결과라는[Weems, Op. cit.; p.ED26.] 등 의견이 엇갈리기는 하지만, 헐버트의 저술에 『동국통감(東國通鑑)』, 『문헌비고(文獻備考)』와 같은 한적의 구절이 적지 않게 인용될 뿐 아니라 그가 이두(吏讀)에 관한 첫 학술 에세이까지 발표했던 것을 감안하면, 후자의 견해가 보다 설득력이 높아 보인다.

헐버트의 글 가운데 비교적 앞 시기의 것에 해당하는 「한국의 성악」과 「한국의 시」 역시 구비 자료와 필드워크 위주의 검토 방식이 뚜렷이 적용된 사례이다. 우리의 옛 율문 양식을 초창기 국문학 연구에서부터 흔히 '시가(詩歌)' 또는 '가시(歌詩)', 즉 '시'와 '가'의 복합적 형태로 규정했던 것과 마찬가지로, 헐버트 또한 「한국의 성악」과 「한국의 시」에서 시와 가를 분명히 나누어 논의하지는 않았고 둘을 명백히 다른 분야로 생각했던 것 같지도 않다.11) 그가 후일 『대한제국멸망사』를 저술하면서 이 두 에세이를 편삭(編削)하여 「음악과 시」(Music and Poetry)라는 단일 챕터로 묶어 내었던 것도 이처럼 한국의 시와 가를 엄밀히 구분하기 어려운 특성을 인지하였기 때문으로 보인다.

헐버트가 한국의 시가를 다루면서 도출해 낸 자질은, 인공적인 소리에 길들여진(artificial) 서구인들의 귀로는 쉽사리 감지해 낼 수 없는 '단순함' 내지 '순수함', 그리고 '격정적'인 '서정'이었다.

한국의 시는 모두 서정적인 특성을 지니고 있으며, [서구의] 서사시에 대응되는 것은 존재하지 않는다. 종달새에게 교향곡 전곡(全曲)을 노래해 달라고 요구할 수 없는 것처럼, 아시아인들에게 역사적이거나 서사적인 이야기를 시구에 담아 표현해 주기를 기대할 수는 없다. 그들의 언어 자체가 그와 같은 표현 형

---

11) 가령, 그가 「한국의 시」에 예시한 자료들 가운데에는 『남훈태평가(南薰太平歌)』에서 발견되는 사설시조(辭說時調) "漁村의 落照ᄒ고 江天이 一色인 제 / 小艇에 그 물 싯고 十里沙汀 느려가니 滿江芦荻에 鷺鷥은 섯거 늘고 桃水流水에 鱖魚ᄂ 술졋ᄂ듸 柳橋邊에 빈를 미고 고기 주고 술을 바다 酩酊케 醉ᄒ 後에 欸乃聲 부르면셔 들을 씌고 도라오니 / 아마도 江湖至樂은 이쑨인가 ᄒ노라."가 포함되어 있는데 [Homer B. Hulbert, "Korean Poetry," *The Korean Repository*, vol.3, Seoul: Trilingual Press, May 1896, p.207.], 헐버트 스스로 이를 '시(poetry; poem; ode)'가 아닌 '노래(song)'로 지칭하였으면서도 한국의 시 범주에 묶어 함께 논의하였던 것이다.

식에 적합하지 않다. 한국의 시는 자연음을 위주로 한 것이어서 순수하고도 단
조롭다. 모두가 정열적이고 감정적이며 또한 정서적이다. 개인적이거나 가정적
(家庭的)인 것, 때로 사소한 문제들을 다루기 때문에 한국의 시는 그 범위가 좁
다고 할 수 있다. 그러나 우리는 한국인들의 삶의 지평이 좁고 그들이 바라볼
수 있는 시야 역시도 한정되어 있다는 사실을 잊어서는 안 된다. 이러한 사정
은 왜 한국인이 그처럼 사소한 일에 열정을 쏟는지 그 이유를 부분적으로나마
설명해 준다. 그들의 좁은 생활권 안에서는 그 같은 작은 일들이 상대적으로
크게 느껴지게 마련이다. 버들가지의 흔들림, 나비의 호들갑스러운 날개짓, 꽃
잎의 떨어짐, 날아가는 벌의 붕붕대는 소리는 생활권이 넓은 사람들에게보다는
한국인에게 더 많은 의미를 전달해 주는 것이다.12)

　　우리가 한국의 음악을 즐기지 않는 것처럼 한국인들도 서구 음악을 즐기지
않는다. 그러한 이유 때문에 한국인들은 서구 음악의 의미를 알지 못한다. 그
같은 난점은 [심지에] 서구인이 서구 음악을 들을 때에도 흔히 직면하게 된다.
청중들이 조성(調聲)을 제대로 이해하지 못한다면 하이든(Joseph Haydn)이
〈천지창조〉(Creation)에서 영혼의 몰락을 묘사한 부분의 의미 또한 알 수 없게
되는 것이다. 그러므로 나는 독자들이 한국 음악을 제대로 들을 수 있을 때까
지, 말하자면 독자들이 한국인의 귀를 갖게 되기 전까지는 한국의 음악에 대해
이러쿵저러쿵 속단하지 말 것을 권고한다.13)

　　첫 번째 인용에서 헐버트는 한국인들이 지니고 있는 서정적 감흥을 거
론한 후 이를 한국시가 전반의 특징으로 연결 지어 설명한다. 헐버트의
귀에 한국의 시가는 무척 사소하다 싶을 정도의 일상까지도 세세하게 다
루는 특성을 지닌 것으로 포착된다. 그 이유로 우선 지적된 사항은 문학

---

12) Ibid., p.206.
13) Hulbert, "Korean Vocal Music," p.45.

양식의 편재(偏在)이다. 이를테면 한국을 포함한 아시아 지역에서는 고래로 서사시(epic) 양식이 발달되지 않아 복잡한 플롯(plot)을 시에 담아내기가 어려우며, 단지 일상에서 도드라진 단상(斷想)을 집약적으로 표출하는 것만이 가능하다는 분석이다. 아울러 한국인의 생활 영역이 서구인들에 비해 좁기 때문에 그처럼 국한된 생활권에서는 작은 사상(事象) 하나하나로부터 보다 깊이 있는 감흥을 일으키게 된다는 점도 단형 서정시 위주의 한국시가를 설명하기 위한 또 다른 이유로 제시된다. 따라서 한국인들은 자연스럽고도 즉흥적인 시구를 읊조리는 데 능할 뿐, 균형과 미감, 율각(律脚) 등을 세밀하게 가늠하고 서사적 구성을 고심하면서 시가를 지어내는 방식에는 당초부터 익숙하지 않다고 보았던 것이다. 이처럼 즉흥적·서정적 시가를 선호하는 한국인의 모습을 비유적으로 집약한 구도가 곧 '한국인 = 종달새(lark)'라는 등식이다.

두 번째 인용에서는 한국시가, 특히 가악의 특수성을 상호적 시각에서 관용해야 한다는 주장을 펼친다. 한국의 전통음악이 당시 서구인들의 귀에 거슬리는 선율과 발성법을 띠고 있었다는 점은 이저벨라 B. 비숍(Isabella Bird Bishop)[1832~1904]의 글에서도 여실히 드러나는 바이지만,[14] 헐버트는 한국의 가악이 한국인들 자신에게는 가장 이상적으로 부합하는 형식과 내용을 지닌다는 점을 강조하면서 한국 가악의 수준을 섣불리 재단하지 말 것을 주문한다. 요컨대 특정 음악을 평가하기 위해서는 그 음악에 포함된 체계와 관점을 이성적으로 이해하는 단계가 반드시 선행되어야 하며, 그러한 이해가 수반되지 않는다면 서구인들은 심지어 서구의 음악조차도 제대로 감상할 수 없다는 일침을 놓은 것이다.

한편, 헐버트가 한국의 시가를 다루었던 방식과 관련하여 또 한 가지

---

14) Isabella B. Bishop, *Korea and Her Neighbors*, New York: Fleming H. Revell Company, 1897, p.164.

중요하게 거론되어야 할 사항은 그가 한국의 단형 시가를 일정 정도 장형화 또는 서사화된 형태로 변형하여 번역하거나 소개하였다는 점이다. 헐버트는 서정성과 단형성을 특징으로 하는 한국시가를 그것대로 긍정하였으면서도 작품을 문면 그대로 되살리는 방식에는 회의적이었다. 단락화(段落化)된 인상이나 장면, 또는 짧은 서정만을 훑고 끝내 버리는 한국시가의 양식이 당시 서구인들에게는 무척 낯설게 느껴질 뿐만 아니라 그러한 양식의 작품들을 서구인들이 특별히 눈여겨볼 리도 없다는 인식을 지니고 있었던 까닭이다. 때문에 그의 안목을 거쳐 소개되었던 한국의 시가는 대개 행간의 의미가 상술되고 서사적 맥락이 보충된 형태를 띠게 되는데, 그 결과물이란 이른바 '영시화(英詩化)된 한국시가'라 할 만하다.

실제로 헐버트의 번역을 보면, 본래 작품의 의미에서 현저히 이탈된 사례도 흔히 발견되거니와, 이는 헐버트보다 조금 앞서서 한국시가를 영역하여 잡지에 소개하였던 게일의 경우와도 현저히 다르다. 게일은 특히 평시조(平時調)를 번역할 때 초·중·종장의 3장 형태를 뚜렷이 유지하는 한편, 각 장의 두 음보(音步)씩을 번역문의 한 행으로 바꾸어 직역하는 일관

KOREAN LOVE SONG.

(1) Frosty morn and cold winds blowing,
Clanging by are wild goese going.
"Is it to the Sosungriver?
Or the Tongchung tell me whither?
Through the midnight hours this crying
Is so trying!"

(2) *Thunder* clothed he did apprar,
Chained me like the *lightning* air,
Came as comes the summer *rain*,
Melted like the *cloud* again,
Now in *mists* from tears and crying,
I am left forsaken, dying.

제임스 게일의 시조 영역 사례
[*The Korean Repository*, Apr. 1895]

된 방식을 택하였고 시조 본래의 의미 역시 가급적 보존하려 노력하였다. 반면, 헐버트는 작품의 원의보다는 해당 작품이 독자나 청자에게 전달하는 '감각감정(sensation; feeling)'에 주목하였으며, 그 감각을 서구인들에게도 등가로 전달해 주기 위해 시조의 내용에 따라 번역 시행의 수를 탄

력적으로 조정하는 보충의역(補充意譯)의 길로 나아갔던 것이다.[15] 이 같
은 번역 방식은 헐버트가 「한국의 성악」과 「한국의 시」를 『대한제국멸망사』
의 제24장 「음악과 시」로 개고하여 실을 때에 다음과 같이 직접 언명했던
바이기도 하다.

  [한국의 시를 번역하는 과정에서 부딪치게 되넌 최초의 어려움은 한국의 시
  가 매우 축어적(縮語的)이라는 점이다. 여섯 자의 한자를 적절하게만 나열한다
  면 영어의 한 문단보다 더 깊은 의미를 전달할 수도 있는 것이다. 가령 어떤 노
  래는 다음과 같이 꾸밈없는 진술을 담고 있다.

  이 달이 삼월, 버들은 푸른데,   This month, third month, willow
                                becomes green;
  꾀꼬리는 깃을 다듬고   Oriole preens herself;
  나비는 날개짓하네.   Butterfly flutters about.
  아이야, 거문고[zither] 가져 오너라. Boy, bring zither. Must sing.
  노래를 해야 하리.

이러한 번역이 우리에게 전혀 무용하다고는 할 수 없으나, 그 같은 직
역으로는 한국인들이 본래 작품을 볼 때 체험하는 감정을 전혀 살려내지
못한다. 작품이 함축하고 있는 내면적 의미를 내가 부분적으로라도 파악
하였다면, 이 작품이 한국인에게 전달하는 의미는 다음과 같은 번역을 통
해 조금 더 적절하게 표현해 낼 수 있을 것이다.

---

15) 게일과 헐버트의 시조 번역 방식 및 특성에 대해서는 김승우, 앞의 논문(2011a),
   19~24면; 김승우, 「구한말 선교사 호머 헐버트의 한국시가 인식」, 『한국시가연구』
   31집, 한국시가학회, 2011b, 14~25면; 강혜정, 「20세기 전반기 고시조 영역의 전
   개양상」, 고려대 박사학위논문, 2014, 35~63, 94~114면 등을 참조.

겨울밤이 다 지나	The willow catkin bears the vernal
	blush of summer's dawn
버드나무 꽃망울이 여름날	When winter's night is done;
새벽의 화사한 햇살을 머금네.	
저 높이 하늘대는 가지 위에 깃을	The oriole, who preens herself
다듬는 꾀꼬리여	aloft on swaying bough,
여름의 전령사로다.	Is summer's harbinger;
나비는 소리 없이 펄펄(fŭl-fŭl)	The butterfly, with noiseless fŭl-fŭl
날개짓하여,	of her pulsing wing.
여름날이 왔다고 알리나니,	Marks off the summer hour.
서두르라, 아이야, 어서 거문고를!	Quick, boy, the zither! Do its strings
줄은 골랐느냐? 좋구나.	accord? 'Tis well.
거문고를 타려무나! 노래가 있어야	Strike up! I must have song.
하리.16)	

이처럼 한국시가를 검토하고 소개하는 헐버트의 방식은 엄밀하게 텍스트에 밀착되어 있지만은 않았으며, 때로 개인적인 감상에도 상당 정도 의존하고 있다. 물론 그의 논의가 꼭 객관적인 분석에 얽매어야 할 필요나 당위는 없다. 오히려 헐버트의 주관이 개입된 번역과 설명을 살핌으로써 그가 한국시가의 면면을 어떠한 방식으로 이해하였고 그러한 이해를 또한 어떠한 방식으로 가공하여 서구인들에게 내보였는지 도출해 내는 것이 보

---

16) Hulbert, *The Passing of Korea*, p.321. 한편, 『대한제국멸망사』에서는 번역 대상 시조의 원문이 생략되었으나, 「한국의 성악」을 참고하면 다음의 시조를 번역한 것임이 확인된다: "이 달이 삼월인지 버들빗 프르럿다 / 꾁고리 깃 다듬고 호접 펄펄 셧겨난다 / 으히야 거문고 률 골너라 춘흥 겨워." [Hulbert, "Korean Vocal Music," p.48.]

다 생산적인 논점이 될 수 있다. 〈아리랑〉에 관한 헐버트의 언급을 검토하는 맥락에서도 이러한 접근법은 유용한 시각을 제시해 줄 것이다.

Ⅲ. 헐버트의 〈아리랑〉 논의에 대한 분석적 고찰

헐버트는 「한국의 성악」에서 당시 한국의 성악을 세 가지 부류로 나누어 논의하였는데, 그의 용어를 그대로 살리면서 해당 부분을 옮겨 오면 다음과 같다.

한국의 성악은 세 가지 부류로 구분된다. 고전적인 형식이라고 할 만한 '시조(Si Jo)'와 대중적인 형식인 '하치(Ha Ch'i)', 그리고 그 중간 등급이 있는데, 중간 등급은 '응접실 형식(the drawing-room style)'이라 부를 만하다. [물론] 실제로 '응접실'이 있는 것은 아니다.[17]

여기에서 '시조(Si Jo)'란 가곡창(歌曲唱)과 변별되는 시조창(時調唱) 양식의 창법이나 텍스트에 대한 범칭(汎稱)으로서 헐버트가 직접 시정에서 전해들은 지칭을 그대로 음사(音寫)해 놓은 것이므로 크게 문제될 바가 없다. 반면, '응접실 형식(the drawing-room style)'과 '하치(Ha Ch'i)'라는 용어에 대해서는 추가적인 검토가 필요하다.

먼저 '중간 등급(intermediate grade)'이라 달리 부르기도 했던 '응접실 형식'이란 헐버트에게서만 발견되는 독특한 명명인데, 이 용어의 연원은 '응접실 희극(the drawing-room comedy)'에서 찾을 수 있다. 중간 계층이 주인공으로 등장하는 대중적인 극의 부류를 서구에서 흔히 '응접실 희

---

17) Ibid., p.45.

극'이라고 불렀거니와, 이는 당시 서구의 중간 계층이 자택의 응접실을 주
된 생활공간으로 삼았고, 극의 주요 무대도 응접실로 설정되었기 때문이
다.[18] '응접실 형식'의 사례로 제시된 작품은 〈군밤타령〉인데, 직업적 또
는 반직업적 소리꾼들에 의해 연창(演唱)되었던 잡가가 당시 한국의 중간
층에 해당될 법한 부요층(富饒層)에게서 특히 애호되었기 때문에, 이들 향
유층을 기준으로 헐버트가 잡가를 '응접실 형식'이라 지칭한 것이 아닌가
싶다. 그가 단지 음악적 세련도만을 감안하여 명칭을 붙였다면, 고전적
(classical) 양식과 대중적(popular) 양식 사이쯤에 잡가가 위치한다는 의
미로 그저 '중간 등급'이라고만 하면 되었으나, 헐버트는 당시 이 부류의
노래를 주로 향유했던 계층까지도 '응접실 형식'이라는 명칭으로써 다소
희작적(戱作的)으로 현시하려 했던 듯하다.

　다음으로 '하치'는 '아래' · '저급(低級)'을 뜻하는 접두어 '하(下)-'에 사
람이나 사물을 뜻하는 의존명사 '-치'가 붙어 생성된 어휘로 본래 '아래의
것', '저급한 것'이라는 의미의 파생어(派生語) 명사이다. 이 부류의 성악을
지칭하는 데 헐버트가 '하치' 이외에 '대중의 영역(the precincts of the
popular)'이라는 말을 쓰기도 하였던 점이나 〈아리랑〉을 이 부류의 작품
으로 예시한 점으로 미루어, 잡가보다는 덜 전문화된 민요 단계의 노래들
을 '하치'라 표현한 것으로 보인다. 물론 원래부터 이 용어가 있었던 것은
아니며, 당시 한성 사람들이 가곡이나 시조, 잡가보다 하급에 있는 노래들
을 '하치'라 낮추어 부르던 것을 헐버트가 하나의 장르 명칭으로 오인하여
옮겨 놓았을 가능성이 크다. 실제 '하치'라는 단어는 프랑스 신부들에 의해
제작된 『한불ᄌ뎐(韓佛字典)』(Dictionnaire coréen-français)[1880]의 표제어
로도 등장할 정도로 당시 언중들 사이에 널리 쓰이던 어휘였다.[19]

---

18) "문학예술용어소사전," 한국문화예술위원회, 2014.3.8,
　　〈http://www.arko.or.kr/zine/artspaper89_11/19891119.htm〉.

이 '하치'의 부류 가운데 헐버트가 구체적으로 예시한 작품은 〈아리랑〉 하나에 불과한데, 이는 〈아리랑〉만을 다루어도 '하치'의 영역에 해당하는 작품들을 전체적으로 조망하는 데 별다른 무리가 없다고 생각했기 때문이다. 그 같은 헐버트의 인식은 '밥(rice)'과 '반찬(appendage)'의 비유로 집약되어 나타난다.

나는 [이제 앞서 설명했던] 고전적 양식을 떠나 대중적인 영역을 탐색해야만 하겠다. 이 영역은 조심스럽게 다루어야 하는데, [작품 속에 포함된] 모든 어휘들이 두 가지 의미를 지니고 있기 때문이다. [작품의 의미를 잘못 이해하여] 진흙탕에 빠지는 꼴이 되지 않기 위해서는 한국의 나막신이 필요하다고 해야 할까. 이 영역의 작품 가운데 첫 번째로 가장 눈에 띄는 것은 782연(verse) 내외로 이루어진 인기 있는 소곡(ditty)인데, 이 작품은 '아라렁(A-ra-rŭng)'이라는 듣기 좋은 제목을 지니고 있다. 보통의 한국인들에게 이 노래 한 곡이야말로 그들의 식생활에서 밥과 같은 위상을 지니며, 나머지 노래들은 모두 반찬 정도에 불과하다.[20]

위 글에서 헐버트는 우선 '하치', 즉 민요 텍스트에 내재된 시적 의미가 항상 복합적인 성격을 띤다는 점을 지적한다. 이는 고전적 양식인 '시조'나 중간 양식인 '응접실 형식'에서는 발견되지 않는 '하치'만의 특질로서, 그다

---

19) 『한불ᄌ뎐』에서는 '하치'라는 표제어에 대해 'HA-TCHI'라 병기하고 '下品'과 '최하 품질, 낮은 품질(De dernière qualité, de mauvaise qualité)'로 뜻풀이를 하였다. [Missions étrangères de Paris, *Dictionnaire coréen-français*, Yokohama: C. Lévy, 1880, p.81.] 3만여 단어 규모의 소사전인 『한불ᄌ뎐』에 이 어휘가 등재된 것을 보면, '하치'가 당시 널리 쓰이던 단어였음을 짐작할 수 있다.
20) Hulbert, "Korean Vocal Music," p.49. 〈아리랑〉에 관한 헐버트의 언급은 모두 이 글의 pp.49~52에서 순서대로 옮긴 것이므로, 이하의 인용에서는 논저명이나 면수를 따로 밝히지 않는다.

지 복잡하지도 기교가 있을 것 같지도 않은 민요로부터 오히려 인생과 세계에 대한 민중들의 깊이 있는 통찰을 읽어낼 수 있다는 시각이 묻어난다. 때문에 〈아리랑〉과 같은 민요 텍스트에 접근할 때에는 예사 이상의 주의가 필요하며, 마치 비 오는 날 한국인들이 나막신(wooden shoes)을 신고 조심스럽게 길을 걷는 것처럼 신중한 접근법이 요구된다고 하였다.

「한국의 성악」
(Korean Vocal Music) 부분

잇달아 논의되는 작품이 곧 〈아리랑〉이다. 헐버트는 이를 '소곡(小曲)(ditty)'이라 칭하면서 예의 짤막한 형식의 민요적 성격을 강조하였다. 헐버트가 산정한 대로라면 〈아리랑〉은 무려 782연으로 구성된 장편이지만, 각각의 연을 이루는 시상은 짧고 서정적일 뿐만 아니라 모두 음영(吟詠)이 아닌 가창의 방식으로 향유된다는 점에서 단지 '노래(song)'라고만 하지 않고 '소곡'이라는 지칭을 붙인 것으로 보인다.[21]

또한 한국인들에게 대단히 각광 받고 있는 〈아리랑〉은 마치 '밥'과 같은 중요성을 지니는 반면, 그 이외의 노래들은 단지 '반찬' 정도에 불과하다고 하여, 당시 〈아리랑〉이 '하치', 즉 민요 안에서는 물론 여타 갈래의 어떤 노래들에 비해서도 우뚝한 위상을 지니고 있었다는 점을 강조하기도 하였

---

21) '소곡'으로 흔히 번역되는 'ditty'는 음악에 올려 부르는 짧고 간단한 노랫말이며, 새의 지저귐을 비유하는 말로도 흔히 쓰인다. [J. A. Simpson and E. S. C. Weiner, Eds., *The Oxford English Dictionary*, vol.IV, 2nd ed., Oxford: Clarendon Press, 1989, p.881.]

다. 헐버트가 보기에 〈아리랑〉은 한국인들의 일상과 정서가 응축된 '표준
적' 노래였던 것이다.

위 인용에서 또 하나 주목해야 할 부분은 바로 '아리랑'의 당대적 명칭
이다. 헐버트는 한국어 어휘를 로마자로 음사할 때 맥큔-라이샤워체계
(The McCune-Reischauer System for the Romanization of Korean)
[1939]와 대개 유사하면서도 조금은 다른 방식을 적용하였는데, 특히 모음
의 경우 'ㅐ'는 'ä'로, 'ㅓ'는 'ŭ'나 'ö'로 표기하는 방식을 택하였다. 물론 헐
버트가 이러한 음사 방식을 시종일관 지켜 나간 것은 아니지만, 적어도 중
요한 술어나 의태어, 고유명사를 옮겨 적을 때에는 이 방식을 고수하였던
흔적이 역력하다. 예컨대 판소리 '광대(廣大)'를 'Kwang-dä'로 정확히 음
사했던 것이나,22) 나비가 날개짓하는 모양 '펄펄'을 'fŭl-fŭl'로,23) '설총(薛
聰)'을 'Sŭl-ch'ong'으로, '거서간(居西干)'을 'Kŭ-sŭ-gan'으로, '변한(弁韓)'
을 'Pyön-han'으로24) 표기했던 사례 등이 그러하다. 따라서 헐버트가 하
이픈(-)까지 넣어 3음절로 'A-ra-rŭng'이라 적은 것은 뚜렷이 '아라렁'을 염
두에 둔 표기이며, 당시 그가 한성과 그 일대를 돌아다니며 들었던 이 노
래의 제목은 명백히 '아라렁'이었던 것이 확인된다. '아리랑'이 본래 무슨
의미인지에 대해서는 그간 다수의 논의가 있어 왔고 아직 완전한 결론에
이르지는 못하였지만, 우선 헐버트가 체류했던 1880~90년대 한성 주변에
서는 '아라렁'이라는 명칭이 '아르랑', '아리랑', '아르릉' 등과 더불어 혼재
된 상태로 대중들에게 회자되었던 사실을 재구해 낼 수 있다.25)

22) Hulbert, "Korean Fiction," p.292.
23) Hulbert, "Korean Vocal Music," p.48.
24) Hulbert, "Korean Survivals," pp.28, 29, 31.
25) '아리랑'과 그에 상당하는 여러 곡명은 1911~1912년에 이루어진 조선총독부 조사
    자료에서 가장 다채롭게 발견된다. 이 조사 자료에 대해서는 김연갑, 「아리랑, 그
    길고 긴 내력」, 국제문화재단 편, 『한국의 아리랑 문화』, 박이정, 2011a, 74~76면

이 노래는 언제 어디에서든 들을 수 있으며, 약 5년 전 〈타라라 붐디아이〉(Ta-ra-ra boom-di-ay)가 우리에게 일으켰던 반향을 오늘날의 한국인들에게 불러일으키고 있다. 하지만 〈타라라 붐디아이〉에 비해 열광적이지는 않으면서도 유행되는 연한은 더 길다. 내가 알기로, 이 작품은 3,520여 밤 동안 유행해 왔고, 대중적인 인기를 획득한 것은 1883년 무렵이라 한다. 그것의 '확정적인 최근 형태(positively last appearance)'는 여전히 명확하게 알 수 없으며, 앞서 산정한 '782연'이라는 것도 정확한 숫자를 말한 것은 아니므로 이를 그대로 받아들여서는 안 된다. 연의 수가 무한정하기 때문이다. 실상 이 곡조는 즉흥적인 연행에 걸맞도록 구성되어 있는데, 한국인이야말로 즉흥 연행의 달인이다. 그러나 후창[chorus]은 다음과 같이 고정되어 있다: "아르랑아르랑아라 / 아르랑얼ㅅ비씌어라." [다맨 마지막 단어를 '다나간다'나 그에 상당하는 함축구로 바꾸는 파격(破格)은 용인된다.

다음 부분에서 헐버트는 보다 구체적으로 〈아리랑〉의 당대적 위상을 설명한다. 헐버트의 저작이 대부분 그러하듯, 이 글에서 그가 독자로 삼은 대상 역시 한국을 위시하여 중국, 일본 등 동아시아에 체류하던 서구인들이었다. 따라서 〈아리랑〉을 설명하는 데 있어서도 서구인들에게 익숙한 사례를 앞세우게 되는데, 그에 따르면 〈아리랑〉의 인기는 미국의 〈타라라 붐디아이〉에 비견될 만하였다. 이 노래는 1890년대 초반 미국과 영국에서 대중적인 인기를 누린 연회곡(宴會曲)이었고 당대의 영미인이라면 누구나 알고 있을 정도였기 때문에,26) 역시 한국인이라면 어느 누구든 알고 있는

에서 자세히 분석되었다.
26) 〈타라라 붐디아이〉(Ta-ra-ra-boom-de-ay)는 1891년에 보스턴에서 초연된 미국의 대중적 연회곡으로 이듬해에는 런던에서도 공연될 정도로 1890년대 초반 큰 인기를 끌었다. 가사는 몇 종류가 있지만, 모두 중간에 의미 불명의 '타라라 붐디아이'라는 주술적인 구절을 반복적으로 가창하는 형식을 공유한다. [Melissa Bellanta, "The Black Origins of 'Ta-ra-ra-boom-de-ay'", The Vapour Trail:

〈타라라 붐디아이〉
런던 공연 포스터

〈아리랑〉과 견줄 수 있는 대상이 되었던 것이다.27)

보다 중요한 것은 위 인용에 〈아리랑〉이 회자되기 시작한 구체적 시점과 당대의 형태에 대한 언급이 나타난다는 점이다. 정확히 어떠한 자료나 전언(傳言)에 근거를 둔 것인지는 밝히지 않았으나, 헐버트는 위 글을 작성하던 시점인 1896년 2월을 기준으로 〈아리랑〉이 지난 3,520여 밤 동안, 즉 약 9년 반 이상 유행했다고 하였고, 〈아리랑〉이 대중적인 인기를 얻었던 시점은 1883년 무렵이라고 연도까지 적시하였다.

물론 헐버트가 기록한 연대나 시간대는 모두 〈아리랑〉이 한성 일대에서 '유행(run)'하던 때일 뿐 〈아리랑〉의 발생 시기에 대해서는 별다른 내역이 발견되지 않는다. 대략적인 순서를 재구하자면, 적어도 1883년 이전의 어느 시점부터 〈아리랑〉이 사람들 사이에 점차 확산되던 추세에 있었고 그것이 1883년을 기점으로 대중들의 애호를 받기 시작하였으며, 1896년 무렵 이후부터는 시정에 대단한 인기를 끌었던 것으로 정리된다. 특히

Ideas, Reviews and Research from a Nineteenth-Century Cultural Historian, Web. 30 Jun. 2012. 〈http://bellanta.wordpress.com/2010/02/17/the-black-origins-of-ta-ra-ra-boom-de-ay/〉.]
27) 또 한편, 아리랑의 비교 대상으로 〈타라라 붐디아이〉를 든 것은 꼭 두 노래의 대중적 성격에만 기댄 결과는 아닌 것으로 보인다. 이 글의 뒷부분에서 헐버트는 '아라렁'의 정확한 의미가 무엇인지 알 수 없다는 언급을 하는데, 그러한 특성은 '타라라 붐디아이'에서도 발견되기 때문이다. 따라서 두 노래는 유행했던 시기, 모호한 제명, 특유의 대중성 등에서 상호 비교될 수 있는 측면이 많았던 것이다.

1883년은 경복궁(景福宮) 중건(重建)[1865~1872]과 멀지 않은 시점이므로, 중건에 동원된 지방민들의 민요를 한성의 소리꾼들이 포착하여 〈아리랑〉으로 세련화·대중화시켰으리라는 종래의 견해가 헐버트의 위 언술로부터 중요한 방증을 획득하게 된다.

다만 〈아리랑〉이 크게 확산된 시기를 헐버트가 1883년이라고 특화해 놓을 만큼 이때 모종의 중대한 계기가 있었는지는 여전히 미상이며, '3,520여 밤'이라는 매우 구체적인 일수까지 적어 둔 근거도 뚜렷하지 않아 의문을 더한다.[28] 그

1890년대 초중반 광화문 앞 육조거리

나마 헐버트가 〈아리랑〉의 연수(聯數)는 '무한정 하다(numberless)'라고 밝히고 있는 점으로 미루어 당시 〈아리랑〉의 사설이 아직 주도적 형태로 유형화되지 않은 채 계속 확대·개작되고 있었다는 사실만은 도출해 낼 수 있다.

또한 〈아리랑〉의 후창 부분이 '아르랑 아르랑 아라 / 아르랑 얼스 빗씌 어라'로 이미 고정화되었다는 점도 드러나는데, 다소 의아한 것은 앞서 헐버트가 이 노래의 제목을 '아라렁(A-ra-rŭng)'이라고 명확하게 음사해 놓았음에도 불구하고, 정작 한글로 채록한 후창 부분에는 '아르랑'이 등장한다는 점이다. '아리랑'이라는 말이 '아라리' 또는 '알아리'에서 연원하다는

---

28) 이와 관련하여 1883년과 인접한 사건, 즉 임오군란(壬午軍亂)[1882]을 〈아리랑〉의 확산과 대중화의 계기로 추정한 논의가 제출되기도 하였다. [김창주, 「아리랑 기원의 諸說에 대한 검토」, 『대동사학』 2집, 대동사학회, 2003, 60~65면.] 결정적인 근거가 없는 추측이기는 하지만, 가능성은 열어 둘 필요가 있다고 생각한다.

견해를 참고한다면,[29] 1890년대에는 '아라리[알아리]'의 형태를 벗어나 '아리랑'이나 그에 상당하는 어휘가 이미 나타난 상태이기는 하였으나, '아리', '아라', '아르' 등으로 그 구체적인 음상(音像)은 통일되어 있지 않았으며, 이러한 혼란상이야말로 '아리랑'의 본래 의미를 확인하기 어렵게 만드는 요인으로 작용하였던 것이다. 헐버트 역시 그 같은 난제를 해결해 보고자 얼마간 고심했던 흔적이 엿보인다.

　미국에 머무는 동안 나는 이 후창 부분을 풀이해 달라는 요청을 받은 바 있는데, [그제] 영국의 고전적 노래의 서두, 즉 '헤이 디들 디들(hei diddle diddle)'로 시작하는 부분에 담긴 의미와 같다고 대답하고 말았다. [한국에 돌아온 휘 많은 한국인들에게 이 말의 의미를 알려 달라고 물어 보았더니, 누구든 똑같이 회의적인 웃음을 지어 보일 뿐이었다. 혹간 대답해 주는 경우에도 그 대답이란 너무도 막연해서 이해가 되지 않았다. 어떤 사람은 내게 바싹 다가와 속삭이기를, 러시아를 뜻하는 한국어 단어의 앞머리인 '아르'는 러시아 제국이 장차 한국에 끼칠 영향력을 예언하는 말이라고 하였다. 또 다른 이는 말하기를, 그 글자들이 "나는 낭군(郎君)을 사랑해요. 나는 낭군을 사랑해요. 그래요, 나는 사랑해요. 나는 낭군을 사랑해요."라는 명확한 뜻을 지닌 특정 한자들의 음역(音譯)이고, 마지막은 "얼씨구! 잔치 배(the festival boat)를 띄워 보세."로 끝난다고 하였다. 이는 강에 배를 띄워 놓고 잔치를 즐기는 한국인의 풍습, 그들이 무척이나 좋아하는 유락 형식을 환기하는 말이다. 잔치를 대단히 선호하는 [한국인 같은] 사람들에게 이러한 뱃놀이가 위험해 보이는 것은 사실이다.

헐버트는 당시 한국의 사정에 밝은 몇 안 되는 서구인이었던 탓에 한국에 관한 일이라면 분야에 관계없이 여러 사람들로부터 질문을 받았던 듯

29) 이보형, 「아리랑소리의 근원과 그 변천에 관한 음악적 연구」, 『한국민요학』 5집, 한국민요학회, 1997, 115~119면.

한데, 어떠한 경로에서인지 '아리랑'의 의미에 대한 질문도 그 가운데 포함
되어 있었던 것으로 보인다. 당시 헐버트는 영국 자장가의 '고전(classic)'
인 〈헤이 디들 디들〉과 마찬가지로 '아리랑' 역시 무의미구 내지 조흥구
(助興句)이리라는 잠정적 답변만을 내놓을 수밖에 없었다.[30]

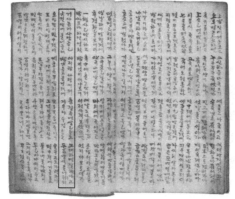

고종대 궁중에서 〈아리랑〉을 연행했다는 기록이 담겨 있는 〈한양가〉
: "거사놈과 사당놈乙 / 大궐안에 불너들여 // 아리랑 타령씨켜 / 밤낮으로 놀닐젹에…"

현재까지의 연구 성과로나 헐버트의 기록으로나 〈아리랑〉이 뚜렷이 회
자되기 시작한 것은 19세기에 들어서이므로 대중화된 시기로만 따지면 그
기간이 그다지 길지 않음에도 불구하고, 헐버트가 한국에 체류했던
1980~90년대에 이르면 '아리랑'의 본래 의미가 이미 희석(稀釋)되었던 사

---

30) 〈헤이 디들 디들〉은 1765년에 그 첫 형태가 발견되는 영국의 자장가로서, '헤이
    디들 디들'이라는 구절이 무슨 뜻인지에 대해 이미 수많은 논의가 이루어졌음에도
    불구하고 아직 그 의미를 파악해 내지 못하고 있다. 이러한 사정에 대해 "영어에
    서 아마도 가장 잘 알려진 무의미구[nonsense verse]이면서 상당한 분량의 무의
    미한 설명이 시도된 구절(Probably the best-known nonsense verse in the
    language, a considerable amount of nonsense has been written about it.)"이
    라는 조롱 섞인 말이 나돌 정도이다. [Jacqueline Simpson and Steve Roud, *A
    Dictionary of English Folklore*, New York: Oxford UP, 2000, p.175.]

정이 드러난다. 헐버트에게서 질문을 받았던 여러 한국인들조차 '아리랑'
의 의미를 확신하지 못했으며, 몇 가지 설명 역시 허황될 뿐이어서 신뢰하
기가 어려웠던 것이다. '아르'를 '아라사(俄羅斯)'의 '아라(俄羅)'에서 유추
하거나 '아리랑'과 유사한 음상을 지닌 한문구 '아련랑(我戀郎)'을 조합하여
그 의미를 역으로 추적하였던 사례가 그러한데,[31] 이러한 민간어원적 설
명을 끌어들여야 할 정도로 '아리랑'의 의미를 해석하는 것은 당시에도 이
미 난제였고, 헐버트 역시 '아리랑'의 어의를 추적하는 작업을 더 이상 수
행하지 못한 채 사설에 대한 분석으로 논점을 옮겨간다.

　헐버트는 〈아리랑〉의 후창 부분을 한글로 "아르랑 아르랑 아라 / 아르랑
얼수 빈 씌어라."로 채록하였거니와, 그 가운데 '아르랑'의 뜻은 제대로 간
취할 수 없었으므로 이 부분을 일단 논외로 하고, 대신 '빈 씌어라'라는 관
습구를 중심으로 후창 전체의 의미를 풀이하였다. 같은 글에서 헐버트는
시조를 몇 가지의 하위 분류로 다시 나누었는데, 그 가운데에서도 중요하
게 다룬 것이 '주연(酒宴)의 노래(convivial song)' 또는 '술 노래(drinking
song)'라 이름 붙인 부류였다.[32] 헐버트가 보기에 한국인은 연회와 놀이,
그리고 그에 수반되는 술을 무척 좋아하기 때문에 '고전적 양식'이라 칭한
시조에서조차 '술 노래'라는 하위 유형을 따로 구성할 수 있을 정도로 관
련 노래들이 많다고 보았던 것이다. 따라서 한국의 노래는 고전적 양식과
대중적 양식을 막론하고 유흥이나 흥취가 중요한 축으로 작용하며, 술은
물론 뱃놀이와 같은 다소 '위험한(dangerous)' 놀이 문화조차 유흥의 상징

---

31) "나는 낭군을 사랑합니다.(I love my husband.)"에 상응하는 한문구는 '아련랑(我
戀郎)' 또는 '아애랑(我愛郎)' 두 가지로 상정되는데, '아리', '아르', '아라' 등 어떠한
것에서든 'ㄹ' 음운이 뚜렷이 살아 있다는 점에 착안하면, 헐버트가 언급했던 '특정
한자들(certain Chinese characters)'이란 '아련랑'일 가능성이 더 높아 보인다.
32) Hulbert, "Korean Vocal Music," p.49.

으로서 〈아리랑〉의 관습구에 개재된 것이라는 결론에 이르게 된다.

후창과 연계되어 불리는 시련(詩聯)(verse)은 전설, 민간전승, 자장가, 술 노래, 가정생활, 여행, 사랑 등 모든 영역에 걸쳐 있다. 한국인에게 이 노래는 서정, 교술, 서사이면서 이들을 하나로 녹여 낸 것이기도 하다. 그것은 동시에 〈마더 구스〉(Mother Goose)이면서 바이런의 시이기도 하고, 〈엉클 레무스〉(Uncle Remus)이면서 워즈워스의 시이기도 하다.

한편, 관습화된 후창과는 달리 선창에 해당하는 부분은 그 변이가 매우 다양해서 어떠한 내용이든 담아낼 수 있다고 설명하였다. 이는 〈아리랑〉의 사설이 시대와 지역, 그리고 개별 창자에 따라 무한정 확대될 수 있다는 특성을 다시 지적한 것으로, 때문에 〈아리랑〉이라는 단일 작품이 복합적이고도 다단한 의미를 포괄하게 된다는 것이다. 일단 노래의 내용은 전설이나 민담과 같은 구비서사의 범위로부터 자장가, 권주가(勸酒歌)와 같은 기능적 범위, 그리고 가정생활, 여행, 사랑과 같은 인간사의 보편적 주제에 이르기까지 폭넓게 편재(遍在)될 수 있으며, 장르류(類)로 보면, 서정(抒情)(lyric), 서사(敍事)(epic)는 물론 교술(敎述)(didactic)의 영역에까지 모두 걸쳐 있으면서 동시에 이들 세 장르를 하나로 녹여 내는 특성마저 지닌다고 보았다.

헐버트는 다시금 서구문학이나 노래의 사례를 들어 설명을 돕고 있는데, 구비적 영역 및 대중적 영역에서는 〈마더 구스〉와 〈엉클 레무스〉 같은 동요나 동화를 드는 한편,[33] 그 반대의 측면에서는 조지 G. 바이런(George

---

33) '마더 구스'는 영국 동요에 등장하는 우스꽝스러운 여인의 이름으로, 이 인물은 본래 17세기 후반의 프랑스 동화에서 유래했을 것으로 추정되고 있다. 동요 형태의 〈마더 구스〉는 18세기 중후반부터 영국 동요집에 자주 수록될 정도로 인기가 있었으며, 1785년 미국으로 건너간 후에도 그 인기가 지속되었다. [Simpson and

Gordon Byron)[1788~1824], 윌리엄 워즈워스(William Wordsworth) [1770
~1850] 등 당대 영국의 대표적 문호들을 끌어와 〈아리랑〉의 복합적 위상
을 논의한다. 일반 대중들의 경험과 정서에서부터 대시인들의 통찰과 기
교에 이르기까지 〈아리랑〉은 어떠한 수준이나 영역의 내용이든 모두 포괄
해 낼 수 있다는 적극적인 평가를 내렸던 것이다. 이러한 특성이야말로
헐버트가 〈아리랑〉을 '하치'는 물론 한국의 성악 전체를 대표하는 노래로
비중 있게 다룬 주요 기반이라 할 수 있다.

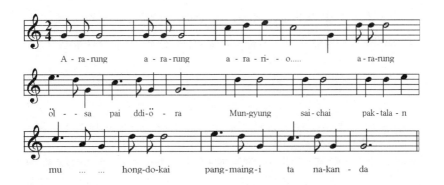

다음 부분에서 헐버트는 〈아리랑〉의 선율을 직접 오선 악보로 옮겨 놓
았다. 헐버트가 듣고 채보한 〈아리랑〉은 음악적 특성으로 미루어 경기자
진아리랑[구조(舊調)아리랑] 계열이라는 견해가 한동안 지지를 받아 왔으
나,34) 그에 대한 반론도 강하게 전개되고 있다. 특히 '문경새재'와 '박달나

Roud, Op. cit., p.247.] 한편, 흑인 노예인 '엉클 레무스'는 미국 작가 조엘 해리
스(Joel C. Harris)가 1881년에 펴낸 인기 시리즈물의 주인공으로, 여기에는 미국
흑인 노예들의 노래와 우화, 민담 등이 폭넓게 수록되어 있다. ["Joel Chandler
Harris," *Encyclopædia Britannica*, Encyclopædia Britannica Online Academic
Edition, Encyclopædia Britannica Inc., 2012. Web. 30 Jun. 2012.
〈http://www.britannica.com/EBchecked/topic/255911/Joel-Chandler-Harris〉.]

무가 사설에 등장하는 점으로 미루어 메나리조의 〈문경아리랑〉이 위 노래의 연원이리라는 분석은 주목할 만하다.[35]

한편, 헐버트는 선율을 채록하면서 선율에 올려 부르는 사설까지 부기하였으나, 종전에 '아라렁', '광대', '설총' 등을 음사할 때 보였던 신중함이나 정확성은 발견되지 않는다. 아마도 당시 삼문출판사(Trilingual Press)의 조판술이 조악하여 로마자를 악보 밑에 올바로 조판하기 어려웠던 사정도 있겠고,[36] 사설이 실제 노래로 불릴 때의 발음을 헐버트가 표기에 반영해 놓았기 때문이기도 하겠는데,[37] 어떻든 위의 음사 자료를 바탕으로 당시의 사설을 재구하는 데에는 큰 어려움이 없다. 가급적 19세기 말의 표기를 되살리면서 로마자를 한글로 다시 옮겨 보면 아래와 같다.

---

34) 이보형, 앞의 논문, 96면; 강등학, 「형성기 대중가요의 전개와 아리랑의 존재양상」, 『한국음악사학보』 32집, 한국음악사학회, 2004, 24~25면 등.
35) 김연갑은 "백두대간 강원·경상지역 메나리조 〈아라리〉가 〈문경아리랑〉으로, 이것이 경복궁 중수 공사장에서 확산의 계기를 맞게"되었다고 분석하고, 그 순차를 "1. 메나리조 아라리계 〈문경아리랑〉 → 1-1. 경복궁 중수 공사장에서 변이 → 2. 변이형, 헐버트 채보 〈아르랑〉 → 3. 영화 〈아리랑〉 주제가"라 정리함으로써 이보형[앞의 논문] 이래의 통설을 반박하였다. [김연갑, 앞의 논문(2011a), 109면.]
36) 위 채록 악보에는 '3/4'이어야 할 박자 표시가 '2/4'로 되어 있는데, 이 역시 조판상의 어려움 때문에 필사로 박자를 기입하는 과정에서 발생한 오류일 것이다. [김연갑, 「미국인 선교사 헐버트(Homer B. Hulbert)의 한국시가관과 〈아리랑〉」 논평, 『문화 속의 아리랑, 세계 속의 아리랑: 아리랑 페스티벌 2012 학술 자료집』, 문화체육관광부·국제비교한국학회, 2012, 153면.]
37) 가곡에서든 민요에서든 사설을 실제 노래로 부를 때에는 발음상의 변화가 나타나게 마련인데, 특히 모음의 변화는 요성(搖聲)과 여운을 만드는 데 효과적으로 기여한다. 'ㅏ'를 'ㅏ—'로, 'ㅐ'를 'ㅏㅣ'로, 'ㅔ'를 'ㅓㅣ'로, 'ㅚ'를 'ㅗㅣ'로 변화시키는 것이 그 대표적인 사례이다. [장사훈, 『(최신)국악총론』, 7판, 세광음악출판사, 1990, 489~490면.] 위 악보에서 '배[빈]'를 '바이[pai]', '새'를 '사이[sai]', '재'를 '자이[chai]', '개[기]'를 '가이[kai]', '망'을 '마잉[maing]'으로 적은 이유도 이러한 발음상의 변화를 반영했기 때문일 것이다.

A-ra-rung a-ra-rung a-ra-ri-o   아라렁 아라렁 아라리오

a-ra-rung öl-sa pai ddi-ö-ra   아라렁 얼수 비쒸어라

Mun-gyung sai-chai pak-tala-n-mu   문경새재 박달나무

hong-do-kai pang-maing-i ta na-kan-da   홍독기 방망이 다 나간다

이 가운데 실사(實辭)는 3행 이하 즉, '문경새재' 이하로, 현재 전하는
〈문경아리랑〉의 사설과 연계 지어 해석하면, 경복궁 중건에 소용될 도끼
자루를 만드느라 문경의 특산물인 박달나무를 다 베어 내고 있다는 비판
의식이 도출될 수 있다.[38] 그러나 우선 위 사설의 문면으로는 역시 '홍도
깨(hong-do-kai)'의 사전적 의미에 주목할 수밖에 없고, 헐버트도 이 어휘
를 중심으로 사설의 대의(大義)를 풀이해 보고자 하였던 듯하다. 앞서 Ⅱ
장에서 살핀 대로 헐버트는 한국의 시가 텍스트를 직역하기보다는 작품의
행간에 '숨겨진' 의미를 짧든 길든 보충하여 보다 확대된 텍스트로 재창작
하는 방식을 택하였으며, 이는 〈아리랑〉의 경우에도 예외가 아니다. 헐버
트가 위의 사설 가운데 '코러스'를 제외한 나머지 부분을 의역해 낸 방식
은 다음과 같다.

문경새재 위에서   On Sai Jai's slope in Mun-gyung
                                   town

박달나무 베어 넘기네.   We hew the *pak tal namu* down

빨래하는 아낙이   To make the smooth and polished
                                   clubs

주인님들 옷을 다음이질 해야   With which the washerwoman
하매,   drubs.

---

38) 김연갑, 앞의 논문(2011a), 108~109면.

반질반질 매끈한 홍두깨[clubs]를   Her masters clothes.
만들려고.

"문경새재 박달나무 / 홍독기 방망이 다 나간다." 부분을 1·2행, 3·
4행에 각각 각운(脚韻)을 두어 총 5행의 약강격(弱强格)(iambic)으로 옮
겼는데, 전체적인 내용은 역시 '홍두깨(clubs)'로 수렴된다. 헐버트는 다듬
이질 도구인 홍두깨에 이 사설의 핵심적인 의미가 담겨 있다고 보아, 주인
들의 옷을 다듬질하느라 힘겹게 방망이를 내리쳐야 하는 하인 아낙의 회
한이 묻어나는 형태로 사설을 번역하였다. 같은 글에서 시조 작품들을 영
어로 옮길 때 상당한 의역과 보충역을 하고 다시금 해설까지 덧붙였던 사
례에 비추어 보면, 〈아리랑〉의 경우에는 행간이 그다지 채워지지는 않은
상태로 번역이 이루어졌는데, 이는 헐버트 자신이 이 사설의 의미를 뚜렷
이 확정하기 어려웠던 데다가, 거기에서 별도의 스토리를 도출해 내어야
할 필요성도 느끼지 못했기 때문으로 보인다. 〈아리랑〉에 어떠한 내용이
나 수준의 사설도 모두 수용될 수 있다고 했던 앞서의 언급과 연관 지어
추정컨대, 헐버트는 무한정 확장되는 〈아리랑〉의 수많은 연들이 의미상
일정 정도 독립성을 유지하고 있으며 이들이 엮여 따로 일관된 서사가 구
성되지는 않는다고 인식했던 것이다. 그 같은 헐버트의 판단은 다른 사설
을 번역 및 소개하는 방식에도 적용된다.

그리고는 시상이 전변(轉變)되어 아마존풍의(Amazonian) 연이 나온다.

내 임과 떨어질 수 없네.   I cannot from my good-man part.
작별의 말에 내 가슴 무너지리.   To say good-bye will break my
                                  heart.
여기 보오, 임의 소매를 붙들었소.   See here, I have him by the wrist.
허나 임은 뿌리치고 돌아서리.   However he may turn and twist

나는 임을 보낼 수 없네.　　　　　I won't let go.

그리고는 또 다시 실제 세계를 돌연 벗어나 티타니아 땅(Titania Land)으로
돌진한다.

저 점박이 나비 부탁건대	I asked the spotted butterfly
이내 몸 날개에 실어 날아올라	To take me on his wring and fly
저 산 너머 바람 부는 기슭에	To yonder mountain's breezy side.
데려다 다오.	
집에 돌아올 때는	The trixy tiger moth I'll ride
호랑나비를 타고 오리.	As home I come.

그리고 마지막으로 한국적 삶(Korean life)에 너무나도 절실한 정서가 전개
된다.

임을 오래도록 멀리 떠나보내니,	The good-man lingers long away.
마음이 서글프고 두려우나, 아니지,	My heart is sad. I fear-but nay,
임의 맹서가, 그래, 그를 꼭	His promise, sure, will hold him
붙들어주리.	fast.
언제고 기다리면 임은 마침내	Though long I wait, he'll come at
돌아올지니,	last.
오세요! 하염없는 눈물만 흐르네.	Back! fruitless tears.

　사설을 이렇게 영어로 옮기면 서글프게도 운율에 맞지 않게 되어, 한국
적 정취와 향기가 사라져 버린다. 하지만 번역문에서도 한국인이 선호하
는 유흥(sports)과 관계된 몇몇 구절을 발견해 낼 수 있을 것이다. 또한 그
것을 우리들 자신의 대중음악과 비교해 보면, 비록 서로 다르게 차려 입고
있을지라도 인간의 본성은 동일하며, 동일한 정감(feelings)은 [동일한 표

현법을 찾아내기 마련이라는 사실을 알게 된다.

번역문 전후에 자세한 언급을 덧붙이지는 않았고, 또한 독립성이 강한 짧막한 연들을 하나씩 자세히 설명하기도 어려웠을 테지만, 헐버트가 〈아리랑〉의 사설을 소개하는 방식을 따라가다 보면 〈아리랑〉은 대단히 보편적이고 세계적인 시상(詩想)을 지니고 있는 노래라는 점이 강조된다. 예시된 세 연을 소개하는 방식이 신화적 공간인 아마존과 상상 속 세계인 요정의 나라를 돌아 다시 한국으로 귀결되는 양상을 보이기 때문이다. 헐버트가 구체적으로 어떠한 특질에 천착하여 각각 '아마존(Amazon)'과 '티타니아 땅(Titania Land)'이라는 표지를 앞의 두 사설에 붙였는지는 뚜렷하지 않으나, 대개 첫 번째 사설에서는 임을 붙들기 위해 안간힘을 쓰는 여성 화자의 완고하고도 강인한 태도에 착안하여 이를 아마존 여전사(女戰士)들의 당당한 모습에 빗댄 듯하고,39) 두 번째 사설에서는 나비를 타고 가벼이 하늘에 올라 유람한다는 천진한 상상력을 들어 요정의 세계, 즉 '티타니아 땅'이라는 표지를 달아 놓은 듯하다.40) 인간이라면 누구나 가질 수 있는 솔직한 욕망이 〈아리랑〉의 사설에 여과 없이 표출될 뿐 아니라

39) 잘 알려진 바와 같이, 고대 그리스인들은 동쪽 지방 어딘가에 여인국 아마존(Amazon)이 존재하며, 그곳의 여인들은 활이나 창을 쓰는 데 불편함이 없도록 스스로 한 쪽 유방을 잘라낼 정도로 강인하다고 믿어 왔다. [Pierre Grimal, 최애리 외 역, 『그리스 로마 신화 사전』, 열린책들, 2003, 260면.]

40) '티타니아(Titania)'는 윌리엄 셰익스피어(William Shakespeare)[1564~1616]의 희곡 〈한여름 밤의 꿈〉(A Midsummer Night's Dream)에서 차용해 온 것으로 보인다. 이 작품에서 티타니아는 '요정의 여왕(Queen of the Fairies)'으로 등장하므로 '티타니아 땅(Titania Land)'이란 곧 요정의 세계로 풀이된다. 한편, 같은 작품에서 아테네 공작 테세우스(Theseus, Duke of Athens)의 약혼녀인 히폴리타(Hippolyta)는 '아마존의 여왕(Queen of the Amazons)'으로 등장하는데, 이로 미루어 보면 헐버트가 첫 번째 사설에 붙인 '아마존(Amazon)'이라는 표지도 역시 〈한여름 밤의 꿈〉에서 착안한 것이리라 짐작된다.

인간이 꿈꿀 수 있는 상상의 공간 어디든 〈아리랑〉의 배경으로 설정될 수
있다는 보편적 특성을 위의 두 사설을 통해 드러내고자 하였던 것이다.

물론, 위와 같은 보편적 특징에도 불구하고 〈아리랑〉은 또 한편으로는
지극히 한국적인 감수성을 내밀하게 보존한다. 헐버트는 '마지막으로
(finally)' 세 번째 사설이야말로 한국인의 삶에 적실(適實)하게 밀착되어
있다고 하였는데, 번역된 사설에서는 임과의 이별을 처연히 받아들이면서
언젠가 임이 되돌아오리라는 확신을 되뇌는 화자의 모습이 제시된다. 이
별을 적극적으로 거부하는 첫 번째 사설의 화자에 대해 헐버트가 '아마존
풍(Amazonian)'이라고 표현했던 것과 확연하게 대비되는 형상이다.

(左) 고대 그리스의 도기(陶器)에 그려진 아마존 여전사
　　[에우프로니우스(Euphronios)[B.C.6세기] 작]
　　[독일 국립 고미술품 박물관(Antikensammlungen) 소장]

(右) 〈한여름 밤의 꿈〉의 한 장면[1786]
　　[왼쪽부터 오베론(Oberon), 티타니아(Titania), 퍽(Puck), 춤추는 요정들]
　　[윌리엄 블레이크(William Blake)[1757~1827] 작 [런던 테이트(Tate) 갤러리 소장]

같은 글에서 헐버트는 시조의 하위 유형 가운데 '술 노래'의 대표작으로
"술 먹지 마자 ᄒᆞ고 밍세를 지엇더니 / 술 보고 안주 보니 밍세가 허ᄉᆞ로
다 / ᄋᆞ히야 청념이 어딕ᄆᆡ니 저 건너 힝화촌"을 제시한 후, 이를 젊은 날
'김낭(金娘, Kim)'과의 사랑을 이루지 못한 한 남성이 나날이 술을 들이켜

며 회한을 달래는 모습으로 보충의역한 바 있다.[41] 원문에서는 별반 발견
되지 않는 의미를 그처럼 확대해 놓았다는 점에서, 헐버트는 이별의 고통
을 조용히 삭이면서도 임과의 재회를 마음속으로 굳게 믿고 살아가는 모
습이야말로 한국적 삶의 한 단면이라는 생각을 시종 지니고 있었던 것으
로 보인다.

이렇듯 〈아리랑〉이 한편으로는 세계인의 정서와 상상력을 모두 감싸
안는 보편적 성격을 지니면서도 또 다른 한편으로는 한국인의 삶과 감수
성을 깊이 있게 체현(體現)해 내기도 한다는 헐버트의 시각이 위의 설명에
녹아 있다. 바로 이와 같은 두 가지 특질을 다시금 강조하면서 헐버트는
〈아리랑〉을 통해 서구인들이 한국인의 상념(想念)을 집약적으로 간취해
낼 수 있을 뿐만 아니라 서구인들조차도 〈아리랑〉에 쉽게 동화될 수 있다
는 결론을 내린다. 더 나아가 삶의 공간과 외모는 비록 다를지라도 인간
의 보편적 감성이란 어느 곳에서나 일치된다는 긍정적 세계 인식을 〈아리
랑〉에 대한 분석을 통해 도출해 내기도 한다.

비록 짧고 압축된 서술로 언명되기는 하였으나, 헐버트가 〈아리랑〉을
바라보는 관점은 단지 예사로운 감탄이나 호기심의 수준에만 머무는 것이
아니라 이처럼 깊이 있는 통찰을 수반하고 있었던 것이다. 아울러 그가
한국문학 전반의 성격을 고유성과 보편성의 양대 자질로 파악하는 구도를
정립하는 도정에도 〈아리랑〉이 대단히 중요한 영향을 미쳤으리라는 사실
을 짐작할 수 있다.

---

41) 이 번역시에 대한 검토는 김승우, 앞의 논문(2011b), 19~22면 참조. 헐버트의 번
역시는 이저벨라 비숍의 『한국과 그 이웃나라들』(*Korea and Her Neighbors*)에 그
대로 전재되기도 하였다. [Bishop, Op. cit., p.165.]

Ⅳ. 나가며

이상에서 호머 헐버트의 한국시가관을 개관하고, 〈아리랑〉에 관한 그의 언급들을 단락별로 분석하였다. 앞서 논의한 내용 가운데 주요한 사항들을 순서대로 간추리면 다음과 같다.

- 헐버트는 한국문학의 전반적인 특징을 고유성과 보편성이라는 두 지표로 파악하였고, 특히 한국시가는 순수한 표현과 격정적인 서정이 주조를 이룬다고 보았다.

- 위와 같은 한국시가의 특질을 헐버트는 긍정적으로 평가하였지만, 개별 작품을 거론할 때에는 본래의 단형 시가를 일정 정도 장형화 또는 서사화된 형태로 변형하여 번역하거나 소개하는 방식을 택하였다. 이러한 방식은 〈아리랑〉을 다루는 문맥에서도 예외가 아니다.

- 헐버트는 한국의 민요 텍스트에 내재된 시적 의미가 항상 복합적인 성격을 띠기 때문에 〈아리랑〉과 같은 작품에 접근할 때에는 예사 이상의 주의가 필요하다고 전제하였다. 그는 〈아리랑〉의 명칭을 '아라렁(A-ra-rŭng)'으로 음사하였으며, 이러한 사실로부터 그가 체류했던 1880~90년대 한성 주변에서는 '아라렁'이라는 명칭이 '아르랑', '아리랑', '아라랑' 등과 더불어 혼재된 상태로 대중들에게 회자되었던 사실을 재구해 낼 수 있다.

- 그의 설명을 바탕으로 19세기 말 〈아리랑〉의 향유 양상을 추적하면, 적어도 1883년 이전의 어느 시점부터 〈아리랑〉이 사람들 사이에 점차 확산되던 추세에 있었고 그것이 1883년을 기점으로 대중들의 애호를 받기 시작하였으며, 1896년 무렵 이후부터는 시정에 대단한 인기를 끌었던 것으로 정리된다. 한편, 헐버트가 한국에 체류했던 1880~90년대에 들어서면 '아리랑'의 본래 어의가 이미 희석(稀釋)되었던 사정도 드러난다.

- 헐버트는 〈아리랑〉의 후창 부분 가운데 '빈 씌어라'라는 관습구에 집중하여 후창 전체의 의미를 풀이하였다. 즉, 한국의 노래는 고전적 양식과 대중적 양식을 막론하고 유흥이나 흥취가 중요한 축으로 작용하며, 술은 물론 뱃놀이와 같은 다소 이색적 놀이 문화조차 유흥의 상징으로서 〈아리랑〉의 관습구에 개재된 것이라 분석하였다.

- 관습화된 후창과는 달리 선창에 해당하는 부분은 그 변이가 매우 다양해서 어떠한 내용이든 담아낼 수 있다고 보았다. 때문에 〈아리랑〉은 매우 복합적이고도 다단한 성격과 의미를 포괄하게 되는데, 특히 장르류의 영역으로 보면 〈아리랑〉은 서정, 서사, 교술에 두루 걸쳐 있으면서 동시에 이들 세 장르를 하나로 녹여 내는 특성마저 지닌다고 적극적으로 해석하였다. 한편, 헐버트는 무한정 확장되는 〈아리랑〉의 수많은 연들이 의미상 일정 정도 독립성을 유지하고 있으며 이들을 엮어서 따로 일관된 서사를 추출해 내기는 어렵다고 인식하였던 것으로 보인다.

- 헐버트는 〈아리랑〉이 한편으로는 세계인의 정서와 상상력을 모두 감싸 안는 보편적 성격을 지니면서도 또 다른 한편으로는 한국인의 삶과 감수성을 깊이 있게 체현해 내기도 한다고 결론지었다. 더 나아가 인간의 보편적 감성이란 어느 곳에서나 일치된다는 긍정적 세계 인식이 〈아리랑〉에 대한 분석을 통해 도출되기도 한다. 따라서 그가 한국문학 전반의 성격을 고유성과 보편성의 양대 자질로 파악하는 구도를 정립하는 데에도 〈아리랑〉이 대단히 중요한 영향을 미쳤으리라는 사실을 짐작할 수 있다.

서두에서 밝힌 바와 같이, 헐버트는 19세기 말과 20세기 초에 걸쳐 한국의 문화와 역사에 관한 각종 자료를 수집 · 정리하는 한편, 그에 대한 소견을 적지 않은 수의 논저로도 발표했던 당대의 유력 한국학자(Koreanologist)이었다. 비록 엄밀한 학술 논문의 형식보다는 자신의 감상과 경험이 뚜렷이 개입된 수상록 형식의 글쓰기를 보다 선호했고, 복잡한 설명과 논리에 얽매이기보다는 선교사들이나 학계 인사는 물론 영미의 일반 대중들까지도 흥미롭게 접할 수 있도록 쉬운 문체로 글을 쓰면서

2013년 8월 제막된 문경새재아리랑비
[경북 문경시 소재]

근접한 비교 사례를 빈번하게 제시하는 방식을 지향하였지만, 그러한 평이성 때문에 한국문화와 역사에 대한 헐버트의 분석력이 평가절하되어야 할 이유는 없다.

오히려, 한국을 '금단(禁斷)의 땅'[42], '은자(隱者)의 나라'[43]라고 흔히 지칭해 왔던 동시기 서구인들의 인식을 얼마간이라도 불식하는 데 헐버트의 집필 방식은 대단히 유효했던 것이 사실이다. 이저벨라 비숍이 한국의 문화에 대한 헐버트의 글을 자신의 책에 전재하였던 이유도 역시 가급적 많은 독자층을 위해서 글을 썼던 헐버트의 배려를 충분히 고려하였기 때문일 것이다.[44]

---

42) Ernst J. Oppert, *Ein Verschlossenens Land: Reisen nach Korea*, Leipzig: Brockhaus, 1880; *A Forbidden Land: Voyages to the Corea*, London: Gilbert & Rivingston, 1880.

43) William E. Griffis, *Corea, the Hermit Nation*, London: W. H. Allen & Co., 1882.

44) 비숍의 『한국과 그 이웃나라들』은 영어권 독자들 사이에 상당한 반향을 일으켰던 것으로 알려져 있다. 이 책은 발간 하루 만에 런던 서점가에서 2천 부가 팔려 나갈 정도로 대단한 인기를 끌었고 미국에서도 역시 그에 상응하는 정도의 판매고를 기록하였다. [Anna M. Stoddart, *The Life of Isabella Bird*, London: John Murray, 1906, p.342.] 그 내용 가운데 한국의 시와 노래를 다룬 부분은 헐버트의

다만, 자유분방하고 유려하면서도 때로 두서가 없어 보이기도 하는 헐
버트의 저작을 오늘날의 시각에서 면밀하게 검토하고 분석하는 일은 또
다른 차원의 과제로 남아 있다. 우선 그의 글에 인용된 각종 전거와 비교
사례들을 정확하게 찾아내고 그 특질을 밝혀내는 작업이 선행되어야 하며,
이를 바탕으로 한국문화와 역사에 대한 헐버트의 시각을 전체적인 문맥
속에서 조망하는 시도가 뒤따라야 할 것이다. 본고는 그 같은 과제를 특
히 〈아리랑〉에 관한 서술들을 가지고 수행해 본 시험적 탐색으로서의 의
미를 지닌다.

글에 바탕을 둔 것이었다. 아울러 헐버트의 〈아리랑〉 관련 서술은 『한국과 그 이
웃나라들』뿐만 아니라 일본인 시노부 준페이(信夫淳平)[1871~1962]의 『韓半島』
[1901], 호러스 알렌의 『조선견문기』(Things Korean)[1908], 윌리엄 L. 허버드
(William Lines Hubbard)[1867~1951]가 편찬한 『외국 음악의 역사』(History of
Foreign Music)[1910] 등 여러 저술에 전재되기도 하였다. [김연갑, 앞의 글(2012),
153면; 조용호, 「엮은이 해설」, 조규익 · 조용호 편, 『아리랑 연구총서』 1, 학고
방, 2010, 273면; Ed. William L. Hubbard, History of Foreign Music, vol.3: The
American History and Encyclopedia of Music, Toledo: Irving Squire, 1908, pp.39
-40.]

참 고 문 헌

1. 자료

「가장 오래된 아리랑 樂譜 발견」, 『조선일보』 1985. 10. 30.

Bishop, Isabella B., *Korea and Her Neighbors*, New York: Fleming H. Revell Company, 1897.

Griffis, William E., *Corea, the Hermit Nation*, London: W. H. Allen & Co., 1882.

Hubbard, William L., Ed., *History of Foreign Music*, vol.3: *The American History and Encyclopedia of Music*, Toledo: Irving Squire, 1908.

Hulbert, Homer B., "Korean Vocal Music," *The Korean Repository*, vol.3, Seoul: Trilingual Press, Feb. 1896.

Hulbert, Homer B., "Korean Poetry," *The Korean Repository*, vol.3, Seoul: Trilingual Press, May 1896.

Hulbert, Homer B., "The Itu," *The Korean Repository*, vol.5, Seoul: Trilingual Press, Feb. 1898.

Hulbert, Homer B., "Korean Survivals," *Transactions of the Korea Branch of the Royal Asiatic Society*, vol.1, Seoul: Royal Asiatic Society Korea Branch, 1901.

Hulbert, Homer B., "Korean Fiction," *The Korea Review*, vol.2, Seoul: Methodist Publishing House, Jul. 1902.

Hulbert, Homer B., "Korean Folk-Tales," *Transactions of the Korea Branch of the Royal Asiatic Society*, vol.2, part II, Seoul: Royal Asiatic Society Korea Branch, 1902.

Hulbert, Homer B., *The Passing of Korea*, New York: Doubleday, 1906.

Missions étrangères de Paris, *Dictionnaire coréen-français: 한불즈뎐*, Yokohama: C. Lévy, 1880.

Oppert, Ernst J., *A Forbidden Land: Voyages to the Corea,* London: Gilbert & Rivingston, 1880.

Ross, John, *Corean Primer*, Shanghai: American Presbyterian Mission Press, 1877.

2. 논저

강등학, 「형성기 대중가요의 전개와 아리랑의 존재양상」, 『한국음악사학보』 32집, 한국음악사학회, 2004.

강혜정, 「20세기 전반기 고시조 영역의 전개양상」, 고려대 박사학위논문, 2014.

김승우, 「한국시가에 대한 구한말 서양인들의 고찰과 인식」, 『어문논집』 64호, 민족어문학회, 2011a.

김승우, 「구한말 선교사 호머 헐버트의 한국시가 인식」, 『한국시가연구』 31집, 한국시가학회, 2011b.

김연갑, 「아리랑, 그 길고 긴 내력」, 국제문화재단 편, 『한국의 아리랑 문화』, 박이정, 2011a.

김연갑, 「아리랑의 분포와 그 양상」, 국제문화재단 편, 『한국의 아리랑 문화』, 박이정, 2011b.

김연갑, 「「미국인 선교사 헐버트(Homer B. Hulbert)의 한국시가관과 〈아리랑〉」 논평」, 『문화 속의 아리랑, 세계 속의 아리랑: 아리랑 페스티벌 2012 학술 자료집』, 문화체육관광부·국제비교한국학회, 2012.

김창주, 「아리랑 기원의 諸說에 대한 검토」, 『대동사학』 2집, 대동사학회, 2003.

류대영, 『초기 미국 선교사 연구 1884~1910: 선교사들의 중산층적 성격을 중심으로』, 한국기독교역사연구소, 2001.

류대영, 『개화기 조선과 미국 선교사』, 한국기독교역사연구소, 2004.

이보형, 「아리랑소리의 근원과 그 변천에 관한 음악적 연구」, 『한국민요학』 5집, 한국민요학회, 1997.

이상현, 『한국 고전번역가의 초상: 게일의 고전학 담론과 고소설 번역의 지평』, 소명, 2013.

장사훈, 『(최신)국악총론』, 7판, 세광음악출판사, 1990.

조용호, 「엮은이 해설」, 조규익 · 조용호 편, 『아리랑 연구총서』 1, 학고방, 2010.

Grimal, Pierre, 최애리 외 역, 『그리스 로마 신화 사전』, 열린책들, 2003.

Rutt, Richard, "A Biography of James Scarth Gale," *James Scarth Gale and his History of the Korean People*, 2nd ed., Ed. Richard Rutt, Seoul: the Royal Asiatic Society Korea Branch, 1983.

Simpson, J. A. and E. S. C. Weiner, Eds., *The Oxford English Dictionary*, vol.IV, 2nd ed., Oxford: Clarendon Press, 1989.

Simpson, Jacqueline and Steve Roud, *A Dictionary of English Folklore*, New York: Oxford UP, 2000.

Stoddart, Anna M., *The Life of Isabella Bird*, London: John Murray, 1906.

Weems, Clarence N., "Editor's Profile of Hulbert," *Hulbert's History of Korea*, vol.1, Ed. Clarence N. Weems, London: Routledge & Kegan Paul, 1962.

3. 전자자원

"문학예술용어소사전," 한국문화예술위원회, 2014.3.8.

〈http://www.arko.or.kr/zine/artspaper89_11/19891119.htm〉.

Bellanta, Melissa, "The Black Origins of 'Ta-ra-ra-boom-de-ay'", The Vapour Trail: Ideas, Reviews and Research from a Nineteenth-Century Cultural Historian, Web. 30 Jun. 2012. 〈http://bellanta.wordpress.com/2010/02/17 /the-black-origins-of-ta-ra-ra-boom-de-ay/〉.

"Joel Chandler Harris," Encyclopædia Britannica, Encyclopædia Britannica Online Academic Edition, Encyclopædia Britannica Inc., 2012. Web. 30 Jun. 2012.

http://www.britannica.com/EBchecked/topic/255911/Joel-Chandler-Harris〉.

〈『비교한국학』 vol.20, 2012.〉

〈아리랑〉 由來 談論의 존재와 당위

조규익*

I. 서 론

〈아리랑〉[1]은 작자도 창작 연대도 알 수 없는 대중의 노래다. 우리말을 약간만 구사해도 수월하게 따라 부를 수 있기 때문에, 〈아리랑〉의 파급력과 지속력은 어느 나라의 어느 노래보다 우월하다는 것이 일반적인 믿음이다. 노래의 그런 본질 때문에, 꼬집어 말할 수는 없으나 한국인들은 〈아리랑〉 안에 민족 정체성을 확인할 만한 인자가 들어있다고 믿을 정도다. 그러나 〈아리랑〉이 학문적으로 연구되어온 지 80년이 넘었음에도 불구하고,[2] 우리는 아직 〈아리랑〉의 유래나 의미를 밝혀내지 못하고 있다. '아리랑', '아라리요' 등 핵심적인 어구의 유래나 의미를 파악하지 못함에 따라 그 말들을 중심으로 이루어지는 노래 전체의 의미 또한 밝히지 못하고 있는 것이다. 지금까지 문헌적 근거나 과학적 증거를 통해 그 말들의 의미나 노래 전체의 내용을 타당하게 해석해내기보다는 유사한 어휘들을 끌어온 다음 개인의 느낌이나 추정을 바탕으로 입증하기 어려운 주장을 앞세우는 행태가 반복되고 있기 때문에, 〈아리랑〉은 사실상 아직도 未知의

---

* 숭실대학교 국어국문학과
1) 본고에서 노래를 지칭할 경우는 〈아리랑〉으로, 단순히 용어를 지칭할 경우는 '아리랑'으로 표기한다.
2) 관점에 따라 다를 수 있겠으나, 〈아리랑〉에 관한 논문은 이광수의 글「民謠小考(1)」, 『朝鮮文壇』3, 朝鮮文壇社, 1924를 출발점으로 잡을 수 있다. 그럴 경우 올해로 86년이 되는 셈이다.

영역에 남겨져 있는 셈이다.

뿐만 아니라 연구자들은 전국 각지에 전승되고 있는 〈아리랑〉의 노랫말들을 산발적으로 채록하거나 분류하는 작업만을 계속하고 있으며, 일부는 아리랑을 수용하여 창작한 현대문학을 분석·연구하기도 한다. 최근에는 '〈아리랑〉의 문화 콘텐츠화'라는 새로운 연구경향이 대두됨으로써 〈아리랑〉의 본질을 밝히는 일은 더욱 미궁에 빠져들 가능성이 높아지고 있다. 다시 말하면 〈아리랑〉의 의미를 밝혀내지 못한 채 추진되는 콘텐츠화의 과정에서 생겨 날 수 있는 다양한 추정이나 상상의 결과가 〈아리랑〉의 본질적 의미를 밝히는 근거로 재활용될 가능성이 크기 때문이다. 그런 추정이나 상상은 창작에 가까울 정도여서 이미 존재하는 〈아리랑〉의 본질과는 거리가 멀 가능성이 크다. 그럴 경우 '노래의 본질 해명→응용'이라는 바람직한 작업 순서는 왜곡될 수밖에 없다.

지금까지 〈아리랑〉 연구를 주도해온 담론은 ①'아리랑'의 유래나 뜻과 그에 따른 노래 전체의 의미, ②노래를 둘러 싼 서사적 맥락, ③〈아리랑〉 발생의 시기 등이다. 과연 〈아리랑〉은 어떤 창작재혹은 창작계층에 의해 만들어졌으며, 어떤 경로로 오늘날까지 전승되고 있는가. 창작자는 단순히 마음속의 시름을 덜어내기 위해 〈아리랑〉을 창작했는가, 아니면 집단적이든 개인적이든 그 속에 모종의 메시지를 담아 특정한 목적을 달성하고자 했는가. 그리고 창작재혹은 창작 계층가 처해 있던 상황이나 현실은 어떠했는가. 이러한 의문점들을 전제로 과거부터 오늘날까지 학계에 등장한 〈아리랑〉의 유래에 관한 담론3)들을 종합·정리하여, 새로운 담론

---

3) 원래 '담론'이란 용어에는 '한 문장보다 긴 언어의 복합적 단위'라는 의미가 들어 있지만, 본고에서는 범박하게 '문화적 맥락의 바탕 위에서 〈아리랑〉 같은 어떤 대상에 대한 현실적 설명을 산출하는 言表들의 응집적이고 자기 지시적인 집합체'로 한정하고자 한다. 편의상 한 시대를 지배하는 언어 질서나 사고방식의 범주 안에서 〈아리랑〉과 관련된 다양한 언급들의 보편적 의미를 찾아내는 차원으로 이 말

형성의 발판으로 삼고자 한다.

II. 〈아리랑〉에 관한 문제의식

〈아리랑〉은 정확한 연대를 알 수 없을 만큼 오래 전부터 민간에 전승되어오고 있다. 특히 우리나라의 여러 지역들에서 독특한 〈아리랑〉들이 불리고 있으며, 우리나라 사람들이 거주하고 있는 해외의 어느 지역에도 그것은 존재한다.

'아리랑'[혹은 아리랑과 유사한 맬]이 언급된 最古의 문헌은 『蔓川遺稿』이며, 그 다음은 『梅泉野錄』과 The Korean Repository다. 세 문헌의 기록을 들어보자.

    1) 神農后稷이 始耕稼ᄒ니 自有生民爲大本이라
      鐘鼓 울여라 鐘鼓 울여라 薄言招我諸同伴
      啞魯聾 啞魯聾 於戲也 事育生涯 勞不憚일셰
                (中 略)
      牛羊茅草靑山暮요 鷗鷺長洲白露寒
      호미미여라 호미미여라 黃昏月色이 滿旗竿일셰
      啞魯聾 啞魯聾 於戲也 日夕農談載酒還이라[4]〈밑줄은 인용자〉

    2) 정월. 임금이 낮잠을 자다가 광화문이 무너지는 꿈을 꾸고 깜짝 놀라 잠에서 깨었다. 임금은 그것을 크게 불길하게 여겨 2월에 창덕궁으로 옮겨가고

  을 사용하려는 것이다.
4) 李承薰, 『蔓川遺稿』, 필사본 21cm×14.5cm. 숭실대학교 기독교박물관 소장. *표지에는 '蔓川集'으로 나와 있으나, 목차 앞 부분에는 '蔓川遺稿'로 되어 있다.

즉시 동궁[창덕궁과 창경궁]을 보수했다. 마침 남쪽의 난리가 날로 급박해졌으나 토목공사는 더욱 공교함을 다투었다. 임금은 매일 밤 전등을 밝혀 놓고 광대들을 불러 새로운 소리의 '염곡'을 연주하게 했는데, 그것은 '아리랑타령'이라는 것이었다. '타령'이란 연주하는 곡의 속칭이다. 민영주는 원임각신으로서 뭇 광대들을 거느리고 '아리랑타령' 부르는 것을 전적으로 관리하여 광대들의 잘하고 못하는 것을 평가해서 상방궁에서 금은을 내어 상으로 주도록 하였다. (이 일은) 大鳥圭介가 대궐을 침범할 때에 이르러서야 그쳤다.[5] 〈밑줄은 인용자〉

3) 이 부류에서 처음으로, 또 가장 두드러지는 것은 약 782개의 운문으로 이루어진 대중가요인데, 그것들은 '아라룽(Aᴛaᴛŭng)'이라는 듣기 좋은 제목에 속해 있다. 평범한 한국인들에게 이 노래가 음악에서 차지하는 위치는 음식에서 밥이 차지하는 것과 똑 같다. 나머지 모든 것들은 부수적인 것들일 뿐이다. 당신은 그것을 어디서나 언제나 듣게 된다. '타라라 붐디에이'가 약 5년 전 우리에게 그랬던 것처럼, 그것은 오늘날 한국인들과 똑같은 관계를 맺고 있다. 그러나 열광적인 유행이 대단치는 않지만, 더 오래 지속되었다. 내 자신이 알기로 이 작품은 3,500 하고도 20일간 지속되었고, 1883년 무렵 대중의 인기를 사로잡게 된 것으로 알고 있다. 그것의 '명백히 최근 모습'은 앞으로도 오래도록 지속될 것이다. 이 노래는 수없이 많기 때문에 어느 누구도 정확한 숫자를 밝힐 수 없다. 사실, 이 가락은 한국 사람들이 능숙한 많은 즉흥곡들로 대용하기 위해 만들어졌다. 그러나 불변의 코러스는 다음과 같다.:

아르랑 아르랑 아라[6]
아르랑 얼스 빗쐬어라

---

5) 黃玹 저, 이장희 역, 『매천야록』(명문당, 2008), 666쪽.
6) 인용문의 다음에 나오는 악보를 보면 이 부분이 '아라리요'로 되어 있다. [H. B. Hulbert, Korean vocal Music, *The Korean Repository*, Volume Ⅲ, The Trilingual Press, Seoul, Korea, 1896, p.51] 여기에 '아라'로만 나온 것은 편집과정에서의 실수로 보인다.

마지막 단어를 '다나간다' 혹은 다른 함축적인 구절로 대체할 수도 있다. 미국에 있는 동안 나는 이 합창곡을 번역하도록 요청받았고, '헤이 디들 디들'로 시작하는 영어 고전의 도입부와 똑 같은 의미를 포함한다고 대답했었다. 나는 많은 한국인들에게 그 단어들의 정확한 의미를 말해달라고 했지만, 항상 애매한 미소만을 대답으로 받았을 뿐이다. 만약 어떤 답변을 이끌어낸 경우라도, 그 답변은 이해할 수 없을 만큼 모호한 성격을 갖고 있었다. 한 사람이 내게 다가와서 속삭이듯이 말하기를, "러시아인을 칭하는 한국 단어의 첫 음인 '아르'는 나라의 운명에 대한 그 제국의 영향을 예언한 것이었다." 고 했다. 또 다른 사람은 말하기를, "그 글자들은 분명히 '나는 나의 남편을 사랑해요, 나의 남편을 사랑해요. 예, 나는 당신을 사랑해요, 나는 내 남편을 사랑해요'를 의미하는 어떤 중국 글자들을 字讚혹은 音譯한 한국어예요. 그리고, 그 행은 '좋아! 우리 축제의 배를 띄우자'로 끝맺는 거죠." 라고 했다. 이것은 강에 떠 있는 배에서 잔치하는 한국의 관습과 관련되어 있다. 그런데 그 잔치는 손님을 접대할 때 선호하는 형태이지만, 내가 판단하기에 고급스런 연회 취향의 사람들에게는 위험한 일이기도 했다. 이 노래로 불린 노랫말들은 전설, 민간전승, 자장가, 酒歌, 가정생활, 여행과 사랑 등의 전 분야를 아우른다. 한국 사람들에게 그것들은 서정, 교훈, 서사가 한 군데로 뭉쳐진 것이다. 동시에 그것들은 마더 구스와 바이런, 엉클 레무스와 워즈워스의 작품들이 한 군데 뭉친 것과 같다. 이곳에서 그것을 악보화하려는 노력은 보잘 것 없다. 나는 노래에서 떨림음을 배제했지만, 각 음표마다 한 두 번씩 떨림음을 넣어도 무방할 것이다.[7]

---

7) H. B. Hulbert, Korean vocal Music, *The Korean Repository*, Volume Ⅲ, pp.49~50.

The first and most conspicuous of this class is that popular ditty of seven hundred and eighty-two verses, more or less, which goes under the euphonious title of A-ra-rŭng. To the average Korean this one song holds the same place in music that rice does in his food-all else is mere appendage. You hear it everywhere and at all times. It stands in the same relation to the Korean of to-day that "Ta-ra-ra boom-di-ay" did to us some

1)은 만천 이승훈(1756~1801)의 문집 첫머리에 나온 〈農夫歌〉8)이고,

---

five years ago. But the *furore* not being so great, the run is longer. To my personal knowledge this piece has had a run of three thousand five hundred and twenty odd nights and is said to have captured the public fancy about the year 1883. Its "positively last appearance" is apparently as far off as ever. I would not have anyone suppose that the above figures accurately represent the number of verses for they are numberless. In fact, this tune is made to do duty for countless improvisations in which the Korean is an adept. The chorus however in invariable and runs as follows:

아르랑 아르랑 아라
아르랑 얼스비썩어라

License is allowed in substituting, for the last word, 다나간다 or some other equally pregnant phrase. While in America I was asked to translate this chorus and answered that the meaning was the same as is contained in the opening words of that English classic which begins

"Hei diddle diddle."

I have asked many Koreans to give me the exact significance of the words, but have always met with the same incredulous smile. If any response was elicited it was of so vague a character as to be unintelligible. One man came very close to me and whispered that the 아르, being the beginning of the Korean word for Russian, was prophetic of the influence of that empire on the destiny of the nation! Another said that the characters were the Korean transliteration of certain Chinese characters which apparently mean "I love my husband, I love my husband, yes, I love you, I love my husband," and the line finishes with "Good! Let us launch the festive boat." This refers to the Korean custom of feasting in boats on the river, a favorite form of entertainment with them, but dangerous, I should judge, for people of highly convivial tastes. The verses which are sung in connection with this chorus range through the whole field of legend, lullabies, drinking songs, domestic life, travel and love. To the Korean they are lyric, didactic and epic all rolled into one. They are at once Mother Goose and Byron, Uncle Remus and Wordsworth. Here is a very weak attempt to score it. I have left out the

2)는 매천 황현(1855~1910)이 기록한 구한말의 편년체 역사서『梅泉野錄』의 〈아리랑〉 관련 기록이다. 그리고 3)은 〈아리랑〉을 외국인의 입장에서 관찰하고 기록한 글이다.

1)의 '啞魯聾 啞魯聾 於戱也'에서 '아로롱'이 과연 '아리랑'을 표기한 말인지 혹은 다른 어떤 뜻의 말인지 정확한 것은 알 수 없다. 그리고 이 어구가 후렴으로 사용되었다는 점에서 현재의 〈아리랑〉[9]과 다른 것도 사실이다. 그러나 음운 상 '아리랑'과 비슷한 '아로롱'이 18세기의 문헌에 등장한다는 것은 매우 의미심장하다. 19세기 말에 정확히 '아리랑'이라고 표기된 말과 유사한 '아로롱'이 한 세기를 사이에 두고 존재했다는 것은 현재 전해지고 있는 〈아리랑〉 그 자체는 아니라 해도 그런 음이나 어휘가 핵심을 이루고 있는 노래들이 사람들에 의해 불리고 있었음을 암시하는 증거이기 때문이다. '아로롱'과 '아리랑'의 음운적·의미적 차이를 밝혀낼 수만 있다면, 〈아리랑〉 노래의 존재나 통시적 양상을 밝히는 결정적 요인이 될 수도 있을 것이다.

2)는 역사기록이면서 〈아리랑〉 노래의 존재와 演行 양상을 사실적으로 밝힌 점에서 무엇보다도 의미 있는 자료다. 광대들로 하여금 新聲艶曲을 연주하게 했는데 그것을 '아리랑타령'이라 한다는 것이다. 신성이란 '새로 지은 악곡, 혹은 새로운 음악'이란 뜻이고, 염곡이란 '남녀 간의 사랑을 주제로 한 노래'를 지칭한다. 말하자면 〈아리랑〉은 '남녀 간의 사랑을 주제로 한 슬픈 음조의 노래'라는 것이 〈아리랑〉에 대한 당대의 인식이었으며, 그것이 궁중과 민간에서 널리 유행되고 있었음을 알 수 있다. 사실 〈아리

---

trills and quavers, but if you give or two to each note you will not go wrong.
8) 『만천집』의 목차에는 '農夫歌'로 되어 있는데, 본문에는 '農夫詞'로 다르게 나와 있다.
9) 학계에서는 '本調아리랑'이라 칭하기도 한다.

랑) 노래는 남녀 간의 艶情을 노래한 것이 상당한 분량을 차지하고 있고, 노랫말이 대부분 젊은 사람들의 相悅을 대상으로 하고 있다는 점10)으로도 황현이 '신성염곡'이라 한 지적은 타당하다. 1)에서는 노동요의 후렴으로 쓰인 '아리랑'이 2)에서는 '신성염곡'으로 불리고 있었다는 말인데, 1)의 '아로롱'이 '아리랑'과 무관한 것이거나 '아리랑'이 염곡 뿐 아니라 노동요 등에도 광범하게 사용되고 있었음을 암시하는 점이라고도 할 수 있다.

3)은 헐버트(Hulbert, Homer Bezaleel, 1863~1949)가 관찰하여 남긴 '아리랑' 관련 기록이다. 그는 고종 23년(1886) 우리나라에 왔고, 육영 공원에서 외국어를 가르쳤으며, 을사조약 후 한국의 주권 회복 운동에 적극 앞장 선 선교사였다. 3)은 2)와 거의 같은 시기에 기록되었으므로 당시 불리던 〈아리랑〉의 실제 모습11)을 비교적 구체적으로 보여주는 자료라고 할 수 있다. '아리랑'을 '아라릉(Aㅜaㅜũng)'으로 적은 그는 약 782개의 노랫말이 있다고 했다. 말하자면 당시 채집되었거나 알려진 아리랑의 노랫말이 700여개나 되었다는 뜻일 것이다.12) 그리고 〈아리랑〉은 한국인들이

---

10) 崔載億, 「韓國民謠硏究-아리랑 民謠攷-」, 『論文集』24, 광운대학교논문편집위원회, 1970, 69~70쪽 참조.
11) 그가 채록하여 제시한 〈아리랑〉 악보를 보면, 당시에 유행하던 〈舊調아리랑〉의 眞面을 확인할 수 있다[Hulbert, op. cit., p.51]. 외국인이고 음악의 전문가가 아니라는 한계는 있으나, 이 자료를 토대로 1890년대 중반에는 나운규의 영화 '아리랑'에 나오는 노래와는 다른 노래가 불리고 있었음을 알 수 있다. 2010년 7월 18일 방송된 KBS 1TV의 KBS 스페셜[발굴추적, 114년전 한국인의 목소리]에서는 미국에서 1896년 녹음된 〈아리랑〉[안정식·이희철·송영덕 창 "아리랑 아리랑 아라리요/아라랑 어얼수 아라리야"]이 방영된 바 있다. 그 내용으로 미루어 〈구조아리랑〉은 그 시절의 대표적인 민요였음을 확인하게 된다.
12) 〈아리랑〉의 노랫말이 19세기 말에 700여 수나 있었다는 것은 양적으로 대단한 일이다. 물론 50여종 3,000여수[김연갑, 『아리랑』, 집문당, 1988, 14쪽], 186종 2,277수[박민일, 『한국아리랑연구』, 강원대 출판부, 1989, 머리말 등으로 1세기만인 1990년대 이전에 이미 2~3천수를 상회했으며, 그 후 상당기간의 활발한 채록활동을 거쳤음을 감안하면, 요즈음은 그 당시에 비해 수적으로 헤아릴 수 없이

일상적으로 먹는 밥과 같이 없어서는 안 될 노래라고 했는데, 당시에 이 노래가 차지하고 있던 위치를 잘 보여주는 언급이다. 그의 말은 〈아리랑〉이 '수시로 아무 자리에서나 쉽게 부를 수 있는 노래'였음을 강조하고 있기 때문이다. 인용문 가운데 '3,520일간 이 노래가 지속되었다'는 것은 그 자신이 한국에 온 1886년[고종 23년]부터 이 글을 쓴 1896년까지 10년을 지칭하는 말이다. 말하자면 그가 이곳에 도착한 뒤 10년이 넘는 당시까지 이 노래의 유행이 지속되고 있었다는 것이다. 1886년 우리나라에 온 그는 이미 1883년부터 이 노래가 대중에 널리 유행되고 있었음을 알게 되었다고 했다. 하나의 노래가 발표된 후 일정 기간이 지나면 대중의 뇌리에서 사라지는 관행에 익숙해 있었을 미국 출신 헐버트에게 〈아리랑〉의 존재는 매우 특이했을 것이다. 사실 〈아리랑〉이 1883년 무렵 '대중의 인기를 사로잡게 되었다'는 헐버트 언급의 정확성을 확인할 근거는 없다. 오히려 그 이전부터 민간에 널리 불려온 아리랑이 '민간 노래의 궁중 유입' 현상에 편승하여 풍류계의 표면으로 부상한 것일 뿐, 그것이 당시에 처음으로 제작·유행되었음을 말하는 내용은 아닐 것으로 판단된다.

그런데, 흥미로운 것은 노랫말 가운데 '아리랑 고개로 넘어 간다'는 부분이 '아르랑 얼수 빗쯰어라'로 되어 있는 점이다. 이 부분은 현재 알려진 〈아리랑〉에 '뱃노래'의 후렴구가 덧붙은 것으로 보이지만, 다른 한편으로는 원래의 〈아리랑〉이 배를 타고 부르던 노래였을 가능성도 있는데, 이 점에 대해서는 더 많은 연구가 필요하다. 다음으로 헐버트가 한국인들에게 '아리랑'의 의미를 묻자 대답을 못하거나 애매모호한 대답으로 일관했다는 사실을 적고 있다. 그가 노랫말의 뜻에 대하여 물었을 상대라면 대체로 당대의 지식인들이었을 텐데, 아무도 대답을 하지 못했다는 것은 당

늘어났으리라 본다.

시 사람들도 의미를 모르는 상태에서 〈아리랑〉을 가창하고 있었음을 암시
한다. 흥미로운 것은 귓속말로 전해 준 두 한국인의 설명이다. '아르랑'의
'아르'가 러시아인들을 지칭하는 '아라샤'의 '아르'이니, 러시아가 이 나라의
운명에 큰 영향을 미칠 것임을 암시했다는 것이 한 설명이고, '아리랑'은
'나의 남편을 사랑한다'는 뜻의 중국어 字譯으로서, '아르랑 얼수 비쎅어라'
라는 후렴은 '좋아! 우리 축제의 배를 띄우자'로 화답한 내용이라는 것이
또 한 설명이다. 말하자면 강에 배를 띄우고 잔치하는 한국의 관습이 반
영되어 있다는 것이다.

　뿐만 아니라, 대원군 섭정 초기부터 시작된 경복궁 중건의 역사는 상당
기간 〈아리랑〉 노래 확산의 발판으로 인식되어 왔다. 즉 '아리랑'이 '我耳
聾'으로부터 유래되었다는 설은 조선의 정부가 경복궁 중건에 들어갈 거액
의 공사비를 마련하기 위해 當百錢을 주조하고 願納錢이란 명목 하에 백
성들로부터 비용을 강제 징수하게 되었는데, 그 '원납'이란 소리로 귀가 아
플 지경에 이르자 어느 사람이 '但願我耳聾하여 不聞願納聲'이라 한 것이
부역군들에 의해 노래로 불려지게 되어 '아이롱'이 '아리랑'으로 音轉되었
다는 것이다.13) 다까하시 도오루(高橋亨)도 경복궁 중건공사를 전국의 민
요가 交錯·變化·學習된 현장으로 인식했으며, 한일 합병 이후 일어난 서
울 花柳界의 일본화에 따라 민요에 큰 변화가 일어났고, 〈아리랑〉은 〈담
바고 노래〉, 〈북변의 애원성〉 등과 함께 '조선의 신민요'로 등장했다고 한
다.14) 기녀나 唱夫 혹은 거리의 아이들이 입만 열면 '아리랑'[「皇城新聞」에
는 '阿里郞/「대한민일신보」에는 '알으랑'이라 각각 표기되었음]을 불렀다는

---

13) 金志淵, 「朝鮮民謠아리랑~朝鮮民謠의 硏究(二)~」, 『朝鮮』151호, 朝鮮總督府, 1930.
　　6, 41~43쪽.
14) 高橋亨, 「朝鮮民謠總說」, 최철·설성경 엮음『民謠의 硏究』(정음사, 1984), 353쪽
　　참조.

20세기 초의 기록들15)도 있다. 대궐 안에서 〈아리랑타령〉을 부르며 밤낮으로 놀이한 실상은 〈한양오백년가〉에도 그려져 있다.16) 이 시기의 실상을 짐작할 수 있는 인용문들은 18~19세기 이 땅에 존재하던 〈아리랑〉 노래의 실체를 어렴풋이나마 짐작할 수 있게 한다. 즉 현재 불리고 있는 〈아리랑〉과 음조나 노랫말 등에서 약간의 차이는 있을 수 있겠으나, 크게 다를 바 없는 노래가 민간에 불려왔고, 그것이 궁중으로 들어오게 되면서 보다 체계를 갖춘 演行절차 속의 노래로 자리 잡게 되었으며, 각 지역으로의 확산 또한 신속하게 이루어질 수 있었다는 것이다. 이처럼 민중들 속에서 〈아리랑〉 계열의 노래들이 가창되어 온 것은 18세기 이전부터임을 짐작할 수는 있으나, 그 출발 시점을 언제로 잡을 수 있는지는 아직 확정할 수 없다. 그리고 이 점이 지금까지 지속되고 있는 〈아리랑〉 담론 형성의 출발점으로 작용하고 있다고 본다. 즉 '〈아리랑〉은 언제, 어떤 계기로 시작되었는가. 그 의미는 무엇이며, 왜 우리 민족은 이 노래를 즐겨 부르게 되었는가. 노래 속의 어떤 요소(음운이든 내용이든가 우리 민족의 공통정서와 부합하는가.' 등에 관하여 지금까지 연구자들은 큰 관심을 가져왔다. 그러나 문제는 쉽게 해결될 가능성이 보이지 않고, 추정들만 반복됨으로써 '아리랑 유래 연구' 역시 벽에 부닥치게 되었다.

15) 俚謠足觀世道, 「皇城新聞」1901.11.13./「寄書」'歌曲改良의 意見', 「대한믹일신보」 1908.4.10. 『韓國近代文學硏究資料集』(개화기 신문편) 5권, 삼문사, 1987, 337쪽.
16) 申泰三, 『漢陽五百年歌』, 세창서관, 1953, 108쪽. / 辛永吉, 『漢陽五百年歌史』, 범우사, 1985, 367~368쪽.

III. 〈아리랑〉 유래 담론의 전개양상

〈아리랑〉 연구자들은 부지기수로 많고, 그들이 안출한 설 또한 많다.[17] 그러나 연구사의 획을 그었거나 일정 시기의 연구결과들을 정리한 몇 사람을 제외하고는 비슷한 양상을 보여준다. '아리랑 담론'은 '아리랑'이란 말의 의미를 찾아낸 바탕 위에서 노랫말들의 시적 의미를 밝혀야 비로소 성립될 수 있다. 그런 점에서 우리 학계의 '아리랑 연구'는 아직 출발선을 벗어나지 못했다고 할 수 있다. 아리랑 연구가 '永久未濟'의 신세를 벗어나려면 '아리랑'의 의미를 찾아내어야 하는데, 그러려면 초창기부터 이루어져 온 아리랑 담론을 정리할 필요가 있다. 초창기부터 지금까지 힘을 잃지 않고 있는 담론의 초점은 '아리랑과 발음이 유사한 말 찾아내기/불평등한 사회 계층적 상황을 전제로 한 비극적 서사와 관련짓기/신화적 상상력을 바탕으로 의미 부여하기' 등이었다. 물론 이런 범주의 담론들을 부정적으로만 보는 것은 아니지만, 대체로 개인의 주관적 판단이나 선입견이 전제된다는 점에서 논의 결과의 객관성이 담보될 수 없는 점은 치명적이다. 말하자면 '자신의 말'로 그칠 뿐 보편적 담론화에까지는 이르지 못하는 것이 기존의 '아리랑 학설들'이 갖고 있는 한계다.

우리 학계의 〈아리랑〉 담론은 金志淵의 설[18]에서 본격적으로 출발한다. 그는 '아리랑 발생설'이라는 소제목 아래 여섯 종의 견해들을 들고 있는데, 이후 반복 출현하게 되는 학계의 〈아리랑〉 발생론들은 반드시 이 논의들에 대한 언급으로부터 시작된다. 그는 '① 歌謠大方家 南道山氏 說, ② 八能堂 金德長氏 說, ③ 尙州 姜大鎬氏 說, ④ 密陽 거주 金載璹氏 說, ⑤ 尙

---

17) 본고에서 기존의 학설들 전부를 다룰 수는 없다. 편의상 논의에 의미 있는 학설들 몇 종을 선택하기로 한다.

18) 앞의 논문 참조.

玄 李先生의 說, ⑥ 新羅 舊都인 慶州의 閼英井 유래설' 등을 제시했다. 흥미로운 것은 ⑥을 제외한 ①~⑤가 다른 사람들의 견해로서, 문헌자료 아닌 巷說들을 기록한 것이다. 그가 머리말에서 "맨든 것이 안이고 주은 것이에요. 이에 對하야 여러 先輩의 말삼도 들엇습니다만은 아즉 明確치 못한 점이 만코 採譜라든지 謠旨 解釋이라든지는 後期를 두고 未完成인 이대로 씀은 퍽 未安합니다"[19]라고 스스로 밝혔듯이, 글 속의 〈아리랑〉 발생설 뿐 아니라 말미의 노랫말들 모두 스스로 만든 것이 아니고 '주운 것들'이라 했다. ①은 앞쪽의 각주 10)에 적어놓은 내용인데, 경복궁 중건 시 願納錢 강제징수의 상황 속에서 부른 부역군들의 노랫말 가운데 '我耳聾'이 '아리랑'으로 音轉되었다는 것이다.[20] ②는 ①과 마찬가지로 경복궁 중건 공사를 時空으로 하는 유래설이다. 전국에서 징발된 부역군들이 수개월을 객지에 떨어져 살다보니 집 떠난 괴로움을 이기지 못하고 '我離娘'을 불렀다고 한다.[21] 경복궁 중건 공사를 時空으로 하는 유래설이라는 점은 ③도 마찬가지다. 상주 강대호씨의 설로 진시황 때 만리장성 수축 당시의 상황을 끌어온 점이 특이하다. 즉 당시 부역민들이 쉬지도 못하고 노역하는 것을 탄식하여 '魚游河', '我多苦'라 했다는데, 이 노래를 본 떠 경복궁 중건의 노역에 동원된 부역군들도 '魚游河' '我難離'라 했다고 한다. 즉 고기는 물에서 자유롭고 한가롭게 놀건만 자신들의 팔자는 고기만 못하여 이 고통스런 役事에서 떠날 수 없다고 탄식했다(我難離此役)는 것이다. 그 '我難離'가 '音轉하여 '아라리'로 되었다는 것이다.[22]

④는 밀양에 사는 金載璹 씨가 제보한 것으로, 수백 년 전 밀양군수 이

---

19) 같은 글, 41쪽.
20) 같은 글, 42쪽.
21) 같은 글, 같은 곳.
22) 같은 글, 같은 곳.

모씨의 딸 阿娘의 雪冤에 관련된 유래설이다. 당시 通引으로 있던 자가 아랑에게 흑심을 품고 있다가 계교를 부려 아랑을 겁탈코자 했으나, 아랑은 항거하다가 죽음을 당했다. 그 후 부임하는 군수마다 혼귀에 놀라 죽음을 당했으나, 결국 담대한 李上舍가 군수로 부임하여 아랑의 억울함을 풀어 주었는데, 그 후로 밀양사람들이 아랑의 貞烈을 사모하여 '아랑' 노래를 부른 데서 '아리랑'이 나왔다는 것이다.[23]

⑤는 집을 건축할 때 上梁式에서 사용하는 상량문의 글귀[兒郞偉]로부터 아리랑이 유래되었다는 설이다. 즉 아랑위는 '터주가 이 집을 잘 지켜 世世繁昌하도록 해 달라'는 축문인데, 그로부터 音轉하여 아리랑이 나왔다고 한다.[24]

김지연 자신의 견해로 보이는 것이 ⑥ 즉 박혁거세의 왕비인 알영 유래설이다. 그는 '알영' '알령'이 오늘날의 '아리렁'으로 바뀌었다고 했다. 音便 관계로 알영이 아령으로 되고 아령이 변해서 아리렁이 된 듯하니 '리렁'의 모음 'ㅣ ㅓ'가 합해서 'ㅕ'가 됨으로 '리렁'이 '령'으로 되고 '령'의 자음 'ㄹ'이 '아'에 올라가서 '알'이 되어 알영의 본음대로 된다는 것이다. 곧 경주에 關英井과 關英川이 있고 그 중간에 고개가 있으며 아리렁의 발음상으로도 밀접하게 연관되니 이로 미루어 보면 '아리렁 노래'가 신라 때 발생된 것일지도 모른다고 했다.[25]

최근 김지연의 이러한 설에 대한 비판[26]이 제기되었지만, 지금까지 학

---

23) 같은 글, 43쪽.
24) 같은 글, 같은 곳.
25) 같은 글, 44쪽.
26) 김지연의 설에 대한 비판은 조용호가 제기했는데, 학계와 김지연 개인 양자에 대한 동시 비판이라는 점에서 중요한 의미를 갖는다. 학계에 대해서는 "유사한 형태의 발음과 이에 대한 설화적 설명을 곁들이면 아리랑이 된다는 김지연 식 연구방법의 기원과 그것이 갖는 思想的 배경 및 추구하는 목적에 대해서 결코 단 한 번

계에서는 그런 설들에 내재된 의도나 속뜻을 파악하려는 의지조차 없었던
게 사실이다. 말하자면 더 이상은 〈아리랑〉에 대한 학문적 접근을 할 수
없다는 한계를 학계 스스로 자인한 셈이었다. 〈아리랑〉의 유래에 대한 초
창기 담론을 주도한 김지연이 식민사관의 선봉역을 맡고 있던 다카하시
토오루[高橋亨]의 문하생이었다는 점만 인식하고 있었어도, 그의 설이 지
니고 있는 無理는 초기에 간파되었을 것이다. 김지연의 설은 30여년이나
통용되다가 1969년 임동권에 의하여 다시 조명을 받게 된다.[27] 물론 그
사이에 등장한 이병도와 양주동의 설도 그 말미에 덧붙긴 했지만, 김지연
설의 무비판적인 수용으로 객관성을 상실한 것은 물론이다.[28]

김지연 설이 등장한 30년대부터 70년대까지 〈아리랑〉의 유래에 대한

도 학술적 懷疑의 대상이 된 바 없으며, 이에 대한 근본적인 문제 제기도 없었다.
뜻 모르는 후렴구로 판정한 당대의 아리랑에 대하여 다양한 종류의 의미를 부여
한 것은 어떠한 시대적 상황에서 나타난 것이며 의도하는 목표가 무엇이었느냐에
대한 근본적인 고찰이 없었던 것이다."「아리랑 연구의 現況과 課題」, 제 23차 전
국학술대회, 중앙어문학회, 2010.1.28., 270~271쪽 라고 비판했으며, 김지연 개
인에 대해서는 "我耳聾설・我離娘설・我難離설・阿娘설 등은 조선 망국의 책임을
위정자들의 압제에 돌림으로써 식민통치의 정당성을 전개하려는 의도를 숨기고
있고, 兒郞偉설은 자체적으로 만든 사상이 없는 無創見의 민족이므로 일제의 지배
를 받아야 한다는 생각을 포함하고 있는 논리이며, 閼英설은 신라시조 박혁거세가
일본 왕족이고 신라는 고대로부터 식민지였기 때문에 지배를 받는 것은 당연하다
는 생각을 포함한 논리구조다. '아리랑 발생설'은 조선 총독부에 의해 식민통치를
정당화하려는 의도로 만들어진 논리구조로서 식민사관의 결정체였다. 이는 1912
년부터 시작된 조선 민요 연구에 관한 사상적 완결편이었다. 민요를 통해 나타나
는 조선의 민족성을 파악하는 차원의 연구가 진행되고 있었던 것이며, 이와 동시
에 소실된 것으로 판정된 아리랑에 대하여 의미를 부여하는 작업이 총독부에 의
해 진행되고 있었으며, 조선민족의 혼이라는 아리랑을 통해 조선 민족성에 대한
열등성을 객관화시키고 내선일체의 기반을 마련하려 했던 것이다."[같은 논문,
93~117쪽]라고 비판했다.
27) 「아리랑의 起源에 對하여」, 『韓國民俗學』1, 한국민속학회, 1969, 24~29쪽.
28) 최재억[앞의 논문] 역시 임동권의 입장이나 방법을 모사하듯 수용하고 있다.

주류 담론은 학문적 엄정성을 상실한 채 비과학적 상상력에 의해 근근이
지속되어 왔다고 해도 과언이 아니다. 그 사이에 등장한 李丙燾29) · 梁柱
東30) · 元勳義31) 등이 비과학적 추정이 우세한 학문적 흐름 속에서도 본격
학문적 논리를 갖춘 글들을 발표함으로써, '아리랑 유래설'은 그런대로 명
맥을 유지해왔다고 할 수 있다. 이병도는 '아리랑 고개'를 감안할 때 '아리
랑'은 지명에서 유래된 것이 분명하다고 하면서, 그 '아리랑 고개'를 정치
적인 경계선으로 보았다. '아리랑'의 어원은 樂浪인데, 그 음은 '악랑'이 맞
으며, 고대 지명인 '아라' '알라'에 대한 寫音이 틀림없다고 했다. '아리랑'
혹은 '아라'는 '알라(樂浪)' 그것이라고 보지 않을 수 없고, 따라서 '아리랑
고개'는 낙랑의 남쪽 경계인 慈悲嶺, 洞仙嶺에 불과하다는 것이다. 그러나
양주동은 이병도를 포함한 이전의 견해들을 싸잡아 비판했다. 즉 '아리랑'
이나 '아라리' 등의 근원으로 지금까지 연구자들에 의해 제기된 '啞而聾 ·
我老農 · 我離娘 · 我耳聾 · 我難離, '阿娘 · 關英혹은 娥利英 · 兒郎偉 · 樂
浪 등은 '아리랑'이란 지명이 구성된 근본적 유래와 그 原義를 단순한 音
似에 의해 附會한 謬說들이라고 논척한 것이다.32) 양주동은 '아리랑'이란
지명이 고개(嶺)에만 쓰였다는 점에 착안하여 '아리嶺'의 音轉이라 보았다.
즉 '아리嶺'에서 '아리'의 원 뜻이 '夫餘, 夫里, 伐, 弗, 火, 原 등으로 寫音
되는 '블'이고, 그 '블'은 '光明, 原野, 男(또는 내, 우리 등을 뜻하며, 그
'블'은 '블→뵬→올'의 음운변천 과정을 거쳐 '올'은 '올→알→아리', '올→얼
→어리', '올→울→우리' 등으로 분화되어 우리나라의 많은 나라 이름, 땅

---

29) 『韓國史』, 진단학회, 1959.
30) 「도령과 아리랑 : 古語硏究二題」, 『민족문화』제4권 2호, 민족문화사, 1959.
31) 「아리랑계어의 조어론적 고찰」, 『關東鄉土文化』1, 춘천교육대학 관동향토문화연
구소, 1978.
32) 『梁柱東全集 3-國學硏究論攷』, 동국대학교 출판부, 1995, 270쪽.

이름, 산 이름, 사람 이름 등에 쓰였다 하고, '아리랑 고개'의 '아리랑'은 '아리령[嶺]'의 音轉으로 그 原語가 '부리嶺''불嶺'임을 알 것이라 했다. 우리 조상인 '불族'이 광명한 곳을 찾아 東進 혹은 南進하면서 가는 곳마다 높은 메나 환한 내가 있으면, '불뫼·부리嶺·부리내' 등으로 일컬었던 것이 '아리·어리·오리·우리' 등으로 音轉된 것이라 했다.[33] 물론 양주동이 주장한 '아리嶺' 근원설도 사례가 보이지 않는 '령→랑'의 轉音 근거가 밝혀지지 않는 한 마찬가지로 근거가 박약하지만, 존재하는 사례들을 광범하게 수집하여 음운론적으로 접근한 점에서 과학성을 인정할 여지는 있다고 본다.

여기서 훨씬 앞으로 나아간 것이 원훈의의 학설인데, '아리랑'에 대한 언어학적 고찰의 모범적 선례로서 아리랑 연구를 한 단계 끌어올린 연구라고 할 수 있다. 논문의 요지는 다음과 같다.[34]

① '아리랑'의 語義나 기원에 대한 선행연구들은 근거가 박약하여 믿기 어렵다.
② '아리랑'의 기원이나 어의를 탐색하기 위해서는 '아리랑'系語 자체에 대한 형태론적이며 어휘사적 고찰 방법이 가장 실증적이고 직접적이다.
③ '아리랑' 요의 후렴은 〈청산별곡〉이나 〈동동〉 등과 같이 단순히 율조를 위한 擬音的 후렴구가 아니라, 歌意가 담긴 언어적 후렴구다.
④ '아리랑'은 '아라-ㄹ-앙'과 같이 형태가 분석되는데, '아리'는 '알ㅎ다(痛·苦)', '알프다(痛·苦)', '알히다(痛·苦)' 등의 原語에서 파생된 어간이고, "ㄹ'은 "ㅣ'系의 어간 형성 접사이고, '앙'은 "ㆁ'系의 어간 형성 접사가 加重接尾된 語形인데, '아라리'의 語義는 '아린 것, 쓰라림, 괴로움, 苦難 등을 뜻한다.
⑤ '아라리'는 '아리랑'과 同根 同源語로서, '알-알-이'와 같은 형태소 配合形으

---

33) 양주동, 「도령과 아리랑 : 古語研究二題」, 5~7쪽.
34) 원훈의, 앞의 논문, 104~105쪽.

로 되어 있는데, 그것은 '알흐다, 알프다, 알히다' 등 諸語의 語根 '알'에 '°
ㅣ'系의 어간 형성 접사 '알'이 접미하고 그에 다시 체언 형성 語幹末母音
'이(i)'가 加重 接尾된 語形인데, '아라리'의 語義는 역시 '아리랑'과 같게
'쓰라림, 고난' 등을 뜻한다.

⑥ '쓰리랑'은 '쓰라-ㄹ-앙'과 같은 형태소 배합형인데, 그것은 '아리랑'과 꼭
같은 형태소 배합형식을 이루고 있다. 그러니까 어간 '쓰리'에 '°ㅣ'系의 轉
成語幹 형성접사 '°ㄹ'이 접미하고 그에 다시 '°ㅇ'계의 어간형성 접사 '앙'
이 가중 접미된 語形으로 '쓰리랑'의 語義는 '아리랑' 처럼 '쓰라림, 고난'
등을 뜻한다.

⑦ '아리랑'과 '쓰리랑'과 같은 형태소 배합형의 造語방식은 조선조 成宗年代
전후에서 이미 일반화된 조어법인데, 그 例話로는 訓蒙字會에 보이는 '구
브렁' 등을 들 수 있다.

⑧ '아리랑'의 기원은 '아리다'라는 어사가 '알흐다, 알프다, 알히다' 등에서 파
생된 시기, 즉 조선조 중기 이후로 보는 주장과 '쓰리다'라는 어사가 생긴
조선조 말 또는 일제 학정기로 보는 두 가지의 주장이 가능하나, 필자는
다음과 같은 이유로 전자의 입장을 취한다.

첫째, 조선조 중기 이전에 이미 '아라리'나 '아리랑'과 같은 어사가 형성될
수 있는 造語法이 성숙되어 있었다는 것.

둘째, '쓰리쓰리'나 '쓰리쓰리랑'과 같은 어사는 '아리아리'나 '아리아리랑'
의 同音同語 중복을 회피하기 위한 변형이라는 것이 그것들 語辭
자체의 語義나 후렴의 謠詞구조상에서 분명하다는 점.

셋째, '아리랑'謠 중에서도 가장 舊態롭고 보수적이며 전통성이 강한 '정
선아리랑'의 謠詞, 그것도 詞의 변형을 별도 임의대로 용납하지 않
는 長型의 '엮음아리랑'의 謠詞 중에 '무으대[築道]', '낡에'와 같은
조선의 古語가 쓰이고 있다는 근거 때문인데, 이와 같은 사실은 '정
선아리랑'의 기원이 조선 중기 전후로 소급됨을 의미한다.

넷째, '쓰리랑'系語가 쓰인 '진도아리랑'이나 '밀양아리랑' 등이 조선조 말
이후에 생긴 것이 확실하다고 하더라도 모든 여타의 '아리랑'요가

다 그 시기에 함께 발생된 것이라는 근거가 없기 때문이다.

원훈의의 논문은 어휘적 근원을 포함한 '아리랑' 유래의 연구사에서 획을 긋는다고 할 수 있다. 그가 얻은 결론들 가운데 주목할 만한 내용들은 "선행연구들은 근거가 박약하다는 점, 아리랑의 기원이나 의미를 탐색하기 위해서는 '아리랑' 系語 자체에 대한 형태론적·어휘사적 고찰이 필요하다는 점, 〈아리랑〉 노래의 후렴은 율조를 위한 擬音的 결과물이 아니라 노래의 의미가 담긴 언어적 결과물이라는 점, 아리랑[〈알-알-이〉의 형태소 배합형]이나 쓰리랑[〈쓰라-ㄹ-앙〉의 형태소 배합형]은 쓰라림이나 고난 등의 의미를 지닌다는 점, 아리랑이나 쓰리랑과 같은 형태소 배합형의 造語 방식이 조선 성종 조 전후쯤엔 이미 일반화 되었다는 점, 아리랑의 기원은 '아리다'라는 어사가 '앓ㅎ다, 알프다, 알히다' 등에서 파생된 조선조 중기 이후로 볼 수 있다는 점" 등이다.[35] 특히 마지막 부분[아리랑의 기원이 조선 중기 이후라는 견해]의 근거로 제시한 네 가지 이유는 지금까지 학계에 널리 퍼져 있던 아리랑의 출발시기를 재론할 수 있도록 하는 논리적 바탕이라 할 만하다.

특히 『훈몽자회』와 같은 문헌을 바탕으로 형태소 배합형의 조어법이 이미 조선 성종 조 전후에서 일반화된 것으로 본다면, 그 조어법의 출발점이야말로 여말선초까지도 올라갈 가능성은 얼마든지 있는 것이다. 〈아리랑〉의 발생이나 출발 시기를 둘러싸고 다양한 의견들이 있으나,[36] 원훈의와

---

35) 이 가운데 '아리랑'의 의미를 '쓰라림, 고난' 등으로 단순히 처리한 부분은 기존의 일부 학설을 답습한 것으로 보인다. 후렴구 자체에도 노래의 뜻이 포함되어 있다고 주장한 만큼 '아리랑'의 의미를 찾기 위해서 좀 더 분석적으로 접근했더라면 이 부분도 기존의 주장에서 벗어날 수 있었으리라 본다.
36) 발생 시기에 대한 학설로는 '삼국시대를 포함한 고대설'[이광수, 앞의 논문./이병도, 앞의 책./양주동, 앞의 논문.], '여말선초설'[高權三, 『近代 朝鮮政治史』, 鐵鋼書

같이 국어학적 입장에서의 논의를 바탕으로 그 시기를 제시한 경우는 드
물다. 논거 확충 여하에 따라 발생 시기를 올릴 수 있다는 점에서 원훈의
가 추정한 발생 시기는 여말선초로까지 상향조정될 가능성도 없지 않다고
본다. 발생 시기를 '근대'로 보는 학자들이 다수인 현실에서 고권삼, 조용
호 등의 '여말선초' 설이 주목을 받게 되는 것도 그런 때문이다.

'아리랑'의 의미를 찾아내려는 시도는 꾸준히 이어졌는데, 이들 중 심재
덕의 견해는 주목할 만하다. 현재 우리말 가운데 산이나 골짜기에서 사람
이 소리를 내어 부르면 그것이 산에 부딪혀 반향하는 산울림을 메아리라
하는데, 이것을 음악 쪽으로 생각한다면 童謠調나 民謠調를 가리킨다고 보
았다. 즉 아리는 옛날부터 民謠를 말한 것인데, 경상도에서 뫼아리(메나
리), 평남 용강 지방에 개아리(개나리)라는 노래가 있는 것을 보아도 알
수 있다는 것이다."[37] 심재덕의 견해는 최근까지 학계에 수용되어 '아리랑
기원담론'의 작은 흐름을 형성했다. '아리'에 관한 심재덕의 의견을 그대로
수용한 김기현은 '아리랑'을 아리랑이게 한 핵심 요소인 입타령[아리랑 아

院, 1930./김연갑, 『정선아리랑 시원설 연구』, 명상, 2006./조용호, 『아리랑 연구
저작권 총서』, 저작권위원회, 2002.8.~2010.5.], '조선시대설'[Nim Wales(Helen
Foster Snow) & Kim San, *Song of Ariran*, Ramparts Press, 1941], '근대설'[崔南
善, 「朝鮮民謠の槪觀」, 市山盛雄 編 『朝鮮民謠の硏究』, 東京 坂本書店, 1927./金素
雲, 『朝鮮民謠集』, 태문관, 1929./高晶玉, 『朝鮮民謠硏究』, 수선사, 1949./조동일,
『구비문학의 세계』, 새문사, 1980./김시업, 「근대민요 아리랑의 성격 형성」, 『전환
기의 동아시아 문학』, 창작과 비평사, 1985./이보형, 「아리랑 소리의 근원과 그
변천에 관한 음악적 연구」, 『韓國民謠學』5, 한국민요학회, 1997.11.] 등을 들 수
있다.

37) 심재덕, 「아리랑小考」, 『여원』1961년 6월호, 65~66쪽. 이 견해가 김연갑『아리랑』,
집문당, 1988, 182~183쪽], 이보형[「아리랑 소리의 根源과 그 變遷에 관한 음악적
연구」, 『韓國民謠學』5, 한국민요학회, 1997.11.], 김기현[「아리랑 謠의 形成 時期」,
『語文論叢』34, 경북어문학회, 2000.8./「아리랑 노래의 형성과 전개」, 『退溪學과
韓國文化』35, 경북대학교 퇴계연구소, 2994] 등에게 수용되었다.

리랑 아라리요을 풀어 보면 "아리라는 것은, 아리라는 것은 알 아리이다"
라고 할 수 있으니 이는 곧, "(노래)소리요 소리요 입타령 소리요"가 되는
셈이라고 했다.38) 이렇게 되면 '아리랑'은 원훈의가 지적한 것처럼 '의미를
가진 말'이 아니라, '그냥 소리[노래]를 지칭한 용어'이기에 기존의 것과는
다른 새로운 형태의 '입타령이 붙은 노래'를 뜻하는 지칭적 용어라는 것이
다.39) 사실 경복궁 중건 현장에서 〈아리랑〉이 만들어졌다는 기존의 설들
은 입증할 만한 과학적 근거가 없다는 이유로 이미 폐기되었다고 보아도
무방하다. 그럼에도 김기현은 경복궁 중건의 현장을 각 지역의 〈아리랑〉
들이 교섭하고 변화하는 계기로 간주하여 중시했다. 즉 토착소리로 출발
한 원래의 〈아리랑〉이 경복궁 중창의 현장에서 새로운 〈아리랑〉으로 태
어나 1900년대에 구조적으로 안정되었고, 1926년 영화 '아리랑'을 통해 전
국적으로 선풍을 일으켰다는 것이다.40) '아리'의 유래에 대한 심재덕·이
보형·김기현 등의 설명은 표면적으로는 그럴 듯하나, '긴아리'·'자진아리'
·'우러리'·'어러리' 등에 쓰인 '아리[혹은 러리]'와 '아리랑'의 '아리'가 동일
하다는 생각이 강하게 전제되어 있기 때문에, '아리랑'의 독자적 의미가 밝
혀진다면 쉽게 허물어질 가설이다. 물론 그 근거를 〈아리랑〉과 같은 범주
의 노래들에서 찾아낸 것은 일견 의미 있는 일이지만, 결국 그것도 '아리
랑과 발음이 유사한 말 찾아내기'로 일관한 초기의 〈아리랑〉 연구자들이
범한 의식의 한계로부터 크게 벗어나지 않는 일이다.

　　최근 암호문의 관점에서 〈아리랑〉을 풀어야 한다고 주장한 조용호의
설41)은 상당히 낯설기는 하지만, 〈아리랑〉의 해석에 관한 패러다임을 바

---

38) 김기현, 「아리랑 謠의 形成 時期」, 28~29쪽.
39) 같은 논문, 41쪽.
40) 같은 논문, 42쪽.
41) 그는 2000년 이후 〈아리랑〉에 관한 글들을 상당수 발표했다. 그런데 이것들을 관

꾸어 놓았다는 점에서 신선하면서도 흥미롭다.[42] 〈아리랑〉의 본질을 밝히기 위해서는 권위를 인정할 만한 앞 시대의 기록, 예컨대 『매천야록』등에 등장하는 '아리랑' 관련 언급들을 중시하는 것이 아리랑의 본질을 밝히는 첫 걸음이라고 했다. 『매천야록』의 언급을 통해 '阿里娘'이란 말 속에는 여성이 들어 있고, 타령이라는 말을 감안하면 그것이 노래로 불린 것이 확실하며, 新聲艶曲이라는 말 때문에 그것이 남녀의 애정 이야기를 내용으로 다루었음을 알 수 있다고 했다. 또한 演曲이나 優伶 또는 曲宴淫戲등의 언급을 통해 그것이 연극 형태로도 상연되었음을 알 수 있다고 했다.

〈아리랑〉 연구가 마땅히 이러한 기록을 바탕으로 시작되었어야 하나 그렇지 못한 것은 『매천야록』의 경우 '아리랑'의 뜻에 대한 설들이 본격적으로 거론된 1930년대를 훨씬 지난 1955년에 와서야 출판되었기 때문이

통하는 생각은 '아리랑은 여러 겹의 뜻을 내포하고 있는 암호문'이라는 점을 밝히는 데 있었다. 그가 〈아리랑〉에 대한 사색의 과정에서 언어의 암호적 본질을 깨닫게 되었고, 암호적 성격의 언어가 〈아리랑〉의 진실을 읽어내는 데 필수적이라는 사실을 인식했기 때문에, 약간 생소하긴 하지만 그의 주장이 논리적 整合性을 보여주는 것은 사실이다. 그의 주장들은 『아리랑 연구 저작권 총서』, 『아리랑의 비밀話源』(집문당, 2007), 「아리랑 연구의 現況과 課題」, 아리랑 후렴구 연구[『온지학회 학술발표대회』, 2010.3.20.], 「아리랑 연구사」[『2010년 봄 한국문예연구소 전국학술대회 "한국 아리랑學의 오늘과 내일"』, 숭실대학교 한국문예연구소, 2010.6.4.] 등에 실려 있다.

42) 여기서 '신선하고 흥미롭다'는 것이 노래의 뜻을 정확히 찾아냈음을 인정하는 말은 아니다. 적어도 유사한 음을 찾아 附會한다거나 부정확한 전제를 주관과 상상으로 윤색하여 제시해온 기존의 논의들에 비한다면 본격적인 '담론'이라 할 만큼 진전된 체계를 갖추었다는 말이다. 물론 이 담론은 앞으로 좀 더 많은 방증자료들에 의해 뒷받침되어야 할 것이다. 고전의 해석은 다양한 방향에서 다양한 방법을 동원하여 부분으로부터 전체를 완성해가는 '일종의 '조각모음'으로 볼 수 있는데, 그런 차원의 치밀한 작업을 바탕으로 할 때 〈아리랑〉의 비밀은 벗겨질 수 있다. 〈아리랑〉의 유래나 의미에 대한 해석적 접근이 이처럼 '퍼즐 맞추기'에 비견될 수 있다면, 조용호의 해석방법은 〈아리랑〉 연구사에서 하나의 분명한 획을 긋는다.

다. 그런 이유로 황현의 언급은 음운의 類似를 바탕으로 하는 수많은 어원
설들 가운데 하나 정도로만 여겨져, 그간 별다른 주목을 받지 못하였다는
것이다. 그러한 측면에서 아리랑을 多重義詩 형태의 암호문으로 풀이한
조용호의 주장은 〈아리랑〉 연구에 있어서 중요한 전기를 마련했다고 본
다. '아리랑'을 황현이 기록한 것처럼 여성[娘]으로 고증하였고, 암호문으로
된 〈아리랑〉의 해독을 통해 노래의 성격을 新聲艶曲이자 曲宴淫戱라는 연
극 형태로 풀이한 데서 그런 점은 인정된다.

우선 '아리랑'의 뜻과 관련, 사실 황현이 기록한 '阿里娘'이라는 호칭은
없다. 따라서 이는 특정한 호칭을 의미하는 것이 아니고 기존에 있던 '아
리랑'의 의미를 '娘'이라는 뜻으로 재정의 하는 과정에서 두 개의 뜻을 하
나의 문장 속에 동시에 표현하면서 생긴 현상이라고 보았다. 한문구조로
표현하면 '阿里랑 是娘'의 형태라는 것이다.[43]

이러한 문장 구조들 속에는 일부의 한자에 대해 漢語와 중세어로 혼합
하여 읽는 발음상의 내재된 규칙이 존재하며, 이를 적용하면 〈아리랑〉 후
렴구에 나오는 '아리랑 쓰리랑'이 된다는 것이다. 즉 황현이 기록한 '阿里
娘'의 뜻이 〈아리랑〉 후렴구에 나오는 '아리랑 쓰리랑[阿女郞是女郞]'의 의
미가 됨을 알 수 있다. 나아가 문장 속에 두 개의 뜻[아아리랑(신성한 아
가씨), 아리이랑(푸른 물결)]이 존재하는 이유는 〈아리랑〉이 단순한 노래
가 아니라 과거의 특정한 상황을 상징하는 암호문이기 때문으로 보았다.
그리하여 두 개의 '아리랑'의 뜻을 노랫말에 대입하면 한문 대화체, 국문
대화체, 노랫말 독백체 등 하나의 문장이 동시에 여러 개의 뜻을 갖는 多

---

43) 조용호, 「아리랑 연구사」, 27쪽 참조.
　　　아리　　　　랑(阿里　　　娘)(뜻 : 아리랑은 여성[娘]이다)
　　　아리랑 시 　랑(阿里랑 是 娘)
　　　아리랑 시여랑(阿里랑 是女郞)

重義詩가 된다고 보는 것이 조용호의 생각이다.[44] 이처럼 多重義詩를 암호문 형태로 만든 이유는 진정한 의도를 내면에 숨기고 밖으로는 다른 의미를 보여주기 위한 것이며, 이를 노래로 불러 한 맺힌 당시의 상황을 표현하고 광범하게 전파하고자 한 데서 찾을 수 있다. 삼중의시 내면에 숨겨져 있던 의미는 '충신불사이군'이라 한다. 한문 대화체의 시대적 배경은 불교를 탄압하던 시절이며, 절간에서 '南無阿彌陀佛'의 기도를 하고 있는 여성을 회유하려는 상황을 정치적인 그것으로 전이시켜 나타내는 것, 말하자면 '충신불사이군'을 상징한다는 것이다. 또한 한문 구성을 보면 '얼화 윈[那兒]'이 나타나고, '발병난대[把話柄亂道]'를 표현하기 위해 把字文이 등장하는 등 중세 한문이 사용되었음을 알 수 있다.

국문 대화체는 스님과 아가씨 간의 이른바 '남녀상열지사'를 그려낸다. 14세기 한어 발음과 중세 국어의 발음을 조합하면 중세어로 된 우리말이 된다. 시기적으로는 'ㅂ아리극' 등의 표현을 통해 『釋譜詳節』이 만들어진 시점과 그리 멀지 않은 때임을 알 수 있다.[45] 한문과 국문 대화체에 나오는 남녀 간 대화의 내용을 변형하면 연극 속의 주제가가 되는데, 그것이 바로 〈아리랑〉의 원형이며, 그 노래에 고려가 망할 것임을 암시하고 있다는 것이다. 이렇게 고려 말의 〈아리랑〉을 다중의시로 구성한 이유는 내면에 충신불사이군의 뜻을 숨기고, 외형적으로는 새로운 왕조로부터 의심을 받지 않기 위해 정치와 무관한 남녀상열지사를 표현하면서도 노랫말의 내용은 한 맺힌 貢女 이야기로 윤색함으로써 망국의 실상을 온 국민에게 알리고 궁극적으로는 비밀결사와 관련시키려는 의도를 내포하고 있다는 것

44) 다중의시의 구조에 대해서는 조용호, 「아리랑 연구사」, 27~35쪽 참조.
45) 허웅, 『역주 석보상절 제 6·9·11』(사단법인 세종대왕기념사업회, 1991.), 81쪽의 "어마니미 나ᄅᆞ샤디 너희 出家ᄒᆞ거든 날 ᄇᆞ리곡 머리 가디 말라 뒷 東山이 淸淨ᄒᆞ고 남기 盛히 기스니 供養ᄋᆞᆯ 낟ᄇᆞ디 아니케 호리라" 참조.

이다.

이러한 내용들을 종합하면 〈아리랑〉은 麗末鮮初의 상황을 나타내고 있다. 이는『매천야록』에 기록된 노래의 성격과도 일치하고, 님 웨일즈가『아리랑』(1941년)46)에서 밝혔듯이 〈아리랑〉이 만들어진 시기는 '몇 백 년 전인 이조시대'47)이며, '아리랑 고개'라는 구절이 새롭게 만들어지면서 비밀결사의 노래로 바뀌었다48)는 주장과도 일치된다고 한다. 이처럼 조용호의 주장은 지금껏 학계에 지속되어오던 '아리랑 유래' 담론과는 현격하게 다른 모습을 보여주기 때문에 쉽게 수용될 수 없는 면도 있지만, 유래를 알 수 없는 과거의 노래들에 대하여 좀 더 개방적이고 진취적인 생각만 갖는다면 얼마든지 그렇게 해석될 여지 또한 없지 않을 것이다.

이러한 조용호 주장의 타당성을 뒷받침하는 관습적 환경들 가운데 하나로 꼽힐 수 있는 것이 우리나라에서 오랫동안 지속되어 오던 讖謠의 전통이다. 조용호는 '아리랑이 참요'임을 분명히 했다.49) 참요가 의사소통의 상호관계에서 상식적으로 주고받는 언술은 아니므로 암호문적 성격은 참요의 본질 가운데 하나라고 할 수 있다. 그런 점에서 조용호가 〈아리랑〉言述의 전달과정에서 드러나는 범상치 않은 점을 참요와 연결시킨 것은 수긍할만하다. 가혹하게 통치하고 지배하던 자들의 파멸을 예견하던 노래로서 근본적인 현실문제에 대한 비판정신도 포함되어 있으며, 때로는 체제의 전복까지도 꿈꾸었던 의식의 표출50)이 참요라는 점에서, 〈아리랑〉을

46) Nym Wales(Helen Foster Snow) & Kim San, *Song of Ariran : A Korean Communist in the Chinese Revolution*, Ramparts Press, 1941.
47) 같은 책, 58~59쪽.
48) 같은 책, 60쪽.
49) 조용호,「아리랑 연구사」, 34쪽.
50) 지훈,「참요의 유형별 분류와 소통양상 연구」, 성균관대 교육대학원 석사논문, 2009, 2쪽.

참요로 보는 관점은 〈아리랑〉에 대한 의식의 패러다임을 바꾸는 일이기도 하다. 고려 충혜왕 시대에 충혜왕의 죽음을 두고 당시 사람들이 불렀다는 〈阿也謠〉를 예로 들어 보자.[51]

> 阿也麻古之那 아야 마고지나
> 從今去何時來 이제 가면 언제 오나?

이것을 당시 사람들은 다음과 같이 해석했다고 한다.

> 岳陽亡故之難 악양에서 죽을 재난이 왔는데
> 今日去何時還 오늘 가면 어느 때 돌아오나?

전자는 충혜왕이 살아 있을 때 사람들이 불렀다는 노래이고, 후자는 충혜왕의 죽음을 접한 당시 사람들이 그 노래의 의미를 풀어낸 것이다. 『고려사』의 기록에 따르면 백성들은 충혜왕의 죽음을 바라고 있었으며, 〈아야요〉는 바로 그것을 예언한 노래였다는 것이다.

'阿也麻古之那'의 해석인 '岳陽亡故之難'에서 '阿也'란 '岳陽'과 같은 음이면서 충혜왕이 악양에서 죽은 사실과 일치한다. '麻古之那'를 '亡故之難'으로 한 것은 노래가 본래 한문이 아닌데 한문으로 풀이했거나, 뒤집어서 한문의 뜻을 우리 말 음과 유사한 한문으로 바꾸어 놓은 것으로서 한학가들의 作亂에 불과하다는 것이 이은상의 설명이다. 즉 사물이 망가지거나 일을 망쳤을 때 '아야 망구지로구나'라고 탄식하듯이 '阿也麻古之那'를 '아야 망구지래다 틀렸구나!', '망가져라'의 뜻을 갖는 말로 해석했다.[52]

51) 『고려사』 권 36, 충혜왕 계미 후 5년 1월조. www.krpia.co.kr 참조.
52) 이은상, 「讖謠考」, 『鷺山文選』, 영창서관, 1954, 483~484쪽.

비슷한 맥락에서 최범훈은 '麻古之那'가 '말구져라'의 音借표기로서 당시
의 借字法으로 하자면 '末古底羅'로 표기함직하다고 했다. 현재 쓰이는 말
로 하면 '아이고 맙소사' '아이고 그렇게 안 되었으면'하는 의미를 내포하
고 있다는 것이다.[53]

『고려사』의 내용을 감안할 경우 이 노래의 속뜻은 '충혜왕의 죽음에 대
한 기원'이다. 그러나 이은상과 최범훈의 해석까지 염두에 둘 경우 약간
더 복잡해진다. '麻古之那'를 이은상은 '망구지래[다 틀렸구나!]'로, 최범훈
은 '그렇게 안 되었으면'으로 각각 풀어냄으로써 '충혜왕이 죽지 않았더라
면 좋았겠다'는 표면적인 뜻으로 해석했다. 그러나 『고려사』 解詩의 '오늘
가면 어느 때 돌아오나?'는 보기에 따라 두 가지 상반된 해석이 가능한 문
장이다. '돌아올 기약이 없으니 매우 슬프다'는 뜻과, '이제 다시 돌아오지
못하게 되었으니 아주 시원하다'는 놀림의 뜻이 그것들이다.

『고려사』의 사실 기록에 근거한다면 이 말의 속뜻은 후자임에 틀림없
다. 따라서 '원뜻-문면의 뜻-해석된 뜻'이라는 3중의 의미구조로 되어 있는
것이 이 노래다. 원래 '麻古'는 새의 발톱같이 긴 손톱을 갖고 있는 전설상
의 仙女다. 後漢 桓帝 때 長安에 들어와 蔡經의 집에 머물렀는데, 채경이
그 손톱을 보고 등이 가려울 때 긁으면 시원하겠다고 생각하였다가 그 생
각이 선녀에게 읽혀서 혼이 났다는 고사가 전해지고 있다.[54]

마고는 사람들의 진심을 간파하는 능력을 갖고 있는 존재였다. 그러니
당시 핍박받던 백성들의 입장에서 자신들의 진심이 지배자에게 간파 당하
는 것처럼 무서운 일은 없었을 것이다. '왕이 죽었으면' 하는 것이 백성들
이 진심이었지만, 드러내놓고 말할 수는 없었다. 물론 드러내놓지 않고 마
음속으로 생각만 한다고 해서 마음 놓을 일도 아니다. 지배자들은 어느

53) 최범훈, 「讖謠硏究」, 『韓國文學硏究』1, 경기대학교 인문과학연구소, 1984, 75쪽.
54) 『漢韓大辭典』15, 단국대학교 동양학연구소, 2008, 1170쪽.

순간 백성들의 마음을 간파하고 핍박할지 모르기 때문이다. 그래서 생각한 것이 '마고'를 노래에 등장시켰고, 그 의미로서 음이 유사한 '亡故죽음'를 상정했던 것이다.

그러나 그것으로 마음을 놓을 수 없었다. 그래서 노래의 뒷부분에 '從今去何時來이제 가면 언제 오나?' 라는 哀詞를 배치하여 언제든지 빠져나갈 구멍을 마련해 두고 있었던 것이다. 그러나 그 말의 이면에는 '왕의 죽음에 대한 놀림'이라는 眞意가 들어 있음은 물론이다. 이것이 바로 암호문이라 할 만한 참요의 노래문법이다. 그리고 연산군과 같은 폭군이 지배하던 시기나 여말선초 같이 억울한 왕조교체기에 이런 노래문법의 참요는 성행했던 것으로 보인다.[55]

IV. 결 론

지금까지 '아리랑'의 유래나 의미에 관한 담론의 양상을 살펴보았다. 사실 기존 연구 과정에서 도출된 〈아리랑〉의 유래나 의미 관련 언술들 가운데 '담론'이라 할 만한 것들은 거의 없다. 김지연 설이 등장한 30년대부터 70년대까지 아리랑의 유래에 대한 주류 담론은 학문적 엄정성을 상실한 채 비과학적 상상력에 의해 근근이 지속되어 왔을 뿐이다. 그 과정에서 등장한 李丙燾・梁柱東・元勳義 등의 학설은 비과학적 추정이 지배하는 진부한 담론의 흐름 속에서도 본격 학문적 논리를 갖춘 글들이었다. 그 가운데 원훈의의 견해는 '아리랑'에 대한 언어학적 고찰의 모범적 선례로

---

55) 지훈이 앞의 논문(55~58쪽)에서 53편의 참요들을 流言形豫言/비판/의식과 宣言形煽動/暴露으로 범주화시켜 제시했다. 〈아리랑〉과 근대 이전 참요의 관계에 대해서는 별도의 자리에서 논하고자 한다.

서 아리랑 연구사의 한 획을 긋는 것이었다. 요점은 "선행연구들은 근거가
박약하다는 점, 아리랑의 기원이나 의미를 탐색하기 위해서는 아리랑系語
자체에 대한 형태론적・어휘사적 고찰이 필요하다는 점, 〈아리랑〉 노래의
후렴은 율조를 위한 擬音的 결과물이 아니라 노래의 의미가 담긴 언어적
결과물이라는 점, 아리랑〈알-알-이〉의 형태소 배합형이나 쓰리랑〈쓰라
ㄹ-앙〉의 형태소 배합형l은 쓰라림이나 고난 등의 의미를 지닌다는 점, 아
리랑이나 쓰리랑과 같은 형태소 배합형의 造語방식은 조선 성종 조 전후
에서 이미 일반화 되었다는 점, 아리랑의 기원은 '아리다'라는 어사가 '알
흐다, 알프다, 알히다' 등에서 파생된 조선조 중기 이후로 볼 수 있다는
점" 등이다. 『훈몽자회』와 같은 문헌을 바탕으로 형태소 배합형의 조어법
이 이미 조선 성종 조 전후에서 일반화된 것으로 본다면, 논거 확보 여하
에 따라 원훈의가 추정한 발생 시기는 여말선초로까지 상향조정될 가능성
도 없지 않다. 발생 시기를 '근대'로 보는 학자들이 다수인 현실에서, 고권
삼・조용호 등의 '여말선초' 설이 주목을 받게 되는 것도 그런 때문이다.
'多重義詩' 형태의 암호문이라는 관점에서 〈아리랑〉을 풀어야 한다고
주장한 조용호의 주장은 상당히 낯설지만, 〈아리랑〉의 해석에 관한 패러
다임을 바꾸어 놓았다는 점에서 신선하면서도 흥미롭다.
암호문으로서의 〈아리랑〉은 麗末鮮初의 상황을 나타낸다고 한다. 님 웨
일즈가 『아리랑』(1941년)에서 밝혔듯이 〈아리랑〉이 만들어진 시기는 '몇
백 년 전인 이조시대'이며, '아리랑 고개'라는 구절이 새롭게 만들어지면서
비밀결사의 노래로 바뀌었다는 주장과도 일치된다고 보았다. 이러한 조용
호 주장의 타당성을 뒷받침하는 관습적 환경들 가운데 하나로 꼽힐 수 있
는 것이 우리나라에서 오랫동안 지속되어 오던 讖謠의 전통인데, 조용호
는 '아리랑이 참요'임을 분명히 했다. 참요가 의사소통의 상호관계에서 상
식적으로 주고받는 언술은 아니므로 암호문적 성격은 참요의 본질 가운데

하나이기도 하다. 그런 점에서 연구자가 〈아리랑〉 言述의 전달과정에서
드러나는 범상치 않은 점을 참요와 연결시킨 것은 수긍할만하다. 진술된
말의 이면에 드러내고자 하는 眞意가 들어 있고, 이것을 몇 겹의 의미 층
으로 둘러싸 통치자들의 감시로부터 보호하려는 구조가 곧 암호문이라 할
만한 참요의 노래문법이다. 이런 참요는 여말선초와 같이 불합리한 왕조
교체기나 연산군 같은 폭군 지배시절에 성행하던 노래문법으로서 〈아리
랑〉도 그 맥락에서 분석될 수 있다는 것이다.

'〈아리랑〉은 암호문이다.'라는 명제는 향후 전개될 〈아리랑〉의 유래나
의미에 대한 새로운 담론 도출의 출발점이 되어야 한다고 보는 것도 이런
점에서 타당하다.

참 고 문 헌

김기현, 「아리랑 謠의 形成 時期」, 『語文論叢』34, 경북어문학회, 2000.8.

김연갑, 『아리랑』, 집문당, 1988.

金志淵, 「朝鮮民謠아리랑-朝鮮民謠의 硏究(二)-」, 『朝鮮』151호, 朝鮮總督府, 1930.6.

심재덕, 「아리랑小考」, 『여원』1961년 6월호.

양주동, 「도령과 아리랑 : 古語硏究二題」, 『민족문화』제4권 2호, 민족문화사, 1959.

원훈의, 「아리랑계어의 조어론적 고찰」, 『關東鄕土文化』1, 춘천교육대학 관동향토문화연구소, 1978.

이광수, 「民謠小考(1)」, 『朝鮮文壇』3, 朝鮮文壇社, 1924.

이보형, 「아리랑 소리의 根源과 그 變遷에 관한 음악적 연구」, 『韓國民謠學』5, 한국민요학회, 1997.

李承薰, 『蔓川遺稿』, 필사본 21cm×14.5cm. 숭실대 기독교박물관 소장.

이준희, 「'대중가요' 아리랑의 1945년 이전 동아시아 전파 양상」, 『2010년 봄 한국문예연구소 전국학술대회 : 한국 아리랑學의 오늘과 내일』, 2010.6.4.

조용호, 『아리랑 연구 저작권 총서』, 저작권위원회, 2002.8.~2010.5.

조용호, 『아리랑의 비밀話원』, 집문당, 2007.

조용호, 「아리랑 연구의 現況과 課題」, 『제23차 전국학술대회』, 중앙어문학회, 2010.1.28.

조용호, 「아리랑 후렴구 연구」, 『온지학회 학술발표대회』, 2010.3.20.

조용호, 「아리랑 연구사」, 『2010년 봄 한국문예연구소 전국학술대회 "한국 아리랑學의 오늘과 내일』, 숭실대학교 한국문예연구소, 2010.6.4.

지 훈, 「참요의 유형별 분류와 소통양상 연구」, 성균관대 교육대학원 석사논문, 2009.

崔載億, 「韓國民謠硏究-「아리랑」民謠攷-」, 『論文集』24, 광운대학교논문편집
　　위원회, 1970,6.

黃 玹 저, 이장희 역, 『매천야록』, 명문당, 2008.

H. B. Hulbert, Korean vocal Music, The Korean Repository, Volume
　　Ⅲ, The Trilingual Press, Seoul, Korea, 1896.

Nym Wales(Helen Foster Snow) & Kim San, Song of Ariran : A Korean
　　Communist in the Chinese Revolution, Ramparts Press, 1941.

〈『온지논총』vol. 26, 2010.〉

엮은이 해설

근래 들어 아리랑에 대한 연구는 새로운 단계로 진입하고 있는 것으로 보인다. 특정한 주제로의 전환을 모색하기도 하고 논리적인 정교함을 갖추려고 노력하는 등 또 다른 세계로의 도약을 계속하고 있는 것이다.

그러한 측면에서 본서에 수록된 논고 10편은 향후 아리랑 연구의 방향을 가늠할 수 있는 가장 최근에 이루어진 업적들이라고 할 수 있다. 개별적인 내용들을 통해 그러한 경향을 알 수 있다.

1. 조용호, 「아리랑 硏究의 現況과 課題」, 『語文論集』, 中央語文學會, 2010.3.

역사적 사실을 바탕으로 기록에 나타나는 원형적 성격을 심층 분석하는 것은 연구의 기본이 된다. 다양한 사료를 통해 아리랑 연구의 연원이 되고 있는 아리랑 발생설이 왜곡된 주장임을 학술적으로 밝혔다. 조선총독부가 제시한 6개의 설 중에서 아이롱(我耳聾)설·아리랑(我離娘)설·아난리(我難離)설·아랑(阿娘)설은 조선 망국의 책임을 위정자들의 압제에 돌림으로써 식민통치의 정당성을 전개하려는 의도를 숨기고 있다. 아랑위(兒郎偉)설은 자체적으로 만든 사상이 없는 무창견(無創見)의 민족이므로

일제의 지배를 받아야 한다는 생각을 포함하고 있다. 알영(閼英)설은 신라 시조 박혁거세가 일본 왕족이고 신라는 고대로부터 식민지였기 때문에 지배를 받는 것은 당연하다는 생각을 포함한 논리구조이다. 아리랑 발생설은 조선 총독부에 의해 식민통치를 정당화하려는 의도로 만들어진 논리구조로서 식민사관의 결정체였다.

아리랑에 나타나는 다양한 역사적 기록을 순서대로 정리하고 분석해 보면 노랫말과 아리랑 발생설 사이에 어떠한 관련성도 찾아보기 어렵다. 기록과 무관한 연구를 진행한 목적은 아리랑을 희화화함으로써 조선민족에 대한 존엄성을 없애고, 일제의 식민통치가 정당하다는 것을 논리적으로 만들기 위한 것이었다.

2. 김혜정, 「음악학적 관점에서 본 아리랑의 가치와 연구의 지향」, 『한국민요학』vol. 39, 2013.

흔히 아리랑을 민족의 노래라 부른다. 하지만 아리랑은 실증적인 논의의 대상으로서 많이 다루어지지 못했다. 문학을 비롯한 인접 학문에서는 아리랑에 대하여 연구한 글들이 적지 않다.[1] 그러나 음악학에서는 생성과정에 대한 논의와 지역 아리랑에 대한 논의가 있기는 하지만 아직 미진한 것으로 여겨진다. 선행연구의 검토를 통해 아리랑 관련 음악학의 연구 성과를 살피고, 아리랑의 특질과 가치를 통해 앞으로 나아갈 방향에 대하여 고찰하였다.

---

1) 박경수, 「아리랑학의 토대 구축과 과제」, 『한국민족문화』40, 부산대학교 한국민족문화연구소, 2011, 459-469쪽; 이창식, 「아리랑, 아리랑학, 아리랑콘텐츠」, 『한국민요학』21, 한국민요학회, 2007, 181-213쪽; 조용호, 「아리랑 연구의 現況과 課題」, 『어문론집』43, 중앙어문학회, 2010, 267-312쪽; 조용호, 「아리랑 연구사」, 『한국문학과 예술』, 숭실대학교 한국문예연구소, 2010, 5-67쪽.

3. 송효섭, 「아리랑의 기호학」, 『비교한국학』vol. 20, 2012.

아리랑에 대한 분석을 통해 보다 확대된 아리랑 담론에서 '아리랑'이 갖는 기호학적 역할을 살피고자 하였다.

아리랑과 무관해 보이는 여러 지표적 사실들이 아리랑과 결합됨으로써, 아리랑은 단지 의미가가 없는 소리의 단위가 아니라, 정서나 이념 등을 함축한 강력한 의미 단위로 전환된다는 발상이다.

그러한 측면에서 중요한 것은 연구의 토대로 삼고 있는 과거의 연구사 내용들에 문제가 없는 지를 먼저 살피는 것이다. 문제가 없을 경우에 한하여, 아리랑에 부여한 수많은 의미들을 기호학적으로도 증명할 수 있을 것이다. 앞으로 지속적인 연구가 필요할 것이다.

4. 김승희, 「'아리랑'의 정신분석: 상실에 맞서는 애도, 우울증, 주이쌍스(jouissance)의 언어」, 『비교한국학』vol. 20, 2012.

일인칭 발화자의 감정 표시적 기능에 초점을 맞춘 아리랑의 노랫말에 나타난 '상실'에 대한 시적 화자의 태도와 언어를 세 가지 관점으로 살폈다. 시적 화자의 세 가지 태도는 상실한 대상에 대한 애도, 우울증, 상실의 예감 안에서의 적극적 향락주의의 태도를 보여주고 있는 것으로 정리하고 있다.

향후, 식민지 현실 비판이나 문명 비판, 탈식민주의적 염원, 또한 국가 상실로 인한 외세에 대한 자아(민족)의 확립 염원이나 탈식민주의적 저항 의식 등에 대해서도 연구할 계획이 있다고 한다.

5. 김용운, 「북한에 전승되는 민요 아리랑 연구 -음원·악보자료에 의한 악곡유형 분류-」, 『한국민요학』vol. 39, 2013.

아리랑계 악곡과 그 전승과정을 이해하기 위한 작업의 과정이다. 기존에 한국에 전승되는 각종 아리랑 악곡, 북한의 신문·잡지에 실린 아리랑 관련 저술들을 통하여 북한 사회의 아리랑에 대한 인식을 살핀 글들이 있었다.

본고는 후속작업의 하나로 북한의 녹음자료와 악보를 분석하여 북한지역 아리랑에 대한 이해를 높이기 위하여 쓴 글이다.

6. 박관수, 「어러리 전승의 문화적 분석」, 『한국민요학』vol. 29, 2010.

어러리의 변화에 대하여 문화적 측면에서 그 해명을 시도한 논문이다. 어러리는 급격하게 변모했다. 불과 70여 년 전에는 어러리라는 노래명이 정선은 물론 강원도 전 지역에서 보편적으로 사용되었는데, 이제는 그 흔적조차 발견하기 어렵다. 노래명은 물론 소리 자체도 변모했고, 어러리에 대한 가창자들의 향유의식마저 변화했다. 이러한 변화는, 민요는 구전된다는 측면만으로는 부분적으로 해명할 수밖에 없다.

어러리라는 노래명이 어느 시기에 존재했었는지, 그 노래명이 어떠한 문화적 환경에서 소멸되었는지, 변화의 근저에는 가창자의 향유의식의 변화가 자리잡고 있는지 등에 대하여 논하였다.

7. 서정매, 「밀양아리랑의 변용과 전승에 관한 연구」, 『한국민요학』vol. 35, 2012.

밀양 아리랑의 발원지인 밀양에서 조차 사라지고 있는 밀양 아리랑을 어떻게 하면 그 가치와 의미를 재조명하고 공연방식의 개발 등을 통해 올바른 전승과 계승을 해 나갈 것인가에 대하여 분석하였다.

일제강점기와 해방 이후, 그리고 1980년대 이후에 나타난 기록물을 통해 밀양아리랑의 시대별 전승에 따른 변용과 음악적 특징을 비교하였고,

특히 1980년대 이후 현지에서의 밀양 아리랑 전승현황과 문제점을 고찰하였다.

8. 이용식, 「〈진도아리랑〉의 대중화 과정에 끼친 대중매체의 영향에 관한 연구」, 『한국민요학』vol. 39, 2013.

〈진도아리랑〉의 형성 및 대중화 과정에서 사회문화적 조건이 미친 영향을 파악하고자 하였다.

특히 대중매체의 영향에 의한 〈진도아리랑〉의 대중화 과정을 통해 〈진도아리랑〉이라는 향토민요가 우리나라를 대표하는 민요로 자리매김하는 과정을 밝히고자 하였다.

9. 김승우, 「호머 헐버트(Homer B. Hulbert)의 〈아리랑〉 논의에 대한 분석적 고찰」, 『비교한국학』vol. 20, 2012.

19세기 말에서 20세기 초에 국내에서 활동했던 미국인 선교사 호머 헐버트[1863~1949]가 아리랑에 관해 남긴 기록을 세밀하게 분석하였다.

우선, 한국문학 전반의 성격을 고유성과 보편성의 양대 자질로 파악하는 구도를 정립하는 데에도 아리랑이 대단히 중요한 영향을 미쳤으리라는 사실을 알 수 있다.

또한 향유 양상의 측면에서, 적어도 1883년 이전의 어느 시점부터 〈아리랑〉이 사람들 사이에 점차 확산되던 추세에 있었고 그것이 1883년을 기점으로 대중들의 애호를 받기 시작하였으며, 1896년 무렵 이후부터는 시정에 대단한 인기를 끌었던 것으로 보인다. 그러나 헐버트가 한국에 체류했던 1880~90년대에 들어서면 '아리랑'의 본래 어의가 이미 희석(稀釋)되었던 사정도 드러난다.

10. 조규익, 「〈아리랑〉 由來 談論의 존재와 당위」, 『온지논총』vol. 26, 2010.

아리랑에 대한 기록이 역사에 등장하기 시작한 20세기 초반부터 2010
년에 이르기까지 학계에 등장한 다양한 아리랑의 유래 관련 담론들을 집
대성한 논문이다.

지금까지 제기된 아리랑에 관한 자료들을 살펴보면, 아리랑의 유래나
의미 관련 언술들 가운데 '담론'이라 할 만한 것들은 그리 많지 않다.

김지연 설이 등장한 1930년대부터 1970년대까지 아리랑의 유래에 대한
주류 담론은 학문적 엄정성을 상실한 채 비과학적 상상력에 의해 근근이
지속되어 왔을 뿐이다. 그 과정에서 등장한 이병도(李丙燾)·양주동(梁柱
東)·원훈의(元勳義)·조용호(趙容晧) 등의 학설은 비과학적 추정이 지배
하는 진부한 담론의 흐름 속에서도 본격 학문적 논리를 갖춘 글들이다.

그 중에서 다중의시 형태의 암호문이라는 관점에서 〈아리랑〉을 풀어야
한다고 주장한 조용호의 주장은 〈아리랑〉의 해석에 관한 패러다임을 바꾸
어 놓았다는 점에서 아리랑 연구사의 중요한 위치를 차지한다. 암호문으
로서의 참요는 여말선초(麗末鮮初)와 같이 불합리한 왕조교체기나 연산군
같은 폭군 지배시절에 성행하던 노래문법이라는 맥락에서 분석될 수 있
다. 참요로서의 암호문이라는 명제는 향후 전개될 〈아리랑〉의 유래나 의
미에 대한 새로운 담론 도출의 출발점이 되어야 한다고 보는 것도 이런
점에서 타당하다.

이상과 같이, 새로운 각도에서 아리랑의 심층적 구조를 분석하고 원형
적 본질을 찾으려는 시도들은 바람직한 일이며, 앞으로도 지속되어야 할
것이다. 그렇지만 고려해야할 사실은 연구의 기본이라고 할 수 있는 기록
에 바탕을 둔 연구이어야 하며 동시에 철저한 연구사 검토를 통해 새로운
방향으로 나아가야 한다는 점이다. 지금까지 진행된 잘못된 연구 결과를

개선하려는 노력 없이 새로운 주제만을 찾아 진행하는 연구는 자칫 사상 누각이 될 가능성이 있다.

본서에 수록된 논문들을 고찰해볼 때 학술적 측면에서 우수한 점이 있는 것은 사실이나 동시에 일부 논문들은 문제점 또한 공존하고 있는 것으로 생각된다.

그러나 새로운 시도라는 측면에서 앞으로 더 많은 연구과정이 있을 것으로 믿고, 개개의 논문에 대한 비평은 다음 기회로 미루기로 한다. 그 대신 전체적 측면에서 살펴봄으로써 논문에 내재된 문제점들에 대한 개선 방안에 중점을 두고자 한다. 그러한 측면에서 크게 고려할 대상은 세 가지로 집약할 수 있을 것이다.

첫째, 아리랑 발생설에 대한 비평을 중심으로 다양한 기록들을 고려해야 한다는 측면이다. 지금까지도 아리랑 연구의 연원으로 간주되고 있는 온 김지연의 아리랑 발생설을 학술적으로 검토함으로써, 심층구조 속에 자리 잡고 있는 조선총독부의 식민사관을 비평할 수 있어야 할 것이다.

둘째, 아리랑 각편(version)의 명칭을 정확히 구별하여 사용하여야 할 것이다. 대부분의 연구자들은 개개의 아리랑에 대한 명칭의 역사적 변천 과정은 물론이고 〈본조 아리랑〉이라는 개념 자체에 대해서도 혼동을 하고 있는 것이 사실이다. 〈아리랑〉과 〈본조 아리랑〉은 전혀 다른 것이다.[1]

셋째, 지역별 아리랑에 대해 좀 더 심도 있는 연구가 필요하다는 점이다. 1912년의 자료[2]를 통해서도 이미 전국에 걸쳐 아리랑이 존재하는 것

1) 조용호,『아리랑의 비밀화(話)원』, 집문당, 2007, 77~78쪽 참조. 〈아리랑〉이라는 기본 구조를 바탕으로 지역별 변형이 생겨났다는 측면에서 지역 아리랑을 〈별조 아리랑〉이라고 한다거나, 지역 아리랑이 별조이기 때문에 〈아리랑〉은 본조라는 주장은 틀렸다. 〈본조 아리랑〉이나 〈별조 아리랑〉은 따로 없다. 조용호,『아리랑의 원형연구』, 학고방, 2011, 45~46쪽 참조. 〈본조 아리랑〉이라는 명칭까지 사용되면서 〈아리랑〉이 〈본조 아리랑〉인 것으로 혼동을 주고 있다.

을 알 수 있고, 각편의 곡조도 다르다. 그럼에도 불구하고 관련 자료가 제한되어 있다는 이유로 특정 지역 아리랑의 발생 시기를 근대로 확정하는 등의 연구 방식은 바람직한 태도가 아닌 듯싶다. 좀 더 깊고 넓은 차원의 연구를 진행함이 좋을 듯하다.

이상을 바탕으로 향후 아리랑 연구에 있어서 기본으로 삼아야 할 중요한 고려사항들을 정리할 수 있다.

1) 아리랑 발생설 비평

아리랑 연구의 기본이 되는 것에는 몇 가지가 있다. 그 중에서도 가장 중요한 것은 아리랑 발생설(發生說)에 대한 철저한 비평이다.[3] 지금까지의 아리랑 연구는 조선총독부의 식민사관이라는 토대 위에서 진행되어 왔다고 해도 과언이 아니다. 이에 대한 근본적인 비평이 선행되어야 할 것이다. 조규익 교수의 논평을 수록하는 것으로 한다.

근래들어 김지연의 설에 대한 비판이 제기되었지만, 지금까지 학계에서는 그런 설들에 내재된 의도나 속뜻을 파악하려는 의지조차 없었던 게 사실이다. 말하자면 더 이상은 〈아리랑〉에 대한 학문적 접근을 할 수 없다는 한계를 학계 스스로 자인한 셈이었다. 〈아리랑〉의 유래에 대한 초창기 담론을 주도한 김지연이 식민사관의 선봉역을 맡고 있던 다카하시 토오루[高橋亨]의 문하생이었다는 점만 인식하고 있었어도, 그의 설이 지니고 있는 無理는 초기에 간파되었을

---

2) 任東權, 「俚謠·俚諺及 通俗的 讀物等 調査」, 『韓國民謠集』VI, 集文堂, 1981. 및 任東權, 「朝鮮總督府가 一九一二年에 실시한『俚謠·俚諺及 通俗的 讀物等 調査』에 對하여」, 『韓國民謠集』VI, 集文堂, 1981. 10, 505~531쪽 참조.
3) 조용호, 「아리랑 연구의 現況과 課題」, 『제23차 전국학술대회』, 중앙어문학회, 2010.1.28 및 조용호, 「아리랑 연구의 現況과 課題」, 『語文論集』, 중앙어문학회, 2010.3, 267~312쪽 참조.

것이다. 김지연의 설은 30여년이나 통용되다가 1969년 임동권에 의하여 다시
조명을 받게 된다.[4] 물론 그 사이에 등장한 이병도와 양주동의 설도 그 말미에
덧붙긴 했지만, 김지연 설의 무비판적인 수용으로 객관성을 상실한 것은 물론
이다.[5]

김지연 설이 등장한 30년대부터 70년대까지 〈아리랑〉의 유래에 대한 주류 담
론은 학문적 엄정성을 상실한 채 비과학적 상상력에 의해 근근이 지속되어 왔다
고 해도 과언이 아니다. 그 사이에 등장한 李丙燾[6]・梁柱東[7]・元勳義[8] 등이 비
과학적 추정이 우세한 학문적 흐름 속에서도 본격 학문적 논리를 갖춘 글들을
발표함으로써, '아리랑 유래설'은 그런대로 명맥을 유지해왔다고 할 수 있다.

김지연의 설에 대한 비판은 조용호가 제기했는데, 학계와 김지연 개인 양자
에 대한 동시 비판이라는 점에서 중요한 의미를 갖는다. 학계에 대해서는 "유사
한 형태의 발음과 이에 대한 설화적 설명을 곁들이면 아리랑이 된다는 김지연
식 연구방법의 기원과 그것이 갖는 思想的 배경 및 추구하는 목적에 대해서 결
코 단 한 번도 학술적 懷疑의 대상이 된 바 없으며, 이에 대한 근본적인 문제
제기도 없었다. 뜻 모르는 후렴구로 판정한 당대의 아리랑에 대하여 다양한 종
류의 의미를 부여한 것은 어떠한 시대적 상황에서 나타난 것이며 의도하는 목
표가 무엇이었느냐에 대한 근본적인 고찰이 없었던 것이다."[「아리랑 연구의 現
況과 課題」, 제 23차 전국학술대회, 중앙어문학회, 2010.1.28., 270~271쪽] 라
고 비판했으며, 김지연 개인에 대해서는 "我耳聾설・我離娘설・我難離설・阿娘
설 등은 조선 망국의 책임을 위정자들의 압제에 돌림으로써 식민통치의 정당성
을 전개하려는 의도를 숨기고 있고, 兒郞偉설은 자체적으로 만든 사상이 없는

---

4)   임동권, 「아리랑의 起源에 對하여」, 『韓國民俗學』1, 한국민속학회, 1969, 24~29쪽.
5)   최재억[앞의 논문] 역시 임동권의 입장이나 방법을 모사하듯 수용하고 있다.
6)   이병도, 『韓國史』, 진단학회, 1959.
7)   양주동, 「도령과 아리랑 : 古語硏究二題」, 『민족문화』제4권 2호, 민족문화사,
     1959.
8)   원훈의, 「아리랑계어의 조어론적 고찰」, 『關東鄕土文化』1, 춘천교육대학 관동향토
     문화연구소, 1978.

無創見의 민족이므로 일제의 지배를 받아야 한다는 생각을 포함하고 있는 논리
이며, 關英설은 신라시조 박혁거세가 일본 왕족이고 신라는 고대로부터 식민지
였기 때문에 지배를 받는 것은 당연하다는 생각을 포함한 논리구조다.

'아리랑 발생설'은 조선 총독부에 의해 식민통치를 정당화하려는 의도로 만들
어진 논리구조로서 식민사관의 결정체였다. 이는 1912년부터 시작된 조선 민요
연구에 관한 사상적 완결편이었다. 민요를 통해 나타나는 조선의 민족성을 파
악하는 차원의 연구가 진행되고 있었던 것이며, 이와 동시에 소실된 것으로 판
정된 아리랑에 대하여 의미를 부여하는 작업이 총독부에 의해 진행되고 있었으
며, 조선민족의 혼이라는 아리랑을 통해 조선 민족성에 대한 열등성을 객관화
시키고 내선일체의 기반을 마련하려 했던 것이다."[같은 논문, 93~117쪽]

암호문이라는 관점에서 〈아리랑〉을 풀어야 한다고 주장한 조용호의 주장은
상당히 낯설지만, 〈아리랑〉의 해석에 관한 패러다임을 바꾸어 놓았다. 암호문
으로서의 〈아리랑〉은 麗末鮮初의 상황을 나타낸다고 한다. 님 웨일즈가 『아리
랑』(1941년)에서 밝혔듯이 〈아리랑〉이 만들어진 시기는 '몇 백 년 전인 이조시
대'이며, '아리랑 고개'라는 구절이 새롭게 만들어지면서 비밀결사의 노래로 바
뀌었다는 주장과도 일치된다고 보았다. 이러한 조용호 주장의 타당성을 뒷받침
하는 관습적 환경들 가운데 하나로 꼽힐 수 있는 것이 우리나라에서 오랫동안
지속되어 오던 讖謠의 전통인데, 조용호는 '아리랑이 참요'임을 분명히 했다. 참
요는 여말선초와 같이 불합리한 왕조교체기나 연산군 같은 폭군 지배시절에 성
행하던 노래문법으로서 〈아리랑〉도 그 맥락에서 분석될 수 있다는 것이다.

'〈아리랑〉은 암호문이다.'라는 명제는 향후 전개될 〈아리랑〉의 유래나 의미
에 대한 새로운 담론 도출의 출발점이 되어야 한다고 보는 것도 이런 점에서
타당하다.9)

9) 조규익, 「〈아리랑〉 由來 談論의 존재와 당위」, 『溫知論叢』第26輯, 溫知學會,
2010.9, 195~196쪽 참조.

아리랑에 대한 평가는 개인에 따라 다를 수 있지만, 그 기본이 되는 것은 존재하는 기록을 바탕으로 심도 있는 연구가 되어야 한다. 김지연의 아리랑 연구는 가장 기본이라고 할 수 있는 기록과 무관한 연구의 소산이다. 이제 역사 속에서 발견되는 아리랑의 기록을 바탕으로 다시 새롭게 연구되어야 할 것이다.

그러한 측면에서 아리랑 발생설이 제기되기 대략 6개월 전인 1929년 11월을 전후로 하여 조선 근세사에 대한 이야기가 신문에 연재되었다. 그 중에는 대원군과 관련된 내용도 있다.

朝鮮最近世史講話(七九)
大院君執政十年間을 中心으로
李瑄根
附錄
大院君의 人物(一)

(註)오래 쓸든 本論은 前回까지 맛치엿고 以下는 簡單히 大院君의 人物됨을 論하는 同時 그와 即接 對해본 적이 잇는 人士들의 印象을 紹介해 보고저 한다.
　　　　×
大院君의 人物 如何에 對하야서는 從來 사람에 딸아 여러 가지로 傳하는 만큼 이를 簡單하게 論할 수는 업다. 即 大院君의 晩年이 閔后와의 甚酷한

政權爭奪 戰으로 물드려진 關係上 一般으로 後人의 論議를 살펴보면 閔后側과 多少 關係잇는 方面에서는 大院君의 人物을 惡評하는 것이 普通이요 그 反對로 閔后殿의 行動을 낫비 녁이는 方面에서는 大院君을 好評하는 것이 사실이다. 그 우에 一般史料를 살펴본다면 歐米文獻에는 基督敎徒

虐殺事件이 잇슴으로 말미암어 大槪는 그를 殘忍無道한 暴君으로 紹介되엇고

日本人의 著述에는 그가 修好交涉을 斷然 拒絶한 것이라든가 그 後로도 여러 가지로 排日運動을 한 적이 잇는 째문에 (비록 晩年에는 日本과 政策的인 妥協이 잇섯다 하드래도) 主로 그를 가르쳐 陰謀性 만흔 「頑固老爺」라고 批評하는 것이 事實이오 이러한 反面 朝鮮史家는 李朝가 衰亡에 이르기 前後 閔后殿의

貴族階級이 더할 수 업는 稅政을 敢行한 째문으로 大院君에게 對하야서는 비록 過失이 업지 안타 하드래도 比較的 好感을 가지고 公平하게 傳해왓다고 볼 수 있다.10)

대원군의 인물됨에 대한 내용은 아리랑 발생설의 성립에 일정한 영향을 주었다. 당시의 상황으로 보면 대원군에 대한 국내와 해외의 시각은 다양하다. 서구인(西歐人)의 시각에서는 폭군으로 묘사되기도 하고 일본인(日本人)의 저술에서는 음모성이 많은 인물로 묘사되기도 한다. 그러나 공통적인 것은 대원군의 행위가 애국적(愛國的)이었다는 측면에서의 호평이 많다. 개인적인 사리를 취한 것은 아니었기 때문이다.

세부적인 상황은 이후에 연재되는 비숍(Mrs. Bishop)11)의 대원군 면담기나 키쿠치 켄조오(菊地謙讓, キクチケンゼウ)의 서술 등에서도 동일하다.12) 경복궁 중건 등과 같은 맹단적(猛斷的)인 정치를 한 것은 사실이지

---

10) 李瑄根, 「朝鮮最近世史講話(七九) 大院君執政十年間을 中心으로, 附錄 大院君의 人物(一)」, 『朝鮮日報』, 昭和4年(1929년).11.27 참조.

11) 李瑄根, 「朝鮮最近世史講話(八一) 大院君執政十年間을 中心으로, 附錄 大院君의 人物(三)」, 『朝鮮日報』, 昭和4年(1929년).11.27 참조. 「쎄숍」女史 (Mrs. Bishop)는 「나는 宮殿에서 그와 맛난 적이 잇섯는 바 그의 活氣잇고도 精力에 充滿한 표정과 날카로운 眼光이며 그 우에 이미 늘것다고는 하지만 元氣旺盛한 行動 等에 깁흔 印象을 바덧다」(Korea and her neighobors) 第二卷 四十四項 參照)라고 하얏스며

12) 李瑄根, 「朝鮮最近世史講話(七九) 大院君執政十年間을 中心으로, 附錄 大院君의 人物(三)」, 『朝鮮日報』, 昭和4年(1929년).11.27 참조. 菊地謙讓氏는 「大院君은 …

만 애국적인 차원에서 그러한 것이었다. 이후에 제기되는 타카하시 토오루(高橋亨)의 강의 내용이나 김지연(金志淵)의 아리랑 발생설에 나타나는 바와 같이 나라를 망하게 한 인물은 아니었다. 경복궁 중건시에 아리랑이 발생했다는 그 이전의 기록이나 주장도 찾아보기 어렵다.

2) 아리랑의 원형적 특성

아리랑의 원형적 특성을 아는 것은 아리랑 연구의 기본이 된다. 아리랑의 본질을 찾는 문제는 기록과 선행연구를 바탕으로 철저하게 이루어져야 할 것이다. 다양한 기록에 나타나는 본질적인 성격이 연구에 반영되어야 한다.

아리랑에 대한 기록은 많지 않으며, 왜곡된 연구를 바탕으로 뜻을 모르는 노래로 희화화되기는 하였지만, 노래 가사의 연원에 대한 분석이나 기록에 나타나는 내용을 통해 '아리랑'의 뜻과 노래가 갖고 있는 성격들을 파악할 수 있다. 지금까지 기록에 나오는 조건들을 만족한다면 아리랑의 뜻으로 받아들일 수 있을 것이다. 아리랑 연구사를 바탕으로 아리랑이 되기 위한 조건을 정리할 수 있다.

첫째, '아리랑'의 뜻은 신뢰할 수 있는 역사적 기록과 일치하거나 관련성이 있어야 한다. 『매천야록(梅泉野錄)』13)에 나타나는 1894년의 기술을

眼光이 날카롭고 빗나 사람의 肺腑를 쏘는 힘이 잇섯다 몸과 마음이 매우 強健하야 閔妃事件 째에는 七十六歲이엇지만 그래도 여러 浪人들을 거느리고 王妃征伐을 遂行한 人物임으로 大體 想像할 수 잇다 매우 精力잇고 沈着한 人物이엇다」
13) 중요한 기록 중이 하나인 황현의 『매천야록(梅泉野錄)』은 1864년(고종1) 흥선대원군(興宣大院君)의 집정으로부터 1910년(순종4) 국권피탈에 이르기까지의 47년간의 최근세 사실(史實)을 기술한 편년체의 역사책으로, 모두 황현 자신의 견문을 기록한 것이다. 내용은 흥선 대원군 집정 10년간의 여러 사건 등 혼란한 정국과 변천하는 사회상 및 내정・외교의 중요한 사실을 거의 시대 순으로 빠짐없이 기록하고 있다. 1955년에는 국사편찬위원회에서 한국사료총서(韓國史料叢書) 제1로

통해, 아리랑의 뜻과 성격을 세부적으로 알 수 있다. 아리랑(阿里娘)의 뜻
은 여성(女性)을 뜻하는 랑(娘)이거나 또는 여성을 포함하는 다른 의미로
서의 아리랑(阿里娘)을 설명할 수 있어야 한다.

둘째, 타령(打令), 신성염곡(新聲艶曲) 등의 표현을 통해 노래로 불린 것
을 알 수 있다. 이는 시노부 준페이[14]나 최영년[15]이 거론하는 바와도 일
치한다.

> 然れとも中流以下の韓人間に行はるる俗謠に至りては却つて往往興味あるもの
> あり, 殊に予は最も「アララン」歌なるものを愛す, 之れを愛するや唯音調のみにし
> て, 其何を意味するやは知らず, 又二三の韓人に質せしも遂に要領を得さりき.
> 左に漢城師範學校のハルバート氏の手に成れる其一節の譜を揭く, 讀者試みに唱
> し給へ, 但し其音調如何にも亡國歌的に出てされは妙ならさなり. 若し夫れ夜半月
> を踐んで南山の麓, 倭將臺の 邊を逍遙するあらんか, 無邪氣なる少年か意味なく
> 謠ふ「アララン」の哀歌は, 東西相聞ゆる擊杵の音と相和し, 歷史の興廢と人事の悲
> 哀とを語るものに似て無量の感慨を生せしむ, 詞藻を解せさる予まて之れを聞ひ
> て一句湧くを止むる能はさるなり.

> 繫絃已歇仙風生. 殘雲搖曳木覓城. 天暗夜深人將睡. 何處沈沈砧杵聲. 韓家婦女
> 何黽勉. 獨伴孤燈坐三更. 君不聞悠悠掠耳阿蘭曲. 悲調自具無限情.

간행하였다. 아리랑 관련 부분은 1894년의 상황이지만, 책의 출판은 1955년에야
이루어졌다.
14) 시노부 준페이(信夫淳平), 앞의 책, 106~107쪽.
15) 최영년, 『海東竹枝』, 1925, 82쪽 참조. 哦囉哩打令 距今三十餘年前 所謂此曲未知
從何而來 遍于全土無人不唱 其音哀怨其意淫圭 其操瞧殺短促 蓋季世之音 至今有之
名之曰아라리타령 喉舌無端自發生. 不知哀怨觸人情. 可憐朝暮新羅世. 已有彷彿旦
旦聲

성급한 판단일지는 모르지만 일본인의 입장에서 한인(韓人)의 음악을 보면 특별해 보이는 것이 없을 수도 있겠지만, 그렇다고는 하더라도, 중류층 이하 신분의 한인들 사이에서 불리어 지는 대중가요에 이르러서는 도리어 왕왕 흥미로운 것이 있다. 나는 그 중에서도 특히 「아리랑」이라는 노래를 좋아한다. 그렇지만 좋아하는 것은 그저 음조뿐이며, 그것이 무엇을 의미하는지는 알지 못한다. 그래서 또 두 세 명의 한인에게 물어보았지만 결국 내용을 모르기는 마찬가지였다.

좌측에 있는 악보는 한성사범학교 교사로 계시는 헐버트씨의 손으로 직접 이루어진 채보된 악보 중의 하나를 게재한 것이다. 이글을 읽고 있는 독자들께서는 시험 삼아 수록한 곡조에 맞춰 한번 따라 불러보기 바란다. 그 음조(音調)가 슬픈 가락으로 되어 있어 여하(如何)히도 망국가적(亡國歌的)인 느낌이 들긴 하지만, 말로써는 표현할 수 없는 묘한 느낌을 주는 노래인지 알게 될 것이다.

그리고 혹시라도 한밤중에 달빛을 밟으며 남산 기슭 왜장대 주변을 산책하는 일이 있다면 그 곳에서 순진무구한 소년들이 따라 부르는 「아리랑」 노래는 동서(東西)로 여기저기서 들려오는 다듬이 소리와 잘 어우러져, 역사의 흥폐(興廢)와 세상살이의 비애를 이야기하는 듯하여 무량한 감개를 느끼게 된다. 문학적인 시문(詩文)으로 표현하는 것은 잘 못하지만, 이것을 듣고 있노라면 가슴 깊은 곳에서 용솟음치는 한시 한 수 쓰는 것조차 막기는 어려워 보인다. 이내 심정을 한시로 표현하고자 한다.

거문고 타는 소리 이미 그쳤고 시원한 바람 부네
하늘에 떠있는 조각구름 목멱성 남산 위를 오가네
날 저물고 밤 깊어져 사람들 잠자리에 들 시각
어디선가 희미하게 들려오는 다듬이질 소리
한국의 부녀자들은 그 얼마나 부지런한가?
홀로 외로운 등불 앞에 삼경이 되네
그대는 들어보지 못했는가 멀리서 들려오는 아리랑을
구슬픈 곡조 속에 저절로 무한한 정 담겨있네
(文學博士 趙容晧 譯)

망국적 음조가 있었던 시기와 관련이 있는 애가적 음조16)를 띤 노래이다. 아리랑이 어떠한 이유로 신성염곡(新聲艷曲)인지를 설명할 수 있어야 한다. 비교문학적으로 신성염곡이라는 개념은 연원이 오래 되었는데, 국문학에서의 개념으로 설명할 수 있어야 한다.

셋째, 우령(優伶), 궁중의 곡연음희(曲宴淫戲)17)등의 표현을 통해 가극으로도 상연되었음을 알 수 있고, 〈아리랑〉은 그러한 가극 속에서 불린 노래이다. 궁중에서 가극으로 상연되고 춤과 노래로 불린 형태라는 측면에서 궁중 정재와도 관련이 있으며,18) 시대적 흐름에 따라 조선초기와는 내용이 바뀌고 있는 것19)을 알 수 있다.20) 노래로만 불린 것이 아니라 가극으로도 상연된 것을 설명할 수 있어야 한다.

넷째, 〈정선 아리랑〉에서는 충신불사이군의 노래로 이해하고 있다.21)

---

16) 와다텐민(和田天民), 久保田天南 畵, 『朝鮮の匂ひ』, 京城:ウツボヤ書籍店, 1921. アララン歌は曾て閔妃の最も愛好せられしものにして, 當時盛に宮女の間 に流行し, 延いて廣く坊間に唱へられたるものならと, 人之を「後庭花」に比す. 後庭花は陣の亡びしとき歌はれたる哀調の曲なり. 아리랑歌는 이전에 閔妃가 무척이나 좋아했던 것으로 당시 宮女들 사이에 한창 流行하다가 이윽고 전국 방방곡곡으로 퍼져나가 널리 불리어졌다. 사람들은 이 노래를 「후정화(後庭花)」에 비유하기도 했다. 후정화란 진(陳)나라가 망할 시기에 불리어진 애조(哀調)를 띤 곡조의 노래를 말한다.

17) 黃玹, 앞의 책. 40쪽.

18) 조규익, 「조선조 악장과 정재의 미적 상관성」, 『조선조 악장의 문예미학』, 민속원, 2005, 143~181쪽.

19) 조규익, 「頌禱 모티프의 연원과 전개양상」, 고전문학연구, 한국고전문학회, 2007, 35~57쪽.

20) 『梅泉野錄』에 나타나는 궁중의 상황은 이후 崔南善, 「朝鮮民謠の槪觀」, 市山盛雄 編, 『朝鮮民謠の硏究』, 東京:坂本書店, 1927, 10~11쪽에서도 확인할 수 있다.

21) 旌善郡誌編纂委員會, 『旌善郡誌』, 旌善郡誌編纂委員會, 1978.2. 20, 313쪽 참조. 旌善아리랑의 由來, 旌善아리랑이 이 고장에 불리어지기 始作한 것은 至今으로부터 五百餘年前의 李朝初期라 傳해진다. 當時 高麗王祖를 섬기던 선비들 가운데 七名이 不事二君의 忠誠을 다짐하면서 松都에서 隱身하다가 旌善(지금 南面 居七賢

그러나 아리랑 노랫말에는 그러한 내용이 보이지 않는다. 이는 망국적 음조 속에 다른 내용이 숨겨져 있다는 뜻이다. 아리랑이 충신불사이군의 노래인 것을 설명할 수 있어야 한다. 하나의 노랫말 속에 여러 개의 의미를 동시에 담고 있다는 측면에서 세계적으로도 그 유례를 찾아보기 어렵다.

다섯째, 님 웨일즈(Nym Wales)가 김산(본명 장지락)과의 인터뷰를 통해 쓴 『아리랑(Song of Ariran)』(1941년)[22]에 의하면, 〈아리랑〉이 만들어진 시기는 "몇 백 년 전인 조선시대(Li Dynasty)"[23]이며, '아리랑 고개'라는 구절이 새롭게 만들어지면서 비밀결사의 노래(secret revolutionary version)로 바뀌었다고[24] 한다. 이는 단순한 민요가 아니라 참요 성격을 띤 '비밀결사'의 노래로 외면에 보이는 것 외에 다른 내용을 포함하고 있다는 뜻이다. 아리랑이 어떠한 이유로 비밀결사의 내용이 되는지를 '아리랑 고개'라는 구절과 연결시켜 조선시대라는 측면에서 설명할 수 있어야 한다.

여섯째, 『아리랑(Song of Ariran)』(1941년)에 의하면, 아리랑 고개라는 구절의 노래가 나중에 만들어진 것이므로, 아리랑 고개라는 구절이 없는 노래가 원초적 모습에 가깝다는 의미가 된다. 이는 〈구아리랑〉에서 〈아리랑〉으로 재편되었다는 구조상의 개념과도 같다. 〈구아리랑〉이 어떠한 과정을 통해 〈아리랑〉으로 변형되었는지 구조적·의미적 차원에서 설명할

洞)으로 隱居地를 옮기어 일생동안 산나물을 캐어먹고 살면서 지난날에 섬기던 임금님을 思慕하고 忠節을 맹서하며 또 立志시절의 회상과 멀리 두고 온 家族들을 그리워하며 부른 것이 「旌善아리랑」의 始原이라 하겠다. 그때 선비들이 비통한 心情을 漢詩로 율창으로 부르던 것을 이 지방의 선비들이 풀이하여 감정을 살려 부른 것이 至今의 「정선아리랑」가락이다.

22) Nym Wales(Helen Foster Snow) & Kim San(1941), *Song of Ariran : A Korean Communist in the Chinese Revolution*, Ramparts Press, 1941, 58~59쪽.
23) Nym Wales(Helen Foster Snow) & Kim San(1941), 위의 책, 58~59쪽.
24) Nym Wales(Helen Foster Snow) & Kim San(1941), 위의 책, 60쪽.

수 있어야 한다.

일곱째, 고정옥은 아리랑 노랫말 속에 실제의 이야기들이 나타난다는 측면에서 "아리랑이 근대 생활의 만화경"[25]이라고 주장하였는데, 이는 〈정선 아리랑〉이나 〈진도 아리랑〉, 〈밀양 아리랑〉 등에 다양한 형태의 설화들이 나타나는 것을 보아도 알 수 있다. 아리랑이 갖고 있는 문학 장르적 특성에 기인하는 것인데, 어떠한 이유로 이러한 현상이 일어나는 것인지 설명할 수 있어야 한다.

여덟째, 1912년 조선총독부 자료를 통해 아리랑이 전국에 걸쳐 산재해 있는 것을 알 수 있고, 최남선,[26] 김소운[27] 등도 특정한 지역별 아리랑이라는 명칭을 사용하기 시작하였다. 다른 민요들과 달리 조선의 어디에서도 들을 수 있는 노래이다. 그러면서 아리랑 고개가 있는 노래와 없는 노래로 구분된다. 이는 특정한 시기에 일어난 변화 때문에 생긴 현상으로 비밀결사와 관련된 내용이지만, 그에 상관없이 계속적으로 불리고 있다. 아리랑에 나타나는 후렴구를 일반화 된 규칙으로 설명할 수 있어야 한다.

아홉째, '아리랑'은 두 개의 의미를 동시에 표현하는 상징성을 갖고 있다. 유사한 표현이 아이롱(我耳聾)이라든가,[28] 아이롱(啞而聾)·아아이롱(我啞而聾)·아리롱(啞利聾)[29] 등과 같은 형태로 이어지고 있기 때문이다.

25) 고정옥, 『조선민요연구』, 수선사, 1949, 168쪽.

26) 이치야마 모리오(市山盛雄), 「조선민요 개관(朝鮮民謠の槪觀)」, 『조선민요 연구(朝鮮民謠の硏究)』, 東京:坂本書店, 1927.1.1, 10~11쪽.

27) 金素雲, 『朝鮮民謠集』, 泰文館, 1929, 266~280쪽.

28) 조규익·조용호, 『아리랑 연구총서』1, 학고방, 2010. 11, 27~31쪽에서 재인용. 金志淵, 「朝鮮民謠아리랑-朝鮮民謠의硏究(二)」, 『朝鮮』6월호, 朝鮮總督府, 1930.6.1, 43쪽 참조.

29) 任東權, 『韓國民謠集』Ⅵ, 集文堂, 1981. 10 참조. 1912년 수집분에는 아리랑打令(257), 아르렁타령(347), 어르렁打令(364), 啞而聾打詠394), 啞利聾打令(679), 아르렁打令(820), 아라랑打令(1015), 아르랑打令(1016)으로 나오며, 1933년과 1935

'아리랑'의 뜻 그 자체를 나타내는 것이 아니라 노래의 성격을 나타내는 상징적인 표현 방법으로 보이기 때문이다. 따라서 아리랑은 최소한 두 개 이상의 뜻을 표현할 수 있어야 한다. 본래적인 뜻과 상징적인 뜻이 있는 중의적 성격을 갖고 있다.

열 번째, 아리랑이 특정한 시기의 문학 장르적 성격을 갖는다면 그러한 성격 속에 나타나는 다양한 특성들을 또한 만족시킬 수 있어야 한다. 한 예로 국문학사를 통하여 가극에서 신성염곡의 노래가 불리는 문학 장르가 있었는데, 노래와 춤을 이용하여 실제로 있었던 고사(故事)를 연출하고,[30] 민간에서 자연스럽게 형성된 가극의 특성으로 인하여 지방 사투리와 같은 속어를 많이 사용한다.[31] 신성염곡이라는 의미 속에는 남녀 간의 짙은 사랑의 이야기가 등장하여 음가염곡(淫歌艶曲)이라고도 하는데, 이는 음사인 변풍으로 표현한 것과 같으며, 문학 장르적 특성에 기인한다.

열 한 번 째, 〈아리랑〉에 대한 일반적인 정서는 사랑하는 남자가 어느 날 아리랑 고개를 넘어 떠나가 버리자 버림받은 여인은 나를 버리고 가시는 님이 십 리를 가기 전에 발병이 나서 돌아와 주기를 기대하는 내용이다. 남자가 떠나 버리자 남아있는 여자가 부르는 한(恨)의 노래이다. 임동권은 〈아리랑〉이 한(恨)의 노래이며,[32] 주제는 사랑, 이별, 향락, 풍자, 반항, 애국, 허무 등이라는[33] 측면에서 한국인의 사상과 생활을 소박하고 솔

년 수집분에서는 아리랑打令(1237)으로 나온다. 괄호안의 숫자는 수집된 노래의 일련번호를 뜻한다.

30) 김학주, 『원잡극선』, 명문당, 2001, 19쪽.
31) 위의 책, 25쪽.
32) 任東權, 『韓國의 民謠』, 一志社, 1980, 34쪽. 아리랑은 솔직한 사랑의 실토이며 이별의 한이 담겨 있다. … 뜨거운 사랑이 비단처럼 펼쳐지는 것이 아리랑이다. 노래 이름은 하나지만 지방마다 가사와 가락이 다른 것은 향토색이란 특징 때문이다. 이렇게 향토색이 다른 데 민요의 특징이 그대로 살아 있어 좋다.
33) ____, 『韓國民謠研究』, 이우출판사, 1980.

직하게 노래하고 있다고 하였다.[34] 그런데 이는 황현의 기록에서도 랑(娘)
이라는 뜻이 되어야 한의 노래가 되는 개념과도 일치한다. 〈아리랑〉은 조
선의 산천과 더불어 살아온 조선인의 심성을 닮은 노래이고, 조선의 산천
에 동화되어 한을 표현하는 노래인 것이다. 아리랑이 한의 노래인 이유를
설명할 수 있어야 한다.

열 두 번 째, 채록된 가사들을 분석해 보면,[35] 아리랑 노래의 가장 본질
적인 소재는 물[水]이나 배[船]에 특정한 관련이 있다. 〈구아리랑〉에 만경
창파 등과 같은 물[水]과 관련된 노랫말이 나오는 이유를 설명할 수 있어
야 한다.

> 35
> 이때는 春節이라
> 萬物이 自樂할 때가
> 점점되어
> 때여때여 좋은때여
> 우리도 때를 따라
> 공부하여
> 期必코 成就한 後
> 勸學歌로 놀아보세
> 아르랑 아르랑

---

34) 그러나 이러한 주제들은 아리랑에만 국한되는 것이 아니며, 민요 일반에 해당한
다는 비판도 있었다. 김시업, 앞의 논문, 212~257쪽 참조.
35) 任東權, 『韓國民謠集』Ⅵ, 集文堂, 1981. 10 참조. 이 책의 구성은 民謠篇 一部
(1912년 蒐集分), 二部(1933년과 1935년 蒐集分), 附錄(속담, 수수께끼, 해설, 한
국민요분류표, 색인)으로 되어 있다. 특히 부록 Ⅲ.解說에는 任東權, 「朝鮮總督府
가 一九一二年에 실시한 『俚謠·俚諺及 通俗的 讀物等 調査』에 對하여」등 논문이
있다. 508~531쪽 참조.

아라리요
아르랑 띄어라
배 띄어라 (齋洞公立普通學校)
(『韓國民謠集』Ⅵ-35)

283
아라랑 아라랑 아라리요
아라랑 철철 배 밀어주게
아라랑고개다 술막을 짓고
정든 임 오시기를 고대 고대한다 (定山郡)
(『韓國民謠集』Ⅵ-283)

'배'라든가 '배 띄어라'는 표현이 노랫말에 빈번하게 나오기 때문에 '아리
랑 아라리요'라는 형태의 후렴구가 있는 노래는 '배를 띄우는' 내용의 노래
와 관련이 있다.
또 다른 형태에는 '배'라는 직접적인 표현은 없지만 '뜨여라'는 내용으로
노랫말이 나오는 경우도 있다.

153
아르랑 아르랑 아라리요
아르랑 뜨여라 놀다 가게
놀다 가게 자다 가게
저 달이 지도록
놀다 놀다 가게 (廣州郡)
(『韓國民謠集』Ⅵ-153)

'배 띄어라' 대신에 '배'가 빠진 형태인 '뜨여라'가 나오는 경우이다. 배를 띠우는 내용이며, '아르랑 아라리요'를 '아르랑 뜨여라'는 형태로 표현하고 있다. 그러한 측면에서 배를 띄우는 곳은 '물' 또는 '물결 위'가 되며, '아라리요'는 배를 띄우는 물의 상태와 관련이 있게 된다. '아라리요'는 '배 띄우는' 것이 가능한 '물의 상태'를 표현하고 있으며, 물결이 '고요'해야 배를 띄워서 놀다갈 수 있는 상황이 될 수 있다.

노랫말의 내용은 같으나 표현이 다른 형태들이 있다. '얼리롱'이나 '어리렁' '아르렁' 등은 '아리랑'과 발음도 비슷하고 내용도 유사하다.

<blockquote>
육자배기
255
저 근너 갈미봉에
비가 묻어 들어온다
雨裝을 두르고 지심 맨다
바람은 울루웅
물결은 출렁
배머리 빙빙 얼리롱 출렁
명천의 하날님전의
사람 살려낼꺼나 (扶餘郡)
(『韓國民謠集』Ⅵ-255)
</blockquote>

<blockquote>
遊山歌
264
어리렁 콸콸 흐르는 물결 (定山郡)
(『韓國民謠集』Ⅵ-264)
</blockquote>

아르렁 타령

992

아르렁 아르렁 아라리로구나

아르렁 얼시고 아라리로구나

천리원□□□36) 몸이 강산유객이

이 아니냐 (義州公立普通學校)

(『韓國民謠集』Ⅵ-992)

형태는 달라 보이지만 '아리랑'의 다른 모습이며, 이러한 형태들도 모두 '물을 건너는' 내용과 관련이 있다.

나아가 '아리랑 아라리요' 라는 형태가 물이나 배와 관련되어 나오므로 그러한 의미를 갖고 있는 본래의 형태들도 있다.

아리랑歌

63

아리랑 아리랑 아라리요

아리랑 얼시고 아라리야 (驪州郡)

(『韓國民謠集』Ⅵ-63)

阿郞歌

70

아르랑 아르랑 아라리요

아르랑 얼시고 아라리야 (竹山郡)

(『韓國民謠集』Ⅵ-70)

---

36) "천리원□□□"은 "천리(千里) 원포귀범(遠浦歸帆)"의 탈자인 것으로 생각된다.

아리랑타령

695

아리랑 아라리로구려

아리랑 얼씨구 아라리로구나 (原州郡)

(『韓國民謠集』Ⅵ-695)

啞利壟打令

679

아리랑 아리랑

아라리로구려

아리랑 어리얼슈

아라리러구려

기차는 가자고

쌍고동 트는데

정든 임잡구서

선앵도 딴다 (楊口郡)

(『韓國民謠集』Ⅵ-679)

'어리얼슈'는 '어리 얼슈'이다. '어리'는 '아리'의 변음이며, '얼[於乙]'37)은

---

37) 조용호, 『아리랑 원형연구』, 학고방, 2011, 230~231쪽 참조. 노랫말에 나오는 '얼
수', '얼싸', '얼씨고', '절씨고' 등은 고구려어로 물과 관련된 내용이다. 즉 '얼'에는
여러 가지 의미가 있지만, 그 중에서 얼음[氷]이라는 어원과 관련하여 徐廷範, 『國
語語源辭典』, 보고사, 2001.4.20, 433쪽에 의하면, "얼음의 어근 '얼'은 명사로서
본디는 물의 뜻을 지닌다고 하겠다. 명사 '얼'에 '음' 접미사가 붙은 형이다. …『三
國史記』地理誌에 보이는 高句麗語 於乙(泉)의 '얼'이 물의 뜻을 지닌다."에서 알
수 있듯이, 고구려어로 '얼'이 물을 뜻하므로 '얼수'는 '얼 쉬[於乙(고구려어) 水(한
자 토)]'가 되어 물을 뜻하며, '얼싸'는 '얼수'의 강세형이 된다. '얼싸'나 '얼씨'는
'얼수'의 변음이므로 '얼씨고' 또는 '얼씨구'는 '얼수 괘於乙水 過]'가 되어 '얼수를
건넌다'는 뜻이 되고, '절씨고' 또는 '절씨구'는 '저 얼수 괘那 於乙水 過]'가 되어

고구려어로 물을 뜻하고, '슈'는 '수(水)'의 중세어 발음 표기이다. '얼시고' 또는 '얼씨구'는 '넘어 간다'는 뜻이다. 따라서 '아리랑'은 물과 관련된 의미를 갖게 되며, '아라리요'나 '아라리야' 또는 '아라리로구나'는 '물을 넘어가는' 것과 관련된 내용이다.

노랫말 속에서의 아리랑은 물결을 넘어 가는 내용이 되며, 일부의 노래에서는 이를 해석한 것으로 보이는 표현이 나타난다.

> 아르랑타령
> 594
> 띄여라 배띄여라
> 만경창파 운무중에
> 아르랑아르랑 아라리요 (慶北)
> (『韓國民謠集』VI-594)

아리랑은 물결에 배를 띄우는 노래인데, 노랫말의 중간에 나타난 '만경창파'라는 표현이 나타난다. '아리랑'이라는 의미를 한자로 풀이한 형태이다. 〈구아리랑〉 형태의 노랫말에서 물[水]이나 배[船]와 관련된 내용이 많이 나오는 이유가 아리랑이 물과 관련된 노래이기 때문이며, 나아가 〈아리랑〉은 〈구아리랑〉을 바탕으로 만들어졌기 때문에 〈아리랑〉 노랫말의 의미는 물과 관련된 것이라는 뜻이 된다. 〈구아리랑〉이 물과 관련된 노래라면, 〈아리랑〉도 물과 관련된 노래가 된다.

이상과 같이, 역사적 기록을 통해 나타나는 노랫말의 내용을 통해 아리랑의 뜻과 성격을 분석할 수 있게 된다. 나아가 실제로 존재했던 과거의

'저 얼수를 건넌다'는 뜻이 된다. 이러한 상황은 노랫말에 나타나는 "얼씨고 넘어 간다"라는 표현에서도 알 수 있다. '얼씨고'가 '넘어간다'는 뜻을 나타내고 있다.

사실은 〈아리랑〉 해독에만 국한되는 것이 아니며, 고건축 장자문의 비례 등과 같은 분야에서도 지속적인 연구와 실측을 통해 점차적으로 그 신비한 이야기가 규명되고 있기도 하다.[38]

　〈아리랑〉은 뜻을 모르는 노래가 아니었다. 아리랑 연구는 기록에 대한 고증을 바탕으로 시작되었어야 했으나 그렇지 못하였다. 『매천야록(梅泉野錄)』의 경우 '아리랑'의 뜻에 대한 설이 본격적으로 거론된 1930년대를 훨씬 지난 시점인 1955년에 와서야 출판된 이유로 수많은 어원설 중의 하나 정도로만 여겨져, 별다른 주목을 받지 못하였다. 더구나 '아리랑'의 뜻이 랑(娘)이 되면 떠나는 사람이 남자가 아닌 여자가 되어 노랫말의 내용과 반대가 되는 이유도 있었다. 『만천유고(蔓川遺稿)』의 경우도 1970년대 이후에야 본격적으로 알려지기 시작한 이유로 단지 '아리랑'과 유사한 형태의 발

---

38) 金采和, 『韓國 古建築 窓戶에 나타난 障子紋의 造形的 比例 硏究』, 釜山大學校 敎育大學院, 1994. 2. 81~82쪽 참조. 한국 고건축에 나타나는 장자문의 비례 규칙을 장기간에 걸친 현장 조사, 실측 및 고증을 통해 해독해 내었다. 그러한 결과 "韓國 古建築에 나타난 障子紋은 等分割, 1:1, 黃金比, $\sqrt{\ }$ ($\sqrt{2}$, $\sqrt{3}$, $\sqrt{4}$, $\sqrt{5}$)比의 비례로 이루어져 있다고 볼 수 있다. 그것은 障子紋이 시각적으로 매우 쾌적하고 아름답다는 것을 의미한다. 고대 이집트에서 발생된 황금비의 원리가 어떻게 한국인의 미의식 속에 스며들어 한국미술에 영향을 미쳤는가는 그렇게 중요한 문제가 아니다. 왜냐하면 훌륭한 예술가라면 의식적으로 황금비나 $\sqrt{\ }$ 비를 적용하든가 아니면 단련된 조형 감각에 의해 필연적으로 황금분할에 도달하기 때문이다. 무한히 확산되는 듯 하면서도 평정되어 보이고 생동하면서도 고요하게 멈춘 듯한 자연의 질서 가운데서 발견한 황금비와 $\sqrt{\ }$ 비로 이루어진 장자문에서 자연과 더불어 생활하면서 자연과 융합하고 일치하고자 했고, 자연의 질서를 밝혀보고자 했던 한국인의 美意識을 찾을 수 있다." 또한 金采和, 같은 논문, 21쪽에서 황금분할비와 관련하여, 지금까지 왜곡된 사항에 대해 "일제 때 일본인 학자가, 우리나라에는 황금분할비로 이루어진 고건축이 없다고 말한 것을 지금까지 많은 지식인들이 그렇게 믿고 있었다. 그러나 국보 제18호로서 경북 영주군 부석리에 위치하고 있는 부석사 무량수전은 완벽한 황금분할비로 이루어진 사찰인 것이다"라는 실측의 결과를 통해 비평하였다. 이와 같이 과거에는 존재하였지만 전통의 단절을 통해 인지되지 못하였던 사실들이 〈아리랑〉 속에도 존재하고 있게 된다.

음 정도로만 인식되고 있다. 그러나 고려해야할 사실은 설이 아닌 역사적 기록(記錄)이라는 측면이다. 심도 있는 연구가 필요했던 것이었으나, 지금까지 이뤄지지 않았다. 기록과 설을 혼동한 잘못된 연구의 소산이다.

　그러한 측면에서 〈아리랑〉에는 기록에 나타나는 모든 성격들이 포함되어 있을 것으로 보인다. 향후의 아리랑 연구는 이러한 조건들을 만족하는 아리랑 해독에 대한 제시가 가능할 때 '아리랑'의 뜻으로 받아들일 수 있을 것이다.

3) 노랫말 각편(version)의 명칭

　아리랑 노랫말 각각의 명칭은 민요의 특성상 특별한 학술적 검증 없이 명명되어 왔다. 그러한 이유로 채보자의 주장이 그대로 노랫말 명칭으로 반영되다 보니 혼동이 일어나게 되었다. 그러한 지속의 과정 속에서 비교적 근래에 들어와서는 각편에 대한 최초 명명자의 정의와 무관하게 자의적으로 오용 및 남용하는 경우까지 발생하고 있다. 연구사를 철저하게 검토하지 않은데서 일어나는 실수이다.

　황현은 아리랑(阿里娘)으로 표현하고 있다.39) 이후의 다른 기록에서 홍석현은 아리랑을 단순히 '가(歌)'라고만 표기했다.40) 헐버트는 '아르렁[영문은 Ararung으로 표기]'으로,41) 시노부 준페이는 '아라랑(アララン)'歌로

39)　黃玹, 『梅泉野錄』, 國史編纂委員會, 1955, 134쪽. 正月, 上晝寢, 夢光化門倒, 懼然驚悟, 大惡之, 以二月移御昌德宮, 卽繕東宮, 會南警日急, 而土木之巧愈競焉, 每夜燃電燈, 召優伶奏新聲艶曲, 謂之阿里娘打令, 打令演曲之俗稱也, 閔泳柱以原任閣臣, 領衆優, 專管阿里娘, 評其巧拙, 頒尙方金銀賞之, 至大鳥圭介犯闕而止.
40)　洪錫鉉, 「歌」, 『新撰 朝鮮會話』, 東京:博文館, 1894.8.27.
41)　헐버트는 한성사범학교(漢城師範學校) 교사로 재직하였으며, 아리랑을 영문으로 번역한 악보를 한글과 더불어 채집하였다. '아리랑'에는 여러 개의 뜻이 있는데, 그 중에는 "나는 남편을 사랑해요"라는 의미의 한자도 있는 것으로 이해하고 있다.

표기하였고, 한역(漢譯)하여 '아란곡(阿蘭曲)'이라고도 하였다.

이치야마 모리오(市山盛雄)는 '아라랑(アララン)'으로,[42] 조선총독부는 전국에 걸쳐 채집을 하였고, 명칭의 형태로는 '아리랑', '아르랑', '아라랑', '아라리 타령', 〈아리랑가(歌)〉, 〈아리랑 타령〉, 〈아리랑 타령(打令)〉, 〈아르렁 타령(打令)〉 등 다양한 형태로 나타나고 있다. 이광수는 「民謠小考 (1)」[43] 에서는 '아르랑 타령'으로, 「민요에 나타나는 조선 민족성의 한 단면

---

42) 『조선민요 연구(朝鮮民謠の研究)』는 총독부 관련자들이 관여되기는 하였지만, 민
   간 차원에서 이뤄진 연구 로 1927.1.1일에 특집호로 출판되었으며, 최남선(崔南
   善), 이광수(李光洙), 이은상(李殷相) 등을 포함한 다수의 논문이 실려 있다. 『조
   선민요연구朝鮮民謠の研究』, 東京:坂本書店, 1927.1.1의 예언(例言)에 조선민요에
   대한 관심이 잘 나타나 있다. 이치야마 모리오(市山盛雄)는 "민요에 대한 연구는
   지금에 이르러 여러 문명국에서는 자료조차 남아있지 않은 상황이지만, 조선의
   경우는 아직 단 한 번의 쟁기질도 이루어지지 않은 상태라고 할 수 있다. 근래 들
   어, 여러 방면에서 점차적으로 조선에 대한 연구열이 고조되고 있지만, 진실한 의
   미에서 조선을 알기 위해서는 아무래도 이 나라의 민족성을 알아야만 할 것이다.
   그러한 차원에서, 소박한 민중의 시대적인 심리를 가장 잘 표현하고 있는 민요를 통
   해 조선인의 민족성을 엿보는 일은 가장 좋은 자료가 될 것이다."라고 기술하였다.
   이 책에 실려 있는 주요 내용은 다음과 같다. 나가타 타키오(永田龍雄), 「조선무용
   에 대하여(朝鮮舞踊に就て); 최남선(崔南善), 「조선민요 개관(朝鮮民謠の槪觀)」; 하
   마구치 료오코(浜口良光), 「조선민요의 맛(朝鮮民謠の味)」; 이노우에 오사무(井上
   收), 「서정시 예술로써의 민요(敍情詩藝術としての民謠)」; 아사카와 노리타카(淺
   川伯敎), 「조선민예에 대하여(朝鮮民謠に就て)」; 오카타 미츠구(岡田貢), 「조선민
   요에 나타난 제 양상(朝鮮民謠に現はれた諸相)」; 이광수(李光洙), 「민요에 나타나
   는 조선 민족성의 한 단면(朝鮮民謠に現はれた朝鮮民族性の一端)」; 난파 센타로
   (難破專太郎), 「조선민요의 특질(朝鮮民謠の特質)」; 이마무라 라엔(今村螺炎), 「조
   선민요(朝鮮の民謠)」; 이은상(李殷相), 「청상민요 소고(朝鮮民謠小考)」;미치히사
   요시미(道久良), 「화전민의 생활과 가요(火田民の生活と歌謠)」;이치야마 모리오(市
   山盛雄), 「조선민요에 관한 잡기(朝鮮の民謠に關する雜記)」; 시미즈 헤이조(淸水兵
   三), 「조선의 향토와 민요(朝鮮の鄕土と民謠)」; 타나카 하츠오(田中初夫), 「민요의
   철학적 고찰을 기반으로 한 조직체계 구성(民謠の哲學的考察に基づく組織體系の
   構成)」.
43) 李光洙, 「民謠小考(1)」, 『朝鮮文壇』제3호, 조선문단사, 1924.12, 28~37쪽.

」에서는 '아라랑(アララン)'으로 표기하였다. 최남선도 '아라랑(アララン)'으로 표기하고 있으며,44) 아리랑이 전국에 걸쳐 존재하고 있다는 측면에서 경상, 전라, 강원, 서도 등지의 아리랑을 제시하였다. 최남선이 아리랑을 지역별로 나누어 분류한 이래, 김소운45)은 경성(京城)을 중심으로 하는 경기지방의 것, 서부 조선을 주로 한 것, 강원도 부근의 〈강원 아리랑〉, 부산 등지에서 듣는 남조선의 것, 전라도의 특이한 아리랑 등이 있음을 제시하였다. 아리랑에 대한 律調를 논하면서 〈江原 아리랑〉, 〈京畿 아리랑〉, 〈西道 아리랑〉, 〈嶺南 아리랑〉 등을 악보와 함께 소개하였다.

---

44) '아리랑'에 대한 일본어 표기는 信夫淳平, 『韓半島』(東京堂書店, 1901)나 市山盛雄 編, 『朝鮮民謠の硏究』(東京:坂本書店, 1927) 등에서는 '아라란' 또는 '아라랑(アラ ラン)'으로 표기하였으나, 金素雲, 「アリラングの律調」, 『朝鮮民謠集』(泰文館, 1929.7.30, 266~280쪽)은 '아리랑'에 가까운 발음인 '아리랑그(アリラング)'로 표기하고 있으며, 市山盛雄 編, 『朝鮮風土歌集』(眞人社, 1935)에서는 '아리란' 또는 '아리랑(アリラン)'으로 표기하고 있다.

45) 金素雲, 「アリラングの律調」, 『朝鮮民謠集』, 泰文館, 1929.7.30, 266~280쪽 참조. 일본어로 되어 있는 〈京畿 アリラング(경기 아리랑)〉의 가사를 우리말로 번역하면 "문경새재 박달나무/ 홍두깨 방망이로 모도다 나간다/ 아리랑 아리랑 아라리요 / 아리랑 띄어라 노다노다가게"가 되며, 노래의 명칭을 〈京畿 아리랑〉이라고 한 것은 경기 지방에서 만들어져 불렸기 때문이라고 한다. 김소운이 〈京畿 아리랑〉 이라고 명명했음에도 불구하고, 이러한 사실과 무관하게 노랫말에 나오는 '문경새 재'라는 가사 때문에 〈문경 아리랑〉 등으로 재명명하는 것은 잘못이다. 또한 근래에 들어와 사용하고 있는 〈영천 아리랑〉이라는 명칭도 만주의 용천이라는 지명이 영천으로 바뀐 것[金志淵, 〈井邑新泰仁 아리랑〉, 「朝鮮民謠 아리랑(二), 朝鮮民謠 의 硏究(三)」, 『朝鮮』, 朝鮮總督府, 1930.7, 76쪽 및 金志淵, 〈淳昌 아리랑〉, 「朝鮮 民謠 아리랑(二), 朝鮮民謠의 硏究(三)」, 『朝鮮』, 朝鮮總督府, 1930.7, 78~79쪽 참 죄이기 때문에, 〈용천 아리랑〉이 맞다. 뿐만 아니라 〈진도 아리랑〉이나 다른 아리랑에도 노래가 만들어져 불리는 지역 이외의 이야기가 나오는 경우가 있는데, 이는 아리랑이라는 노래가 실제로 있었던 이야기를 노랫말에 반영하는 특성으로 인하여 나타나는 현상이다. 이에 대해서는 조용호, 「아리아리랑 스리스리랑」, 『아리랑의 비밀화원』, 집문당, 2007, 73쪽 참조.

김지연[46]은 〈新 아리랑〉, 〈별조 아리랑〉, 〈아리랑 타령〉, 〈新 아리랑〉, 〈新作 아리랑〉 등의 형태를 수록하였다. 명명 방법은 지역명이 붙는 아리 랑과 관련하여 〈{하나 또는 두 개의} 지역명(또는 道) 명칭+아리랑〉(타령/ 打鈴/세상)이라는 형태를 사용하였고, 〈新 아리랑〉, 〈별조 아리랑〉, 〈아 리랑 타령〉, 〈아리랑 打鈴〉 〈아리랑 고개〉, 〈新作 아리랑〉 등과 같은 형 태의 명칭도 사용하였다.

이치야마 모리오(市山盛雄)는 '아리랑(アリラン)'이라는 명칭으로 바꾸 어 사용하였다.[47] 기존에 사용하던 '아라랑(アララン)'이라는 명칭 대신에 '아리랑(アリラン)'으로 정정하여 표기한 것이다. 님 웨일즈[48]는 아리랑을 '아리란(Ariran)'으로 표현하였다.

---

46) 金志淵, 「朝鮮民謠아리랑-朝鮮民謠의硏究(二)」, 『朝鮮』6월호, 朝鮮總督府, 1930.6. 1, 43쪽 참조.

47) 이치야마 모리오(市山盛雄) 編, 『朝鮮風土歌集』, 眞人社, 1935. 다양한 서적 중에 서 조선과 관련한 단가 가집(歌集), 잡지, 신문, 일반 여행서, 연구서 등에 있는 단가(短歌) 작품을 발췌하여 정리한 단가집(短歌集). 주제별로는 조선의 자연과 명승고적과 관련하여 풍토편, 식물편, 동물편 등으로 분류하였고, 지역별로는 경 상남도편, 경상북도편, 전라남도편, 전라북도편, 충청남도편, 충청북도편, 경기도 편, 황해도편, 평안남도편, 평안북도편, 강원도편, 함경남도편, 함경북도편 등으로 분류하였다. 수집 시기는 메이지(明治), 다이쇼(大正), 쇼와(昭和)시대 전반에 해 당하며, 수록된 작가로는 일본 근대문학을 대표하는 나쓰메 소세키(夏目漱石)를 비롯하여, 요사노 텟칸(与謝野鐵幹), 와카야마 보쿠스이(若山牧水) 등은 물론 이치 야마 모리오의 작품도 있으며, 조선인 작가들의 작품도 일부 포함되어 있다. 내용 중에서 아리랑과 관련한 부분도 있는데, 기존에 사용했던 '아라랑'이라는 명칭 대 신에 '아리랑(アリラン)'으로 정정하여 기록하고 있다. 이에 대해서는 市山盛雄 編, 『朝鮮風土歌集』, 朝鮮公論社, 1936, 67쪽 참조. 또한 부록에 조선지방색어해주(朝 鮮地方色語解註)와 집록가인명부(集錄歌人名簿)이 있는데, 조선에서 널리 알려진 주요한 어휘들을 일본어 사전 배열 방식으로 기술하고 있다. 아리랑에 대해서는 조선인들이 가장 좋아하는 노래라고 기술하였다.

48) Nym Wales(Helen Foster Snow) & Kim San, *Song of Ariran : A Korean Communist in the Chinese Revolution*, Ramparts Press, 1941.

이와 같이 아리랑의 명칭은 채록자에 의해 다양한 형태로 명명되어 나타났다.[49] 고정옥[50]은 아리랑이 시일의 경과에 따라 각 지방의 음악적 사상적 언어적 특질에 물들어, 경기·서도·강원·영남 등의 각종 아리랑이 생긴 것으로 보고 있으며, '아리랑'으로 표현하고 있다.

그러나 이에 대해 조용호[51]는 후렴구 형태를 기준으로 하여 원래의 형태와 암호화된 형태로 분류하였다. '아리랑 쓰리랑' 형태의 후렴구를 갖고 있는 〈아리랑〉, 〈밀양 아리랑〉, 〈진도 아리랑〉, 〈아리랑 쓰리랑〉 등은 동일한 시기에 만들어진 것이며, 〈구아리랑〉 계통은 그 이전에 만들어진 것이고, 〈旌善 아리랑〉은 암호화된 아리랑 중에서도 가장 늦게 만들어진 것

---

49) 趙容晧, 「아리랑 연구사」, 『2010년 봄 한국문예연구소 전국학술대회 "한국 아리랑 學의 오늘과 내일"』, 숭실대학교 한국문예연구소, 2010.6.4. 및 조용호, 「아리랑 연구사」, 『한국문학과 예술』, 숭실대 한국문예연구소, 2010.9, 7~69쪽 참조. 아리랑이나 아라리의 명칭과 관련하여, '아리랑'을 '아르랑', '아라랑', '아리란', '아라랑' 등으로, 또는 '아라리'를 '어러리', '아라레이' 등과 같은 형태로 표기하거나 발음하는 것은 개인적인 발음 차이에 의한 것이며, 의미는 모두 동일한 것이다.

50) 고정옥, 『조선민요연구』, 수선사, 1949, 168쪽 참조. 〈아리랑〉(또는 〈아라랑〉)의 성립이 경복궁 수축공사에 있는지 여부는 고사할지라도 〈아리랑〉의 내용이 근대 시민계급과 노동자·농민의 생활상의 여실한 반영인 것은 사실이다. 도회지로 팔려 나오는 시골 처녀, 일본으로 노령露領으로 품팔이 가는 농민, 동학란, 왜란, 호란, 기차 개통, 전등, 시어머니에게 대한 대담한 반항, 황금만능사상, 세기말적 에로티시즘 등등, 바야흐로 근대 생활의 만화경萬華鏡이다.

51) 趙容晧, 『한글 아리랑 가사의 한자원형창작 및 새로운 해석방법 연구』, 저작권위원회, 2002, 저작권, C-2002-002531; 조용호, 『아리랑은 中國語다!』, 신우, 2002; 조용호, 『아리랑의 비밀話원』, 집문당, 2007. 조용호, 『아리랑 연구 저작권 총서』, 저작권위원회, 2002. 8~2010. 5; 조용호, 「아리랑 연구의 現況과 課題」, 『제23차 전국학술대회』, 중앙어문학회, 2010.1.28; 조용호, 「아리랑 후렴구 연구」, 『온지학회 학술대회』, 온지학회, 2010.3.20; 趙容晧, 「아리랑 연구사」, 『2010년 봄 한국문예연구소 전국학술대회 "한국 아리랑學의 오늘과 내일"』, 숭실대학교 한국문예연구소, 2010.6.4. 및 조용호, 「아리랑 연구사」, 『한국문학과 예술』, 숭실대 한국문예연구소, 2010.9, 7~69쪽 참조.

으로 보았다.

성경린·장사훈은 〈본조 아리랑〉, 〈밀양 아리랑〉, 〈강원도 아리랑〉, 〈진도 아리랑〉, 〈긴아리랑〉, 〈신아리랑〉, 〈별조 아리랑〉, 〈아리랑 세상〉 등과 같은 명명법을 사용하여 아리랑의 종류를 소개하고 있다.

임동권[52]은 다양한 형태의 아리랑을 채집하였다. 〈서울 아리랑〉, 〈원산 아리랑〉, 〈강원도 아리랑〉, 〈정선 아리랑〉, 〈춘천 아리랑〉, 〈밀양 아리랑〉, 〈진도 아리랑〉, 〈본조 아리랑〉, 〈아리랑 세상〉, 〈긴아리랑〉, 〈광복군 아리랑〉, 〈태평 아리랑〉, 〈아리랑 타령〉 외에도 다수가 있다. 쿠사노 타에코(草野 妙子)[53]는 〈경기도 아리랑〉, 〈정선 아리랑〉, 〈강원도 아리랑〉, 〈밀양 아리랑〉, 〈진도 아리랑〉, 〈긴아리랑〉, 〈긴아리〉, 〈자진아리〉, 〈해주 아리랑〉 등을 소개하였다.

신나라레코드[54]는 북한에서 불리는 〈긴아리랑〉, 〈경기 긴 아리랑〉, 〈강원도 아리랑〉, 〈영천 아리랑〉, 〈경상도 아리랑〉, 〈아리랑〉, 〈진도 아리랑〉, 〈밀양 아리랑〉, 〈본조아리랑〉, 〈구조 아리랑〉, 〈아리랑〉, 〈랭산모판 큰애기 아리랑〉 등을 소개하였다.

이상과 같이 아리랑의 명칭은 다양하다. 명칭과 관련하여, 특별한 규칙 없이 채보자의 식견에 따라 명명되는 경향이 있다. 지역 아리랑의 경우는 큰 문제가 없겠지만 〈아리랑〉의 경우는 문제가 된다. 동일한 가사에 대하여 〈아리랑〉, 〈신 아리랑〉, 〈본조 아리랑〉, 〈신민요 아리랑〉 등으로 불리고 있기 때문이다. 〈아리랑〉이라는 명칭은 『매천야록(梅泉野錄)』에서 기록된 이래 일부의 변형은 있었지만 같은 명칭으로 불러왔다.

---

52) 임동권, 『韓國民謠集』Ⅰ~Ⅶ, 集文堂, 1961~1991.
53) 草野 妙子, 『アリランの歌―韓國伝統音樂の魅力をさぐる』, 白水社, 1984.10.
54) 신나라레코드, 『북한 아리랑』, 1999.8; 신나라레코드, 『북한 아리랑 명창 전집』, 2006.

영화 '아리랑' 전단지에서도 '아리랑'으로 기록되어 있다. 그러나 동일한 형태의 가사를 김지연이 〈신아리랑〉으로 표기하여 혼란이 야기되기 시작하였다. 또한 〈신아리랑〉과 유사한 이름인 〈신작 아리랑〉이나 명명의 규칙이 정의되지 않은 〈별조 아리랑〉[55]이라는 명칭과 〈본조 아리랑〉이라는 명칭까지 사용되면서 〈아리랑〉이 〈본조 아리랑〉인 것으로 혼동을 주고 있다. 〈아리랑〉은 〈본조 아리랑〉이 아니다.

4) 〈本調 아리랑〉 명칭의 오용

성경린·장사훈의 공저에서 〈본조 아리랑〉이라는 명칭이 처음으로 사용되었다.[56] 그런데 문제는 대부분의 연구자들이 이를 정확히 확인하지 않았다는 것이며, 그러한 결과 〈아리랑〉과 같은 것으로 착각하고 있다. 〈본조 아리랑〉은 아리랑 노랫말의 한 종류를 기술한 것일 뿐이다.

---

55) 김지연이 명명한 〈別調 아리랑〉이라는 개념은 가사가 일반적인 4행에서 6행으로 확장된 측면이다. 가사는 다음과 같다. (1) 아리랑 아리랑 아라라―오/아리랑 고개로 날 넘겨주오/넘겨나 줄 마음 간절하나/시부모 무서워 못 넘기네/아무렴 그렇치 그렇코 말고/한 오백년 살자는데 웬 성화냐 (2) 백두산 아래다 헌병대 짓고/새 방안 보조원 출장만 난다/나는 죽어서 자동차 되고/나는 죽어서 운전수되지/아리랑 아리랑 아라라―오/아리랑 고개로 날 넘겨주오.
56) 성경린·장사훈, 『조선의 민요』, 국제음악문화사, 1959.

本調 아리랑[57]

이씨(李氏)의 사촌(四寸)이 되지 말고
민씨(閔氏)의 팔촌(八寸)이 되려무나
(후렴) 아리랑 아리랑 아라리요
　　　 아리랑 띄여라 노다 가세
　　　　　　　　(以下 후렴은 省略함)

남산(南山) 밑에다 장충단(獎忠壇)을 짓고
군악대(軍樂隊) 장단에 바뜨러 총(銃)만 한다

아리랑 고개다 정거장(停車場) 짓고
전기차(電氣車) 오기만 기다린다

---

57) 성경린·장사훈, 『조선의 민요』, 국제음악문화사, 1959, 3~4쪽 참조.

문전(門前)의 옥토(沃土)는 어찌 되고
쪽박의 신세(身世)가 왼 말인가

밭은 헐려서 신작로(新作路) 되고
집은 헐려서 정거장(停車場) 되네

말깨나 하는 놈 재판소(裁判所) 가고
일깨나 하는 놈 공동산(公同山) 간다

아(兒)깨나 낳을 년 갈보질 하고
목도깨나 메는 놈 부역(賦役)을 간다

신작로(新作路) 가상다리 아까시 낡은
자동차(自動車) 바람에 춤을 춘다

먼동이 트네 먼동이 트네
미친 님 꿈에서 깨여 났네

나를 버리고 가시는 님은
십리(十里)도 못 가서 발병 난다

풍년(豊年)이 왔다네 풍년(豊年)이 와요
삼천리(三千里) 강산(江山)에 풍년(豊年)이 와요

〈아리랑〉과 유사한 부분만을 따로 띄어내어 비교해 보면 더욱 분명한 차이가 있다.

　　　　〈本調 아리랑〉
　　　　나를 버리고 가시는 님은
　　　　십리(十里)도 못 가서 발병 난다
　　　　아리랑 아리랑 아라리요
　　　　아리랑 띄여라 노다 가세

　〈본조 아리랑〉은 〈아리랑〉과 달리 후렴구가 뒤에 나온다. 또한 가사의
일부도 다르다.

　　　　〈아리랑〉
　　　　아리랑 아리랑 아라리요
　　　　아리랑 고개를 넘어 간다
　　　　나를 버리고 가시는 님은
　　　　십 리도 못 가서 발병 난다

　'아리랑 고개를 넘어 간다' 대신에 '아리랑 띄여라 노다 가세'라고 되어
있다. 따라서 "〈아리랑〉을 학술적으로는 〈본조 아리랑〉이라고 한다"는 주
장은 잘못된 것이다. 문제는 지속적으로 〈아리랑〉을 〈본조 아리랑〉이라
고 부르는 것은 잘못된 것이며 근거가 없는 이야기라고 해 왔지만 지금도
바뀌지 않고 있다는 것이다. 모름지기 연구사 검토를 충분히 할 필요가
있다.
　또한 〈本調 아리랑〉에 대한 다음과 같은 해설 부분도 있다.

解說58)

朝鮮 民謠中에서 가장 널리 普及된 것으로 적어도 朝鮮 땅에 발을 듸
디고 있는 사람이면 이 노래를 모르지 않는다. 條條한 哀愁 부드러운
節奏 朝鮮의 情緖가 잘 表現되고 時代 呼吸에 닷는 것으로 그렇다.

從來 아리랑에 對하여서는 그 由來도 여러 가지요 또 地方에 따라 派
生된 各種의 아리랑도 많다.

서울의 것을 本調아리랑 그밖에 密陽아리랑 江原道아리랑 旌善아리랑
珍島아리랑 긴아리랑 新아리랑등 여러 가지 種類가 있다.

아리랑의 起原이며 아리랑의 뜻에 對하여서는 新羅 始祖 朴赫居世의
妃 閼英의 說 또는 慶尙道密陽 嶺南樓의 悲話 阿娘說이 있는 外에 近世
大院君이 景福宮을 重建할 때 國民이 願納制를 不平한 我耳聾說 亦是
그와 類를 함께 하는 我離娘 我難離들이 있으나 모다 사람의 그럴듯한
造作이오 아리랑에 아모 意味는 없다.

명칭을 〈본조 아리랑〉이라고 한 것은 지방의 아리랑 노래와 구별하기
위하여, 즉 서울 지역의 아리랑을 정의하려는 시도였다. 아리랑에 '본조'라
는 수식어를 붙인 것은 〈별조 아리랑〉과 대응되는 다른 의미를 정의하기
위한 것이었다.

이상에서 살펴본 바와 같이 〈아리랑〉을 〈본조 아리랑〉이라고 부르는
것은 잘못이며 그렇게 사용하면 안 된다. 또한 〈아리랑〉을 〈신아리랑〉이
나 〈신민요 아리랑〉 등으로 부르는 것도 잘못이기 때문에 토론의 과정을
통하여 정리해야 할 것이며,59) 〈별조 아리랑〉이라는 개념도 정의한 후에

58) 성경린·장사훈, 『조선의 민요』, 국제음악문화사, 1959, 3~4쪽 참조.
59) 영화 '아리랑'(1926)에서는 '아리랑'이라고 하였으나, 김지연은 〈新아리랑〉이라는
명칭을 사용하였다. 즉 〈신아리랑〉이란 영화 '아리랑' 전단지에 있던 가사의 일부
를 수정하고, 배열을 바꾸어 붙인 명칭인 것이다. 영화 '아리랑'의 가사는 다음과
같다. "1 아리랑 아리랑 아라리요 아리랑 고개로 넘어간다 나를 버리고 가는 님은

사용하거나, 새로운 명칭을 부여하는 방향으로 진행되어야 할 것이다.

5) 아리랑의 존재양상

아리랑은 노래를 통해 널리 알려져 있으나, 연구의 대상으로 확장되면서 학술적 체계를 갖춘 논문에서부터 단행본에 이르기까지 다양한 형태의 저작물로 나타나고 있다. 그 중에서도 기본이 되는 것은 『俚謠·俚諺及 通俗的 讀物等 調査』이다. 채록의 범위가 제한적이기는 하지만, 1912년이라는 확실한 시대적 구분이 되고 있으며, 전국적 분포를 보이고 있다는 측면에서 중요하다.

한 예로 〈정선 아리랑〉에 대한 가사가 처음 나오는 자료는 『俚謠·俚諺及 通俗的 讀物等 調査』(朝鮮總督府, 1912)이다.

십리도 못가서 발병나네 2 아리랑 아리랑 아라리요 아리랑 고개로 넘어간다   청천 하날엔 별도 만코 우리네 살림살이 말도 많다 3 아리랑 아리랑 아라리요 아리랑 고개로 넘어간다 풍년이 온다네 풍년이 온다네 이 강산 삼천리에 풍년이 온다네." 이와 유사한 〈新 아리랑〉의 가사는 다음과 같다. "1 아리랑 아리랑 아라리요 아리랑 고개로 넘어간다 나를 버리고 가는 님은 십리를 못가서 발병나네 2 아리랑 아리랑 아라리요 아리랑 고개로 넘어간다 豊年이 온다네 豊年이 온다네 三千里 江山에 풍년이 온다네 3 아리랑 아리랑 아라리요 아리랑 고개로 넘어간다 산천에 초목은 젊어 가고 인간에 청춘은 늙어가네 4 아리랑 아리랑 아라리요 아리랑 고개로 넘어간다 靑天 하늘엔 별도 만코 우리네 살림살이 말도 많다." 영화 '아리랑'의 노래와 〈新아리랑〉을 비교해 보면 영화 '아리랑'의 4연을 〈新아리랑〉에서는 2연으로 했고, '십리도'가 '십리를'로 바뀌고, '이 강산 삼천리'를 '삼천리 강산'으로 바꾸며, 일부의 글자를 한자로 바꾼 것 외에는 차이가 없다. 영화 '아리랑' 노래에서 〈新아리랑〉으로 이름은 바뀌었지만 내용이 같으므로 〈新아리랑〉이라는 표현은 재고해야 한다.

638
아라리 타령을 누가 냈나
長安 멋아비 내가 냈네
아르랑 아르랑 아라리야
아르랑 속에서 노다 가오 (寧月群)
(『韓國民謠集』Ⅵ-638)

강원도 영월군(寧月群)에서 채집한 노랫말에는 '아라리 타령'이라는 이름으로 나타난다.

아리랑 타령
695
아리랑 아라리로구려
아리랑얼씨구 아라리로구나
人力車는 가자고
바퀴 빙빙 도는데
정든님잡구서 落淚한다
아라랑 아리랑 아라리로구나
아라랑 얼씨구 아라리로구려
달은 밝고 명랑한데
정든님생각이 절로난다

어러렁 어러렁 어러리로구나
어러렁 얼씨구 어러리야
어리랑 고개다 의거리 충단을
몰구서
정든임오기를 고대할까 (原州群)
(『韓國民謠集』Ⅵ-695)

또한 강원도 원주군(原州群)에서 채집한 가사에는 〈아리랑 타령〉이라는
명칭도 나타나고, '어러리로구나'에서 알 수 있는 바와 같이 '어러리'라는
어사도 나타난다.

또한, 당시에 유행하던 〈진도 아리랑〉, 〈정선 아라리〉, 〈제주도 아리
랑〉 등의 모습들도 있다.

全羅南道

打麥歌
389
魚遊河 흥
我何苦 흥 (旌義郡)60)
(『韓國民謠集』VI-389)
394
啞而聾打詠
啞而聾 我啞而聾
啞而聾 얼시고 노다 가소 (綾州郡)
(『韓國民謠集』VI-394)

---

60) 조용호, 「4행의 노랫말에 담긴 아리랑의 비밀」, 『우리문화』, 컬쳐플러스, 2013,
18~20쪽에서 이 노랫말을 넓은 의미에서의 〈제주도 아리랑〉이라고 정의하였다.
"가장 이른 기록 중의 하나인 1912년의 민요수집 자료에서도 확인할 수 있다. 아
리랑은 전국 각지에서 불렸다. 경기도(경기, 여주, 죽산, 안산, 광주), 충청남도(석
성, 부여, 정산, 익산, 태산, 충청북도(청풍), 전라남도(영주, 정주, 진도), 전라북
도(김제, 전주, 진안, 군산), 경상북도, 경상남도(밀양), 강원도(평강, 영월, 양구,
원주, 통천, 정선, 태백), 평안북도(영변, 의주), 함경남도, 황해도, 제주도(제주,
정의, 영주, 조천) 등에 산재한 것으로 알려졌다."

412

萬山에 春氣 둘러

꽃도피고 풀도나니

人生도 때 만나면

花草와 같을 것

魚遊河 上瑞多

우리도 언제야

旱天에 빗발되야

枯苗를 潤滋할꼬

魚遊河 上瑞多 (興陽郡)

(『韓國民謠集』Ⅵ-412)

土役歌

424

에야야 호응

에기두리 더러매에

에 흥 에로다아

에야아 호오옹

甲子 四月 初三日날

景福宮의 土役할 적에

灰방아 찧던 소래로구려 (濟州公立農業學校)[61]

(『韓國民謠集』Ⅵ-424)

---

61) 조용호, 「4행의 노랫말에 담긴 아리랑의 비밀」, 『우리문화』, 컬쳐플러스, 2013, 18~20쪽에서 이 노랫말을 넓은 의미에서의 제주도 아리랑으로 정의하였다.

全羅北道

아리랑타령
437
산도나 설고 물도나 선데
누구를 보랴고 아이고 여기 왔나
아리아리랑 아리아리랑 아리랑
이 났네의
아리랑 응 어 – 응 아르랑이
났네 (金堤公立普通學校)

　　　　　　(『韓國民謠集』Ⅵ-437)

아리랑타령
438
저놈의 계집애
눈매를 보소
겉눈은 감고서
아이고 속눈 떴네
아리아리랑 아리아리랑
아리랑이 났네의
아리랑 응 어 –
응 아르랑이 났네 (金堤公立普通學校)

　　　　　　(『韓國民謠集』Ⅵ-438)

449
웨그럭 데리럭
저 軍刀소리
雜技군 肝腸이

다 녹는다 (全州公立普通學校)

(『韓國民謠集』Ⅵ-449)

梁山道歌

456

잉어가 논다

잉어가 논다

菖蒲밭에서 금잉어가 논다

에 에기나 梁山道로다 (鎭安公立普通學校)

(『韓國民謠集』Ⅵ-456)

啞聾歌

476

간다구 간다구

가더니만

十里도 못 가고

발병 났네

汽車는 가자고

쌍고동을 트난데

임을 잡구서

落淚한다 (群山公立普通學校)

(『韓國民謠集』Ⅵ-476

阿郞歌

531

에그럭 데그럭 軍刀 소래

노름군 肝腸이 다 녹는구나

아리랑 아리랑 아리랑이요

阿郞 阿郞 阿郞이야 (私立扶安普通學校)

(『韓國民謠集』Ⅵ-531)

慶尙北道

558

江湖에 노는고기

즐김을 자랑마라

漁夫 돌아간후

白鷗있어 엿보나니

종일을 뜨락잠기락

한가한때 없어라 (慶北)

(『韓國民謠集』Ⅵ-558)

아르랑타령

594

아르랑아르랑 둥기덩실

노다가게 노다가면 得失이있지

아르랑아르랑 아라리요

아르랑타령을 정잘하면

二十前처녀를 너를주마

아르랑아르랑 아라리요

아리랑고개다 집을짓고

정든낭군을 기다린다

아르랑아르랑 아라리요

아리랑타령을 누가냈소

건방진큰애기 내가냈네

아르랑아르랑 아라리요

담넘어갈 때 짓던개는

인왕산호랑이 꼭물어가게
아르랑아르랑 아라리요

품안에 우는달은
野山의쪽재비 꼭물어가게
아르랑아르랑 아라리요

鎭川방물 큰애기
봉채를받고 뼈들어졌구나
아르랑아르랑 아라리요

마고자실갑에 양총메고
북망산 接戰가세
아르랑아르랑 아라리요

古阜白山 接戰時에
알뜰한軍兵이 다죽었네
아르랑아르랑 아라리요
띄여라 배띄여라
만경창파 운무중에
아르랑아르랑 아라리요

仁義禮智 배를모아
忠臣烈士 돛을달아
孝子忠臣 배를저어
어데간들 과선할까
아르랑아르랑 아라리요

둥길덩실 노다가게

저달은둥둥 산넘어가고

남의소식 막연하다

네가絶色 美人이냐

내눈이어두워 美人일세

간다간다 나는간다

님을버리고 내가간다 (慶北)

　　　　　　　　　(『韓國民謠集』Ⅵ-594)

江原道

아르랑 타령

609

아르릉 아르릉

아르릉 앓지마라

明年三月로 다시보자

아르릉속에서 배나간다 (平康郡)

　　　　　　　　　(『韓國民謠集』Ⅵ-609)

638

아라리타령을 누가 냈나

長安멋아비 내가 냈네

아르랑아르랑 아라리야

아르랑 속에서 노다 가오 (寧越郡)

　　　　　　　　　(『韓國民謠集』Ⅵ-638)

啞利聾打令

679

아리랑 아리랑
아라리러구려
아리랑 어리얼슈
아라리러구려
기차는 가지고
쌍고동 트는데
정든 임잡구서
선앵도 딴다 (楊口郡)

아리랑타령
695
아리랑 아라리로구려
아리랑얼씨구 아라리로구나
人力車는 가자고
바퀴 빙빙 도는데
정든님잡구서 落淚한다
아라랑 아리랑 아라리로구나
아라랑 얼씨구 아라리로구려
달은밝고 명랑한데
정든님생각이 절로 난다

어러렁 어러렁 어러리로구나
어러렁 얼씨구 어러리야
어리랑고개다 의거리 충단을
몰구서
정든임오기를 고대할까 (原州郡)

701

노세노세 젊어노세
아라랑 아라랑 아라리요
늙어지면 못노느니
아라랑 속에서 노다가게 (通川郡)
(『韓國民謠集』Ⅵ-701)

702

人力車를 타고서
수록이집으로 갈까
아라랑 아라랑 아라리오
전기차를 타고서
협률사로 갈까
아라랑 속에서 노다가세 (通川郡)
(『韓國民謠集』Ⅵ-702)

703

南山 밑에다 새술청을 벌이고
아라랑 아라랑 아라리요
정든 임 올 때만 고대한다
아라랑 속에서 노다 가세 (通川郡)
(『韓國民謠集』Ⅵ-703)

734

아리랑 경성쪼로
신갈보 호리기
막맞었네 (襄陽郡)
(『韓國民謠集』Ⅵ-734)

이러한 자료들은 시대적 구분이 명확하게 있으므로 지역별 아리랑에 대한 심도 있는 연구가 이루어질 수 있을 것이다.

김지연은 1930년에 이르러 「朝鮮民謠 아리랑, 朝鮮民謠의 硏究(二)」에서 〈旌善 아리랑 四〉(男子, 女子, 男女共, 역금), 〈旌善 아리랑〉과 2편의 〈江原道 아리랑〉을 소개 하였고, 「朝鮮民謠 아리랑(二), 朝鮮民謠의 硏究(三)」에서도 〈旌善 아리랑〉(男女共), 〈旌善 아리랑〉(역금), 〈旌善 아리랑〉, 〈江原道 아리랑〉 등을 소개하였다.[62]

지금까지의 연구결과는 〈정선 아리랑〉을 김지연이 최초로 소개한 것으로 알고 있으나, 이는 사실이 아니다. 〈정선 아리랑〉을 최초로 소개한 자료는 『이요·이요급 통속적 독물 등 조사(俚謠·俚諺及 通俗的 讀物等 調查)』(1912)이며, 〈정선 아리랑〉이라는 명칭 이전에 〈아라리 타령〉이라는 이름으로 알려져 있었고, '아리랑'이라는 명칭 이외에도 '어러렁'이나 '어리랑' 또는 '어러리' 등이 함께 사용되고 있었음을 알 수 있다. 차상찬(車相瓚)도 〈旌善郡 아리랑〉(『別乾坤』, 1933. 5)이라는 명칭으로 〈정선 아리랑〉을 소개하였다.

---

62) 김지연의 조선민요와 아리랑에 대한 논의는 金志淵, 「朝鮮民謠의硏究(一)」, 『朝鮮』 5월호(朝鮮總督府, 1930.5.1)에서 시작하여, 金志淵, 「朝鮮民謠아리랑-朝鮮民謠의 硏究(二)」, 『朝鮮』6월호(朝鮮總督府, 1930.6.1); 金志淵, 「朝鮮民謠아리랑(二)-朝鮮 民謠의硏究(三)」, 『朝鮮』7월호(朝鮮總督府, 1930.7.1)까지 이어진다. 이후 金志淵, 「古今農謠集(一)」, 『朝鮮』8월호(朝鮮總督府, 1930.8.1); 金志淵, 「婦謠一束」, 『朝鮮』 8월호(朝鮮總督府, 1930.8.1); 金志淵, 「古今農謠集(二)」, 『朝鮮』9월호(朝鮮總督府, 1930.9.1); 金志淵, 「古今農謠集(三,完)」, 『朝鮮』10월호(朝鮮總督府, 1930.10.1); 金志淵, 「追慕安晦軒先生」, 『朝鮮』12월호(朝鮮總督府, 1930.12.1) 등의 논의도 있었다. 조용호는 이러한 과정 속에 나타나는 김지연과 타카하시 토오루의 사상적 관계를 제기하기도 하였다. 조용호, 「아리랑 연구의 現況과 課題」, 『제23차 전국 학술대회』(중앙어문학회, 2010.1.28); 조용호, 「아리랑 후렴구 연구」, 『온지학회 학술대회』(온지학회, 2010.3.20) 참조.

임동권은 『韓國民謠集』을 통해 정선지역 아리랑을 다수 소개하였다. 1968년 연규한(延圭漢)은 정선을 중심으로 산재해있던 아리랑을 집대성하였다. 이를 바탕으로 정선지역 아리랑에 대한 가사 채집과 학술적 연구에 대한 계기가 마련되었다.

이상과 같이, 아리랑 연구와 관련하여 2010년에서 2013년에 이르는 가장 최근에 이루어진 주요 논고에 대하여 살펴보았다.

향후의 아리랑 연구는 선행연구에 대한 충분한 검토와 기록에 대한 다각적인 분석을 통해 더욱 깊이 있고 내실 있는 연구가 될 것으로 생각한다. 민족의 노래인 아리랑의 뜻을 알고 노랫말 텍스트에 담겨있는 상황을 알아내는 것은 민족의 한 구성원으로서 매우 중요한 일이라 생각된다. 앞으로 더욱 많은 자료의 발굴과 그에 대한 정당한 평가를 통해 학문적 발전에 기여할 수 있으리라 기대한다.

2014. 7.
숭실대 한국문예연구소
아리랑연구기획위원장
文學博士 趙容晧

엮은이

조규익

숭실대학교 국어국문학과 교수 겸 한국문예연구소 소장, 숭실대학교 '아너 펠로우 교수[Honor Soongsil Fellowship Professor].
2013년도 풀브라이트(Fulbright) 지원 해외 연구교수로 Oklahoma 주립대학에서 연구, 1998년도 LG 연암재단 지원 해외 연구교수로 UCLA에서 연구, 성산학술상・도남국문학상・한국시조학술상 등 수상.
『CIS 지역 고려인 사회 소인예술단과 전문예술단의 한글문학』(2013년) 외 다수의 저・편・역서와, 「가・무・악 융합에 바탕을 둔 〈봉래의〉 복원 연구」(2014년) 외 다수의 논문 발표.
홈페이지[http://kicho.pe.kr]와 블로그[http://kicho.tistory.com] 및 이메일[kicho@ssu.ac.kr]을 통해 세상과 소통하고 있음.
* 상세한 연구논저 및 경력은 홈페이지 참조.

조용호

文學博士 趙容晧, Mr. Harry Cho, Ph. D.
글로벌 정보통신 회사의 그룹本社 副社長(Group VP). 한국 지사장. 三星電子 정보통신 총괄기획, 삼성그룹 비서실, 삼성종합기술원. 해외 40여 나라의 사업 진행을 통해 34개 언어・문화・역사에 대하여 학습. 中國語 사전 130권 독파. 컴퓨터 암호학 학사・석사, 국어국문학 고전시가문학전공 문학박사. 숭실대 한국문예연구소 아리랑 연구기획위원장. 문화관광부 아리랑 분야 優秀學術圖書 『아리랑 원형연구(Studies on the Original Arirang)』著者, 안전행정부 아리랑 분야 大韓民國 國家人才, Harvard 大學 等 世界 200大 圖書館에 소장. 『문화원형 스토리텔링과 콘텐츠의 고향, 아리랑 영웅』, 『아리랑의 비밀話원』, 「아리랑 研究史」. 논문, 저서, 저작권 등.
이메일 : cyh1164@naver.com / aricode@ssu.ac.kr
블로그 : 아리랑의 비밀화원, 그 오랜 세월을 당신을 기다리며

숭 실 대 학 교
한국문예연구소
학 술 총 서 46

아리랑 연구총서 2

초판 인쇄   2014년 12월 01일
초판 발행   2014년 12월 10일

엮 은 이 | 조규익 · 조용호
펴 낸 이 | 하운근
펴 낸 곳 | 學古房

주   소 | 서울시 은평구 대조동 213-5 우편번호 122-843
전   화 | (02)353-9907   편집부(02)353-9908
팩   스 | (02)386-8308
홈페이지 | http://hakgobang.co.kr/
전자우편 | hakgobang@naver.com,   hakgobang@chol.com
등록번호 | 제311-1994-000001호

ISBN   978-89-6071-451-9 94810
          978-89-6071-160-0 (세트)

값 : 27,000원

이 도서의 국립중앙도서관 출판시도서목록(CIP)은 서지정보유통지원시스템 홈페이지
(http://seoji.nl.go.kr)와 국가자료공동목록시스템(http://www.nl.go.kr/kolisnet)에서 이용하
실 수 있습니다.(CIP제어번호: CIP2014034043)

■ 파본은 교환해 드립니다.